目次

國家出版基金項目

詹福瑞　陳紅彦　主編

唐詩絶句
唐詩鼓吹

歷代唐詩珍稀選本彙編

（唐宋金元卷）

㊷

鳳凰出版社

圖書在版編目（CIP）數據

唐詩絶句；唐詩鼓吹／詹福瑞，陳紅彦主編.—南京：鳳凰出版社，2025. 3. --（歷代唐詩珍稀選本彙編）. -- ISBN 978-7-5506-4412-0

Ⅰ. I222.742

中國國家版本館CIP數據核字第2025V2B044號

書　　名	唐詩絶句　唐詩鼓吹
主　　編	詹福瑞　陳紅彦
責任編輯	李相東　姜　嵩
裝幀設計	姜　嵩
責任監製	程明嬌
出版發行	鳳凰出版社（原江蘇古籍出版社） 發行部電話025-83223462
出版社地址	江蘇省南京市中央路165號，郵編：210009
照　　排	南京新華豐製版有限公司
印　　刷	金壇古籍印刷廠有限公司 江蘇省金壇市晨風路186號，郵編：213200
開　　本	718 毫米×1005 毫米　1/16
印　　張	95.75
版　　次	2025年3月第1版
印　　次	2025年3月第1次印刷
標準書號	ISBN 978-7-5506-4412-0
定　　價	820.00 圓（全四册）

（本書凡印裝錯誤可向承印廠調换，電話：0519-82338389）

注解章泉澗泉二先生選唐詩

《注解章泉澗泉二先生選唐詩》提要

《注解章泉澗泉二先生選唐詩》，又稱《章泉澗泉二先生選唐人絶句》《唐詩絶句》，五卷，南宋趙蕃、韓淲編，南宋謝枋得注。

趙蕃（一一四三—一二二九）字昌父，號章泉，信州玉山（今屬江西上饒）人。曾問學於劉清之、朱熹，官至承議郎、直秘閣。以學問人品見稱於世。《宋史》卷四四五有傳。韓淲（約一一五九—約一二二四）字仲止，號澗泉，從父寓居上饒。因父蔭補官，初爲池州主簿，後入太平惠民藥局，人稱韓判院。晚年歸隱，清貧自守。著有《澗泉集》《澗泉日記》。其承家學淵源，以詩名世，與趙蕃並稱『信上二泉』。

此書專選唐人七言絶句，自韋應物至吕洞賓共五十四人，詩一百零一首。重晚唐而輕初盛唐。阮元《四庫未收書提要》即指出：『李白、杜甫、韓愈、元稹之流皆不在選，惟劉禹錫選至十四首爲最多，其於諸家皆寥寥。蓋其體出於唐人，故與《極玄集》之類相似。』除劉禹錫外，較多者還有杜牧八首，許渾五首，李商隱、韋莊各四首，於王維、高適、岑參、白居易等皆不過一首。謝榛《四溟詩話》曾評此集：『惟取中正温厚，閑雅平易，若夫雄渾悲壯、奇特沉鬱，皆不之取。』亦可見趙、韓選詩之旨趣。而謝枋得對此集頗爲推崇，其序云：『章泉、澗泉二先生誨人學詩，自唐絶句始。熟於此，杜詩可漸近矣。』則可見南宋詩風的宗尚。

此書在宋元之際出現兩個注本。其一爲謝枋得注。謝枋得（一二二六—一二八九）字君直，號疊山，信州弋陽（今屬江西上饒）人。寶祐四年（一二五六）進士，與文天祥同榜。曾官江東提刑、江西招諭使，知信州，積極組織抗元。城陷後，以賣卜教書爲生。因拒絶出仕元朝，絶食而亡。著有《疊山集》。《宋史》卷四二五有傳。謝注本傳世有兩種明刻本，分别藏於南京圖書館和浙江寧波天一閣博物館，詳見下。然而此本在清代頗爲罕見，未被收入《四庫全書》。嘉慶初年，阮元獲得此书，云『枋得之注能得唐詩言外之旨，可以爲讀唐詩之津筏』（《四庫未收書提要》），遂進呈朝廷，刻入《宛委别藏》之中。此後流傳漸廣，先後出現同治二年（一八六三）望三益齋刻本、光緒年間《謝疊山先生評注四種合刻》本等版本。另一種注本是謝枋得、胡次焱注本，爲胡氏在疊山注基礎上再作箋釋。其自序題署云『己丑中秋後學胡次焱濟鼎書於家塾五休堂』，則此書之成當在元世祖至元二十六年（一二八九），時已入元。《藏園訂補郘亭知見傳本書目》曾著録《章泉澗泉二先生選唐人絶句》五卷，爲謝疊山注、胡次焱箋，云有『明宣德甲寅刊』本。甲寅即宣德九年（一四三三）。此宣德刊本今未見蹤跡。傳世可知者僅明正德十三年（一五一八）潘選刻本，題《唐詩集注》，亦爲五卷，藏於中山大學圖書館。

本次影印依據兩種明刻謝枋得注本影印。

明刻本（南京圖書館藏，書號：一一一八六二），五卷，二册，每半葉八行，行十六字，小字雙行低一格十五字，白口，左右雙邊。卷首有謝枋得《唐詩序》，然而殘損嚴重。次爲目録，標各卷入選詩人及詩作數量。次爲正文。卷端題『注解章泉澗泉二先生選唐詩卷之幾』，次三行鐫『章泉先生趙蕃昌父精選』『澗泉先生韓淲仲止精選』『疊山先生謝枋得君直注解』。

此本爲丁丙舊藏，書前粘有其跋識葉（跋識已收入《善本書室藏書志》），其鑒定此本爲『明初刊本』。卷末有崇禎年間顧孔殷、張國程題識，道光元年黄丕烈題識數則。卷中鈐有『顧殷之印』『禹』『功』『蕘夫』『黄丕烈』『復翁』『士禮居』『古潭州袁卧雪廬收藏』『八千卷樓所藏』『江蘇第一圖書館善本書之印記』等印章，知遞經黄丕烈、袁芳瑛等名家收藏，洵爲珍貴。

明刻本（浙江寧波天一閣博物館，書號：善四六四〇），五卷，一册，每半葉八行，行十六字，小字雙行低一格十五字，黑口，雙魚尾，四周雙邊。無序、目録。卷端題『唐詩絶句卷之幾』，次三行所鐫作者與南京圖書館藏明刻本同。而版心有所不同，鐫『注唐詩卷幾』。

此本與南圖藏明刻本應爲同源，不僅行款與之同，文字亦基本相合，正可補南圖藏本殘損之闕。卷中鈐『范氏天一閣藏書』印。

（袁　媛）

注解章泉澗泉二先生選唐詩

南京圖書館藏明刻本

註解章泉澗泉二先生選唐詩卷一二
上册

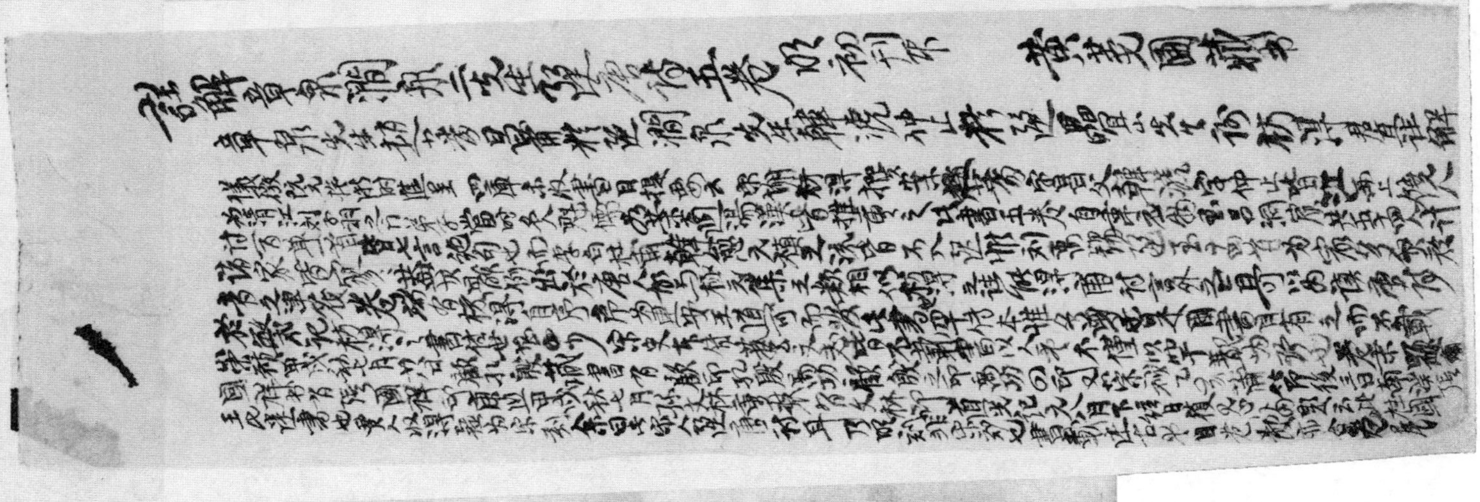

註解章泉澗泉二先生選唐詩五卷 明初刊本　黄荛圃藏书

章泉先生趙蕃昌父 澗泉先生韓淲仲止 精選……

注解章泉澗泉二先生選唐詩　南京圖書館藏明刻本

藏書諸家各有題識并題記惟顧孔殿一人似乎其名甚顯適訪顧子湘舟於吳趨博清明閣
圖於畫徵錄亦以有墨筆畫入於名附記諸條中有殿為功當弗其人數以聲名把少孔字或孔宗
係大排行所從看也情於藝林傳藉處不得耳習黃邵石列士禮居士禮居藏主部

唐詩序

感鬼神明不足厚人倫移
詩矣韓退之
三百篇

六力學不爲世所易問枋得曰業

八湯文清咸以章泉澗泉爲上饒師先

生道德風操可得聞乎枋得畧説二先生

選唐絶句與道可共觀其微言緒論關世

道毅系天運者甚衆何日從容爲子誦之廣

信謝枋得君直序

註解章泉澗泉二先生選唐詩目録

高蟾一首　李涉五首
崔櫓一首　李約一首
王駕一首　張籍一首

第三卷二十一首

賈島一首　許渾五首
杜牧八首　王建一首
李紳一首　竇鞏二首
陳陶一首　章碣一首

註解章泉澗泉二先生選唐詩目錄終

註解章泉澗泉二先生選唐詩卷之一

章泉先生趙蕃昌父精選

澗泉先生韓淲仲止精選

疊山先生謝枋得君直註解

滁州西澗　韋應物　一首

獨憐幽草澗邊生上有黃鸝深樹鳴春潮帶雨晚來急野渡無人舟自横

幽草而生於澗邊君子在野考槃之在黃鸝而鳴於深樹小人在位巧言

也潮水本急春潮帶雨其意可
國家患難多也晚来急危國亂朝季
末俗如日色已晚不復光明也野渡
無人舟自横寛閑之野寂寞之濱必有
濟世之才如孤舟之横野
渡者特君相不能用耳

自朗州至京戲贈看花諸君子

劉禹錫 一十四首

紫陌紅塵拂面來無人不道看花回玄都
觀裏桃千樹盡是劉郎去後栽
劉禹錫坐王叔文黨貶司馬後召出爲
刺史相憐其才召至京師見新貴[illegible]

作看花詩以譏之時論以為輕薄文[illegible]
紫陌紅塵拂面來無人不道看花回[illegible]
[illegible]冨貴者汨沒塵埃自謂得志如春日
看花紅塵滿面也玄都觀喻朝廷桃千
樹喻冨貴無能者盡是劉郎去後栽滿
朝冨貴無能者皆劉郎去國後宰相所
栽培
也

再遊玄都觀

百畝庭中半是苔桃花淨盡菜花開種桃
道士歸何處前度劉郎今又來

詩劉禹錫自朗州召還遊玄都
種桃千樹灼灼如[illegible]霞因作看

詩再黜後十年名還重遊玄都
桃與道士俱不存惟見兎葵燕麥動
春風耳又賦此詩百畝庭中半是苔
喻朝廷無人也兎花净盡菜花開喻前
日宰相所用之人已彫謝今日宰相所
用之人方得用時也種桃道士歸何處前
度劉郎今又来前日宰相培植私人皆
今死矣吾又立朝窮達壽夭聽命於天
宰相何皆以私
意進退人才哉

石頭城

山圍故國周遭在潮打空城寂寞回淮水
東邊舊時月夜深還過女墻來

烏衣巷

朱雀橋邊野草花烏衣巷口夕陽斜舊時
王謝堂前燕飛入尋常百姓家

子客金陵見名流題詠多矣撫時懷舊感慨興亡豈無驚人語李太白詩云鳳凰臺上鳳凰遊鳳去臺空江自流吳宮花草遶幽逕晉代衣冠成古丘許渾詩云英雄一去豪華盡只有青山似洛中王介甫詞云六朝舊事隨流水但衰草寒烟凝綠華水心晉元帝廟記云運去以政臣主同盡名蹟俱泯一坏之土且假爲謀徒使文士弄筆於墮編遺簡客費吟於寒烟衰草之外其亦

人遺意上皆未若劉夢得二詩之妙有石頭城在金陵之西去六朝

宮殿舊基三十餘里東晉因石頭城之險築城壘屯重兵今遺址尚可考旁有

清涼寺女墻城雉也俗呼為女墻又曰俯眼山園故國周遭在山無異東晉之

山也潮打空城寂寞回潮無異東晉之潮也淮水東邊舊時月夜深還過女墻

来淮水東邊之月無異東晉之月也求東晉之宗廟宮室固不可見求東晉之

英雄豪傑亦不可見矣意在言外宰有於無朱雀橋烏衣巷乃東晉將相功臣

所居猶漢曲都寇盖如雲七相五公也東晉將相惟王謝兩人功名最盛宗族

最蕃第宅最多由東晉至唐元和四百年世異時殊人更物換豈特功名富貴

不可見其高門甲第百無一存變為尋常百姓之家正如歐陽公所謂今其江山雖在而頹垣廢址荒烟野草過而覽者莫不躊躇而悽愴朱雀橋邊之花草如舊時之花草烏衣巷口之夕陽如舊時之夕陽惟功臣王謝之第宅今皆變為尋常百姓之室廬矣乃云舊時王謝堂前燕飛入尋常百姓家此風人遺韻兩詩皆用舊時二字絕妙金陵四圍皆青山與洛陽相似許渾云只有青山似洛中李太白云山似洛中多劉禹錫云山圍故國周遭在曾景建詩云青山四合繞天津風景依然似洛濱江左、今成樂土新亭垂泪亦無人

生公講堂

生公說法鬼神聽身後空堂夜不扃高坐

寂寥塵漠漠一方明月可中庭

生公講堂在平江府一十里外虎丘寺予嘗游焉生公點頭石尚在講堂空址可容二千人此詩乃笑生公也生公說法鬼神聽言其生前佛生有神通也身後空堂夜不扃高坐寂寥塵漠漠更不活歸惟有一方明月可以周徧于中庭生前聽法二千人今安在哉可見生公畧無靈聖寺僧無一人有恭敬之心也

聽舊宮人穆氏唱歌

曾隨織女度天河記得雲間第一歌休唱

貞元供奉曲當時朝士已無多

前兩句形容宮中之樂如在九霄後兩句謂德宗貞元間陸宣公為相姜公輔蕭復陽城王仲舒諸賢先後立朝尚多君子今日與貞元大不作矣聞貞元樂蓋思貞元朝士寧能無傷今懷古之情乎曰當時朝朝士已無多隱然見今日朝廷無人才正如書云即我御事罔或耆壽俊在厥服詩云伊誰之思西方美人不言無而言無多此詩人巧處

與歌者何戡

二十年來別帝京重聞天樂不勝情舊人

惟有何戡在更與殷勤唱渭城

禹錫初以八司馬例貶名還忤宰相意又黜後十年再召還舊時朝士害已者不勝情三字有味舊人惟有何戡在見得舊時公卿大夫與已為仇敵者今無一存惟歌妓何戡尚在唐人送別愛唱陽關三疊即渭城朝雨浥輕塵客舍青青柳色新勸君更盡一杯酒西出陽關無故人四句是也更與殷勤唱渭城意謂兩度去國餞別者必唱陽關三疊今日幸而再登朝何戡更與唱昔年送別之曲回思逆境豈意生還仇人怨家消磨已盡人生爭名爭利相傾相陷畢竟何如

踏歌詞

春江月出大隄平堤上女郎連袂行唱盡

新詞歡不見紅霞映樹鷓鴣鳴

堤上女郎非不多也色必有可觀聲必有可聽唱盡新詞而歡愛之情不見者胷中所歡他有人也所歡既不見但見紅霞之色但聞鷓鴣之聲其思想當何如也

楊柳枝詞

花萼樓前初種時美人樓上鬪腰肢如今

抛擲長街裏露葉如啼欲恨誰

此詩意謂人不能特立隨時趨勢以求富貴者與花萼樓前楊柳何異明皇創花萼相輝之樓與兄弟親王燕飲其上樓前多楊柳連陰宫詞云往來年少說長安玄武樓成花萼廢花萼樓既廢則楊柳之地皆為長街矣此一楊柳在花萼樓前初種之時宫人歌舞樓上者觀楊柳之輕盈嫋娜自恨腰肢之不如欲與楊柳鬭此嬌媚之態猶人之逢時遇主大蒙寵幸也及花萼樓廢樓前為長街楊柳在長街之中無人顧盼如抛擲然猶人之忤時失勢擯棄寂寞也柳葉帶露有如淚眼露葉如啼欲恨誰猶小人失勢不責已而怨人雖泣血誰知亦

無益也

又

煬帝行宮汴水濵數枝殘柳不勝春晚來
風起花如雪飛入宮墻不見人

煬帝荒淫不君國亡身喪行宮外殘柳
數株枝條柔弱如不勝春風之搖蕩柳
花如雪飛入宮墻似若羞見時人者隋
之臣子仕唐曾不曰國亡主滅分任其
咎煬煬然無羞惡心
覩柳花亦可愧矣

又

城外春風颭酒旗行人揮袂日西時長安
陌上無窮樹惟有垂楊管別離
人之餞別非驛亭則酒肆驛亭酒肆多
種楊柳古人或折柳以贈或攀柳而悲
長安陌上樹木儘多管別離者惟有垂
楊耳意謂王公將相位尊權重其栽培
桃李必多或辟官或失勢一旦去國其
門下士終始不相背負者甚少也

又

輕盈嫋娜占年華舞榭粧樓處處遮春盡
絮飛留不得隨風好去落誰家

輕盈嫋娜占年華小人柔邪便佞惑
炙熱專寵怙恩也舞榭粧樓處處遮小
人為權貴所信任交作威福無一事不
出其手無一人不登其門也春盡絮飛
留不得主人失勢受僞賓客盡散隨風
好去落誰家小人忘恩負義隨時變化
背故知而趍新知如柳絮隨
風墮落不擇地亦不擇人也

和令狐相公別牡丹

平章宅裏一闌花臨到開時不在家莫道
兩京非遠別春明門外即天涯

此詩言人臣不可恃聖春也春明門即
之東城門也泄柳申詳無人乎繆公

之側則不能安其身大臣位尊名盛朝
承恩暮嶺海禍福不可必一出東城門
去君側漸遠萬一有奸邪柔佞欺負之
人造讒誹謗熒惑上聽寵辱轉移特頃
刻間欲入朝辯明不可得矣春明門外
即天涯一句絕妙

洛中春末送杜錄事

尊前花下長相見明日忽爲千里人君過
午橋回首望洛陽猶自有殘春

此詩意謂世衰道微光景促迫然未至
春光結局時也回首望勸其不忘君

註解章泉澗泉二先生選唐詩卷之一

註解章泉澗泉二先生選唐詩卷之二

送李侍郎赴常州　　賈至　一首

雪晴雲散北風寒，楚水吴山道路難。今日送君須盡醉，明朝相望路漫漫。

相望一本作相憶○詩意謂今日送君而不盡醉明朝兩地相望道路漫漫欲如今日之對飲不可得矣

贈元二使安西　　王維　一首

渭城朝雨浥輕塵，客舍青青柳色新。勸君

更盡一杯酒西出陽關無故人

此即陽關三疊詞也唐人餞別必歌之
前二句鋪敘別時風景後二句意味悠
長勸君更盡此一杯酒西出陽關乃蠻
夷之域必無故人求今日故人飲酒之
樂不可得矣

除夜　　高適一首

旅館寒燈獨不眠客心何事轉悽然故鄉
今夜思千里霜鬢明朝又一年

故鄉今夜思千里霜鬢明朝又一
年客中除夕聞此兩句誰不悽然

暮春歸故山草堂　錢起　一首

谷口春殘黄鳥稀辛夷花盡杏花飛始憐

幽竹山窻下不改清陰待我歸

春光欲盡鶯老花殘獨山窻幽竹不改

清陰如待主人之歸此與歲寒然後知

松栢之後

凋同意

對月荅元明府　戴叔倫　一首

山下孤城月上遲相留一醉本無期明年

此夜遊何處縱有秋光知對誰

一本作清光○後兩句勸客飲酒忘日今夜勸君而飲不醉明年此夜與子各天一方不知在何處縱有秋光如此夜不知與對月者何人也情淒惋而味悠長正與杜子美九日詩相類明年此會知誰健醉把茱萸更仔細看戴詩尤有味

和鍊師索秀才楊柳　楊巨源　一首

水邊楊柳綠煙絲立馬煩君折一枝惟有

春風最相惜殷勤更向手中吹

楊柳已折生意何在春風披拂如有餘勸愛惜之心焉此無情似有情也仁人

君子常以天地生物之心為心與哀於無用之地垂德於不報之所與春風吹斷柳何異

閨怨　　王昌齡 二首

閨中少婦不曾愁春日凝粧上翠樓忽見陌頭楊柳色悔教夫壻覓封侯

見蟲鳴螽躍而未見君子則憂見蕨薇而未見君子則憂草木之榮華禽蟲之和樂皆能動婦人傷悲之心此詩為戍婦作閨中少婦初不曾愁春日登樓忽見楊柳之青青可愛始知陽和發育物吾夫從軍有功名富貴之望焉

妾獨處幽閨夫卒苦戍事曾不如草木
半生各得其樂於是悔教夫壻覓封侯
美此亦本人情而言也唐人有遠將歸
曲末句云去願車輪遲回思馬蹄速但
令在家相對貧不願天涯金繞身亦是
此意又不若潘廷堅擣衣曲志趣高遠
與此詩異矣擣衣擣衣復擣衣擣到更
深月落時臂弱不勝砧杵重心忙惟恐
擣聲遲妾身不是商人妻商人射利東
復西妾身不是蕩子婦寂寞空房為誰
守妾夫為國戍邊頭黃金鎖甲諍縈纓
從渠一去三十秋死當廟食生封侯如
此別離猶不惡年年
為君擣衣與君着

長信宮秋詞

奉帚平明金殿開且將團扇暫徘徊玉顔
不及寒鴉色猶帶昭陽日影來

此詩為宫中怨女作也怨而不怒有風人之義焉奉帚平明金殿開天色平明奉箕帚以掃殿上之塵金殿已開天子將視朝矣且將團扇暫徘徊私心覬望者天子萬一見其容貌或蒙寵幸所以徘徊窺覘而不忍去也望幸寵不得見遂自嘆曰玉顔不及寒鴉色猶帶昭陽日影來寒鴉飛集於昭陽之屋上猶帶昭陽之日是我乃平生不得此到昭陽近天子之青光是我之玉顔反不及寒
[illegible]色也昭陽殿漢成帝創以處趙飛燕
[illegible][illegible]昭陽特盛隆於孝成屋不呈林

形言帳
即之華麗也

送人　岑參　一首

西原驛路掛城頭客散江亭雨未休君去

試看汾水上白雲猶似漢時秋

此詩為去國者作也李嶠汾陰行首以
秋風白雲為說末云富貴榮華能幾時
山川滿目泪沾衣不見只今汾上水惟
有年年秋雁飛此詩末句云君去試看
汾水上白雲猶似漢時秋隱然說富貴
榮華不足道漢朝公卿將相往來汾陰
不知幾人今安在哉惟有白雲似漢時
秋耳所以開廣其胸襟觧釋其鬱結也

下第後上高侍郎　高蟾一首

天上碧桃和露種日邊紅杏倚雲栽芙蓉生在秋江上不向東風怨未開

唐進士得人為盛每年所取不過二十禁防未嚴無濫名易書者取人望名賢在朝可以貢舉觀韓文公上貟外書可見高蟾下第其年必有權要大臣之子弟中選者天上碧桃日邉紅杏喻權要大臣之子弟門閥高也和露種倚雲栽喻知貢舉者與權要大臣机密如雲露與天日相依易於行私也　芙蓉生在秋江上自喻孤寒之士勢寡如芙蓉種於江上與天相遠生

不逢時如芙蓉開於秋日不遇春陽與碧桃紅杏生而得地開而逢春者大不同矣不向東風怨未開不敢怨知貢舉者不能吹噓也

春晚遊鶴林寺　李涉　五首

野寺尋花春已遲背巖惟有兩三枝明朝携酒猶堪賞為報春風且莫吹

此詩有愛惜人才之意野寺尋花春已遲喻世運衰微人才零落朝廷無賢矣山林草野亦不多見也背巖惟有兩三枝喻孤寒疎遠之士尚有二三人可用明朝携酒猶堪賞喻大臣當汲汲提拔之也為報春風且莫吹喻大臣當長養

成説不可摧殘沮抑之也辛稼軒中年被劾凡一十六章不堪讒詆遂賦摸魚兒云更能消幾番風雨匆匆春又歸去惜春長怕花開早何況亂紅無數正得此詩遺意

過襄陽上于司空頔

方城漢水舊城池陵谷依然世自移歇馬獨來尋故事逢人惟說峴山碑

于頔鎮襄陽賦斂苛刻民不堪命韓文公嘗作序刺之此詩蓋人惟說峴山碑然勸于頔嘗行仁政以羊祜為法羊祜仁人也襄陽人思之無窮碑在峴山

墮泪由來將相守奎襄陽者多矣逵
人作説峴山碑可見好人好做其諷干
頓娩而
切也

魏簡能東遊

獻賦論兵命未通却乘羸馬出江東灞陵原上高田首十載長安似夢中

此詩勸魏公當知命當待時不必奔趍
也灞陵原上高四首十載長安似夢中
回思十年奔長安之劳竟無所
遇如一夢然自今可以安分矣

燕市悲歌又送君目隨征雁過寒雲郵亭

宿昔時看劍莫使塵埃蔽斗文

此詩勉其堅忠養氣勿以困窮而銷沮也實劍必鑄七星文時時拂拭不使塵埃蔽之喻人有精神意氣當時時洗濯淬礪思立功名不可與塵埃俱汩沒也

別南溪

如雲不厭蒼梧遠似鴈逢春又比飛惟有
隱山溪上月年年相望兩依依

此言世降俗薄交情不足恃如雲如鴈聚散不常惟明月與人年年相望兩依依耳此喻交而情親也

華清宮　崔櫓一首

草遮回磴絶鳴鑾雲樹深深碧殿寒明月
自来還自去更無人倚玉闌干

形容離宮荒廢寂寞之狀盡矣可與杜子美玉華宮詩參看此詩只四句尤簡而切

過華清宮　李約一首

君王遊樂萬機輕一曲霓裳四海兵玉輦
昇天人已盡故宮惟有樹長生

君王所重者遊樂所輕者萬機以天下所以亂一曲霓裳四海兵一句絕妙伊訓曰恒舞于宮酣歌于室邦君有一于身國必亡五子之歌曰甘酒嗜音峻宇雕墻有一于此未或不亡此詩只七字道了玉輦升天人已盡故宮惟有樹長生此兩句喚起子美哀江頭詩江頭宮殿鎖千門細柳新蒲為誰綠同一悽愴

古意　王駕一首

夫戍蕭關妾在吳西風吹妾妾憂夫一行書信千行淚寒到君邊衣到無

西風吹妾妾憂夫寒到君邊衣到無此兩句見夫婦之至情矣

與賈島同遊　張籍一首

水北原南草色新雪消風暖不生塵城中

車馬應無數能解閑行有幾人

城中車馬皆爭名競利之人其心無閑時豈復知閑行之樂

註解章泉澗泉二先生選唐詩卷之二

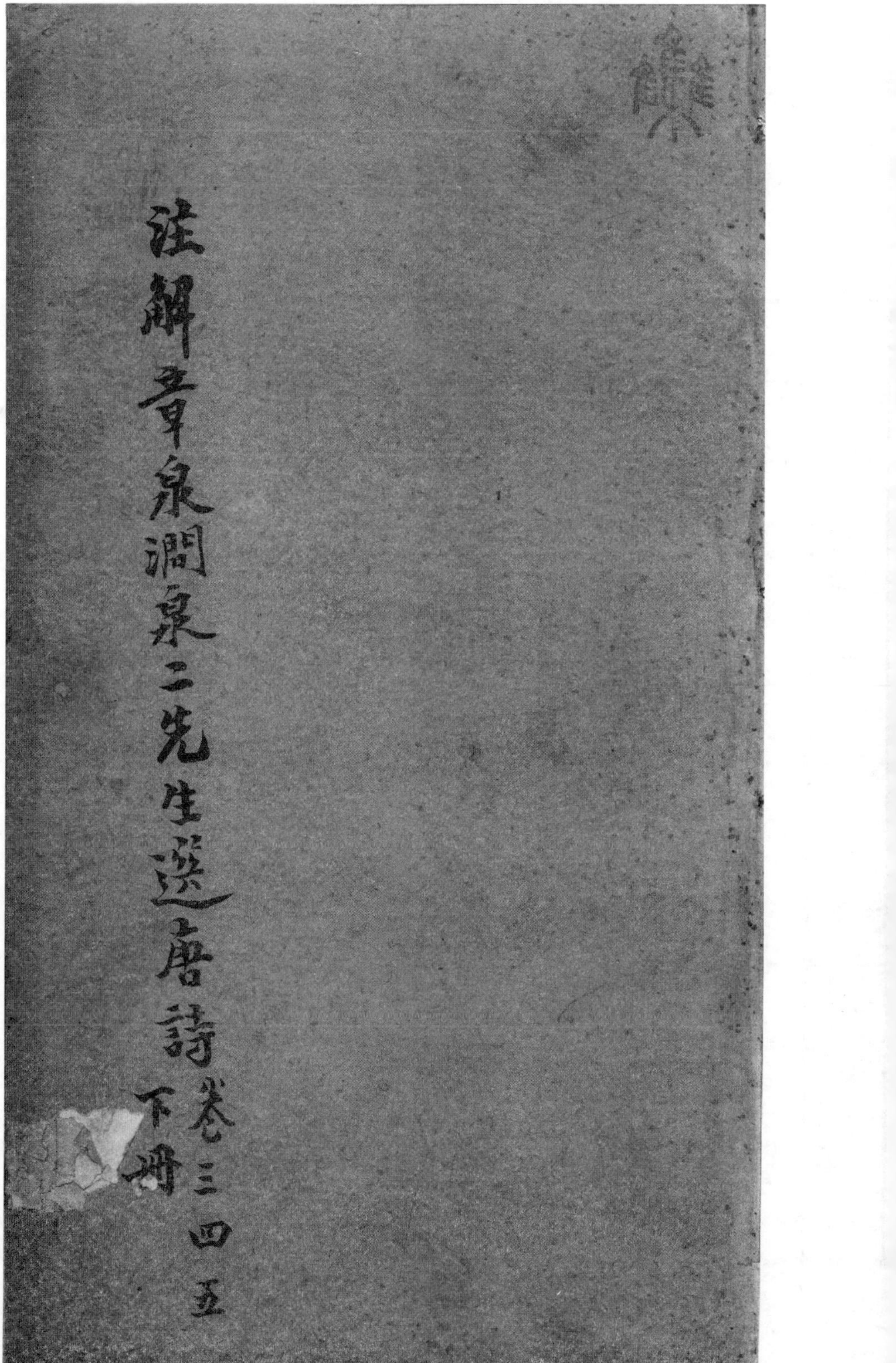

注解章泉澗泉二先生選唐詩　南京圖書館藏明刻本

註解章泉澗泉二先生選唐詩卷之三

渡桑乾　　賈島　一首

客舍并州已十霜歸心日夜憶咸陽無端

更渡桑乾水却望并州是故鄉

久客思鄉人之常情旅寓十年交游歡愛與故鄉無殊一旦別去豈能無依依眷戀之懷渡桑乾而望并州反以爲鄉此亦人之至情也非東西南北之[illegible]不能道此

題四皓廟　　許渾　五首

避秦安漢出藍關松桂花陰滿舊山自是
無人有歸思白雲長在水潺潺

此詩幾回皓一出而不復還舊隱也

重別曾主簿將諸妓同餞

淚沿紅粉濕羅巾重繫蘭舟勸酒頻留郤
一枝河畔柳明朝猶有遠行人

古人送別多折柳以贈見其繾綣諸妓餞行泪沿紅粉濕羅巾重繫蘭舟所勸酒一頻亦可謂其有意矣然皆非貞情留郤一枝河畔柳其心又欲贈明朝遠行之

入可見汨濕羈中頻婀勸酒皆外貌歎人也

客有卜居不遂薄遊汧隴者

海燕西飛白日斜天門遥望五侯家樓臺

深鎖無人到落盡春風第一花

此詩解其卜居不遂之鬱結也五侯之家富貴極矣今遥望其廬樓臺深鎖無人到落盡春風第一花人生如寄英雄以宇宙為家此身所到等逆旅耳何必以無家為憂五侯有樓臺而不得居寒士無室廬者亦以寛心矣

經秦始皇墓

龍盤虎踞樹層層勢入浮雲亦是崩一種
青山秋草裏路人惟拜漢文陵
漢文灞陵與秦始皇墓相近秦皇墓極其機巧漢文陵極其林畧千載之後衰草頹墳氣銷影滅秦皇與漢文無異也然行路之人拜漢文陵而不拜秦皇墓為君仁不仁之異王是有定論矣

緱山廟

王子求仙月滿臺玉簫清轉鶴徘徊曲終
飛去不知處山下碧桃春自開

錢起湘靈鼓瑟詩曲終人不見江上數峯青青城山道士頭麻姑山仙都觀詩爲例峯巒插太清麻姑曾此會方平一從宴罷歸山何處王殿珠樓空月明與此詩意度相似

過華清宮　杜牧八首

長安回望繡成堆山頂千門次第開一騎紅塵妃子笑無人知是荔枝來

明皇天寶間涪州貢荔枝到長安色香不變貴妃乃喜州縣以郵傳疾走稱上意入馬僵斃相望於道一騎紅塵妃子笑無人知是荔枝來形容走傳之神速

如飛人不見其為何物也又見明皇至遠物以悅婦人窮人之力絕人之命有所不顧如之何不亡

登樂遊原

長空澹澹孤鳥沒萬古消沉向此中看取

漢家何事業五陵無樹起秋風

漢家基業之廣大為何如今日登樂遊原一望五陵變為荒田野草無樹木可以起秋風矣盛衰無常興廢有時有天下者觀此亦可以慄慄危懼矣看取二字最妙其意欲人主觀之而動心也後唐楊所詩昨日函元基上望秋風秋草

江辭離亦言興廢之可畏長空澹澹孤
鳥沒有兩說一說是當時所見景物之
悽慘一說是計前代帝王陵墓
在宇宙間如長空一孤鳥耳

赤壁

折戟沉沙鐵半消自將磨洗認前朝東風
不與周郎便銅雀春深鎖二喬

二喬者漢太尉喬玄二女姿色過人孫
策得之納大喬為夫人以小喬嫁周瑜
銅雀臺曹操寵妾所居予自江夏泝洞
庭舟過蒲圻縣見石崖有赤壁二字因
登岸訪問父老曰此正是周郎破曹公
之地南岸曰赤壁北岸曰烏林又曰烏

有烈火岡岡上有周公瑾廟至今土人耕田園者或得弩箭鏃長一尺有餘或得斷鎗想見周郎與曹公大戰可畏此詩磨洗折戟非妄言也後二句絕妙衆人詠赤壁只善當時之勝杜牧之詠赤壁獨憂當時之敗其意曰東風若不助周郎黃蓋必不以火攻勝曹操使曹操順流東下吳必亡孫仲謀必虜大小喬必為俘獲曹操得二喬必以為妾置之銅雀臺矣此是魚中生有死中求活非淺識所到

烏江項羽廟

勝敗兵家不可期包羞忍恥是男兒江東

子弟多豪俊卷土重來未可知

衆人題項羽廟只言項羽自速亡之罪耳牧之題項羽廟獨言項羽有可與之機此其意思亦死中求活非淺識所到牧之意曰項羽聞亭長之言若包羞忍恥汎舟而據江東之土地養江東之人民江東子弟豪傑尚多卷土重來與漢高一戰楚漢興亡皆未可前定也柳子厚書箕子廟碑陰曰當其周時未至殷祀未殄比干已死微子已去向使紂惡未稔而自斃武庚念亂以圖存國無其人誰與興理此人事之或然者也先生隱忍不去意者有在於斯乎亦是此意

泊秦淮

煙籠寒水月籠沙夜泊秦淮近酒家商女

不知亡國恨隔江猶唱後庭花

齊之亡有伴侶曲陳之亡有後庭花皆亡國之音秦淮在金陵城中秦始皇以金陵有天子氣而鑿此河以泄其地氣舟中商女姿陳朝舊俗妖羅哀思不知其為亡國之音此詩有關涉聖賢不欲聞桑間濮上之音晋孟不顧闤墻有茨之詩也

寄揚州韓綽判官

青山隱隱水迢迢秋盡江南草木凋二十

四橋明月夜玉人何處教吹簫

唐諸道郡國之富貴人物之衆多城市之和樂聲色之繁華揚州為冠益州次之號曰揚一益二牧之仕淮南寄揚州韓判官詩其實厭江南之寂寞思揚州之歡娛情雖切而辭不露

送隱者

無媒徑路草蕭蕭自古雲林遠市朝公道世間惟白髮貴人頭上不曾饒

以二句詞理

秋夕

銀燭秋光冷畫屏輕羅小扇撲流螢天街夜色涼如水卧看牽牛織女星

此詩為宮中怨女作也牽牛織女一年一會秦宮人望幸至有三十六年不得見者卧看牽牛織女星隱然說一生不蒙寵幸顧如牛女一夕之會亦不可得然而不怨真風人之詩

宮詞　　王建　一首

樹頭樹底覓殘紅一片西飛一片東自是

桃花貪結子錯教人恨五更風

說到落花氣象便蕭索獨有此詩自是桃花貪結子錯教人恨五更風從落花說歸結子便有生意此四句詩解者不一多是就宮嬪顏色上說可以意會前二句喻其華落色衰也

宿昭應　李紳一首

武帝祈靈太乙壇新豐樹色繞千官那知今夜長生殿獨閉空山月影寒

昭應即武帝太乙壇也武帝祈靈之時千官扈從尊嚴如清都太微臣民可望

而不可即那知今夜長生殿獨閉空山
月影寒視新豊樹色繞千官之時大不
侔矣盛衰無常興廢有時
有道者觀之可以一笑

宮人斜　寳鞏二首

離宮路遠北原斜生死深恩不到家雲雨
今歸何處去黃鸝飛上野棠花

宮人斜後宮嬪嬙葬塚也置宮監守宮
人承恩得幸之時朝雲暮雨盡態極妍
而今不知在何處但見墟墓之旁黃鸝
飛上野棠花聽黃鸝之聲觀野棠之色
宮人之音容與草木禽鳥
同一人斯盡泯滅亦可哀矣

南遊感興

傷心欲問南朝事惟見江流去不回日暮東風春草綠鷓鴣飛上越王臺

此詩只四句無限情思故國舊都人非物換過而覽者莫不躊躇而悽愴非巧心妙手不能模寫王介甫詞云六朝舊事隨流水但衰草寒烟凝綠從此詩變化

閒居雜興　陳陶一首

一顧成周力有餘白雲閒釣五溪魚中原莫道無麟鳳自是皇家結網踈

此詩言天下有非常之才朝廷不能用乃隱於漁釣未可謂世無英雄皆是皇家不能加意網羅之耳

東都望幸　　章碣一首

嬾脩珠翠上高臺眉月連娟恨不開縱使東巡也無益君王自領美人來

此詩乃省闈舉子開知貢舉以私意取其門客以此諷之

聽鄰家吹笙　　郎士元一首

鳳吹聲如隔彩霞不知墻外是誰家重門

深鎖漁人到疑有碧桃千樹花

只是聽隣家吹笙聞其聲不見其人求其人不得其所一段風景極難形容此詩情思句律極其工巧唐錢起湘靈鼓瑟詩結句曲終人不見江上數峯青人以為神助此詩重門深鎖漁人到疑有碧桃千樹花高懷逸興不減錢起

劉後村聞笛
曲罷不知人在否
餘音嘹喨向飄空

註解章泉澗泉二先生選唐詩卷之三

註解章泉澗泉二先生選唐詩卷之四

江樓書感　趙嘏一首

獨上江樓思渺然月光如水水連天同來

望月人何處風景依稀似去年

崔護去年今日此門中人面桃花相映紅人面不知何處去桃花依舊笑春風豈若此詩後兩句之有味

別友人　長孫輔一首

愁多不忍醒時別想極還尋靜處行誰遣

同衾又分手不知行路本無情

此詩意味悠遠古詩云相思極處反相恨何似當初莫識君不如此詩後兩句之妙

夕陽樓　李商隱四首

花明柳暗繞天愁上盡重城更上樓欲問孤鴻向何處不知身世自悠悠

夕陽不好說此詩形容不着迹孤鴻獨飛必是夕陽時若只道身世悠悠與孤鴻相似意思便淺欲問不知四字無限情神

過楚宮

巫峽迢迢舊楚宮　至今雲雨暗丹楓　浮生盡戀人間樂　只有襄王憶夢中

高唐雲雨本是說夢古今皆以為實事此詩譏襄王之愚前人未道破

嫦娥

雲母屏風燭影深　長河漸落曉星沉　嫦娥應悔偷靈藥　碧海青天夜夜心

有窮后羿得長生不死之藥羿妻竊而食之奔入月中是為嫦娥其說[illegible]

詞天問言之註尤詳明詩意謂孀娥有長生之福無夫婦之樂豈不自悔前人未道破

賈生

宣室求賢訪逐臣賈生才調更無倫可憐夜半虛前席不問蒼生問鬼神

漢文帝夜半前席賈生世以為美談不問蒼生問鬼神此一句道破文帝亦有愧矣前人無此見

己亥歲　曹松　一首

澤國江山入戰圖生民何計樂樵蘇憑君莫話封侯事一將功成萬骨枯

一將功成萬骨枯即孟子所謂爭城以戰殺人盈城爭地以戰殺人盈野率土地而食人肉仁人君子聞此詩者必不以干戈立功名矣

鄠亭殘花　張祐一首

雲暗山横日欲斜鄠亭下馬對殘花自從身逐征西府每到花時不在家

此詩與張季鷹秋風思蓴鱸同意有道者聞之必不以山林之樂易鐘鼎之奉矣

瑤瑟怨　　温庭筠　一首

冰簟銀床夢不成碧天如水夜雲輕鴈聲還向瀟湘去十二樓中月自明

還向一本作遠過○此詩鋪陳一時光景畧無悲愴怨恨之辭枕冷衾寒獨寐寤歎之意在其中矣

折楊柳宮詞　　段成式　四首

枝枝交影鎖長門嫩色曾霑雨露恩鳳輦不來春欲盡空留鶯語到黃昏

此詩即長門怨宮人失寵者皆出居長門陳皇后所以買相如賦也怨而不怨得風人之體

水殿年年占早芳柔條偏惹御爐香而今萬乘多巡狩輦路無陰綠草長

巡狩豈可多輦路豈宜有茂草此詩隱然見王室多難天子蒙塵有忠臣惓惓不忘之心焉

嫩葉初齊不耐寒風和時拂玉闌干君王去日曾攀折泣雨傷春翠黛殘

此詩有忠臣義上之心君王去日曾攀折泣雨傷春翠黛殘兩句悲痛懷惻有無限情思翠華巡狩臨去時楊柳曾蒙攀折之寵尚且泣雨傷春翠黛殘臣子受國恩者當何如也

陌上河邊千萬枝怕寒愁雨盡低垂黃金穟短人多折已恨東風不展眉

柳眼初舒而未展如黃金穟杜詩所謂柳色黃余嫩也御葉開展則如眉今初見黃金穟披行人折去是如恨東風不展眉也第四句是觧第三句

長門怨　　崔道融　二首

長門花泣一枝春爭奈君恩別處新錯把黃金買詞賦相如自是薄情人

漢武帝陳皇后失寵居長門宮聞司馬相如能賦結知天子以千金賂相如作長門賦以獻上覽之悽然召陳皇后歸椒房寵幸如故相如仕漢朝為郎買茂陵人女為妾文君失意作白頭吟以怨之事見琴操故曰相如薄情人此前人所未道

楚懷王

宮花一朵掌中開緩頰翻為敵國媒六里

青山天下笑張儀容易去還来

張儀為秦游説楚懷王絶齊事秦許賂以商於地六百里懷王信之陳軫諫不聽既絶齊遣使入秦受地張儀指地圖示使者從某處到某處廣六里懷王受欺大怒請必殺張儀儀至楚囚之儀賂幸臣靳尚紿美人鄭裦鄭裦泣諫懷王出張儀事見戰國策史記

有別　　陸龜蒙　二首

且將絲線繫蘭舟醉下烟汀減去愁江上
有樓君莫上落花隨浪正東流

木蘭為舟綠線為纜其斷絕易矣舘舍客不久便當分別也醉下烟汀減去愁亦如古詞不如飲待奴先醉圖得不知郎去時醉中解纜又下烟汀兩眼昏花是不知有別離之愁矣減字最妙江上有樓君莫上落花隨浪正東流此兩句謂所愛之人有不忍相捨之意見落花東流思舟中去客豈不傷懷戒之以莫上江樓欲絕其離別之恨也

浮萍

曉来風約半池明重疊侵沙綠罽成不用
臨池重相笑最無根蔕是浮名

第一句絕字明字巧曾見㞧吟萍池者方知其工第二句侵字巧獨今謂之毛毀或以爲□叚段綠萍重疊於沙上如綠纈之狀浮萍無根蒂可笑也人生爲浮名奔走其樂根蔕尤可笑也

謝亭送客　許渾一首

勞歌一曲解行舟紅葉青山水急流日暮酒醒人已遠滿天風雨下西樓

水急流則舟行速醉中見紅葉青山景象可愛必不瞻望渺遠矣日暮酒酣行人已遠豈能無惜別之懷萷天風雨離愁當增幾倍也

山亭夏日　　高駢　三首

綠樹陰濃夏日長樓臺倒影入池塘水精簾動微風起一架薔薇滿院香

此詩形容夏日之光景極其妙麗如圖畫然想山亭人物無一點塵俟也水精簾乃微風吹池水其波紋如水精簾也

寫懷

漁竿消日酒消愁一醉忘情萬事休却恨韓彭興漢室功成不向五湖遊

花滿西園月滿池笙歌摇曳畫船移如今
暗與心相約不動征旗動酒旗

四時代謝成功者退盛名之下不可久居老子曰功成名遂身退天之道也此二詩必受教於有道者非苟作也

宋氏林亭　　薛能一首

地濕莎青雨後天桃花紅近竹林邊行人
本是農商客記得春深欲種田

遊園圃而思畎畝覽花草而記農桑此有道者之言也齊景公欲比先王遊觀

歎晏子以省耕省斂對正是此意

華清宮　吴融　三首

中原無鹿海無波鳳輦鸞旗出幸多今日故宫歸寂寞太平功業在山河

此詩情思最深長海內清平朝家閒暇人主有驕心必以遊觀歌舞為樂此天下所以亂也四方亂離王室多難人主有惕心必以遊觀歌舞為戒此天下所以治也

四郊飛雪暗雲端惟此宫中落便乾緑樹

碧簷相掩映無人知道外邊寒

知華清宮之暖不知外邊之寒士愁民愁軍愁皆不暇問矣如之何不亡此詩

意在言外非詩人不其巧

漁陽烽火照函關玉輦匆匆下此山一曲

霓裳聽不盡至今遺恨水潺潺

白樂天云漁陽鼙鼓動地來驚破霓裳羽衣曲與此詩意同此詩云一曲霓裳聽不盡至今遺恨水潺潺意味深遠尤勝樂天

註解章泉澗泉二先生選唐詩卷之四

註解章泉澗泉二先生選唐詩卷之五

看花　羅鄴二首

花開只恐看來遲看了愁多未看時家在楚鄉身在蜀一年春色負歸期

人皆以看花為樂今看花之後愁思愈多形容久客懷鄉情狀至矣杜子美言國破城荒之懷至於見花而濺淚聞鳥而驚心人心傷悲見可喜可愛之物只如不見適以重其傷悲耳

賞春

芳草和烟暖更青閒門要路一時生年年
點檢人間事惟有春風不世情
杜子美云花柳更無私自通都大邑以
至深山窮谷自禁苑名園以至竹籬茅
舍當春和時何處而無花柳何處而無
芳草此造化之至公也子美因花柳見
春風之無私此詩因芳草見春風之不
世情異詞同意子美只五字意尚包盡
此詩以二十八字
發明無餘蘊矣

朝退望終南山　李拯　一首

紫宸朝罷綴鴛鸞丹鳳樓前駐馬看惟有

終南山色在晴明依舊滿長安

此詩因收復長安之後車駕還京人物蕭條有感而作惟有終南山色在晴明依舊滿長安可見人物之衆多市井之繁華珍寶之聚會士馬之盛強皆不如前日矣巧在惟有依舊四字

讀史有感　司空圖　二首

佳人自折一枝紅把唱新詞曲未終惟向眼前憐易落不如抛擲任春風

此詩謂梁武帝捨身入寺而作也用意深遠人多不識佳人自折一枝紅梁武

帝自取天下也把唱新詞曲未終非是他人窮奢極侈享天下之樂也惟向眼前憐易落梁武帝非有積功累仁之素乘危幸變而取天下知其必不久身自得之身自失之自知其國易於亡也不如拋擲任春風捨身佛寺付天下於自危自亡聽命於天不復愛惜也

漫書

長擬求閒未得閒又勞行役出秦關逢人漸覺鄉音異却恨鶯聲似故山

逢人漸覺鄉音異此去鄉愈遠思鄉愈深也聞鶯声似故山必動故山之想其

懷抱當何如所以不喜而反恨也

唐彦謙　一首

仲山

漢高祖兄劉仲葬于此

千載遺蹤寄薜蘿沛公鄉里漢山河長陵
亦是閒丘隴異日誰知與仲多

太公子劉仲力由高祖不事家人生產作業高祖得天下上太上皇壽曰大人常以兒子無賴不如兄能治產業今兒子之業與仲孰多觀此詩則貧富貴賤等是空花有道者必不以此累靈臺堯讓天下而許由不受亦見此理

宋濟　一首

東鄰美女歌

花暖江城斜日陰鶯啼繡戶繞雲深春風不道珠簾隔傳得歌聲與客心

此是連日聞歌聲道字傳字與字三字以得巧花暖鶯啼亦模寫此、女之情狀見歌聲之只入耳令云與客心最妙

江上別李秀才　韋莊 四首

千山紅樹萬山雲把酒相看日又曛一曲離歌兩行泪不知何地再逢君

此詩後二句只是眼前說話形容惜別未有如此緊切

前年相送灞陵春今日天涯各避秦莫向
尊前惜沉醉與君俱是異鄉人

客中送客最易傷懷此詩後兩句絕妙
唐人餞別詩如今日送君須盡醉勸君
更盡一盃酒又不如莫向
尊前惜沉醉一句有味

金陵圖

江雨霏霏江草齊六朝如夢鳥空啼無情
最是臺城柳依舊煙籠十里堤

臺城乃梁武帝餓死之地國亡主滅陵
谷變遷人物換世惟草木無情只如前

日此柳必梁朝所種至唐猶存無情依舊四字最妙端平北使王檝詩云到處江山是戰場淮民依舊說耕桑梅花不識興亡恨猶向東風笑夕陽譏本朝文士不知邊事之危急景定間北將議留江州詩云寂寞武磯山上廟羅伏水中船垂楊不管與亡事依舊青青兩岸邊亦譏本朝將相不知國家將亡文臣武臣隨時取樂視危急如平安無事時也二詩皆從此詩變化

晏起

近來中酒起常遲臥看南山改舊詩開戶日高春寂寞數聲啼鳥上花枝

此詩寫盡幽人隱士之樂吟此詩想見
此風景令人有超然高大逍遥塵外之志

宮詞　長孫翱一首

一道甘泉接御溝上皇行處不曾秋誰言
水是無情物也到宮前咽不流

此詩乃肅宗復两京之後上皇還京師
李輔國張后專權黄山谷所謂南内凄
凉幾苟活之時有感而作上皇行處不
曾秋言光景如春也水到宮前其声如
人嗚咽而不流悲傷上皇
之不樂也四句情思皆妙

暮春滻水送別　韓琮一首

綠暗紅稀出鳳城暮雲宮闕古今情行人

莫聽宮前水流盡年光是此聲

人物有盡水流無窮自唐朝有宮闕以来不知經幾年不知過幾人宮前水声只如故所謂流盡年光是此聲也

涼州曲　柳談一首

關山萬里遠征人一望關山淚滿巾青海

城頭空有月黃沙磧裡本無春

言此邊戍役之悽慘此詩極矣

山中寄友人　李九齡　一首

亂雲堆裏結茆廬已共紅塵跡漸踈莫問

野人生計少窗前流水枕前書

此詩寫盡隱君子之樂

城東早春　楊巨源　一首

詩家清景在新春綠柳纔黄半未匀若待

上林花似錦出門皆是看花人

此詩喻士大夫知人當於孤寒貧賤中求之若待其名譽彰聞始知獎拔將衆

人之智不足言知人矣邵康節先生蓋
章停問牡丹曰見根荄而知花之品色
者上也見枝條而知花之品色者次也
見蓓蕾而知花之品色者斯為下矣如
君所言又其下者也有人賦牡丹云洛
陽園苑草烟寒憂想堯夫一寸丹安得
枝頭之上品令
人多是就花看

秋日北固晚望

高蟾一首

澤國路歧當面苦江城砧杵入心寒不知
白髮誰醫得為問無情歲月看

此詩妙在
後兩句

邊詞　　姚合一首

将軍作鎮古汧州水膩山春節氣柔清夜滿城絃管沸行人不信是邊頭

此詩頌邊城賢守之德政善於形容有風人法度水膩山春節氣柔與雲黃知塞近草白見邊秋異矣清夜滿城絃管沸行人不信是邊頭與青海城頭空有月黃沙磧裏本無春異矣

王昭君　　白居易一首

漢使却回憑寄語黃金何日贖蛾眉君王

若問妾顏色莫道不如宮裏時

此詩從漢武帝李夫人傳變化來李夫人疾革上問疾欲見其面李夫人以帳掩面上終不得一見而去左右怪之夫人曰上之愛我若色也我病久色衰上見我形容非昔寵愛必衰不復思念我也

題道院　　　鍾離先生　一首

莫恠追歡笑語頻尋思離亂可傷神閑來屈指從頭數得到清平有幾人

黃鶴樓　　　呂洞賓　一首

黄鶴樓前吹笛時白蘋紅蓼滿江湄衷懷欲訴無人會只有清風明月知

二公皆神仙其詩出塵絕俗不待學而能也

注解章泉澗泉二先生選唐詩卷之五終

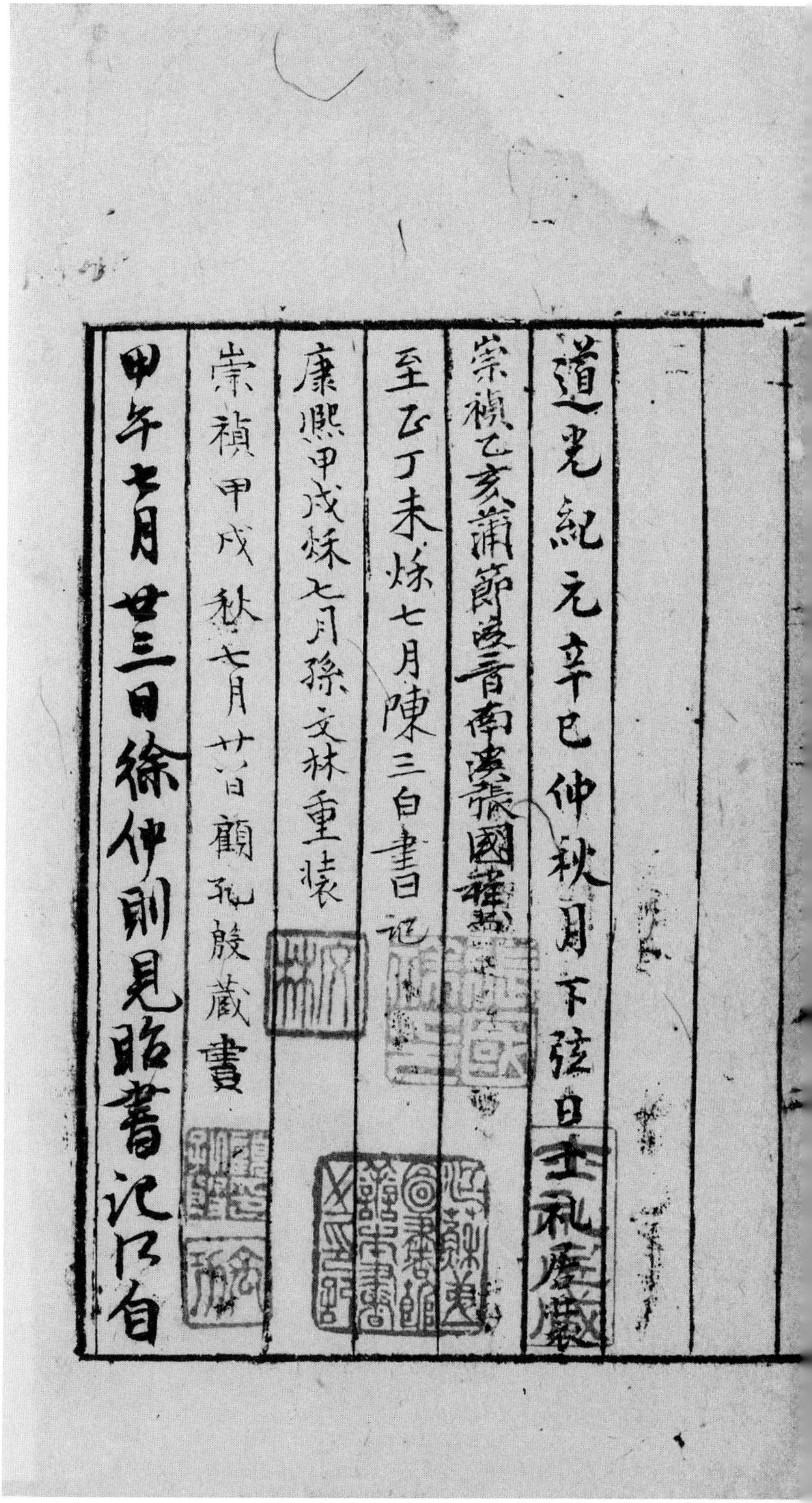
道光紀元辛巳仲秋月下弦日
崇禎乙亥蒲節後二日南濠張國維識
至乙丁未秋七月陳三白書目記
康熙甲戌秋七月孫文林重裝
崇禎甲戌秋七月廿日顧孔殷藏書
甲午七月廿三日徐仲則見昭書記以自

注解章泉澗泉二先生選唐詩　南京圖書館藏明刻本

此柱國王氏遺書也賈人收得於叢殘
中檢出示余疑爲宋刻余曰此宋人選
唐人詩耳乃明刻非宋刻也物之圖書
不數見索餅金〻余亦以是故頗頗了
仲夏收得仲秋始此裝通冊皆於其原
一角雖補綴不之填寫卷目將而其原
詩或可依他本補法也未有以校也
書載述古堂目卷數亦合古本流傳

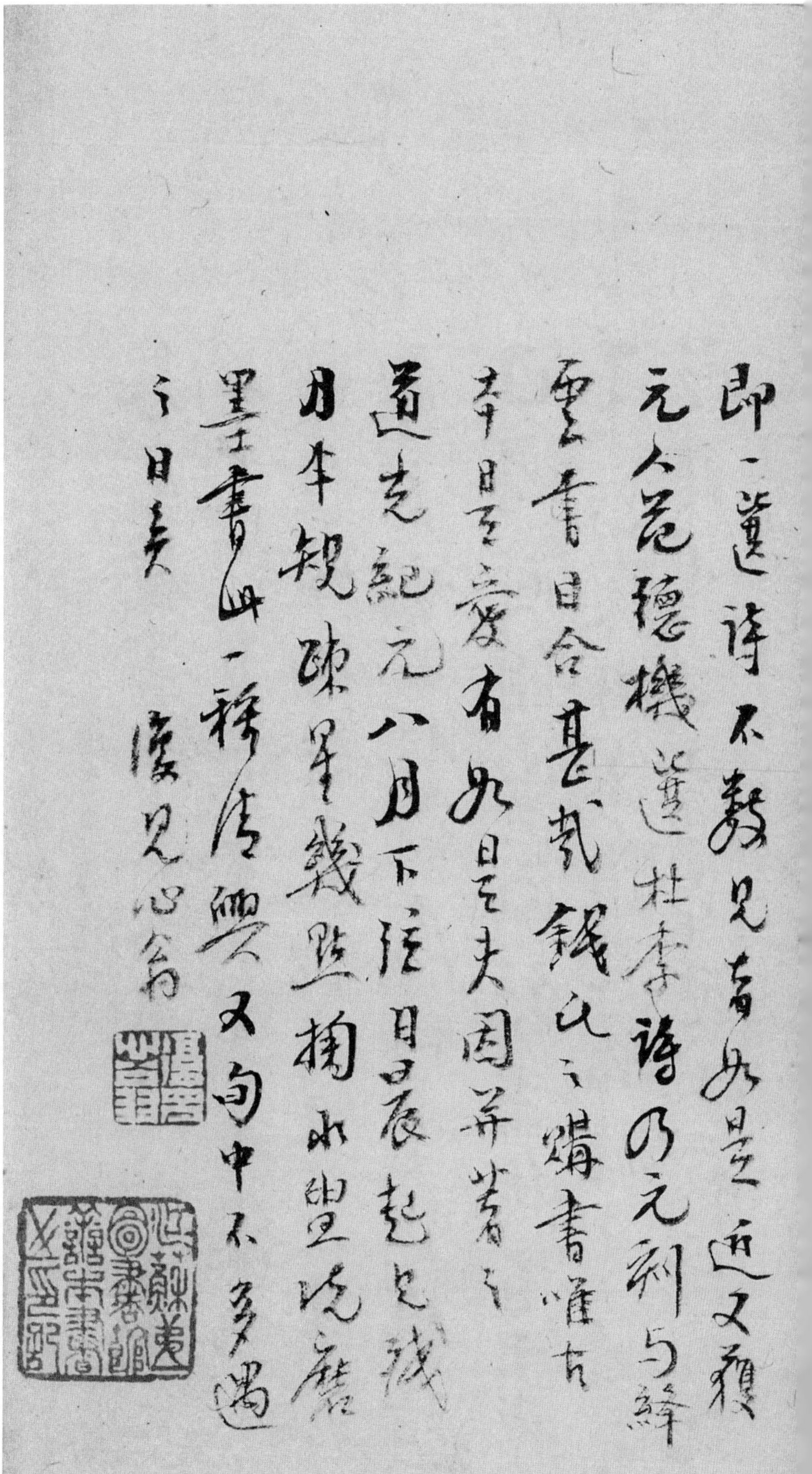

即一選詩不數見者如是近又獲
元人范德機選杜李詩乃元刻與辭
雪書目合甚乾錢氏之蠅書惟古
本日至慶有如日至夫因并當之
道光紀元八月下旬日晨起見殘
月本視跡星幾點掬水望晚唐
墨書冊一種傳與又句中不多遇
之日矣　　復見心翁

卷尾藏書諸家各有題識并簡記
然其間有真有不真有識有不
識惟顧孔殷一人識其人甚熟
遍訪顧子湘篇厲檢吳趨傳請
因閱國朝書徵錄末後有墨王
筆畫人姓名附記諸條中一條云
顧殷禹功當即其人較此為記

少一孔字或孔字係大抵刂故從
省也惜其氣之能傳籍毋不傳
耳同日燒燭書 書此跋後重檢序文且
小字記亦作頎般知得兩
稱也
又記

唐詩絶句

天一閣藏明刻本

唐詩絕句卷之一

章泉趙蕃昌父精選

澗泉韓淲仲止精選

疊山謝枋得君直註解

韋應物 一首

滁州西澗

獨憐幽草澗邊生，上有黃鸝深樹鳴。春潮帶雨晚來急，野渡無人舟自橫。

幽草而生澗邊，君子在野，考槃之在澗也。黃鸝而鳴於深樹，小人在位，巧言

之如流也潮水本急春潮帶雨其急可
知國家患難多也晚來急危國亂朝李
世未俗如日色已晚不復光明也野渡
無人舟自橫寬閑之野寂寞之濱必有
濟世之才如孤舟之橫野
渡者持君相之不能用耳

自朗州至京戲贈看花諸君子　劉禹錫　一十四首

紫陌紅塵拂面來無人不道看花回玄都
觀裏桃千樹盡是劉郎去後栽

劉禹錫坐主叔文黨與司馬後召出為
刺史朗州其才召至京師見新貴滿朝

作看花詩以譏之時論以為輕薄又[illegible]紫陌紅塵拂面來無人不道看花回趁富貴者汨沒塵埃自謂得志如遊日看花紅塵滿面之玄都觀諭朝廷桃千樹喻富貴無能者盡是劉郎去後栽滿朝富貴無能者皆劉郎去國後宰執所栽培也

再遊玄都觀

百畝庭中半是苔桃花淨盡菜花開種桃道士歸何處前度劉郎今又來

舊唐詩劉禹錫傳自朗州召還遊玄都觀道士種花千樹灼灼如晨霞因作看

花詩讖諷再出後十年召還重遊玄都觀桃藂道士俱不存惟見兎葵燕麥動揺春風耳又賦此詩百畝庭中半是苔喻朝廷無人也菟花淨盡菜花開喻前日宰相所用之人已彫謝今日宰相所用之人方得時也種菟道士歸何處前度劉郎今又來前日宰相培植私人者今死矣吾又立朝竆達壽夭聽命於天宰相何苦以私意進退人才哉

石頭城

山圍故國周遭在潮打空城寂寞回淮水東邉舊時月夜深還過女墻來

烏衣巷

朱雀橋邊野草花，烏衣巷口夕陽斜。舊時王謝堂前燕，飛入尋常百姓家。

予客金陵，見名流題詠多矣。撫時懷舊，感慨興亡，豈無驚人語。李太白詩云：鳳凰臺上鳳凰遊，鳳去臺空江自流。吳宮花草埋幽徑，晋代衣冠成古丘。許渾詩云：英雄一去豪華盡，只有青山似洛中。王介甫詞云：六朝舊事隨流水，但衰草寒烟凝綠。葉水心晋元帝廟記云：逐去物故，臣主同盡，名跡俱泯，一抔之土且不暇為謀，徒使文士弄筆於墜緒遺簡之餘，騷客賁吟於寒煙衰草之外，其亦有可哀矣皆未若劉夢得二詩之妙有風人遺意石頭城在金陵之西去六朝宮殿舊基三十餘里東晉因石頭城之險築城壘屯重兵今遺址尚可考旁有清涼寺女墻城雉也俗呼為女墻又曰箭眼山圍故國周遭在山無異東晉之山也潮打空城寂寞回潮無異東晉之潮也淮水東邊舊時月夜深還過女墻來淮水東邊之月無異東晉之月也求東晉之宗廟宮室固不可見求東晉之英雄豪傑亦不可見矣意在言外寄有於無朱雀橋烏衣巷乃東晉將相功臣所居猶漢西都冠蓋如雲七相五公也東晉將相惟王謝兩人功名最盛宗族最蕃第宅最多由東晉至唐元和四百年世異時殊人更物換豈特功名富貴

不可見其高名甲第百無一存幾為尋常百姓之家正如歐陽公所謂今其江山雖在而頹垣廢址荒煙野草過而覽首莫云晴曙而悽愴朱雀橋邊之花草如舊時之花草烏衣巷之夕陽如舊時之夕陽惟功臣王謝之第宅今皆變為尋常百姓之室廬矣乃云舊時王謝堂前燕飛入尋常百姓家此風人遺韻兩詩皆用舊時二字絕妙金陵四圍皆青山與洛陽相似許渾云只有青山似洛中李太白云山似洛中多劉禹錫云山圍故國周遭在曾景建詩云青山四合遶天津風景依然似洛濱江左如今成樂土新亭垂淚亦無人

生公講堂

生公說法鬼神聽身後空堂夜不扃高坐
寂寥塵漠漠一方明月可中庭

生公講堂在平江府二千里外虎丘寺予嘗遊焉生公點頭石尚在講堂宏敞可容二千人此詩乃笑生公也生公說法鬼神聽言其生前佛法有神通也身後空堂夜不扃高坐寂寞塵漠漠更不灑掃惟有一方明月可以周徧于中庭生前聽法二千人今安在哉可見生公器無靈聖寺僧無一人有恭敬之心也

聽舊宫人穆氏唱歌

曾隨織女度天河記得雲間第一歌休唱

貞元供奉曲當時朝士已無多

前兩句形容宮中之樂如在九霄後兩句謂德宗貞元間陸宣公為相姜公輔蕭復陽城王仲舒諸賢先後立朝所尚多君子今日與貞元大不侔矣聞貞元樂曲思貞元朝士盍能無傷今懷古之情乎日當時朝士已無多隱然見今日朝廷無人才正如書云即我御事罔或耆壽俊在厥服詩云伊誰之思西方美人不言無而言無多此詩人巧處

與歌者何戡

二十餘年別帝京重聞天樂不勝情舊人

惟有何戡在更與殷勤唱渭城

禹錫初以八司馬例貶召還忤宰相意又黜後十年再召還舊時朝士害已者不勝情三字有味舊人惟有何戡在見得舊時公卿大夫與已為仇敵者今無一存惟歌妓何戡尚在唐人送別愛唱陽關三疊即渭城朝雨浥輕塵客舍青青柳色新勸君更盡一杯酒西出陽關無故人四句是也更與殷勤唱渭城意謂西去國餞別者必唱陽關三疊今日幸而再登朝何戡更與唱昔年送別之曲回思逆境豈意生還佹人愁家消磨已盡人生爭名爭利相傾相陷果如何扎

蹋歌詞

春江月出大隄平隄上女郎連袂行唱盡
新詞歡不見紅霞映樹鷓鴣鳴

提上女郎非不多也色必有可觀聲必有可聽唱盡新詞而歡愛之情不見者胷中所歡他有人也所歡既不見但見紅霞之色但聞鷓鴣之聲其思想當何如也

楊柳枝詞

花萼樓前初種時美人樓上鬭腰肢如今

抛擲長街裡露葉如啼欲恨誰

此詩意謂人不能特立隨時趨勢以求富貴者與花萼樓前楊柳何異明皇創花萼相輝之樓與兄弟親王宴飲其上樓前多楊柳連陰宮詞云往來年少說長安玄武樓成花萼樓廢花萼樓既廢則楊柳之地皆為長街矣此一楊柳在花萼樓前初種之時宮人歌舞樓上者觀楊柳之輕盈嬝娜自恨腰肢之不如欲與楊柳鬪此嬌媚之態猶人之逢時遇主大家寵幸也及花萼樓廢樓前為長街楊柳在長街之中無人顧盼如抛擲然猶人之許時失勢擯棄寂寞也柳葉帶露有如淚眼落葉如啼欲恨誰猶小人失勢不其已而悲人雖泣血連如

亦無益也

又

煬帝行宫汴水濱數株殘柳不勝春晚來風起花如雪飛入宫墻不見人

煬帝荒淫不君國亡身喪行宫外殘柳數株枝條裊弱如不勝春風之摇蕩柳花如雪飛入宫墻似若羞見時人者隨之臣子在唐曾不曰國亡主滅分任其咎揚揚然無羞惡心觀楊花亦可愧矣

又

城外春風颭酒旗行人揮袂日西時長安
陌上無窮樹惟有垂楊管別離

人之餞別非驛亭則酒肆驛亭酒肆多種楊柳古人或折柳以贈或攀柳而悲長安陌上樹木儘多管別離者惟有垂楊耳意謂王公將相位尊權重其栽培桃李必多或辭官或失勢一旦去國其門下士終始不相背負者甚少也

又

輕盈嫋娜占年華舞
榭粧樓處處遮春盡
絮飛留不得隨風好去落誰家

輕盈嫋娜占年華舞[illegible]羣邪便佞趨炎熱尊寵怙恩也舞榭粧樓處處遮小人為權貴所信任其作威福無一事不出其手無一人能登其門也春盡絮飛留不得主人矣勢受禍賓客盡散隨風好去落誰家小人忘恩負義隨時變化背故知而趨新知如柳絮隨風墮落不擇地亦不擇人也

和令狐相公別牡丹

平章宅裏一闌花，臨到開時不在家。莫道兩京非遠別，春明門外即天涯。

此詩言人臣不可恃聖眷也春明門即長安東城門也泄柳申詳無人乎繆公

之側則不能安其身我臣一位尊名盛朝
承恩暮嶺海禍福不可必一出東城門
去君側漸遠讒一有奸邪奈佞嫉負之
人造總誹謗熒惑主聽寵辱轉移特頃
刻間欲入朝辨明不可得矣
春明門外即天涯一句絕妙

洛中春末送杜錄事

尊前花下長相見明日忽為千里人君過
午橋迴首望洛城猶自有殘春

此詩意謂世衰殆花光景遒促然未至
春光結局時也回首望勸其不忘君

唐詩絕句卷之二

送李侍郎赴常州　　賈至　一首

雪晴雲散北風寒楚水吳山道路難今日送君須盡醉明朝相望路漫漫

相望十本作相憶○詩意謂今日送君而不盡醉明朝兩地相望道路漫漫欲如今日之對飲不可得矣

贈元二使安西　　王維　一首

渭城朝雨浥輕塵客舍青青柳色新勸君

更盡一杯酒西出陽關無故人

此即陽關三疊詞也唐人餞別必歌之前二句鋪叙別時風景後二句意味悠長勸君更盡此一杯酒西出陽關乃蠻夷之域必無故人求今日故人飲酒之樂不可必得矣

除夜　高適　一首

旅館寒燈獨不眠客心何事轉悽然故鄉今夜思千里霜鬢明朝又一年

故鄉今夜思千里霜鬢明朝又一年客中除夕聞此一兩句誰不悽然

暮春歸故山草堂　錢起　一首

谷口春殘黄鳥稀辛夷花盡杏花飛始憐
幽竹山窗下不改清陰待我歸

春光欲盡鶯老花殘獨山窗幽竹不改清陰如待主人之歸此眞歲寒然後知松栢之後凋同意

對月答元明府　戴叔倫　一首

山下孤城月上遲相留一醉本無期明年
此夕遊何處縱有秋光知對誰

秋光一本作清光。後兩句勸客飲酒，其意曰今夜勸君而飲，不醉明年此夜，吾與子各天一方，不知在何處，縱有秋光如此，夜不知與對月者何人也。情悽惋而味悠長，正與杜子美九日詩「明年此會知誰健，醉把茱萸仔細看」相類。戴詩尤有味。

和錬師索秀才楊柳　楊巨源　一首

水邊楊柳緑烟絲，立馬煩君折一枝。惟有春風最相惜，殷勤更向手中吹。

楊柳已折，生意何在，春風披拂，如有[illegible]愛惜之心焉。此無情似有情也，仁人

君子常以天地生物之心為心與衆共
無用之地垂德於　報之所與春風吹
斷柳
何異

閨怨　　王昌齡　一首

閨中少婦不曾愁春日凝粧上翠樓忽見
陌頭楊柳色悔教夫婿覓封侯

見蟲鳴螽躍而來見君子則憂見蕨薇
而未見君子則憂憂草木之榮華奮蟲之
和樂皆能動婦人傷悲之情此詩爲成
婦作閨中少婦初不曾愁春日登樓忽
見楊柳之青青可愛始知陽和發育物
物皆春吾夫從軍有功名富貴之望焉

吾獨處幽閨夫辛苦戎事曾不如草木羣生各得其樂於是悔教夫婿覓封侯矣此亦本人情而言也唐人有遠將歸曲末句云去頭車輪遲回思馬蹄速但令在家相對貧不頭天涯金遶身亦是此意又不若潘廷堅擣衣曲志趣高遠與此詩異矣擣衣擣衣復擣衣擣到更深月落時臂弱不勝砧杵重心忙惟恐擣聲遲妾身不是商人妻商人射利東復西妾身不是蕩子寂寞空房爲誰守妾夫爲國戍邊頭金鎖甲驄紫騮從軍一去三十秋死廟食生封侯如此別辦猶不惡作爲君擣衣與君著

長信宮秋詞

奉帚平明金殿開且將團扇暫徘徊玉顔

不及寒鴉色猶帶昭陽日影来

此詩爲宮中怨女作也怨而不怒有風人之儀焉奉帚平明金殿開天色平明奉箕帚以掃殿上之塵金殿已開天子將視朝矣且將閑勒皆徘徊私心覬望者天子萬一見其容貌或蒙寵幸所以徘徊窺覘而不忍去也皇幸寵不得見遂自嘆曰玉顔不及寒鴉色猶帶昭陽日影來寒鴉飛集于昭陽之屋上猶帶昭陽之日影我乃平生不得一到昭陽近天子之清光是我之玉顔反不及寒鴉色也昭陽殿漢成帝創以處趙飛燕西都賦昭陽特盛隆於孝成屋不呈材

墻不露形言帳帷之華靡也

送人　岑參　一首

西京驛路掛城頭客散江亭雨未休君去試看汾水上白雲猶似漢時秋

此詩為去國者作也李嶠汾陰行首以秋風白雲為說末云富貴榮華能幾時山川滿目淚霑衣不見只今汾水上惟有年年秋鴈飛也詩末句云君去試看汾水上白雲猶似注時秋隱然說富貴榮華不足道漢朝公卿將相往來汾陰不知幾人今安在哉惟有白雲似漢時□天耳以開廣其胸襟解釋其鬱結也

下第後上高侍郎　高蟾　一首

天上碧桃和露種，日邊紅杏倚雲栽。芙蓉生在秋江上，不向東風怨未開。

唐進士得人為盛，每年所取不過二十餘人。禁防未設，無糊名易言，若取人望大才實名賢，在朝可以貢舉。觀韓文公上陸修員外書可見。高蟾下第，其年必有權要大臣之子弟中選者。天上碧桃、日邊紅杏，喻權要大臣之子弟門閥高也。和露種、倚雲栽，喻知貢舉者與權要大臣親密，如雲露與天日相依，易於行私也。芙蓉生在秋江上，自喻孤寒之士勢孤也。援寒如芙蓉種於江上，與天相遠

生不逢時如芙蓉開於秋日不遇春陽
與碧桃紅杏生而得地開而逢春者大
不同矣不向東風怨未開不歌
怨知貢舉者不能吹噓之也

春曉遊鶴林寺　李涉　五首

野寺尋花春已遲背巖惟有兩三枝明朝
攜酒猶堪賞為報春風且莫吹

斗詩有憂惜人才之意野寺尋花春已
遲喻衰世運衰微人才零落朝廷無賢人
山林草野亦不乏人也背巖惟有兩三
枝喻孤寒疎遠之士尚有二三人可用
明朝攜酒猶堪賞喻天臣當汲汲援
也為報春風且莫吹喻大臣當長養

成就不可摧殘江御之池幸椽軒中年裕劾凡一十六章不堪說涇淫賦摸魚兒云更能消幾番風雨匆匆春又歸去惜春長怕花開早何況亂紅無數正得此詩遺意

過襄陽上于司空頔

方城漢水舊城池陵谷依然世自移歌馬獨來尋故事逢人惟說峴山碑

于頔鎮襄陽賦歛苛刻民不堪命韓文公曾作序諷之此詩逢人惟說峴山碑隱然勸于頔當行仁政以羊祜為法羊祜仁人也襄陽人思之無窮碑在峴山

讀者墮淚由来將相守襄陽者多矣遂
人惟說峴山碑可見好人好做其諷于
頡頏而
切也

魏簡能東遊

獻賦論兵命未通却乘羸馬出江東霸陵
原上高田首十載長安似夢中

此詩勸魏公當知命甘時不必奔趨
也灞陵原上高田首十載長安似夢中
回思十年奔長安之勞竟無所
遇如一夢無自今可以安分矣

燕市悲歌又送君目隨征鴈過寒雲郵亭

時看劍莫使塵埃蔽斗文

此詩勉其堅志養氣以圖窮而銷沮也實劍必鑄七星文時時拂拭不使塵埃蔽之喻人有精神意氣當時時洗濯淬厲思立功名不可與塵埃俱消淪也

別南溪

如雲不厭蒼梧遠似鴈逢春又北飛惟有隱山溪上月年年相望兩依依

此言世降俗薄交情不足恃如雲如鴈聚散不常惟明月與山年年相望兩依依耳此喻交淡而情親也

華清宮　　崔櫓一首

草遮回磴絶鳴鑾雲樹深深碧殿寒明月自来還自去更無人倚玉欄干

形容離宮荒廢寂寞之狀盡矣可與杜子美玉華宮詩參看此詩只四句尤簡而切

過華清宮　　李約一首

君王遊樂萬機輕一曲霓裳四海兵玉輦升天人已盡故宮惟有樹長生

君王所重者遊樂所輕者萬機此天下所以亂一曲霓裳四海兵一句絶妙伊訓曰恒舞于宮酣歌于室邦君有一于身國必亡五子之歌曰甘酒嗜音峻宇雕墻有一于此未或不亡此詩只七字道了玉樓升天人已盡欲宮惟有樹長生此兩句與杜子美哀江頭詩江頭宮殿鎖千門細柳新蒲爲誰綠同一悽愴

古意　王駕

夫戍蕭關妾在吳西風吹妾妾憂夫一行書信千行淚寒到君邊衣到無

西風吹妾妾憂夫寒到君邊衣到無此兩句見夫婦之至情矣

與賈島同遊　　張籍　一首

水北原南草色新雪消風暖不生塵城中

車馬應無數能解閑行有幾人

城中車馬皆爭名競利之人其心無閑時豈復知閑行之樂

唐詩絕句卷之三

渡桑乾　賈島一首

客舍并州已十霜，歸心日夜憶咸陽。無端更渡桑乾水，却望并州是故鄉。

久客思鄉，人之常情。旅寓十年，交遊歡愛與故鄉無殊，一旦別去，豈能無依依眷戀之懷。渡桑乾而望并州，反以為故鄉，此亦人之至情也。非東西南北之人，不能道此。

題西皓廟　許渾五首

遊秦安漢出藍關松桂花陰滿舊山自是
無人有歸思白雲常在水潺潺
此詩譏四皓一出而不復還舊隱也

重別曾主簿時諸妓同餞
淚沾紅粉濕羅巾重繫蘭舟勸酒頻留却
一枝河畔柳明朝猶有遠行人
古人送別多折柳以贈見其繾綣諸妓餞行淚沾紅粉濕羅巾重繫蘭舟勸酒頻亦可謂有意矣然皆非真情而留却一枝河畔柳其心又欲贈明朝遠行之

人可見溪濕羅巾頻頻勸酒皆外貌歎人也

客有卜居不遂薄遊汧隴者

海燕西飛白日斜天門遙望五侯家樓臺深鎖無人到落盡春風第一花

此詩解其卜居不遂之鬱結也五侯之家富貴極矣今遙望其廬樓臺深鎖無人到落盡春風第一花人生如寄矣雖以宇宙為家此身所到等逆旅耳何必以無家為憂五侯有樓臺而不得居寒士無室廬者亦可以寬心矣

經秦始皇墓

龍盤虎踞樹層層勢入浮雲亦是崩一種
青山秋草裏路人惟拜漢文陵

漢文霸陵與秦始皇墓相近秦皇墓極其儉巧漢文陵極其朴畧千載之後衰草頹墳氣銷影滅秦皇與漢文無異也然行路之人拜漢文陵而不拜秦皇墓為君仁不仁之異至是有定論矣

緱山廟

王子求仙月滿臺玉簫清轉鶴徘徊曲終
飛去不知處山下碧桃春自開

錢起湘靈鼓瑟詩曲終人不見江上數峯青青城山道士題麻姑山仙都觀詩萬何年峦捕太清麻姑曾此會方平一從宴瑤池何處玉殿珠樓空月明與出詩意慶相似

過華清宮　杜牧之　八首

長安回望繡成堆山頂千門次第開一騎紅塵妃子笑無人知是荔枝來

明皇天寶間涪州貢荔枝到長安色香不變貴妃乃喜州縣以郵傳疾走稱上意人馬僵斃相望於道一騎紅塵妃子笑無人知是荔枝來形容走傳之神速

如飛人不見其為何物也又見明皇致遠物以悅婦人竊人之力絕人之命有一所不顧如之何不亡

登樂遊原

長空澹澹孤鳥沒萬古銷沉向此中看取

漢家何事業五陵無樹起秋風

漢家基業之廣大為何如今日登樂遊原一望五陵變為荒田野草無樹木可以起秋風矣盛衰無常興廢有時有天下者觀此亦可以慄慄危懼矣看取二字最妙其意欲人主觀之而[illegible][illegible]心也後唐湯詠詩於日觀元基上望[illegible][illegible]氣秋[illegible]

正離離亦言與廢之可畏長空澹澹孤鳥沒有兩說一說是當時所見景物之悽慘一說是計前代帝王陵塋在宇宙間如長空一孤鳥耳

赤壁

折戟沉沙鐵半消自將磨洗認前朝東風不與周郎便銅雀春深鎖二喬

二喬者漢太尉喬玄二女姿色過人孫策得之納大喬為夫人以小喬嫁周瑜銅雀臺曹操寵妾所居予自江夏泝洞庭舟過蒲圻縣見石崖有赤壁二字因登岸訪問父老曰此正是周郎破曹公之地南岸曰赤壁北岸曰烏林又曰烏

巢有烈夫岡岡上有周公壇廟至今土人耕田園者或得弩箭鏃長一尺有餘或得折戟想見周郎與曹公大戰可畏此詩磨洗折戟非妄言也後二句絶妙衆人詠赤壁只善當時之勝杜牧之詠赤壁獨憂當時之敗其意曰東風若不助周郎黃蓋必不能以火攻勝曹操使曹操順流東下吾必知孫仲謀必虜大小喬必為俘獲曹操得二喬必以為妾置之銅雀臺矣此是無十分有死中求活非淺識所到

烏江項羽廟

勝敗兵家不可期包羞忍恥是男兒江東

子弟多豪俊卷土重來未可知

衆人題項羽廟只言項羽有遠亡之罪耳牧之題項羽廟獨言項羽有可興之機此等意思亦死中求活非淺識所到牧之意曰項羽聞亭長之言若包羞忍耻泛舟回擄江東之土地養江東之人民江東子弟豪傑尚多卷土重來與漢高一戰楚漢興亡皆未可前定也柳子厚書箕子廟碑陰曰當其周時未至殷祀未殄比干已死微子已去向使紂惡未稔而自斃武庚念亂以圖存國無其人誰與興理此人事之或然者也先生隱忍不去意者有在於斯乎亦是此意

泊秦淮

烟籠寒水月籠沙夜泊秦淮近酒家商女不知亡國恨隔江猶唱後庭花

齊之亡有伴侶曲陳之亡有後庭花皆亡國之音秦淮在金陵城中秦始皇以金陵有天子氣而鑿此河以洩其地氣舟中商女染陳朝舊俗妖淫哀思不知其為亡國之音此詩有關涉聖賢不欲聞桑間濮上之音晉孟不頗聞牆有茨之詩也

寄楊州韓綽判官

青山隱隱水迢迢秋盡江南草木凋二十

桃花貪結子錯教人恨五更風

說到落花氣象便蕭索獨有此詩自是衰花貪結子錯教人恨五更風從落後說歸結子便有生意此四句詩解者不一說多是就宮嬪顏色上說可以意會爾二句喻其華落色衰也

宿昭應

李紳　一首

武帝祈靈太乙壇新豐樹色繞千官那知今夜長生殿獨閉空山月影寒

昭應即武帝太乙壇也武帝祈靈之時千官扈從尊嚴如清都太微臣民可望

而不可即那知今夜長生殿獨閉空山月影寒視新豊樹色繞千官之時大不侔矣盛衰無常興廢有時有道者觀之可以一笑

宮人斜　　竇鞏　二首

離宮路遠北原斜生死深恩不到家雲雨今歸何處去黃鸝飛上野棠花

宮人斜後宮嬪嬙叢塚也置宮監守宮人承恩得幸之時朝雲暮雨晝態極妍而今不知在何處但見墟墓之傍黃鸝飛上野棠花聽黃鸝之聲觀野棠之色言人之音容與草木禽獸同一澌盡泯滅亦可哀矣

南遊感興

傷心欲問南朝事惟見江流去不回日暮
東風春草綠鷓鴣飛上越王臺

此詩只四句無限情思故國舊都人更物換過而覽者莫不躊躇而悽愴非巧心妙手不能摸寫王介甫詞云六朝舊事隨流水但衰草寒煙凝綠從此詩變化

閑居雜興　陳陶　一首

一顧成周力有餘白雲閑釣五溪魚中原
莫道無麟鳳自是皇家結網疎

此詩言天下有非常之才朝廷不能用乃隱於漁釣未可謂世無英雄自是皇家不能加意網羅之耳

東都望幸　章碣　一首

嬾修珠翠上高臺眉月連娟恨不開縱使東巡也無益君王自領美人來

此詩乃省闈舉子聞知貢舉以私意取其門客以此諷之

聽鄰家吹笙　郎士元　一首

鳳吹聲如隔彩霞不知墻外是誰家重門

深鎖無人到疑有瑤桃千樹花
只是聽隣家吹笙聞其聲不見其人求其人不得其所一段風景極難形容此詩情思句律極其工巧唐錢起湘靈鼓瑟詩結句曲終人不見江上數峯青人以為神妙此詩重門深鎖無人到疑有碧桃千樹花高攘逸興不減錢起

唐詩絶句卷之四

江樓書感　趙嘏　一首

獨上江樓思渺然，月光如水水連天。同來望月人何處，風景依稀似去年。

崔護去年今日此門中人面桃花相映紅人面不知何處去桃花依舊笑春風豈若此詩後兩句之有味

別友人　長孫輔一

愁多不忍醒時別，想極還尋靜處行。誰

同衾又分手不知行路本無情

此詩意味悠遠古詩云相思極處反相
恨何似當初莫識君不如此詩後兩句
之妙

夕陽樓　李商隱　四首

花明柳暗繞天愁上盡重城更上樓欲問
孤鴻向何處不知身世自悠悠

夕陽不好說此詩形容不着迹孤鴻獨
飛又是夕陽時無只道身世悠悠與孤
鴻相似意思便[illegible]問
不知四字無限[illegible][illegible]

過楚宮

巫峽迢迢舊楚宮，至今雲雨暗丹楓。浮生盡戀人間樂，只有襄王憶夢中。

高唐雲雨本是說夢，古今皆以為實。此詩譏襄王之愚，前人未道破。

嫦娥

雲母屏風燭影深，長河漸落曉星沉。嫦娥應悔偷靈藥，碧海青天夜夜心。

有窮后羿得長生不死之藥，羿妻竊而食之，奔入月中，是為嫦娥。其說怪矣，然

楚辭天問言之註尤詳明詩意謂嫦娥有長生之福無夫婦之樂豈不自悔前人未道破

賈生

宣室求賢訪逐臣賈生才調更無倫
可憐夜半虛前席不問蒼生問鬼神

漢文帝夜半前席賈生世以為美談不問蒼生問鬼神此一句道破文帝亦有愧矣前人無此見

己亥歲　　曹松　一首

澤國江山入戰圖生民何計樂樵蘇憑君莫話封侯事一將功成萬骨枯

將功成萬骨枯即孟子所謂爭城以戰殺人盈城爭地以戰殺人盈野率土而食人肉仁人君子所弗此也此戰者必不以干戈立功

郵亭殘花　張祐　一首

雲暗山橫日欲斜郵亭下馬對殘花自從身逐征西府每到花時不在家

此詩與張季鷹秋風思蓴鱸同意有道者聞之必不以山林之樂易鍾鼎之奉矣

瑶瑟怨　温庭筠　一首

冰簟銀床夢不成碧天如水夜雲輕鴈聲遠過瀟湘去十二樓中月自明

一本作遠過　此詩鋪陳一時光景客無憀愁恨之辭状以衾寒獨寐寤歎之意在其中矣

折楊柳宫詞　段成式　四首

枝枝交影鎖長門嫩色曾霑雨露恩鳳輦不來春欲盡空留鶯語到黄昏

此詩即長門怨宮人失寵者皆出居閒陳皇后所以買相如賦也怨而不怒得風人之體

水殿年年占早芳柔條偏惹御爐香而今萬乘多巡狩輦路無陰綠草長

以狩豈可多輦路豈宜有茂草此詩隱然見王室多難天子蒙塵有忠愛惓惓不忘之心焉

嫩葉初齊不耐寒風和時拂玉闌干君王去日曾攀折泣雨傷春翠黛殘

此詩有忠臣義士之心君王去日曾學折江雨傷春翠黛殘雨句悲傷悽惆有無限情思翠華巡待臨去時楊柳曾蒙學折之龍尚且泣雨傷春翠黛殘臣子壹國恩當何如也

清河邊千萬枝怕寒愁雨盡低垂黄金縷短人多折已恨東風不展眉

柳眼紅舒而未展如黄金縷杜詩所謂柳色黄金嫩也柳葉開展則如眉今初見黄金縷被行人折去是如恨東風不展眉也第四句是解第三句

長門怨

崔道融　二首

看恩剝膚新錯把

黄金買賦相如自是薄情人

漢武帝陳皇后失寵居長門宮聞司馬相如能賦結知天子以千金賂相如作長門賦以當上覽之懷然召陳皇后歸椒房寵幸如故相如仕漢翻為郎買茂陵人女為妾文君失意作白頭吟以怨之事見琴操故曰相如薄情人此前人所未道

楚懷王

宮花一朶掌中開緩頰翻為敵國謀六里

青山天下笑張儀容易去還来

張儀為秦遊說楚懷王絕齊事秦許賂以商於地六百里懷王信之陳軫諫不圖聽既絕齊遣使入秦受地張儀指地示使者從某處到某處廣六里懷王受大怒謂必殺張儀儀至楚囚之儀賂幸臣靳尚尚給美人鄭袖鄭袖泣諫懷王出張儀事見戰國策史記

有别　陸龜蒙　二首

且將絲線繫蘭舟醉下烟汀減去愁江上有樓君莫上落花隨水正東流

木蘭爲舟絲綸爲纜其斷絕易全俞留審不久便當分別也醉下煙汀感去愁亦如書詞不如歎持教先醉圖得不知郎去時醉中解纜又下煙汀雨眼昏花如不知有別離之愁矣識字最妙江上有僕看莫上落花隨淺歪亦流處雨句謂所蒙之人有不忍縮捨之意見落花東流思乘中去客豈宁傷懷戚之以莫上江樓欲絕其醉別之恨也

浮萍

曉來風約半池明重疊侵沙綠罽成不用
臨池重相笑最無根蒂是浮名

第一句字明字巧曾見風吹萍泡着方知其工第二句優字巧縐今謂之私段或以爲縠縠段縐漭重疊於沙上蓋緑縐之状浮萍無根蔕可笑也人生而爲浮名奔走其無根蔕尤可笑也

謝亭送客　　　　許渾　一首

勞歌一曲解行舟　紅葉青山水急流　日暮
酒醒人已遠　滿天風雨下西樓

水急流則舟行速醉中見紅葉青山景衆可愛必不覺望湯泣矣日暮酒醒行人已遠豈識無情別倍懷滿天風雨離愁當增幾也

山亭夏日　高駢

綠樹陰濃夏日長，樓臺倒影入池塘。水精簾動微風起，一架薔薇滿院香。

此詩形容夏日之光景，其妙麗如圖盡。然想山亭人物無一點塵埃也。水晶簾乃微風吹過水，其波紋如水精簾也。

寫懷　一

漁竿消日酒消愁，一醉忘情萬事休。卻恨韓彭興漢室，功成不向五湖遊。

花滿西園月滿池，笙歌摇曳畫舡移。如今
暗與心期約，不動征旗動酒旗。

四時代謝，成功者退。盛名之下，不可久居。老子曰：功成名遂身退，天之道也。

二詩必受教於有道者，非苟作也。

宋氏林亭　薛能　一首

地濕莎青雨後天，桃花紅近竹林邊。行人
本是農桑客，記得春深欲種田。

遊園圃而思畎畝，覺花草而記農桑，此有道者之言也。齊景公欲比先王遊

之樂晏子以省耕省斂對王是此意

華清宮　吳融　三首

中原無事海無波鳳輦鑾旗出幸多今日故宮歸寂寞太平功業在山河

此詩情思最深長海內清平朝家閑暇人主有驕心必以遊觀歌舞為樂此天下所以亂也四方亂離王室多難人之有怛心必以遊觀歌舞為戒此天下之所以治也

四郊飛雪暗雲端惟此宮中落便乾綠樹

碧簷相掩映無人知道外邊寒

知華清宮之煖而不知外邊之寒士怨民怨軍怨皆不暇問矣如之何不亡此詩意在言外非詩人不甚巧

漁陽烽火照函關玉輦匆匆下此山一曲霓裳聽不盡至今遺恨水潺潺

白樂天云漁陽鼙鼓動地來驚破霓裳羽衣曲與此詩意同此詩云一曲霓裳聽不盡至今遺恨水潺潺意味悠遠勝樂天

唐詩絕句卷之五

看花　　羅鄴

花開只恐看來遲，看了愁多未省時。家在楚鄉身在蜀，一年春色𢖍歸期。

人皆以看花爲樂，令看花之後愁思愈多，形容久客懷鄉情狀至矣。往子美言國破城荒之懷，至於見花而濺淚，聞鳥而驚心，人心傷悲，見可喜可愛之物，只知不見，適以重其傷悲耳。

賞春

芳草和烟暖更青閑門要路一時生年年
點檢人間事惟有春風不世情

杜子美云花柳更無私自通都太邑以至深山窮谷自禁苑名園以至竹籬茅舍賞春和時何處而無花柳何處而無芳草此造化之至公也子美因花柳見春風之無私此詩因芳草見春風之不世情異辭同意子美只五字意尚包盡此詩以二十八字發明無餘藴矣

朝退望終南山　李拯　一首

紫宸朝罷綴鴛鸞丹鳳樓前駐馬看惟有

終南山色在晴明依舊滿長安

此詩因玆復長安之後車駕還京人物蕭條有感而作惟有終南山色在晴明依舊滿長安可見人物之衆多市井之繁華珍寶之聚會士馬之盛強皆不如前日矣巧在惟有依舊四字

讀史有感　司空圖　二首

佳人自折一枝紅把唱新詞曲未終惟向眼前憐易落不如拋擲任春風

此詩謂梁武帝捨身入寺而作也用意深遠人多不識佳人自折一枝紅梁武

帝自取天下也把唱新詞曲未終非是
他人窮奢極侈享天下之樂也惟向眼
前憐惕落梁武帝非有積功累仁之素
乘危幸釁而取天下知其必不久身自
得之身自失之自知其國易於士也不
如抛擲任春風捨身佛寺付天下於自
危自亡聽命於
天不復愛惜也

漫書

長擬求閑未得閑又勞行役出秦關逢人
漸覺鄉音異却恨鶯聲似故山

逢人漸覺鄉音異此去鄉愈遠思鄉愈
深也聞鶯聲似故山必動故山之想其

懷抱當何如所以不喜而反恨也

仲山 漢高祖兄劉仲葬于此　　唐彥謙　一首

千載遺蹤寄薜蘿沛公鄉里漢山河長陵亦是閑丘隴異日誰知與仲多

太公寸劉仲力田高祖不事家人生產作業高祖得天下上太上皇壽曰大人常以兒子無賴不如仲能治產業今兒子之業與仲孰多觀此詩則貧富貴賤等是空花有道者必不以此累靈臺尭讓天下而許由不受亦見此理

東隣美女歌　宋濟　一首

花暖江城斜日陰鶯啼繡戶曉雲深春風不道珠簾隔傳得歌聲與客心

此是連日聞歌聲道字傳字與字三字得巧花暖鶯啼亦模寫此女之情状以見歌声之只入耳今云與客心最妙

江上別李秀才　韋莊　四首

千山紅樹萬山雲把酒相看日又曛一曲離歌兩行淚不知何地再逢君

此詩後二句只是眼前說話形容惜別未有如此緊切

前年相送霸陵春今日天涯各避秦莫向
尊前惜沉醉與君俱是異鄉人

客中送客最易傷懷此詩後二句絕妙唐人餞別詩如今日送君須盡醉勸君更盡一杯酒又不如莫向尊前惜沉醉一句有味

金陵圖

江雨霏霏江草齊六朝如夢鳥空啼無情
最是臺城柳依舊烟籠十里堤

臺城乃梁武帝餓死之地國亡主滅陵谷變遷人物換世惟草木無情只如前

日此梆必梁朝所種至唐猶存無情依
舊四字最妙端平北使王儀詩云到處
江山是戰場淮民依旧說耕桑梅花不
識興亡恨猶向東風笑夕陽譏本朝文
士不知邊事之危急景定間北将胡諮
議留江州詩云寂寞武磯山上廟蕭條
羅伏水中舡垂楊不管興亡事依舊青
青兩岸邊亦譏本朝将相不知國家将
亡文臣武臣隨時取樂視危急如平
安無事時也二詩皆從此詩變化

晏起

近來中酒起常遲臥看南山改舊詩開戶
日高春寂寞數聲啼鳥上花枝

此詩寫盡高人隱士之躰令此詩想見此風景令人有超然高大逍遙塵外之志

宮詞　長孫翺　一首

一道甘泉接御溝，上皇行處不曾秋。誰言水是無情物，也到宮前咽不流。

此詩肅宗復兩京之從上皇還[illegible]師李輔國張后專權黃山[illegible][illegible][illegible][illegible][illegible]宗幾有活之時有感而作上[illegible]行幸[illegible]曾秋言光景如春也求到宮[illegible][illegible][illegible]人鳴咽而不流悲傷上皇之不樂也此四句情思皆妙

暮春滻水送別　韓琮　一首

綠瘖紅稀出鳳城暮雲宮闕古今情行人
莫聽宮前水流盡年光是此聲

人物有盡水流無窮自唐朝有宮闕以來不知經幾年不知過幾人今宮前水聲只知故所謂流盡年光是此聲也

涼州曲

柳談　一首

關山萬里遠征人一望關山淚滿巾青海
城頭空有月黃沙磧裏本無春

言北遠戍[illegible]深傷此詩[illegible]

山中寄友人　李九齡　一首

亂雲堆裏結茅廬，已共紅塵跡漸疎。莫問野人生計事，窗前流水枕前書。

此詩寫盡隱君子之樂

城東早春　楊巨源　一首

詩家清景在新春，綠柳纔黃半未勻。若待上林花似錦，出門俱是看花人。

此詩喻士大夫知人當於孤寒貧賤中求之若待其名譽彰聞始知獎拔特衆

人之智不足言知人矣邵康節先生荅章惇問牡丹曰見根蘗而知花之品色者上也見枝條而知花之品色者次也見蓓蕾而知花之品色者斷為下矣如君所言又其下者也有人賊牡丹云洛陽園花草燗寒夔想亮夫一寸丹安得枝頭知上品今人多是就花看

秋日北固晚望　高蟾　一首

澤國路岐當面苦江城砧杵入心寒不知白髮誰醫得為問無情歲月看

此詩妙在後兩句

邊詞　姚合　一首

将軍作鎮古汧州，水膩山春節氣柔。清夜滿城絲管沸，行人不信是邊頭。

此詩頌邊城賢守之德政，著於形容，有風人法度。木膩山春，節氣與雲黃知塞近草白見邊秋異矣。清夜滿城絲管沸，行人不信是邊頭，與青海城頭空有月黃沙磧裏本無春異矣。

王昭君　白居易　十首

漢使却回憑寄語，黃金何日贖蛾眉。君王

若問妾顔色莫道不如宮裏時

此詩從漢武帝李夫人傳化来李夫人疾革上問疾欲見其面李夫人以帳掩面上終不得一見而去左右請之夫人曰上之見我者色也我病久色衰上見我形容非昔寵愛必衰不復思念我也

題道院　　鍾離先生一首

莫怪追歡笑語頻尋思離亂可傷神閑来屈指從頭數得到清平有幾人

黄鶴樓　　呂洞賓一首

黃鶴樓前吹笛時白蘋紅蓼滿江湄衷情欲許無人會只有清風明月知

二公皆神仙其詩出塵絕俗不待學而能也

唐詩絕句　天一閣藏明刻本

注唐詩鼓吹

《注唐詩鼓吹》提要

《注唐詩鼓吹》，又名《唐詩鼓吹集》《唐詩鼓吹》《唐詩鼓吹大全》等，十卷，金元好問編，元郝天挺注。元好問（一一九〇—一二五七）字裕之，號遺山，忻州秀容（今屬山西忻州）人。金興定五年（一二二一）進士，官至行尚書省左司員外郎。金亡不仕，專心著述。其以詩文聞名，兼擅衆體，被譽爲『一代宗匠』。撰有《遺山先生集》《續夷堅志》《中州集》等傳世，於金代文化頗有保存之功。《金史》卷一二六有傳。郝天挺（一二四七—一三一三）字繼先，世居安肅（今河北徐水），幼時曾受業於元好問。後出仕元朝，官至中書左丞。著有《雲南實録》，已亡佚。《元史》卷一七四有傳。

此集專選唐人七律。共選詩人凡九十六家，五百八十餘首（數量據元代武乙昌序。《四庫全書總目》云五百九十六首，傳世本爲五百九十七首）。以柳宗元、劉禹錫居首，包括許渾、薛逢、韓偓、王維、高適、岑參等諸家，以中晚唐詩人爲主。李白、杜甫、韓愈皆未入選。《四庫全書總目》評價此集『去取謹嚴，軌轍歸一，大抵遒健弘敞，無宋末江湖、四靈瑣碎寒儉之習』，出於方回《瀛奎律髓》之上；郝天挺注雖然簡略，『而但釋出典，尚不涉於穿鑿』，亦較明代以降廖文炳等人爲勝。然而集中也不免有一些錯誤，有作者誤繫者，如卷四宋邕詩十一首，郝天挺云出自曹唐集中；有宋詩竄入者，如卷八中收入北宋胡宿詩二十三首。

關於書名『鼓吹』之義，歷來有不同的說法。書前趙孟頫、姚燧序認爲『鼓吹』原指軍樂，意爲取唐詩『宏壯震厲』之作，姚燧更指出元氏取名爲借鑒金高宗《幽閑鼓吹》而來。《四庫全書總目》則認爲是取《世說新語·文學》所載孫綽『《三都》《二京》，五經鼓吹』之語，意爲彰顯輔助。從入選詩歌風格來看，或許兼有二義，既重在唐詩雄健之作，又以此彰顯唐詩此種風貌，以掃除南宋以來寒儉詩風。

臺灣『國家圖書館』藏有一部元至大元年（一三〇八）浙省儒司刊本，爲此書之初刊本。卷首有武乙昌序云：『至大戊申，浙省屬儒司以是編鋟於梓，僕實董其事。』由此可略知其刊刻始末。此本裝爲五册，每半葉十行，行二十字，小字雙行同，白口，單魚尾，左右雙邊。版心下方鐫記刻工。卷首有姚燧、趙孟頫、武乙昌序，書後有盧摯跋。

此書刊行後流傳甚廣，元代即出現了多種坊刻本，明代以後也屢有刻印，並出現了多種注本，如明廖文炳《唐詩鼓吹注解》，清錢朝鼒、王俊臣等《唐詩鼓吹箋注》，錢謙益、何焯《唐詩鼓吹評注》，朱三錫《東岩草堂評定唐詩鼓吹》等，對明清詩學影響較大。

本次選擇元劉氏日新堂刻本、元冲和書堂刻本、明嘉靖十七年廣勤書堂刻本、明刻本四種影印。

元劉氏日新堂刻本（國家圖書館藏，書號：一四〇五〇），存五卷（卷一至五），二册。每半葉十三行，行二十二字，小字雙行同，細黑口，四周雙邊。卷端書名題作《唐詩鼓吹》。书前有『唐詩鼓吹目録』，列各卷所收詩人及詩作數量。目録後有條形牌記『日新堂刊』。每卷題『資善大夫中書左丞郝天挺注』。此本卷中鈐有『稽瑞樓』印，知爲陳揆舊藏。

元冲和書堂刻本（浙江圖書館藏，書號：善〇〇〇二七七），三册，每半葉十三行，行二十二字，小字雙行同，細黑口，四周雙邊。書前有牌記，上鐫『冲和書堂』，下分三欄，分别鐫『遺山元好問裕之選』『新刊箋注精選唐詩鼓吹』『新齋郝天挺繼先注』。卷端則題爲『唐詩鼓吹』。書前有趙孟頫序、『唐詩鼓吹目録』，目録後有條形牌記『冲和堂刊』。此本與日新堂刻本行款、版式一致，字體相仿，但細節略有不同。經比對，此本應爲日新堂本之翻刻本。書中捺『妙覺寺常住日典』圖章。此圖章見島田翰《古文舊書考》，島田氏認爲係日本天正年間（一五七三—一五九一）高僧日典之印。據此，此本應屬日本回流之物。

明嘉靖十七年廣勤書堂刻本（天津圖書館藏，書號：S七五五），存五卷（卷一至五），書名題作《新刊三訂便蒙唐詩鼓吹大全》，一册。版框分上下欄，下欄爲《新刊三訂便蒙唐詩鼓吹大全》，每半葉十二行，行二十三字，粗黑口，四周雙邊；上欄爲《新增草堂辭調賦歌》，每半葉十八行，行四字，白口，四周雙邊。實爲二書合鐫於一本，頗具書坊刻書靈活變通、求新求變的特點。每卷卷端題『書林葉氏廣勤堂刊』，卷五末有蓮花碑座牌式牌記『嘉靖戊戌孟冬廣勤書堂重刊』。此本書名雖異，但内容與《注唐詩鼓吹》無異。卷首有趙孟頫序。此本爲楊守敬舊藏，卷中鈐『飛青閣藏書印』『宜都楊氏藏書記』等印鑒。

明刻本（國家圖書館藏，書號：三六二五），四册，每半葉九行，行十六字，黑口，四周雙邊。以刻印風格來看，當刻於明初。卷首有趙孟頫序。天頭及行間有墨筆批語，爲摘録明廖文炳注解。卷中有『鐵琴銅劍樓』印鑒，考《鐵琴銅劍樓藏書目録》著録有一部『元刊』，當即此本。

（袁　媛）

注唐詩鼓吹

國家圖書館藏元劉氏日新堂刻本

唐詩鼓吹目錄

資善大夫中書左丞郝　天挺註

曹唐 一十八首　宋邕 一十一首　李益 二首
賈島 一首　章碣 一首　李頻 二首
杜荀鶴 一首　崔顥 一首　李頎 二首
趙嘏 八首　崔途 三首　李郢
韋蟾 一首　薛能 四首　秦韜玉 四首

○卷第五 五十八首

劉滄 四首　劉威 一首　曹松 二首
崔魯 四首　張祐 一首　顏萱 一首
皮日休 二十三首　張賁 一首　羅鄴 四首
錢起 一首　盧綸 五首　司空曙 三首
陳羽 二首　戴叔倫 一首　李嘉祐 四首
姚鵠 一首

○卷第六 六十首

日新堂刊

唐詩鼓吹目錄畢

注唐詩鼓吹　國家圖書館藏元劉氏日新堂刻本

唐詩鼓吹卷第一

資善大夫中書左丞郝　天挺　註

柳子厚　諱宗元，河東人。貞元九年進士，授校書郎，累遷監察御史裏行，禮部員外郎，後貶邵州刺史，又徙柳州，卒于官。有集今行于世。

登柳州城樓寄漳汀封連四州　永貞元年，子厚与韓泰、韓曄、劉禹錫、陳諫、凌準、程异、韋執誼皆以附王叔文貶，号八司馬。準、執誼皆卒貶所，程异先召用。元和十年，子厚等五人例召至京師，又皆出為刺史，子厚柳州，泰漳州，曄汀州，諫封州，禹錫連州。

城上高樓接大荒，左思吳都賦云：出乎大荒之中，行乎東極之外。爾雅曰：大荒，海外亦廣無所不極之外。海天愁思正茫茫。柳州近海，故曰海天。驚風亂颭芙蓉水，颭戰炎切。密雨斜侵薜荔墻。離騷云：貫薜荔之落蘂。注云：薜荔，香草，緣木而生。嶺樹重遮千里目，一本作雲。○駃去如二千里馬駃音使。江流曲似九迴腸。司馬遷云：是以腸一日而九迴。共來百越文身地，史記：楚大敗越，殺王无疆，越以此散，諸侯子爭立，或為君，或為王，故為百越。猶自音書滯一鄉。

衡陽與夢得分路贈別　子厚時赴柳州夢得登陸赴連州

十年顦顇到秦京　即赴召長安時也　誰料翻爲嶺外行　伏波故道風煙在　後漢馬援拜伏波將軍南討交趾道出衡陽全今廟存焉○時子厚与禹錫同出衡陽有伏波神祠云一塋以[illegible]當思馬少游蒙冢堂竹下官路出壺頭是也　翁仲遺墟草樹平　[illegible]二名曰翁仲○水經注云鄗南千秋亭曾南東敖道內石翁仲南北相對此墓前石人也　直以慵疎招物議　休將文字占時名　今朝不用臨河別　垂淚千行便濯纓　漢李陵別蘇武詩曰嘉會難再遇三載爲千秋臨河濯長纓念別悵悠悠

柳州寄丈人周韶州

越絕孤城千萬峯　越絕書云何謂越絕越者國之姓氏也絕者絕也謂句踐時[illegible]　空齋不語坐高春　淮南子曰日至于悲谷是謂晡時至于女紀是謂大還經于泉隅是謂高春至于連石是謂下春○注尚未宜上冢先春曰高春連山西北山名言將欲下冢悉春故曰下春○連音閑　印文生綠經旬合　硯匣留塵盡日封　梅嶺寒煙藏翡翠　翡翠鳥名　桂江秋水露鰅鱅　[illegible]容切上音宜庸魚皮有文者出樂浪○張衡南都賦云水虫則有鼉音

[illegible]丈人本自忘機事莊子云漢陰丈人曰有機械者必有機事有機事者必有機心爲想年來顦顇容楚辭漁父篇云形容顦顇蓋問之之辭也顦顇容自謂也

得盧衡州書因以詩寄

臨蒸且莫歎炎方衡州有臨蒸縣爲報秋來鴈幾行林邑東迴山似戟林邑漢象林郡馬援鑄銅柱於此也牂牁南下水如湯楚莊蹻伐夜郎至且蘭椓船於岸而步戰既滅夜郎以且蘭有椓船牂故名爲牂牁史記牂牁江水番禺城下牂牁音臧柯繫船杙也其義取此蒹葭淅瀝含秋雨毛詩蒹葭蒼蒼白露爲霜橘柚玲瓏透夕陽非是白蘋洲畔客南史柳惲爲吳興太守爲江南曲云汀洲采白蘋日落江南春還將遠意問瀟湘問盧衡州也

嶺南郊行

瘴江南去入雲煙望盡黃茅是海邊元和志廉州春謂青草瘴秋謂黃茅瘴中多死者山腹雨晴添象跡嶺外代答象州郡治西樓正面西山雨晴山腹忽起白雲狀如白象經時不散潭心日暖長蛟涎蛟於江中吐涎人浮為涎所制不得出遂沒死射工巧伺

遊人影博物志江南有射工蟲長一二寸有弩形氣射人不治則殺人即短狐也颶母偏驚旅

客船颶音具○嶺表志云南海秋夏間有暈如虹者謂之颶母影以有颶風○南越志熙安多颶風颶者具四

方之風常以五月六月發未至時鷄犬先爲之不鳴從此憂來非一事豈容華髮待

流年

柳州峒氓

郡城南下接通津異服殊音不可親青箬裹鹽歸峒客綠

荷包飯趁墟人青箱雜記云嶺南村市滿時少虛時多故以市爲虛鵝毛禦臘縫山

罽音寄○邕管溪峒不產絲纊民多以木綿茆花鵝毛爲被土人家家養鵝一月至十月摯取軟毛貯以御寒雞

骨占年拜水神前漢郊祀志漢武帝元封二年初令越巫祀上帝百鬼而用雞卜注云持雞卜如鼠

卜也卜歲之豐凶二云愁向公庭問重譯書傳周成王時越裳氏重譯而來朝曰久矣天無烈風淫

雨意中國有聖人乎欲投章甫作文身商之士冠曰章甫其制與周之委貌夏之毋追損以緇布

爲之莊子曰宋人資章甫而適越越人斷髮文身無所用之也

別舍弟宗一

零落殘魂倍黯然魏文帝與吳質書數年之間零落略盡江淹別賦黯然消魂者惟別而已矣雙垂別淚越江邊一身去國六千里萬死投荒十二年後漢馬援傳宋均上書曰伏波將軍援自西州欽慕聖義間關險難觸冒萬死孤立羣貴之間傍無一言之助馳深淵入虎口豈顧計哉投荒者謂投竄於荒服外也。桂嶺瘴來雲似墨洞庭春盡水如天季春巴蜀雪消洞庭張溢欲知此後相思夢長在荊門郢樹煙荊門郢樹謂完郢遊之處也

再授連州至衡陽酬贈別夢得南本柳文作夢得詩

去國十年同赴召謂與夢得六同赴長安時渡湘江千里又分岐重臨事異黃丞相漢黃霸爲潁川守徵爲京兆尹坐發民治馳道又爲潁川守後爲丞相夢得初貶連州今再出刺連有詔歸潁川之軍異也三黜名慚柳士師柳下惠爲士師三黜曰直道而事人焉往而不三黜歸目併隨回鴈盡衡陽有回鴈峯愁腸政遇斷猿時桂江東過連山下桂江即灕水在柳州城外連山即連州也相望長吟有所思贈别庾肩吾詩心之憂矣…長吟…

知是小生本[illegible]令更商[illegible]使尽其
功勲長句○尚書即揚於陵故
揚尚書寄郴筆
截玉銛錐作妙形 銛思兼切利也○以竹作管故云截玉 白樂天詩云策目穿如札毫鋒利如錐
貯雲含霧到南溟 書法苑云王逸少裁成之妙煙霏霧結 斷而復連鳳翥龍盤斜而復正○郭 草書如風送雲收轟雷月上○今言貯雲 含霧言筆未經用也柳州近海故曰南溟 尚書舊用裁
詔 誥制以尚 書作誥文 內史親將寫道經 晉王羲之為會稽內史 山陰道士寫道德經 揚而
曲藝豈能裨損益 禮記曲藝皆誓之注曲藝 為小技藝也誓謹習之也 微辭
欲播芳馨 文選登徒子好色賦一云宋玉為人体 貌閑麗口多微辭注云微妙之辭也 桂陽卿月
光輝遍 郴州即古桂陽郡也○書洪範王省惟歲 卿士惟月注卿士各有所掌如月之有別 毫末應
傳顧兔靈 楚詞曰夜光何德死而又育厥利維何而顧兔在 腹注謂顧兔望也今筆用兔毫故能傳其靈也

同劉二十八哭呂衡州兼寄江陵李元二侍御
呂溫渭之子也与宗元禹錫善以妄言李吉 甫憲宗怒貶道州刺史徙衡州治有善狀
衡嶽新摧天柱峯 衡嶽五嶽之一 天柱峯此喻呂溫也 士林顦顇泣相逢
令文字傳青簡 古人書于竹 簡故曰青簡 不使功名上景鍾 國語晉悼 公曰昔克

路之役秦來圖敗晉功號鞠却退去秦軍於輔氏親止杜回其勳銘於景鍾韋昭注景公之鐘也三畝空留懸磬室春秋齊侯曰室如懸磬野無青草九原猶記若堂封禮檀弓述文子與叔譽觀於九原文子曰死者如可作也吾誰與歸注云晉大夫之墓也。又云吾見封之若堂者矣注築土爲四方龐而高也遙想荊州人物論幾回中夜惜元龍魏志陳登字元龍劉備在荊州論天下人物許汜曰陳元龍湖海之士豪氣不除備曰元龍文武膽志當求之於古人中耳陳登卒年三十九。湛卒時年四十故以元龍比之云耳

劉禹錫字夢得中山人貞元九年進士時王叔文得幸與之交及叔文敗斥朗州司馬後徙和州刺史裴度薦爲翰林學士遷太子賓客會昌問檢校禮部尚書卒有集今傳于世

西塞山懷古

王濬樓船下益州晉王濬爲益州刺史大造舟船伐吳。漢武帝鑿昆明池以習水戰作樓船上建[illegible]故名樓船楊僕爲樓船將軍金陵王氣黯然收楚威王以其地有王氣埋金鎮之故名金陵。晉書曰秦時望氣者云五百年後金陵有天子氣始皇東巡以厭之改其地爲秣陵塹北山以絕其王氣千尋鐵鎖沉江底晉書吳人以鐵鎖橫江而王濬作以大炬遇鎖融液斷絕一片降

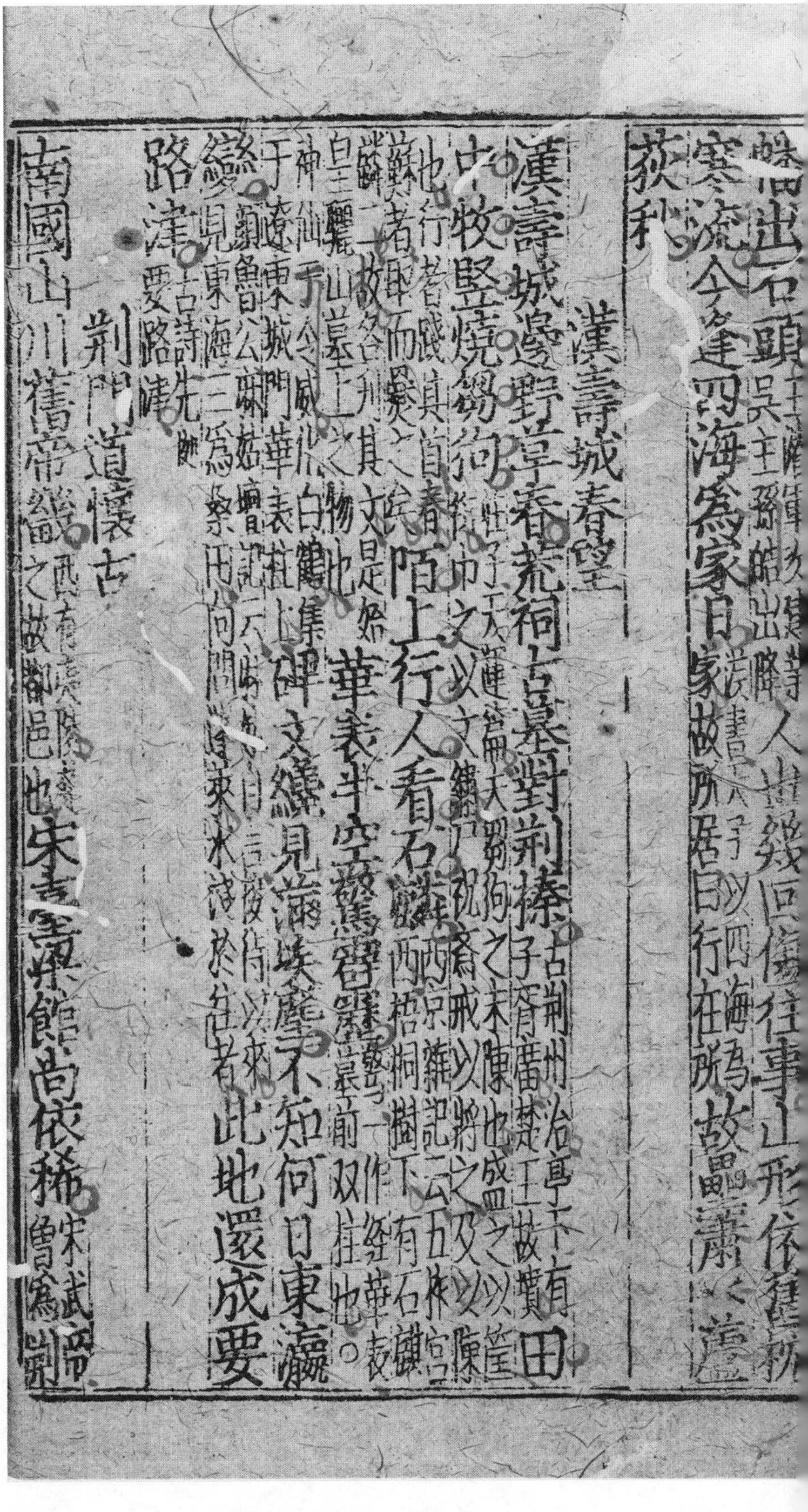

幡出石頭（王濬……吳主孫皓出降）人世幾回傷往事山形依舊枕

寒流今逢四海為家日（漢書高祖曰天子以四海為家故所居曰行在所）故壘蕭蕭蘆

荻秋

漢壽城春望

漢壽城邊野草春荒祠古墓對荊榛（古荊州治亭下有子胥廟楚王故墳）田

中牧豎燒芻狗（莊子天運篇夫芻狗之未陳也盛以篋衍巾以文繡尸祝齋戒以將之及其已陳

也行者踐其首脊蘇者取而爨之）陌上行人看石麟（西京雜記云五柞宮西梧桐樹下有石麒

麟二枚刊其文是秦始皇驪山墓上之物也）華表半空經霹靂（一作經華表墓前双柱也○）

神仙丁令威化白鶴集于遼東城門華表柱上）碑文纔見滿埃塵不知何日東瀛

變（顏魯公麻姑壇記云麻姑自言接侍以來見東海三為桑田向閒蓬萊水淺於往者）此地還成要

路津（古詩先據要路津）

荊門道懷古

南國山川舊帝畿（[illegible]故都邑也）宋臺涼館尚依稀（宋武帝曾為劉

注唐詩鼓吹　國家圖書館藏元劉氏日新堂刻本

州郡督梁元帝寵因於此馬嘶古樹行人歇麥秀空城野雉飛野一作澤。一其

子朝周過殷墟乃作麥秀之詩云麥秀漸漸兮禾黍油油。枚乘七發云麥秀蔪兮雉朝飛。非子擇雉十步一啄

百步一飲風吹落葉填宮井火入荒陵化寶衣王者葬以朱襦玉匣故曰寶衣

徒使詞臣庾開府咸陽終日苦思歸梁庾信因侯景臺城亂奔江陵元帝承制

除為御史中丞聘西魏屬大軍南討遂留長安累遷開府儀同三司後南北通好流寓之人各許還国惟信与王褒惜

而不遣信常有鄉関之思乃作哀江南賦有云覇朝陵夜獵猶是舊將軍咸陽布衣非独思歸王子

早春對雪奉寄澧州元郎中

新賜魚書墨未乾漢楊綰傳舊制刺史被代若別遣皆降魚書乃得去賢人暫屈遠

人安朝驅旌旆行時令漢書刺史四時行部王尊為益州刺史行部至邛郲九折阪問吏曰

此非王陽所畏道耶吏曰是尊叱其馭曰驅之王陽為孝子王尊為忠臣也。續漢書太守常以春月行縣勸民農桑

振救乏絶夜見星辰憶舊官漢書郎官上應列宿。晉書天文志昭昭可知者經星常伯一百

十八名積數七百八十三皆有州国官名物類之象故一云梅蘂覆階鈴閤暖晉書羊祜在襄陽嘗輕

裘緩帶身不被甲鈴閤之下嘗不過數人侍衛雪花當戶戟枝寒唐書卿或傳侍制二三品……門

辭曰列國…○又曰伍子胥…鐘。楚客思公子，北望長吟澧

有蘭屈原離騷九歌湘君云沅有芷兮澧有蘭思公子兮未敢言澧水名也公子比元郎中

松滋渡望峽中

渡頭輕雨灑寒梅，雲際溶溶雪水來。江源在蜀山之下出雪夢渚草

長迷楚望楚有七澤雲夢最大○史記江陵故郢西通巫巴蜀有雲夢之饒○傳曰江漢沮漳楚之望也

夷陵土黑有秦灰。楚頃襄王二十一年秦白起拔郢燒夷陵家東至竟陵王亡去郢東徙陳以郢為南郡

巴人淚應猿聲落，梁簡文帝古樂府云巴東三峽巫峽長猿鳴三聲淚沾裳蜀客

船從鳥道回。南中八志云交趾郡治龜縣路自古因鳥道四百里以其險絕獸猶無蹊人所莫由特上有飛鳥道耳○大白蜀道難云西當太白有鳥道是也

十二碧峯何處所，即巫山也永安

宮外有荒臺。即古夔子國蜀先主改為永安巫山縣西北二百五十步有陽臺今云荒臺者誠楚王放也○杜詩廣古云江山故宅空文藻雲雨荒臺豈夢思

送張源中丞元宗奉使

相門才子稱華簪…植…相門有相夫相若文德昭也…則可以正國朝致雍熙埏契

龍是也。史記高陽氏有才子八人世得其利謂之八愷高辛氏有才子八人世謂之八元此十六族者世濟其美不隕其名舜舉而用之。陶淵明詩荆事直須樂聊用忘華簪持節東行捧德音前漢蘇武持節牧羝於海上。前漢書修德音下。明詔面帶霜威辭鳳闕口傳天語到鷄林劉昫記朱得门手搖王爵口令狐千寨。鷄林即新羅地名煙開鰲背千尋碧日落鯨波萬頃金想見扶桑受恩後山海經云黑齒之北曰暘谷有大樹九日居下枝一日居上枝皆戴金烏。郭璞云扶桑也。十洲記扶桑在碧海中有樹長數千丈二千餘圍兩樹同根更相依倚故名為扶桑也一時西拜盡傾心

洛中送楊處厚入關便遊蜀

洛陽秋日正淒淒毛詩秋日淒淒百卉具腓君去西秦更向西舊學三冬今轉富書說命王曰來汝說台小子舊學于甘盤既乃遯于荒野。前漢東方朔上書曰臣年十三學書三冬文史足用曾傷六翮養初齊世說云林公好鶴住東峁山有人遺之雙鶴少時翅長欲飛林公乃鎩其翮鶴軒翥不復能飛乃反顧翅垂頭視之如有懊喪意林曰既有凌霄之姿何肯為人作耳目近玩養令翮成置使飛去中天而去。前漢書六翮以凌雲帝王之宅……王城曉入

[illegible]門王城京兆也有[illegible]閉今路由之故云[illegible]蜀路晴來見碧雞[illegible]馬碧雞之[illegible]

[illegible]宣帝遣王褒入蜀祀馬左太冲蜀都[illegible]日陰王馬騁光而絕景碧雞儵忽而耀儀早識臥龍應有

分[illegible]武侯廟不妨從此躡丹梯杜詩云丹梯庶可陵

送周使君罷渝州歸郢中別墅

君思郢上吟歸去晉陶潛歸去來辭故自渝南擲郡章渝古巴子國。[illegible]

買臣為會稽太守衣故衣懷其印綬歸郡邸郡中吏與同會見其印綬徑前引其綬視其印乃會稽太守章也野

戍岸邊留畫舸綠蘿陰下到山莊池荷雨後衣香起离騷製芰

荷以為衣兮集芙蓉以為裳○杜詩寄嚴武云不妨遊子芰荷衣庭草春深綬帶長毛詩義疏

[illegible]鷊五色作綬文章故曰綬帶祇恐鳴騶催上道北山移文鳴騶入谷鶴書赴隴○後漢鄭弘傳

日作迂尚書右僕射故事令僕中丞[illegible]馬道及為僕射以為非[illegible]藏之宜言於[illegible]

在太極唱至止車門[illegible]司馬門騶唱不入宮自此始也[illegible]朝堂至不容待得晚菘嘗齊周顒隱

鍾山王儉詣之問山中何所食曰赤米白鹽綠葵紫蓼文惠問何者最佳曰春初早韭秋末晚菘

送浙西李相公赴鎮

建節東行是舊遊歡聲喜氣滿吳州郡人重得黃丞相前漢黃霸為潁川太守徵守京兆尹以乏之輝與詔復歸潁川太守童子爭迎郭細侯後漢郭伋字細侯為并州牧行部到西河美稷童兒百餘各騎竹馬道次迎拜詔下初辭溫室樹溫室長樂宮中卧數名○前漢孔光常休日兄弟妻子燕語終不及朝省政事或問光溫室省中樹皆何木光嘿不應更答以他語也夢中先到景陽樓齊書武帝宮內不聞端門鼓漏置鐘於景陽樓上以應五鼓自憐不識平津閣公孫弘為丞相封平津侯開東閣以待四方之賓客遥望旌旗汝水頭

送鄭州李郎中赴任

楚關鄭水路非賒東望雲山日夕佳陶淵明詩云山氣日夕佳蕤華照人呈夏簟淮南鄭州出笛材簟杜詩恩分夏簟冰蕤葉松花蒲梘試新茶樓中飲興因明月晉庾亮月夜登南樓佐吏欲避亮曰諸君且住老子於此興復不淺○李白宿宋中丞武昌夜飲云清景南樓夜風流在武昌庾公愛秋月乘興坐胡床龍笛吟寒水天河落曉霜我心還不淺懷古醉餘觴江上詩情為曉霞謝玄暉餘霞散成綺澄江淨如練李白歌殘霞飛丹映江水北地交親長引領早將玄髮到京華晉陸機詩云京興收紅塵玄髮壯素華

贈日本國僧智藏

浮杯萬里過滄溟高僧傳杯渡者不知其姓名常乘木杯渡河因以名焉宋文帝元嘉元年行至赤山……偏禮名山適性靈深夜降龍潭水黑後趙佛圖澄……新秋放鶴野田青放鶴事已見送更學……嘉郡記曰青田有雙白鶴年年生子……身無彼我那懷土論語小人懷土心會真如不讀經……為問中華學道者幾人雄猛得寧馨晉書王夷甫……

哭龐京兆

俊骨英才氣褎然褎余救切○前漢武帝建元元年舉賢良……策名飛步冠群賢左傳策名委質○李陵……逢時已自致高位得疾還因倚少年天上……

別歸京兆府……

光甚逐之矩問君京兆人何時發來答云朝發非逕問京兆去此數千耶得早晚今到杜答云漢天上京兆去此數万里介耶上千耶人間空歎茂陵阡淡書原陟自以先人贊墓儉約非孝也迺大治冢舍初武帝時京兆曹氏葬茂陵民謂其道為京兆阡陟慕之乃買地開道立署曰南陵阡人不肯從謂之原氏阡今朝

繐帳哭君勲繐旋內切號布之帳也。杜詩云空餘金椀出無復繐帷輕前日見鏞歌

舞筵

哭呂衡州　時余方謫居

一夜霜風凋玉芝晉謝玄傳譬如芝蘭玉樹欲使生於階庭耳。晉書庾亮死將葬何充會之歎曰埋玉樹於土中使人情不能已已耳蒼生絕望士林悲晉書謝安高臥東山諸人每相与言安石不起將如蒼生何。周庾信哀江南賦上將設重雲之講開士林之交空懷濟世安人畧晉成帝時拜尉孔坦疾篤庾冰省之流涕坦慨然曰大丈夫將終不問以濟世安人之術方為兒女子相對泣耶不見男婚女嫁時魏書管輅弟辰謂輅曰大將軍待君意厚冀當富貴乎輅歎曰我自知有分耳然天与我才名不与我壽恐四十七八間不見女嫁兒娶婦也遺草一函歸太史漢司馬相如病甚居茂陵天子曰相如病甚可往從悉取其書若不然後失之矣使者至相如已死妻曰長卿未死時有一卷書曰有使者來求書奏之乃封禪遺

□其○□□□言呂溫□□□□□文□□□□為

障奏記皆行於太史氏傳不秎於地旅墳三尺近要離梁鴻

字伯鸞与妻孟光隱於吳依富人臯伯通廡下為人賃舂

其妻具食□□□齊眉伯通異之舍之於家病困告主人曰

□我死□勿令持我喪去及卒伯通葬於要離

冢傍咸曰要離烈士而伯鸞清高可相近也朔方徙戍行

將曉毛詩城彼朔方○按蔡邕以光和灾異表忤宦者揚□曹節奏下洛陽獄劾以害大臣不敬棄市中常侍

呂強愍邕無罪請之詔減死与家屬髡鉗徙朔方不得欲

以赦令除○禹錫時亦謫居以己之文章比於邕也

為君刊第二碑蔡邕為郭林宗碑謂盧植曰吾為碑銘多皆有慚德唯郭有道碑無愧色耳○按

張平子有前後碑○又後魏鄭羲卒其子道昭為光州刺史為其父磨崖石刻二碑焉

東嶽張鍊師

東嶽真人張鍊師高情雅淡世間稀堪為烈女書青簡秦□

書用竹簡故云青簡久事元君住紫微京兆南山中有九天太一元君之湫

拋錦字晉竇滔妻蘇氏有織錦迴文詩玉清壇上著霓衣雲衢不用吹簫

伴擬乘鸞獨自飛列仙傳蕭史秦穆公時人善吹簫穆公女弄玉好之以妻焉遂教弄玉作鳳鳴

鳳聲鳳凰來止其屋公為作鳳臺夫

婦止其上數年皆隨鳳凰飛去矣

送李文度先輩赴選

一家何啻十朱輪前漢揚惲丞相敞子家隆盛乘朱輪者十人。鄴郡令二千石長史車朱兩轓畫輪諸父雙飛秉大鈞北史崔䁪弟仲文䁪為侍中仲文為鼎青光祿大夫同日受拜時一云兩鳳連飛。賈誼鵩賦云大鈞播物坱圠無垠。詩小雅節南山云秉國之鈞曾脫素衣參幕客却為精舍讀書人後漢包咸傳曰咸往東海立精舍講授離筵洛水侵杯色征路函關向曉塵今日山翁舊賓主晉山濤嵇康作奏徽人謂之山公啓事知君不負帝城春

許渾字仲晦潤州丹陽人也太和六年登進士第為太平縣令後拜監察御史歷睦郢二州刺史有詩二卷行于世

凌歊臺在太平州當塗縣北黃山上宋高祖所築

宋祖凌歊樂未回三千歌舞宿層臺宋武帝南遊嘗登此臺且建離宮焉湘潭雲盡暮山出巴蜀雪消春水來一云行殿有基荒薺合寢園無主野棠開百年便作萬年計一作文苑懸巖畔古碑空綠苔

李白[illegible]臺詩云[illegible]古臺[illegible]極人目欲覽碑上文皆侵苔蘚

途經驪山

聞說先皇醉碧桃，日華浮動鬱金袍。鬱金染衣色取鮮明然不奈日炙染成亦有鬱金香氣也 風隨玉輦笙歌迥，雲捲珠簾劍佩高。鳳駕北歸山寂寂，此謂肅宗靈武即位 龍旗西幸水滔滔。此謂玄宗幸蜀時也 貴妃殁後巡遊少，瓦落宮墻見野蒿。

咸陽城西門晚眺

一上高城萬里愁，蒹葭楊柳似汀洲。溪雲初起日沉閣，山雨欲來風滿樓。鳥下綠蕪秦苑夕，蟬鳴黃葉漢宮秋。行人莫問前朝事，渭水寒聲晝夜流。

送蕭處士歸緱山別業

醉斜烏帽髮如絲，曾看仙人一局棋。述異志晉樵者王質伐木入信安郡石室山[illegible]童子[illegible]一物如棗核令含之而觀童[illegible]歸鄉里無復時人 賓館有爲客久（史記馮驩在孟嘗君門下彈鋏歌曰長鋏歸來乎食無魚）鄉書無鴈到家遲（[illegible]蘇武[illegible]杜工部[illegible]韋蘇州云雖无南鴈[illegible]春雁北來歸）緱山住近吹笙鶴（仙傳周靈王太子晉好吹笙作鳳鳴遊伊洛之間道士浮丘公接以上嵩山）湘水行逢鼓瑟祠（楚辭遠遊使湘靈鼓瑟兮令海若舞馮夷○杜酬高蜀州云鼓瑟至今悲帝子注云堯之女娥皇女英舜妃曰帝子）今夜月明何處（見）宿九疑雲盡碧參差（九疑蒼梧山名○梁簡文詩九疑勢參差江天相蔽虧）

金陵懷古

玉樹歌殘王氣終（陳後主游宴與狎客江總陳暄等及諸妃嬪女學士共賦詩采其艷麗者被以新聲有玉樹後庭花臨春樂曲等○王去也又亂前陳）景陽兵合戍樓空（景陽宮中[illegible]樓名也）松楸遠近千官冢禾黍高低六代宮（黍離閔宗周也周大夫行役過故宗廟宮室盡爲禾黍閔周室之顛覆彷徨作是詩[illegible]六代○金陵記云吳東晉宋齊梁陳謂之六代）石燕拂雲晴亦雨（湘中記零陵有石燕得風雨則飛）江豚吹浪夜還風（豚江居民以占風）英雄一去豪華盡（人物志草之精秀者爲英獸之特羣者爲雄故張良爲英韓信爲雄）[illegible]惟有青山似洛中（[illegible]建康山川與洛陽相似）

金陵[illegible]

江口閑居寄兩都親友

吳門煙月昔同遊（姑蘇八門，吳王闔閭所立，因謂吳門）楓葉蘆花並客舟（並，蒲浪切）

聚散有期雲北去，浮沉無計水東流。一罇酒盡青山暮，千里書迴碧樹秋（文選曹植詩云：凉風蕩芳氣，碧樹先秋落）。何處相思不相見，鳳城宮闕楚江樓。

郊園秋日寄洛中故人

楚水西來天際流，感時傷別思悠悠。一樽酒盡青山暮，千里書迴碧樹秋。日落遠波驚宿鴈，風吹輕浪起眠鷗。嵩陽親友誰相念，潘岳閑居欲白頭（晉潘岳字安仁，嘗作閑居賦）。

卧病

寒窗燈盡月斜暉，珮馬朝天獨掩扉（珮馬，搢紳所乘之馬。杜詩：汝陽三斗始朝天）。清露已凋秦塞柳，白雲悲長越山薇。病中送客難（去聲）別，夢裏還家不當歸。唯有寄書書未得，卧聞燕鴈向南飛。

登洛陽故城

禾黍離（詩彼黍離離）半野蒿（國風黍離已見前注）昔人城此豈知勞水聲東去
市朝變（詩高岸為谷深谷為陵）山勢北來宮殿高鴉噪暮雲歸古堞
鴈迷寒雨下空壕可憐緱嶺登仙子猶自吹笙醉碧桃

送蕭處士歸緱山別業　許

傷虞將軍

自昔從軍未有名近將孤劍到江城巴童戍久能番語胡
馬調多解漢行對月夜窮黃石略（黃石公三略）望雲秋計黑
山程（黑山北方山名）可憐身死家猶遠汴水東流無哭聲

竹林寺與德玄別

騷人吟罷起鄉愁（楚屈原作離騷故曰騷人）暗覺年光似水流花滿
楚城傷遠別蟬鳴蕭寺喜同遊（梁武帝姓蕭好佛創寺命蕭子雲飛白大書一蕭字）
（唐李約見之破産買歸建□□至□之自號為蕭齋）前山日落松杉晚深夜風清枕

宜

篁秋明一分襟又何處江南江北路悠悠晋趙景真與嵇茂齊書云悠悠三千路綿綿邈涉矣

寧與故宋補闕秋夕游練湖南亭吟復登賞愴然有感

西風瀟灑月連天同醉蘭舟未十年任昉述異記曰木蘭洲在潯陽江中多木蘭樹昔吳王闔閭植之用構宮殿魯般因刻為舟詩家所用正出此鵬鳥賦成人已歿前漢賈誼謫居長沙有鵬鳥入舍中誼悲之乃為賦以自廣云嘉魚詩在世空傳詩小雅南有嘉魚樂有賢也榮悴盡寄浮雲外哀樂猶驚逝水前杜詩會合苦不及哀樂本相纏也○論語子在川上曰逝者如斯夫○杜詩安年少來數不見堂前東逝波日暮長堤更回首一聲鄰笛舊山川晋書向秀鄰人有吹笛者發聲寥亮追昔嵇生舊遊之好感音而歎作思舊賦也

登尉陀臺

劉項持兵鹿走前漢蒯通曰秦失其鹿天下共逐之自秉黃屋為夷中[illegible]真是書云南來作尉任囂病比獨據臣賈功定以秦時為

（龍川令南海尉任囂病且死，召佗曰：今豪傑畔秦相立，南海方數千里，此亦一州之主也。即被佗書，行南海尉事。囂死，佗自立爲南粵武王。高后時稱南越武帝，東黃屋左纛，稱制。文帝遣太中大夫陸賈賜佗，復南粵王號，遂稱臣，去其黃屋左纛辭。）簫鼓尚陳今世廟，旌旗猶鎖昔時宮。越人未必知虞舜，一奏薰絃萬古風。（舜彈五絃之琴以歌南風，歌曰：南風之薰兮，可以解吾民之慍兮；南風之時兮，可以阜吾民之財兮。詩意南粵人惟知祀尉佗，豈知虞舜之德乎及萬世也。）

題崔處士山莊

坐窮今古掩書堂，（考經史也。）二頃湖田一半荒。荆樹有花兄弟樂，（續齊諧記：京兆人田眞兄弟三人共分財，各居。堂前有紫荆花一叢，枯死。眞見之，驚曰：本同株，當分析便憔悴，況人兄弟乎？兄弟相感，而更同居。）橘林無實子孫忙。（李衡爲丹陽太守，於武陵龍陽洲上作宅，種橘千頭。臨死敕兒曰：吾有千頭木奴，不責汝衣食，歲一疋亦足用矣。）龍歸曉洞雲猶濕，（周易：雲從龍，風從虎。）麝過春山草自香。向夜欲歸心萬里，故園松月更蒼蒼。

凌歊臺送韋秀才

雲起高臺日未沉，數村殘照半山陰。野蠶成繭桑柘盡，溪鳥引雛蒲稗深。謝靈運詩云：蒲稗相因依。帆勢依依投極浦，鐘聲杳杳隔前林。故鄉遥遥故人去，一夜月明千里心。宋謝莊月賦云：美人邁兮音塵闕，隔千里兮共明月。

送南院盧判官罷職歸華陰山居

曾事劉琨鴈塞空，晉惠帝光熙元年十月大傅越表劉琨為并州刺史。又并州有鴈門，近胡，故曰鴈塞。十年書劍任飄蓬。曹子建云：轉蓬離本根，飄颻隨長風。東堂舊屈移山志，後秦姚興聽政之暇，引姜龕淳于岐等于東堂講論道藝云。唐李元紘為雍州司戶參軍，時太平公主勢振天下，有司望風順旨，與民爭碾磑，元紘判還之民。長史竇懷貞趍改之，元紘大署判後曰：南山可移，判不可改。遂改作好時公。南國新留煮海功。前漢吳王濞傳：吳王即山鑄錢，煮海為鹽。比范蠡。還掛一帆青草上，青草湖名。更開三逕碧蓮中。比蔣詡。華嶽山中，謂之蓮華峰。關西親友如相問，已許滄浪作釣翁。孟子：滄浪之水清兮，可以濯我纓。

題四皓廟四皓謂東園公綺里季夏黃公甪里先生

桂香松暖廟門開，獨寫椒漿奠一杯。離騷云奠桂酒兮椒漿秦法未興鴻已去，蕭何欶變秦法、揚子法言鴻飛冥冥弋者何慕焉漢儲將廢鳳還來。高祖將易太子呂后用留侯計召四皓至高祖顧謂戚夫人曰羽翼成矣太子位遂定太子即惠帝也紫芝翳翳多青草，四皓歌曰漠漠高山深谷逶迤曄曄紫芝可以療飢唐虞世遠吾將安歸駟馬高蓋其憂甚大富貴之畏人兮不如貧賤之肆志白石蒼蒼半綠苔。毛詩揚之水白石鑿鑿素衣朱襮山下驛塵南竄路，不知冠蓋幾人迴。唐都京兆流人遂竄南路出商山之下故云○西都賦冠蓋如雲

淮陰阻風寄呈楚州韋中丞楚州至淮安路

垂釣荊江欲白頭，江魚堪釣却西遊。劉伶臺下稻花晚，淮安志劉伶臺在淮安路山陽縣東北七里臨淮河其南有杜康橋韓信廟前楓葉秋。淮安志韓信廟在淮陰縣東北與廟相連西安八里莊韓信實生於此淮月未明先倚檻，海雲初起更維舟。海雲起必有大風○詩汎汎楊舟紼纚維之○風惡故維舟以待也河橋有酒無人

西獨上高城望庾樓梁蕭子暉遊春云上林看草色河陽[?]
刺史故云。尚望庾樓望日暉。庾樓在江州庾亮領江州[?]
樓言尚書中丞也

祗命南海至廬陵逢表兄軍倅奉使淮海別後却寄

盧橘花香拂釣磯上林賦盧橘夏熟即枇杷也。師古子西山園記枇把盧橘一也。唐佳人

猶舞越羅衣李賀云越羅衫袂迎春風三州水淺魚來少三州丹陽金壇也

五嶺山高鴈到稀五嶺大庾始安臨賀桂陽揭陽。詩意謂鳥鴈絕無音書可達也客路

晚依紅樹宿鄉關晴望白雲歸唐狄梁公登太山反顧見白雲孤飛曰吾親舍其下

[?]振久之許渾居宗口故云交親不念征南吏時渾祗命南海故曰征南吏一夜風

帆去似飛

送王總下第歸丹陽

秦橋心斷楚江湄長安東有晉陵無橋繫馬秋風酒一巵汴水月明

東下疾路由汴河自汴歸晉陵練塘花發北來遲青蕪定沒安貧處論語

不患貧而患不安黃葉應催獻賦時漢司馬相如蜀人嘗為子虛賦狗監楊得意侍武帝誦之帝喜

人更結王生襪（前漢王生處士善黄老言嘗召居廷中三公九卿盡會立王生曰吾襪解顧謂張廷尉爲我結之釋之跪而結之人或謗王生曰故以此重之）此客空彈貢禹冠（王陽貢禹爲友世稱爲王陽在位貢禹彈冠言其趣舍同也）江上蠏螯沙渺渺，塢中蝸殼雪漫漫。舊交已盡新知少，却伴漁郎把釣竿（詩意言丈夫不遇於世不如伴漁父適意於江湖食魚鰕而已）

經故丁補闕山居

死酬知己道終全，波暖孤冰且自堅（詩意謂補闕忠貞之節不隨俗俯仰終於無變也）。鵩上承塵纔一日（西京雜記賈誼爲長沙王太傅一日鵩集其承塵而鳴 [illegible]），華表已千年（搜神記遼東城門華表柱有一白鶴集其上言曰有鳥有鳥丁令威去家千歲今來歸城郭如故人民非何不學仙冢壘壘遂冲天而去也）。風吹藥蔓迷樵逕，水暗蘆花失釣船。四尺孤墳何處是，闔閭城外草連天（闔閭吴王名）。

題衛將軍廟并序

將軍名[illegible]陽義人少習詩書孝敏二十七遊并汾謁神堯皇帝於建義旗從以勇冠一隹(?)捕(?)（下缺）

8

伯翁竇建德欲時挾鎗劍前突後衝太宗頭而且
奇之天下既定錄其功拜將軍宿衛以母老且
病乞歸侍養幾年辭官家居邀詔許之既而以孝敬
睦閭門以然諾為鄉里所推及卒邑人懷其賢廟子
弟溪之澗以平生弓甲懸東西廡下歲時祠祭
類福其土焉文士王毅撰碑辭具詳備而國史
錄書其人因題
〔吳〕詩於廟堂

武牢關下護龍旗（虎牢周穆王豢虎處　避唐祖諱改虎作武）挾槊彎弧馬上飛
（前漢李廣號飛將軍）漢業未興王霸在（光武為大司馬王霸為功　曹令史王郎反光武渡滹沱）
河候吏還曰河水無船不可渡光武令霸視之霸譎曰冰堅可
渡光武宣言曰候吏果妄語也遂前比至河冰亦合未畢數騎而冰解光武謂
霸曰吾眾得濟免者卿之力也因謂
官屬曰王霸以權濟事殆天瑞也
秦〔兵縱〕散魯連歸（史記魯連
文齊人也好奇偉俶儻之畫策而不肯仕宦趙時秦圍趙魏使新垣衍
趙欲因平原君帝秦魯連見新垣衍言帝秦之害遂卻秦軍秦聞之卻
軍五十里平原君以千金為魯連壽魯連笑曰所貴於天
下士者為人排患釋難而無所取也遂辭平原君而去）墳穿
大澤埋金劍廟枕長流挂鐵衣（金甲兵光照鐵衣古樂府詞曰朔氣傳金柝）
忠魂何處問葦花風雨寂寥
〻村全

□讀□賦□獨不得與此人同時得意曰臣里人司馬相如所爲帝驚乃召問相如曰然此特諸侯之事不足觀請爲天子游獵之賦賦獻之□特□楊子雲亦擬羽獵長楊等賦憑寄家書問迴報舊居還有故人知韋居用楊故憑寄書待八月起辛時問迴報也

懷舊居

兵書一篋老無功故國荊扉任夢中文選沈休文詩云權離蹤復密荊扉新且故藤蔓覆梨張谷音洛陽北邙張公夏梨海內唯一暗樹。潘岳賦云張公大谷之梨草芃芃音蓬。南史庾詵字彥寶新野人愛林泉十畝之宅山池居其半也侵菊庾園空朱門迹後漢李膺字元禮名高少所交接故士被其容納者名爲登龍門忝登龍客白屋心期失馬翁劉向說苑周公曰白屋之士所下者七十人天下之士皆至。淮南子塞上人其馬亡入胡人弔之父曰此何遽不爲福數月其馬將胡駿馬而歸人賀之父曰此何遽不爲禍家富馬良其子好騎墮而折髀人皆弔之父曰此何遽不爲福居一年胡夷大出丁壯者皆控弦而戰塞上之人死者十八九此子獨以跛故父子相保楚水吳山何處是北窗殘月照屏風

與韓鄭二秀才同舟東下洛中親朋送至景雲亭

下

三十六峯同一川（河南嵩高少室三十六峯）綠陂無路草芊芊牛羊晚食鋪平地鸕鶿晴飛磨遠天洛客盡迴臨水寺楚人皆厭下江船東西未有相逢日更逐繁華共醉眠

秋日儌扇（唐百官志朔望大朝會大祭祀皆有扇一百五十六執事而藏之常朝去扇左右內留者三扇而）

宵衣應待絕更籌（前漢文帝未明求衣○唐書太宗曰朕不敢荒怠宵衣旰食）環珮珊珊月下樓（杜詩暗闇雜珮聲珊）井轉轆轤千樹曉門開閶闔萬山秋龍旗盡引趨金殿雉扇纔分拜玉旒（崔豹古今注曰殷高宗以雉雊之徵服章多用翟羽故有雉尾扇○孔叢說天子玉藻十有二旒）處處戴鐵冠無事日（御史法冠一名柱後一名獬廌以鐵為柱言其審固而不撓也）滄江歸去老漁舟

灞上逢元九處士東歸

度馬頰（嶺）灞水寒渡高颿望長安（王粲詩南登霸陵岸迴首望長安）何

自剪青簑織雨衣村南煙火是柴扉糟妻早報蒸梨熟漢光
武姊湖陽公主新寡帝謂宋弘曰貴易交富易妻人情乎弘曰臣聞貧賤之交不可忘糟糠之妻不下堂帝謂主曰
事不諧矣家語曾子之妻以蒸梨不熟因出之童子遥迎種豆歸漢楊惲書曰種一頃豆落而為萁
魚下碧潭當鏡躍鳥還青嶂拂屏飛花時未免人來往
欲買嚴光舊釣磯漢嚴光字子陵少與光武同游學及光武即位乃隱而不見帝思其賢令以物
色訪之後齊國上言有一男子披羊裘釣澤中帝乃備安車玄纁聘之

李宣自殿院銜命歸闕拜外郎

白筆南征變二毛魏明帝見一君臣問辛毗簪白筆者何官毗曰此謂御史簪筆以奏不法也○離
騷濟沅湘以南征○左傳宋襄公曰君子不禽二毛二毛者髮半白也越山愁瘴海驚濤
歸龍尾含雞舌龍尾宮中道雞舌丁香也○漢侍中刁存年老口臭上出雞舌香使含之香頗辛螫
不敢嚥疑賜毒藥與家人訣衆求視其藥乃口香衆笑之存亦儒則於此矣吏立螭頭運兔毫
唐書大和九年十一月左右省起居即賫筆硯及紙於螭頭下記言記事閶闔欲開宮漏盡閶闔
見前近[illegible]疏初坐御香高金吾[illegible]作君先貴漢光武嘗曰仕宦當為執金吾

杜詩云暫歸應把亦夜可憐李金吾曾憶王祥與佩刀晉書徐州刺史呂虔有佩刀工者相之以爲三公之器虔謂祥曰卿有公輔之量故以相与祥並至大官祥臨薨以刀授弟覽曰汝後必興足稱此刀後覽果奕世於江左云矣

八月十五夜宿鶴林寺翫月

待月東林月正圓晉武帝爲惠遠法師建道場於江州廬山有東林西林廣庭無樹草無煙中秋雲盡出滄海半夜露寒當碧天輪影漸移金殿外鏡光猶掛玉樓前莫辭達曙殷勤望一墮西巖又隔年

秋晚雲陽驛西亭蓮池

心憶蓮池秉燭遊古詩晝短苦夜長何不秉燭遊葉殘花敗尚維舟煙開翠扇清風曉翠扇比荷水泛紅衣白露秋紅衣比蓮神女暫來雲易散襄陽耆舊傳楚襄王游於高唐怠而晝寢夢一婦人曰我帝之女名瑤姬未行而亡封於巫山之臺乃妾在巫山之陽高丘之岨旦爲朝雲暮爲行雨旦視之如其言乃立廟名朝雲仙娥終去月難

留羿得不死之藥于西王母姮娥竊之以奔月是爲蟾蜍此聯撲寫雲月故用極妙空懷遠道無
持贈石崇姬遠道不可思夙昔夢見之。陶弘景詩山中何所有嶺上多白雲只可自怡悅不堪持贈君醉
倚西欄盡日愁

晚自朝臺津至韋隱居郊園朝音潮亦名越王臺

秋來鳧鴈下方塘宋玉九辯云鳧鴈皆唼夫梁藻兮鳳翱翔而高舉繫馬朝臺步
夕陽裴淵廣州記曰尉佗築臺以朝漢室圓基千步直峭百丈螺道登進頂上三畝朔望升拜名爲朝臺村
逕遠山松葉滑柴門臨水稻花香雲連海氣琴書潤風帶
潮聲枕簟涼西去磻溪猶萬里尚書大傳曰呂尚釣於磻溪得魚腹中有玉璜可
能垂白待文王史記呂尚東海上人也本姓姜從其封曰呂尚嘗窮年老魚釣於周西伯將出獵卜之曰所獲非龍非彲非虎非羆所獲霸王之輔於是西伯獵果遇太公於渭陽與語大悅曰自吾先君太公曰當有聖人適周周以興子眞是耶吾太公望子久矣因號曰太公望共載歸師事之此指渭隱居也

唐詩鼓吹卷之一

唐詩鼓吹卷第二

資善大夫中書左丞郝　天挺　註

薛逢

字陶臣蒲州人會昌元年進士第崔鉉入相引直弘文館歷侍御史有薦逢知制誥者適劉瑑沮之乃出為巴州刺史瑑卒召入稍遷秘書監卒有文集行于世

開元後樂

莫奏開元舊樂章樂中歌曲斷人腸邠王玉笛三更咽百斛明珠一云明皇舊置五王帳長枕大被與兄弟同處無何子輒竊寧王玉笛吹故張祜詩云梨花院靜無人見閒把寧王玉笛吹〇五王謂邠寧申岐薛虢國金車十里香虢國夫人承主恩平明上馬入宮門却嫌脂粉涴顏色淡掃蛾眉朝至尊〇此言楊氏五家後一自犬戎生薊北史記周幽王寵褒姒戲于驪山為犬戎所殺詩意犬戎謂祿山也便從征戰老汾陽郭子儀有功封為汾陽王中原

驂馬搜求盡沙苑年來草又芳沙苑在同州馮翊縣南唐以來牧馬之地

長安夜雨

滯雨通宵又徹明百憂如草雨中生文選張景陽詩云春懷百憂將從季主

豈漏一作

七〇毛詩我生之後逢此百憂心關桂玉天難曉蘇秦謂楚王曰楚國之食貴于玉薪貴于桂
之云食玉炊桂運落風波夢亦驚壓樹早鴉飛不散到窻寒鼓濕
無聲當年志氣俱消盡白髮新添四五莖

長安春日

窮途日日困泥沙晉書阮籍常率意獨駕不由徑路車轍所窮輒慟哭而返上苑年年
好物華荊棘不當車馬道管弦長奏綺羅家前漢張禹傳後堂列絲
竹管弦王孫草上悠揚蝶楚詞王孫遊兮不歸春草生兮萋萋少女風前爛熳
花瘦若傷心賦云風無少女草不宜男懶出任從遊子笑入門還是舊生涯
莊子吾生也有涯

宮詞

十二樓中盡曉粧望仙樓上望君王漢武帝時公孫卿言仙人好樓居於是起飛廉桂觀益延壽觀唐德宗貞元十二年詔神策軍築望仙樓鎖銜金
獸連環冷水滴銅龍晝漏長二十一重閣皆延尺表立法白為晷於方

咆哮之上為金龍口吐水轉注入蹲蟈綖緯之中。張衡
渾水渾天儀制曰以銅為器再疊差置皆以清水各開孔
沙玉虬吐漏水入兩壺右為夜漏左為晝漏
杜詩晝漏稀聞高閣報天顏有喜近臣知
雲髻罷梳還

三。鏡羅衣欲換更添香遙窺正殿簾開處袍袴宮人掃御

漢武宮詞

漢武清齋夜築壇自斟明水醮仙官
三壇同墠禮則曰去祧為祧為壇去壇為墠壇之名肇見於書而詳記於禮書止曰為
兆則曰祭士而不祭不言其或名也至漢武葬李夫人為
臺三成招事者習明帝或方士皆川其上。禮記明水注司
垣以陰鑑所取於月之水也。韓吏部詩曰上界仙人足官府
殿前玉女移香案雲際金人捧露盤
漢武帝制承露盤金莖銅柱上有仙
人掌承露和玉屑飲之
絳節幾時還入夢
杜詩云上帝高居絳節朝
碧桃何處更
驂鸞。漢武內傳曰老子西遊少君太真王母共食碧桃紫梨
武帝外傳曰元封元年七月王母降帝宮東紫雲之輦駕
九色斑龍。從官執綵旄之節。母升殿東向坐以玉盤盛桃
七色。其色青。白羽經曰真人登白寶之東游下元
原。詩意譏武帝信方士
文字仙。形容寵武之甚矣
茂陵煙雨埋弓劍石馬無聲蔓

草寒武帝茂陵。李白詩曰鼎湖流水清且閑軒轅去陵前有石馬在焉又詩云野有蔓草註
君撣不下流氏窮於兵革也以武帝窮兵黷武故云

送靈州田尚書

陰風獵獵滿旗竿白草颼颼劍戟攢九姓羌渾隨漢節唐書
九姓羌吐谷渾別自爲一部落別羌大小部落八皆不相統一細封氏費聽氏往利氏頗超氏野辭氏房當氏米擒氏拓拔氏貪氏招枝氏。唐書張說爲天平軍大使朔方大使節河曲降虜阿不思也九姓同羅拔野固等皆疑懼說持節從輕騎直指其部落宿帳下召見酋豪慰安之九姓遂安

六州蕃落從戎鞍唐書
夏州石州會州河州靈州六州。唐書柳公綽爲河東節度使有沙陀部武勇爲九姓六州所畏公綽召其酋朱邪執宜以妻母令夫人飲食慰勞之沙陀感恩悉力保障

霜中入塞雕弓硬月下翻營玉帳寒今日路傍誰不指穰苴門戶慣登壇史記田穰苴爲司馬有司馬兵法其
法春蒐秋獮振旅治兵力恭之法
。前漢高祖築壇拜韓信爲大將

獵騎

兵印長封入衞稀碧空雲盡早霜微灞川獵落鵰初下渭

曲禾收兎近肥渭川渭曲首蜀京兆陌上管絃清似語草頭弓馬疾如飛豈知萬里黃雲戍血迸金瘡臥鐵衣六義中為風也

韋壽博書齋

玄晏先生已白頭晉皇甫謐字士安修身篤學舉孝廉不就景元初相國辟復不行鄉令勸令應亲謚為釋勸論以通言辰亦之謚論為玄晏先生不隨鵷鷺狎群鷗唐高宗以參軍韋約為殿中侍御史或疑非任上官儀曰御史供奉擢下拔武夔龍遴羽鵷鷺豈雍州判佐比邪○列子海上人好鷗鳥每旦至海上從鷗鳥遊鳥之至者以百數其父曰吾聞鷗鳥皆從汝游汝取來吾玩之明日之海上鷗鳥舞而不下矣元卿謝免開三逕嵇康高士傳蔣詡字元卿杜陵人為兗州刺史王莽為宰相詡奏事到霸上稱病不進歸杜陵荊棘塞門舍中三逕終身不出時人號曰楚國二龔不如杜陵蔣翁平仲朝歸臥一裘朝音潮○齊晏子字平仲為齊大夫禮記有若曰晏子一狐裘三十年醉後獨知殷甲子陶潛以祖侃晉世宰相恥屈身後代自宋武王業漸隆不復肯仕所著文章皆書年月義熙以前明書晉氏年號宋永初以後惟書甲子而已病來猶作晉春秋晉褚裒字季野康獻皇后父也少有簡貴之風與京兆杜乂俱有盛名桓彝見而目之曰季野有皮裏陽秋言其外無臧否而內有褒貶也塵纓未濯今如此

註見前 至水無情處處流 此詩逢自傷也

金城宮

憶昔明皇初御天 易時乘六龍以御天 玉輿頻此駐神仙龍盤藻井噴紅豔 張平子西京賦云蔕倒茄於藻井註當棟中交木方為之如井幹也茄藕並牀風俗通曰殿堂像東井形刻荷菱水物所以厭火也王延壽魯靈光殿賦曰圓淵方井反植荷蕖綠房紫菂窋咤垂珠 獸坐金床吐碧煙 晉禮儀大朝會即鎮宮階以金鑪九尺麒麟六炉 雲外笙歌岐薛醉 睿宗 景龍三年十二月內丙子以岐王隆範為左衛率右羽林大將軍薛王隆業為右衛率 月中臺榭后妃眠自從戎馬生河洛 安史之亂也 深鎖蓬萊一百年 蓬萊宮名

驚秋

露竹風蟬昨夜秋百[illegible]事付東流明霜義分成虛語 魏曹 子建白馬篇一云五侯竟書幣群公 繁欽詩分義明於霜信行直於弦 阜俗文章惜暗投 杜甫策問曰穀者所以阜俗康時聚人守位也○鄒陽傳曰隋侯之珠夜光之璧以暗投人以按劍相眄明霜分義言數白 阜俗文章言其文可學風俗也○初逢與彭城劉琢交逢馬易之緣遂相怨會琢滿因有薦逢者琢恨言先朝以兩當

宮先治州縣八得除知制誥遂出爲巴州刺史而授
鐸同歸罪若鐸及收輔政逢有詩譏刺及鐸爲相逢又以
此言鐸鐸怨故不見齒卒於簿書長笑李斯稱鼠吏李斯上蔡人爲郡吏見吏舍廁中鼠食
不潔近人犬數驚恐之入倉中鼠居大廡之下不見人犬
之憂乃嘆曰人之有賢不肖在所自處耳乃從荀卿學帝
王術也每多莊叟喻犧牛蒙人莊周楚威王聞其賢厚幣迎之欲以爲相周笑大曰子不見郊祭
之犧牛乎養之數年衣以文繡以入太廟當是之時欲爲孤豚豈可得乎五湖煙水盈歸夢蘆
荻花中一釣舟先賢傳云踐滅吳謂范蠡曰吾將與子分國而有之蠡曰君行令臣行意乃乘扁舟
浮五湖終不反逢志不遂故有此語

潼關河亭

重岡如抱嶽如蹲蹲音存踞也嶽即華嶽也氣賊秦川勢自尊天地併
功開帝宅山河相湊束龍門陳後主詩日月光天德山河壯帝居絳州有龍門大河經匯爲流湍峻急凡魚得上者化爲龍櫓聲嘔軋中流渡柳色微茫遠岸村李白惜餘春賦一云試登高而望遠兮極雲海之微茫滿眼波濤終古事年來惆悵與誰
論

送衢州崔員外衢州信安縣民

笑分銅虎别京師漢置郡國將置銅虎符竹使符發兵至郡符合乃發兵右留京師左與之○文選范尚書讓侯表云分虎出守○公羊傳曰京師者何衆大也領下山川想到時紅樹暗藏殷浩宅晉殷浩中軍將軍假節都督于豫徐兗青五州軍事北征許洛為符秦所敗桓溫上書罪浩廢為庶人死于東陽信安縣緑蘿深覆偃王祠安記徐偃王伯翳之後名誕君國子民一出於仁義偃王死民思之鑿石為室以祠偃王後因廟焉在信安縣南七十里靈山下昔韓愈撰碑文風亭向暖抽書帶三齊記鄭玄註詩黌山今有古井不竭傍有細草葉形似韭長尺餘俗稱鄭玄書帶草露竹迎風舞釣絲竹品有垂絲竹休指巖西數歸日知君已負白雲期陶弘景詩曰山中何所有嶺上多白雲

六街塵

六街塵起鼓鼕鼕雍洛靈異小錄唐馬周上言令金吾每街懸鼓夜擊以止行李以備姦竊時人呼為鼕鼕鼓也道士裴循戲為詩曰遊莫鼕鼕此須循蒲蒲不金吾君相問報道玉山頹馬足車輪在處通百役並驅衣食內四民長走路岐中春秋四民均則王道興而百姓

四民者士農工商年光與物隨流水，世事如花落曉風。名利到身無了日，不知今古旋成空。

潼關驛亭

河上關門日日開，古今名利旋堪哀。終軍壯節埋黄土，前漢終軍入關，關吏与軍繻，軍問此何為，吏曰為復傳還當以此合符。軍曰大丈夫西遊，終不復傳還。棄繻而去。時年十八，選為博士。上書願受長纓，必羈南越王而致之闕下。遂至越，越王所請舉國內屬，越相呂嘉不欲，攻殺其王及終軍從使者。軍死時年二十餘，世謂終童。楊震豐碑翳綠苔。後漢楊震字伯起，弘農華陰人。安帝時為太尉，上書切諫，帝不能平。因河間趙騰上書指陳得失，帝怒，遂收考詔獄，結以罔上不道。震復救之，遂收震太尉印綬，遣歸本郡。行至城西，飲鴆死。詔以礼葬於華陰潼亭，今有祠存。寸祿應知霑有分，一官常懼處非才。晋書東海王越薨，衆推王衍為元帥，衍不敢當，曰吾少無宦情，隨牒推移，遂至於此。今日之事安可以非才者如云。猶驚往歲同袍者，毛詩豈曰无衣，与子同袍。尚逐江東許吏來。前漢朱買臣隨計吏為卒，將重車至長安。

五峯隱者

煙霞壁立水溶溶路轉崖回日暮中鸂鶒㫰人沉澗月山
羊投石掛巖松高齋既許陪雲宿杜甫在蜀作草堂在夔起高齋如焉晚稻
何妨為客春今日見君嘉遯處易遯卦九五嘉遯貞吉象曰嘉遯貞吉以正志也
悔將名利役疎慵

上吏部崔相公

龍門曾共戰驚瀾交州記龍門水深鯉魚上為龍不能者點額雷電浮雲出濟
湍詩意謂崔湍而化龍瀾者點額紫府有名同羽化指崔吏部○二
感累世念真期靈王上鑒其用思著名玉札於是細書紫宮
東華之閣故門紫府○楚辭仰羽人於丹丘留不死之舊
鄉府清○都道士孔六帖云銀宮金闕紫府之飛昇碧霄無伴却泥蟠也○逢自謂班
孟堅答賓戲之公故失泥蟠而天飛者應龍之神也時不而
名彰者君子之貢也○泥蟠不離行路而龍蟠泥中未有不
能生彼公車未結王生襪漢官儀公車司馬令掌諸上書者闕下○後
昇天貢八百石掌諸上書者闕下○後
王生襪客路虛彈貢禹冠貢禹見今日鑪錘任真宰莊子太宗
見前注
師篇曰黃帝之忘其知皆在其鑪錘之間注云開道忘其
所務如出問[redacted]於[redacted]其用也○莊子齊

若有負其穹山特不得其股注氣其穹造物也暫廻風水不應難若蕭的王鼎美八人薦之耳

悼古

細推今古事堪愁，貴賤同歸土一丘。漢武玉堂人豈在漢武故事云玉堂去地十二丈階基皆用玉故東京賦曰金華玉堂白馬麒麟後漢書同戲帝初平二年復修武帝玉堂下堂石家金谷水空流晉書石崇有金谷園光陰自旦還將暮，草木從春又到秋。閑事與時俱不了，且將身暫醉鄉遊王績有醉鄉記

九華觀廢月池

曾發簫聲水檻前曹子建與吳質書云若夫觴酌凌波於前簫笳發音於後足下鷹揚其體鳳歎虎視夜蟾寒沼兩嬋娟。微波有恨終歸海，明月無情却上天。白鳥帶將林外雪，綠荷枯盡渚中蓮。榮華不肯人間住，須讀莊生第一篇莊子第一篇名逍遙遊

八月一日駕幸延喜樓看冠帶降戎長安志唐皇城東面二門北曰延喜門○唐書宣宗大中三年八月上御延喜門見河隴老幼千餘人賜以冠帶皆歡呼

舞蹈呼万歲

城頭旭日照欄杆（爾雅云日初出曰旭日。詩雝雝鳴鴈旭日始旦）○城下降戎緣仗攢九陌塵埃千騎合萬方臣妾一聲歡（論語萬方有罪罪在朕躬）樓臺下御中天昜（左太沖魏都賦揭中天之華闕計高及半天也）衣服初迴左衽難（論語微管仲吾其被髮左衽矣）清水莫教波浪濁從今赤嶺屬長安（唐書清水縣屬秦州通吐蕃赤嶺又玄宗開元十一年金城公主請立碑於赤嶺以分唐蕃之境）

送劉郎中牧杭州（杭州）

一州橫制浙江灣臺榭參差積翠閒樓下潮迴滄海浪（杭州城東有海潮信也）枕前雲起劍溪山（劍溪即子猷訪戴安道之處也）吳江水色連堤闊越俗春聲隔岸還（浙江分吳越之境）聖代牧人無遠近好將能事濟清閒（易繫辭曰觸類而長之天下之能事畢矣）

貧女吟

殘妝滿面淚欄杆幾許幽情欲話難雲髻懶梳愁拆鳳翠

賤羞照恐驚鸞爲鄭送女初鳴佩出里迎妻夢蘭左傳鄭文公賤妾燕姞夢天使與己蘭曰是爲而子既而文公見之與之蘭而御之曰幸妾有子敢徵蘭乎惟有深閨憔悴質年年長凭繡床看

夜宴觀妓

燈火熒煌醉客豪捲簾羅綺艷仙桃纖腰怕束金蟬斷言腰如蟬之細也鬢髮宜簪白燕高毛詩鬢髮如雲○洞冥記漢武帝得神女玉釵以賜趙婕妤至昭帝宮人謀碎之明日視匣中見釵化白燕飛天而去秋怨傍翠蛾深八字杜詩越女紅裙濕燕姬翠黛愁笑迴丹臉利雙刀韓詩妙妓跳蹉舞星辭明劍戟無因得薦陽臺夢陽臺已見前注願掛餘香到緼袍論語衣敝緼袍與衣狐貉者立

韓偓字致堯京兆人龍紀元年擢第後王溥薦爲翰林學士遷中書舍人從幸鳳翔進兵部侍郎翰林承旨朱全忠惡之乃貶濮州司馬天祐中復召爲翰林學士遂不敢入朝挈其家南依王審知而卒號玉山樵人有集傳于世

中秋禁直

星斗疎明禁漏殘紫泥封後獨憑欄（武都紫泥封青白囊）（素囊兩端無縫尺一繳中約署皇帝）露和玉屑金盤冷（見武帝宮詞注）月射珠光貝
闕寒（離騷九歌魚鱗屋兮龍堂紫貝闕兮珠宮）天覲樓臺歸苑外風吹歌管下
雲端長卿只為長門賦未識君臣際會難（漢武帝陳皇后以黃金百斤為相如文君取酒因乞解愁悲之辭相如為長門賦以悟上）

寄湖南從事

索莫襟懷酒半醒無人一為解餘酲岸頭柳色春將盡船
背雨聲天欲明去國正悲同旅雁隔江可忍更啼鶯蓮花
幕下風流客（晉王儉以庾杲之為長史蕭緬與書曰庾杲之泛綠水依芙蓉何其麗也時人以儉府為蓮花池）試與溫存遣逐情

避地寒食

避地淹留已自悲況逢寒食欲霑衣濃春孤館人愁坐斜
日空園花亂飛路遠漸憂知己薄（伸於知己[illegible]不知己[illegible]）時危又[illegible]

賞心違一名所繫無窮事爭敢當年便息機杜詩迴首因塵甘息機

途中經野塘

世亂他鄉見落梅野塘晴暖獨排徊船衝水鳥飛還住袖拂楊花去又來季重舊遊多喪逝三国志吳質字季重魏文帝与質書曰昔年疾疫親故多罹其災徐陳應劉一時俱逝謂百年己分可長共相保何圖數年之間零落略盡言之傷心頃撰其遺文都為一集觀其姓名已為鬼錄追思昔遊猶在心目而此諸子化為糞壤可復道哉子山新賦極悲哀庾信字子山常有鄉關之思故作哀江南賦以致其意焉其序云不無危苦之詞惟以悲哀為主眼看朝市為陵谷詩曰高岸為谷深谷為陵始信昆明有劫灰漢武帝初鑿昆明池底得黑灰帝問東方朔朔曰可問西域梵人及後竺法蘭至帝問之蘭曰世界終盡劫火洞燒此劫燒之餘灰也

惜花

皺白離情高處切膩紅愁態靜中深眼隨片片沿流去恨滿枝枝被雨侵總得苔遮猶慰意便教泥污更傷心臨階一盞悲春酒明日池塘是綠陰

半醉

水向東流更不迴，紅顔白髪遍相催。壯心暗逐高歌盡，往事空成半醉來。雲護鴈霜籠淡月，雨憐鶯曉落殘梅。西樓悵望芳菲節，處處斜陽草似苔。

春盡

惜春連日醉昏昏，醒後衣裳見酒痕。細水浮花歸别澗，斷雲含雨入孤村。人閑易得芳時恨，地迥難招自古魂。楚宋玉傷屈原爲作招魂一篇慚愧流鶯相厚意，清晨猶爲到西園。

三月

辛夷纔謝小桃發，辛夷花名二月開初出如筆北人呼爲木筆踏青過後寒食前。四時最好是三月，一去不迴惟少年。吳國地遥江接海，漢陵魂斷草連天。新愁舊恨知無奈，須就鄰家甕底眠。晉畢卓爲吏部郎比舍郎釀熟卓夜至甕閒盗飲爲掌酒者所縛旦視之乃畢吏部

午睡憶江外兄弟

長夏碧關門不開（一作柴此言夏　纂要曰夏為長嬴一云長夏　郎琊台）遶門青苔絕塵埃（詩云青苔茶如鼓）空庭日午獨眠覺旅夢天涯相見廻鬢何此時應有雲心從到處即成灰（到處一云到處一作死後共死灰）如何水陸三千里幾月書郵始一來（晉殷羨為豫章太守都下人因以致書百餘函行次石頭皆投之水中祝曰沈者自沈浮者自浮殷洪喬不能作致書郵）

秋郊閒望有感

楓葉微紅近有霜碧雲秋色滿吳鄉魚衝駭浪雪鱗健鴉閃殘陽金背光心為感恩長慘慽鬢因經亂早蒼浪（古詩鬢髮）可憐廣武山前事楚漢寧教作戰場（晉阮籍嘗登廣武觀楚漢戰處嘆曰時無英雄使豎子成名耳）

亦係詩題

安貞

天復中車駕幸鳳翔偓以邑從功反正初昭宗面許偓為相偓奏云運勢中恩宜復用重德鎮風俗以為右僕射趙崇梁祖在京入請見具言崇長昭宗同崇輕薄

絜祖一二叱之奏曰臣不敢与大臣爭寵尋出閤中依王雷知故有此作山谷云其辭卑悽切而不迫可謂不忘其君也

手風慵展八行書後漢竇章字伯尚好李郎馬融箋同好友相推薦融与章書曰孟陵奴來賜書見手迹歡喜無量見于面也書藉兩紙紙八行行七字眼暗休尋九局圖其棊圖有九局。唐王積薪夢青龍吐棊經九部授之其藝頓精後隨明皇幸蜀山中孤姥家夜忽聞姑與婦棊終記止三十六忽聞姑云子出矣吾勝七枰遲明王具禮請問出局盡平生之好姑謂婦曰是子可教因指示攻守殺奪救應之法曰此已無敵矣出吳六藏談訊

窓裏日光飛野馬莊子逍遥篇曰野馬也塵埃也註野馬春月澤中之遊氣如羣馬奔之細者微接頭銹管長蒲蘆爾雅蒲盧也注即細腰蜂也俗謂蠮螉也音翁蒲盧以蜂而細腰○蠮毛詩疏義曰螟蛉似步屈其色青而細土蜂取之置空木中或書卷筆筒中七日化成子又蒲盧土蜂也謀身拙為安蛇足史記陳軫見楚使昭陽曰人有遺一壺酒者舍人相謂曰酒不足數飲請畫地為蛇先成者獨飲一人先成舉酒欲飲曰吾更能畫蛇足後成人奪酒飲之曰蛇本無足此非蛇也報國危曾捋虎鬚莊子盜跖篇孔子說盜跖盜跖不從曰丘所謂無病而自灸也疾走料虎頭編虎鬚幾不免於虎口也舉世可能無默識默音志論語曰默而識之未知誰復試齊竽復一作獻齊宣王使人

咏笑有一二百人作郭先生不知竽濫於三百人中食禄宣王死文王即位一一聽之先生乃逃

殘春旅舍

旅舍殘春宿雨晴恍然心地憶咸京（秦爲咸陽漢爲京兆）樹頭蜂抱花鬚落池面魚吹柳絮行禪伏詩魔歸靜域酒衝愁陣出奇兵兩梁免被塵埃汙（漢制秩千石冠兩梁）拂拭朝簪待眼明

贈僧

盡說歸山避世塵幾人終肯別囂氛瓶添澗水盛將月衲掛松枝惹得雲三接舊承前席遇（易晉卦彖曰康侯用錫馬蕃庶晝日三接也○漢文帝徵賈誼至上方受釐坐宣室因問鬼神之事誼具道其所以然之故至夜半文帝前席所之釐音禧）一靈今用戒香熏（釋氏有定香戒香）相逢莫話金鑾事（韓偓有金鑾密記）觸撥傷心不忍聞

翫水禽（在湖南醴陵縣時作）

兩兩珍禽渺渺溪翠衿紅掌淨無泥（杜詩翠衿渾短盡）向陽眠處

菰成穟蹊路水飛時浪斥揚依倚雕梁輕社燕抑揚金距笑晨雞（左傳：季郈之雞鬬，季氏介其雞，郈氏爲之金距。）勸君細認漁翁意，莫遣縆羅惧穩棲。（縆羅羅會之網也。）

贈易卜崔江處士

白首窮經通秘義（窮經而皓首。）青山養老度危時。（孟子：太公辟紂，曰：吾聞西伯善養老者。）門傳組綬身能退，（謂簪纓之冑也。）家學漁樵迹亦奇。四海盡聞龜筴妙，（禮記月令：立冬，命太史釁龜筴，占兆審卦吉凶。史記：司馬遷有龜筴傳、日者傳。）九霄堪歎鶴書遲。（蕭子良古今篆隸文體曰：鶴頭書，書詔板所用。○北山移文：鶴書赴隴。）壺中日月將爲府，借與閑人試一窺。（後漢費長房爲市掾，市有老翁賣藥，懸一壺於肆頭，及市罷，輒跳入壺中，市人莫之見，惟長房於樓上覩之，異焉，因往再拜，翁乃與俱入壺中，見玉堂嚴麗，旨酒甘肴，共飲畢而出，曰：我神仙之人，以過見責，今事畢當去耳。）

過臨淮故里

交游昔歲已凋零，第宅今來亦變更。舊廟荒涼時享絕，（時享）

紹謂歲時祭事無有也諸孫饑凍一官成杜詩云諸孫貧無事宅舍如荒村五湖范貧他年志五胡見前注百戰空垂異代名榮盛幾何流落久遺人懷抱薄浮生

傷亂

岸上花根總倒垂水中花影幾千枝一枝一影寒山裏野水野花清露時故國幾年猶戰鬥異鄉終日見旌旗交親流落身羸病誰在誰亡兩不知

鵲

偏承雨露潤毛衣黑白分明衆所知高處營巢親鳳闕一閣詠闕○帝王記云黃帝時鳳巢於阿閣静時閑語上龍墀作闘化為金印新祥瑞搜神記張顥為梁相有山鵲飛翔化為圓石顥椎破之得一金印具文曰忠孝侯印飛向銀河舊路岐淮南子七夕烏鵲填河而渡織女莫怪天涯棲不穩託身須是萬年枝謝玄暉直省中詩云紫微大清廓形庭藹弘敞風動萬年枝日華承露掌○文選何晏景福殿賦云綵以

萬年經以紫綠注晉武帝華林園中有萬年樹
一十四株江左猶之冬青樹紆繁也綴連也

禁中作

銀臺直北金鑾外銀臺宮門也唐書天宝初賀知章見李白文歎曰白謫仙人也言於玄宗召見金鑾殿有詔供奉翰林暑雨初晴皓月中惟對松篁聽刻漏宮中更箭也○更見李白詩漢宣帝置刻漏賜十郡列鄉更無塵土翳虛空綠香熨齒金盤果兒杜聞詩内金盤盡在衛霍室清冷侵肌水殿風宮中有水殿天子納涼處也坐久忽聞鈴索動玉堂西畔響丁東翰林故事唐李德裕云以備警急文字引田文院有續翰林院有懸鈴以備警急文字玉堂殿名也待詔者置署在其之以代傳呼也唐李尋傳玉堂之署又唐制禁署側李尋時待詔黃門故云久汙玉堂之署公事不敢遽入至於門夫人官密非本院人雖有公事不敢遽入至於内夫人官引鈴每有文書即内臣立於門外鈴声動本院小判官出受詔機院使授承旨院使學士

王維字摩詰太原人開元十九年狀元及第擢左拾遺給事中賊陷京師為所擒維吞藥稱瘖祿山愛其才逼至洛陽供舊職拘於普施寺賊宴凝碧池遣梨園諸工合樂維痛悼賦詩曰萬戶傷心生野煙百官何日再朝天秋槐葉落空宮裏凝碧池頭奏管絃詩聞行在賊平後授官者皆定罪獨維得免仕至尚書右丞

卒有集傳于世

和賈舍人早朝大明宮之作

絳幘雞人報曉籌漢官儀宮中不畜雞汝南出長鳴雞衛士候於朱雀門外着絳幘專傳雞唱○漢魏故事軍中傳箭以直更曉籌詩謂宮中五更初之籌詩也尚衣方進翠雲裘唐制官中宮有尚衣尚藥尚食皆奉天子者○宋玉風賦曰主人之女翳承日之華被翠雲之裘

九宮閶闔開宮殿九天數起於一立於三成於七盛於九故天去地九萬里○漢書遊閶闔觀玉臺萬國衣冠拜冕旒左傳禹會諸侯於塗山執玉帛者萬國○冕旒蔡邕獨斷曰漢明帝采尚書皐陶及周官禮記以定冕制天子冕七寸長一尺二寸繫白珠於其端十二旒三公及諸侯九卿七

日色才臨仙掌動仙掌見前注○唐都長安東望華嶽即日出之所也香煙欲傍袞龍浮天子服袞龍詩曰袞職有闕惟仲山甫補之○書曰予欲觀古人之象日月星辰山龍華蟲作會宗彝藻火粉米黼黻絺繡以五采彰施于五色作服汝天子之服也○杜詩云五聖聯龍袞

朝罷須裁五色詔北史鄴中記曰石虎詔以五色紙著鳳口中銜也珮聲歸向鳳池頭鳳池荀勗為中書監除尚書令勗曰奪我鳳凰池諸君何賀耶

酬郭給事

洞門高閣靄餘暉桃李陰陰柳絮飛禁裏疏鐘官舍晚省中啼鳥吏人稀漢禁中避元帝后父王禁之諱故名省中晨搖玉佩趨金殿夕奉天書拜瑣闈漢制給事黃門之職日暮入對青瑣門拜名曰夕郎青瑣門在南宮闈師古曰門刻為連瑣文而青塗也○唐書郭承嘏為給事中文宗開成元年出為華州刺史詔下給事中盧載封還詔書奏曰嘏自居此官經有封駁能奉其職宜在瑣闈教守之才易為推擇強欲從君無那老那一作奈將因臥病解朝衣

秋雨輞川莊上

積雨空林煙火遲蒸藜炊黍餉東菑孟子有童子以黍肉餉漠漠水田飛白鷺陰陰夏木囀黃鸝山中習靜觀朝槿松下清齋折露葵文選王褒賢臣頌云霜蓄露葵野老與人爭席罷列子黃帝篇楊朱南之沛至梁而遇老子老子曰而睢睢而盱盱而誰與居大白若辱盛德若不足楊朱蹵然變容曰敬聞命矣其往也舍者迎將家公執席妻執巾櫛舍者避席煬者避竈其反也舍者與之爭席言同鄉之人與之爭席而坐以其遣去驕矜和光混俗故也詩意取海鷗何處更相疑

送楊少府貶柳州

吵到衡山與洞庭若爲秋月聽猿聲愁看北渚三湘客楚辭帝子降兮北渚目眇眇兮愁予字說湘潭湘鄉湘源謂之三湘也愁說西風五兩輕兩音暈。淮南子若綄之候風也許慎曰綄候風者楚人謂之五兩〇郭璞江賦曰𦃇氣侵於清旭覘五兩之動靜以雞羽爲之重八兩繫於檣尾青草瘴時過夏口黃州記夏謂之青草瘴秋謂之黃芧瘴鄂州夏汭書注水北曰汭亦名夏口白頭浪裏過湓城湓城近州也長江不久留才子賈誼何須弔屈平漢賈誼謫爲長沙王傅意不自得及度湘水爲賦以弔屈原云恭承嘉惠兮俟罪長沙及聞屈原兮自沈汨羅造託湘流兮敬弔先生遭世罔極兮乃殞厥身〇平屈原字也

勑借岐王九成宮避暑應教在鳳翔府麟遊縣西五里即隋仁壽宮也

帝子遠辭丹鳳闕帝子謂岐王丹鳳宮門名天書遥借翠微宮尔雅釋山云未及上謂之翠微〇鄭中記山氣青縹色曰翠微〇明皇巳辛翠微宮後爲王求勝地爲别第也白氏六帖〇長安城南山中亦有翠微宮大宗嘗避暑遊宴於此隔窗雲霧生衣上卷幔山泉入鏡中庾信東宮行雨山銘翠幔朝開新妝曰起樹入床前山來鏡裏林下水聲喧笑語巖前

樹色隱房櫳班婕妤賦曰房櫳虛兮風泠泠師古曰房櫳疏檻也仙家未必能勝此
何事吹簫向碧空吹簫見前注

和太常韋主簿五郎溫泉寓目

漢主離宮接露臺長安志臨潼縣內有驪山東南三十里有秦始皇墓露臺祠在焉不文帝嘗往看即風雨迷道去露臺祠不遠故曰接露臺秦川一半夕陽開驪山上有夕陽樓在焉青山
盡是朱旗遶碧澗翻從玉殿來新豐樹裏行人度前漢高祖徙豐縣於驪山下故曰新豐小苑城邊獵騎迴前漢蕭望之以不附霍光署小苑東門候王仲翁曰不肯碌碌反抱關爲之曰各從其志小苑在長安東聞道甘泉能獻賦懸知獨有
子雲才前漢揚雄字子雲成帝祠甘泉泰畤還奏甘泉賦以諷

酌酒與裴迪

酌酒與君君自寬人情翻覆似波瀾晉陸機君子行曰天道夷且簡人道險而難休咎相乘躡翻覆似波瀾白首相知猶按劍吳鄒陽上梁王書曰有白頭如新傾蓋如故何則知與不知也又曰明月之珠夜光之璧以暗投人於道路人無不按劍相眄者何則無因而至前也朱門

先達笑彈冠（注見前）草色全經細雨濕（杜詩曉看紅濕處花重錦官城）花枝欲動春風寒世事浮雲何足問（杜詩流水生涯盡浮雲世事空）不如高臥且加餐（晉書謝安傳征西將軍桓溫請爲司馬朝士咸送中丞高崧戲之曰卿屢違朝命高臥東山諸人每相與言安石不肯出將如蒼生何○古飲馬長城窟行云長跪讀素書書中竟何如上言加餐飯下言長相憶）

春日與裴迪過新豐里訪呂逸人不遇

桃源而向少風塵（而〻誤本集作一向少一作絕○陶潛桃花源記晉太元中武陵人捕魚爲業緣溪行或逢桃花夾岸遂異之行盡水源得一山有小口入豁然男女衣着悉如外人見漁父驚問遂還家設酒食自云先世避秦亂來此問今是何世歎息辭歸）柳市南頭訪隱淪（漢書萬章字子夏長安熾甚街閭各有豪俠章在城西柳市號曰城西柳市萬子夏○文選謝靈運詩既枉隱淪者亦棲肥遯賓）到門不敢題凡鳥（晉嵇康與呂安善每一相思千里命駕後安來值康不在嵇喜出戶迎之不入門上題鳳字而去喜不意猶以爲欣鳳字乃凡鳥也）看竹何須問主人（晉王徽之字子猷時吳中一士大夫家有好竹欲觀之便出坐輿造竹下諷嘯良久主人灑掃請坐徽之不顧而去）城外青山如屋裏東家流水入西鄰閉戶著書多歲月（前漢揚雄閉門草太玄經又王符著書名潛夫論）

蓬松皆作老龍鱗

高適 適字達夫一字仲武滄州人舉有道授封丘尉後擢諫議大夫出爲蜀彭二州刺史遷西川節度使還爲左散騎常侍卒有詩文二十卷傳于世

送李少府貶峽中王少府貶長沙

嗟君此別意何如駐馬銜盃問謫居巫峽啼猿數行淚 峽中也 衡陽歸鴈幾封書 長沙也 青楓江上秋天遠 長沙有青楓江 白帝城邊古木踈 白帝城在峽中公孫述所築古夔子國也後漢先主改爲永安 聖代即今多雨露暫時分手莫躊躇 杜詩登兗州城樓云從來多古意臨眺獨躊躇

岑參 南陽人文本之後天寶中進士官至左補闕起居郎累官侍御史退居杜陵山中卒有文集行于世

和賈舍人早朝大明宮

鷄鳴紫陌曙光寒鸎囀皇州春色闌金闕曉鍾開萬戶玉階仙仗擁千官 杜詩仙仗離丹極 花迎劍佩星初落柳拂旌旗露未乾獨有鳳凰池上客 鳳凰池見前註 陽春一曲和皆難 文選宋玉對楚

王門曰客有歌於郢中者其始曰下里巴人国中屬而和之者數千人其為陽春白雪國中屬而和者不過數十人故其曲彌高而和彌寡

張說 說字道濟洛陽人垂拱中舉賢良方正科中第二等進太子校書令遷鳳閣舍人睿宗時兵部侍郎平章事終左丞相封燕國公有文集傳于世

奉和春日幸望春宮

別館芳菲上苑東飛花澹蕩御筵紅（蕩一作落）城臨渭水天河靜闕對南山雨露通遶殿流鶯凡幾樹（繁流紛上苑詩開花已匝樹流鶯復滿枝）當蹊亂蝶許多叢春園既醉心和樂（詩云既醉以酒既飽以德）共識皇恩造化同

幽州新歲作

去歲荊南梅似雪今年薊北雪如梅共知人事何嘗定且喜年華去復來邊鎮戍歌連日動京城燎火徹明開（詩云庭燎之光也）遙遙西向長安日（晉明帝數歲元帝抱置膝前屬長安使來因問洛陽日与長安

皷遠對日長安近不聞人從日邊來元帝異之明日讌羣
臣又問之對日日近元帝失色曰何乃異間者之言對日
舉頭見日不見長安帝益奇之願上南山壽一杯詩小雅天保如月之恒如日之升如南山之壽不騫不崩

（耿湋）湋河東人寶應二年進士爲大理司法終于左拾遺有詩一卷傳于世

道傍老人

老人獨坐倚宮槐欲語潸然淚便垂陌上歸心無產業城邊戰骨有親知餘生尚在艱難日長路多逢輕薄兒晉謝靈運詩杳杳日西頹漫漫長路迫○漢書李宪勸劉嘉且觀成敗光武聞之告鄧禹曰孝孫素謹當是長安輕薄兒誤之耳孝孫嘉字也馬援書戒兄子嚴敦曰效龍伯高不得猶爲謹敕之士效杜季良不得陷爲天下輕薄子綠水青山雖似舊如今貧病復何爲史記原憲曰若憲貧也非病也○晉顏延年詠阮籍曰

少而貧病
屈元僕安

送友人歸南海

遠別悠悠白髮新江潭何處是通津潮聲偏懼初來客

味惟甘久住人漠漠煙光前浦曉青青草色定山春定山在錢
塘南西十七里定山出浙江數百尺闕不至江北輒抑声过激
番驛舟舜愁○沈約早發定山詩夙齡愛遠壑晚涖見奇山
汀洲更有南迴鴈亂起聯翩北向秦

唐詩鼓吹卷之二

唐詩鼓吹卷第二

資善大夫中書左丞郝　天挺　註

陸龜蒙

字魯望，吴人。進士不第，遂放浪山水間，號江湖散人，又號天隨子、甫里先生。後以高士徵，不就。今有笠澤叢書二卷，并詩文十六卷行于世。

憶白菊

我憐貞白重寒芳，前後叢生夾小堂。月朶併開無絶豔，風莖時動有奇香。何慚謝雪中情詠，中情一作情才。○世説：謝安雪日集兒女講論文義，公曰：白雪紛紛何所似？兄子胡兒曰：撒鹽空中差可擬。兄女道韞曰：未若柳絮因風起。不羡劉梅貴［主］粧。宋武帝女壽陽公主人日臥于含章簷下，梅花落額上，成五出之花，拂之不去，後有梅花粧。武帝即劉裕也。更憶幽窻凝一夢，夜來村落有微霜。

別墅懷歸

水國初冬和暖天，南榮方好背陽眠。榮，簷際也。題詩朝憶復暮憶，見月上弦還下弦。遥為晚花吟白菊，近炊香稻識紅蓮。

紹運何人壽我黃金百春秋後語曰燕郭隗之比有蘇人侯對秦行說之人後從以黃金百鎰其家承諫曰君侯與客無故衝而送百金其誰可得聞乎入侯曰吾天下之辯士也故之間再奪我地而復歸之吾地雖小豈直百金也哉買取蘇君負郭田史記蘇秦曰使我有洛陽負郭田二頃吾豈能佩六国相印乎

寄淮南鄭賓書記

記室千年翰墨孤言鄭賓辭翰千年中一人而已惟君才學似應徐三国志應瑒字德璉比海徐幹字偉長北海五丁驅得神功盡蜀王本紀惠王欲蜀乃刻五石牛置金其後蜀人見以爲牛便金乃使五丁力士拖牛成道置之成都秦王知蜀王好色獻美女五人蜀王遣五丁迎女還梓潼見一大蛇入山穴中一丁引其尾不能出五丁共引之山崩五女化山爲石○李白大獵賦云五丁摧峩一夫拔木下鑿高顏深可險谷二西搜來祕檢疎東圖經云穆天子藏異書於大西小西山之中九鄭紀云秦人隱李於小西山中石穴有所藏書千餘卷梁湘東王尤好聚書故其賦曰訪西陽之逸典○唐段成式著書有異乎世俗故取諸逸典之意名曰西陽雜俎○孝經鉤命決曰丘授秘文詩意言鄭賓書記之文章如五丁之神功搜索遺編益二西之秘典煬帝帆檣歸澤國隋煬帝開通濟渠引穀水洛水達于河引河通于淮

造龍舟鳳舸黃龍赤艦數萬艘幸江都。淮王箋奏入班書。班固前漢淮南王安獻所作內篇上愛秘之又獻頌德長安都門頌天子使爲離騷傳。清詞醉草無因見。文選曹植詩衆賓悉精妙清詞洒蘭藻。但釣寒江半尺鱸。晉張翰見秋風起思吳中菰米蓴羹鱸魚膾遂命駕焉歸。

小雪後書事

時候頻過小雪天，曆家以十月小氣爲小雪。江南寒色未多偏。楓汀尚憶逢人別，麥隴唯應欠雉眠。更擬結茅臨水次，偶因行藥到村前。鮑明遠有行藥至城西橋詩言服藥後行以宣導之。隣翁意緒相安慰，多說明年是稔年。多一作曾。

鵁鶄詩并序

客有過霅溪得水鳥所謂鵁鶄者既予異黑襟青脛蒼爪丹觜色幾及項質甚高而意甚卑戲畏人擇而畜之其野逸性又非能招累者而因錄籠檻逼迫窗戶像豕御畝爲活夫豈快其天地之窮鳥也爲之賦詩宜好事者和之

詞賦曾誇鵁鶄流。鶄徒前反鳥牛欲反○李白大獵賦云鵁鶄鳴於青雲落鴻鴈於紫虛○雜字

日鶤鳥似然兒果爲名誤別滄洲謝玄暉既懽懷祿情復協滄洲趣雖蒙賞置蹤

籠晚不似閑棲折葦秋自昔稱粱高鳥畏至今珪組野人

註左思詩珪組賢所好青紫明主恩詩意謂野人畏珪組如網羅防微避繳無窮事好爲

裁書謝白鷗杜詩白鷗浩蕩萬里誰能馴

二遺詩并序

二遺詩者何石枕材琴薦也石者何松之所化也化於何越之東陽也東陽邑名山就中金華爲最取枝筆蔓歲寶秀氣旁礴數百里不啻而神仙登臨草木芬馥求之地亦辦聰甚間中鏡古松往往化而爲石盤根大河又豊貝析盡在好事者攻而置於人間以爲耳目之異太山苗擷文得桃材遍郡李身秀得琴薦皆兹石也咸以遺予以二遺之奇聊賦詩以謝

誰從毫末見參天老子云合抱之木生於毫末○莊子秋水篇萬物莫不小知大昧之爲稊米也知毫末之爲丘山也又到蒼蒼化石年萬古清風吹作籟莊子齊物篇子綦謂子游曰而未聞天籟夫大塊噫氣其名爲風作則萬竅怒號而獨不聞之翏翏乎一條寒溜滌成川川云峽宇○前漢枚乘云泰山之溜穿石單極之綆斷幹非石之鑽漱水之鑑微濟使然也閑追

〔夢〕徒勞悵異聞集呂公經邯鄲中有盧生自嘆□□□□不諱言說思唯主人方炊黃粱翁探囊中枕授生曰枕此則榮適如意生枕之夢自娶□數中入全其緣未我登高第歷臺閣出入將相□□餘年子孫皆列顯仕金紫滿門貴盛無比年逾八十□卒及伸而寤猶在曰公在傍主人黃粱猶未熟生起□外而生以此吾欲也哉不受教兩拜而去庸有遺音者矣靜搭朱絲更可憐格音鶴反○禮記清廟之瑟朱絃而疏越一倡而三嘆幸與野人俱散誕不煩良匠更雕鐫

奉和襲美送弘惠上人皮日休字襲美弘惠上人新羅人也日本國請明日休爲靈鷲山周禪師碑事畢東歸以詩送之

一函迢遞過東瀛，秖爲先生處乞銘。先生謂日休也已得雄詞封淨檢，却懷孤影在禪庭。春過異國人應寫，夜讀滄洲怪亦聽。言日休文驚鬼神遙想勤〔求〕新塔下，盡望空碧禮文星。空碧天也文星謂日休平聲○

閑書

病學高僧置一〔牀〕□□□繞暇即焚香閑階雨過苔花潤小

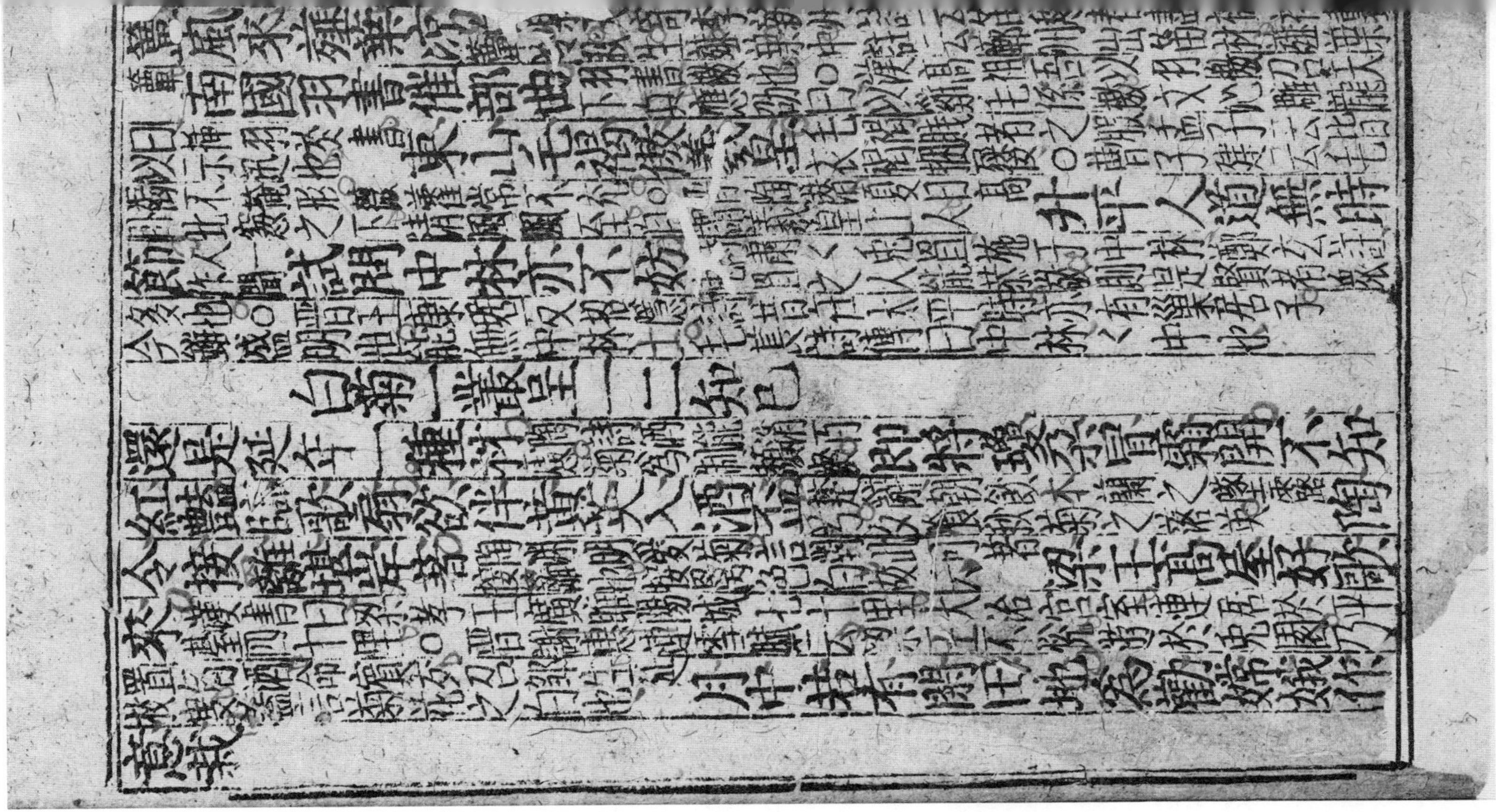

注唐詩鼓吹　國家圖書館藏元劉氏日新堂刻本

奉和龔美悼鶴

一夜圓吭絶不鳴宋鮑照舞鶴賦引員吭之纖婉頓脩趾之洪姱八公虛道得千
年八公漢淮南王賓客有八公之徒采藥於嵩高山下石室中得浮丘王子晉所傳於李浮丘伯相鶴經曰鶴陽鳥也而游于陰因金氣依火精以自養金數九火數七故七年小變十六年大變百六十年變止千六百年形定○晉鮑明遠舞鶴賦云守馴養於千歲結長悲於萬里○方添上客雲眠思杜詩雲臥衣裳冷忽伴中
仙劍解形解音蟹○東鄉亭葛洪曰陰君受鮑靚尸解之法後死埋丁石子岡有人發其棺見一大刀左右有人馬之聲遂不敢取此劍解也但掩脩毛穿古塚塚謂墓也永留寒影在
空屏君才幸自清如水更向芝田爲刻銘梁簡文帝詩來自芝田遠飛濤武溪深○鎮江府江中有焦山後漢高士焦光隱于此山因名焉有陶隱居瘞鶴銘焉

奉送浙東德師作御龍府西歸

玉謝遺蹤玉籍仙王謝謂江東王導謝安二家也後王列紀曰君子中有玄玉籙籍名者爲上仙也
三年閑上鄂君船說苑鄂君乘青翰舟越人擁楫而歌曰今夕何夕兮搴舟中流今日何日兮得與王子同舟鄂君乃以繡被覆之
詩憂長白閣僧吟苦唐賈島爲浮屠名無本嘗數日朱余素心若...

白閣隱者目[illegible]高人[illegible]有舊隱隱必歸未[illegible]長安雖行坐寢食[illegible]不繫心白閣峯夕[illegible]倖質青氏舊[illegible]

偏永嘉記青田有雙鶴年年來養子而去行次野楓臨遠水醉中衰菊臥涼

煙芙蓉散盡西歸去唯有山陰九萬箋晉庾[illegible]求王右軍為會稽謝公宅乞

牋紙庫中惟有九萬枚悉與之桓宣武云謝公遠少不[illegible]

奉和褚家林亭

一陣西風起浪花遶欄干下散瑤華高窻曲檻仙侯府拆

葦荒芹白鳥家孤島待寒凝片月遠山終日送餘霞若知

方外仙如此不要秋乘上海槎王子年拾遺記堯時有巨槎浮于西海光若星月

二十年一周天名貫月查又名掛星查羽仙栖其上

寒食同龔美訪叡上人

月樓風殿靜沉沉披拂霜華訪道林晉高僧支遁字道林也寓指叡上人也

鳥在寒枝棲影動人依古塔坐禪深明時尚阻青雲步半

夜猶追白石吟見寧戚飯牛歌詩自是海邊鷗伴侶海鷗見前注不勞

金僊更降心 佛西方人号金仙 當作半偈不妨

江南道中 懷茅山黄文南士奉和日休韻 歐陽博

一片輕帆背夕陽 茅山中茅山小茅山有茅盈茅固茅衷即三君也 望三峯拜七眞堂 二茅二許一陽一郭是謂七眞 三峯謂大

天寒夜漱雲牙浄 雲牙雲根皆石也○爾雅釋草 藻潭石衣詩水苔也 雪環晴梳石髮香 一名石髮江東食之○異物志云石髮生海中石上 長尺餘大小如韭

自拂煙霞安筆格 閣音 獨開封檢試砂牀

莫言洞府能招隱 招隱士者淮南王小山之所作也 會輾飈輪見玉皇 集仙録曰王母者山金母也居崑丘之圃閬風之苑非飈輪不可到

二

壺中行坐可携天 注見前 只向林間息萬緣

組綬任垂三品石 建康有陳朝三品石 珮環從落八公泉 謂茅許陽郭四仙人也以組綬比泉石語意佳

丹臺已運陰陽火 丹臺運火養其鉛汞也 碧簡須雕次第仙 景林眞人

出念眞朝壘皇鑒其用思太極注名玉札於是細書自勵感盈

紫虚之宫朱書東華之闕刻石上清丹文玉籍云……想得

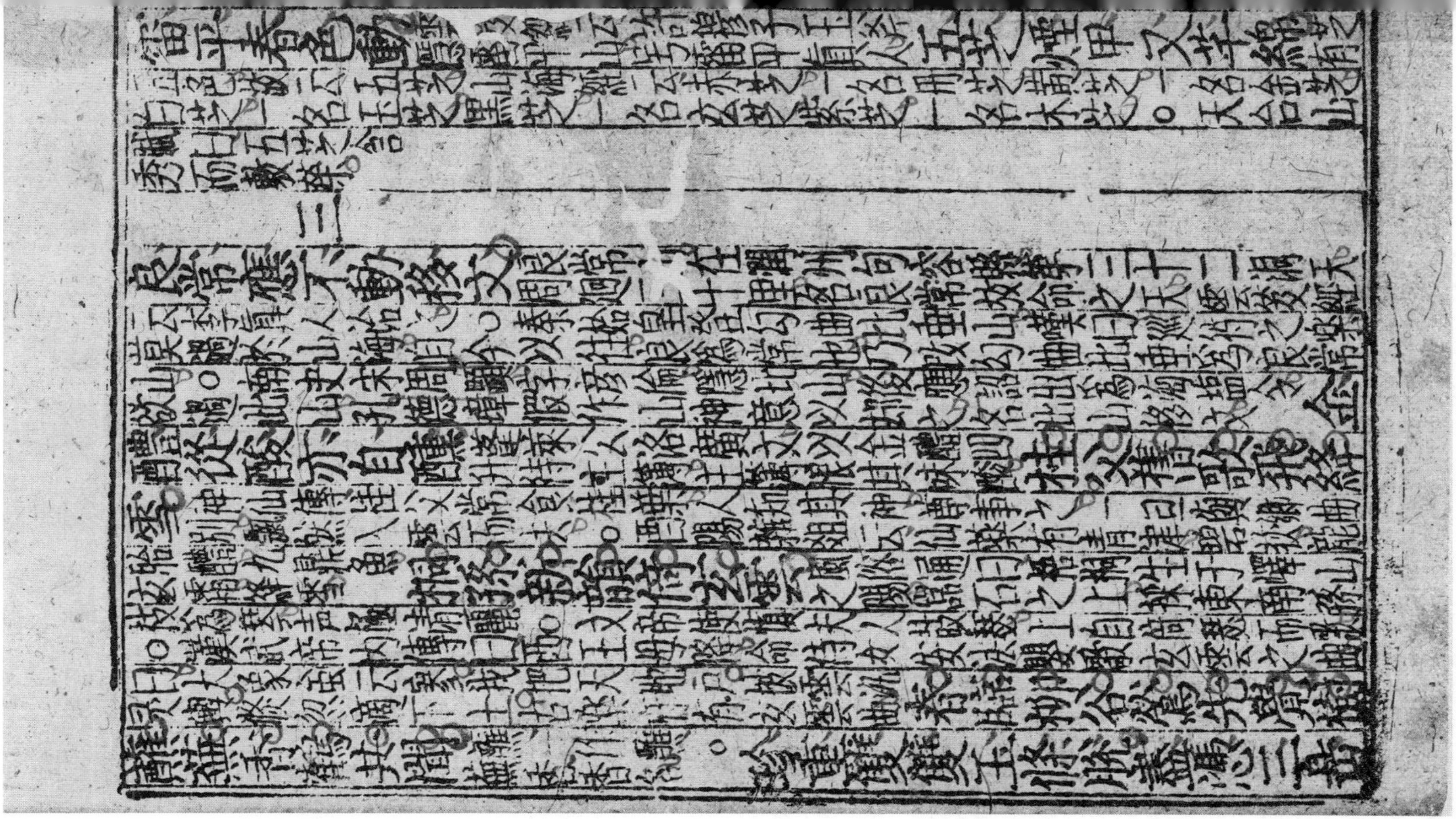

注唐詩鼓吹　國家圖書館藏元劉氏日新堂刻本

寄羊君 晉穆宗昇平三年仙女萼綠華夜降于羊權家一月輒六過其家自言玄州以我仙罪未滅故暫謫降以償其過耳因贈詩一首火浣布巾一枚金玉條脱各一條脱似指環而大囑勿泄我下降之事被此獲罪。三島蓬萊方丈瀛洲也

行次野梅奉和日休韻

飛梢參差拂早梅，強欺寒色尚低回。晉傅咸感別賦云入闃然而無依步空宇以低回

風憐薄媚留香與，月會深情借艷開。梁殿得非蕭帝瑞金陵覽古云晉孝武太元三年僕射謝安作新宮太極殿以一梁有梅木流至石頭城下因取用之畫梅花于梁上以表瑞焉因名梅梁殿，齊宮應是玉兒媒齊東昏侯妃潘氏小字玉兒東昏淫亂暴虐失道宮為梁所滅玉兒亦為武帝所誅殿為武帝所居時人覺應梁之瑞。不知謝客離腸醒，臨水應添萬恨來。晉謝靈運字客兒太傅安之從孫文章江左第一襲封康樂公宋武帝長安回奉使慰勞於彭城及宋受命降公爵為侯文帝即位因其叛逆為詩曰韓亡子房奮秦帝魯連恥本自江海人忠義感君子文選任昉詩曰不忍一辰意千齡萬恨生

揚州寄辛夷花

（正一種木高數丈葉似柿而長初出如木筆故北人呼爲木筆其子如栢恩子）

柳踈梅墮少春叢天遣花神別致功高處朵稀難避日動時枝弱易爲風堪將亂蕚添雲肆若得千枝便雪宮（孟子見齊王於雪宮）不待群芳應有意等閑桃李即爭紅

奉和襲美見訪不遇

爲愁煙岸老塵囂（左傳湫隘塵囂註囂聲也詩意恐神老於塵囂也）扶病呼兒斵翠茗（文選江文通詩青茗日夜萬芳對成伯楚）私道府中持簡牘不知林下訪漁樵花盤少發晴初豔葉擁踈籬凍未燒倚杖偏吟春照午一池冰段幾多消

閶閭城北有賣花翁討春之士往往造焉因招日休

故城邊有賣花翁水曲舟輕去盡通十畝芳菲爲舊業

家[illegible]雨是元功（史記太史公曰鄭祖元功輔臣股肱後漢鄧禹傳元功之首）閒添藥品年年别笑指生涯樹樹紅若要見春歸處所不過攜[illegible]問東風

奉和日休病中孔雀

懶移金翠傍簷楹斜倚芳叢舊態生唯耐瘴煙籠飲啄可堪春雨滯飛鳴（紀聞錄南人捕生者候甚雨往擒之尾沾雨重不能高翔又至愛其尾恐人所傷不復騫翔也）鴛鴦水畔迴頭羨荳蔻圖前舉目驚（孔雀所出多荳蔻故孔雀見其圖則驚喜）爭得鸚鴿來往著不妨還校有心情（有孔雀處亦有鸚鵡）

次韻日休見寄

共尋花思極飛騰病帶[illegible]寒去未能煙逕水涯多好鳥竹牀蒲椅但高僧須知日宣爲神授（陶淵明榮木詩云志彼不舍安此日富）秖有家貧免盜憎（左傳盜憎主人民惡其上）除却數函圖籍外更將何事結良明

奉和府後春思

氣和靈府漸氤氳（莊子德充符仲尼曰……日夜相代乎前而知不能規乎其始者也故不足以滑和不可入於靈府……使之和豫通而不失於兌……心之神也）酒有賢人藥有君（魏太祖禁酒人竊飲之故難言酒以清者為聖濁者為賢人○本草藥有君臣佐使）七字篇章看

月得百篘言語傍花聞（公……爾雅鶪伯勞一名博勞一名鶪月令仲夏之月鶪始鳴）

古寺銷晴日最憶深溪枕夜雲草晚共搖孤艇去紫蘋風

外碧波文（宋玉招魂紫莖屛風文緣波註屛風水葵也生於池其莖紫色風起水動波緣葉而生文也）

次韻館娃宮（揚雄方言娃美也吳楚衡淮之間曰娃故吳有館娃之宮○在平江府硯石山山盡以西施得名今為靈巖寺）

鏤楷稍落濯春雨蒼翠無言空斷崖草碧未能忘帝女（李白詩燕草如碧絲秦桑低綠枝○山海經姑媱之山帝女死焉名曰䔄草）燕輕猶自識宮釵（洞冥記神女留一玉釵與帝帝以賜趙婕妤至昭帝元鳳中宮人猶見此釵共謀欲碎之明旦……）江山只有愁容在劍佩

應和媚氣理頗有伍負騷思少吳王纔究似荆懷（史記伍子胥諫吳王不聽賜屬鏤之劔以死今言伍負才不如屈原故不能作騷以謝）

龍袞美以紫石硯見贈以詩迎之

霞骨堅來玉自愁琢成物象古釵頭（硯形製也）澄沙脆弱聞應伏（登沙硯名也）青鐵沉埋見亦羞（拾遺記晉張華著博物志成武帝賜青鐵硯是于闐國所獻）最稱風亭批碧簡（碧簡竹簡也）好將雪膏漬寒流（雪一作雲）君能把贈閒吟客徧寫江南物象酬

看壓新醅寄懷龍袞美

曉壓糟牀漸有聲旋如荒澗野泉清身前古態醺醺出世上愁痕滴合平飲啄既同鶴儉（湘南王八公相鶴經云鶴一百六十年雌雄相視而孕又一千六百年則飲而不食胎化也）風波終日看人爭樽中若使常綠兩綬通侯總強名（漢書金日磾二子賞建俱為侍中賞與關內侯綬昭帝謂霍光曰金氏兄弟兩人不可使俱兩綬邪言侍中封侯佩兩綬也）

奉和鄭遂上人藥圃

藥味多從遠客齎旋添花圃旋成畦三椏舊種根應異本草
衣八八公高麗人作人參贊曰三椏五葉背陽向陰九節初移葉向低本草蜀郡歲道縣菖蒲一寸九
節者最良服之輕身延年聰神益智山英及和幽澗石孫氏瑞應圖曰黃英圓而五色一名醫英
十五藥日生一葉從朔至望畢十六日毀一葉至晦而盡月小則一葉卷而不落○白虎通蓂莢者樹名也水芝
須帶本池泥水芝蓮也從今直到清明日又有香苗幾番齊

也

以竹夾膝寄贈襲美

截得筼簹冷似龍異物志一孔亦有洋州有筼簹谷筼簹竹也翠光橫在暑天中堪
臨潏簟閑憑月好向松窗卧跂風持贈敢齊青玉案張平子四
愁詩美人贈我錦繡段何以報之青玉案醉吟偏稱紫荷筒南史劉杳著紫荷袁前漢張安世傳
持橐簪筆之意而刻恐乃以荷為囊之荷至後漢陽脩亦以紅藥嘗問劉杳紫荷持橐何耶添君雅具
教多着為著再齋譜一通

奉和夏景無事因懷章來二上人

簷外青楊有二梅有青門梅有楊梅。○潘安仁閑居賦云三桃表櫻胡之別二柰曜丹白之色此遺意也折來堪下凍醪杯凍醪須臘月醞成冰凘入凍醪待春時氣動酒甚香美高杉自欲生龍腦小弁誰能寄鹿胎小弁冠也鹿胎紫斑之宋何衛字子季着單衣鹿皮巾麗事肯教饒沈謝南史沈約字休文吳興武康人也孤貧好學博通群書聰明過人尤善屬文時謝玄暉善爲詩約兼而有之然終不能過之也微談何必減宗雷南史宋宗炳南陽人也善琴書圖書精于言理嘗入廬山就釋慧遠考尋文義雷次宗字仲倫豫章人也少入廬山侍慧遠法師篤志好學尤明詩禮隱退不仕還聞擬結東林社爭奈淵明醉不來高僧傳遠法師結白蓮社以書招淵明淵明曰弟子性嗜酒若許飲則往遠公許之遂造焉陶攢眉而去

奉和寄楊舍人

明時非罪謫何偏鵩鳥注見上南更數千酒滿椰杯消毒霧海南嶺表多蠱毒食飲以椰子爲杯有毒則裂風隨蕉葉下瀧船瀧呂江切湍也。○韶州樂昌縣有瀧水名樂昌俗謂水湍急爲瀧韓愈瀧吏詩云始下樂昌瀧人多藥戶生狂蠱吏有珠官出俸錢十道志廉州合浦郡秦象郡後改作珠官郡一云抵以直誠天自信不

旁詩句詠貪泉

晉書：吴隱之字處默，性廉操，爲廣州刺史。州界有水名貪泉，父老云飲此水者廉士亦貪。隱之至泉，酌而飲之，因賦詩曰[illegible]。[illegible]

奉和夏[illegible]中丞偶然作

蟬雀參差在扇紗，竹襟[illegible]利籜冠斜。[illegible]

壚中有酒文園會，[illegible]琴上無絃靖節家。[illegible]

橘州風浪半汀花，[illegible]芝[illegible]煙霞全覆穗。[illegible]

閑思兩地忘名者，不信人間髮解華。

懷揚台文楊台鼎二秀才

秋早相逢待得春，崇蘭清露小山雲。[illegible]

實花獨自愁中見，[illegible]角多從醒後聞。[illegible]

每憐蹤跡向古詩題閑上小樓分重思醉墨縱横甚書破羊欣白練裙羊欣字敬元父不疑爲烏程令欣年十二王獻之時爲吳興太守甚知愛之欣嘗夏月著新絹裙晝寢獻之入烏程縣署書裙數幅而去欣書自此愈善

和張處士詩幷序。張祜字承吉元和中作宮體小詩辭曲艷發當時輕薄之流能其才合譟得譽及老大稍窺建安風格誦樂府錄知作者本意短章大篇往往間出講諷怨譎時與六義相左右善題目佳境言不可刊置別處此爲才子之最也由是賢俊之士及高位重名者多與之遊謂有鵷鷺之野孔雀之鮮竹柏之貞琴磬之韻或薦于天子書奏不下受辟諸侯府性狷介不容物輒自劾去以曲阿地古淡有南朝之遺風遂種樹築室而家焉性嗜水石常悉力致之後知南海間罷職載羅浮石笥還不蓄善田利產爲身後計死未二十年而故姬遺孕凍餒不暇前所謂鵷鷺孔雀竹柏琴磬之家鏘朱輪尚乘尚吟未嘗一省其孤而恤其窮也噫人之假好不根於道義耶且其怨刺誠明耶天果不沒之死而猶遺恥耶吾一不知之矣人顏弘至行江南道中訪其廬作詩弔之而引吾之屬予應和予淚沒者不足哀承吉之道要冀襲美同作爲之一篇冀承吉之孤尚有鄰者

篊

勝華通子共悲辛（卽小故姬，潸方字也）荒逕今為舊宅隣。一代交遊非不貴，五湖風月合教貧。魂應絕地為才鬼，名與遺編在史臣。聞道平生偏愛石，至今猶泣洞庭人。（洞庭出湖石，取之甚難，民多被其害。吳融詩云：洞庭山下湖波碧，波中乃古生湖石，鑿索千尋取得來，奇形怪狀誰能識。○洞庭山在平江府太湖中。丹陽曲阿屬焉，張祜嘗築室於此。）

寄吳融子華

一夜秋聲入井桐（文選云：寒井落梧桐。又李白：梧桐落金井，一葉飛銀床。）數枝危綠怕西風。霏霏晚砌煙華上，淅淅疎簾雨氣通。君隱輪蹄名未了，我依琴鶴病相攻。到頭江畔從漁事，織作中流萬尺篊。（篊，取魚具也。）

中秋待月

轉缺霜輪上轉遲（轉，上去聲；下，上聲）好風偏似送佳期。簾斜樹隔情無限，燭暗香殘坐不辭。（不辭一作最愛）最愛笙調聞北里（一云南鄰，太中洙字號）

碧落此果吹笙笑漸看星淡失南箕春秋元命苞曰尾九星箕四星爲後宮之列爲南宮其庭太微

此月明星稀之意何人爲校清涼力欲減初圓及午時

包佶字幼正天寶六年進士累遷秘書監爲刑部侍郎拜諫議大夫御史中丞卒封丹陽郡公有集傳于世

贈盧山白鶴觀劉尊師

蒼蒼五老霧中壇五老峰在江州李白詩廬山西南五老峰青天削出金芙蓉九江秀色可攬結

吾將此地巢雲松晚杳杳三山洞裏宫封禪書自齊威宣使人入海求蓬萊方丈瀛州此三山者

仙人及不老之藥皆在焉○韓詩云上界仙人好官府手護崑崙象牙簡登真隱訣云崑崙舒生

瑩刊字真迹之所留刻簡記仙名○唐書王方慶爲廣

州都督南海歲有崑崙舶市外國珍琲象牙犀角○崑崙舶

人多犢貨象齒角貨於外國心推霹靂棗枝盤上清經變

今道士章醮手持牙簡文帝章刻

書雷霹靂棗心之木春飛雪粉加毫潤曉漱瓊膏氷齒寒氷

受於經籙之中去

声老氏聖紀曰吳猛字世雲豫章人性純孝貞父夜在父母

側不敢驅蚊蚋恐去已而集親後猛登廬山見數人寺

猛語設玉膏月終日○道人

亦以燕巖律液爲瓊膏漸恨流年筋力少惟思脫屣事

星冠

鮑防字子慎襄陽人天寶中登進士第官至太原尹河東節度使[illegible]有詔圖形別殿歷江西觀察使從幸奉天封東海公授工部尚書卒有文集今傳

送薛補闕入朝

平原門下十餘人獨受恩多未殺身史記平原君趙勝合從於楚約與文武備者二十人偕得十九人餘無可者毛遂自贊於平原君願以備員至楚與楚王言利害日中不決遂乃按劍而上合從乃定謂十九人曰公等碌碌所謂因人而成事者也陽自謂也每嘆薛家兄弟少[illegible]〇唐書薛家兄弟四人皆[illegible]行少時與相知[illegible]陸氏元弟皆有士行[illegible]小有之古者陳元以加也更憐楊氏子孫貧後漢楊震[illegible]郡太守不受詔[illegible]子孫蔬食步行故舊欲令開產業震不肯曰使後世稱爲清白吏子孫亦厚乎崇門豈斷施行馬周禮掌舍設梐枑再重注梐枑謂行馬者以周衛有外內列〇漢官儀曰光祿勳門施行馬以別[illegible]魯酒那堪醉近臣淮南子楚宣王朝諸侯魯恭公後至而酒薄宣王怒乃發兵[illegible]與魯一日與趙俱獻酒於楚王主酒吏以魯薄酒易趙厚酒楚王以趙酒薄遂圍邯鄲賴有鐏中

遺[illegible]猶將談笑對風塵杜詩談笑[illegible]

[illegible]（字茂政，天寶中進士，終拾遺左補闕，有詩集二卷傳于世）

三月三日義興李明府後亭泛舟

江南煙景復如何，聞道新亭更可過。（金陵覽古云：新亭在江寧縣十里，俯近江渚。晉初過江，僕射周顗嘗與公遊宴，坐中歎曰：風景不殊，舉目有江河之異。因而流涕。王導曰：諸公當共戮力中原，以佐王室，何至作楚囚對泣耶？衆皆肅然。）處處藝蘭春浦綠，（楚辭藝蘭芷九畹）萋萋籍草遠山多。（孫綽天台山賦曰：藉萋萋之纖草，蔭落落之長松。）壺觴須就陶彭澤，（晉陶潛字淵明，為彭澤令，解印而去，賦歸去來辭以見志，曰：引壺觴以自酌。）風俗猶傳晉永和。（晉王羲之蘭亭記曰：永和九年，歲在癸丑，暮春之初，會于會稽山陰之蘭亭，脩禊事也。）更使輕橈徐轉去，微風落日水增波。（文選招隱[illegible]）

送李録事赴饒州

北人南去雪紛紛，雁叫汀沙不可聞。積水長天隨遠客，荒城極浦足寒雲。山從建業千峰斷，（金陵，又建康）江到潯陽九派分。（尋陽，江州也。書禹貢九江，孔安國注：江于此分為九道[illegible]）

丞入閩因力郭璞江賦源二分於崌崍流九泒於潯陽借問督郵纔弱冠禮記曰二十曰弱冠三十曰壯有室四十曰強而仕督郵比李録事府中年少不如君賈誼年少通百家書文帝召爲博士是時年二十餘最爲少每試下諸老先生不能言賈生盡爲之對

館陶李丞舊居

盛名天下挹餘芳杜詩盛事當名業方睽慨高賢棄置終身不拜郎前漢顔駟文帝時爲郎至武帝輦過郎署見駟龐眉皓髮上問曰叟何時爲郎何其老也曰臣文帝時爲郎文帝好文而臣好武景帝好美而臣貌醜陛下好少而臣已老是以三世不遇上感之詞藻世傳平子賦後漢張衡字平子南陽西鄂人也平子擬班固兩都作二京賦永和初爲河間相迁侍中園林人比鄭公鄉後漢孔融深敬鄭玄屣履造門告高密縣爲玄特立一鄉昔齊置士鄉越有君子軍皆禮賢之意也鄭君好學實懷明德今鄭公鄉里宜曰鄭公鄉公鄉其門名曰通德門門前藂藥浮秋水籬外寒皐帶夕陽日日青松成古木祇應來者爲心傷

送孔巢父赴河南軍

唐書崔寬爲宋李季卿宣撫江淮薦巢父爲左衛兵曹參軍敢有世行

江北相送阻烟波況復新秋一鴈過聞道全師征北虜更
言諸將會南河（孟子舜避堯之子於南河之南○唐書幽洲有安史之亂南有永王璘之變唐曰以淮爲南河黄河爲北河）邊心杳杳鄉人絶塞草青青戰馬多共許陳
琳工奏記（三國志陳琳字孔璋廣陵人避難冀州袁紹之使典密事紹死歸太祖辟爲典記室○魏太祖先苦頭風陳琳作檄草成呈太祖是日疾作卧讀琳檄翕然起曰此愈我疾病此孔巢父也）知君名宦
未蹉跎（杜詩聞君已朱紱且得慰蹉跎）

同温丹徒登萬歲樓

高樓獨上思依依極浦遥山合翠微（鄴中記曰山氣青縹色曰翠微）江客
不堪頻北望塞鴻何事復南飛遼陽古渡寒煙積瓜步空
洲遠樹稀（瓜洲揚州古蹟其狀如瓜謂之瓜步眞州亦有瓜步山鼈昂文曰因迴遂爲尚據絶爲雄麥清徹遼隱奇合矣）聞道王師猶轉戰誰能談笑解重圍（史記趙被秦圍急魏使辛垣衍於趙欲使趙帝秦魯仲連見衍陳帝秦之害衍遂謝秦兵聞之却五十里○文選左太冲詠史詩吾慕魯仲連談笑却秦軍○）

秋日東郊

閑看秋水心無事（莊子有秋水篇）坐對寒松手自栽（寒松或作東林誤）盧岳高僧留偈別（廬岳江水之廬山也。僧頌曰偈）茅山道士寄書來（茅山在鎮江）燕知社日辭巢去（燕春社來秋社去）菊為重陽冒雨開淺薄將何稱獻納（前漢袁盎傳朝夕論思日月獻納。杜詩獻納司存雨露邊）臨岐終日獨遲迴

宿淮陰南樓酬常伯能

淮陰日落上高樓喬木荒城古渡頭浦外野風吹入戶窻中海月早知秋滄波一望通千里畫角三聲起百憂（毛詩曰我生之後逢此百憂。杜工部詩有百憂集行）獨立寄分遠來客煩君步屧忽相求

郎士元（字君胄，中山人也。天寶中進士，後選京畿縣官，歷左拾遺，出郢州刺史，有詩集傳於世）

寄韋司直

聞君感歎二毛初（二毛見前注）舊友相依萬里餘烽戍有時驚暫定甲兵無處可安居客來吳地星霜久（杜詩星霜玄鳥變）家在

平陵音信疎昨夜東風還入戶登山臨水復何如潘安仁秋興賦憭慄兮若在遠行登山臨水兮送將歸

蕭少府新除江南尉問風俗

聞君作尉向江潭吳越風煙到自諳客路尋常隨竹影人家大抵傍山嵐緣溪花木偏宜遠避地衣冠盡向南晉書懷帝永嘉五年時海內大亂獨江東差安中國士民避亂者多南渡江鎮東司馬王導說琅邪王收其賢俊與之共事睿從之唯有夜猿啼海樹思鄉望國意難堪

酬王季友題半日村別業

村映寒原日已斜煙生密竹早歸鴉長溪南路當群岫半景東隣照數家晚景一作半景爲門通小逕連芳草馬飲春泉踏淺沙欲待主人林上月還思潘令縣中花晉潘岳字安仁為河陽令作閑居賦一云○[illegible]為河陽令樹桃李花人號為河陽一縣花○庾信枯[illegible]云建章三月火黃河千里槎若非金谷滿園樹

[illegible]定白昌[illegible]

羊士諤　十三貞元初進士累至宣歙巡官元和初拜監察御史坐評論宰執出為資州刺史有集行于世

酬西川獨孤侍御見寄

百雉曾城上將壇左傳都城過百雉國之害也注方丈曰堵三堵曰雉一雉之牆長三丈高一丈列營高照雪峯寒雪峯成都西北山也文章立事須銘鼎禮記曰夫鼎有銘銘者論撰其先祖之德美功烈勳勞而酌之祭器自成其名焉故衛孔悝之鼎銘曰叔舅予女銘若纂乃考服悝拜稽首曰對揚以辟之勤大命施于烝彝鼎談笑論功恥據鞍後漢馬援據鞍顧眄以示可用○杜詩傷時即據鞍草檄青油推健筆青油將幕也詩意比陳琳曳裾黃閤聳危冠前漢鄒陽諫吳王書曰今臣盡智畢議易精極慮則無國不可奸飾固陋之心則何王之門不可以曳長裾乎金來比三千字古詩曰客從東南來遺我雙南金負愧慚知者難後漢司馬相如為中郎將建節往使乘傳四乘之車至蜀太守以下郊迎縣令負弩矢先驅蜀人以為寵

竇常　字中行叔向之子也京兆人大曆中王儲榜登第累除水部員外郎後任國子祭酒卒有集行于世

寒食途次松滋渡先寄劉員外常兄弟五人皆以詩名擢第時常為武林刺史將之任故有此作

杏花榆莢曉風前，雲際離離上峽船。江轉數程淹驛騎，楚曾三戶少人煙。漢書：楚雖三戶，亡秦必楚。看春又過清明節，算老重經癸巳年。幸得柱山當郡舍，隱居閬皇中刺史樊子蓋以善卷生於柱山，更名為善德山。今按方輿勝覽，松滋在江陵府西北門柱山，今打山殼當作柱山。在朝長詠卜居篇。卜居者，屈原所作也。屈原當世之人，君安邪，使讒背正直，故佯為不知二者之是非，同不肯假蓍龜以決之，故為此辭。

竇常

字中行，周貞元二年進士，累至都官郎中，終國子司業，有集行世。

秋夕閑居對雨贈別盧七侍御

御史年悅從昭義盧從史，從史寢驕，年度不可諫，即移疾歸東都，故有此作。

燕燕辭巢蟬蛻枝，詩曰：燕燕于飛，頡之頏之。○楚詞：淮南王安曰：蟬蛻於濁穢之中，以浮游塵埃之外。窮居積雨壞藩籬。夜長簷溜[illegible]，日晏廚煙濕未炊。悟主一言那可學，前漢車千秋為高帝寢郎，衛太子為江充讒譖敗，久之，千秋上急變訟太子冤，武帝感悟曰：父子之間，人所難言也，公獨明其不然，此高帝神靈使公教我。立拜千秋為鴻臚，數月為丞相，封富民侯。千秋以一言寤意，旬月取宰相封侯，世未嘗有也。○[illegible]旁館贊曰：蹈以忠義自信，片言悟主而取宰相。從軍

五百竟何爲（漢永元三年，班超定西域，以超爲都護，居龜茲。後置戊己校尉，領兵五百人。）故人

驂馬朝天去，洛下秋聲恐要知。

馮三原（字景山，蒲州人。貞元中登進士第，初爲張弘靖從事，遷太常博士，太和中爲河中少尹，有詩一卷傳于世。）

送人過衛州

憶昔征南府內遊，君家東閣最淹留。（東閣見前註）縱橫聯句長侵夜，次第看花直到秋。論舊舉杯先下淚，傷離臨水更登樓。（魏王粲有登樓賦）相思前路幾回首，（回首一作千里）滿眼青山過衛州。

寄中書同年舍人

晴明紫閣最高峯，（長安志：終南有圭峯、紫閣二峯。杜詩云：紫閣峯陰入渼陂。）仙掖開簾

范彥龍（詩云：仙掖高晴客，出招安一簡。○梁宋范雲，字彥龍，□選官，任寄隆重，書省贖盈，□資各蒲門，雲□□台，如流無所壅，帶官曹文選□□□，知神。）五色天書詞似錦，（五色天書見前註）九華春殿語從容。（洛陽宮簿有明光殿，前式九華之殿。）綵筆□□□□□細清偏

入玉漏遲二十年前同日喜青霄何路得相逢行雲比青霄吟衣之興也

酬于駙馬

綺陌麗香曙色分碧山如畫又逢君蛟藏秋月一片水龍鎖晴空千尺雲此一聯言駙馬居如第宅如此之綺麗此八駒從如此之離盛存六義中比也戚里情知何駙馬前從萬石君從貝家長安中戚里以其子為美人故也注於此有姻戚居之故名戚里三国志何晏字平叔尚魏太祖女金鄉公主詩家今得鮑參軍晉鮑照字明遠為臨海王子項前軍參軍杜詩憶李白云俊逸鮑參軍陽和本是煙霄曲陽和見前注須向花間吹第聞

又

芳時碧落心應斷今日清詞事不同瑤草秋殘仙圃在杜詩相朝拾翠綵雲天遠鳳樓空比王子晉晴花曾送金羈影金羈馬飾也涼葉寒生玉簟風長得聞詩歡自足會看春露濕蘭叢文選阮籍為詠懷二云清露被蘭皋凝霜霑野草此詩意謂公主先逝而有子也六義中為興也

觀征人回

兩河戰罷萬方清順帝永建六年羌叛護羌校尉韓皓轉湟中屯田置兩河間以逼群羌原上軍回識舊營立馬望雲秋塞靜射鵰臨水晚天晴李廣傳匈奴射鵰者也戍閑部伍分岐路地遠家鄉寄旆旌詩悠悠旆旌聖代止戈資廟略左傳止戈為武○漢趙充國傳兵勝廟堂之上而勝敵也○晉張華傳羊祜疾篤帝遣華詣祜問以伐吳之略回諸侯及時大舉以華為度支尚書量計運漕決定廟筭不復更長征

將歸東都寄令狐舍人寄一作別

綠楊紅杏滿城春一騎悠悠萬井塵周禮小司徒乃經土地而井牧其田野註同司馬法曰十終為同同方百里萬井三千家革車百乘士千人徒二千人三岐路未關今日事風光欲醉長年人閒過綺陌尋高寺強對朱門謁近臣寄病晚來還有策洛陽山色舊相親

寄江州司馬唐書白居易字樂天王涯上言居易不宜治郡貶江州司馬

江州司馬平安否惠遠東林住得無高僧傳晉惠遠見廬峯清靜足以息心始住龍泉精舍刺史桓伊乃爲遠於山東立房殿即東林也湓浦曾聞似衣帶郡國志昔人於此洗銅盆墮水取之化龍而去因名盆水隋虢州刺史崔仲方獻平南策行舩於鄣山盜賊置舳不絕六矣又帝詔高熲曰我爲民父母豈可限一衣帶水而不拯救之乎廬峯見說勝香爐江州廬山有香爐峯題詩歲晏離鴻斷望闕天遥病鶴孤莫謾拘牽雨花社一雨去○梁武帝七年雲光法師講經於金陵感天雨花六入哥赦食因號雨花臺○樂天暮節惑浮屠道尤甚自號香山居士青雲依舊是前途揚雄解嘲一云當途者升青雲失路者委溝壑○顏延年五君詠曰仲容青雲器注言器識高遠也

薛司空自青州歸朝薛平仁貴三世孫憲宗朝拜淄青齊登萊五州平盧軍節度使入朝拜檢校司空

天眷君陳久在東書君陳周公既沒命君陳分正東郊成周公成王重周公所營故命君陳分居治東郊成周之邑里官司也歸朝人看大司空黃河岸畔長無事滄海東邊獨有功青州瀕海也已變畏途成雅俗莊子夫畏塗者十殺一人則父子兄

第相戒必盛卒徙而後敢出。唐盧懷慎傳帝曰以卿坐鎮雅俗耳仍過舊里揖秋風一門

累葉凌煙閣唐太宗貞觀十七年圖畫功臣于凌煙閣次第儀刑漢上公梁詩雲云談吏部封侯表爰在中興儀刑多士。齊戒儀一云周以太宰太傅太保為三公以大司馬大司徒大司空大司寇大家宰夫宗伯為六卿至西漢末師保之官崇其号為上公

送韋孝標

曾過靈隱江邊寺杭州有靈隱寺獨宿東樓看海門潮色銀河鋪碧落日光金柱出紅盆金柱日出海中海水沸如金柱然紅盆此擬日光最妙不妨公事資高臥見謝安注無限詩情要細論杜詩何時一樽酒重與細論文若訪郡人徐孺子後漢徐穉字孺子豫章人陳蕃為豫章太守不接賓客惟為穉設一榻對語去則懸之應須騎馬到沙村沙村即孺子所居也

述舊紀勳寄太原李光顔

玉塞含悽見雁行張協詩北方有玉門關故一云玉塞。杜詩它日傍江藍含悽賦述職蕩光顔与兄光進俱貴顯故云雁行北垣新詔拜龍驤說括筆談學士院北扉者舊号其在玉堂之南便於應詔

晉五營有龍驤將軍皆召驍勇等亦嘗爲之弟兄間世真飛將唐書太原李光進弟光顏少隨兄光進騎射累有功光進遷節封御史大夫光顏亦大將軍十弓大小大夫後光顏并同領河東節度使㊀漢李廣號飛將軍貔虎歸時似故鄉光顏節度河東故鄉東故門故鄉鼓角因風飄朔氣旌旗入河水發秋光河源收地心猶恐異向天西萬里霜黃河源即河之源也唐書光顏引兵出關深州光剌力戟破之以功領忠武忠武節度之邊也

倚天長劍截雲孤屈原少司命云竦長劍兮擁幼艾注司命將長劍以鎮其邪惡擁護少長各得其命也○宋玉詩彎弓挂扶桑長劍倚天外報國縱橫見丈夫蘇秦爲從張儀爲橫戰國時有縱橫衡○王載登壇真宰相前漢登壇見六重分閫正司徒和至寶德光顏自元初歷洛代陳三州刺史忠武節度皆兼兵屈後拜司徒河東節度故云六重分閫曾聞轉戰平堅冠共說題詩壓腐儒漢高祖罵酈食其日腐儒幾敗而公事日料敵知機在方寸不勞心力講陰符案任昉彈曹景宗云料敵制變萬里无差○漢霍去病上欲教以孫吳兵法對曰顧方略何如耳不在學古兵法又陰符六韜中篇名

酬盧員外 按唐書盧簡求河中人綸第四子也初佐牛僧孺鎮襄陽入遷戶部員外郎

謝傅旌旗控上游 晉謝安字安石為太保都督揚州等州諸軍事薨贈太傅○史記項羽曰古之帝者地方千里必居上游此比牛僧孺也

盧郎樽俎借前籌 漢張良曰臣請借前箸以籌之此意指盧佐牛公也

舜城風土臨清廟 [illegible]舜城河中也[illegible]

魏國山川在白樓 河中北城有白樓

雲寺當時接高步 水亭今日又同遊 蕭條舊館

笙歌在 獨有羊曇最後流 羊曇泰山人為謝安所愛重安薨後輟樂彌年行不由西州路嘗因石頭大醉扶路不覺至西州門左右白曰此西州門曇悲感不已以馬策叩扉誦曹子建生存華屋處零落歸山丘因慟哭而去時僧孺已死詩意比之也

贈張將軍

關西諸將揖容光 漢書[illegible]曰關西出將關東出相[illegible]

獨立營門劍有霜 知愛魯連歸海上 [illegible]

肯令王翦在頻陽 王翦頻陽人為秦將始皇欲伐荊問李信用幾何人信曰不過二十萬人問王翦曰非六十萬人不可始皇[illegible]

將軍老矣何怯也翦遂謝病歸頻陽後信敗始皇起王翦用六十萬人遂滅荊○頻陽今京兆渭北美原縣

天晴紅幟當山滿（漢韓信破趙使人持一赤幟入趙壁皆拔其白幟立漢赤幟）日暮清笳入塞長（杜詩客淚墮清笳）年少功高人最美漢家壇樹月蒼蒼（言漢將之壇已為陳迹不若將軍年少功高仰彼揚此之意也）

古意贈王常侍

繡戶紗牕北里深（杜詩北里富熏天○）香風搖動鳳凰簪（董巴輿服志曰太皇太后簪以瑇瑁為擿上為鳳凰鳳爵以翡翠毛羽擿音適）組紃長在佳人手（禮記內則織紝組紃）刀尺空搖寒女心（文選劉鑠詩寒女雖巧妙不得秉杼機衣工秉刀尺棄我忽若遺）欲學齊謳逐雲發（漢書禮樂志有齊謳員六人說文謳齊歌）還思楚練拂霜砧（楚練楚國之練也[illegible]與楚練照）東家少女當機織懷念無衣雪滿林（詩豳風七月無衣無褐何以卒歲）

唐詩鼓吹卷第三

唐詩鼓吹卷第四

資善大夫中書左丞郝　天挺　註

曹唐　字堯賓，桂州人。爲道士。太和中舉進士中第，累爲諸府從事，因暴病卒于家。有集一卷，无傳。

暮春戲贈吳端公

年少英雄好丈夫（漢書：或說陳平於漢主曰：平雖貧，美丈夫，如冠玉耳。）大家望拜從金吾。閑眠曉日聽鶗鴂（楊雄傳注：鶗鴂一名買鵜，一名杜鵑，一名子規。○服虔異物志注：鶗鴂一名鶪，伯勞也。）笑倚春風伏轆轤（古詩：腰中轆轤劍，可直千萬餘。○宋武帝孝建二年，削弱王侯，鞍勒不得爲轆轤形。）深院吹笙聞漢婢，靜街調馬任奚奴（唐書：奚，東胡種，爲匈奴所破。漢曹操斬其帥蹋頓，即其祖也。○元魏號庫眞奚，突出牡丹。奚逐水草畜牧，其馬善登，故奚人能馭故也。）花下簾鉤外，獨憑紅肌捋虎鬚（吳錄：朱桓奉觴於孫權曰：願一捋陛下鬚。權憑几而前，桓進捋鬚曰：今日眞可謂捋虎鬚也。吳王大笑。）

和周侍御買劍

將軍溢價買吳鉤（吳越春秋：闔閭命國中作金鉤，令曰：若能善鉤者，賞百金。有人貪王之賞，殺二子

以血鑄金遂成二鉤獻吳王吳鉤始於此

要與中原靜寇讎試挂崆峒前鞏僵

轉蓉拋來下怕泉流言鉤之光瑩如冰也青天露拔雲霓泣黑地潛

擎鬼魅愁唐李賀春坊正字劍歌云提出西方白帝驚嗷嗷鬼母秋郊哭見說夜深星斗

畔晉張華傳斗牛之間常有紫氣問雷煥曰此寶劍之精也等閑期克月支頭後漢永元二年

月支遣其副王謝將兵十万攻班超超伏兵擊其盡殺之持其首示謝謝大驚請罪月支國是大震

長安春舍叙邵陵舊宴懷永門蕭使君二首

木魚金鑰鎖重城風俗通門戶鋪首施懸魚翳伏淵欲令鎖閉如此也夜上紅樓縱

酒清英華作情竹箭水繁更漏促漢魏故事箭漏箭也桐花風軟管絃

清晉安海物異名記刺桐花開其枝幹有刺花側敷如掌形似金鳳附百分散

打銀船溢百分散謂酒滿也銀船酒盃也古詩頭如青山十指

寬催玉筯輕玉筯喻箏也星斗漸稀賓客散碧雲猶戀艷

歌聲列子薛譚學謳於秦青未窮青之技自謂盡之遂辭歸秦青弗止餞於郊衢撫節悲歌聲振林木響遏行雲薛譚乃謝求反終身不敢言

有歸敕□皋荊歌行

又

三年身逐楚諸侯（前漢賈誼過秦論：項羽拔起隴畝之中，三年遂將五諸侯滅秦，分裂天下而威行海內）。賓榻容居最上頭（賓榻見徐孺注）。飽聽笙歌陪夜飲，熟尋雲水縱閑遊（杜詩：雲水氣參錯）。朱門鎖閉煙霞暮，鈴閣清冷水木秋（鈴閣見前）。月滿前山圓不動（圓一本作風），更邀詩客上高樓。

病馬呈鄭校書二首

騄駬何年別渥洼（荀子：驊騮騏驥纖離綠耳，古之良馬也。漢武帝元鼎四年，馬生渥洼水中）。病來顏色半泥沙。四蹄不鑿金砧裂（杜詩：腕促蹄高如踣鐵。又：驄馬新鑿蹄）。（漢天馬歌[illegible]）雙眼慵開玉筋斜（玉筋，淚也）。墮月兔毫乾[illegible]（孟子[illegible]一云吾不忍其觳觫）。失雲龍骨瘦查牙。平原好放無人放，嘶向秋風苜蓿花（漢西域傳：大宛人嗜蒲萄酒，馬嗜苜蓿，漢武帝遣使取其種，種于離宮別館。○鮑防詩：天馬長銜苜蓿花，胡人歲獻蒲萄酒）。

龍上沙蔥葉未齊（沙蔥，草名，馬宜之也。）騰黃猶自躡霜蹄（騰黃，神馬……出，一名乘黃，亦名飛黃，似狐，背有五肉角，一日千里。○漢書云：何乃稱從如轅下之駒。）尾蟠夜雨紅絲脆，頭掉秋風白練低（顏子望吳閶門，見一匹白練。孔子曰：非也，乃白馬之光。）力憊未思金絡腦（傳玄良馬賦曰：金羈在首，飾鳴珂，鏤蔽采，含華。）影寒空望錦障泥（○晉書：王武子有馬，自知其性，嘗乘一馬，著連乾障泥，前有水，不肯度。王云：此必是惜障泥。使人解去，便徑渡水。）堦前莫怪雙垂淚，不遇孫陽不敢嘶（孫陽即伯樂也。）

三

不剪焦毛鬣半翻，何人別是古龍孫（別，入声。○龍孫，龍馬也。青海之傍馬多龍種。）風吹病骨無驕氣，土蝕驄花見臥痕（驄花，青白色也。）未噴斷雲歸漢苑（漢武帝天馬歌……浮雲……上駟。）曾追輕練過吳門（吳門，見前。○孔子曰：見馬也，然即馬之光景一匹長。）一朝千里心猶在（古樂府：老驥伏櫪，志在千里；烈士暮年，壯心不已。）爭肯潛忘秣飼恩

奉送嚴大夫再領容府二首

海風卷樹凍嵐消，憂國寧辭嶺外遥。自顧勤勞甘百戰，不將功業負三朝。三朝謂憲宗、穆宗、敬宗也。劍猶黑水曾芟虎，謂殺虎也。○芟，所銜切。箭勁黃雲慣射鵰。後魏秦王眥善弓馬，嘗從太宗出白登，有双鵰翔，以一箭俱下之，軍中号爲射鵰。代北天南盡成事，肯將心許霍嫖姚。前漢霍去病爲嫖姚校尉。嫖姚，勁疾貌也。

又

日照雙旌射火山，嶺表録：梧州西有火山，下有澄潭無底，山頂夜見火，三尺如野燒之甚者。選十餘年或言水中有珠蚌光焰如火山，四月于以其地熱，故曰火山。笑迎賓從却南還。風雲暗發談諧外，感會諸生氣槩間。范曄二十八將論曰：咸能感會風雲，奮其智勇，稱爲佐命，亦志能之士也。歡作水嬉臺榭濕，刺桐花落管絃閑。刺桐見前。無因得覩真珠履，親從新侯定入幾。幾音嘰。○史記：春申君客三千人，其上客皆躡珠履。○書旅獒：通道于九夷八蠻。

贈南嶽馮處士二首

白石溪邊自結廬陶潛詩云結廬在人境而無車馬喧風泉滿院稱幽居選文
王簡栖頭陀寺碑一谷共清風泉祖渙○禮記曰儒有幽居而不淫鳥啼深樹斸靈藥花
落閑窗看道書煙嵐曉過鹿裘濕晉郭文字文舉但著鹿裘葛巾[illegible]
月夜明山含虛文顧吟笑緣名出終日王門強曳裾見前

又

寂寞深林閑煙霞洞裏相知有幾家笑看潭魚吹水沫醉
嗔溪鹿喫蕉花窗倚歷歷泉聲細繞屋悠悠樹影斜陶詩繞屋
嵩陽缺夜靜著灰封金竈自添文武養丹砂文武火候也

勗劍

古物神光雪見羞未能擊出恐泉流越絕書曰王取純鉤觀其光如水之溢於塘
如春冰之將釋暗臨黑水蛟螭泣王子年拾遺記[illegible]
[illegible]潛倚空山魍魎愁生怕雷霆號澗底長聞風雨在
[illegible]無情不用將軍氣將字一作[illegible]惱亂司空犯斗牛張華

華爲司空見斗牛之間常有紫氣與雷煥觀之曰此寶劒之祥也問煥在何郡曰在豫章豐城即補煥爲豐城令到縣掘獄得二劒[illegible]龍泉[illegible]曰太阿

題子姪書院雙松

自種雙松費幾錢頓令院落似秋天能藏此地新晴雨却惹空山舊曉煙枝壓細風過檻上影籠殘月到窗前莫教取次成閑夢使汝悠悠十八年三國志吳丁固爲尚書夢松生其腹上謂人曰松字乃十八公也後十八年吾其爲公乎卒如夢焉

羽林賈中丞

四十年前百戰身前漢李廣結髮與匈奴大小七十餘戰曾驅虎隊掃邊塵風悲鼓角榆關暮隋勝州東有榆林宮及榆林關秦蒙恬破胡闢地千里累石爲城樹榆爲塞日暮旌旗隴草春鐵馬慣衝邊上客鐵馬介馬也金魚多解乞佳人乞去聲○杜詩銀甲彈箏用金魚換酒來胸中別有安邊計誰采髭鬚白似銀

送康祭酒赴輪臺

灞水橋邊酒一杯，送君千里赴輪臺。霜雕海眼旗聲凍，風射犀文甲縫開。斷磧簇煙山似米，野營軒地鼓如雷。分明會得將軍意，不斬樓蘭不擬迴。

南遊

盡興南遊卒未迴，水工舟子不須催。思碧樹閑心句……

瀟湘水下 洛陰火瞽發 蒼梧風暖瘴雲開（蒼梧秦時為桂林郡，舜帝南遊歿于此野）蘆花

寂寂月如練，何處笛聲江上來。

哭隴邊許兵馬使

北風裂地黯邊霜，戰敗桑乾日色黃。（桑乾水名，烏雲中郡）故國暗廻

殘士卒，新墳空葬舊衣裳。（禮有招魂葬）散牽細馬嘶青草，（嚴上走○）

太白詩一一八

佳人細馬馱，任去佳人弔白楊。（古詩：白楊何蕭蕭，蕭風吹愁殺人）除却陰符

與兵法（黃帝有陰符經），更無一物在儀床。（儀床，供靈几筵也）

長安客舍懷蕭使君邵陵舊宴

粉雉丹軒畫障西，（杜詩：雉粉如雲）水雲紅樹窣琁題。（揚雄甘泉賦：蓋天子）

（鬱然玉之甘至謂韻題玉英蹴明 遠詩繁蘿結飛霞琁題翊行月）鷓鴣欲絕歌聲定，鴝鵒初

驚舞袖翻。（晉書：謝尚字仁祖，嘗有勝會，王導謂尚曰：聞君能作鴝鵒舞，一座傾想。尚便着衣幘俯仰而舞）

坐上客皆歎，旁若無人。坐對玉山（晉人稱裴楷玉山之）線（晉嵇康）細聽金石怕

低迷也。（樂書有八音，金石絲竹匏土革木，此指樂聲）○ 嵇康養生論曰：…分而坐則…東風夜

月。三年飲不省歸時不似泥殺（子……山翁醉似泥○稗官小說云南海有虫无骨名曰泥在水中則活失水則醉如一堆泥然）

宋邕（蓮陂以下遊仙詩一十一首出曹唐集中宅集亦然今先生題作宋邕必有據矣）

劉晨阮肇遊天台（天台山名屬台州眞誥曰台州山上應台星故曰天台）

樹入天台石路新，雲和草靜迥無塵。煙霞不省生前事，水木空疑夢後身。往往鷄鳴岩下月，時時犬吠洞中春（淮南王安臨仙去餘藥在器中鷄犬舐之皆得飛升故鷄鳴雲中犬吠天上）。不知此地歸何處，須就桃源問主人（前出桃源見）。

劉阮洞中遇仙人

天和樹色靄蒼蒼，霞重嵐深路渺茫。雲竇滿山無鳥雀，水聲沿澗有笙簧。碧沙洞裏乾坤別，紅樹枝邊日月長。願得花間有人出，免令仙犬吠劉郎（漢永平間有劉晨阮肇入台州天台縣西北二十里山中採藥失道食桃見溪邊人食之覓身輕行數里至五峰下溪有二女子笑迎歸作食胡麻飯山羊脯甚美後欲求去合留）

集衆樂共送劉阮指示元路誤出無復相識至家子孫已七世矣

仙子送劉阮出洞

殷勤相送出天台仙境那能却再來雲液既歸須強飲雲液酒名玉書無事莫頻開花當洞口應長在水到人間定不迴惆悵溪頭從此別碧山明月照蒼苔淮南子曰窮谷之污生於蒼苔

仙子洞中有懷劉阮

不將清瑟理霓裳霓裳衣曲名唐樂志善引明皇入月宮聞樂声歸傳記其半會西涼府楊敬述進婆羅門曲声調脗合乃合二者作霓裳羽衣之曲塵夢那知鶴夢長洞裏有天春寂寂人間無路月茫茫左傳虞人箴曰芒芒禹跡畫為九州玉沙瑤草連溪碧流水桃花滿澗香曉露風燈易零落此生無處問劉郎

劉阮再到天台不復見諸仙子

再到天台訪玉真青苔白石已成塵笙歌寂寞閑深洞雲鶴蕭條絕舊隣草樹總非前度色煙霞不似往年春桃花

流水依然在，不見當時勸酒人。

玉女杜蘭香下嫁於張碩

天上人間兩渺茫，不知誰識杜蘭香。集仙錄：漁父於湘江洞庭之岸聞兒啼，觀之，一二歲女子。漁父舉之，十餘歲，天姿奇偉，負天人也。忽有青童自空而來，攜其女而去。臨升，謂其父曰：我仙女杜蘭香也，有過謫於人間。其後洞庭包山降張碩家，碩修道者也，授之以舉形飛化之道，久之，碩亦仙去。漁父[illegible]不食，後不知所終。來經玉樹三山遠，三山見前註。去隔銀河一水長。[illegible]卽天河也。怨入清塵愁錦瑟，錦瑟謂木瑟，以錦飾也。酒傾玄露醉瑤觴。[illegible]更說何珍重，擘破雲鬟金鳳凰。樂天長恨歌：釵留一股合一扇，釵擘黃金合分鈿。

張碩重寄杜蘭香

碧落香銷蘭露秋，星河無夢夜悠悠。靈妃不降三清駕，科曰：三清之間各有玉宮。登玉清、登上清、登太清。[illegible]仙鶴空成萬古愁。皓月隔花追歎別，飛煙籠樹省淹留。人間何事堪惆悵，海色西風十二樓。漢書：公孫卿言黃帝時為五城十二樓，以候神人。又崑崙山有五城十二樓，皆仙人所居。

織女懷牽牛續齊諧記曰桂陽成武丁有仙道謂其弟曰七月七日織女當渡河諸仙悉還宮吾已被召問曰織女何事渡河答曰織女暫詣牽牛世人至今云織女嫁牽牛也

北斗佳人雙淚流李元錫異志云秦并六國後太白星竊織女侍兒梁玉清衛承莊逃入衙城小仙洞四十六日不出天帝怒命五岳搜捕太白歸位承莊逃焉玉清有子名休休玉清謫於北斗下當舂其子休配與河伯行雨至小仙洞恥其雖奔之所輒回故其地少雨眼穿腸斷為牽牛封題錦字凝霜思晉竇滔妻織錦作回紋詩寄遠道故曰錦字拋擲金梭織舊愁桂樹三天煙漠漠真人傳云真我所服太和自然龍胎之醴所服三天真人不得以數始學者銀河一帶水悠悠欲將心向僊郎說借問榆花早晚秋古樂府云天上何所有歷歷種白榆此謂榆生也

蕭史攜弄玉上昇

豈是丹臺歸路遙南真傳曰凡昇真人出入黃闕黃關丹臺中闕名道紫鸞煙駕不同飄玉清隱書上真則飛龍虞軿中真則紫鳳將節下真則太極騶騎一聲洛水傳幽咽萬片宮花共寂寥紅粉美人愁未散清華公子笑相邀大有

經曰玉華青宮有宮主經總爲貞人者殺之緱山碧樹青樓月李白詩云碧臺皇有黃鶴爲振青殺人

腸斷春風爲玉簫

皇初平將入金華山

神仙傳云皇初平年十五家使牧羊有道士見其良謹將入金華石室中四十餘年不復念家其兄初起行索之歷年忽於市中見道士問之曰金華山中有牧羊兒皇初平兄乃隨道士得与相見兄因問羊今何在曰在山東兄往視之但見白石兄視初平曰羊在耳兄自不見乃叱白石皆起成羊數万頭○金華山在婺州即第三十六洞元天

莫道真遊煙景賖瀟湘有路入金華溪頭鶴樹春常在洞口人間日易斜一水暗迴閒繞澗五雲長往不還家白羊成隊難收拾喫盡溪邊巨勝花本草云巨勝一名胡麻○陶隱居云莖方者曰巨勝圓者莖圓流道人多食之服餌者故名胡麻○參同契云巨勝尚延年還丹可入口

漢武帝思李夫人

惆悵朱顏不復歸晚秋黃葉滿天飛迎風細荇傳香粉隔

水殘霞見畫鉤，白玉帳寒鴛鴦絕。漢武故事云：帝以白玉為帳。紫陽宮遠雁書稀。靈□書□日紫微殿上，宮名有紫陽之觀。夜深池上蘭橈歇，蘇□□：蘭橈，小楫也。斷續歌聲接太微。太微，宮名。

【張籍】字文昌，和州人。太和中進士，及第後，憲宗聞其才，召為秘書少監，行禮部尚書，致仕，有集傳于世。

胡兒飲馬泉

酈善長水經曰：余至長城，其下往往有泉窟，可飲馬，聞之昔秦築城，卒東水如此。

綠楊如水草如煙，一作如水看。舊是胡兒飲馬泉。幾處吹笳明月夜，何時倚劍白雲天。宋玉賦：長劍倚天外。從來凍合關山路，今日分流漢使前。莫遣行人照容鬢，恐驚憔悴入新年。

鸛雀樓

鸛雀樓西百尺檣，鸛雀樓在今河中府。汀洲雲樹共茫茫。漢家簫鼓空流水，漢武帝秋風辭上云：泛樓船兮濟汾河，橫中流兮揚素波，簫鼓鳴兮發棹歌。魏國山河半夕陽。史記魏武侯曰：美哉山河之固，此魏國之寶也。今河中府古魏國。事去千年猶恨促，愁來一日即爲長。風煙併起思鄉望，遠目非春亦自傷。宋玉招魂：目極千里兮傷春心，魂兮歸來哀江南。

賈島 字浪仙，范陽人，連敗文場，嘗爲僧，後至進士，又以第，有文集十卷行于世。

酬張籍王建

踈林荒宅古坡前，久住還應太守憐。漸老更思深處隱，多閒數得上方眠。杜詩：上方重閣晚。上方，佛寺最高處。鼠拋貧屋收田日，鴈度寒江擬雪天。身事龍鍾應是分，水曹芸閣往來篇。張籍爲水部員外郎，王建爲秘書丞。[illegible]

春別

上人[illegible]

征自雪漫漫匈奴謂天為漫漫之河北為歎莫厭貂裘重戰國策蘇秦說秦書十上而說不行黑貂之裘弊黃金百斤盡恐犯三邊五月寒三邊西方北方西北方此三處皆極陰沍寒也

送謝進士歸閩

百越風煙接巨鼇呂氏春秋揚漢之南百越之際列子渤海之東有五山岱輿員嶠方壺瀛洲蓬萊皆仙人所居五山之根无所連著常隨潮波上下往還帝恐流於西極命禺彊使巨鼇十五舉首戴之還鄉心壯不知勞雷霆入地建溪險建溪在建寧府武夷山外今之東溪是也星斗逼人梨嶺高梨嶺泉山記曰梨嶺在泉州五里因梨以得名却擁木綿吟麗句閩粤志南方多木綿土人競植之采其花為布便攀龍眼醉香醪龍眼如荔枝而小殼青黃色形圓如彈丸核如木梡子肉白而帶漿其甘如蜜熟後方出故名荔枝奴名場聲利喧喧在莫向林泉隱鬢毛

李頻字德新睦州人大中八年進士調秘書郎擢都官員外郎除建州刺史卒于官有集一卷行于世

湖口送友人

中流欲暮見湘煙葦岸無窮接楚天去雁遠衝雲夢雪離

人獨上洞庭船（洞庭見前注）風波盡日依山轉星漢通宵向水

連。零落梅花過殘臘故園歸去又新年

杜荀鶴 字彥之早有詩名累舉不第大中登科後選

杜牧客貧郎天祐初卒自號九華山人有詩集

行千 出

雪

風攪長空寒骨生先於曉色報窗明江湖不見飛禽影巖

谷惟聞折竹聲巢穴幾多相似處（英華作巢）路岐兼得

一般平擁袍公子莫言冷中有樵夫跣足行

求衣雪中飲醉臨檻向［illegible］

閒曰吾公皆曰以襄王登蘭臺有風颯然至王曰快

哉此風寡人所與庶人共者耶宋玉曰此獨大王之

風庶人安得而共之

崔顥 汴州人開元十一年登進士第累官至

尚書司勳員外郎天寶［illegible］有詩一卷傳于世

黃鶴樓

昔人已乘白雲去此地空餘黃鶴樓［illegible］

黃鶴一去不復返（漢費子卿逐別千里乘黃鶴憩此）白雲千載空悠悠

晴川歷歷漢陽樹（漢陽縣在天江北武昌相對）芳草萋萋鸚鵡洲（江中洲）

（禰衡爲黃祖子射大宴賓客有獻鸚鵡者令衡賦之後殺於此洲因名焉）日暮鄉關何處是煙

波江上使人愁

（李頎）（東川人開元中登進士調新鄉尉有集今傳于世）

題璿公山池

遠公遁跡廬山岑（南史周續之入廬山事釋惠遠彭城劉遺民遁跡廬山陶淵明不應徵命謂之三隱）開士幽居祇樹林（開士佛經作開士一林樹名給孤祇陀迦此對其長者施園祇陀太子施樹因爲佛說法處後人因祖園見金剛經法）片石孤峯窺色相（音□本經鮮者有大神力身紫金色三十二相八十種好無緣）清池皓月照禪心（清池明月以喻禪心）

指揮如意天花落（晉王衍常以鐵如意擊玉唾壺盡缺又高僧手常持如意麈尾以資談因）坐臥閑房春草深（維摩經維摩詰室有一天女見諸天人所說法便現其身即以天花散諸菩薩皆落至大弟子便著不墮）

此外俗塵俱不染　唯餘玄度得

仰

相尋〔高陽謝尚字文度居會稽，高陽酒徒從遊談老莊〕

題盧公舊居

物在人亡無見期〔劉向新序曰：哀公問於孔子曰：寡人生於深宮之中，未嘗知哀。孔子曰：然。人君入廟門，仰見榱棟，俯見几筵，其器存，其人亡，君以此思哀，則哀不在矣〕閑庭繫馬不勝悲窗前綠竹生閒地門外青山似舊時悵望秋天鳴隊葉巑岏枯柳宿寒鴟憶君淚落東流水歲歲開花知為誰

趙嘏〔字承祐，山陽人，會昌二年進士第，仕為渭南尉，有渭南集行于世〕

長安月夜與友人話故山

宅邊秋水浸苔磯日日持竿去不歸楊柳風多潮未落蒹葭霜在雁初飛重嘶匹馬吟紅葉〔一作紅蕖〕卻聽疏鐘憶翠微今夜秦城滿樓月〔秦都長安，故曰秦城〕故人相見一霑衣

曲江春望懷江南故人

杜若洲邊人未歸〔杜若，香草名。文選：芳洲生杜若〕水寒煙暖想柴扉〔杜詩老思

故園何處風吹柳新鴈南來雪滿衣目極思隨原草遍宋玉招魂目極千里兮傷春心又云魂兮歸來哀江南浪高書到海門稀此時愁望情多少萬里春流遶釣磯

寄歸　盧中丞　一名寄

三年踏盡化衣塵陸士衡詩云京洛多風塵素衣化為緇只見長安不見春馬過雲街天欲曉鄉迷雲樹送空頭桃花鵲接啼猿手野行亭通畫鷁江東貴人船前畫青雀是也○翠[illegible]畫鷁早晚翻翻身事了邊歸去一問人

長安晚秋

雲物凄凉拂曙流漢家宮闕動高秋殘星幾點鴈橫塞長笛一聲人倚樓[illegible]紫艷半開籬菊靜紅衣落盡渚蓮愁鱸魚正美不歸去[illegible]空戴南冠學楚囚[illegible]

憶山陽

二首○山陽戰國屬楚秦屬九江漢屬臨淮晉隸亦自盐城退屯淮陰又分置陵置山陽郡宋為重鎮今為山陽縣

家在枚臯舊宅邊漢枚臯枚乘之子也淮陰人舊宅在縣南二十里竹軒晴與楚坡連坡一作陂芰荷香遶垂鞭袖楊柳風橫弄笛船城礙十洲煙島路寺臨千頃夕陽川可憐時節堪歸去花落猿啼又一年

又

折柳城邊起暮愁可憐春色獨懷羞傷心正歎人間事回首更憶江上鷗鵾雞聲中寒食酒芙蓉花外夕陽樓憑高滿眼送清渭去傍故山山下流

東望

楚江橫在草堂前楊柳洲邊載酒船兩見梨花歸不得每逢寒食一潸然斜陽映閣山當寺微綠含風樹滿川同郡故人攀桂盡把詩吟向泬寥天泬音血○楚辭泬寥兮天高而氣清寂寥兮收潦而水清注泬寥無雲貌

寒食新豐別故人

一百五日家未歸新豐雞犬獨依依漢書地理志太上皇思東歸高祖乃令巧匠於長安改築城寺街里以象豐盡徙豐中人實之雞犬識其家門新豐滿樓春色傍人醉半夜雨聲前計非繚繞溝塍含景脫[illegible]荒涼樹石向川微東風吹淚對花落顦顇故交相見稀

曲江[illegible]

鸚鵡洲春眺

悵望春襟鬱未開重臨鸚鵡益堪哀曹瞞尚不能容物黃

祖何因解愛才後漢祢衡字正平少有才辯而尚氣剛傲慢物曹操欲見之不肯往後劉融言於操操欲見衡衡自稱狂病乃手持三尺梲杖捶地大罵操操怒謂融曰禰衡豎子孤殺之猶鳥雀耳顧此人素有虛名遠近將謂孤不能容之今送與劉表視當如何於是遣人騎送之後復侮慢於表表不能忍以江夏太守黃祖性急故送衡與之人有獻鸚鵡於祖子射時會賓客於洲上令衡爲鸚賦攬筆成文後在祖會上言不遜祖欲箠之衡乃大罵祖恚遂令殺之○阿瞞曹公小字也○幽島暖闊燕鴻去曉江晴覺蜀波來誰人正得風濤便一點輕帆萬里迴

過繡嶺宮 在驪山

古殿春殘綠野陰上皇曾此駐泥金五經通義曰易姓而王太平以封太山禪梁父以黃金爲泥以銀爲繩經無明文以義說之封禪注儀曰封禮三十人上發壇上石石檢尚書令北向跪藏玉牒畢封禮畢復石檢尚書令封上千石後亦纏以金繩泥以金泥四方各依其色○唐明皇開元十三年十一月東封太山禮官賀知章爲玉牒文三城帳屬升平夢唐開元二十一年春吐蕃金城公主請內屬立碑於赤嶺以分唐境帝許之天寶元年突厥公主率千餘帳降四載回紇可汗擊突厥白眉可汗殺之於是北邊晏然十三載安禄山擊奚契丹破之露布其王入寺意謂吐蕃突厥契丹三十帳也時三城內屬天下無事安史之亂實兆於此

韓國公張仁愿於河內築三受降城相去各四百里置烽火一千八百所突厥不敢南牧一曲鈴關悵望心玄宗幸蜀雨中聞鈴聲遂令梨園製雨淋鈴曲苑路暗迷香輦絕繚垣秋斷草煙深張平子西京賦繚垣綿聯四百餘里植物斯生動物斯止前朝舊物東流在猶為年年下翠微

春夕旅次

水流花謝兩無情送盡春風過楚城胡蝶夢中家萬里莊子昔周夢爲胡蝶栩栩然俄而覺則蘧蘧然不知周之爲胡蝶歟胡蝶之爲周歟子規枝上月三更寰宇記蜀帝名杜宇後亡去化爲子規故蜀人聞子規啼曰是我望帝也故園書動經年絕華髮春惟滿鏡生自是不歸歸便得五湖煙景有誰爭

李郢字楚望大中十年進士歷藩鎮從事終侍御史有集一卷傳世

送人之嶺南

關山迢遞古交州交州楚之交地武帝既定百越以廣爲南海郡■唐廣州領嶺南五府事歲晏憐君走馬遊謝氏海邊逢素女謝端福州侯官人少喪父母鄰人養之恭謹自

守端於海遂得一螺如三升壺好甕中端每耕作還飯飲湯火如有人所爲端疑之早出潛歸於籬外竊覗之見一少女從甕中出端入問之女倉卒欲入甕不得合曰我天漢中白水素女也天帝哀卿孤愼使我權爲守舍爲君得婦我自當去而卿無故竊相窺掩發後天忽風雨翕然而去**越王潭上見青牛**南越志越王建德伐安縣爲北連山千石以童男女二千人賫之既而俱墜於潭晴之所出有昌督之言更有青牛與舡俱見神靈如此聞**嵩臺**嵩高當作嵩高。南越志嵩高要有嵩臺六十丈高一百仞土人謂之嵩臺石廣**石室煙**
月照啼猿曙含古桂秋嶺南多生桂故云**回望長安五千里刺桐花下莫淹留**刺桐見前注。又可以喻騷人其變易芳紛

江亭春霽

江蘺漠漠荇田田楚詞江蘺辟芷。詩荇菜。古詞江南可採蓮蓮葉何田田**江上雲亭霽景鮮**蜀客帆檣背歸燕楚山花木怨啼鵑春風掩映千門柳曉色凄凉萬井煙金磬泠泠水南寺文選陸機詩山溜何泠泠飛泉漱鳴玉**上方僧室翠微連**上方翠微見前注

友人適越路過桐廬寄題江驛

桐廬縣前洲渚平（桐廬今建德府）桐廬江上晚潮生莫言獨有山川秀過日仍聞官吏清麥隴虛涼當水店鱸魚鮮美稱蓴羹（鮮見前）王孫客棹殘春去（楚辭王孫遊兮不歸春草生兮萋萋）相送河橋羨此行（李陵詩携手上河梁遊子暮何之）

秦處士移家富春發樟亭懷寄

潮落空江洲渚生知君已上富春亭（建德府山有富春亭）嚴陵郭邑山多秀吏説官僚眼盡青（晉阮籍能為青白眼見俗士以白眼對之見嵇康作青眼）離別幾宵魂耿耿（詩耿耿不寐如有隱憂）相思一座髮星星（星星髮白也）仙翁白石高歌調（神仙傳白石生者常煮白石為糧就白石山居時人號白石先生）無復松窗半夜聽

暮春山行田家歇馬

雨濕菰蒲斜日明茅廚煮繭掉車聲青蛇上竹一種色（門涉竹蕡寧笋譜曰赤玉臨桃竹也青蛇竹苦竹也）黃蝶隔溪無限情何處漁樵將遠

餉故園田土憶春耕千峯靄靄水潺湲羈馬此中愁獨行

江亭晚秋

碧天涼冷鴈來疏閑看江雲思有餘秋館池亭荷葉歇野人籬落豆花初無愁自得仙翁術多病能忘太史書騏驎司馬太史公閑說故園香稻熟片帆歸去就鱸魚

送劉谷

村橋西路雪初晴雲暖沙乾馬足輕寒澗渡頭芳草色新梅嶺上鷓鴣聲郵亭已送征車發山館誰將候火迎落日千峯轉迢遞知君回首望高城

贈羽林將軍百家詩作江上逢王將軍

虬鬚顦顇羽林郎漢官儀曰羽林言其為國羽翼如林之盛也曾入甘泉侍武皇漢武起甘泉宮一曰甘泉宮侍武皇故鵰没夜雲知御苑馬隨仙仗識天香仗一作春仗儀衛亦名五湖歸去孤舟月六國平來兩鬢霜上比范蠡下比

已歇代見前注唯有桓伊江上笛臥吹三弄送殘陽晉桓伊善音樂絕一蔡邕柯亭笛常自吹之王徽之泊舟清溪側素不相知王令人謂伊曰聞君善吹笛試爲我一奏伊時貴顯素聞徽之名便下車踞胡床而作三弄畢便去客主不交一言○笛譜有梅花三弄

上裴晉國公

四朝憂國鬢成絲四朝謂憲穆敬文也○本傳云度掌爲天下輕重四朝以全德始終及殁天下莫不思其風烈也龍馬精神海鶴姿天上玉書傳詔夜陣前金甲受降時憲宗以密旨付晉公討淮西公命李愬雪夜入蔡擒吳元濟降其衆曾經庾亮三秋月晉庾亮鎮武昌諸佐吏乘月登南樓俄而亮至將起避之亮曰諸君且少住老子興復不淺遂據胡床與諸吏談詠下盡羊曇一局棋晉書苻堅率衆百萬次淝水京師震恐加謝安征討大都督玄問計安日已別有旨又張玄重請安命駕出墅親朋畢集而安方與玄圍棋賭別墅安棋常劣於玄是日玄懼便爲敵手而不勝安顧謂甥羊曇曰以別墅乞汝惆悵舊堂扃綠野晉公於洛陽午橋南起綠野堂夕陽無限鳥飛遲

該洛陽城

胡兵一動朔方塵（明皇謂安史之亂也）不使鑾輿此重巡（鑾輿天子所乘也）清渭但流嗚咽水，上陽深鎖寂寥春（上陽一作閑陽，宮名）雲收少室初晴雨（嵩山有少室、太室二峯）柳拂中橋晚渡津（中橋謂宮中橋）欲問昇平無故老，鳳樓回首落花頻

送盧藩尚書之靈武

賀蘭山下果園成（漢陽圖經曰賀蘭山在縣西九十三里，山上多白草，遙望青白如駁，北人呼駁為賀蘭，鮮卑因山名為氏族）塞北江南舊有名。水木萬家朱戶暗，弓刀千騎鐵衣明（古樂府云朔氣傳金柝，寒光照鐵衣）心源落落堪為將，膽氣堂堂合用兵（詩曰[illegible]鐵驪躍兵）卻使六蕃諸子弟（唐書六蕃謂明威、渾池、蕃禾、武安、[illegible]皆置府以鎮之）馬前不信是書生

[illegible]（字[illegible]，大順[illegible]，會昌[illegible]，郎，後為[illegible]州節度[illegible]，刑部員外郎[illegible]。有集十卷[illegible]）

[illegible]

秋夜旅舍寓懷

庭鎖荒蕪獨夜吟，西風吹動故山心。山或作園三秋木落半年客，滿地月明何處砧。砧或作碪漁唱亂沿汀鷺合，雁聲寒咽隴雲深。平生只有松堪對，露壓霜欺不受侵。

獻僕射相公

清如冰玉重如山，百辟嚴趨禮絕攀。言其守重禮儀百官總仰也強虜外聞應破膽，平人只見盡開顏。朝廷有道青春好，門館無私白日閑。致卻垂衣更何事，言武成惇信明義崇德報功垂拱而天下治注垂衣拱手而天下自治矣○劉向新序齊桓公曰王者勞於求人逸於得賢舜舉衆賢在位垂衣裳恭己無爲天下治矣幾多詩句詠關關。詩周南關關雎鳩在河之洲

漢南春望

獨尋春色上高臺，三月皇洲駕未迴。唐僖宗廣明元年十二月黃巢犯長安帝幸蜀時龍爲京兆尹幾處松筠燒後死，誰家桃李亂中開。晉書史臣漏雕既

武帝之林張華遊論之命進課則尚其工多為則沒
先窮若松筠托跡兄勝於生○蓋桃李止一時之榮松筠
有後凋之節以松筠比忠烈桃李比小人時中原擾攘
天子蒙塵斯誠危亂之時故忠烈則見危授命小
人則貪生苟活與時浮沈
者多矣○此詩中微意哉
姦邪用法元非法唱和求才不是才○詩鄭風蘀兮刺忽也君弱臣強不倡而和也天子之職求賢而已非其才法以大臣既姦邪用法則所行
求和者非賢才也
自古浮雲蔽白日洗天風雨幾時來漢陸賈新語曰邪臣
之蔽賢猶浮雲之蔽白日也○李白詩
自古浮雲蔽白日長安不見使人愁

清夜送舟

都人會立似山丘坐嘯將軍擁棹遊後漢成瑨為南陽太守委功曹岑晊時人
諺曰南陽太守岑公孝弘農成瑨但坐嘯
遶郭煙波浮泗水○山海經曰泗水出
泗受洛東入海
一船絲竹載涼州行樂文帝與吳質書
玉與其臣燕知音者大山開明風所水之声內篇成首
後趙入中國如伊州涼州甘州皆自龜茲是雜錄
帝自蜀回夜登勤政樓倚闌歌月前明楊已
嘆攀塞外征人尚未還閒下申前有繼帝曰
并黎園舊人乎遂明達之○燕後乘月登樓惟力士
侍貴妃侍在從命黎園子歌涼州曲涼州詞

笛在古迺下因城中覩望習用牒書曰惟其國用牒○郭
傳此曲於人間册牒漢山海經注用薰之山
多用牒說文口書用也填壍驚飛盡白鷗儒將不須誇郤穀左傳晉
元帥趙衰曰郤穀可臣亟聞其言矣說禮樂而敦詩書詩書
書義之府也禮樂德之則也德義利之本也君其試之乃
使穀將中軍未聞詩句解風流

秦韜玉字中明京兆人少有詞藻諂事大閹田令孜未
期年官至丞郎保大軍節度判官中和間從僖宗幸蜀
賜進士第令孜引擢工部
侍郎自投知録傳于世

對花

長與韶光暗有期春色爲韶光取和暢之義可憐蜂蝶却先知誰家促
席臨低樹陶潛停雲詩安得促席說彼平生何處橫釵戴小枝麗日多情
疑曲照易離卦日月麗乎天和風得路合偏吹爾雅春日和風
向人鮮道渾無語幾勸王孫到醉時

貧女

蓬門未識綺羅香擬托良媒亦自傷誰愛風流高格調共

憐時世儉梳粧唐文宗下詔禁高髻險妝去眉開額敢將十指誇纖巧不把雙眉鬬畫長魏宮人好畫長眉今人效作蛾眉最恨年年壓金綫為他人作嫁衣裳此詩韜玉傷未遇自况之辭也

長安書懷

西風吹雨濕寒更鄉思撩人撥不平長有歸心懸馬首惟言馬首是瞻可堪無寐枕蛩聲風收楚岫和空碧秋染湘江到底清早晚身閑着簑去橘香鱸熟釣舟横

鸚鵡

每聞別雁竟悲鳴却羨金籠寄此生早是翠襟爭愛惜可堪紅觜強分明鸚鵡賦云紺趾丹觜綠衣翠衿杜詩翠衿渾短盡紅觜漫多知雲漫隴樹魂應斷歌按秦樓夢不成唐李白秦樓月所製樂府也幸自正平人不識賺他爲賦殺時名後漢禰衡字正平有鸚鵡賦頭六黃祖殺之賤鸚鵡會罷其詞如云云

唐詩鼓吹卷之四

唐詩鼓吹卷第五

資善大夫中書左丞郝　天挺　註

劉滄　字藴靈魯人大中八年進士調華原尉有詩一卷傳于世

長洲懷古　李白為宋中丞請都金陵表云西以峨嵋為壁壘東以滄海為溝池守海陵之倉廩長洲之苑

野燒空原盡荻灰　燒去声○燒原之火曰燒　吳王此地有樓臺　平江府地里志吳地後爲周祖封荊生西賈吳王夫差於此　千年事往人何在　半夜月明潮自來　白鳥影從江樹沒　清猿聲入楚雲哀　停車日晚薦蘋藻　左傳澗溪沼沚之毛蘋蘩薀藻之菜可薦之鬼神可羞之王公　風靜寒塘花正開

經煬帝行宮

此地曾經翠輦過　浮雲流水竟如何　杜詩流水生涯盡浮雲世事空　香消南國美人盡　怨入東風芳草多　殘柳宮前空露葉　夕陽江上浩煙波　行人遙起廣陵思　廣陵即江都地　古渡月明聞棹歌

與僧話舊

巾舄同時下翠微（昔崔努古注日以來 置屢下薜帷不畏泥）舊遊因話事多違南朝古寺幾僧在（南朝已見前注）西嶺空林唯鳥歸（[illegible]）莎徑晚煙凝竹塢石池春色染苔衣此來相見又相別即是關河朔鴈飛

咸陽懷古

經過此地無窮事一望淒然感廢興渭水故都秦二世（[illegible]）咸原秋草漢諸陵（咸陽原上長陵安陵平陵茂陵在焉）天空絕塞聞邊鴈葉盡孤村見夜燈風景蒼蒼多少恨寒山半出白雲層

劉滄

遊東湖黃處士園林

偶向東湖更向東數聲雞犬翠微中（長沙郡有東湖 論語 [illegible]偶向東湖 宿鳧東湖數聲雞鳴犬吠 [illegible]微中未知孰是）遥知楊柳是門處似隔芙蓉無路通

客出來山帶雨漁船過去水生風物情多與閑相稱所恨求安計不同（山影不同 少孜尚漪）

曹松（字夢徵舒州人光化四年登第時年七十餘授校書郎而卒有集三卷今傳）

南海旅次

憶歸休上越王臺（臺在橫州趙佗所建 越王事見前注）歸思臨高不易裁為客正當無雁處（八月雁至衡陽 常一作逢○衡州有回雁峯 衡陽之南鴈至其處不過）故園誰道有書來（以無雁過故無書）城頭早角吹霜盡郭裏殘潮蕩月迴（一作帶）心似百花開未得年年爭向被春催

陪湖南李中丞宴隱溪

竹林啼鳥不知休羅列飛橋水亂流觸散柳絲迴玉勒約開蓮葉上蘭舟酒邊舊侶真何遜（宋何遜字仲言八歲能賦詩弱冠州舉秀才 每讀鄉詩一日三復酒不能已其為名流所稱如此）雲裏新声是莫愁（石城有女子名莫愁善歌謠 古樂府有莫愁曲）若值主人嫌晝短應陪秉燭夜深遊（古詩晝短苦夜長何不秉燭遊）

不來 獨遊

崔魯 字貫明，開成間舉進士，有無機集傳于世

春日即事 長安

一百五日又欲來，梨花梅花參差開。行人自笑不歸去，瘦馬獨吟真可哀。杏酪漸香鄰舍粥，鄴中記：寒食三日為醴酪，又煮粳米及麥為酪，擣杏仁煮作粥。榆煙將變舊爐灰。春取榆柳之火，夏取棗杏之火，冬取槐檀之火。畫樓春暖清歌夜，月信愁腸日九迴。

過蠻溪渡

綠楊如髮雨如煙，立馬危橋獨喚船。山口斷雲迷舊路，渡頭芳草憶前年。身隨遠道徒悲梗，戰國策：蘇代謂孟嘗君曰：有土偶人與桃梗相語……刻削子以為人，天降雨……

[illegible]歸去登臺還有計，釣船春雨日高眠。

、春晚岳陽城言懷二首

[illegible]花零落過清明，異國光陰老客情。雲夢夕陽愁裏色，書[illegible]洞庭春浪坐來聲。郡國志云岳州左洞庭右[illegible]天邊一與舊山別，江上幾看芳草生。獨凭闌干意難寫，凭几作倚暮春鵶鳴咽調孤城。詩意謂久客巴陵思鄉之意發於笳調

又

翠煙如鈿柳如環，晴倚南樓獨看山。江國草花三月暮，帝城塵夢一年間。虛舟尚歎絲難解，莊子方舟而濟於河有虛船來觸舟雖有偏心之人不怒[illegible]飛鳥空慙倦未還。[illegible]何似不羈雙隱伴[illegible]

月老潺湲[illegible]

藏鈎[illegible]紫[illegible]綃[illegible]綬綃

衛 [illegible]公乃須任父

〔張祜〕字承吉，南陽人。太和時卒于丹陽。今有詩集一卷行于世。

洛陽感寓

擾擾都城曉四開，不關名利也塵埃。千門甲第身遥入，注：王公第宅以甲乙次第之，故云甲第。萬里銘旌死後來。銘旌，送葬者書生前爵號名位。洛水暮煙横莽蒼，一作天蒼，一作蒼蒼。○莊子：適莽蒼者三飡而反，腹猶果然。莽蒼，謂近郊之色也。邙山秋日露崔嵬。北邙山在洛陽北。須知此事堪爲鏡，書曰：人無於水監，當以人監。莫遣黄金謾作堆。[illegible]有金數十萬斤。

〔陸龜蒙〕

過張祜處士丹陽故居 并引

昔高士故張處士祜，以家通舊，尚遺孤，得之歲，与伯氏常承處士撫抱之，自營敏為神童，[illegible]。偕[illegible]陰，徂謝一紀于茲，[illegible]遺孤[illegible]，故居已[illegible]。士訪遺孤之所，[illegible]則[illegible]之右，二十餘[illegible]。葬之[illegible]，[illegible]有[illegible]男一女，男曰[illegible]、桂子[illegible]，[illegible]之二已物故，唯杞為遺孤[illegible]

則女尚存猶倚花下言閑又求食女曹兮欠但有霜指鬢而黃得若伎綫迎門乃詩時愛嫉崔氏與之詩黃蘇然可嘆年少高懷練兼非所有芬詩園稍似漏他人又云擯宿之西何故田數百畝力既貧要十休不挂唯歲賦万錢求免無所嗚呼昔為樓生買贈鄭公立鄉若復何人哉因吟五十六字以問諸好事者

憶昔為兒逐我兄曾抛竹馬拜先生（竹馬小兒窮書齋邑以擄戲者）換當時主詩題目故友多名（累任牧四子東里西華南容北曳但不窮隊其家声流離不敢所華冬月青鳥慢練親道逢刘孝標法然務之引我當為鄉作論乃著君觀交論以識其故友○前序所引葛幠嫌愚此也）豈是爭權留怨敵可憐當路盡公卿此崇羣草屋無

又問猶尚荒田青地征

皮日休（字襲美一字逸少襄陽人也咸通中及第為著作郎乾符乱出與為賊巢所殺有文數千卷詩集一卷名[illegible]集七卷並傳）

過雲居寺玄福上人舊居

重到雲居獨悄然隔窗窺影尚疑禪不逢野老來聽法猶

見鄰僧為引鼻龍上已生新石耳壁間空帶舊茶煙[illegible]
[illegible]也南宗弟子時時到[南宗曹]溪禪也泣把山花
莫凡[illegible]嵬我何可攀也

西塞山泊漁家

白綸巾下髮如絲[綸音關]靜倚楓根坐釣磯中婦桑村挑葉去小兒沙市買簑歸雨來蓴菜流船滑春後鱸魚墜釣肥[蓴鱸事見前注]西塞山前終日客[金陵西有西塞山近石頭城也]隔波相羨盡依依[李陵答蘇武書云臨風懷想能不依依]

襄州春遊

信馬騰騰觸處行春風相引與詩情等閑遇事成歌詠取次衝篷隱姓名映竹認人多錯誤透花窺鳥最分明今年[illegible]
畢竟何曾[illegible]自得狂似[illegible]

送從弟歸復州

羨爾優游正少年，竟陵煙月似吳天。劭宗鑑東皐雜錄云：丙曄六十復州皆平隴，南至大江並无丘陵之陵漫江至石首於方淺山謂之竟陵者陵至此而竟謂之石首者石自此而首也竟陵復州郡車螯近岸無妨取，本草車螯蛤屬也○南史宋廬陵王義眞居武帝憂會長史劉湛入因囑酒炙車螯而坐舴艋隨風不費牽。廣雅曰舴艋小舟也宋元嘉有司奏曰揚州刺史王弘上會稽從事章請辭列先還閒餘姚令何玢之造平牀一乘舴艋一艘精麗過常用功兼倍請免官奏可處處路傍千頃稻，家家門外一渠蓮。殷勤莫笑襄陽住，爲愛南塘縮項鯿。齊張敬兒爲刺史作六櫓船獻齊高帝曰奉槎頭縮項鯿一千八百頭○孟浩然襄陽詩試垂竹竿釣果得槎頭鯿漢沔水鯿魚甚美襄人以槎斷水因名爲槎頭也

寄題羅浮軒轅先生所居

亂峯四百三十一，元和志羅浮山之峯四百三十二也欲問徵君何處尋。天子徵聘不起曰徵君紅翠數聲瑤室響，紅翠山鳥名○文選注一云羅浮山有洞房瑤室七十二所眞檀一炷石樓深。眞檀香名也山都遣負沽來酒，述異記云廬陵大山之間有山都

似人猱鬼見人便走自有男女可長○猿○峪皆着作後金中

四五尺常在幽昧之中魑魅魍物

紀異唐初進士龐式薛玉與□□□□見山□有

道士曳輕羅被守一爐玉拜之自言肯隨我去不

齋之見爐中黃金爛然須　從此謁師知不遠　求官先有葛

真東空而去歸詣其妻

洪心　昔葛洪爲散騎常侍辭不受聞交趾出丹砂求爲

漏令帝以洪官高不許洪曰非欲爲榮以有丹耳帝從

之

送圓載上人歸日本國

講殿談餘着賜衣　椰帆却返舊禪扉　椰帆以椰木爲帆檣也　貝多紙

上經文動　貝多出摩伽陀國長六七丈冬不凋其葉書經

如意瓶中佛爪飛

石人劉薩訶於卅□縣礼阿育王塔見光明集衆掘得

銀函盛金□舍利及佛爪髮

颶母影邊持戒得　波神宮裏受齋歸

母影有颶風能覆舟泛海者入艘修持戒律能使龍宮命合雖遇颶風亦无害也

神人謂龍宮也

家山到日將何入　白象新秋十二圍

徒步訪惠寔上人不遇

雪晴墟里竹歌斜，蠟屐徐吟到陸家。晉阮孚性好屐，或有詣阮，正自蠟屐，因歎曰：未知一生能著幾兩屐。荒逕掃稀堆柘子，破扉開罷染苔花。壁閑定欲圖僎樣，廚靜空如飯一麻。常衞國君……佛生迦維羅衞國，為太子，後出家，既歷深山，到出餅如意，拾貞菓布施，正其坐門食一麻一麥，當半六年。擬受太玄今不遇，可憐遺恨似侯芭。揚雄傳：侯芭從雄居，受其太玄、法言。

開元寺早景即事

客省蕭條柿葉紅，樓臺如畫倚霜空。銅池數滴桂上雨，漢宣帝紀：金芝九莖産於函德殿銅池中。古沉……以銅為之。金鐸一聲松杪風。鶴靜時來珠像側，開□珠像。鴿馴多在寶幡中。如今塵外虛為契，一作何。不得支公此會同。支公為支遁也。

病孔雀

煙花雖媚思沉冥，猶自擡頭護翠翎。強聽紫簫如欲舞，困眠紅樹似依屏。因思桂蠹傷肌骨，南粵傳：桂蠹一器。桂蠹，桂樹中蠹蟲也，□□……

林曰漢書常以大陵罌載以赤鼠小車師古注爲憶松醪
二云此出蜘蛛食桂故味辛而漬之以菊食之其美
換性靈一作換眞盡日春風吹不起鈿毫金縷一星星

閒對望遊顏家園林病中有寄

一夜韶姿著水光謝家春草滿池塘晉謝靈運詩園柳變鳴禽池塘生春草
細挑泉眼尋新脉輕把花枝換宿香一作嗅蝶欲試飛猶護
粉鶯初學轉尚羞簧分明不得同君賞盡日傾心羨索郎
鄴中記河東人劉墮善釀桑落酒其味美酒也
人語訛為索郎故有索郎杯

病後春思

連錢錦暗麝氛氲荆思才多詠鄂君見鄂君注孔雀鈿開窺
沼見石榴紅重墮階聞牢愁有度應如月揚子雲常怪屈原
文過相如至不容作辭騷自投江死悲其文讀之未嘗不流涕也以爲
君子得時則大行不得時則龍蛇遇不遇命也何必沈身哉乃
作書往往摭離騷文而反之自岷山投諸江中以弔之名
曰反離騷又作廣騷又作畔牢愁等一卷因自名曰畔牢愁注
畔離也牢聊也與君相離愁而無聊也春夢無心祗似雲
○樂府明明如月何時可掇來歸去

雲無心而出岫 應笑病來慚[illegible]花[illegible]好作斷腸文休文作休尚

館娃宮 在硯石山以西施得名

艷骨已成蘭麝土宮牆依舊壓層崖弩臺雨壞逢金鏃[illegible]秦以[illegible]越王以三千[illegible]弩[illegible]館娃宮傍有採香涇步[illegible]弩臺臨[illegible]香逕泥消露玉釵今靈巖寺是也[illegible]硯沼只留溪鳥浴硯沼[illegible]屧廊空信野花埋響屧廊[illegible]姑蘇麋鹿真閑事[illegible]游姑蘇之臺[illegible]臣恐[illegible]姑蘇不久為麋鹿之游也須為當時一愴懷有陸龜蒙和章

以紫石硯寄魯望兼酬見贈

樣如金蹙小能輕微潤將融紫玉英石墨一研為鳳尾[illegible]歙州[illegible]得石[illegible]一日上[illegible]臺得[illegible]公[illegible]墨數十[illegible]寒泉半勺是龍睛[illegible]騷人白芷傷心暗[illegible]

菉蘋齊葉兮白芷生湛湛江兮上有楓目極千里兮傷春心
狎客紅筵奪眼明陳江總後主之狎客也
兩地有期皆好用指騷人狎客也不須空把洴溪聲

聞開元寺開筍園寄莫上人

園鎖開聲駭鹿群駭音亥蒲林鮮籜水犀文森森競泫林梢雨攢攢爭穿石上雲攢音[illegible]竝出亦如鵝管合[illegible]各生還似犬牙分[illegible]折煙束露如相遺何胤明朝不茹葷宋何胤[illegible]內典[illegible]南齊[illegible]書[illegible]食菜故終末年遂絕肉味[illegible]人[illegible]之家貧
不飲酒不茹葷

奉和魯望新夏東郊閒泛有懷

水物輕明澹似秋多情才子倚蘭舟[illegible]碧莎裳下攜詩草黃篾樓中掛酒篘[illegible]蓴尊及[illegible]君莫問當年事一點沙鷗[illegible]五侯[illegible]為[illegible]

□肚同煎和之也

奉和龜蒙四月十五日道室書事

望朝齋戒是尋常（朔也　朝郎）盡起金根第幾章（金根經名）竹葉飲爲甘露色（宜城九醖名竹葉酒○述異記吳猛登一翁卒桂陽下以玉杯承玉膏）蓮花鮓作肉芝香（[illegible]物類人手肥嫩色如紅肉芝道士蕭靜之掘地得遇異人曰此名肉芝食之者壽如神仙）松膏背雨凝雲磴（一作月）丹粉經年染石床剩欲與君終此志頑仙唯恐鬢成霜

次韻看醞新醅

一簣松花細有聲（仙家以五粒松花釀酒服之香美延年）旋將渠椀撇寒清（昭明太子將進酒一六洛陽輕薄子安期游俠兒宜城溢渠桃中山時玉卮）秦吳只恐篘來近（江文通別賦見秦吳兮絕國）劉項真能釀得平（漢書言高祖與項羽爭天下因此醞釀可得和平也）酒德有神多客頌（晉劉伶作酒德頌）醉鄉無貨沒人爭（王績字無功作醉鄉記）五湖煙水郎山月合向樽前問姓名（五湖在大江之南郎）

山居岱山之北故風馬牛之不相及洭郭鄉中可合而為一也

次韻曾望以竹夾膝見寄

圓於玉筯滑於龍來自衡陽彩翠中拂潤恐飛清夏雨叩虛疑貯碧湘風大勝書客裁成簡頗勝溪翁截作筒從此角巾因醉戴晉羊祜與弟琇書曰既成事當角巾東路歸故里為容棺之墟也俗人相訪若為通

夏景無事因懷章來二上人

瀼景微陰正送梅風土記江南三月雨謂迎梅五月雨謂送梅幽人逃暑瘦南杯世說以木瘿為酒杯也水花移得和魚子水花也山蕨收時帶竹胎竹胎作禾嘯館大都偏得月醉鄉終竟不聞雷劉伶酒德頌靜聽不聞雷霆之聲更無一事惟留客卻被高僧怕不來用遠公招淵明事

寄瓊州楊舍人

德星文彩煥天涯後漢陳寔與子侄造荀季和父子時德星聚太史奏五百里內有賢人

聚揚舍人在瓊州故云章天涯

酒樓堪消謫宦嗟南史曰南海有蜑孫遁国在海崎上有洞樹似安石榴取其花汁停甕中數日成酒

行遇竹王因設奠後漢夜郎者初有女子浣於遯水有三節大竹流入足間聞其中有聲剖視之得一男歸養之及長有才武自立為夜郎侯以竹為姓武帝賜以王印綬後遂殺之封其三子為侯死配食其父今夜郎有竹王三郎神是也○章陽周志竹王祠今在施州郡羅峯西田陳山上土人亦名夜郎侯祠

居逢木客又還家木客即山魈也木客詩云酒盡君莫沽壺傾我當發城市多囂塵還山弄明月

清齋靜度桄榔麪後漢夜郎句町有桄榔木可以為麪百姓資之○註云桄榔木外皮有毛似棕櫚而生其木剛利不中有屑如麪可食○左思蜀都賦布有橦花麪有桄榔

荳蔻花清切會須歸有日文選劉公幹贈徐幹詩誰謂相去遠隔此西掖垣拘限清切禁中情無由宣

莫貪勾漏足丹砂勾漏山在容州普寧縣岩穴多勾曲穿漏故名○丹砂見前注

夏景沖澹偶然作

一室無喧事事幽還如貞白在高樓陶弘景字通明丹陽秣陵人嘗起三層樓弘景處其上弟子居其中賓客至其下唯一家僮至其所梁大同二年卒詔贈太中大夫諡曰貞白先生詩指此

天台畫得千迴看湖月芳來幾度遊無限世機吟處息幾

多身許鉤前休他年謁帝言事（曹子建詩天鴻鳴帝承明虎旅將歸帝舊鄉）請

贈劉伶作醉侯（以劉伯倫好飲故請封爲醉侯）

魯望潤承吉之孤爲詩引邀余屬和欲用余道振其孤而和之庶承吉之困身後乎魯望視余困與承吉身前孰苦哉未有己困而能振人者抑爲辭用塞良友

先生清骨葬煙霞業破孤存誰爲嗟㡬篋詩書分貴位一林石筍散豪家（張祐處士性愛石得嶺南長石置於曲阿之宅）兒過舊宅啼楓影狐遶荒田泣稗花（孟子五穀者種之美者也苟爲不熟不如荑稗）惟我與君堪便戒莫將文學作生涯（莊子養生篇吾生也有涯）

庚寅歲新羅弘惠上人與本國同書請日休爲靈鷲山周禪師碑將還以詩送之

三十麻衣弄渚禽（列子海上之人有好鷗鳥者每旦之海上從鷗鳥遊至者百數）豈知

名字徹雞林（雞林新羅地名）勒銘雖即多遺草（漢竇憲勒銘燕然山）越海還能抵萬金　鮮鬟曉攏峰正燒　鸐晴夜沒島還深　一千餘字終天別　東望辰韓淚灑襟（後漢東夷傳韓有三種一曰馬韓二曰辰韓三曰弁韓）

張賁

奉和魯望白菊

雪彩冰姿號女華（典本草菊花一名女華）寄身多是地仙家（王子喬玉函方云菊十二月七日採名曰長生根莖是也服之年八十歲化為童兒即地仙矣）有時南國和霜立　幾處東籬伴月斜　謝客瓊枝空貯恨（晉謝惠連雪賦云庭列瑤階林挺瓊樹）袁郎金鈿不成誇　自知終古清香在　更出梅妝弄晚霞（梅妝已見前注）

羅鄴（餘杭人與宗人隱虬齊名故號三羅咸通中舉進士不第有詩集行于世）

洛水

一道潺湲濺暖莎　年年惆悵（去聲）春過　莫言行路聽如此

作階流入深宮恨更多橋畔月來清見底柳邊風去綠生波
縱然滿眼添歸思未把漁竿奈爾何

下第寄呈友人

清世誰能便陸沉莊子則陽篇孔子之楚舍於蟻丘之漿其鄰有夫妻臣妾登極者仲尼曰是陸沉者是也注陸沉隱者沉不在水而在陸極至極也相逢休作憶山吟唐靈澈詩云相逢盡道休官去林下何曾見一人若交仙桂在平地更有何人肯苦心去國漢妃還似玉漢元王嬙字昭君在元帝宮中宮人多不得常見乃使畫工圖其形宮人多賂畫工昭君自恃其貌不與及匈奴入朝選宮人配之昭君以圖當行入辭光彩射人竦動左右亡家石氏豈無金石崇之富不惜貨為趙王倫所誅王嬙之貌季倫之富可以保其寵享其安然竟不免去國亡家者何也非有命者歟詩意謂才調雖高而下第者是有命也且安懷抱莫惆悵瑤琴調高樽酒深樽一作深當遠大為期也

東歸

日日悽憂行役邊東歸可是有家歸却緣桂玉無門住雖

見前　不第山川去路非秦樹夢愁春鳥弄吳江釣憶錦鱗

汁　肥見前張　兆去杳難清明近惆悵當年意盡違

月翰林

僕射陂晚望僕射陂在鄭州東二里後魏孝文帝賜僕射李沖後世因呼為僕射陂

離人到此倍堪傷陂水蘆花似故鄉身事未知何日了馬蹄惟覺到秋忙舉中識者試進士下第常年七月後獻新文求拔解○諺語曰槐花黃舉子忙田園牢落東歸晚道路辛勤北去長却羨無愁是沙鳥雙雙相趁下殘陽

錢起字仲文吳興人天寶十年及第授秘書郎大歷中為翰林學士有詩集行於世

贈闕下閣舍人

二月黃鸝飛上林春城紫禁曉陰陰漢武帝晚置貴妃謂曰華紫禁李善注紫微坊名紫禁長樂鐘聲花外盡李白詩云聽鐘出長樂傳鼓到新昌龍池柳色雨中深陽和不散窮途恨阮籍窮途見前霄漢常懸捧日心獻賦十年猶未遇前漢司馬相如獻上林子虛等賦羞將白髮對華簪陶淵明詩此事真須

樂聊用忘華簪

盧綸 字允言，河中人。舉進士不第。大曆初，元載薦之，累遷檢校户部郎中、監察御史，稱疾去，卒。有集今傳。

長安春望

東風吹雨過青山，却望千門草色閑。家在夢中何日到，春來江上幾人還。川原繚繞浮雲外，宮闕參差落照間。誰念為儒逢世難，獨將衰鬢客秦關。

夜投豐德寺謁海上人

半夜風中有磬聲，偶逢樵者問山名。上方月曉聞僧語，下路林踈見客行。野鶴巢邊松最老，毒龍潛處水偏清。願得遠公知姓字，焚香洗鉢過浮生。

送崔琦赴宣州幕

五馬臨流待幕賓，二千石有五馬車。杜詩：人生五馬貴，莫大受二千石。○謝安與王坦之嘗詣桓溫論事，溫令郗超帳中臥聽之，風動帳開，安笑曰：郗生可謂入幕之賓矣。羨君談笑出風塵。身閑就養能辭遠（養去聲。能一作寧）世難移家莫厭貧。天際晴山三峽路（[illegible]）津頭臘市九江人（[illegible]）何處遊知最惆悵蒲湖青草雁聲春（[illegible]）

至德中途中書事郤寄李瀾

亂離無處不傷情，況復看碑對古城。路遶寒山人獨去，月臨秋水雁空驚。顏衰重喜歸鄉國，身賤多慚問姓名。今日主人還共醉，應憐世故一儒生。

晚次鄂州

雲開遠見漢陽城，猶是孤帆一日程（或一作半）。估客晝眠知浪靜，舟人夜語覺潮生（[illegible]）。三湘愁鬢逢秋色（[illegible]），萬里歸心對月明。舊業已隨征戰盡，更堪江上鼓鼙聲。

司空曙（字文明，廣平人。[illegible]水部郎[illegible]招致幕府，授洛[illegible]有集傳于世）

題靈雲寺　一作凌雲

春山古寺遶煙波，石磴盤空鳥道過。鳥道見前注百丈金身開翠壁，後漢明帝永平二年帝夢金人巍巍丈六飛空殿前帝問群臣皆莫通事舍人傅毅對曰臣聞西域有道者佛帝遣王遵等往西域求佛法以白馬馱經入洛陽此中土有三寶之始也出大藏一覽萬龕燈燄隔煙蘿。雲生客到侵衣濕，花落僧禪覆地多。不與方袍同結足，一本作結社○僧肇法師製四論合為一卷僧袈裟以方為之故曰方袍○洛陽加諡說門僧肇法師呈遠法師法師歎仰不已又呈劉遺民劉公覽曰不意方袍復為平叔方袍出此下歸塵世竟如何。

送曲山人歸衢州

白石先生眉髮光，劉向列仙傳白石先生者中黄道人弟子嘗煮白石為糧因就白石山居亦食脯酒日行三四百里彭祖問白石先生曰何不服藥仙去先生曰天上多至尊相奉事更苦人間耳已分甜雪飲紅漿。甜雪夾華紵雪○武帝外傳七月七日西王母降數帝曰欲長生者先取諸身堅守說九三宮備帝命天真之所服非下仙可服其次有九丹金液紫蕊華英太清紅雪霜靈三黄及靈飛之階衣巾半染煙霞氣，語笑兼和藥草香。茅洞玉聲

流湘水（茅洞謂茅山之洞也）衡山碧色映朝陽（衡山南岳也）十年城郭如
相問華表△哉有夜霜（見上丁令威事）

寄胡居士

日暖風微南陌頭青田紅樹起春愁伯勞相逐行人別岐
路空歸野水流偏憶尋僧同看雪誰期載酒共登樓爲言
惆悵嵩陽寺明月高松應獨遊

（陳羽）（江東人貞元八年陸贄下第二人登科歷東宮判佐有詩集傳于世）

送友人及第東歸

五陵春色泛花枝（張平子西京賦曰南望杜陵北眺五陵）心解花前遠別離（解一作醉）落第（一作下第）恥爲關右客成名空羨里中兒（漢書沛公麾下騎士適酈食其里中子也沛公時時問邑中賢豪騎士歸酈食其見謂之曰吾聞沛公嫚而易人有大略此真吾所願從遊騎士言臣里中有酈生年六十餘高帝見之因使說齊者）明日（？）歸愁分處山店燈殘夢
卜居家住洞庭多釣伴因來貲語相思（吳越…復來歸…長…）

相思

長安臥病秋夜言懷

九重門鎖禁城秋，月過南宮漸映樓。紫陌夜深槐露滴，天有紫微垣人主之宮象之宮曰紫宸又曰紫禁殿曰紫宸京都之溝曰御溝曰紫陌碧空雲盡火星流。詩七月流火左傳火猶西流流出謂[redacted]魏徵殿及東西廂也翰苑在其後村詩云韶從三殿出風清刻漏傳三殿，唐書將軍李守忠奏三殿上所置渾天儀銅鼎上刻律甲第歌鐘樂五侯。詩云甲第藏高第又云甲第崇高闥第一宅也前漢王氏五侯同日而封文選陸機楚客病來鄉思苦，寂寥燈下不勝秋。

戴叔倫字幼公潤州人貞元中進士後官撫州刺史遷容管經略使卒有詩傳于世

酬耿少府見寄耿湋也

方丈蕭蕭落葉中，高僧傳舍利佛有維摩故宅唐顯慶中王玄策使西國因向印度過淨名宅以笏量基止有十笏故號為方丈暮天深巷起悲風。流年不盡人自老，外事無端心已空。家近小山當海畔，小山淮南王安之客作招隱士一篇身留環衛蔭

蒲

牆東後漢王君公遭亂獨不去儈牛自隱時人為之語曰避世牆東王君公　為少府賊近后闡故一云瓊精金吾衛永名璦代　遥聞相訪頻逢雪一醉寒宵誰與同

李嘉祐　字從一趙州人大宝七年進士為秘書正字累官至台袁二州刺史有集今傳于世

宋中舍遊江東

孤城郭外送王孫前漢韓信傳吾哀王孫而進食豈望報乎　越水吴洲共爾論杜詩　野寺山邊斜有逕漁家竹裏半開門青楓獨映搖前浦一云蠶緒青楓浦　白鷺閑飛過遠村若到西陵征戰處三國志吳陸抗表曰西陵建平國之西門也　不看秋草自傷魂江淹別賦黯然銷魂者惟別而已矣

自蘇臺至望亭驛人家盡空春物增思悵然有作

南浦孤蒲覆白蘋東吴黎庶逐黄巾後漢末年黄巾盜起　野棠自發空流水江燕初飛不見人宋文帝元嘉二十八年魏人破南兖徐兖豫青冀六州殺掠不可勝計丁壯即加斬截嬰兒貫於槊上盤舞以為戲所過郡縣赤地無餘春燕歸巢於林木　遠樹依依如送客平田渺渺獨傷神那堪回首長洲苑烽火年年報虜塵

塵。

題靈臺縣東山主人

處處征胡人漸稀，山村寥落暮煙微。門臨莽蒼經年閉（莽蒼荒無邑也），身逐嫖姚幾日歸（嫖姚將軍霍去病也，詳見前註）。貧妻白髮輸殘稅，餘寇黃河未解圍。天子如今能用武，只應歲晚息兵機。

早秋京口旅泊（京口即潤州，南徐也）

移家避寇逐行舟，厭見南徐江水流。吳地征徭非舊日，秣陵凋弊不宜秋（秣陵即金陵也）。千家閉戶無砧杵，七夕何人望斗牛（斗牛見前註）。只有同時驄馬客（[illegible]為御史執法無所[illegible]曰行行且止避驄馬御史也），偏題尺牘問窮愁（尺牘[illegible]以木為書其長一尺也[illegible]虞卿非窮愁亦不能著書）。

贈別嚴士元（此詩又見劉長卿集）

春風倚棹闔閭城。（魏王粲詩：倚棹汎涇渭，日暮山河清。越絕書：吳王闔閭築城周[illegible]十七[illegible]）

國家出版基金項目

詹福瑞 陳紅彥 主編

唐詩絶句

唐詩鼓吹

歷代唐詩珍稀選本彙編

（唐宋金元卷）

㊸

鳳凰出版社

國家出版基金項目

詹福瑞　陳紅彦　主編

唐詩絶句
唐詩鼓吹

歷代唐詩珍稀選本彙編

（唐宋金元卷）

43

鳳凰出版社

目次

唐詩鼓吹

浙江圖書館藏元冲和書堂刻本

冲和書堂
新刊
遺山元好問裕之選
箋註精選
唐詩鼓吹
新齋郝天挺繼先註

唐詩鼓吹　浙江圖書館藏元冲和書堂刻本

唐詩鼓吹註序

鼓吹者何軍樂也選唐詩而以是名之者何譬之於樂其猶鼓吹乎遺山之意則深矣中書左丞郝公當遺山先生無恙時嘗學於其門其親得於指授者蓋不止於詩而已公以經濟之才坐廟堂以韋布

之學碩士子生其博洽之餘探隱
發輿人為之傳句為之釋或意在
言外或事生異書公集取而附見
之使誦其詩者知其人識其事物
者達其義覽其辭者見其指歸然
後唐人之精神情性始無所隱遁
焉嗟夫唐人之於詩美矣非遺山

不能盡去取之工遺山之意深矣
非公不能發比興之蘊世之學詩
者於是而紬之繹之獻之餞之則
其為詩將見隱如宮商鏘如金石
進而為詩中之韶濩矣此豈公逌
後學之心而亦遺山褒集是編之
初意也耶公命為序不敢辭謹序

其大略如此至大元年九月十二

日吳興趙孟頫序

唐詩鼓吹目録

資善大夫中書左丞郝　天挺　註

曹唐二十首　宋邕一十一首　李益二首
賈島一首　章碣一首　李頻二首
杜荀鶴一首　崔顥一首　李頎一首
趙嘏一首　崔塗三首　李郢一十首
韋蟾一首　崔能四首　秦韜玉四首

○卷第五五十八首

劉滄四首　劉威一首　曹松二首
崔魯四首　張祜一首　顏萱一首
皮日休二十三首　張賁一首　羅鄴四首
錢起一首　盧綸五首　司空曙三首
陳羽二首　戴叔倫一首　李嘉祐四首
姚鵠一首

○卷第六六十首

杜牧之三十三首　高駢六首　王初七首
崔峒一首　朱灣一首　呂洞賓一首
吳融一十二首
○卷第七五十八首
李商隱三十四首　温庭筠二十首　劉長卿一首
李德裕一首　李紳一首　紀唐夫一首
陳上美一首　來鵬二首　鄭準一首
章八元一首　李羣玉五首
○卷第八六十一首
羅隱七首　張蠙二首　李山甫五首
武元衡五首　唐彥謙二首　李遠三首
權德輿五首　于鵠一首　盧綸一首
獨孤及一首　胡宿二十三首　蘇廣文三首

王建 五首

○卷第九 五十六首

譚用之 二十八首　司空圖 一十四首　不知名 二首

表不約 二首

○卷第十 五十九首

鄭谷 二十一首　張泌 一十一首　韋莊 一十九首

吴商皓 二首　胡曾 六首　王表 一首

項斯 一首　崔珏 二首　李後主 四首

湯悅 一首　徐鉉 二首

冲和堂刊

唐詩鼓吹目録畢

唐詩鼓吹卷第一

資善大夫中書左丞郝　天挺　註

柳子厚　諱宗元河東人貞元九年進士授校書郎累遷監察御史裏行擢禮部員外郎後貶永州司馬又徙柳州卒于官有集今行于世

登柳州城樓寄漳汀封連四州　永貞元年子厚與韓泰韓曄劉禹錫陳諫凌準韋執誼皆以附王叔文貶司馬準執誼皆卒貶所程异先召用元和十年八子厚等五人例召至京師又皆出為刺史子厚柳州泰漳州曄汀州諫封州禹錫連州

城上高樓接大荒　左思吳都賦云出乎大荒之中行乎東極之外尔雅門大荒海外弥廣無所不

海天愁思正茫茫　柳州近海故曰海天

驚風亂颭芙蓉水　[illegible]

密雨斜侵薜荔墻　離騷云貫薜荔之落蘂注云薜荔香草緣木而生

嶺樹重遮千里目　一本作雲○駁去如千里馬駁韻音使

江流曲似九迴腸　司馬遷云腸一日而九迴

共來百越文身地　史記楚大敗越殺王無彊越以此散諸族子爭立或為君或為王故為百越

猶自音書滯一鄉

衡陽邂逅夢得分路贈別子厚與夢得皆出爲連柳州

十年顦顇到秦京即赴召長安時也誰料翻爲嶺外行伏波故道

風煙在後漢馬援拜伏波將軍南討交趾道出衡陽至今當存焉○時子厚與禹錫同出衡陽有伏波神祠

二云一以功名累蕃思馬少游蒙置竹下有路出壺頭是也翁仲遺墟草樹平魏明帝鑄銅人

一名曰翁仲○水經注云鄗庵千秋亭壇東枕道兩石翁仲南北相對此墓前石人也直以慵疎招

物議休將文字占時名今朝不用臨河別垂淚千行便濯

纓漢李陵別蘇武詩曰嘉會難再遇三載爲千秋臨河濯長纓念別悵悠悠

柳州寄丈人周韶州

越絕孤城千萬峯越絕書云何謂越絕越者國之姓氏也絕者絕也句踐抑強扶弱絕惡反之於

善也空齋不語坐高舂淮南子曰日至于悲谷是謂餔時回于女紀是謂大遷經于泉隅是謂高

舂頓于連山是謂下舂○注尚未冥其上當先舂曰高舂連山西北山名言將欲冥下當衰舂故曰下舂○連音闌

印文生綠經旬合硯匣留塵盡日封梅嶺寒煙藏翡翠翡翠

鳥名桂江秋水露鰅鱅鰅鱅魚名○上魚容切下音庸魚皮有文者出樂浪○張衡南都賦云水虫則有蟫音

丈人本自忘機事莊子云漢陰丈人……者必有機事有機事者必有機心　爲想年來顦顇容楚詞漁父篇云形容顦顇……問之之辭也顦顇容自瘦也

得盧衡州書因以詩寄

臨烝且莫歎炎方衡州有臨烝縣　爲報秋來鴈幾行　林邑東迴山似戟林邑漢象郡馬援鑄銅柱於此也　牂牁南下水如湯楚莊蹻伐夜郎至且蘭椓船於岸而步戰既滅夜郎以且蘭有椓船牂牁處故名爲牂牁史記牂牁江出番禺城下牂牁者繫船杙也其義取此　蒹葭淅瀝含秋雨毛詩蒹葭蒼蒼白露爲霜　橘柚玲瓏透夕陽　非是白蘋洲畔客南史柳惲爲吳興太守爲江南曲云汀洲采白蘋日落江南春　還將遠意問瀟湘問瀟湘衡州也

嶺南郊行

章江南去入雲煙元和志虔州章貢……　望盡黃茅是海邊……多死也　山腹雨晴添象跡嶺外代答象……山雨晴山腹忽起白雲狀如白象……皆白○　潭心日暖長蛟涎蛟於江中吐涎人不得出……

遊人影（[illegible]射工[illegible]蟲長一二寸[illegible]形氣射人不治則殺人即短蜮也）颶母偏驚旅

客船（颶音具。嶺表志云南海秋夏間有暈如虹者謂之颶母影必有颶風。南越志熙安多颶風颶者具四方之風常以五月六月發未至時雞犬先為之不寧）從此憂來非一事豈容華髮待

流年

柳州峒氓

郡城南下接通津異服殊音不可親青箬裹鹽歸峒客綠荷包飯趁墟人（青箬紙綠云嶺南村市實時少虛時多故以市為虛）鵝毛禦臘縫山罽（音寄。溪峒不產綿纊民多以木綿卵花鵝毛雜為被士人家家養鵝二月至十月畢取其毛貯以禦寒窭）雞骨占年拜水神（前漢郊祀志漢武帝元封二年初令越巫祀上帝百神而用雞卜注云持雞卜如鼠卜也卜歲之豐凶云）愁向公庭問重譯（書傳周成王時越裳氏重譯而來朝曰久矣天无烈風淫雨意中国有聖人乎）欲投章甫作文身（商之士冠曰章甫其制与周之委貌夏之毋追俱以緇布冠之莊子曰宋人資章甫而適越越人斷髮文身无所用之也）

別舍弟宗一

落殘魂倍黯然魏文帝與吳質書曰數年之間零落略盡言之傷心。江淹別賦黯然消魂者惟別而已矣雙垂別淚越江邊一身去國六千里萬死投荒十二年馬援傳未載上書曰臣幼見伏波將軍拔自西州欽慕聖義間關阻難觸冒萬死孤立群貴之間傍無一言之助虵深淵入虎口豈顧計哉。投荒者謂投竄於荒服外也。桂嶺瘴來雲似墨洞庭春盡水如天季春巴蜀雪消洞庭張溢欲知此後相思夢長在荊門郢樹煙荊門郢樹謂宗元將遊之處也

再授連州至衡陽酬贈別夢得南本柳文作夢得詩

去國十年同赴召謂與夢得同赴長安時湘江千里又分歧重臨事異黃丞相漢黃霸為潁川守徵為京兆尹坐發民治馳道之事劾有詔歸潁川守後為丞相夢得初貶連州今再出刺連州故曰重臨事異也三黜名慚柳士師柳下惠為士師三黜曰直道而事人焉往而不三黜歸目併隨回鴈盡衡陽有回鴈峯愁腸正遇斷猿時桂江東過連山下桂江即灕水在柳州城外連山即連州也相望長吟有所思樂府鐃歌曲贈兄康詩以之[illegible]矣

拔尚書奇材筆助獻長句以尚書即擢茂裝也

截玉銛錐作妙形銛思廉切利也○以竹作管故云截玉白樂天詩云筆自穿如札毫鋒利如錐

貯雲含霧到南溟言欣死云王逸少裁成之妙煙霏霧結斷而復連鳳翥龍盤斜而復正○鄒霽草書如鳳投雲收霞催月上○今言貯雲含雲霧言筆末經用也柳州近海故曰南溟

尚書舊用裁天詔漢制以尚書作詔文

內史親將寫道經晉王羲之為會稽內史為山陰道士須寫道德經籠鵝而歸

曲藝豈能裨損益禮記曲藝皆誓之注曲藝云小技藝也謂書詩之謂之也

微辭秖欲播芳馨文選登徒子好色賦云宋玉為人体皃閑麗口多微辭注云微妙之辭也

桂陽卿月光輝遍郴州即古桂陽郡也○書洪範王省惟歲卿士惟月注卿士各有所掌如月之有別

毫末應傳顧兔靈楚詞曰夜光何德死而又育厥利維何而顧兔在腹注謂顧兔陰也今筆用兔毫故能傳其靈也

同劉二十八哭呂衡州兼寄江陵李元二侍御

呂溫渭之子也與宗元禹錫善以友言李吉甫憲宗貶道州刺史徙衡州有善政

衡嶽新摧天柱峯衡嶽五峯其一曰天柱此喻呂溫也

士林顦顇泣相逢

秖令文字傳青簡古人書于竹簡故曰青簡

不使功名上景鍾國語晉悼公曰昔克潞

路之役秦來圖敗晉功姚鸚邦退秦軍於輔氏三畝空留
親止杜回其勳銘於景鐘韋昭注景公之鐘也
懸磬室春秋齊侯曰室如懸磬野無青草九原猶記昔堂封子禮檀弓趙文子與叔譽觀
於九原文子曰死者如可作也吾誰與歸注云晉大夫之
墓也○又云吾見封有之若堂者矣注築土爲四方而高
池遙想荊州人物論幾回中夜惜元龍魏志陳登字元龍劉備在荊州論天
下人物許汜曰陳元龍湖海之士豪氣不除備曰元龍文
武膽志當求之於古人中耳陳登卒年三十九○温卒時
年四十九以元龍比之云耳

劉禹錫

字夢得中山人貞元九年進士擢王叔文
與之交及叔文敗貶朗州司馬後遷和州刺史
裴度薦爲翰林學士遷太子賓客會昌
問檢校禮部尚書卒有集今傳于世

西塞山懷古

王濬樓船下益州晉王濬爲益州刺史大造舟船伐吳○
建樓櫓故名樓船漢武帝鑿昆明池以習水戰作樓船上
揚僕爲樓船將軍金陵王氣黯然收楚威王以其地有王
陵○晉書秦時望氣者云五百年後金陵有天子氣始
皇東巡以厭之改其地爲秣陵塹北山以絕其王氣千
尋鐵鎖沉江底晉書吳人以鐵鎖橫江西王濬作一片降

幡出石頭[吳主孫皓出降]人世幾回傷往事山形依舊枕
寒流今逢四海為家日[漢書天子以四海為家故所居曰行在所]故壘蕭〻蘆
荻秋

漢壽城春望

漢壽城邊野草春荒祠古墓對荊榛[古荊州治亭下有子胥冒楚王故墳]田
中牧豎燒芻狗[莊子天運篇夫芻狗之未陳也盛之以篋衍巾之以文繡尸祝齊戒以將之及以陳]
[也行者踐其首脊蘇者取而爨之矣]陌上行人看石麟[西京雜記云五柞宮西梧桐樹下有石麒]
[麟二枚各刊其文是始皇驪山墓上之物也]華表半空驚霹靂[驚一作經華表墓前雙柱也]○
[神仙于令威化白鶴集于遼東城門華表柱上]碑文纔見滿埃塵不知何日東瀛
變[顏魯公麻姑壇記云麻姑自言接侍以來見東海三為桑田向間蓬萊水淺於往者]此地還成要
路津[古詩先據要路津]

荊門道懷古

南國山川舊帝畿[西有東陵楚之故都邑也]宋臺梁館尚依稀[宋武帝嘗為荊]

州都督梁元帝竈與於此馬嘶古樹行人歇麥秀空城野雉飛野澤○一

子朝周過殷墟乃作麥秀之詩云麥秀漸〻兮禾黍油〻○枚乘七發云麥秀蔪兮雉朝飛○莊子澤雉十步一啄

百步散風吹落葉填宮井火入荒陵化寶衣王者葬以珠襦玉匣故曰寶衣

詩臣庾開府咸陽終日苦思歸梁庾信因侯景基城奔江陵元帝承制

降為御史中丞聘於西魏屬大軍南討留長安累遷開府儀同三司後南北通好流寓之人名許還國惟信與王褒惜

而不遣信常有鄉關之思乃作哀江南賦有云霸陵夜獵猶是舊時將軍咸陽布衣非獨思歸王子

早春對雲奉寄澧州元郎中

新賜魚書墨未乾漢楊綰傳舊制刺史被代若別遣皆降魚書乃得去賢人暫屈遠

人安朝驅旌旆行時令漢書刺史四時行部王尊為益州刺史行部至邛郲九折坂問吏曰

此非王陽所畏道耶吏曰是尊叱其馭曰驅之王陽為孝子王尊為忠臣也○續漢書太守常以春月行縣勸民農桑

振救乏絶夜見星辰憶舊官漢書郎官上應列宿○晉書天文志昭〻可知者經星常宿[illegible]百一

十八名積數七百八十三皆有州國官名物類之象故云梅蘂覆階鈴閤暖晉羊祜在襄陽常輕

裘緩帶身不被甲鈴閤[illegible]雪花當戶戟枝寒[illegible]書[illegible]或傳[illegible]待

……解圍射中韓門戟枝遂免寧知楚客思公子北望長吟澧有蘭屈原離騷九歌湘君沅有芷兮澧有蘭思公子兮未敢言注澧水名也公子比元郎中

松滋渡望峽中

渡頭輕雨灑寒梅雲際溶溶雪水來江源在蜀雪山之下出焉夢渚草長迷楚望楚有七澤雲夢最大○史記江陵故郢西通巴蜀有雲夢之饒○傳曰江漢沮漳楚之望也夷陵土黑有秦灰楚頃襄王二十一年秦白起拔郢燒夷陵遂東至竟陵王亡去郢東徙陳秦以郢為南郡巴人淚應猿聲落梁簡文帝古樂府云巴東三峽巫峽長猿鳴三聲淚沾裳蜀客船從鳥道回南中八志云交趾郡治龍編縣自古與鳥道四百里以其險絕獸猶無蹊人所莫由特上有飛鳥道耳○太白蜀道難云西當太白有鳥道是也十二碧峯何處所即巫山也永安宮外有荒臺即古夔子國蜀先主改為永安巫山縣西北二百五十步有陽臺今云荒臺者誑林今王溢妄也○杜詩懷古云江山故宅空文藻雲雨荒臺豈夢思

送張源中丞充新羅冊立使

相門才子稱華簪魏曹植傳相門有相夫相若文德昭也文德昭則可以正國朝致雍熙纓紱之簪

謂是也○史記高陽氏有才子八人世得其利謂之八愷
高辛氏有才子八人世謂之八元此十六族者世濟其美
不殞其名舜舉而用之○陶淵
明詩此事直須樂聊用忘華簪
持節東行捧德音
漢蘇武
并節郎後
抵於海上○前漢
書經德音下明詔
面帶霸威辭鳳闕口傳天語到鷄林
漢
劉陶說朱穆曰手擢上爵口
含天憲○鷄林即新羅地名
煙開鰲背千尋碧日落鯨波
萬頃金濤見扶桑受恩後
山海經云黑齒之北曰暘谷有
大樹九日居下枝一月居上枝
皆載金烏郭璞云六扶桑也○十州記扶桑在碧海中有樹
長數千丈二千餘圍兩樹同根更相依倚故稱為扶桑也
一時西拜盡傾心

洛中送楊處厚入關便遊蜀

洛陽秋只正凄凄
毛詩秋日凄凄
百卉具腓
君去西秦更向西舊學三
書說命王曰來汝說台小子舊學于甘盤既乃
遯于荒野○前漢東方朔字曼倩上書曰臣年
十三學書三
冬文史足用
冬今轉富
曾傷六翮養初齊
世說云林公好鶴剡東之
人遺之雙鶴翅長欲飛林
公甚惜之乃鎩其翮鶴軒翥而不能飛乃舒翼反顧首視之
有懊惱意林公曰既有凌霄之姿何當為人作耳目近玩
養令六翮成遂冲天而去○漢班固擬連珠曰
[illegible]
王城曉入

……鴈門今路由之故云蜀路晴來見碧雞山谷宣帝遣王褒入蜀祀焉左太沖蜀都賦曰金馬騁光而絶景碧雞倏忽而耀義早識卧龍應有

分成都有武侯廟不妨從此躡丹梯杜詩云丹梯庶可陵

送周使君罷渝州歸郢中別墅

君思郢上吟歸去晋陶潜賦歸去來辭故自渝南擲郡章渝古巴國○漢買臣爲會稽太守衣故衣懷其印綬歸郡郡邸郡吏与同僉見其印綬怪之前引其綬視其印乃會稽太守章也

成岸邊留畫舸綠蘿陰下到山莊池荷雨後衣香起離騷製……荷以為衣兮集芙蓉以為裳○杜詩寄嚴武云不妨遊子芰荷衣庭草春深綬帶長毛義……月鵲五色作綬文草故曰綬帶抵恐鳴騶催上道北山移文鳴騶出谷……書……○後漢郭……曰許汜尚書右僕射故事令僕射中丞騶唱而入宮門至馬道及為僕射以爲恭承嚴之寔言於世宗納之詔……在太極殿至止車門鹵簿在朝堂至司馬門騶唱不入宮門自此始也不容待得晚菘嘗齊周顒……鍾山王儉謂曰卿山中何所食曰赤米白鹽綠葵紫蓼又問何者最美曰春初早韭秋末晚菘

送浙西李相公赴鎮

建節東行是舊游歡聲喜氣滿吳州郡人重得黃丞相
黃霸為潁川太守徵守京兆尹坐乏軍興詔復歸潁川太守童子爭迎郭細侯後漢郭伋字細侯
侯為并州牧行部到西河美稷童兒百余各騎竹馬道次迎拜詔下初辭溫室樹溫室長樂宮中
發各○前漢孔光省休日兄弟妻子燕語終不及朝省政事或問光溫室省中樹皆何木光嘿不應更答以他語也
夢中先到景陽樓齊書武帝宮內不聞端門鼓漏置鐘於景陽樓上以應五鼓自憐不
識平津閣公孫弘為丞相封平津侯開東閣以待四方之賢者遙望旌旗汝水頭

送鄭州李郎中赴任

楚關鄭水路非賒東望雲山日夕佳陶淵明詩云山氣日夕佳雞葉照
人呈夏簟淮南鄭州出笛材雞葉簟杜詩恩分夏簟水松花滿椀試新茶樓中
飲興因明月晉庾亮月夜登南樓佐吏欲避亮曰諸君且住老子於此興復不淺○李白陪宋中丞武
昌夜飲二云清景南樓夜風流在武昌庾公愛秋月乘興坐胡床龍笛吟寒水天河落曉霜我心還不淺懷古醉余觴
江上詩情為晚霞謝玄暉余霞散成綺澄江淨如練李白歌殘霞飛丹映江水拋地交
親長引須早將玄鬓到京華晉陸機詩云柔顏收且韋玄鬓生素華

贈日本國僧智藏

浮杯万里過滄溟 高僧傳杯渡者不知其姓名嘗乘木杯渡河因以名焉宋文帝元嘉元年行至赤山而死 明 雨 徧禮名山適性靈深夜降龍潭水黑 後趙佛圖澄能降龍致風 新秋放鶴野田青 放鶴事已見送處厚入関注○晉永嘉郡記曰青田有双白鶴年〻生子 長大便去庭餘父母一双在目 身無彼我那懷土 論語小人懷土 心會真如不讀經 丞馬祖曰真如有変易豈不聞善知識者能廻三毒為三聚淨戒廻六賊為六神廻煩惱作菩提廻无明作大圓 君去真如無変易是外道矣 為問中華學道者幾人雄猛得寧馨 晉書王衍字夷甫神精明秀總角嘗造山濤〻曰何物老嫗生寧馨兒○寧馨吳語猶常言如是也

哭龐京兆

俊骨英才氣褒然 褒余救切○前漢武帝建元〻年舉賢良直言詔曰今子大夫褒然為舉首朕甚嘉之於是董仲舒上策注一云褒然者盛服貌也 策名飛步冠羣賢 左傳策名委質○李陵荅蘇武書策名清時式乃辟也 逢時已自致高位得疾還因倚少年天上別歸京兆府 王隱晉書曰鎮南劉弘以王矩為廣州長沙見一人着單衣持奏在岸上省奏云

兆杜灵之矩問君京兆人何時發來答云朝發矩径問京兆去此數千那得早發今到杜答云僕天上京兆去此數

万里何止千耶人間空歎茂陵阡漢書原陟自以弘人墳墓使約非孝也廼大治冢舍初武帝時京兆曹氏葬茂陵民謂其道為京兆阡陟纂之乃買地開道立署著曰南陵阡人不肯從鉅謂之原氏阡今朝

繐帳哭君處繐旋芮切疏布之帳也。杜詩云空余金椀出無復繐帷輕前日見鋪歌

舞筵

哭吕衡州　时余方謫居

一夜霜風凋玉芝晉謝玄傳譬如芝蘭玉樹欲使生於階庭耳。○晉書庾亮死將葬何充會之歎日理玉樹於土中使人情不能已耳蒼生絕望士林悲晉書謝安高卧東山諸人每相與言安石不肯將如蒼生何。○周庾信哀江南賦已設重雲之講開十林之學空懷濟世安人略晉成帝时峻發亂迫一疾篤庾冰省之流涕毋慨然曰大丈夫臨汝素不問以濟世安人之術乃為兒女子相對泣耶不見男婚女嫁時魏書管輅弟辰謂輅曰大將軍待君意厚冀當由富貴乎輅歎曰我自知有分耳然天與我才名不與我壽恐四十七八間不見女嫁兒娶婦也遺草一函歸太史漢司馬相如病甚居茂陵天子曰相如病甚可往悉取文章。使者至相如已死妻

章奏記訖前於太史氏傳不朽也於塚三尺以要離梁鴻
字伯鸞與妻孟光隱於吳依富人臯伯通廡下爲人賃舂
其妻具食舉按齊眉伯通異之舍之於家病困告主人曰
我死愼勿令持我喪去及卒伯通葬於要離
冢傍咸曰要離烈士伯鸞清高可相近也朔方徙歲行
將曉毛詩城彼朔方○漢蔡邕以光和災異表斥宦者楊
球曹節奏下洛陽獄劾以害大臣不敬棄市中常侍
呂強愍邕無罪請之詔減死與家屬髡鉗徙朔方不得赦
以赦令除○禹錫時亦謫居以已之文章比伯喈也
爲君刊第二碑蔡邕爲郭林宗碑謂盧植曰吾爲碑銘多
矣皆有慙德惟郭有道碑無愧色耳○漢
張平子有前後碑○又後魏鄭羲卒其子道
昭爲光州刺史爲其父文磨崖石刻二碑焉

東嶽張鍊師

東嶽眞人張鍊師　高情雅淡世間稀　堪爲烈女書青簡秦漢書用竹簡故云青簡　久事元君住紫微京兆南山中有九天太一元君之殿　金縷機中拋錦字晉竇滔妻蘇氏有織錦廻文詩　玉清壇上著霓衣　雲鬟不用吹簫伴　祇擬乘鸞獨自歸列仙傳蕭史秦穆公時人善吹簫弄玉好之以妻焉遂教弄玉作鳳鳴
鳳聲鳳凰來止其屋爲作鳳臺夫
婦止其上數年皆隨鳳凰飛去矣

送李度先輩赴選

一家何啻十朱輪前漢楊惲丞相敞子家隆盛乘朱輪者十人○詔令二千石長吏車朱兩轓吾輪諸父雙飛秉大鈞北史崔陵弟仲文陵為侍中仲文為銀青光祿大夫同日受拜時云兩鳳連飛○○賈誼鵬賦云大鈞播物坱軋無垠○詩小雅節南山云秉國之鈞曾脫素衣參幕客卻為精舍讀書人後漢包咸傳咸往東海立精舍講授離筵洛水侵杯色征路函關向晚塵今日山翁舊賓主晉山濤昔作吏部人謂之山公啟事知君不負帝城春

許渾字仲晦潤州丹陽人也太和六年登進士第為太平縣令後拜監察御史歷睦郢二州刺史有詩二卷行于世

凌歊臺在太平州當塗縣北黃山上宋高祖所築

宋祖凌歊樂未迴三千歌舞宿層臺宋武帝南遊嘗登此臺曰建離宮焉湘潭雲盡暮山出巴蜀雪消春水來行殿有基荒薺合寢園無主野棠開百年便作萬年計[illegible]巖畔古碑空綠苔

極人目欲睹見碑上字岳侵且甚蘚黄

途經驪山

陽說先皇醉碧桃日華浮動鬱金袍杜詩石鏡上雲氣杉清以日華○本草鬱

金染衣日服鮮明然不奈日炙染成亦有鬱金香氣也風隨玉輦笙歌迥雲捲珠簾劍

斾高鳳駕北歸山寂寂此謂肅宗去灵武時龍旗西幸水滔滔此謂玄宗

幸蜀時也貴妃死後巡遊少春落宮墻見野蒿

咸陽城西門晚眺

一上高城萬里愁蒹葭楊柳似汀洲溪雲初起日沉閣山

雨欲來風滿樓鳥下綠蕪秦苑夕蟬鳴黄葉漢宮秋行人

莫問前朝事渭水寒聲晝夜流

送蕭處士歸緱山別業

醉斜烏帽髮如絲曾看仙人一局棋述異記晉樵者王質伐木入信安郡石室

山見二童子棋与質一物如棗核食之而不覺

手間斧柯爛矣質歸鄉里無復時人

賓館有魚

為客久史記馮驩[illegible]孟嘗君門下彈鋏歌曰長鋏歸來乎食無魚鄉書無鴈到家遲用蘇武事○杜工部詩韶州云鴈無南過鴈看取北來魚緱山住近吹笙廟列仙傳周靈王太子晉好吹笙作鳳鳴遊伊洛之間道士浮丘公接以上嵩山湘水行逢鼓瑟祠離騷遠遊使湘靈鼓瑟兮令海若舞馮夷○杜甫詩蜀州云鼓瑟至今悲帝子泣二女堯之女妻舜故曰帝子今夜月明何處宿九疑雲盡碧參差九疑山名○梁簡文詩九疑勢參差江天相蔽虧

金陵懷古

玉樹歌殘王氣終陳後主游宴與狎客江總陳暄等及諸妃嬪女學士共賦詩采其艷麗者被以新聲有玉樹後庭花臨春樂等曲○王去聲已見前注景陽兵合成樓空景陽宮中樓名也松楸遠近千官冢禾黍高低六代宮黍離閔宗周也周大夫行役過故宗廟宮室盡為禾黍閔周室之顛覆故作是詩○金陵六朝記云吳東晉宋齊梁陳謂之六代石燕拂雲晴亦雨湘中記零陵有石燕得風雨則飛風雨止還為石江豘吹浪夜還風緣江居民以江豘出沒為風候英雄一去豪華盡人物志草之精秀者為英獸之特群者為雄張良為英韓信為雄梁庾信詩[illegible]惟有青山似洛中建康山川與洛陽相似李白詩云山似洛陽多

京口閑居寄兩都親友

吳門煙月昔同遊姑蘇八門吳王所立因謂吳門楓葉蘆花並客舟並蒲浪切聚散有期雲北去浮沉無計水東流一罇酒盡青山暮千里書迴碧樹秋文選鮑昭詩云涼風蕩芳氣碧樹先秋落何處相思不相見鳳城宮闕楚江樓

郊園秋日寄洛中故人

楚水西來天際流感時傷別思悠悠一樽酒盡青山暮千里書迴碧樹秋日落遠波驚宿鴈風吹輕浪起眠鷗嵩陽親友誰相念潘岳閑居欲白頭晉潘岳字安仁嘗作閑居賦

卧病

寒窗燈盡月斜暉珮馬朝天獨掩扉珮馬搢紳所乘之馬杜詩汝陽三斗始朝天清露已凋秦甸柳白雲空長越山薇病中送客難爲別夢裏還家不當歸惟有寄書書未得卧聞燕鴈向南飛

登洛陽故城

禾黍離離半野蒿（周風黍離）昔人城此豈知勞　水聲東去市朝變（詩云高岸為谷深谷為陵）山勢北來宮殿高　鴉噪暮雲歸古堞　鴈迷寒雨下空壕　可憐緱嶺登仙子　猶自吹笙醉碧桃（[illegible]緱山別業[illegible]）

傷虞將軍

自昔從軍未有名　近將孤劍到江城　巴童戍久能蕃語　胡馬調多解漢行　對月夜窮黃石略（黃石公三略）　望雲秋計黑山程（黑山名此方）　可憐身死家猶遠　汴水東流無哭聲

竹林寺與德玄別

騷人吟罷起鄉愁（楚屈原作離騷賦故曰騷人）　暗覺年光似水流　花滿[illegible]城傷遠別　蟬鳴蕭寺喜同遊（梁武帝姓蕭好佛創寺命蕭子雲飛白大書一蕭字唐李約見之破產買歸[illegible]）　前山日落松杉晚　深夜風清枕

鐘秋明日分攜又何處江南江北路悠悠 生書一云悠悠

千路雖悲矣

嘗與故宋補闕秋夕遊湖南亭吟復登賞愴然

有感

西風渺渺月連天同醉蘭舟未十年 任昉述異記曰木蘭洲在潯陽江中多木蘭樹昔吳王闔閭植之用構宮殿魯般刻為舟詩家所用正出此 鵩鳥賦成人已殁 賈誼居長沙有鵩鳥入誼舍中誼已忌之乃為賦以自廣云 嘉魚詩在世空傳 詩小雅南有嘉魚樂與賢也 榮枯盡寄浮雲外哀樂猶驚逝水前 杜詩人生會合不可常及哀樂未聞 ○論語逝者如斯夫 ○杜詩黃鵠去年少來宜數不見堂前東逝波 日暮長隄更回首一聲

鄰笛舊山川 昔向秀乃鄰人有吹笛者發聲寥亮追想曩昔經嵇生舊廬之野感音而嘆作思舊賦中

登尉陀樓

劉項持兵鹿未窮 漢書蒯通曰秦失其鹿天下共逐之 自乘黃屋島夷中 書 [illegible]

[illegible]

龍川令南海尉任囂病且死召佗語曰南海考桂十年海地方數千里此亦一州之主也州被佗書行南海尉事擊并桂林象郡自立為南粵武王高后時僭號南越武帝乘黃屋左纛毒稱制文帝遣大中大夫陸賈賜佗後南粵王號遂去其黃屋左纛簫鼓尚陳今世廟旌旗猶鎖昔時宮越人未必知虞舜一奏薰絃萬古風舜彈五絃之琴以歌南風之詩曰南風之薰兮可以解吾民之慍兮南風之時兮可以阜吾民之財其詩意南粵人惟知祀尉佗曰知虞舜之德澤及萬世也

　題崔處士山莊

坐窮今古掩書堂考證史記二頃湖田一半荒荊樹有花兄弟樂續齊諧記京兆人田真兄弟三人共分財各居堂前有紫荊花一夕枯死真見之驚謂同本同株當分析便憔悴況人兄弟乎兄弟相感而更同居橘林無實子孫李衡為丹陽太守於武陵龍陽洲上作宅種柑橘千頭臨死敕兒曰吾有千頭木奴不責汝衣食歲上一疋絹亦可足用矣龍歸曉洞雲猶濕周易雲從龍風從虎麝過春山草自香向夜欲歸心萬里故園松月更蒼蒼

麥敬言至先輩秀才

雲起高臺日未沉，數村殘照半山陰。野蠶成繭桑柘盡，溪鳥引雛蒲稗深。謝靈運詩云：蒲稗相因依。帆勢依依投極浦，鐘聲杳杳隔前林。故鄉迢遞故人去，一夜月明千里心。宋謝莊月賦云：美人邁兮音塵闕，隔千里兮共明月。

送南院盧判官罷職歸華陰山居

曾事劉琨雁塞空，晉惠帝光熙元年十一月，大傅越表劉琨為并州刺史。并州有雁門近明，故曰雁塞。上年書劍任飄蓬。曹子建云：轉蓬離本根，飄颻隨長風。東堂舊屈移山志，後秦姚興聽政之暇，引姜龕等于東堂講論道藝云。○唐李元紘為雍州司戶參軍時，太平公主勢振天下，有司望風順旨，與民爭碾磑，元紘還之民。長史竇懷貞趨要之，元紘大署判後曰：南山或可改移，判不可改。遂改作好[illegible]南國新留煑海功。[illegible]前漢吳王濞鑄錢煮海為[illegible]還掛一帆青草上，[illegible]青草湖名。更開三逕碧蓮中。[illegible]關西親友如相問，已許滄浪作釣翁。[illegible]

題四皓廟（四皓廟在商州東四十里　李□良□□公甫里□□）

桂巖松暖廟門開獨瀉椒漿奠一杯（離騷云蕙肴□□奠桂酒兮椒漿）秦法欲興鴻已去（商鞅變秦法　鴻飛冥冥弋者何慕焉○揚子法言）漢儲將廢鳳還來（高祖將易太子呂后用留侯計召四皓四皓至高祖謂戚夫人曰羽翼已成矣太子遂定太子即惠帝也）紫芝之翳翳多青草（四皓歌曰漠漠高山深谷逶迤曄曄紫芝可以療飢唐虞世遠吾將安歸駟馬高蓋其憂甚大富貴之畏人兮不如貧賤之肆志）白石巖巖半綠苔（毛詩揚之水白石鑿鑿素衣朱襮）山下驛塵南竄路不知冠蓋幾人迴（唐都京兆人多由商山之下行路出商南竄之下□□之三）

（○西都賦冠蓋如雲）

淮陰阻風寄呈楚州韋中丞（楚州至淮安路）

垂釣荊江欲白頭江魚堪釣却西遊劉伶臺下稻花晚（淮安志劉伶臺在淮安路山陽縣東北十里臨淮河其南有杜康橋）韓信廟前楓葉秋（淮安路韓信廟在淮陰縣東北與楊州連西北八里韓信受食於此）淮月未明先倚檻海雲初起更維舟（詩汎汎楊舟）可憐有酒無人

醉經上高城望更樓望日暉○更樓在江州

刺史叛亡之○後主襄樓三言為王中丞也

祇命南海至廬陵逢表兄軍倅奉使淮海別後却寄

盧橘花香拂釣磯杜甫廬橘夏熟即枇杷也○唐西山圖記枇杷廬橘一也佳人猶舞越羅衣李賀越羅春風三州水淺魚來少三州丹陽也五嶺山高鴈到稀五嶺大庾始安臨賀桂陽揭陽晚依紅樹宿鄉關晴望白雲歸唐狄梁公登太山反顧白雲孤飛曰吾親舍其下客路猶悵久之許渾父親不念征南史許渾祇命南海故曰征南史一夜風帆去似飛

送王總下第歸丹陽

秦橋心斷楚江湄長安東有西朝陳隊橋繫馬秋風酒一卮汴水月明東下疾自秦淮路由汴河練塘花發北來遲青蕪定沒安貧……不忠……黃葉……催獻賦時……

[illegible]傳不得[illegible]人同樂得[illegible]曰[illegible]
召問相如曰然此特諸侯之事不足觀請爲天子游獵賦之
賦就之○將朝鮮[illegible]
亦獵將獵長楊等賦憑寄家書問迴報舊居還有故人知
渾居用賜故坐憲寄中以待
八月赴李將軍迴報故

懷舊居

兵書一篋老無功故荊棘在夢中文選沈休文詩云壚斷跡復密荊棘新且
故藤蔓覆梨張谷暗洛陽北邙張公夏梨海內唯一樹闇○潘岳賦云張公大谷之梨草荒
侵蔚便園空若苔蓬○南史庾詵字彥寶新野人愛林泉十畝之宅山池居其半也朱門迹
泰登龍客後漢李膺字元禮名高少所交接故士被其容接者名爲登龍門白屋心期失
馬翁劉向說苑周公曰一白屋之士所下者七十人天下之士皆至○淮南子塞上之人其馬亡入胡人弔之父曰
此何遽不爲福居數月其馬將胡駿馬而歸人賀之父曰此何遽不爲禍家富馬良其子好騎墮而折髀人皆弔之父
曰此何遽不爲福居一年胡人大入塞丁壯者皆控弦而戰塞上之人死者十九此獨以跛故父子相保楚
水吳山何處是北窗殘月照屏風

與韓鄭二秀才同舟東下洛中親朋送至[illegible]

三十六峯同一川（河南嵩少三十六峯）綠陂無路草芊芊。牛羊晚食鋪平地，鵁鶄晴飛麼遠天。洛客盡迴臨水寺，楚人皆與下江船。東西未有相逢日，更遂繁華共醉眠。

——

秋日候朝（唐百官志尚輦局大朝會……一百五十六……而藏之常朝去扇……）　右留守二宗……

宵衣應待絕更籌（前漢文帝未明求衣○唐書太宗曰……宵衣……食）環珮鏘鏘月下樓（杜詩……鏘鏘）。井轉轆轤千樹曉，門開閶闔萬山秋。龍旗盡引趨金殿，雉扇纔分拜玉旒（……高宗以雉扇……）。（服……多用……有雉尾扇○……）虛戴鐵冠無一事（……）。滄江歸去老漁舟。

（……）灞上逢元九處士東歸

人更結王生襪（前漢王生處士善黃老言……公卿會廷中王生……[illegible]……釋之跪而結之人或讓王生曰……[illegible]……名臣……以此重之）此客空彈貢禹冠（[illegible]王陽……）江上蠨蟰少渺渺鶴中蝸殼

[illegible]漫漫篷舊交已盡新知少却伴漁郎把釣竿（詩意言良久天下……于世不……亦伴漁父適意江湖之長泊魚艇而已）

經故丁補闕山居

死酬知己道終全波暖孤冰且自堅（詩意謂補闕忠貞自始節不隨俗俯仰[illegible]）鵩上承塵纔敉日（西京雜記賈誼為長沙王太傅一日鵩集其承塵而鳴曰……）鶴歸華表已千年（言搜神記遼東城門有華表柱有一白鶴集其上曰有鳥有鳥丁令威去家千歲今來歸城郭如故人民非何不學仙家纍纍遂冲天而去也）風吹蘂蔓迷樵逕水暗蘆花失釣船四尺孤墳何處是闔閭城外草連天（吳王名闔閭）

題衞將軍廟并序

將軍名……陽羨人少習詩書孝劍一十七遊……并……聞神……先皇帝……

[illegible]德[illegible]扶[illegible]劍前突後[illegible]事太宗[illegible]
奇之天下既定錄其功拜將軍宿衛以用老上[illegible]
病乞歸侍幾年辭官哀激詔許之既而以疾終
睦閭門以然諾居鄉里及卒邑人懷其賢意下
荊溪之間以平生弓甲懸東西廡下歲時祠祭
頌稱其士馬之文十七數其戰守之詳甚而可步
錄書其人因題
是詩於廟堂

武牢關下護龍旗虎牢周穆王[illegible]虎如　避唐祖諱改為武[illegible]挾槊彎弧馬上飛前漢李廣號飛將軍漢業未興王霸在[illegible]武為人司馬十[illegible]　[illegible]丈王郎以光武[illegible]河陵吏人從曰天不服不可[illegible]光武之[illegible]　[illegible]光武意曰渡吏果來[illegible]也後未得數[illegible]水[illegible]光武謂[illegible]君霸曰吾從得究者鄉之力也因謂[illegible]　宮屬曰王霸以權濟事殆天授也秦軍纔散魯連歸[illegible]　[illegible]人也好[illegible]不肯仕遊於趙時秦圍趙魏使新垣[illegible]　[illegible]趙欲[illegible]秦善連見[illegible]言帝秦之害遂卻[illegible]　[illegible]十里趙平原君以千金為魯連壽連[illegible]　[illegible]士者為人排患釋難而無取也遂辭平原而去墳穿大澤埋金劍[illegible]　金[illegible]欲奠　大澤埋金劍廟枕長流挂鐵衣[illegible]木蘭詩曰朔氣傳金柝寒光照鐵衣
忠魂何處問葦花楓葉雨霏霏

何舍

向前青裳織雨衣村南煙火是柴家糯婆早報蒸梨熟上
帝尋湖陽公主新寡帝謂宋弘曰貴易交富易妻人情乎
弘曰臣聞貧賤之交不可忘糟糠之妻不下堂帝謂主曰
季布不背失家語曾子之
妻以藜蒸梨不熟因出之童子遙迎種豆歸漢陽惲書曰
一頃豆落而為萁
負魚下碧潭當鏡躍鳥還青嶂拂屏飛花時未免人來往
漢嚴光字子陵少與光武同遊學
武即位乃變名姓不見帝思其賢令以物
色訪之後齊國上言有一男子披羊
裘釣澤中帝乃備安車玄纁遣使聘之
欲買嚴光舊釣磯

李宣自殿院銜命歸闕拜外郎

白筆南征變二毛魏明帝就群臣問辛毗著白筆者何官
則曰此謂御史簪筆以奏不法也○離
騷濟沅江以南征○左傳宋襄公曰
君子不擒二毛二毛者髮半白也越山愁瘴海驚濤繞
歸龍尾含雞舌老居宮中道雞舌香也○漢時中刁存
年老口臭上出雞舌香使含之香頗辛螫
不敢咽疑賜毒藥去與家人訣衆求視其
藥又口香衆笑之存部議則辨於此矣更立螭頭運兔毫
唐書文和九年十一月十五日省起居
即齊貴筆硯又紙於螭頭下記言記事閶闔欲開宮漏盡閶闔
注見上刑冕旒初坐御香高金吾舊侶君先貴漢光武曰仕
宦當作執金吾

桂語云昔宿應從夜可怕李金五曾憶王祥與佩刀晉書徐州刺史呂虔有佩邀王祥爲別駕有佩
刀工相之以爲三公之器虔謂祥曰卿有公輔之量故以佩刀与祥位至三公祥臨薨以刀授弟覽曰汝後必興足
稱此刀後覽果興於江左矣

八月十五夜宿鶴林寺翫月

待月東林月正圓昔武帝爲惠遠法師建道場於江州廬山有東林西林廣庭無樹
草無煙中秋雲盡出滄海半夜露寒當碧天輪影漸移金
殿外鏡光猶挂玉樓前莫辭達曙殷勤望一墮西巖又隔
年

秋晚雲陽驛西亭蓮池

心憶蓮塘秉燭遊古詩晝短苦夜長何不秉燭遊葉殘花敗尚維舟煙開
翠扇清風曉水泛紅衣白露秋翠扇比荷紅衣比蓮神女暫來雲易
散襄陽耆舊傳楚懷王遊於高唐晝寢夢一婦人曰我帝之女名曰瑤姬未行而亡封於巫山之臺
巫山之陽高丘之岨旦爲行雲暮爲行雨朝朝見之如言乃立廟號曰朝雲仙娥終去月難

詔昇得不到之藥下白雲□□何況飛絲絡少秋奔丹空懷遠道緇
月見乃為驗此聯嵩寫雲門後用摽妙。陶弘景詔問山中
持贈十分泉有遠道不可思因昔見之。何所有嶺上多白雲只可自怡悅不堪持贈君醉
倚西欄盡日愁

晓自朝臺津至韋隱居郊園出以晉安六分以逃王臺

秋來鳧鴈下方塘宋玉九辯云鳧鴈皆唼夫梁藻兮鳳翾翔而高舉繫馬朝臺步
夕陽□□□□□□□□□□□□□□□空圓基千步百□□□□□□□□□□□□□□□□□拜呈為朝臺村
逕遶山松葉滑柴門臨水稻花香雲連海氣琴書潤風帶
潮聲枕簟涼西去磻溪猶萬里尚書大傳云呂尚釣於磻溪得魚腹中有玉璜可
能垂白待文王史記呂尚東海上人也本姓姜□□□□□呂尚窮年老矣以漁釣奸周西伯西伯將出獵卜
之曰所獲非龍非彲非虎非羆所獲霸王之輔於是周西伯獵
果遇太公於渭之陽與語大說曰自吾先君太公曰當有
聖人適周周以興子真是邪吾太公望子久矣
因號曰太公望共載歸師事之此指韋隱居也

唐詩鼓吹卷之二

唐詩鼓吹卷第二

資善大夫中書左丞郝　天挺　註

薛逢　字陶臣蒲州人會昌元年進士調萬年尉崔鉉相引直弘文館歷侍御史有薦逢知制誥者適綯當國忌之乃出爲巴州刺史稍遷祕書監卒有文集行于世

開元後樂

莫奏開元舊樂章樂中歌曲斷人腸邠王玉笛三更咽百斛明珠云明皇舊置五王帳長枕大被與兄弟同處無何妃子輒竊寧王玉笛吹故張祜詩云梨花院静無人見閒把寧王玉笛吹○五王謂邠寧申岐薛虢國金車十里香虢國夫人承主恩平明上馬入宮門却嫌脂粉涴顔色淡掃蛾眉朝至尊此言楊氏五家侈一自犬戎生薊北史記周幽王寵褒姒戲火于驪山爲犬戎所殺詩意犬戎謂祿山也便從征戰老汾陽郭子儀有功封爲汾陽王中原駿馬搜求盡沙苑年來草又芳沙苑在同州馮翊縣南唐以來牧馬之地

長安夜雨

滯雨通宵又徹明百憂如草雨中生文選張景陽詩云歲暮懷百憂將從季主

……詩我生之後逢此百憂心懸桂玉天難曉蘇秦謂楚王曰楚國之食貴于玉薪貴于桂又云食玉炊桂運落風波夢亦驚。壓樹早鴉飛不散，到窗寒鼓濕無聲。當年志氣俱消盡，白髮新添四五莖。

長安春日

窮途日日困泥沙，晉書阮籍常率意獨駕不由徑路車跡所窮輒慟哭而返上苑年年好物華。荊棘不當車馬道，管絃長奏綺羅家。前漢張禹傳後堂理絲竹管絃王孫草上悠揚蝶，楚詞王孫遊兮不歸春草生兮萋萋少女風前爛熳花。庾信傷心賦云風無少女草不宜男懶出任從遊子笑，入門還是舊生涯。莊子吾生也有涯

宮詞

十二樓中盡曉粧，望仙樓上望君王。漢公孫卿言仙人好樓居黃帝為十二樓以候神人武帝於是作飛廉觀望仙樓○唐德宗貞元十二年戶部尚書裴延齡奏勅修望仙樓鎖銜金獸連環冷，水滴銅龍晝漏長。初學記梁殷夔漏刻法曰為[illegible]

漏水渾天儀制曰以銅為器再疊差置實以清水各開孔以玉虬吐漏水入兩壺右為夜漏左為晝漏○杜詩晝漏稀聞高閣報天顏有喜近臣知雲鬟龍[illegible]選

對鏡羅衣欲換更添香遙窺正殿簾開處袍袴宮人掃御床

漢武宮詞

漢武清齋夜築壇自斟明水醮仙官壇之名肇見於書而詩記於禮書止曰為三壇同墠孔則曰去廟為祧去祧為壇去壇為墠去墠為兆則壇築土而不至不言其成名也至漢武葬李夫人為臺三成好事者謂帝感方士習仙其上○礼記明水注司烜以陰鑑所取於月之水也○韓愈吏部詩曰上界仙人丹

官府殿前玉女移香案雲際金人捧露盤漢武帝制承露盤金莖銅柱上有仙人掌承露和玉屑飲之絳節幾時還入夢杜詩云上帝高居絳節朝碧桃何處更驂鸞○尹喜內傳曰老子西遊省太真王母共食碧桃紫梨[illegible]帝外傳元封元年王母降帝宮乘紫雲之輦九色斑[illegible]從宮執綵旄之節母升殿東向坐以玉盤盛桃七顆其色青○白羽經曰太真夫人登白鸞之車遊于丸原山○詩意謂武帝信方士[illegible]

茂陵煙雨埋弓劍石馬無聲蔓

草寒時有弓劒茂陵前有石駝在焉又詩云野有蔓草註

君澤不下流民窮於兵革也以武帝窮兵黷武故云

送靈州田尚書

陰風獵獵滿旗竿白草颼颼劍戟攢九姓羌渾隨漢節唐書九姓羌中吐谷渾別自爲一部落別羌大小部落八皆不相統一細封氏費聽氏往利氏頗超氏野辭氏旁當氏米禽氏拓拔氏○唐書張說爲天平軍大使朔方大使王晙討河曲降虜阿不思也九姓同羅拔野固等皆疑懼說持節從輕騎直指其部宿帳下召見勇中豪酋等安慰之九姓遂安

六州蕃落從戎鞍唐書[illegible]夏州石州會州河州靈州○唐書柳公綽爲河東節度使有沙陀部武勇爲九姓六州所畏公召其酋朱耶執宜及妻母令夫人飲食問遺沙陀感恩悉力保障

霜中入塞琱弓硬月下翻營玉帳寒今日路傍誰不指穰苴門戶慣登壇史記田穰苴爲司馬有司馬兵法其法春蒐秋獮振旅治兵力禁之法○前漢高祖築壇拜韓信爲大將

獵騎

兵印長封入帝畿[illegible]早[illegible]拍微[illegible]川桑落鵰初下渭

胡未收兎疋肥渭川皆曲皆蜀京兆陌上鶯絲清似語草頭弓馬疾

如飛豈知萬里黃雲戍血迸金瘡臥鐵衣六義中爲風也

韋壽博書齋

玄晏先生已白頭晉皇甫謐字士安脩身篤學舉孝廉不就景元初相國辟復不行鄉人交勸令應命謐爲釋勸論以通言焉卒謚謚爲玄晏先生不隨鵷鷺狎群鷗唐高宗以參軍韋絢爲殿中侍御史或疑非遷上官儀曰御史供奉墀下接武夔龍簉羽鵷鷺豈雍州判佐比邪○列子海上人好鷗鳥每旦至海上從鷗鳥游其父曰吾聞鷗鳥皆從子游汝取來吾玩之明日之海上鷗鳥翔舞而不下矣元卿謝免

闕三遷懿康高上傳將詣字元卿杜陵人爲兗州刺史王恭爲宰相謁奏事到灞上稱病不進歸杜陵荊韓寒門合中三遷終身不出時人諺曰楚國二龔不如杜陵蔣翁平仲朝歸臥一裘○朝音潮齊晏安子字平仲爲齊大夫禮記有曰晏子一狐裘三十年醉後獨知殷甲子陶潛以祖晉世宰相恥復屈身後代自宋武王業漸隆不復肯仕所著文章皆書年月義熙以前明書晉氏年號宋永初以後惟書甲子而已病來猶作晉春秋晉褚裒字季野康獻皇后父也少有簡貴之風與京兆杜義俱有盛名桓彝見而目之曰季野有皮裏陽秋墨嬰未翟今知此

金城宮

憶昔明皇初御天易時乘六龍以御天玉輿頻此駐神仙龍盤藻井噴紅艷張平子西京賦云帶倒茄於藻井註當棟中交木方爲之如井幹也茄藕莖也風俗通曰殿堂象東井形刻作荷菱荷菱水物所以厭火也王延壽魯靈光殿賦曰圓淵方井反植荷蕖綠房紫的咄吒垂珠獸坐金床吐碧煙晉禮儀大朝會即鎮宮階以金鏤九尺麒麟大爐雲外笙歌岐薛醉景龍二年二月丙子朔岐王隆範爲左衛率右羽林大將軍薛王隆業爲右衛率月中臺榭后妃眠自從戎馬生河洛安史之亂也深鎖蓬萊一百年蓬萊宮名

驚秋

露竹風蟬昨夜秋百年心事付東流明霜義分成虛語子建白馬篇云丑侯竟書歎群公丞爲言分義明於霜信行直於弦阜俗文章惜暗投日夫穀者所以阜俗康聚人守位也○鄒陽傳曰明月之珠夜光之璧以暗投人於道路人莫不按劍相眄者

官先治州縣乃得除知制誥遂出為巴州刺史而楊收王鐸同牒習第及又收傭政逢有詩譏訕及鐸為相逢又以詩此言鐸鐸怒故不見齒字於簿書

長笑李斯稱溷鼠李斯上蔡人為郡吏見吏舍廁中鼠食不潔近人犬數驚恐之入倉中鼠居大廡之下不見人犬之憂乃嘆曰人之有賢不肖在所自處耳乃從荀卿學帝王術也

每多莊叟喻犧牛蒙人莊周楚威王聞其賢厚幣迎之欲以為相周笑曰子不見郊祭之犧牛乎養之數年衣以文繡以入太廟當是之時欲為孤豚豈可得乎

五湖煙水盈歸夢蘆荻花中一釣舟先賢傳勾踐滅吳謂范蠡曰吾將與子分國而有之蠡曰君行令臣行意乃乘扁舟浮五湖終不反逢志不遂故有此語

潼關河亭

重岡如抱嶽如蹲蹲音存距也嶽即華嶽也**氣賊秦川勢自尊天地併功開帝宅山河相湊東龍門**陳後主詩日月光天德山河壯帝居○絳州有龍門大河門李經烏流湍峻急先魚得上者化為龍**櫓聲嘔軋中流渡柳色微茫遠岸村**借餘春賦云試登高而望遠兮極雲海之微茫**蒲眼波濤終古事年來惆悵與誰**

論

送衢州崔員外 衢州信安縣

笑分銅虎別京師 漢置郡國將置銅虎符竹使符發兵至郡符合乃發兵右留京師左與之○文選范尚書讓表云分虎出守○公羊傳曰京師者何衆大也 嶺下山川想到時紅樹暗藏殷浩宅 晉殷浩中軍將軍假節都督揚豫徐兗青五州軍事北征許洛為符秦所敗桓溫上書罪浩廢為庶人死于東陽信安縣 綠蘿深覆偃王祠 史記徐偃王伯翳之後誕君國子民一出於仁義偃王死民思之鑿石為室以祠偃王後因廟焉在信安縣南七十里靈山下唐韓愈撰碑文 風亭向曉抽書帶 三齊畧記鄭玄詩讚黃山今有古井不竭傍有細草如韭葉長尺餘俗稱鄭玄書帶草 露竹迎風舞釣絲 竹品有絲竹 休指巖西數歸日知君已負白雲期 陶弘景詩曰山中何所有嶺上多白雲

六街塵

六街塵起鼓鼕鼕 雍洛靈異小録唐馬周上言令金吾每街懸鼓夜擊止其行李以備盜竊時人呼為鼕鼕鼓也道上裝滑鐵為詩曰遶遶昊鼕鼕鼕鼕鼓須傾滿滿金五杯杯問翡翠消玉山頹 馬足車輪在處通百役並驅衣食內四民長走路岐中 春秋四民均則王道興而[illegible]

[illegible]睹年光與物隨流水世事如花落曉風名[illegible]
無了日不知今古盡成空

潼關驛亭

河上關門日日開古今名利旋堪哀終軍壯節埋黃土前漢終軍入關關吏與軍繻軍問此何為吏曰為復傳還當以此合符軍曰大丈夫西遊終不復傳還棄繻而去時年十八選為博士上書願授長纓以羈南越王而致之闕下遂至越越王所許請舉國內屬越相呂嘉不欲攻殺其王及終軍等使者軍死時年二十餘世謂終童楊震豐碑翳綠苔楊震字伯起弘農華陰人安帝時為太尉上書切至帝不能平因河閒趙騰上書指陳得失帝怒遂收考詔獄結以罔上不道震行以救之遂收震太尉印綬遣歸本郡行至城西飲鴆死詔以禮葬於華陰潼亭今有碑存寸祿應知霑有分一官常懼處非才晉書東海王越薨衆推王衍為元帥衍不敢當曰吾少無宦情隨牒推移遂至於此今日之事安可以非才者如云猶驚往歲同袍者毛詩豈曰無衣與子同袍尚逐江東計吏來前漢朱買臣隨計吏為卒將重車至長安

五峯[illegible]

烟霞壁立水涔涔路轉崖回日暮中藥雞鳴人沉淵月山
羊投石掛巖松高齋既許陪雲宿杜甫在蜀作草堂晚稻 有□起高齋如焉
何妨為客春今日見君嘉遯處易遯卦九五嘉遯貞吉象曰嘉遯貞吉以正志也
海將名利役疎慵

上吏部崔相公

龍門曾共戰驚瀾交州記龍門水深魚鼈上者為龍不能者點額雷電浮雲出嶠
湍詩意謂□□□□□□□□□□□而化龍崔已登第紫府有名同羽化指崔吏部○三元品戒經曰紫宮
盛累世念眞朝靈上監具用思著名王札於是細書紫宮
東華之閣南門紫府○楚辭仰羽人於丹丘留不死之舊
鄉○白孔六帖云六銀宮金闕紫碧霄無侶伴泥蟠
府清都道上有仙□□之飛昇
孟堅答賓戲云故夫泥蟠而天飛者應龍之神也時暗不而
各乾□君子之貞也○張衡□□□□龍蟠泥中未有雲不飛
能生彼□□□□□□□□□□中司馬今周官也○發
昇六翮公車未結王生襪漢□□□□□諸上書詣闕下者○
王生襪□□□□□□□□客路虛彈貢禹冠□□□□□今日鑪鎚任真宰莊子太宗
見黃□□□□□□□□□□
師曰黃帝之□□□□□□在□□□□□間注云開道忘其
行務而出者□□□□□□□□□□□□□□莊子□

物若有眞宰而特不得其眹注眞宰造物也暫廻風水不應難詩音悲笙雅公薦之耳

悼古

細推今古事堪愁貴賤同歸土一丘漢武玉堂人豈在漢武故事云玉堂去地十二丈階皆用玉故東京賦曰金華玉堂白虎麒麟范曄後漢書曰靈帝初平三年復修武帝玉堂殿石家金谷水空流晉書石崇有金谷園光陰自旦還將暮草木從春又到秋閑事與時俱不了且將身暫醉鄉遊王績有醉鄉記

九華觀廢月池

曾發簫聲水檻前曹子建與吳質書云若夫觴酌凌波於前簫笳發音於後足下鷹揚其體鳳歎虎視云云夜蟾寒沼兩嬋娟微波有恨終歸海明月無情却上天白鳥帶將林外雪綠荷枯盡渚中蓮榮華不肯人間住須讀莊生第一篇莊子第一篇名逍遥遊

八月一日駕幸延喜樓看冠帶降戎長安志唐皇城東面二門北曰延喜門○唐書宣宗太中三年八月上御

万歲

城頭旭日照闌干纂要云日初出曰旭日。又詩雝々鳴鴈旭日始旦。城下降戎綵

仗攢九陌塵埃千騎合萬方臣妾一聲歡論語萬方有罪々在朕躬樓

臺下仰中天易左太沖魏都賦樹中天之華闕注高及半天也衣服初迴左衽難唐書清水

論語微管仲吾其被髮左衽矣濤水莫教波浪濁從今赤嶺屬長安

縣屬秦州通吐蕃赤嶺道。又玄宗開元二十一年金城公主請立碑於赤嶺以分唐姓蕃之境

送劉郎中牧杭州

一州橫制浙江灣臺榭參差積翠間樓下潮迴滄海浪杭州

城東有海門潮信也枕前雲起剡溪山剡溪即子猷訪戴安道之地也吳江水色連

堤闊越俗春聲隔岸還浙江分吳越之境。聖代牧人無遠近好將

能事濟清閑易係辭曰觸類而長之天下之能事畢矣

貧女吟

殘妝滿面淚闌干幾許幽情欲話難雲鬢懶梳愁折鳳

蛾羞照恐愁無為南鄰送女初鳴佩北里迎妻已夢蘭左傳鄭文公賤妾燕姞夢天使與己蘭曰是爲而子既而文公與之蘭而御之曰卒妾看子敢徵蘭乎惟有深閨憔悴質年年長凭繡床看

夜宴觀妓

燈火熒煌醉客豪捲簾羅綺艷仙桃纖腰怕束金蟬斷言腰如蟬之細也鬢髮宜簪白燕高毛詩鬒髮如雲○洞冥記漢武帝得白燕玉釵以賜趙婕妤至昭帝宮人欲碎之明日視匣中見釵化白燕冲天而去愁傍翠蛾深八字杜詩越女紅裙濕燕姬翠黛愁笑迴丹臉利雙刀韓詩妙妓踏筵舞雙星眸明劍戟無因得薦陽臺夢陽臺已見前注願拂餘香到縕袍論語衣敝縕袍與衣狐貉者立

韓偓字致堯京兆人龍紀元年擢第後王溥薦為翰林學士遷中書舍人從幸鳳翔進兵部侍郎翰林承旨朱全忠惡之乃貶濮州司馬天祐中復召翰林學士偓不敢入朝挈家南依王審知而卒號玉山樵人有集傳于世

中秋禁直

生平跡明楚清[illegible]紫沈圭後猶憑欄武都紫泥封青白囊

素囊內端無縫天一版中約罷皇帝露和王母金盤冷見武帝宮詞注月射珠光貝

闕寒離騷九歌魚鱗屋兮龍堂紫貝闕兮珠宮天棚樓臺歸苑外風吹歌管下

雲端長卿只爲長門賦未識君臣際會難漢武帝陳皇后以黃金百斤爲相如文君取酒因乞解愁悲之辭相如爲長門賦以調上

寄湖南從事

索莫襟懷酒半醒無人一爲解餘酲岸頭柳色春將盡船背雨聲天欲明去國正悲同旅鴈隔江可忍更啼鶯蓮花幕下風流客晉王儉以庾杲之爲長史與儉書曰使杲之泛綠水依美蓉何其麗也時人以儉府爲蓮花池試與温存譴逐情

避地寒食

避地淹留已自悲況逢寒食欲霑衣濃春孤館人愁坐斜日空園花亂飛路遠尋斬憂及知己薄伸於知己屈於不知己時危又與

賞心違一名所繫無窮事爭敢當年便息機

途中經野塘

世亂他鄉見落梅野塘晴暖獨徘徊船衝水鳥飛還止袖拂楊花去又來季重舊遊多喪逝三國志吳質字季重魏文帝與質書曰昔年疾疫親故多罹其災徐陳應劉一時俱逝痛可言耶昔日遊處……何圖數年之間零落略盡言之傷心頃撰其遺文都為一集觀其姓名已為鬼錄追思昔遊猶在心目而此諸子化為糞壤可復道哉子山新賦極悲哀庾信字子山常有鄉關之思故作哀江南賦以致其意其序云不無危苦之詞惟以悲哀為主眼看朝市爲陵谷詩曰高岸爲谷深谷爲陵始信昆明有劫灰漢武帝初穿昆明池底得黑灰帝問東方朔朔曰可問西域梵人乃後竺法蘭至問之蘭曰世界終盡劫火洞燒此劫燒之餘灰也

惜花

皺白離情高處切膩紅愁態靜中深眼隨片片沿流去恨滿枝枝被雨侵總得苔遮猶慰意便教泥污更傷心臨階一盞悲春酒明日池塘是綠陰

半醉

水向東流更不迴紅顔白髮遞相催壯心暗逐高歌盡往事空成半醉來雲護鴈霜籠淡月雨憐鶯曉落殘梅西樓悵望芳菲節處處斜陽草似苔

春盡

惜春連日醉昏昏醒後衣裳見酒痕細水浮花歸別澗斷雲含雨入孤村人閑易得芳時恨地迥難招自古魂楚辭宋玉傷屈原為讒作招魂慚愧流鶯相厚意清晨猶為到西園

三月

辛夷纔謝小桃發辛夷花名二月開初出如筆北人呼為木筆踏青過後寒食前四時最好是三月一去不迴惟少年吳國地遙江接海漢陵魂斷草連天新愁舊恨知無奈須就鄰家甕底眠晉畢卓為吏部郎比舍郎釀熟卓夜至甕間

午睡夢江外兄第

長夏愁若閑門不開梁元帝纂要曰夏爲長嬴即此也言夏長氣大而育物故云長夏台遠門青蓮絶塵埃詩云堇荼如飴空庭日午獨眠覺旅夢天涯相見迴鬢髯此時應有雪心從到處即成灰莊子云心若死灰到處一作別後如何水陸三千里幾月書郵始一來晋殷羨爲豫章太守都下人因以致書百餘函行次石頭皆擲之水中祝曰沉者自沉浮者自浮殷洪喬不能作致書郵

秋郊閑望有感

楓葉微紅近有霜碧雲秋色滿吴鄉魚衝駭浪雪鱗健鴉閃殘陽金背光心爲感恩長慘戚鬢因經亂早蒼浪古詩鬢髮蒼浪鬢蕭陳宜白也可憐廣武山前事楚漢寧教作戰場晋阮籍嘗登廣武觀楚漢戰處歎曰時無英雄遂使豎子成名耳

〔交負〕天復中車駕幸鳳翔歷以歷從窮反正初昭宗高尚詩徑爲掘瑆奏云運數中興宜復用重德鎮鳳翔因薦右僕射趙崇梁祖在京馳入請

第猶三十七之妻曰臣有罪與大臣爭往尋出閨
中依王審知故有此作山谷云負許妻切而不
迫可謂不
忘其君也

手風慵展八行書後漢竇章字伯尚好學與馬融崔瑗同好更相推薦融與章書曰孟陵奴來賜書見手跡歡喜無量次于面也書鑑一紙八行行七字眼暗休尋九局圖其局圖有九局○曹積薪夢青龍吐棋經九部授已其藝頗精後隨明皇幸蜀宿山中孤姥家夜忽聞姑與婦碁密記止三十六忽聞姑云子北矣吾勝九枰遲明七其禮請問出局盡平生之妙姑謂積薪曰是子可教因指示攻殺奪救應防之法曰此已無敵矣出吳藪

窓裏日光飛野馬莊子逍遙篇曰野馬也塵埃也注野馬春月澤中之游氣淡氣之細者也按頭筠管長蒲盧爾雅蒲盧蠮螉此注即細腰蜂也毛詩螟蛉似蜂而細腰○毛詩義曰螟蛉似步屈其色青土蜂取之置空木中或書卷間筆筒中七日化成子蒲盧即土蜂也

謀身拙為安蛇足史記陳軫楚使昭陽曰人有遺一壺酒者舍人謂曰酒不足衆飲請畫地為蛇先成者獨飲之一人先成奉酒欲飲曰吾更能畫蛇足終成以奪酒飲之曰蛇本無足此非蛇也報國危曾捋虎鬚莊子盜跖篇孔子說盜跖盜跖不從曰丘所謂無病而自灸也疾走料虎頭編虎鬚幾不免虎口哉舉世可能無默識論語曰默而識之未知誰擬試齊竽

吹竽何月人東郭先生不知竽濫於三百人中食祿士死文王即位一一听之先生乃逃

七

春旅舍

宿雨晴恍然心地憶咸京（秦爲咸陽漢爲京兆）樹頭蜂抱花鬚落池面魚吹柳絮行禪伏詩魔歸靜域酒衝愁陣出奇兵兩不免被塵埃汙（漢制冠軼簪緱梁）拂拭朝簪待眼明

贈僧

盡說[illegible]山避世塵幾人終肯別囂氛餅添澗水盛將月衲掛松枯惹得雲三接舊承前席遇（易晉卦彖曰康侯用錫馬蕃庶晝日三接也○漢文帝徵賈誼至上方受釐宣室因問鬼神之事誼具道其所以然之故至夜半文帝前席所受釐音禧）一靈今用戒香熏（釋氏有戒香）相逢莫話金鑾事（韓偓有金鑾密記）觸撥傷心不忍聞

詠水禽（在湖南醴陵縣時作）

兩兩珍禽渺渺溪翠衿紅掌淨無泥（杜詩翠衿渾短盡）向陽眠處

□成毿毿水飛時浪作稜依倚雕梁輕社燕抝揚金距笑
晨雞左傳季郈之雞鬭季氏介其雞郈氏爲之金距　勸君細認漁翁意莫遣緼
羅悞穩棲緼羅羅鳥之網也

贈易卜崔江處士

白首窮經通秘義窮一經而皓首青山養老度危時孟子太公辟紂曰吾聞西伯善養老者門傳組綬身能退組謂簪纓之胄也家學漁樵迹亦奇□□□□四海盡聞龜筴妙禮記月令立冬命太史釁龜筴占兆卦吉凶史記司馬遷有龜筴傳曰□□□□九霄堪歎鶴書遲鶴書謂蘭亭良古今篆隸文体□書詔板所用○此山後文鶴書何□□□□□壺中日月將焉用借與閑人試一窺後漢費長房爲市掾市中有老翁賣藥懸一壺於肆頭市罷輒跳入壺中人莫之見唯長房於樓上覩之異焉因往拜公翁乃與俱入壺中見玉堂嚴麗旨酒甘肴共飲畢而出囑我神仙之人以過見責令事畢當去耳

過臨淮故里

交游昔歲已凋零第宅今來亦變更舊廟荒涼時享絕

（孝子無有也）諸孫饑凍一官成（事則舍如荒林）五湖竟

負他年志（五湖記見前註）百戰空垂異代名榮盛幾何流落久遺

人懷抱薄浮生

傷亂

岸上花根總倒垂水中花影幾千枝一枝一影寒山裏野

水野花清露時故國幾年猶戰鬭異鄉終日見旌旗交親

流落身羸病誰在誰亡兩不知

鵲

偏承雨露潤毛衣黑白分明衆所知高處營巢親鳳閣（閣一作闕。帝王記云黃帝時白鳳巢於阿閣）静時閑語上龍墀（墀一作闕）化爲金印新

祥瑞（搜神記張顥爲梁相有山鵲飛翔化爲圓石顥椎破之得一金印其文曰忠孝侯印）飛向銀河

書路歧（淮南子七夕烏鵲填河而渡織女）莫怪天涯棲不穩託身須是萬

年枝（謝玄暉直省中詩云紫微太清肅彤庭赫弘敞風動……）

閑殿近左掖之名青樹雜也綴連也

禁中作

銀臺直北金鑾外 銀臺宮門也唐書天宝初賀知章見李白文嘆曰白謫仙人也言於玄宗召見金鑾殿有詔供奉翰林宗宣第置別殿賜十部列卿 暑雨初晴皓月中 流 更無塵土翳虛空 惟對松篁聽刻漏 宮中更漏也 綠香熨齒金盤果 況杜詩閑 坐久忽聞鈴 清冷侵肌水殿風 宮中有水殿三八了納涼處也 索動玉堂西畔響丁東 田文炳續翰林故事唐李肇翰林院有懸鈴以備警急文字引之以代傳呼也唐李肇傳玉堂殿名也待詔者置署在其閣李肇時待詔翰林院又唐制大人宣事亦禁署嚴密非本院人雖有公事不敢輒入至於內小判官出引鈴每有文書即內臣立於門外鈴聲動本院受其院使受文書

王維 字摩詰太原人開元十九年狀元及第擢右拾遺給事中賊陷兩京維為所獲縶於菩提寺

和賈舍人早朝大明宮之作

絳幘雞人報曉籌漢官儀宮中不畜雞汝南出長鳴雞衛卜作於朱雀門外着絳幘一傳雞唱○甚漢舊故事軍中傳箭以告更史衛作尋開宮中五更初之籌詩也尚衣方進翠雲裘唐制宮中言奇尚衣尚寢尚食皆奉天子者○朱玉風賦曰主人之女翳承日之華被以翠雲之裘九宮閶闔開宮殿九天數起於一亢於二成於七變於五故天去地九萬里○漢書注閶闔觀五基萬國衣冠拜冕旒左傳禹會諸侯於塗山執玉帛者萬國○冕旒蔡邕獨斷曰漢明帝采尚書皋陶及周官禮記以定冕制天子冕七寸長一尺二寸繫白珠於其端十二旒三公及諸侯九卿七日色才臨仙掌動仙掌見前注唐郊祀長安東望其嶽邪日出之所也香煙欲傍袞龍浮天子服袞龍詩曰袞職有闕惟仲山甫補之○書曰予欲觀古人之象日月星辰山龍華蟲作會宗彝藻火粉米黼黻絺繡以五采彰施于五色作服注天子之服也○其詩云聖黻黼袞朝罷須裁五色詔比史鄴中記曰石虎詔以五色紙著鳳口中絲也珮聲歸向鳳池頭鳳池荀勗為中書監除尚書令勗曰奪我鳳凰池諸君何賀耶

酬郭給事

洞門高閣靄餘輝桃李陰陰柳絮飛禁裏疎鐘官舍晚省中啼鳥吏人稀前漢禁中避元帝后父上禁之諱故名省中晨搖玉佩趨金殿夕奉天書拜瑣闈漢制給事黄門之職日暮入對青瑣門拜名曰夕郎青瑣門在南宮顏師古曰刻爲連瑣文而青塗也○唐書郭承嘏爲給事中文宗開成元年出爲華州刺史詔下給事中盧載封還詔書奏曰承嘏自居此官繼有封駁能奉其職宜在瑣闈牧守之才易爲推擇強欲從君無那老那一作柰將因卧病解朝衣

秋雨輞川莊上

積雨空林煙火遲蒸藜炊黍餉東菑孟子有童子以黍肉餉漠漠水田飛白鷺陰陰夏木囀黄鸝山中習靜觀朝槿松下清齋折露葵文選王褒賢臣頌云蟋蟀露葵野老與人爭席罷列子老聃西遊於秦楊朱南之沛至梁而遇老子老子曰而睢睢而盱盱而誰與居太白若辱盛德若不足楊朱蹴然變容曰敬聞命矣其往也舍者迎將家公執席妻執巾櫛舍者避席煬者避竈其反也舍者與之爭席言同俗也之人與之爭席而坐以上去驕去矜落和光混俗與物推移海鷗何事更相疑

送楊少府貶郴州

明到衡山與洞庭若爲秋月聽猿聲愁看北渚三湘客楚辭帝子降兮北渚目眇眇兮愁予懷寰宇記湘灕湘瀟湘源謂之三湘北惡說南風五兩輕兩音兩量○淮南子曰若綮之候風也許慎曰綄候風扇也楚人謂之五兩○郭璞江賦曰覘五兩之動靜注云選羽爲之重八兩繫於竿首青草瘴時過夏口廣州記夏謂之青草瘴秋謂之黃茅瘴郝卯負納書注水出曰汭亦名夏口白頭浪裏出湓城湓城汀州城長江不久留才子賈誼何須弔屈平漢賈誼謫爲長沙王傅意不自得及度湘水爲賦以弔屈原公恭子梁惠兮後罪長沙之瀨兮自沈汨羅造託湘流兮敬弔先生遭世罔極兮乃殞厥身○平屈原字也

勑借岐王九成宮避暑應教在鳳翔府麟遊縣西五里即隋仁壽宮也

帝子遠辭丹鳳闕帝子謂岐王丹鳳宮門名天書遙借翠微宮爾雅釋云山未及上謂之翠微○郭中說山氣青縹色曰翠微○明皇已幸翠微宮故爲千求勝地爲劍閣出白氏六帖○長安城南山中亦有翠微宮太宗嘗避暑遊宴於此隔窗雲霧生衣上卷幔山泉入鏡中庾信東宮行雨山銘翠幔朝開新妝日起闌入床前山來蒸裳林下水聲喧笑語巖前

捲色隱房櫳……之師古曰房櫳疏檻也　仙家未必能勝此
何事吹簫向碧空　前漢注吹簫見
和太常韋主簿五郎溫泉寓目
漢主離宮接露臺　長安志臨潼縣內有驪山東南三十里有秦始皇露臺基荷在焉不齊成往看　秦川一半夕陽開　驪山上有之陽樓在焉　青山
即風雨迷道七公露臺基荷不遠故曰度露臺基
盡是朱旗遶　碧澗翻從玉殿來　新豐樹裏行人度　前漢高祖移舊豐
縣於驪山下故曰新豐
小苑城邊獵騎迴　前漢蕭望之以不附霍光署小苑東門候王仲翁曰
不肯錄錄反抱關爲之因屯在長安東
各從其志小苑在長安東
聞道甘泉能獻賦　懸知獨有
子雲才　前漢揚雄字子雲成帝幸河甘泉泰畤還奏甘泉賦以諷
酌酒與裴迪
酌酒與君君自寬　人情翻覆似波瀾　晉顏延年行曰天道未曰能簡人道險而
難保
白首相知猶按劍　漢鄒陽上梁王書曰白頭如新頭蓋如故何
則知與不知也又曰明月之珠夜光之璧以暗投人……朱門

先達笑彈冠 注見前

草色全經細雨濕 杜詩曉看紅濕處花重錦官城 花枝欲動春風寒 世事浮雲何足問 杜詩浮水上汀尽浮雲川淨空 不如高卧且加餐 晉書謝安傳征西將軍桓温請爲司馬朝臣咸送中丞高崧白卿屢違朝命高卧東山諸人每相與言安石不肯出將如蒼生何 古飲馬長城窟行云長跪讀素書書中竟何如上言加餐飯下言長相憶

春日與裴迪過新豐里訪呂逸人不遇

桃源面面少風塵 面面誤本集作一向少一作絶○陶潜桃花源記晉太元中武陵捕魚爲業緣溪行忽逢桃花夾岸芳草異之行尽水源得一山有小口入豁然男女衣著悉如外人見漁父驚問緣還家設酒食自云先世避秦亂來此問人今是何世數日辭歸 柳市南頭訪隱淪 漢書萬章字子夏長安熾盛街閭各有豪俠章在城西柳市號曰柳市萬子夏○文選謝靈運詩既枉隱淪客亦棲肥遯賢 到門不敢題凡鳥 晉嵇康與呂安善每一相思千里命駕後安來值康不在嵇喜出戶延之不入門上題鳳字而去喜不覺猶以爲欣鳳字乃凡鳥也 看竹何須問主人 晉王徽之字子猷時吳中士大夫家有好竹欲觀之便出與造竹下往來諷嘯良久主人灑埽請坐徽之不顧而去 城外青山如屋裏 東家流水入西鄰 閉戶著書多歲月 前漢揚雄閉門草太玄經又王符著書名潛夫論

猶松皆作老龍鱗

高適 適字達夫一字仲武滄州人舉有道從封丘尉後擢諫議大夫出爲蜀彭二州刺史遷西川節度使還爲左散騎常侍卒有詩文二十卷傳于世

送李少府貶峽中王少府貶長沙

嗟君此別意何如駐馬銜盃問謫居巫峽啼猿數行淚（峽中也）衡陽歸鴈幾封書（長沙也）青楓江上秋天遠（長沙有青楓江）白帝城邊古木疎（白帝城在峽中即公孫述所築□□又名□□也後先主改爲永安）聖代即今多雨露暫時分手莫躊躇（杜詩登兖州城樓云從來多古意臨眺獨躊躇）

岑參 南陽人文本之後天寶中進士官右補闕起居郎累官自御史良居杜陵山中卒有文集行于世

和賈舍人早朝大明宮

鷄鳴紫陌曙光寒鶯轉皇州春色闌金闕曉鐘開萬戶玉階仙仗擁千官（杜詩仙仗□□用擬）花迎劍佩星初落柳拂旌旗露未乾獨有鳳凰池上客（鳳凰池見□詩）陽春一曲和皆難（文選宋玉對楚

之上問曰客有歌於郢中者其始曰下里巴人國中屬而和者數千人其歌陽春白雪國中屬而和者不過數十人故其曲彌高而和彌寡

張說　說字道濟洛陽人垂拱中文學科中第二等進太子校書令遷鳳閣舍人睿宗時兵部侍郎平章事終左丞相封燕國公有文集傳于時

奉和春日幸望春宮

別館芳菲上苑東，飛花澹蕩御筵紅。蕩一作落城臨渭水天河靜，闕對南山雨露通。遶殿流鶯凡幾樹，梁沈約上巳詩開花已匝樹流鶯復滿枝當蹊亂蝶許多叢。春園既醉心和樂，詩云既醉以酒既飽以德共識皇恩造化同。

幽州新歲作

去歲荊南梅似雪，今年薊北雪如梅。共知人事何嘗定，且喜年華去復來。邊鎮戍歌連日動，京城燎火徹明開。詩云庭燎之光也遙遙西向長安日，晉明帝數歲元帝抱置膝前屬長安使來因問汝謂日與長安孰遠對曰長安近不聞人從日邊來元帝異之明日燕羣臣又問之對曰日近元帝失色曰何乃異間者之言對曰舉頭見日不見長安上南山壽一杯。詩小雅天保如月之恆如日之升如南山之壽

耿湋 河東人寶應二年進士爲大理司法終于左拾遺有詩一卷傳于世

道傍老人

老人獨坐倚官樹欲語潸然淚垂陌上歸心無產業城邊戰骨有親知（靈運詩杳杳日西頹漫漫長路迫○後漢書李固劉宣自覩成敗光武聞之告鄧禹曰孝孫素謹當是長安輕薄兒誤之耳孝孫宣字也馬援書戒兄子嚴敦曰效龍伯高不得猶爲謹敕之士所效杜季良不得陷爲天下輕薄子）餘生尚在艱難日長路多逢輕薄兒

青山雖似舊如今貧病復何爲（史記原憲曰若憲貧非病也○晉顔延年詩臨岩曰少而貧病困無所安）

送友人歸南海

遠別悠悠白髮新江潭何處是通津潮聲偏懼初來客海味惟甘久住人漠漠煙光前浦晚青青草色定山春（[illegible]定山在錢唐七里定山出浙江數百尺號至此輒柳十戶過邊山也雷吼霹靂○沈約早發定山詩夙齡愛遠壑晚洎見奇山）

汀州雨又有南迴雁亂起聯翩北向秦

唐詩鼓吹卷之一終

唐詩鼓吹卷第三

資善大夫中書左丞郝　天挺　註

陸龜蒙　字魯望舉進士不第遨遊放浪山水間號江湖散人又號天隨子甫里先生後以高士徵不就今有笠澤叢書二卷并詩文十六卷行于世

憶白菊

我憐貞白重寒芳前後叢生夾小堂月朶併開無絕艷風莖時動有奇香何慚謝雪中情詠中情一作情才○世說謝安雪日集兒女講論文義公曰白雪紛紛何所似兄子朗曰撒鹽空中差可擬兄女道蘊曰未若柳絮因風起不羨劉梅貴主粧宋武帝女壽陽公主人日臥于含章簷下梅花落于額上成五出之花拂之不去後有梅花粧武帝即劉裕也更憶幽窗凝一夢夜來村落有微霜

別墅懷歸

水國初冬和暖天南榮方好背陽眠榮簷際也題詩朝憶復暮憶且月上弦還過下弦遙遙爲晚花吟白菊近炊香稻識紅蓮

緇稻飯何人壽我黃金百春秋後語曰趙單之北作鳥人緣蘇秦往說之人爰送以黃金百鎰其家丞諫曰君侯與客無故舊而送百金其說可得聞乎人爰曰客天下之辯士立談之間再奪我地而復歸之吾地雖小豈百金也哉其買取蘇君負郭田史記蘇秦歎曰使我有洛陽負郭田二頃吾豈能佩六国相印乎

寄淮南鄭賓書記

記室千年翰墨孤言鄭賓辭翰千年中一人而已惟君才學似應徐三国志魏志應瑒字德璉北海徐幹字偉長五丁驅得神功盡蜀王本紀惠王欲伐蜀乃刻五石牛置金其後蜀人見以為牛便金乃使五丁力士拖牛成道置之成都秦王知蜀好色獻美女五人蜀王遣五丁迎之還至梓潼見大蛇入山穴中一丁引其尾不能出五丁共引之山崩下五女上山化為石○李門大濈賦云五丁雖峯一引夫陵木下整高須深平陰谷二酉搜來秘檢疎圖經云醴陵天子藏異書於大酉山之中藏方瀕紀云秦人隱於小酉山中石穴有所藏書千餘卷梁湘東王尤好聚書故其賦曰訪酉陽之逸典○唐段成式著書有異乎出俗故取諸逸典之意名曰酉陽雜俎○孝經鉤命史曰立隱秘文詩意言鄭書記之文章如五丁之神功搜索遺編盡二酉煬帝帆檣留澤國隋煬帝開通濟渠引穀洛水達于河引河通淮

……黃龍赤 淮王箋奏入班書 班固漢書淮南王安獻頌作內篇……
……又獻頌德長安……天子使為辭騷傳 清詞醉草無因見 文選曹植……賓……精妙……
清詞……蘭藻……酒 但釣寒江半尺鱸 晉張翰見秋風起思吳中菰米蓴羹鱸魚膾遂命駕而歸

小雪後書事

時候頻過小雪天 酒家以十月為小春 江南寒色未多偏 楓汀尚褸逢人別 麥隴唯應欠雉眠 更擬結茅臨水次 偶因行樂到村前 撫明……調隴……藥……行樂……涇……城西橋……宜……導之 隣翁意緒相安慰 多說明年是稔年 多一作曾

鵁鶄詩 并序

客有過震澤得水鳥所謂鵁鶄者贈予黑襟青脛首瓜冊蜀色哉及頂質甚高而意甚卑斂畏人捋予哀其野逸又非能招翠者而困樊籠檻迴迫窮惡户傀承聯飲為活夫不快其天雖之窮鳥也為之賦詩宜好事者和之

……武當夸鵁鶄兗鸂鶒擬……反鳥牛欲販 〇李白大獵賦云……

鉏日歸埋。果爲名誤別滄洲。謝玄暉詩：既懽懷祿情，復協滄洲趣。雖蒙靜賞跡

籠晚不似開棲折葦秋。自昔稻粱高鳥畏，至今珪組野人

雖詩意謂賢君聖明，其組紐如網羅。防微避繳無窮事，好為

裁書謝白鷗。杜詩：白鷗波浩蕩，萬里誰能馴。

二遺詩并序

二遺詩者，何石枕、村琴焉也。石者何松之所化也。於河之東陽北，東陽多名山，號中金華為嶺，仙長山峯，臺巒秀氣，鬱磚數百里，下帝而神仙之所臨，草木多怪，求康之地，亦嬋聯其間，中饒古松，往往化而為石，盤根大柯，又堪與析，盡在好事者，皆石而置於人間，以為耳目之異。太山毛涎之琴，村遊郎李中秀得琴焉，皆茲石以遺予，以二遺之詩，聊賦詩以謝。

誰從毫末見參天，老子：合抱之木，生於毫末。○莊子秋水篇：萬物莫不小，知天地之為稊米也，知毫末之為丘山也。又到蒼蒼化石年。萬古清風吹作籟，莊子齊物論：子游曰：地籟則眾竅是已。風作則萬竅怒號，而獨不聞之翏翏乎。一條寒溜滴成

川。詩作穿。○前漢枚乘：太山之流穿石，單極之綆斷幹……

余非亦伏勞恨異聞集呂公經邯鄲中有盧生自嘆貧困不遇言訖思睡主人方蒸黃粱翁探囊中枕以授生曰枕此則榮遇如意生枕之夢身入竅中遂至其家未幾登高第歷臺閣出入將相五十餘年子孫皆列顯要仍金紫滿門貴盛無比年八十老病而卒欠伸而寤呂公在傍主人黃粱猶未熟生起謝曰先生以此窒吾欲也敢不受教再拜而去靜格朱絲更可憐格音鶴反○禮記清廟之瑟朱絃而疏越一倡而三歎有遺音者矣幸與野人俱散誕不煩良匠更雕鐫

奉和襲美送弘惠上人皮日休字襲美弘惠上人新羅人也日本國謂明日休為靈鷲山周禪師碑事畢東歸以詩送之

一函迢遞過東瀛祇為先生處乞銘先生謂日休也已得雄詞封淨檢却懷孤影在禪庭春過異國人應寫夜讀滄洲怪亦聽言日休文驚表伏動鬼神遙想勤成新塔下盡望空碧禮文星均王平聲○空碧若天也文星上謂明日休

閑書

病學高僧置一[illegible]披[illegible]暇即焚香閑階雨過[illegible]

……原宗……葉汸篇單……生……中諸二云鄭州出笛材……葉

南國羽書催部曲羽書檄也○說文曰以羽插檄以示速也毛褐賤者之服 東山毛褐傲羲皇毛褐謂賤者之服○曹子建云 升平人道無時

節作人間試問中林亦不妨晉陶潛自謂羲皇上人詩肅肅兔罝施于中林毛萇詩傳曰中林林中也

今多也○晉王康琚反招隱詩昔在太平時亦有巢居子

今盛明世能無中林士

白菊一叢呈一二知已

還是延年一種材陶詩酒能祛百慮菊解制頹齡即將瑤朶冒霜開不知

紅豔臨歌扇欲伴黃英入酒盃楚辭朝飲木蘭之墜露兮夕餐秋菊之落英陶

令接䍦堪岸著言陶潛好酒色白接䍦可著梁王高宴好歌

來漢書梁孝王築東苑方三百餘里大治宮室連屬於平臺三十里○晉謝惠連雪賦云梁王不悅遊於兔園乃置旨酒命賓友召鄒生延枚叟 月中若有閑田地為勸嫦娥作

意栽

奉和龔美悼鶴

一夜圓吭絕不鳴宋鮑昭舞鶴賦引員吭之纖婉頓脩[redacted]之洪誇八公虛道得千齡漢淮南王賓客有八公之徒采於嵩高山于石室中得王子晉所傳於李浮丘作相鶴經曰鶴陽鳥也而遊于陽因金氣依火精以自養金數九火數七故七年小變十六年大變百六十年變止千六百年形定○[illegible]明夜遂舞鶴喊二六寸馴養於千齡終長悲於乃早方添上客雲眠思杜詩雲臥衣裳冷忽伴中仙劍解形解音賈○宋鄉浮曾洪曰淦法君愛鶴覩尸解之法後死堅十右于十剛月人發其棺見一大刀家左亡有人馬之上不波取此劍解也遂似掩翛毛穿古堞謂明塗鶴也求留寶影任空弄君才幸自清如水更向芝田為刻銘梁簡文帝詩來自芝田遠飛變武溪深○鎮江府江中有焦山後漢高士焦光隱于此山因名焉有陶隱居瘞鶴銘焉

奉送浙東德師侍御罷府西歸

王謝遺蹤玉籍仙王謝謂晉江東王導謝安一家也後聖列紀曰君斗中有玄玉錄籍皆爲上仙也三年閑上鄂君船說苑鄂君乘青翰舟越人擁楫而歌曰今夕何夕放舟中流今日何日與子同舟鄂君乃以詩懷白習僧吟苦唐賈島出爲浮屠名無本

長生鉛行坐寢食苦吟一不輟○白閣峯名作賞青日崔侶
偏永嘉記青田有雙鶴年年來養子而去行次野楓臨遠水醉中衰菊臥涼
煙芙蓉散盡西歸去唯有山陰九萬牋晉庾冰曰王右軍爲會稽謝八公宋乞
箴然庫中惟有九萬枚遂并與之祖宣武一云逸少不節

奉和褚家林亭

一陣西風起浪花遶欄干下散瑤華高窓曲檻仙侯府祈
葦荒芹白鳥家孤島待寒凝片月遠山終日送餘霞若知
方外仙如此不要秋來上海槎王子年拾遺記堯時有巨查浮于西海光若星月查上
十二年一周天名貫月查又名掛星查羽仙棲其上

寒食同龔美訪寂上人

月樓風殿靜沉沉披拂霜華訪道林晉高僧支遁字道林此意指寂上人也
在寒枝棲影動人依古堞坐禪深明時尚阻青雲步半
酒白石吟月見嫦娥飲自是海邊鷗伴侶前注海鷗見不驚

金偈西降心（佛謂西方人爲半偈示鑑金仙）

江南道中懷茅山廣文南陽博士奉和日休次韻　陸龜蒙

一片輕帆背夕陽，望三峯拜七眞堂（三茅二許一楊一郭是謂七眞　三峯謂大茅山中茅山小茅山有茅君卽茅盈茅固茅衷卽三君也）。天寒夜漱雲牙淨，雪壞晴梳石髮香（雲牙雲根皆石也〇爾雅釋草篇潭石衣註水苔也一名石髮江東食之〇博物志云石髮生海中石上）。（小長姒娥非嫦太）自歸煙霞安筆格（斷），獨開封檢試砂牀。莫言洞府能招隱（招隱士淮南王小山之所作也），會輾飆輪見玉皇（集仙錄曰王母皆龜山金母也居崑崙之闕閬風之苑非飆輪不可到）。

二

壺中行坐可攜天（注見前），何向林間息萬緣。組綬任垂三品石（鞬康有陳三品石），珮環從落四公泉（謂茅許陽郭四仙人也以組綬定泉石語意佳）。丹臺已運陰陽火（丹臺運火養其鉛汞也），碧簡須雕次第仙（景林眞人曰勤感累）。

[illegible]

霄平春色動[illegible]山號解形負人五芝之煙[illegible]羊綠[illegible]
五色故云五芝之山海經云赤芝一名丹芝黃芝一名金芝
白芝一名玉芝黑芝一名玄芝紫芝一名木芝○天台山
賦曰五芝含
秀而敷榮

三

良常應不動移文良常山在潤州句容縣第三十二洞天周迴三十里名良常故命之又雲笈經
云李真人治之○秦始皇登此勾曲北垂山嘆曰巡狩之樂莫過於山海自今以往良為常乃陵勾曲北動為良常
山○南史宋周顒字彥倫隱北山後應詔出為海鹽令欲過此山孔德璋假作山神意以却之名北山移文金
醴從酸亦自醺蓬萊公洛廣文以金醴四作侍主簿主簿恨其味酸桂父舊歌飛絳
雪神仙傳桂父常食桂葉人知其神尊事之一旦與鄉曲別歘然入雲而去○酉陽雜俎云仙藥有青津碧荻能
胎醴九鼎魚玄霜絳雪桐孫新韻倚玄雲風俗通曰梧桐生于嶧山之陽岩石之上採東南孫
枝為琴聲極清靡○又帝使侍女七人鼓瑟○漢武帝內傳西王母降命侍女安法嬰歌玄雲之曲
曰大象鍾云寥我把夫妝戶披雲況靈與倏忽適下士去來有玄雲曲春臨柳谷鶯先覺曙
[illegible]蕪百鶴共聞蕪燕一作雛燕香一作和日名○珍重雙玉條脫盡憑三島

寄羊權晉穆宗昇平三年仙女萼緑華夜降于羊權故暫月輒六過其家自言玄州以我仙罪未盛故暫一降以償其過因贈詩首火浣布巾一枚金玉條脫各一條脫似指環而大循勿泄我下降之事被此獲罪口二
島蓬萊方丈瀛洲也

行次野梅奉和日休韻

飛棹參差拂早梅強欺寒色尚低回晉傅咸感别賦背然而無依一云空盈以低回風憐薄媚留香與月會深情借艷開梁殿得非蕭帝向瑞金陵覽古云晉孝武太元二十年僕射謝安作新宮太極殿欠一梁有梅木流至石頭城下因取用之畫梅花於梁上以表嘉瑞馬因名梁殿齊宮應是至兒媒齊東昏侯妃潘氏小字玉兒東昏誅為梁所取玉兒亦為武帝所誅為梁武帝所居竟應梁殿之嵩不知謝客離腸醒臨水應添萬恨來晉謝靈運字客兒太傅安之從孫文章江左第一襲封康樂公宋武帝長安同泰使謝於此城予以發恨秦帝命降爵為侯文帝郎位盟兵叛逆為詩曰韓亡子房奮秦帝魯連恥本自江海人忠義感君子文選詩曰一日不見如三秋意一日萬恨生

揚州看辛夷花

柳踈梅墮少春藂天遣花神別致功髙處朵稀難避日動

時枝弱易爲風堪將亂蘂添雲肆若得千枝便雪宮孟子見齊

王於雪宮不待群芳一作花應有意等閑桃李即爭紅

奉和襲美見訪不遇

爲愁煙岸老塵囂左傳湫隘塵囂註囂聲也以詩意恐冲老於塵囂也扶病呼兒[illegible]

翠茗文選江文通詩青茗日夜黄芳縫成宿縫紙道府中持簡牘不一作知林下訪

漁樵花盤少發晴初艷葉擁踈籬凍未燒倚杖徧吟春照

午一池氷段幾多消

休

闔閭城北有賣花翁討春之士往往造焉因招日

故城邊有賣花翁水曲舟輕去盡通十畝芳菲爲舊業

家煙雨是元功史記太史公曰雖祖元功輔臣股肱後裔高密侯鄧禹元功之首問濟樂
品年年別笑指生涯樹樹紅若要見春歸處所不過雖乃手
問東風

奉和日休病中孔雀

頻移金翠傍簷楹斜倚芳叢舊態生唯耐瘴煙籠飲啄可
堪春雨滯飛鳴紀聞錄南人捕生者俟甚雨往擒之尾沾雨重不能高翔又至愛其尾恐人所傷不復度嶺翔也鴛鴦水畔迴頭羡荳蔻圖前舉目驚孔雀所出多荳蔻故孔雀見其圖則驚逸
爭得鷓鴣來往著不妨還校有心情有孔雀處亦有鷓鴣

次韻日休見寄

共尋花思極飛騰病帶春寒去未能煙逕水涯多好鳥竹
牀蒲椅但高僧須知日富爲神授陶淵明榮木詩云志彼弗舍安此日富祗
有家貧免盜憎左傳盜憎主人民惡其上除却數函圖籍外更將何事
結良朋

奉和病後春居

氣和靈府漸氤氳 莊子德充符仲尼曰日夜相代乎前而知不能規乎其始者也故不足以滑和不可入於靈府使之和豫通而不失於兌注滑音骨亂也靈府心之神也 酒有賢人藥有君 魏畧太祖禁酒人竊飲之故難言酒以清者為聖人濁者為賢人○素問云藥有君臣佐使 七字篇章看月得百勞言語傍花聞 爾雅鵙伯勞一名博勞一名伯趙月令仲夏之月鵙始鳴 閑尋古寺銷晴日最憶深溪枕夜雲草晚共搖孤艇去紫蘋風外碧波文 宋玉招魂紫莖屏風文緣波些註屏風水葵也生於池其莖紫色風起水動波緣葉而生文也

次韻館娃宮 揚雄方言娃美也吳楚衡淮之閒曰娃故宮有館娃之宮○在平江府硯石山山蓋以西施得名今為靈巖寺

鏤楣銷落濯春雨蒼翠無言空斷崖草碧未能忘帝女 李賀詩煙草茹花絲奏祭紙綠抄○山海經宣山有桑草枝四衢名曰帝女 燕釵猶自識宮釵 人洞冥記曰元鼎元年起招靈閣有神女留一玉釵與帝帝以賜趙婕妤至昭帝元鳳中宮人猶見此釵共謀欲碎之明日視之匣惟見白燕直升天去故宮人作玉釵因名玉燕言其吉祥 江山只有愁容在劍佩

悲□□氣理頗有伍員騷思少吳王纔兒似荊懷蝕貞字子胥諫吳王不聽賜屬鏤之劍以死今言伍員才不如屈原故不能作騷以諷

龔美以紫石硯見贈以詩迎之

霞骨堅來玉自愁琢成物象古鈫頭硯形製也澄沙脆弱聞犀伏澄沙硯名也青鐵沉理見亦羞拾遺記晋張華著博物志武帝賜青鐵硯是于闐國所成□□最稱風亭批碧簡碧簡竹簡也好將雲霄貫清寒流一作雲君能把贈閑吟客徧寫江南物象酬

看壁新醅寄懷龔美

曉壓糟牀漸有聲旋如荒澗野泉清身前古能醺應出世上愁痕滴合平飲啄斷年同鶴儉淮南王八公相鶴經云鶴一百六十年雌雄相視而孕一千六百年則飲而不食胎化也風波終日看人爭樽中若使常能綠兩綬通侯總強名漢書曰金日磾二子賞建俱為侍中賞嗣侯綬昭帝謂霍光曰金氏兄弟兩人不可使俱兩綬邪言侍中

奉和題遠上人新庭

藥味多從遠客齎，旋添花圃旋成畦。三椏舊種根應異本草九節初移葉向低本草蜀郡嚴道谿菖蒲一寸九節者最良服之輕身延年聰神益智山葵便和幽澗石孫氏瑞應圖曰蓂莢圓而五色一名歷莢十五葉日生一葉從朔至望畢十六日毀一葉至晦而盡月小則一葉卷而不落○白虎通蓂莢者樹名也水芝須帶本池泥水芝蓮也從今直到清明日，又有香苗栽番齋番匱也

以竹夾膝寄贈龔美

截得篔簹冷似龍，興元府洋州有篔簹谷篔簹竹也翠光橫在暑天中。堪臨薤簟閑憑月，好向松窗卧跂風。持贈敢齊青玉案張平子四愁詩美人贈我錦繡段何以報之青玉案醉吟偏稱紫荷筒南史劉杳著紫荷橐前漢張安世傳詩橐簪筆之意而劉偉明乃以荷為擔荷之荷至於後歐陽脩亦以紅藥當階對紫荷持橐河耶添君雅具數多著，為著西齋譜一通。

奉和夏景無事因懷章來二上人

簷外青楊有二梅有青梅有楊梅○潘安仁閑居賦云二桃表櫻胡之別二柰曜丹白之色此謂

憶折來堪下凍醪杯東醪須臘月釀其酒成來歲入聲九月春氣動成酒甚香美高䏶自

欲生龍腦小介誰能寄鹿胎小介冠也○寄鹿胎餅之字衡字子季著單衣鹿皮巾而麗

事育教饒沈謝梁史沈約字休文吳興武康人抱鉛負槧齊字玄暉書謝朓陳郡陽夏人也善爲詩

玄暉善爲詩約兼而有之然終不能過之也微談何必減宗雷宗炳字少文南陽人也善琴書

圖畫並請于言理嘗入廬山就釋惠遠考尋文義雷次宗字

仲倫豫章人也少入廬山事惠遠法師篤志好學尤明詩

禮隱退不仕還聞擬結東林社爭奈淵明醉不來高僧傳遠法師結白蓮社

以書招淵明淵明曰弟子嗜酒若許

飲則往焉遂造焉攢眉而去

奉和鄂錫舍人

明時非罪謫何偏鵩鳥巢南更數千酒滿椰杯消毒霧海南

嶺表之人蠱毒食飲以椰子爲杯遇有毒即裂風隨蕉葉下瀧船瀧呂江切湍也○韶州樂昌縣有瀧

水名出樂昌謂水湍浚急處爲瀧韓愈瀧吏詩云如下樂昌瀧人多藥戶生狂蠱吏有珠

言二十奉祓計道志廉州合浦郡秦象郡民以直成天句言一不

勞詩曰詩含貞泉欲革嶺表之弊以隱之為刺史州界有水名含貪泉飲此水者廉士皆貪隱之至郡取飲之因賦詩言志清操逾厲

奉和夏景沖澹偶然作

蟬雀參差在扇紗竹襟輕利攏冠斜昭潭志立山縣長沙攏續能以竹為祁充暑服也○漢高祖為亭長乃以竹皮為冠師古曰竹皮謂筍上所脫之籜耳今之人亦有筍皮巾古之遺制也

壚中有酒文園會漢司馬相如初與婦亡奔成都家徒四壁立遂之臨邛賣酒令文君當壚如著犢鼻褌滌器後獻上林賦拜文園令琴上無絃靖節家晉陶潛沒謚靖節先生嘗蓄無絃琴一張人問其故答曰但識琴中趣何勞絃上聲芝砌煙霞全覆穗離騷紉秋蘭又滋蘭之九畹又樹蕙之百畝橘州風浪半浮花寰宇記橘州在長沙縣西南四里江中大水洲渚皆沒此洲獨浮閑思兩地忘名者不信人間髮解華

懷揚台文揚台鼎二秀才

秋早相逢待得春崇蘭清露小山雲楚辭招魂光風轉蕙汎崇蘭些○淮南王安招集賓客內流作小山寒花獨自愁中見曙角多從醒後聞鈞具

俯隋轉舸去詩題閑上小樓分章思醉墨縱橫其書破羊欣白練裙之羊欣字敬元父不疑爲烏程令欣年十二王獻之爲吳興太守甚知愛之欣嘗夏月著新絹裙晝寢獻之入烏程縣署書裙數幅而去欣書自此愈善

和張處士詩 ○張祜字承吉元和中作宮体小詩辭曲艷發當時輕薄之流能其才合謀得旨言以老大稍窺建安風格誦樂府錄知作者本意短章大篇往往間出諷怨諭時與六義相左右善題目佳境言不可刊置別處此爲才子之最也由是賢俊之士及高位重名者多與之遊謂有鵠鷺之野孔雀之鮮竹柏之貞琴磬之韻或薦于天子書奏不下受辟諸侯府性狷介不容物輒自劾去以曲阿地古淡有南朝之遺風遂築室而家焉性嗜水石常悉力致之後知南海間罷戍載羅浮石筍還蓄善田利爲身後計死未二十年而故淵還子東騷不暇前所謂鵠鷺孔雀竹柏琴磬之家雖朱輪尚乘遺編尚吟未嘗一首其殖不出其貧窮也意人之假玩好不根於道義耶擢其然刺誠明耶天果不愛歿而衛讜耶吾一不知之文人顏萱行江南道中訪其所作詩而引之屬予懇和予謂沒若不足哀承吉之道要襲美同作庶乎承吉之孤奇而專諸有郁者

賜詩遜子其悲辛（民[illegible]如遺孕也）荒逕今爲舊宅隣一代交遊非

不貴五湖風月合教貧魂應絕地爲才鬼名與遺編在史

臣聞道平生偏愛石至今猶泣洞庭人（洞庭出湖石取之甚海民多被其害○吳融詩云洞庭山下湖波碧波中乃古生湖石鐵索千尋取得來奇形怪狀誰能失○洞庭山在平江府太湖中間陽曲阿屬焉張祜嘗築室於此）

寄吳融子華

一夜秋聲入井桐（文選云寒井落梧桐又李白云梧桐落金井一葉飛銀牀）數枝危綠

怕西風霏霏晚砌煙華上淅淅疎簾雨氣通君隱輪蹄名

未了我依琴鶴病相攻到頭江畔從漁事織作中流萬尺

篊（頭張魚具也）

中秋待月

轉缺霜輪上轉遲（轉上聲） 好風偏似送佳期簾斜樹隔

情無限燭暗香殘坐不辭最愛笙調聞北里（在太中城[illegible]一云南[illegible]）

碧此里吹笙竿漸看星淡失南箕春秋元命苞曰尾九星箕四星為後宮之列為南宮其府太微垣此月明星稀之意何人爲校清涼力欲減初圓及午時

字幼王天宝六年進士累遷秘書監為刑部侍郎拜諫議大夫御史中丞卒封丹陽郡公有集傳于世

贈廬山白鶴觀劉尊師

蒼蒼五老霧中壇五老峯在江州李白詩廬山東南五老峯青天削出金芙蓉九江秀色可攬結吾將此地巢雲松杳杳三山洞裏官封禪書自齊威宣使人入海求蓬萊方丈瀛州此三山諸仙人及不老之藥皆在焉○韓詩人云上界仙人足官府手護崑崙象牙簡登真隱訣云崑崙岳臺刊定真經之所也刻簡記仙名○唐書于方慶累為廣州都督南海歲有崑崙舶市外国琛琳象牙犀角○崑崙人尋積犀象齒角貫於中国今道士章醮手捧牙簡也心推靈壓棗枝盤上清經瓊文帝章刻書霹靂棗心之木受於絕岩之中春飛雪粉加毫潤曉漱瓊膏冰齒寒永去戶老氏聖紀曰吳猛字世雲豫章人性純孝夏夜在父母側不敢驅蚊蚋恐去已而集親後猛登廬山見數人與猛語設玉膏終日○道人必以薤漱津液為瓊膏漸恨流年筋力少惟思脫屣事星冠

鮮陝度使覽內大治有詔畫形別殿歷江西觀察使從
辛奉夫封東海公授工
部尚書卒有文集今傳

送薛補闕入朝

平原門下十餘人獨受恩多未殺身史記平原趙勝合從於楚約与文武偕者
二十人偕得十九人余无可者毛遂自贊於平原君願以
備負至楚平原君与楚王言利害日中不決遂乃按劒而
上合從楚乃定謂十九人曰公等碌々
所謂因人而成事者也防自謂也每嘆陸家兄弟少梁陸
發幼聰慧從祖襲敬曰此兒必荷門基所謂一不為少也
○唐陸象先兄弟四人僧一行少時皆与相知嘗謂人曰
陸氏兄弟皆有上行令代
少有之言荀陳无以加也更憐楊氏子孫貧後漢楊震為家郡太守不
受私謁子孫蔬食步行故旧欲令開產之
業震不肯曰使後世稱為清白吏亦厚乎柴門豈斷施行
周禮掌舍設梐枑再重注梐枑謂行馬鄭玄謂行馬再
馬重者以周衛有外內列○漢官儀曰光祿勳門施行馬
以送別
之也魯酒那堪醉近臣
淮南子楚宣王朝諸侯魯恭公
後至而酒薄宣王怒乃發兵与
齊攻魯一日与趙俱獻酒於楚王王主酒吏以
魯薄酒易趙厚酒楚王以趙酒薄遂圍邯鄲賴有寧中
遺令在猶將談笑對風塵杜詩談笑
覓封侯

皇甫冉　字茂政天宝中進士終拾遺左補闕有詩集三卷傳于世

三月三日義興李明府後亭泛舟

江南煙景復如何　聞道新亭更可過　金陵覽古云新亭在江寧縣十里俯近江渚晉初過江僕射周顗與群公遊宴坐中歎曰風景不殊舉目有江河之異因而流涕王導曰諸公當戮力中原以佐王室何至作楚囚對泣耶眾皆肅然

處處藂蘭春浦綠　楚辭藂蘭兮九畹

萋萋藉草遠山多　孫綽天台山賦曰藉萋萋之纖草蔭落落之長松

壺觴須就陶彭澤　晉陶潛為彭澤令解印而去賦歸去來辭曰引壺觴以自酌

風俗猶傳晉永和　晉王羲之蘭亭記曰永和九年歲在癸丑暮春之初會於會稽山陰之蘭亭修禊事也

更使輕橈徐轉去　微風落日水增波　文選招隱云山嶄嵓兮水增波

送李錄事赴饒州

北人南去雪紛紛　鴈叫沙汀不可聞　積水長天隨遠客　荒城極浦足寒雲　山從建業千峯斷　金陵又名建業　江到潯陽九派分　潯陽江州也書禹貢九江孔殷注江于此分為九道一烏江二蚌江三烏江四嘉靡江五畎江六源江七廩

二分於瑟蟀流九泗於歸陽借問督郵纔弱冠二十曰弱冠三十曰壯有室四十曰強而仕督郵比李錄事府中年少不如君賈誼年少通百家書文帝召為博士是時年二十餘最為少每詔下諸老先生不能言賈生盡為之對

館陶李丞舊居

盛名天下挹餘芳杜詩盛事高名業無取愧高賢棄置終身不拜郎前漢顏駟文帝時為郎至武帝輦過郎署見駟龐眉皓髮上問曰叟何時為郎何其老也曰臣文帝時為郎文帝好文而臣好武景帝好美而臣貌醜陛下好少而臣已老是以三世不遇上感之詞藻世傳平子賦後漢張衡字平子南陽西鄂人也平子擬班固兩都作二京賦永和初為河間相遷侍中園林人比鄭公鄉後漢孔融深礼鄭玄屣履造門告高密縣為玄特立[redacted]鄉昔齊置士鄉越有君子軍皆異賢之意也鄭君好學實懷明德今鄭公鄉里宜曰鄭公卿其門名曰通德門門前墜葉浮秋水籬外寒皋帶夕陽日〻青松成古木祇應來者為心傷

送孔巢父赴河南軍唐書廣德中李季卿宣撫江淮薦巢父為左衛兵曹參軍故有此行

江城相送阻煙波況復新秋一鴈過聞道全師征[illegible]
言諸將會南河孟子舜避堯之子於南河之南○唐注南河有安史之亂南有永王璘之變唐書[illegible]
淮為南河黃河為北河邊心杳杳鄉人絕塞草青青戰馬多共許陳
琳工奏記三國志陳琳字孔璋廣陵人避難冀州袁紹辟之使典文章事紹死魏太祖辟為與記室○魏太
祖先苦頭風陳琳作檄草成呈太祖是日疾作卧讀琳檄翕然而起曰此愈我疾病此孔巢父也知君名宦
未蹉跎杜詩聞君已朱紱且得慰蹉跎

同温丹徒登萬歲樓

高樓獨上思依依極浦遥山合翠微鄴中記曰山氣青縹色曰翠微江客
不堪頻北望塞鴻何事復南飛遼陽古渡寒煙積瓜步空
洲遠樹稀瓜洲揚州古爰其狀如瓜謂之瓜步眞州六合步瓜山鮑照招文曰因過為高據焉凌清鶩遠檀奇合秀聞道王師猶轉戰誰能談笑解重圍史記趙孝成王時秦圍邯鄲魏使辛
垣衍於趙欲使趙帝秦魯連見衍陳帝秦之害衍遂出兵崩之都五十里○文選左太冲詠史詩吾慕魯仲連談

秋日東郊

閑看秋水心無事（莊子有秋水篇）坐對寒松手自栽（寒松或作東林誤）廬岳高僧留偈別（廬岳江水之廬山也僧頌曰偈）茅山道士寄書來（茅山在鎮江）燕知社日辭巢去（燕春社來秋社去）菊爲重陽冒雨開淺薄將何稱獻納（前漢張衡傳朝夕論思日月獻納○杜詩獻納司存雨露邊）臨岐終日獨遲廻

宿淮陰南樓酬常伯熊

淮陰日落上高樓喬木荒城古渡頭浦外野風吹入戶牕中海月早知秋滄波一望通千里晝角三聲起百憂（詩曰我生之後逢此百憂杜工部詩有百憂集行）獨立霄分遠來客煩君步屧忽相求

郎士元（字君胄中山人也天寶中進士後選京畿縣官歷左拾遺出郢州刺史有詩集傳於世）

寄韋司直

聞君感歎二毛初（二毛見前注）舊友相依萬里餘烽戍有時驚暫定甲兵無處可安居送來吳地星霜久（杜詩星霜初公歸變）家在

平陵音信疎昨夜東風還入戶登山臨水復何如楚辭云憭慄兮若在遠行登山臨水送將歸

蓋少府新除江南尉問風俗

聞君作尉向江潭吳越風煙到自諳客路尋常隨竹影人家大抵傍山嵐緣溪花木偏宜遠避地衣冠盡向南晉書懷帝永嘉五年胡海內大亂獨江東差安中國士民避亂者多南渡江鎮東司馬王導說琅琊王睿收其賢俊與之共事睿後之唯有夜猿啼海樹思鄉望國意難堪

酬王季友題半日村別業

村映寒原日已斜煙生密竹早歸鴉長溪南路當群岫半景東隣照數家晚景一作半景爲門通小逕連芳草馬飲春泉踏淺沙欲待主人林上月還思潘令縣中花晉潘岳字安仁爲河陽令作閑居賦云○潘岳爲河陽令植桃李花人号爲河陽一縣花○庾信春賦云建章三月火黃河千里槎若非金谷滿園樹一定河陽

士諤貞元初進士累至宣歙巡官元和初拜監察御史坐論宰執出爲資州刺史有集行于世

酬西川獨孤侍御見寄

百雉層城上將壇（左傳都城過百雉國之害也注方丈曰堵三堵曰雉一雉之牆長三丈高一丈）列營西照雪峯寒（雪峯成都西北山也）文章立事須銘鼎（禮記曰夫鼎有銘人行論撰其先祖之德美功烈勳勞而酌之祭器自成其銘焉故衛孔悝之鼎銘曰叔舅予女銘若纂乃考服悝拜稽首曰對揚以辟之勤大命施于烝彝鼎）談笑論功恥據鞍（後漢馬援據鞍顧盻以示可用○杜詩傷時即據鞍）草檄青油推健筆（青油將幕也詩意比陳琳）曳裾黃閣聳危冠（前漢鄒陽諫吳王書曰今臣盡智畢議易精極慮則無國不可干飾固陋之心則何王之門不可以曳長裾乎）雙金未比三千字（淮南子古詩曰客從東南來遺我雙南金）負弩應慚知者難（漢司馬相如爲中郎將使節徃馳四乘之傳至蜀太守以下郊迎縣令負弩先驅蜀人以爲寵）

竇常（字中行叔向之子也京兆人大曆中王儲榜登第累官水部員外郎後任國子祭酒卒有集行于世）

寒食途次松滋渡先寄劉員外（常兄弟五人皆以詩名擢第由常爲武林刺史將之任故有此作）

杏花朝夾曉風前雲際離〻上峽船江轉数程淹驛騎楚

曾三户少人煙楚雖三户亡秦必楚看春又過清明節莽老番經

癸巳年幸得柱山當郡舍隋開皇中刺史樊子蓋以善生居柱山更名為善德山今按

方輿勝覽松滋在江陵府西北四十里有柱山今柱山設當作柱山在朝長詠卜居篇若卜居屈原所作也屈原哀當世之人習安邪佞違背正直故為此辭

不知二者之是非可否而將假著龜以決之故為此辭

官字郎中貞元二年進士累至都官郎中癸酉子司業有集行世

秋夕閑居對雨贈別盧七侍御年晚從昭義盧從史從史竊叛乃度

不可諫即移疾歸東都故有此作

燕〻辭巢蟬蛻枝詩曰燕〻于飛頡之頏之○楚詞王逸曰蟬蛻於濁穢之中以浮游塵埃淮南

外之窮居積雨壞藩籬夜長簷溜寒無寐日晏厨煙濕未炊

悟主一言那可學前漢車千秋為高帝寢郎衛太子為江充譖敗久之千秋上急變訟太子冤武

帝感悟曰父子之間人所難言也公獨明其不然此高帝

神靈使公教我公立拜千秋為鴻臚數月為丞相封富民侯

千秋以一言寤意旬月取宰相封侯世未嘗有也○從軍

書曰寤意以忠義自信片言語主而取宰相

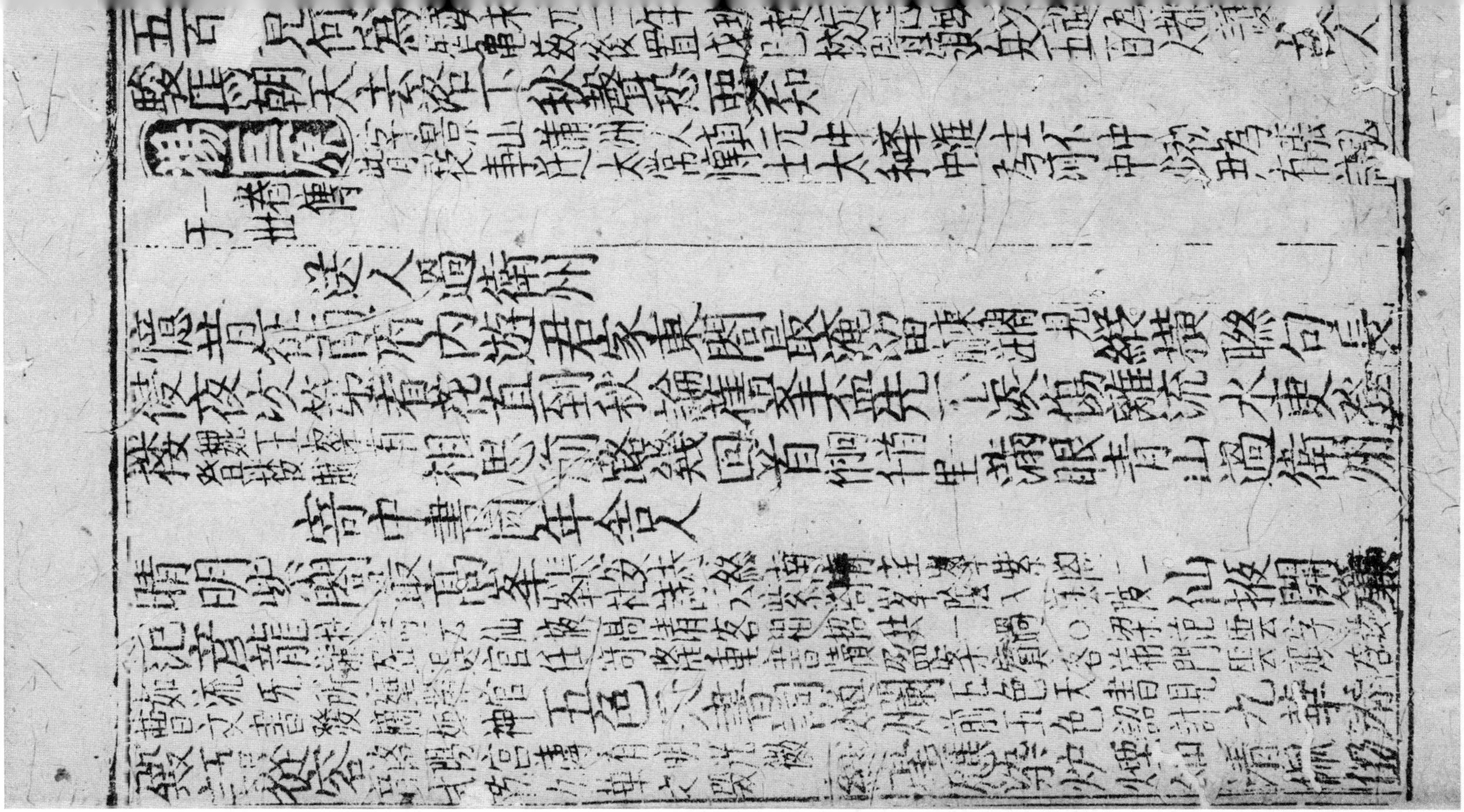

唐詩鼓吹　浙江圖書館藏元冲和書堂刻本

今旦玉壺重。十年前同日喜碧霄。何路得相逢。〔[illegible]〕

酬□駙馬

綺陌塵香曙色分，碧山如畫又逢君。蛟藏秋月一片水，驥鎖晴空千尺雲。〔此一聯言駙馬第宅如此之綺麗，出入騎從如此之雄盛，在六義中比也。〕里舊知何駙馬〔前漢萬石君徙其家長安中戚里，以其姊為美人故也。注：於上有姻戚居之，故名戚里。○三國志：何晏字平叔，尚魏太祖女金鄉公主。〕叔詩家今得鮑參軍。〔晉鮑照字明遠，為臨海王子頊前軍參軍。杜詩憶李白云：後逸鮑參軍。〕陽和本是煙霄曲〔[illegible]〕須向花間次第聞。

又

芳時碧落心應斷，今日清詞事不同。瑤草秋殘仙圃在，〔謝[illegible]〕綵雲天遠鳳樓空。〔[illegible]〕晴花曾送金羈影，〔金羈，馬飾也。〕涼葉寒生玉[illegible]風。長得聞詩歡自足，會看春露滋蘭叢。〔[illegible]〕

觀征人回

兩河戰罷萬方清漢順帝永建六年護羌校尉韓皓轉湟中屯田置兩河間以逼羣羌原上軍回識舊營立馬望雲秋塞靜射鵰臨水晚天晴李廣傳乃匈奴射鵰者也戍閑部伍分岐路地遠家鄉寄飾旌詩曰悠悠旆旌聖代止戈資廟略左傳止戈為武○漢趙充國傳誠非廟勝素定之策師古注曰謀於廟堂之上而勝敵也○晉張華傳羊祜疾篤帝遣華詣祜問以伐吳之略及將大舉以華為度支尚書量計運漕決定廟算諸侯不復更長征

將歸東都寄令狐舍人寄一作別

綠楊紅杏滿城春一騎悠悠萬井塵[illegible]岐路未關今日事風光欲醉長年人閑過綺陌尋高寺強對朱門謁近臣多病晚來還有策洛陽山色舊[illegible]

寄江州司馬[illegible]

江州司馬平安否，惠遠東林住得無。高僧傳晉惠遠見廬阜清靜足以息心始住龍泉精舍刺史桓伊乃為遠於山東立房殿即東林也湓浦曾聞似衣帶。郡國志昔人於此洗銅盆墮水求之化龍而去因名湓水○隋書州刺史崔仲方獻平南策曰□艦於鄭口湓城器舟不能立矣文帝謂高頍曰我為民父母豈可限一衣帶水而不拯救之乎廬峯見說勝香爐。江州廬山有香爐峯題詩歲晏離鴻斷，望闕天遙病鶴孤。莫謾拘牽雨花社，高僧傳云梁武帝時雲光法師講經於金陵感天雨花天廚獻食因築雨花臺○樂天大著前後著道尤甚自稱香山居士青雲依舊是前途。揚雄解嘲云當塗者升青雲失路者委溝壑○顏延年五君詠□□□寄青雲器注言其見識高遠也

薛司空自青州歸朝薛平仁貴三世孫憲宗朝拜淄青齊登萊五州平盧軍節度使入朝拜檢校司空

天眷君陳久在東，書君陳周公既沒命君陳分正東郊成周注成王重周公所營故命君陳分居洛東郊成周之邑里官司也歸朝人看大司空。黃河岸畔長無事，滄海

東□蜀月動靖也□州濱□變田畏途成雅俗□□一子夫□恨發□□十

……傳帝曰以鄉里……雅俗耳仍過舊里揖秋風一門

累葉凌煙閣（唐太宗貞觀十七年圖畫功臣于凌煙閣）次第儀刑漢上公（云……）

（吏部封侯表……中興儀刑多……以大司馬大司徒大司空……太傅太保為三公……以太宰太傅太師太保之官崇其号為上公西漢末）

送章孝標

曾過靈隱江邊寺（杭州有靈隱寺）獨宿東樓看海門潮色銀河鋪碧落日光金柱出紅盆（日出海中海水盡赤望日光如金柱出紅盆此模寫最刻）不妨公事資高臥（見謝……）無限詩情要細論（杜詩何時一樽酒重與細論文）若訪郡人徐孺子（後漢徐稚字孺子豫章人陳蕃為豫章太守不接賓客惟為稚設一榻去則懸之）應須騎馬到沙村（沙村即子所居也）

述舊紀勳寄太原李光顏

玉塞含悽見雁行（……郡也有玉門關故云玉塞……）北垣新詔拜龍……

晉王濬為龍驤將軍後堅姚萇等亦嘗為之

弟兄間世真飛將唐書太原字光顏少隨兄光進馬燧拔臨洛有功光進遷御史大夫光顏亦大夫軍中號飛將大小大夫後光顏拜司徒河東節度使○漢李廣號飛將軍

貔虎歸時似故鄉光顏節度河東故曰故鄉

鼓角因風飄朔氣旌旗映水發秋光

河源收地心猶壯笑向天西萬里霜河源即黃河之源也唐書党項引吐蕃闌入邠州光顏力戰破之以功鎮忠武忠武可蕃之邊也

又

倚天長劍截雲孤楚辭少司命云竦長劍兮擁幼艾注司命持長劍誅暴惡擁護少長各得其命也○宋玉詩云彎弓挂扶桑長劍倚天外

報國縱橫見丈夫戰國時有縱橫術蘇秦為從張儀為衡

五載登壇真宰相登壇見前注

六重分閫正司徒光顏自元和至寶德初歷洛代陳三州刺史忠武節度皆兼兵馬後拜司徒河東節度故云六重分閫

曾聞轉戰平堅冦

共說題詩壓腐儒漢高祖罵酈食其曰腐儒幾敗我公事

料敵知幾在方寸

不勞心力講隂符梁任昉彈曹景宗云料敵制変万里无差○漢霍去病上欲教以孫吳兵法對曰顧方畧何如耳不在學古兵法○隂符六韜中篇名

酬盧員外

按唐書盧簡求河中人綸第[illegible]子也初佐牛僧孺鎮襄陽入遷户部員外郎

謝傳旌旗控上游 晉謝安字安石為太保都督荊揚等州諸軍事薨贈太傅○史記項羽曰古之帝者地方千里必居上游此比牛僧孺也

盧郎樽俎借前籌 漢張良曰臣請借前箸籌之此意指盧佐牛公也

舜城風土臨清廟 舜城河中也舜清廟在臺

魏國山川在白樓 河中北城有白樓

雲寺當時接高步

水亭今日又同遊

蕭蹉舊府笙歌在

獨有羊曇最後流 羊曇泰山人為謝安所愛重安薨後輟樂彌年行不由西州路嘗因石頭大醉扶路不覺至西州門左右白曰此西州門曇悲感不已以馬策叩扉誦曹子建生存華屋處零落歸山丘慟哭而去時借喻已上詩意比之也

贈張將軍

關西諸將揖容光 漢書李尋曰關西出將關東出相觀貞習兵壯勇實過余州

獨立營門劍有霜

知愛魯連歸海上 魯連見前注

肯令王翦在頻陽 史記王翦頻陽人為秦將始皇欲伐荊問李信用幾何人信曰二十萬人問王翦曰非六十萬人不可始皇曰

將軍老矣何怯也。韓遂還謝病歸項陽，後信敗，斫皇廷三前將用六十万人，遂收荆。○潁陽，今京兆渭北美原縣。天晴紅幟當山滿漢韓信破趙，使人持一赤幟入趙壁，皆拔其白幟，立漢赤幟。日暮清笳入塞長杜詩客子吹晴春清笳。年少功高人最羨，漢家壇樹月蒼蒼言激將之壇已為陳迹，下者將軍年少功高，向波揚此之意也。

古意贈王常侍

繡户紗牕北里深杜詩此里富熏天。香風摇動鳳凰簪董巴輿服志曰：太皇太后簪以瑇瑁為擿，上為鳳凰爵，以翡翠為毛羽。擿音滴。組紃長在佳人手禮記內則：織紝組紃。刀尺空摇寒女心文選郭泰機詩：寒女雖巧妙，不得秉杼機。衣工秉刀尺，棄我忽若遺。欲學齊謳逐雲管漢書禮樂志曰：齊謳員六人。○說文：謳，齊聲歌。還思楚練拂霜砧楚辭楚國之練。杜詩：越羅與楚練，照耀輿臺軀。李白詩：組練照楚國。東家少女當機織，應念無衣雲雨林詩豳風七月：無衣無褐，何以卒歲。

唐詩鼓吹卷第三

唐詩鼓吹卷第四

資善大夫中書左丞郝天挺註

（曹唐）字堯賓，桂州人。爲道士。太和中舉進士，爲諸府從事。因累舉不第，咸平中卒。家有集一卷，大游仙傳。

暮春戲贈吳端公

年少英雄好丈夫漢書陳平於漢王曰：大丈夫如鼠。士耳。大家望拜執

金吾閑眠曉日聽鶗鴂鶗鴂，鵜鴂，名子規，一名買鵝，一名杜鵑，雩鳥，一名思鳥，一名伯勞也。笑倚春風仗轆轤古詩：腰中轆轤劍，可直千萬。○宋武帝年削弱，王粲……不得爲……深院吹笙聞漢婢……靜街調馬任奚奴……牡丹

花下簾鉤外獨凭紅肌捋虎鬚……一錄朱𤢰奉觴於孫權，權……可……捋虎鬚

和周侍御買劍

……春秋闔閭命國中作金鉤，令曰：若

於□呈王□鈞紛於此□要與中原靜寇讎試掛牕前驚電

轉罣拋床下怕泉流三尚之光管如水也青天露拔雲霓泣黑地潛

擊鬼魅愁唐李賀春坊正字劍子歌云提出西方白帝驚嗷嗷鬼母秋郊哭見說夜深星斗

畔晉張華傳斗牛之間常有紫氣問雷煥曰此寶劍之精也等閑飛尅月支頭後漢…

月支遣其副王謝將兵七万攻班超超伏兵擊

盡殺之持其首示謝謝大驚請罪月支由是大震

長安春舍叙邵陵舊宴懷永門蕭使君二首

木魚金鑰鎖重城風俗通曰門鑰施懸魚翼其閉如魚也夜上紅樓縱

酒情英華作酒清竹箭水繁更漏促漢舊儀故事…桐花風軟管絃

清英華作安海物異名記刺桐花用其枝葉如掌…附百分散

打銀缸溢…打謂打鼓…也銀缸…也青山十指

寬催巨筋輕英華作寬當作也星斗漸稀賓客散碧雲猶戀

歌聲乃列子薛譚學謳於秦青…悲歌聲振林木響遏行雲譚謝求返…

…歌…樂府

又

三年身逐楚諸侯前漢賈誼遷□□論項羽彭越起龍蛇之地三年遂謝楚諸侯兵分裂天下

纖帘寶帶容居最上頭徐釋曰□□□□□□□□歌唱夜飲醺雲

水縱閑游氣拉鋪詩雲水朱門鎖閉□□□□□□□□□清冷水木秋

驄細月滿前山圓不動觸風英華更邀詩客上高樓

病馬呈鄭校書二首

騄駬何年別渥洼莊子騏驥驊騮□□□□○漢武帝元鼎四年馬生渥洼水中古之良馬也

病來顏色半泥沙四蹄不鑿金砧裂杜詩驄馬新鑿蹄○踣

□□□□□□□雙眼淸開玉筋斜上筋也隨月兎毫乾穀韉

□□□□□□□□□不失雲龍骨瘦查牙平原好放無人放嘶向秋

風首蓿花漢西域傳大宛人嗜酒馬嗜苜蓿○鮑□詩天馬長街

首蓿花胡人

歲□□□□□

二

龍上沙葱華未齊（馬宮之色）隨黃從自踏（言騰蹄騰居書皆黃神馬也一名乘黃亦名飛黃以狐有五角一日千里○漢書云何乃局促如轅下之駒）一星蟠夜雨紅絲

脆頭掉秋風白練低（顏子望吳閶門遂橫白練孔子曰非也乃白馬之光）力憊未思

金絡腦（傳玄良馬賦曰金鑣首似鳴珂鏤錽采韓纖防含華）影寒空望錦障泥（障泥去声○晉書王武子有馬善且知其性嘗乘一馬著連乾障泥前有水不肯度王云必是惜障泥使人解去便渡）

水堦前莫怪雙垂淚不遇孫陽不敢嘶（孫陽即伯樂也）

三

不翦焦毛鬣半翻何人别是古龍孫（别入声○龍孫馬名青海之旁多龍種）

風吹病骨無驕氣土蝕葱花見卧痕（葱花青白也）未齊斷雲歸

漢苑（漢武帝天馬歌曰纖浮雲苦奄上馳）普追輕練過吳門（家語顏回門馬見一匹練孔子曰馬也然則馬之光景一匹練）一朝千里心猶在（古樂府驥伏櫪志）

一引子長耳故名馬一足主恩主暮

年老不忘 争肯潜忘秣飼恩

奉送嚴大夫再領容府二首

海風吹荆棘嵐消息[illegible]亭辟綜外逆自顫勤從出百戰不將功業負三朝三朝穆宗敬宗文宗也劍溜黑水曾受虎瑕謂所從[illegible]翦鬚蓬髮慣射鵰後魏姚泰上精善弓馬嘗從太宗出獵[illegible]以一箭雙下文宗中宗與射鵰號落鵰都督代北天南盡成事肯將心許霍嫖姚前漢霍去病爲嫖姚校尉詰嫖姚勁疾貌也

又

日照雙旌射火山嶺表錄富州西有火山山下有潭無底山頂夜見火三尺如點燭之甚者處十餘丈或云水中有寶珠比數如火山上前者數四月乃其地熱故曰火山笑迎賓從却南還風雲暗發談諧外感會潛生氣概間范曄二十八將論曰咸能感會風雲奮其智力稱爲佐命亦志能之士也勸竹水翻臺樹濕刺桐花落管絃閑見前刺桐無因得鞭貞珠履親從新侯定八蠻[illegible]○史記春申君客三千人其上客躡珠履○書旅獒遂通道於九夷八蠻

贈南海馬大夫二首

白石溪邊自結廬風泉滿院稱幽居（王簡棲頭陀寺碑……山谷……其清風泉扣溪○禮記曰儒有幽居而不淫）鳥啼深樹斸靈藥花落閑窗看道書煙嵐晚過鹿裘濕（晉郭敦字文……）水月夜明山舍虛支頤冷笑緣名出終日王門強曳裾（曳裾見前）

又

寂寞深木閉煙霞洞裏相知有幾家笑看潭魚吹水沫醉嗔溪鹿喫蕉花穿廚歷歷泉聲細繞屋悠悠樹影斜（……）夜靜看灰封金竈自添文武養丹砂（文武火候也）

古劍

古物神光雪見羞未能擎出恐泉流（……）暗臨黑水蛟螭泣（……）潛倚空山鬼魅愁生怕雷霆號澗底長聞風雨在牀頭垂情不用將磨氣（……）惱亂司空犯斗牛

華夜□空見斗牛之間常有紫氣與雷煥觀之曰此寶劍之
精也問煥在何郡曰在豐城即補煥爲豐城令到縣掘
獄得二劍龍門
龍泉曰太阿

題李侄書院雙松

自種雙松費幾錢，頓令院落似秋天。能藏此地新晴雨，却惹空山舊曉煙。枝壓細風過枕上，影籠殘月到窗前。莫教取次成閑夢，使汝悠悠十八年。三國志吳王固爲尚書夢松生其腹上謂人曰松字十八公也後十八年其爲公乎卒如夢焉

羽林貴中丞

四十年前百戰身前漢李廣結髮與匈奴大小七十餘戰，曾驅虎隊掃邊塵。風悲鼓角榆關暮勝州東有榆林宮又榆林關秦蒙恬爲塞彼胡關地千里累石爲城樹榆爲塞，日暮旌旗隴草春。鐵馬遺韋邀上客騄馬也介，金魚多解乞佳人乾鵲法○杜詩縑中金魚換酒來用金鞍。胸中別有安邊計，誰采髭鬚白似浪

送康[illegible]赴輪臺

灞水橋邊酒一杯，送君千里赴輪臺。輪臺西域地名○前漢西域傳輪臺渠犂皆有田卒數百人 霜黏海眼旗聲凍，風射犀文甲縫開。犀革所以為甲也左傳曰犀兕尚多[illegible]漆若何棄甲則那 斷磧簇煙山似米，漢馬援說光武聚米為山谷指畫形勢道經往來昭然可曉帝曰虜在吾目中矣 野營軒地鼓如雷。三國志周瑜戲曹公於赤壁上雷鼓而進北軍大震○太白詩云雷鼓嘈嘈喧武昌雲旗獵獵過尋陽 分明會得將軍意，不斬樓蘭不擬迴。[illegible]樓蘭[illegible]霍光[illegible]介子[illegible]斬其王[illegible]首[illegible]闕[illegible]義陽侯

南遊

盡興南遊卒未迴，水工舟子不須催。[illegible] 思碧樹關心句，[illegible] 難放紅螺[illegible]甲杯。[illegible] 張海潮生陰火滅，[illegible]

源□□陽□不□□□□□□開蒼梧舜帝南遊沒于此野□

寂寂月如練何處笛聲江上來

哭閻邊送許良馬使

北風裂地黷邊霜戰敗桑乾日色黃桑乾水名屬代郡故國暗迴

殘士卒新墳空葬舊衣裳散萃細馬嘶青草

馱伯人□時馬八駿任去佳人弔白楊白楊河蕭蕭悲風吹愁殺人除却陰符

與兵法黃帝有陰符經更無一物在儀床儀床之儿□

長安客舍懷蕭使君邵陵舊宴

粉雉丹甍障西□水雲紅樹窣璇題揚雄甘泉賦□□

□□□□□□□□鸞舞袖齊□□□□鷓鴣欲絕歌聲定鵷鷺初

□□□□□坐對玉山難自線玉山之□□細聽金石怕

氏梁□□□□□□□□□□□東風

月一年餘不省飢卧不似活殺山谷詩醉似泥〇稗官小說云南海有虫无骨名曰泥在水中則活失水則醉如一堆泥然

宋邕諱按以下遊仙詩一十一首出曹唐集中宅集亦然今先生題作宋邕必有據矣

劉晨阮肇遊天台天台山名屬台州眞誥曰台州山上應台星故曰天台

樹入天台石路新雲和草靜迥無塵煙霞不省生前事水木空疑夢後身往往鷄鳴岩下月時時犬吠洞中春淮南王安臨仙去餘藥在鼎中鷄犬舐之皆得飛升故鷄鳴雲中犬吠天上不知此地歸何處須就桃源問主人桃源見前注

劉阮洞中遇仙人

天和樹色靄蒼蒼霞重嵐深路渺茫雲竇滿山無鳥雀水聲沿澗有笙簧碧沙洞裏乾坤別紅樹枝邊日月長願得花間有人出免令仙犬吠劉郎漢永平閒剡川劉晨阮肇入台州天台縣西北一十里山中採藥失道食盡見桃實食之又覓身輕行數里至岸崎有二女子笑迎歸設食胡麻飯山羊脯甚美後欲求去會

[illegible]樂其送劉阮指示還路既出[illegible]至家子孫已七世

仙子送劉阮出洞

殷勤相送出天台，仙境那能却再來。雲液既歸須強飲，[illegible]
玉書無事莫頻開。花當洞口應長在，水到人間定不迴。
惆悵溪頭從此別，碧山明月照蒼苔。[illegible]

仙子洞中有懷劉阮

不將清瑟理霓裳，[illegible]塵夢那知鶴夢長。洞裏有天春寂寂，人間無路月茫茫。[illegible]玉沙瑤草連溪碧，流水桃花滿澗香。曉露風燈易零落，此生無處問劉郎。

劉阮再到天台不復見諸仙子

再到天台訪玉真，青苔白石已成塵。笙歌寂寞閑深洞，雲
[illegible]

流水依然在不見當時獻酒人

玉女杜蘭香下嫁於張碩

天上人間兩渺茫不知誰識杜蘭香墉城仙録漁父於湘江洞庭之岸聞兒啼聲顧視之二歲女子漁父舉之十歲餘天姿奇偉身天人也忽有青童自空而來攜女而去臨升謂其父曰我仙女杜蘭香也有過謫於人間其後洞庭包山降張碩家碩修道者也授之以舉形飛化之道久之碩亦仙去漁父以文字遺不食後不知所終來經玉樹三山遠蓬萊三山見注去隔銀河一水長[illegible]即天河也怨入清塵愁錦瑟錦瑟謂木紋似錦也酒傾玄露醉瑶觴遺情更說何珍重擘破雲鬟金鳳凰梁天長恨歌釵留一股合一扇釵擘黃金合分鈿

張碩重寄杜蘭香

碧落香銷蘭露秋星河無夢夜悠悠靈妃不降三清駕[illegible]科曰三清之間各有正位聖登玉清眞登上清仙登太清仙鶴空成萬古愁皓月隔花追歎別飛煙龍樹省淹留人間何事堪惆悵海色西風十二樓漢書公孫卿言黃帝時爲十二樓以候神人又崑崙山有玉樓十二所皆仙人所居

織女懷牽牛　續齊諧記曰：桂陽成武丁有仙道，謂其弟曰：七月七日織女當渡河，諸仙悉還宮。弟問曰：織女何事渡河？答曰：織女暫詣牽牛。世人至今云織女嫁牽牛也。

北斗佳人雙淚流，李元獨異志云：秦并六國後，太白星竊織女侍兒梁玉清、衛承莊逃入衛城小仙洞，四十六日不出。天帝怒，命五岳搜捕。太白歸位，承莊逃焉。玉清有子名子休，玉清謫於北斗下常舂。其子乃配河伯行雨，每至小仙洞，恥其母淫奔之所，輒回馭，故其地少雨也。眼穿腸斷爲牽牛。封題錦字凝新思，晉竇滔妻織錦作回紋寄遠道，故曰錦字。抛擲金梭織舊愁。桂樹三天煙漠漠，真人傳：太真我所服太和自然龍胎之醴，休適所授三天真人，不可以教始學者。銀河一帶水悠悠。欲將心向仙郎說，借問榆花早晚秋。古樂府云：天上何所有，歷歷種白榆。此謂言之。

蕭史攜弄玉上昇

豈是丹臺歸路遙，南真傳曰：九宮真人出入是闕，真闕府其中閒爲道。紫鸞煙駕不同飄。王清隱書：上真則飛龍翠輦，中真則赤符節，下真則太極羽蓋。一聲洛水傳幽咽，萬片宮花共寂寥。紅粉美人愁未散，清華公子笑相邀。有大

……經應爲貞人若按之緱山碧樹青樓月李白詩云瑤臺有黃鵠爲報青樓人腸斷春風爲玉簫

皇初平將入金華山

神仙傳云皇初平年十五家使牧羊有道士見其良謹將入金華山石室中四十餘年不復念家其兄初起行索之歷年忽於市中見道士問之曰金華山中有牧羊兒皇初平兒乃隨道士得與相見因問羊今何在曰在山東兄往視之但見白石無也初平曰羊在耳兄自不見乃叱曰石皆起成羊數万頭○金華在婺州即第三十六金華洞元之天

莫道真遊煙景賒瀟湘有路入金華溪頭鶴樹春常在洞口人間日易斜一水暗迴閑繞澗五雲長往不還家白羊成隊難收拾喫盡溪邊巨勝花廣雅云巨勝一名胡麻陶隱居云莖方名巨勝圓者胡麻可作飯道人多食之形類麻故名胡麻○參同契云巨勝延年還丹入口

漢武帝思李夫人

悵望朱顏不復歸晚秋黃葉滿天飛迎風細荇傳香粉……

水殿霞見畫衣白玉帳寒鴛夢絕漢武故事云帝起神堂其階尽用白玉紫陽宮遥鴈書稀靈書經曰紫微上宮有紫陽之觀夜深池上蘭橈歇楚辭蘭橈補注小謝詩也斷續歌聲接太微太微星也

李益字君虞隴西人大曆中進士及第後憲宗聞其才名召為秘書少監遷礼部尚書致仕有集傳于世

胡兒飲馬泉酈善長水經曰余至長城其下往往有窟可飲馬問之皆秦築城卒取水如此也泉

綠楊如水草如煙如水一作着水舊是胡兒飲馬泉幾處吹笳明月夜何時倚劍白雲天宋玉賦長劍倚天外從來凍合關山路今日分流漢使前莫遣行人照容鬢恐驚憔悴入新年

鸛雀樓

鸛雀樓西百尺檣鸛雀樓在河中府汀洲雲樹共茫茫漢家簫鼓空流水漢武帝秋風辭上幸河東而作辭曰横中流兮揚素波簫鼓鳴兮發棹歌魏國山河半夕陽史記魏武侯曰美哉山河之固此魏國之寶也……不在險今河中府即古魏国事去

千年猶恨促愁來　日臥為長風煙併起思鄉望遠日非

春亦自傷 宋玉招魂曰目極千里兮傷春心魂兮歸來哀江南

賈島 字閬仙范陽人連敗文場遂為浮屠後□進士及第有文集并詩格一卷今傳于世

酬張籍王建

踈林荒宅古坡前久住還應憊太守憐漸老更思深處隱多

閑數得上方眠 杜詩上方重閣晚上方僧寺最深處 鼠抛貧屋收田日鴈度

寒江凝雪天身事龍鍾應是分 唐裴度傳見我龍鍾故相戲耳 水曹芸閣

往來徧 張籍字文昌為水曹員外郎時同在長安王建為□詩云芸閣指王建為魚蒙典署曰芸草辟紙蠹故藏書閣曰芸閣

章碣 碣錢塘人孝標之子也進士不第竟落不知所終有詩集行于世

春別

鄰下離觴指亂山趨程不待鳳笙殘花邊馬嚼金銜去樓

上人垂玉筯看 魏文帝甄后面白淚雙垂如玉筯 柳陌雖然風裊裊

愁自雲漫漫（愁而謂愁殺之詞也）愁莫獻貂裘重（戰國策蘇秦說秦不行黑貂裘黃金百鎰）恐犯三邊五月寒（三邊西方北方西北方此三處皆邊陲近寒也）

送謝進士歸閩

百越風煙接巨鼇（呂氏春秋曰揚漢之南百越之際高誘注曰越有百種○列子勃海之東有五山根無連著隨潮上下帝恐流於西極失羣仙所居命禺強使巨鼇十五舉首戴之始不動）還鄉心壯不知勞（武夷不在城外今東溪是也）雷霆入地建溪險（建溪險在建州出）星斗逼人梨嶺高（梨嶺在泉山郡東十五里圖經云梨木以得名）卻擁木綿吟麗句（閩嶺以南多木綿人競植之採其花為布號木綿布）便攀龍眼醉香醪（龍眼如荔支樹葉似荔枝小殼青黃色形如彈丸核如木梡子不堅肉白而帶漿其甘如蜜作穗如蒲萄然荔支熟後方出故名荔支奴）名場聲利喧喧在，莫向林泉改鬢毛

李頻（字德新，睦州人，大中八年進士，調秘書郎，擢都官員外郎，除建州刺史，卒于官，有集一卷行于世）

湖口送友人

中流欲暮見湘煙，葦岸無窮接楚天。去雁遠衝雲夢雪，離

人徃上源夜舟艤（注）風波盡日依山轉星漢通宵向水連零落梅花過殘臘故園歸去及新年

杜荀鶴（字彥之早有詩名累舉不第大中〻登科後隱 主客員外郎天祐初卒自號九華山人有詩集）

雪

風攪長空寒骨生光於曉色報窻明江湖不見飛禽影巖谷惟聞折竹聲巢穴幾多相似處路岐兼得一般平擁袍公子莫言冷中有樵夫跣足行

（[illegible]昔日以變亡楚襄王登臺有風颯然至王乃披襟當之曰快哉此風寡人所與庶人共者耶宋玉曰此獨大王之風耳庶人安得而共之借乎今宋玉不在傍也）

崔顥（汴州人開元十一年登進士第官至尚書司勳員外郎有詩一卷已傳于世）

黃鶴樓

昔人已乘白雲去此地空餘黃鶴樓（黃鶴樓圖經[illegible]）

黃鶴一去不復返漢蘇子卿詩黃鶴一遠別千里顧徘徊白雲千載空悠悠
晴川歷歷漢陽樹漢陽在武昌西北芳草萋萋鸚鵡洲在江中
禰衡爲黃祖客大會賓客有獻鸚鵡者令衡賦之後殺衡於此因名焉日暮鄉關何處是煙
波江上使人愁

李頎東川人開元中貴公子以擢進調新鄉縣尉有集今傳于世

題璿公山池

遠公遁跡廬山岑晉史周續之入廬山事遠公彭城劉遺民遁跡廬山陶淵明不應徵命謂之潯陽三隱開山幽居祇樹林開山繇作開士○祇洹一精舍樹名梵云祇陀洹此翻戰勝即太子名須達長者施園祇陀太子施樹爲佛說法處故後人曰祇園見金剛經註片石孤峯窺色相菩薩本經佛者有大神力身紫金色三十一祖前智元窮劫號无祿清池白月點禪心以清池明月以衆前禪心指揮如意天花落晉王敦嘗以鐵如意擊玉唾壺盡缺又高僧手常執如意麈尾以資談興○維摩經時維摩詰室有一天女見諸天人所說法便見其身即以天花散諸菩薩大弟子上花至諸菩薩皆墮落至大弟子子便著坐臥閑房春草深此外俗塵俱不染惟餘玄度得

相尋高陽許詢字玄度隱居會稽與高僧支遁從游談老莊

題盧氏舊居

物在人亡無見期新序曰哀公問於孔子曰寡人生於深宮未嘗知哀孔子曰然人君入廟門仰見榱棟俯見几筵其器存其人亡君以此思哀哀將安不至矣閑庭繫馬不勝悲窗前綠竹生間地門外青山似舊時悵望秋天鳴墜葉巑岏枯栁宿寒鴟憑君淚落東流水歲歲花開知為誰

趙嘏字承祐山陽人會昌二年進士第仕為渭南尉有渭南集行于世

長安月夜與友人話故山

宅邊秋水浸苔磯日日持竿去不歸楊柳風多潮未落蒹葭霜在雁初飛重嘶匹馬吟紅葉却聽疏鐘憶翠微今夜秦城滿樓月秦都長安故曰秦城故人相見一霑衣

曲江春望懷江南故人

杜若洲邊人未歸杜若香草文選汀洲采杜若水寒煙暖想柴扉楚辭恐

尖北來 京非

故園何處風吹柳新鴈南來雪滿衣目極思隨原草遍宋玉招魂目極千里兮傷春心魂兮歸來哀江南浪高書到海門稀此時愁望情多少萬里春流遶釣磯

寄歸 名鄂 盧罊子丞

三年踏盡化衣塵陸士衡詩云京洛多風塵素衣化爲緇只見長安不見春馬過雪街天欲曉鄉迷雲樹淚沾頰桃花塢接啼猿寺野竹亭通畫鷁津方言云舟首謂之閤閭亦謂之鷁首鷁鳥名郭璞注江東貴人舟前畫青雀是其遺也○翔予寧渡句語詩云入徑拂金鄭開橋通畫鷁早晚粗酬身事了水邊歸去一閒人

長安晚秋

雲物淒涼拂曙流漢家宮闕動高秋殘星幾點鴈橫塞長笛一聲人倚樓杜紫微見此一聯賞詠不已因稱爲趙倚樓紫艷半開籬菊靜紅衣落盡渚蓮愁鱸魚正美不歸去鱸魚事見前注空戴南冠學楚囚左傳晉侯觀于軍府見鍾儀以楚囚而南冠者問之其族曰伶人也與之琴操南音公曰君子也

憶山陽

二首○山陽戰國屬楚秦屬九江漢屬臨淮晉謝玄自彭城退屯淮陰又分廣陵置山陽郡宋爲鶩毛領今爲山陽縣

家在枚皐舊宅邊前漢枚皐乘之子也淮陰人也舊宅在縣東南二百步竹軒晴與楚坡連坡一作樓也芰荷香遶垂鞭袖楊柳風橫弄笛船城礙十洲煙島路淮安志山陽城離海亡餘里故云○東方朔十州記曰海之中有祖洲瀛洲玄洲炎洲長洲元洲流洲生洲鳳麟洲聚窟洲是人迹稀絕之處寺臨千頃夕陽川可憐時節堪歸去花落猿啼又一年

又

折柳幾邊起暮愁可憐春色獨懷羞霑襟正歎人間事迴首更慚江上鷗江鷗見前注鶗鴂聲中寒食酒楚辭恐鶗鴂之先鳴兮使夫百草爲之不芳○詩見前注芙蓉花外夕陽樓[illegible]憑高滿眼送清渭涇渭一水在長安涇濁渭清涇渭之濁故曰涇水一石其泥數斗去傍故山山下流

東望

遠江横在草堂前楊柳洲邊載酒船兩見梨花歸不得每逢寒食一潸然斜陽映閣山當寺微緑含風樹滿川同郡故人攀桂盡把詩吟向泬寥天泬音血〇楚辭泬寥兮天高而氣清寂寥兮收潦而水清注蕭條元雲貌

寒食新豐別故人

一百五日家未歸新豐雞犬獨依依漢書地理志太上皇思東歸沛豐高祖乃令巧匠於長安改築城寺街里以象豐盡徙豐中人實之雞犬識其家曰新豐滿樓春色傍人醉傍去声半夜雨聲前計非縈繞溝塍含景晚塍音繩荒涼樹石向川微東風吹淚對花落顦顇故交相見稀

崔塗字禮山光啓四年鄭貽矩榜進士及第有集今傳

鸚鵡洲春眺

悵望春[illegible]鬱未開重臨鸚鵡益堪哀曹瞞尚不能容物黃

祖何因解愛才後漢祢衡字正平平原人也少有才辯而尚氣剛傲慢物曹操欲見之不肯往後孔融言於操操使衡自謝衡乃手持三尺梲杖捶地大罵吏白操操怒謂融曰衡豎子孤殺之猶鳥雀耳顧此人素有虛名遠近將謂孤不能容送與劉表表視當如向於是遣人騎送之後亦侮慢表表不能忍以江夏太守黃祖性急故送與之人有獻鸚鵡於祖子射者時會賓客於洲上令衡爲賦覽筆成文後在祖會上言不遜祖欲箠之衡方大罵祖恚遂令殺之○曹瞞曹公小字也幽島暖聞燕鴈去曉江晴覺蜀波來誰人

正得風濤便一點輕帆萬里迴

過繡嶺宮在驪山

古殿春殘綠野陰上皇曾此駐泥金五經通義曰易姓而王太平必封太山禪梁父以黃金爲泥以緝爲繩經無明文以義說之封禪儀已持禮二十人上發壇上石感尚書令比向跪藏玉牒畢持禮罨長石感尚書令封上千石檢亦纏以銀繩泥以金泥四方各依其色○唐明皇開元十三年十月東封太山禮官奏氣章爲五牒文三城帳萬井平夢唐開元一十一年春吐蕃金城公主請內屬立碑於赤嶺以分唐境帝許之天寶元年突厥殺公主上乘乘辭帳際蜀載回紇可汗擊突厥白眉可汗殺之於是北邊晏然二載安祿山擊奚契丹破之虜其王今詩意謂明吐蕃突厥奚丹二帳因時三十六城內屬天下無事安史之亂方兆於此

○韓國公張仁愿於河內築三受降城距各四百里置烽火一千八百所突厥不敢南面一曲鈴關悵望心玄宗幸蜀雨中聞鈴聲家令爲采聲製雨淋鈴曲苑路暗迷香輦絕繚垣秋斷草煙深張平子西京賦繚垣綿聯四百餘里值物斯生動物斯止前朝舊物東流在猶爲年年下翠岑

春夕旅次

水流花謝兩無情送盡春風過楚城胡蝶夢中家萬里陮莊周夢爲胡蝶栩栩然飛而覺則蘧蘧然不知周之爲胡蝶歟胡蝶之爲周歟子規枝上月三更寰宇記蜀帝名杜宇後亡去化爲子規故蜀人聞子規啼曰是我望帝也故園書動經年絕華髮春唯滿鏡生自是不歸歸便得五湖煙景有誰爭

李郢字楚望大中十年進士歷藩鎮從事拜侍御史有集一卷傳世

送人之嶺南

關山迢遞古交州交州楚之交趾武帝既定百越以廣爲南海郡[redacted]唐廣州領嶺南五府事歲異蓊晉走馬遊射氏海邊逢素女謝端福州侯官人少喪

守端於海渚得一螺如三升壺貯甕中端每耕作返飲飯
湯火炊有人所爲端疑之早出從籬外窺之見一少女從
甕中出端入問之女倉卒欲入甕不得答曰我天漢中白
水素女也天帝哀卿孤貧使我炊烹君得婦我自當去端
娶後天忽風雨翕然而去越王潭上見青牛南越志綏安縣北連山其上越王建德伐木爲舡其大
千石以童男女三千人牽之既而俱墜於潭時々聞萬壑
附舡有唱聲之声更有青牛与舡俱見神靈如此
月照啼猿曙吾同當作嵩高○南越志嵩高要有崍石廣六十丈高二百仞土人謂之嵩高臺石室煙
含古桂秋嶺南多生桂嶺故云迴望長安五千里刺桐花下莫淹留
刺桐見前注○騷經時繽紛其變易兮又可以淹留

江亭春霽

江蘺漠漠荇田田楚詞扈江蘺与辟芷兮蘺荇水中曰江蘺非芜也江上雲亭霽
景鮮蜀客帆檣背歸燕楚山花木怨啼鵑春風掩映千門
柳曉色淒涼萬井煙金磬泠泠水南寺文選陸機詩山溜何泠泠飛泉漱鳴
玉上方僧室翠微連上方翠微已見前注

友人適越路過桐廬寄題江驛

桐廬縣前洲渚平（桐廬今屬建德府）桐廬江上晚潮生莫言獨有山
川秀過日仍聞官長清炎隴虛涼當水店鱸魚鮮美稱蓴羹
羹笑覘前王孫客棹殘春去（舊注云王孫遊兮不歸）相送河橋
羨此行（李陵詩携手上河梁遊子暮何之）

秦處士移家富春發樟亭懷寄

潮落空江洲渚生知君已上富春亭（樟亭在杭州）嘗聞郭
邑山多秀更説官僚眼盡青（晉阮籍能為青白眼見禮俗之士以白眼對之）眼
離別幾宵魂耿耿（詩云耿耿不寐如有隱憂）相思一座髮星星白
世仙翁白石高歌調（神仙傳白石生者常煑白石為糧時人號白石先生）
無復松齋半夜聽

暮春山行田家歇馬

兩溪孫蒲斜日明茅厨蠶蟲掉車聲青蛇上竹一種色（沙門）
黄蝶隔溪無限情何處漁樵將遠

餘故園田土憶春耕千峯雲霽水落潦寒[illegible]此中愁獨行

江亭晚秋

碧大涼冷鴈來疎閑看江雲思有餘秋館池亭荷葉歇野人籬落豆花初無愁自得仙翁術多病能忘太史書謂司馬太史聞說故園香稻熟片帆歸去就鱸魚

送劉谷

村橋西路雪初晴雲暖沙乾馬足輕寒澗渡頭芳草色新梅嶺上鷓鴣聲郵亭已送征車發山館誰將候火迎落日千峯轉迢遞知君回首望高城

贈羽林將軍百家詩作江上逢王將軍

虬鬚顦顇羽林郎應劭漢官儀曰羽林言其為國羽翼如林之盛也曾入甘泉侍武皇漢武起甘泉宮故曰甘皇侍武皇鵰沒夜雲知御苑馬隨仙仗識天香仙一作春○仗儀鑾五湖歸去孤舟月六國平來兩鬢霜[illegible]

吾出門則見前山唯有桓伊江上笛臥吹三弄送殘陽晉桓伊善音樂爲江左第一柯亭竹笛嘗自吹之王徽之泊清溪側素不相知王令人請曰聞君善吹笛試爲我一奏伊時貴顯素聞徽之名便下車踞胡床而作三弄畢便去客主不交一言。○笛譜有梅花三弄

上裴晉國公

西朝憂國鬢成絲四朝謂憲穆敬文也○本傳云度嘗爲天下重其門望以全德始終及殁天下莫不思其勳烈也龍馬精神海鶴姿天上玉書傳詔夜陣前金甲受降時憲宗以詔旨付晉公討淮西李愬雪夜入蔡擒吳元濟降其衆曾經庾亮三秋月晉庾亮鎮武昌諸佐吏乘月登南樓俄而亮至將起避之亮曰諸君且住老子於此處興復不淺遂據胡床與佐吏談詠下盡羊曇一局棋晉書苻堅率衆百萬次淝水京師震恐加謝安征討大都督兄子玄問計安曰已別有旨又令張玄重請安遂命駕出墅親朋畢集方與玄圍棊賭別墅安常劣於玄是日玄懼便爲敵手而又不勝安顧謂其甥羊曇曰以別墅乞汝惆悵舊堂扃綠野晉公於洛陽午橋南起綠野堂夕陽無限鳥飛遲

故各場成

胡兵一動朔方塵（祿山史之亂也）不使鑾輿此重巡（鑾輿天子車也）清洛但流嗚咽水上陽深鎖寂寥春（上陽宮名 深一作閉）雲收少室初晴雨（嵩山有少室太室二峯）柳拂中橋晚渡津（中橋洛陽宮中橋）欲問升平無故老鳳樓回首落花頻

韋蟾

送盧藩尚書之靈武

賀蘭山下果園成（涇陽圖經曰賀蘭山在縣西九十三里山多草白遥望青白如駮北人呼駮為賀蘭鮮卑因山谷為氏族）塞北江南舊有名水木萬家朱戶暗弓刀千騎鐵衣明（古樂府云朔氣傳金柝寒光照鐵衣）心源落落堪為將膽氣堂堂合用兵（詩擊鼓其鏜踴躍用兵）却使六蕃諸子第（唐書六蕃謂明威倪也番禾武安麗）馬前不信是書生

薛能

字太拙汾州人會昌中進士第累至都官刑部員外郎後為京兆尹徐州節度使移鎮武昌為亂兵所殺有集十卷并繁城集一卷已傳焉

秋夜旅舍寓懷

庭鎖荒蕪獨夜吟西風吹動故山心仙山城三秋木落半年
客滿地月明何處砧漁唱亂沿汀鷺合鴈聲寒咽隴雲深
平生只有松堪對露浥霜欺不受侵

獻漢射相公

清如冰玉重如山百辟嚴趍禮絕攀言其尊重禮絕百官絕席也與強虜
外聞應破膽平人長見盡開顔朝廷有道青春好門館無
私白日閑致却垂衣更何事書武成惇信明義崇德報功垂拱而天下治注垂衣拱手幾
而天下治矣○刘向新序齊桓公曰主者勞於求人逸於得賢舜舉衆賢在位垂衣裳恭已無為天下治矣
多詩句詠關く詩周南關く雎鳩在河之州

漢南春望

獨尋春色上高臺三月皇州駕未廻唐僖宗廣明元年十二月黃巢陷長安帝
幸蜀時能幾處松筠燒後死誰家桃李亂中開晉書史臣

洗宵美蔽元蹤姤勝於生○蓋桃李止一時之榮松筠有後凋之節故以松筠比忠烈桃李喻小人時中原擾攘天子家墮斯誠奸邪蕩滅忠良之時故忠烈則見危授命小人則貪生苟活辛時淳流著多矣此詩中識意甚丨姦邪用法元非法唱和來才不

是才詩鄭國風籜兮刺忽也君弱臣強不倡而和也天子之賊求賢而已非其才法必大壞既姦邪用法則所求揷者幷其才也自古浮雲蔽白日洗天風雨幾時來漢陸賈新語曰邪臣之蔽賢猶浮雲之蔽白日也○李白詩自古浮雲蔽白日長安不見使人愁

清夜泛舟

都人會立似山丘笙簫將軍擁棹遊後漢成瑨為南陽太守委功曹岑晊郡中

謠曰南陽太守岑公孝弘農成瑨但坐嘯遠郭煙波浮泗水山海經曰泗水出魯東北○說文口

泗受洛東入淮一船絲竹載涼州纔帝朝呈質書每至觴酌流絲竹並奏○西域記龜茲國

王與其臣庶知音者於大山間聽風聽水之聲均節成音後翻入中國如伊州涼州甘州曲皆龜茲樂也○明皇雜錄帝自蜀回夜登勤政樓倚闌煙月滿目因歌庭前琪樹已堪攀塞外征人尚未還聞里中亦有歌此者謂力士曰得非梨園舊人乎遲明訪之果梨其夜後東月登樓擁力士又貴妃侍兒紅桃在傍命歌涼州涼州記妃子所製帝御玉

[illegible]箭此曲於人間 城中都護曾[illegible]用[illegible]山海經注用薰之山[illegible]

多用饋說文日言用也 旗裹鷺飛盡白鷗偏將不須誇郤縠左傳晉文公蒐元帥趙衰曰郤縠可臣亟聞其言矣說禮樂而敦詩書詩書義之府也禮樂德之則也德義利之本也君其試之乃使縠將中軍 未聞詩句解風流

秦韜玉字中明京兆人少有詞藻諂事大閹田令孜未期年宮至監鐵保大軍節度判官中和間致擢賜進士第令孜引擢工部侍郎有投知錄傳于世

對花

長與韶光暗有期春色爲韶光取和陽之義可憐蜂蝶却先知誰家促
席臨低樹陶潛停雲詩安得促席談彼平生何處橫釵帶小枝麗日多情
疑曲照易離卦日月麗乎天和風得路合偏吹爾雅春晴日出而風日光風亦日和風
向人雖道渾無語幾勸王孫到醉時

貧女

蓬門未識綺羅香擬托良媒亦自傷誰愛風流高格調共

憐時世儉梳妝（險粧云云……開額）敢將十指誇鍼巧不把

雙眉鬥畫長（魏宮人好畫長眉今人效作闘眉）最恨年年壓金線爲他人

作嫁衣裳（此詩韜玉傷不遇爲自况之辭也）

長安書懷

西風吹雨濕寒更鄉思撩人撥不平長有歸心懸馬首（左傳惟吾馬首是瞻）可堪無寐枕蛩聲風收螮蝀和空碧秋染湘江到

底清早晚身閑着簑去橘香深處釣舟横

鸚鵡

每聞別鶴竟悲鳴却羨金籠寄此生早是翠衿爭愛惜可

堪紅觜强分明（鸚鵡賦云紺趾丹觜綠衣翠衿杜詩翠衿渾短盡紅觜漫多知）雲漫[illegible]

魂應斷歌按秦樓夢不成（唐李白秦樓月所製樂府也）幸自正平人不

識賺他爲賦被時輕（後漢禰衡字正平有鸚鵡賦頭大翻之殘毀雖奮迅其勢如云云）

唐詩鼓吹卷之四

唐詩鼓吹卷第五

資善大夫中書左丞郝　天挺　註

劉滄 字蘊靈，魯人。大中八年進士，調華原尉。有詩一卷傳于世。

長洲懷古 李白爲宋中丞請都金陵表云：西以峨嵋爲壁壘，東以滄海爲溝池，地守海陵之……滄洲之號長洲。

野燒空原盡荻灰 燒，去聲。原之火曰燒。 吳王此地有樓臺 平江府，吳地。姑蘇吳地，吳王闔閭於此。 千年事往人何在 半夜月明潮自來 白鳥影從江樹沒 清猿聲入楚雲哀 停車日晚薦蘋藻 左傳：蘋蘩薀藻之菜，可薦於鬼神，可羞於王公。 風靜寒塘花正開

經煬帝行宮

此地曾經翠輦過 浮雲流水竟如何 杜詩：流水生涯盡，浮雲世事空。 香消南國美人盡 怨入東風芳草多 殘柳宮前空露葉 夕陽江上……度月明聞棹歌

與僧話舊

巾舄同時下翠微舄崔豹古今注曰以木置屐下乾腊不畏泥也舊遊因話事多違南朝古寺幾僧在南朝已見前註西嶺空林唯鳥歸莎逕晚煙凝竹塢石池春色染苔衣此來相見又相別即是關河朔鴈飛

咸陽懷古　劉滄

經過此地無窮事一望淒然感廢興渭水故都秦二世秦二世而亡咸原秋草漢諸陵咸陽原上長陵平陵在焉天空絕塞聞邊鴈葉盡孤村見夜燈風景蒼蒼多少恨寒山半出白雲層

遊東湖黃處士園林

偶向東湖更向東數聲雞犬翠微中長沙郡有東湖戴叔倫詩云偶向東湖更向東數聲鷄唱翠遙知楊柳是門處似隔芙蓉無路通

客歌來山帶雨漁舟過去水生風物情多與閑相稱所恨

求安計不同出處了不同安於自適

曹松字夢徵舒州人也光化四年登第時七十餘矣授校書郎而卒有集三卷今傳

南海旅次

憶歸休上越王臺臺在廣州北悟性寺越王事見前注歸思臨高不易裁為客正當無鴈處此當一作逢○衡州有回鴈峰在衡陽之南鴈至其處不過故園誰道有書來以無鴈故無書城頭早角吹霜盡郭裏殘潮蕩月迴蕩一作帶心似百花開未得年年爭向被春催

陪湖南李中丞讌隱溪

竹林啼鳥不知休羅列飛橋水亂流觸散柳絲迴玉勒約開蓮葉上蘭舟酒邊舊侶真何遜宋何遜字仲言八歲能賦詩沈約嘗謂遜曰吾每讀卿詩一日三復猶不能已其為名流所稱如此雲裏新声是莫愁石城有女子名莫愁善歌謠故樂府若值主人嫌晝短應陪秉燭夜深遊古詩晝短

蜀游

崔魯 廣明間文舍進士有無機集傳于世

春日即事 長安

一百五日又欲來梨花梅花參差開行人自笑不歸去瘦馬獨吟真可哀杏酪漸香鄰舍粥鄴中記寒食三日爲醴酪又煑粳米及麥爲酪擣杏仁煑作粥榆煙將變舊爐灰譙周古史考燧人氏鑽木取火春取榆柳夏取杏棗季夏取桑柘秋取柞楢冬取槐檀畫樓春暖清歌夜肯信愁腸日九迴九迴腸見前泣

過鑾溪渡

綠楊如髮雨如煙立馬危橋獨喚船山口斷雲迷舊路渡頭芳草憶前年身隨遠道從悲梗戰國策蘇代謂孟嘗君曰有土偶人與桃梗相與語土偶曰今子東國之桃梗也刻削子以爲人天降雨子漂流而去則子泛泛者將何如也世謂羇旅爲泛梗飄逢若遂此詩賣明時不直錢前漢灌夫於武安君田蚡席行酒至田蚡蚡曰吉不能飲夫怒嘻笑日將軍貴人次至臨汝侯節賢方與程不識耳語又不避席夫無所發怒乃罵臨汝侯曰平生毀程不識不直一錢今日長者

[illegible]歸去來臺還有封鈎船春雨日高眠

春晚岳陽城言懷二首

煙花零落過清明異國光陰老客情雲夢夕陽愁裏色（一云上夢作又〇杜預左傳注雲夢澤在江之南北）洞庭春浪坐來聲（郡國志云岳州巴陵有洞庭彭蠡洞庭在巴陵縣西南湖也周七百里也）天邊一與舊山別江上幾看芳草生獨倚闌干意難寫（倚一作凭）暮笳嗚咽調孤城（詩意謂以客思鄉之意發於巴陵笳調）

又

翠煙如鈿柳如環晴倚南樓獨看山江國草花三月暮帝城塵夢一年閒虛舟尚歎縈難解（莊子方舟而濟河有虛船來觸舟雖有褊心之人不怒也忽有一人在其上則惡聲隨之向也不怒而今也怒向也虛而今也實）飛鳥空慚倦未還（晉陶淵明歸去來辭云雲無心以出岫鳥倦飛而知還）何似不羈詹父伴睡煙歌

[illegible]

[illegible]

張祜 字承吉南陽人元和時卒于丹陽今有詩集一卷行于世

洛陽感寓

擾擾都城曉四開，不關名利也塵埃。千門甲第身遥入注公第之以罕乙次第之故云甲第萬里銘旌死後來。銘旌送葬者書生前爵號名位洛水暮煙橫莽蒼，煙一作天蒼上聲○莊子適莽蒼者三餐而反腹猶果然謂一望之色也邙山秋日露崔嵬。北邙山在洛陽須知此事堪為鏡，書曰人無於水鑑當以人鑑莫遣黃金謾作堆。後漢董卓郿塢有金數十萬斤

顧雲

過張祜處士丹陽故居并引

昔吾逮張祜世家通舊尚憶孤穉之歲与伯氏嘗承處士撫抱之仁目管輅為神童期孔融為偉器光陰倏謝二紀于茲適經其故居已易他主詢遺孤之所止則距故居之右二十餘步荊棘之下蓽門啓焉處士有四男一女男曰椿兒

[illegible]

其文尚存[illegible]指[illegible]言則文[illegible]食女[illegible]傳[illegible]霜鬢而黄冠者促綫迎門乃詩時愛抱崔氏去之話舊歷歷然可所差爭萬帔練裙兼非所有琴書圖籍盡一寓他人又云黄岩之西有故田數百畝力既貧窶十年不詩惟歲賦万錢求免無所嗚呼昔爲搢生置體鄭公立鄉著復何人哉因吟之五十六字以開諸好事者

憶昔爲兒逐我兄曾拋竹馬拜先生竹馬小兒所騎以爲嬉戲者書齋已換當時主詩壁空題故友名梁任昉四子東里西華南容北叟俱不文李墜其家声流離不復西華冬月看葛帔練裙道逢劉孝標泫然矜之曰我當爲卿作論乃著廣絶交論以譏其故友○前序所引葛帔練裙此也豈是爭權留怨敵可憐當路盡公卿柴桑草屋無人問酒向荒田責地征

皮日休字襲美一字逸少襄陽人也咸通中及第爲著作郎乾符乱出闕爲賊巢所殺有文數千卷詩集一卷滑臺七卷並傳

過雲居寺玄福上人舊居

重到雲居獨悄然隔窗忽見影尚疑禪不逢野老來聽法[illegible]

長粦舜僧寒弓泉會晉上巳生涯不在登臨空借齋煙千年
木耳[答如耳鱗文石上如]茶煙[煮茶煙也]南宗弟子時時到[南宗曹溪禪也]泣把山花
莫几筵[文選任彥升上蕭太傅啓云几筵之慕幾何可想也]

西塞山泊漁家

白綸巾下髮如絲[綸音關]靜倚楓根坐釣磯中婦桑村挑葉
去小兒沙市買簑歸雨來蓴菜流船滑春後鱸魚墜釣肥
[蓴鱸事見前注]西塞山前終日客[金陵西有西塞山近石頭城也]隔波相羨盡依
依[李陵答蘇武書云臨風懷想能不依依]

襄州春遊

信馬騰騰觸處行春風相引與詩情等閑遇事成歌詠取
次衝筵隱姓名映竹認人多錯誤透花窺鳥最分明岑牟
單絞何曾着莫道猖狂似禰衡[魏太祖欲辱禰衡召為鼓吏因大會賓客閱試音節皆令脫去故衣着岑牟單絞之服○注曰以絹帛為之岑牟鼓角士之冑也○鄭玄云禮記注絞蒼黃色也]

送從弟歸復州

羨爾優游正少年，竟陵煙月似吳天。孫宗鑑東皐雜錄云：丙辰至王復州，皆平地；南至大八江，並无白陵之險；渡江至石首，始有淺山，謂之陵者，皆陵至此而竟，謂之石首者，石自此而首，此竟陵復州之意。縣

車螯近岸無妨取，本草車螯，蚌屬也。○南史：宋竟陵王義負君武帝愛會長史劉湛入，因嚬王酒夕久車螯而坐。舴艋隨風不費牽。廣雅曰：舴艋，小舟也。宋元嘉有司奏曰：揚州刺史王弘上金會稽從事書，詳一詞解列先風聞餘姚令何玢之造平床一乘舴艋一艘，精麗過常，用功兼倍，請免官，奏可。處處路

傍千頃稻，家家門外一渠蓮。殷勤莫笑襄陽住，為愛南塘縮項鯿。齊書：張敬兒為刺史，作六櫓船，獻齊高帝曰：奉槎頭縮項鯿一千八百頭。○孟浩然襄陽詩：試垂竹竿釣，果得槎頭鯿。漢水鯿魚稜美，襄人以槎斷水，因名為槎頭也。

寄題羅浮軒轅先生所居

亂峯四百三十二，元和志：羅浮二山之峯凡四百三十二也。欲問徵君何處尋。扶微故曰徵君。紅翠數聲瑤室響，紅翠，山鳥名。○文選注云：羅浮山有疑房瑤室七十二所。真

亶一生石婁宋真檀香山都遣負古長酒迷異記盧陵貧夭

[illegible]身[illegible]女可長

四五尺常在幽暗之中魑魅鬼物　桂容看化後金中輅

紀異唐初進士龐式辭王倶諜業嵩山王揲樵見山敬有道士曳輕羅被守一妙王拜之道士白汝背肩隨我去石白玉

讚之見妙中黃金樹然須史乘空而去歸語其事　從此謁師知不遠求官先有葛

洪心晉葛洪為散騎常侍辭不受聞交趾出丹砂求為句漏令帝以洪宦高不許洪曰非欲為榮以有丹耳帝從之

送圓載上人歸日本國

講殿談餘着賜衣椰帆却返舊禪扉椰帆以椰木為帆檣也貝多紙

上經文動貝多出摩伽陀國長六七丈冬不凋梵語貝多婆力叉漢言樹葉西域寫經用此出酉陽雜俎

如意瓶中佛爪飛圓覺經云譬清淨摩尼珠映於五色隨梵言摩尼漢言如意也○宋史西河離石人劉薩訶於丹陽城礼阿育王塔見於光明集衆掘得鐵函之中又有銀函盛金舍利及佛爪髮詔遣沙門釋雲迎之

颶母影邊持戒宿波神宮裏受齋歸嶺表志中秋夏間有暈如虹謂之颶母影必有颶風能覆舟泛海者大令[illegible]必避之詩言圓載上人修持戒律精嚴能使龍宮命食雖遇颶風亦无害也波神謂龍宮也

家山到日將何日白象新秋十二圍

[illegible]訪[illegible]不遇

雲暗塢里竹欹斜憐後徐吟到陸家（謝阮正自蠟屐因歎……）口未知一生能着幾兩屐荒逕穩□堆栢子破扉開澀染苔花壁閑定

欲圖雙檜廚靜空如飯一麻（瑞應經曰釋迦佛生迦維羅衛國為太子後出家既歷正深山到幽僻處菩薩跏趺布地正黃坐月食一麻一麥端坐六年）擬受太玄今不遇可憐遺

恨似侯芭（揚雄傳侯芭鉅鹿人常從雄居受其太玄法言）

開元寺早景即事

客省蕭條柿葉紅樓臺如畫倚霜空銅池數滴桂上雨（漢宣帝紀金芝九莖產於函德殿銅池中顏師古注云銅池承霤以銅為之）金鐸一声松杪風鶴靜

時來珠像側（浮圖上珠日珠像）鴿馴多在寶幡中如今塵外虛為

契（今欲何一）不得支公此會同（支公為支道也）

病孔雀

煙花雖媚思沉冥猶自擡頭護翠翎強聽紫簫如欲舞困

眠紅樹似依□因思桂蠹傷肌骨（淮南……）

云此蟲食甚故味辛而囋之以蜜食之甚甘美爲憶松鵝

換性靈一作撰盡日春風吹不起鈿毫金縷一星星

聞魯望遊顔家園林病中有寄

一夜韶姿著水光謝家春草滿池塘謝靈運詩池塘生春草園柳變鳴禽細挑泉眼尋新脉輕把花枝換宿香換一作嗅蝶欲試飛猶護粉鶯初學囀尚羞簧分明不得同君賞盡日傾心羨索郎酈道元水經桑落河出美酒世人語訛爲索郎故有索郎酒

病後春思

連錢錦暗麝氛氲荆思才多詠鄂君見鄂君船注孔雀鈿開鏡沼見石榴紅重墮階聞牢愁有度應如月揚子雲常怪屈原文過相如至不容作離騷自投江死悲其文讀之未嘗不流涕也以爲君子得時則大行不得時則龍蛇遇不遇命也何必沈身哉乃作書往往摭離騷文而反之自岷山投諸江中以弔之名曰反離騷又作廣騷重騷等一卷因自名曰畔牢愁注離也牢聊也與君相離愁而無聊也春夢無心只似雲

而出也應笑病來慚滿面，花殘好作斷腸文。作或作斷

館娃宮在硯石山，吳以西施得名。小詩

豔骨已成蘭麝土，宮牆依舊壓層崖。弩臺雨壞逢金鏃，吳越春秋：吳王以三千弩射潮頭，寺海神戰，自是水不近城。弩臺臨高射弩之處也。香逕泥消露玉釵。館娃宮旁有採香徑，今靈巖寺是也。玉釵見前注。硯沼只留溪鳥浴，硯沼，硯山之沼。屧廊空信野花埋。響屧廊下空，使西施步屧其上也。姑蘇麋鹿真閑事，史記：小也。吳破越，越進西施，請退軍。王得西施，淫荒無度，遊姑蘇。子胥諫曰：臣恐姑蘇不久為麋鹿之遊也。須為當時一愴懷。陸龜蒙和章

以紫石硯寄魯望兼酬見贈

樣如金蠶小能輕，微潤將融紫玉英。石墨一研為鳳尾，鳳觜。廣州記曰：懷化縣掘塹得石墨，甚多精好，可寫書。○陸雲與兄機書曰：一日上三臺，得曹公藏石墨數十上萬斤，云燒此消復可用，不知兄頗見之不？今送二螺。○齊蕭鋒五歲，高帝使學鳳尾諾，一學即工，帝大悅，以玉麒麟賜之，曰：玉麒麟賞鳳尾諾。寒泉半勺是龍睛。龍睛謂硯沼也。騷人白芷傷心暗，楚辭

[illegible]兮上有楓目極千里兮傷春心[illegible]徑客紅筵奪眼明[illegible]後主之[illegible]

押客也兩地有期皆好用[illegible]騷人押客也不須空把洗溪聲

聞開元寺開筍園寄莫上人

園鎖開聲駭鹿群滿林鮮籜水犀文森森競泫林梢雨攢[illegible]攢爭穿石上雲[illegible]音並出亦如鵝管合鵝管謂鵝羽筒也各生還似犬牙分[illegible]書式相制折煙束露如相遺何似明朝不薦葷宋何胤字子季入鍾山定林寺聽內典後汝南周顒書令食菜故胤未年遂絕肉味○莊子人間世篇回之家貧不飲酒不茹葷

奉和魯望新夏東郊閑泛有懷

水物輕明淡似秋多情才子倚蘭舟蘭舟注見前碧莎裳下攜詩草黃篾樓中掛酒篘隋煬帝幸江都五品以上給樓船九品以上給黃篾舫上絹竹為篾[illegible]蓮葉蘸波初轉棹以護風雨魚兒簇餌未諳鉤共君莫問當年事一點沙鷗似五侯[illegible]婁護字君卿遊五侯之門五侯[illegible]

奉和龜蒙四月十五日道室書事

望朝齋戒是尋常（一朝朔也郎）盡起金根第幾章（金根經名）竹葉飲爲甘露色（宜城九醞名竹葉酒○述異記庾亮迎吳猛登廬山過石梁見一翁坐桂樹下以玉杯承玉膏甘露與猛）蓮花鮓作肉芝香（仙傳拾遺云淮南蕭静之掘地得物類人手肥嫩色微紅烹食之後遇異人曰尔嘗食仙藥矣因告之曰此名肉芝食之者壽如神仙）松膏背雨凝雲磴（雨一依日）刑粉經年染石床剩欲與君終此志頑仙唯恐鬢成霜

次韻看壓新醅

一簣松花細有聲（仙家以五粒松花釀酒服之香美延年○簣酒器也）旋將渠挩撇寒清（昭明太子將進酒云洛陽輕薄子長安遊俠兒宜城溢渠椀中山浮玉卮）秦吳只恐篘來近（江文通別賦兒秦吳兮絶國）劉項直饒釀得平（詩言漢高祖與項羽爭天下因此醞釀亦可得和平也）酒德有神多客頌（晉劉伶作酒德頌）醉鄉無貨沒人爭（王績[illegible]作）五胡煙水郎山月合向尊前問姓名（五湖在[illegible]）

相及榷醉鄉中可合而為一也

次韻魯望以竹夾膝見寄

圓於玉筯滑於龍，來自衢陽彩翠中。拂潤恐飛清夏雨，叩虛疑貯碧湘風。大勝書客裁成簡，頗勝溪翁截作筒。從此角巾因醉戴，晉羊祜與從弟書曰既定邊事當角巾東路歸故里為容棺之墟也 俗人相訪若為通。

夏景無事因懷章來二上人

潛景微陰正送梅，風土記江南三月雨謂迎梅五月雨謂送梅 幽人逃暑瘿楠杯。謂以木瘿為酒杯也 水花移得和魚子，水花蓮也 山蕨收時帶竹胎。一作新來 嘯館大都偏得月，醉鄉終竟不聞雷。劉伶酒德頌靜聽不聞雷霆之聲 更無一事唯留客，卻被高僧怕不來。用遠法師蓮社招淵明事

寄瓊州楊舍人

德星文彩瘴天涯，後漢陳仲弓從諸子姪造荀季和父子時德星聚太史奏五百里內有賢人

州故云章大涯酒樓坤消謗宦嗟在海嶠上有酒樹以安

石榴取其花注停翁年中數日而成酒行遇竹王因設奠後漢夜郎者初有女子浣於遯水有三節大竹流入足間聞其中有声剖視之得一男歸養之及長有才武自立為夜郎侯以竹為姓武帝賜以王印綬後遂殺之封其三子為侯死配食其父今夜郎有竹王三郎神是也○章陽國志竹王祠今在施州歌羅寨西北東山上人亦名夜郎侯祠

居逢木客又遷家木客郎山魈也木客詩云酒尽君莫沽壺頭我當發城市多聖鹿盡逐山弄明月

清齋靜溲桄榔麵後漢夜郎句町有桄榔木可以為麵百姓資之註云桄榔木外皮有毛似棕櫚而生其木剛利木中有屑如麪可食○左思蜀都賦布有橦花麪如桄榔

遠信閑封荳蔻花清莂會須歸有日文選劉公幹贈徐幹詩誰相去遠隔此西掖垣拘限清切禁中情由宣

莫貪勾漏足丹砂勾漏山在容州普寧縣岩穴多勾曲穿漏故名○丹砂見前注

夏景沖澹偶然作

一室無喧事事幽還如貞白在高樓陶弘景字通明丹陽秣陵人嘗起三層樓弘景處其上弟子居其中賓客至其下唯一家僮至其所梁大同二年卒詔贈太中大夫謚曰貞白先生詩指此

天台書得千迴看湖月芳來百度遊無恨出幾吟翫息幾

多身計欽前休他年謁帝言何事曹子建詩云謁帝承明廬逝將歸舊疆請
贈劉伶作醉侯以劉伯倫好飲故謂封為醉侯

魯望潤承吉之孫為詩引邀余屬和欲用余道振
其孤而和之噫承吉之困身後乎魯望視余困與
承吉身前孰苦哉未有已困而能振人者抑為辭
用塞良友

先生清骨葬煙霞業破孤存誰為嗟幾篋詩書分貴位一
林石筍散豪家張祜處士性愛石嶺南載羅浮石置於曲阿之宅兒過舊宅啼楓
影姬遶荒田泣稗花孟子五穀者種之美者也苟為不熟不如荑稗惟我與君堪
便戒莫將文譽作生涯莊子養生篇吾生也有涯

庚寅歲新羅弘惠上人與本國同書請日休為靈
鷲山周禪師碑將還以詩送之

三十麻衣弄渚禽[illegible]

名字徹雞林（雞林新羅也名徹）勒銘鉗即多遺草（竇憲勒銘燕山）越海
還能抵萬金鯨鬣曉掀峰正燒鼇龍晴夜没島還遥深一千餘
字終天別東望辰韓溟灑襟（後漢東夷傳韓有三種一曰馬韓二曰辰韓三曰弁韓）

張賁

奉和魯望白菊

雪彩冰姿號女華（唐本草菊花一名女節一名女華）寄身多是地仙家（王子喬玉函方云菊十二月上寅日採名曰長生長生者根莖是也服年八十一云或若人可變爲童兒即地仙矣）有時
南國和霜立幾處東籬伴月斜謝客瓊枝空貯恨（晉謝靈運…）袁郎金鈿不成誇自知終古清香在更出梅
林（二云隨列瑶…）妝弄曉霞（梅…）

羅鄴（餘杭人與宗人隱齊名故號二羅咸通中累進士不第有詩集行于世）

洛水

一道潺湲淺淺莎年年惆悵是春過莫言行路聽如此路

一作谿流入深宮恨更多橋呼月來清見底柳邊風去綠生波

縱然滿眼添歸思未把漁竿柰爾何

下第寄呈友人

清世誰能便陸沉莊子則陽篇孔子之楚舍於蟻丘之漿其鄰有夫妻臣妾登極者仲尼曰是聖人僕也沉者是也注陸沉隱者沉不在水而在陸極至極也相逢休作憶山吟唐靈徹詩云相逢盡道休官去林下何曾見一人若交仙桂在平地更有何人肯苦心去國漢妃還似玉漢王嬙字昭君在元帝宮中宮人多不得常見乃使畫工圖其形宮人多賂畫工昭君自恃其貌不與及匈奴入朝選宮人配之昭君以圖當行入辭光彩射人竦動左右亡家石氏豈無金石崇之富不貲爲趙王倫所誅王嫡之獻秀倫之富可以保其寵享其安然竟不免去國亡家若何也時有命也歟且安懷抱莫惆悵瑤琴調高樽酒深詩意謂才調高而下第者是有命也罇一作深當遠大爲期也

東歸

日日雖憂行役遲東歸可是有家歸郎綠差五無明注誰

前不算山川去路賒秦樹還愁春鳥弄吳江猶憶鎮波聲

肥見前張翰注　桃夭杏艷清明近惆悵當年意盡違

僕射陂晚望 僕射陂在鄭州東二十里後魏孝文帝賜僕射李沖後世因名為僕射陂

離人到此倍堪傷陂水蘆花似故鄉身事未知何日了馬蹄惟覺到秋忙 秦中歲時記進士下第當年七月後獻新文求拔解○諺語曰槐花黄舉子忙

田園寥落東歸晚道路辛勤北去長卻羨無愁是沙鳥雙雙相趁下殘陽

錢起 字仲文吳興人天寶十年及第授秘書郎大曆中為翰林學士有詩集行於世

贈闕下閻舍人

二月黃鸝飛上林春城紫禁曉陰陰 謝希逸宣貴妃誄曰華紫禁李善注宮象紫微故名紫禁 長樂鐘聲花外盡 李白詩云聽鐘出長樂傳鼓到新昌 龍池柳色雨中深陽和不散窮途恨 窮途見阮籍注 霄漢常懸捧日心獻賦十年猶未遇 前漢司馬相如獻上林子虛等賦 羞將白髮對華簪 陶淵明詩此事真須

[illegible]

盧綸字允言河中人舉進士不第大曆初元載薦之累遷戶部郎中監察御史稱疾去卒有集今傳

長安春望

東風吹雨過青山却望千門草色閑家在夢中何日到春來江上幾人還川原繚繞浮雲外宮闕參差落照間誰念爲儒逢世難獨將衰鬢客秦關

夜投豐德寺謁液上人

半夜風中有磬聲偶逢樵者問山名上方月曉聞僧語下路林疎見客行野鶴巢邊松最老毒龍潛處水偏清願得遠公知姓字焚香洗鉢過浮生

送崔琦赴宣州幕

五馬臨流待幕賓二千石有五馬車杜詩人生五馬貴莫愛一毛侵○謝安王坦之嘗謂桓溫論事溫令郗超帳中臥聽之風動帳開安笑曰郗生可謂入幕之賓矣羞看白髮笑出風塵身閒

就養能辭遠養去聲能一作寧世難移家莫厭貧天際曉山三峽路巫山有上中下三峽津頭臘市九江人九江見前注何處遥知最惆悵蒲湖青草鷓鴣聲春有青草湖

至德中途中書事寄李澗

亂離無處不傷情況復看碑對古城路遠寒山人獨去月臨秋水鶻空驚顏衰重喜歸鄉國身賤多慙問姓名今日主人還共醉應憐世故一儒生

晚次鄂州

雲開遠見漢陽城猶是孤帆一日程一作依半估客晝眠知浪靜舟人夜語覺潮生潮江潮則漲也舟人夜覓潮生則發其纜索三湘愁鬢逢秋色郭璞山海經洞庭陂江湖水沅水皆會巴陵號曰三湘萬里歸心對月明舊業已隨征戰盡更堪江上鼓鼙聲

司空曙字文明廣平人韋皋招致幕府[illegible]授洛

題靈雲寺 一作凌雲

春山古寺遶煙波石磴盤空鳥道過鳥道見注 百丈金身開翠壁後漢明帝永平三年夢金人長丈六飛至殿前帝問群臣通事舍人傅毅對曰臣聞西域有道者得號為佛是乎帝遣王遵等往西域求佛法以白馬䭾經入洛陽洛中土有三寶之始也出大藏一覽 萬龕燈焰隔煙蘿雲生客到侵衣濕花落僧禪覆地多不與方袍同結足一本作結社○僧袈裟以方袍為之故曰方袍○洛陽伽藍記門僧肇法師製四論合為一卷曾示廬山遠法師劉遺民歎曰不意方袍復為平叔又呈劉遺民方袍出此 下歸塵世竟如何

送曲山人歸衢州

白石先生眉髮光劉向仙傳白石先生者中黃丈人弟子嘗烹白石為糧因就白石山居君亦食脯飲酒日行三四百里彭祖問白石先生曰何不服藥仙去先生曰天上至尊相奉至難更苦人間耳 已分甜雪飲紅漿甜雪英華一作雜雪○武帝外傳七月七日西王母降武帝曰欲長生者先服諸自身堅守泥丸宮備衛在絳宮黃庭天真之城服非下仙可服其次有用金液紫蛇華英太清紅雲之漿絳雪三黃及靈飛之[illegible]

九[illegible]一事交巾[illegible]聖[illegible]氣五岳英兼知藥草香[illegible]同玉[illegible]

流暗水(旁澗謂旁山之洞也)衡山碧色映朝陽(衡山南嶽也)十年城郭
相問華表幾我有夜霜覘町令

寄胡居士

日暖風微南陌頭青田紅樹起春(秋)愁伯勞相送行人別歧
路空歸野水流偏憶同看雪(一作)時期載酒共登樓爲言
惆悵高陽寺明月同松雁獨游

(陳羽)江東人貞元八年登科歷東宮尉佐有詩讚集下第二人得于此

送友人及第東歸

五陵春色泛花枝(張平子西京賦五陵望杜陵北)心解花前遠別離
落第恥爲關右客成名空羨(一作)里中兒(陳湯書沛公署沛公之麾)
(作解一下騎士適鄰食其里中子沛公唱問邑中賢豪騎士)
(食其曰吾聞沛公慢而易人有天略吾所願從若見)
(十年吾里中有鄰生年六)都門雨歇愁分處山店燈殘夢
(十餘高帝見之因說)
到時家住洞庭多釣伴因來相賀(負…)相思(…藏…詩生當…長)

思

長安卧病秋夜言懷

九重門鎖禁城秋月過南宮漸映樓紫陌夜深槐露滴天有紫微垣人主之宮象之宮曰紫宮曰紫禁殿曰紫宸京都之衢曰紫陌又碧空雲盡火星流詩七月流火漸西流左傳風清刻漏傳三殿唐書將軍李守禮奏三殿所置漏刻大儀銅壺上漏流出其後洒誦米斛德殿及東西廂也翰苑在其後○杜詩云詔從三殿出甲第歌鐘樂五侯文選陸機詩云甲第崇高闔閭第一宅也前漢王氏五侯同日而封註楚客病來鄉思苦寂寞燈下不勝愁

酬耿少府見寄耿湋也

耿湋字洪源河中人貞元中進士後官拾遺蒙傳于世刺史遷容管經略使卒

芳丈蕭蕭落葉中高僧傳舍利國有維摩故宅唐顯慶中王玄策因向印度過淨名宅以笏量基止有十笏故號為方丈暮天深巷起悲風年不盡人自老外事無端心自空家近小山當海畔等身留環衣

蜀東後漢公孫述僭號於蜀都臨邛東上君八○為步新館自隱以後近宮闕故云環衛周居
靖名金吾衛環衛遥聞相訪頻逢雪一醉寒宵誰與同

竇從一字從一遂州人天寶十年進士為秘書正字累官至台丞表二州刺史有集今傳于世

宋中舍遊江東

孤城郭外送王孫前漢韓信傳吾哀王孫而進食豈望報乎越水吳洲共爾論杜詩
野寺山邊斜有逕漁家竹裏半開門青楓獨映搖前浦一云青瀨白鷺閑飛過遠村若到西陵征戰處三國志吳陸抗上表曰西陵建平國之西門即夷門也不看秋草自傷寃文選江文通別賦黯然銷魂者唯別而已矣

自蘇臺望亭驛人家盡空春物增思悵然有作

南浦菰蔣覆白蘋東吳黎庶逐黃巾後漢末年黄巾盜起野棠自發空流水江燕初飛不見人宋文帝元嘉二十八年魏人破南兖徐兖豫青冀殺掠不可勝計丁壯即加斬截嬰兒貫於槊上盤舞以為戲所過郡縣赤地無餘春燕歸巢於林木遠樹依依如吳客平田眇眇獨傷神那堪回首長洲苑烽火年年報虜

壁

題靈臺縣東山主人

歎歎征胡人漸稀，山村寥落暮煙微。門臨莽蒼經年閉，（莽蒼，荒色也。）身逐嫖姚幾日歸。（嫖姚，將軍霍去病也，詳見前注。）貧妻白髮輸殘稅，餘寇黃河未解圍。天子如今能用武，只應歲晚息兵機。

早秋京口旅泊（京口，潤州也。南徐。）

移家避寇逐行舟，厭見南徐江水流。吳地征徭非舊日，秣陵凋弊不宜秋。（秣陵，金陵也。）千家閉戶無砧杵，七夕何人望斗牛。（斗牛見前註。）只有同時驄馬客，（漢桓典為御史，執法無所回避，京師畏憚之，語曰：行行且止，避驄馬御史。）偏題尺牘問窮愁。（尺牘，以木為書，其長一尺。○史記：虞卿非窮愁不能著書。）

贈別嚴士元（此詩又見劉長卿集。）

春風倚棹闔閭城 [illegible]

[illegible]郡賊重城縣下隅通門二八郎今蘇州也水國春寒陰復晴
細雨濕衣看不見閑花落地聽無聲日斜江上孤帆影草
綠湖南萬里情東道儻逢相識問以左傳燭之武曰若舍鄭以為東道主行李之往來供其乏用青袍今已誤儒生

姚鵠

訪遇真觀趙尊師不遇遇真一作玉真

羽客朝元晝掩扉林中一逕雪中微松陰蒲院鶴相對山
色滿樓人未歸盡日獨思風馭返風馭見列子註寥天幾望野雲
飛憑高目斷無消息自醉自吟愁落暉

唐詩鼓吹卷第五

唐詩鼓吹　浙江圖書館藏元沖和書堂刻本

唐詩鼓吹卷第六

資善大夫中書左丞郝　天挺　註

杜牧字牧之京兆人也太和二年進士擢賢良方正為江西團練府判官累遷左補闕監察御史進中書舍人卒有樊川集

李給事給事即李敏也

一章緘拜皂囊中漢文帝集上書皂囊為帷帳後漢靈帝以妖異數見特問蔡邕邕上表以皂囊封進注凡章表言密事用皂囊歷歷朝廷有古風元禮去歸緱氏學漢李膺字元禮潁川人性簡抗無所交接為司隸校尉及遭黨事下黃門北寺獄遇赦歸乃退居緱氏縣教授生徒○李給事因論鄭注告蕭澣頓陽江充來見犬臺宮前漢江充字次倩邯鄲人見上於犬臺宮言趙國事遂發趙太子後講巫蠱事衛太子死充破誅○鄭注嘗對帝於浴室故及之紛紜白書驚千古鈇鑕朱殷幾一空鈇斧也鑕椹也刑人之具揚雄解嘲一云徽以斜墨裹以鑕鈇左傳曰左輪朱殷杜牧本集注一云鄭注其露之事也曲突徙薪人不會霍光傳客有為主人者見其竈直突傍有積薪謂主人曰更為曲突遠徙其薪不……海邊今作釣魚翁

道一大尹存之庭美一學士階于聖明自致霄漢牧支離窮悴竊於一麾書美歌詩兼自言志呈上三君子

九金神鼎重丘山漢郊祀志武帝得神鼎一一者一統天地万物所係象也黃帝作宝鼎三三者天地人禹收九牧之金鑄九鼎象九州五玉諸侯雜佩環書舜典修五礼五玉注五等諸侯所執玉也號公執桓圭侯執信圭伯執躬圭子執穀璧男執蒲璧星座通宵狼鬣暗後漢郎官上應列宿星座通宵言君子在位得時行道也○六象列星圖曰天弧九星在狼星東南為天弓也主備盜賊常屬矢向狼星魏明帝景初二年八月庚寅夜大流星長數十丈白色有芒鬣詩言狼鬣暗小人不得志也戍樓吹、角虎牙閑後漢來歙叱蓋延曰虎牙何敢然漢將軍之号也斗間紫氣龍埋獄見前注天上洪爐帝鑄顏揚子或曰人可鑄与曰孔子鑄顏回矣夫注顏子不孝亦常人耳遇孔子教之乃庶幾矣道是孝猶鑄也若念西河舊交友魚符應許出函關隋書高祖頒木魚符於總官刺史雄一雌一又木魚符頒於外官五品以上

故洛陽城有感

一片宮墻當道危行人爲汝去遲遲孟子吾行遲遲也華萼[illegible]

秋風起後漢靈帝光和三年作畢圭靈昆苑東畢圭苑周一千五百步西苑周三千三百步皆畢羅之遊在洛陽宣平門外也平樂館前斜日時張衡東京賦曰其西則有平樂都場示遠之觀黨錮豈能留漢鼎後漢張成弟子牢脩上書誣告李膺等養太學游士交結諸郡生徒誹訕朝廷疑亂風俗帝大怒乃逮捕黨人如竇武劉淑陳蕃荀昱杜密之徒皆在黨中死者六七百人○汾陰得宝鼎武帝薦之羣臣賀以爲周鼎吾丘壽王曰今漢繼周昭德並行天祿有德天所以與漢寶鼎是乃漢鼎非周鼎也上曰善清談空解識胡兒晉書載記石勒販洛陽倚嘯上東門王衍見而異之曰向胡雛吾觀其聲恐爲天下之患馳請收之會勒已去王衍能清談千燒萬戰坤靈死易曰坤地道也○揚雄得同命哉曰普彼坤靈侔天作制○文選靈光殿賦云據坤靈之宝勢慘慘終年鳥雀悲

潤州郡鎮江府也

向吳亭東千里秋向吳亭在潤州州治之西南也放歌曾作昔年遊鮑明遠有放歌行青苔寺裏無馬迹綠水橋邊多酒樓大抵南朝皆曠達晉南渡後湖海樹之謝鯤渾車洋可粦東晉最風流晉

日東晉風流指王謝也月明更想桓伊在前注……一笛聞吹出塞愁晉劉疇曾避亂塢壁賈胡百數欲害之疇無懼色援笳而吹為出塞入塞之声以動其羣胡皆垂涙而去○古樂府有出塞入塞之曲

又

謝朓詩中佳麗地謝玄暉鼓吹曲江南佳麗地金陵帝王州逶迤帶綠水迢遞起朱樓夫差傳裏水犀軍國語曰吳敗越於會稽句踐說國人曰寡人不量力與大國報仇寡人之罪也親為夫差人洗馬而歸乃誓言其衆曰寡人聞古之賢君不患其衆不足患志行之不少恥今夫差衣水犀之甲者三千人不患其士志行之少恥患其衆不知也○南越志云平定縣巨海有水犀似牛其出入有光水為之開也城高鐵瓮横強弩唐乾符中周寶為閩帥築羅城二十餘里仍甕城又一云吳孫權所築○吳越王嘗以弓弩射潮頭與海神戰自是水不近城柳暗朱樓多夢雲用陽臺雲雨事畫角愛飄江北去釣歌長向月中聞揚州壁上試回首不惜千金借與君

題宣州開元寺水閣閣下宛溪夾溪居人

……文物草連空……天澹雲閑今古同鳥……

去鳥來山色裏人歌人哭水聲中深秋簾幙千家雨落日
樓臺一笛風惆悵無因見范蠡參差煙樹五湖東范蠡見前注
宣州送裴坦判官往舒州時牧欲歸京
日暖泥融雪半消杜詩云泥融飛燕子行人芳草馬聲驕九華山路
雲無寺九華山在池州清弋江村柳拂橋清弋江在宣州西五十里君意
如鴻高的的我心懸旆正搖搖戰國策楚王曰寡人之心搖搖如風中之旌謝玄暉
詩旅思搖搖同來不得同歸去故國逢春正寂寥
登池州九華峰寄張祜九華舊名九子山鬱林李白以其峰形似蓮花改爲
九華
百感中來不自由角聲孤起夕陽樓碧山終日思無盡芳
草何年恨始休睫在眼前猶不見道非身外更何求孟子道在
邇而求諸遠事在易而求諸難何人得似張公子指張祜處士千首詩輕萬戶
矣

九日齊山登高

江涵秋影鴈初飛與客攜壺上翠微翠微見前注塵世難逢開口笑莊子人生上壽百歲中壽八十下壽六十除病瘦死喪憂患其中開口而笑者一月之中不過四五日而已菊花須插滿頭歸但將酩酊酬佳節不用登臨歎落暉古往今來只如此牛山何必淚沾衣列子齊景公遊于牛山北臨其國城而流涕曰美哉國乎鬱鬱芊芊若何滴滴去此國而死乎使古而無死者寡人將去斯而何之史孔梁丘據皆從之泣晏子獨笑於傍曰吾君方將被蓑笠而立乎畎畝之中惟事之恤何暇念死乎景公慚焉

齊安郡晚秋

柳岸風來影漸疏使君家似野人居杜詩車來休休地自依野人居雲容水態還堪賞嘯志歌懷亦自如雨暗殘燈棊散後酒醒孤枕鴈來初可憐赤壁爭雄渡赤壁屬黃州三國志曹操與周瑜遇於赤壁初戰操軍不利引次江北烏林之敗唯有蓑翁坐釣魚

得春發後多[illegible]在湖州牧[illegible]

[illegible]慶喜[illegible]秋成雨[illegible]樓臺歌板聲千歲鶴歸猶有恨[illegible]
[illegible]前誤見一年人住豈無情夜涼溪館留僧語風定蘇潭看月
至唐蘇瓌爲烏程尉嘗此潭聞有人語云拔出後果拜相故名蘇公潭有記存焉在洲治之東景物登
臨閑始見願爲閑客此閑行

柳

日落水流西復東春光不盡柳何窮巫娥廟裏低含雨宋
玉門前斜帶風莫將榆莢共爭翠深感杏花相映紅灞上
漢南千萬樹幾人遊宦別離中杜詩漢南應老盡霸上遠愁人

送劉秀才歸江陵

絲服鮮華覲渚宮高士傳老萊子年七十衣班斕之衣爲嬰兒戲于親前○杜詩朝夕高堂念應
宜綵服新○左傳楚子西沿漢泝江將入郢王在渚宮○渚宮之城楚船宮也梁元帝名以渚宮鱸魚新熟
別江東劉郎浦夜侵船月郡国志劉備娶孫夫人婚於楚也因名○荊州記劉郎浦在荊
州石首縣[illegible]宋玉亭春弄袖風[illegible]

……對才臣不才……窮賞之曰飄飄有淩雲之氣詩人杜上爲
金口（揚子曰如將復駕其說者則莫若諸儒而金口而木舌）借取明時一薦雄（杜詩揚雄）
（史有何東賦推待歎噓送上天。甘泉賦序孝成帝時客有薦雄文似相如者上方郊祀甘泉泰畤汾陰后土以求
繼嗣召雄待詔承明之庭云云）

題青雲館（一作商於）

虯蟠千仞劇羊腸（文選魏文帝詩羊腸坂詰曲車輪爲之摧）天府由來百二強
（史記蘇秦說秦惠王曰秦四塞之國被山帶渭東有關河西有漢中南有巴蜀北有代山此天府也。前漢高帝紀
田肯賀上曰秦形勢之國也帶河阻山懸隔千里持戟百萬秦得百二焉蘇林曰秦地險固二萬人足當諸侯百萬）
也四皓有芝輕漢祖（四皓見前注）張儀無地與懷王（史記張儀說楚懷王
使絕齊請獻商於之地六百里楚遂絕齊使將軍隨張儀受地儀至秦詳墮車三月不朝齊秦交合儀乃出謂楚使
曰臣有奉邑六里願獻大王楚王大怒）帳連雲影籠陰合枕繞泉聲客夢涼
深處會容高尚者（易蠱卦上九曰不事王侯高尚其事）水苗三頃百株桑（永部）
稻種

殘春寄張祜

暖雲如粉草如茵獨步長堤不見人一嶺桃花紅錦黦半溪山水綠羅新萬枝百舌猶欺鳥百舌鳥名帶葉梨花獨送春仲蔚欲知何處在苦吟林下拂詩塵晉皇甫士安高士傳曰張仲蔚平陵人与同郡魏景卿俱修道德隱身不仕明天文博物善屬賦所居蓬蒿沒人不治榮名時人莫識惟劉龔知之

寄浙西李判官

燕臺上客意何如燕臺燕昭王築黃金臺以礼郭隗四五年來漸漸疎直道莫拋君子業語直道而事人焉往而不三黜遭時還與故人書杜詩厚祿故人書斷絕總恒飢雛子邑婁涼青雲滿眼應驕我白髮渾頭少恨渠誰念賢哉崔泰讓可憐無事不歌魚史記孟嘗君客有馮驩者彈長鋏歌曰長鋏歸來乎食無魚食有魚矣又歌曰長鋏歸來乎出无車

訪張明府同趙二十三嘏聯句

自替宦西并空明奄青乾一埊亂閣著去宿徐歸去來

古調詩必山色畫無絃琴在戶明中 張曰但識琴中趣何勞絃上聲○趙

遠簷高樹宜幽鳥出岫孤雲逐晚虹 歸去來辭云雲無心而出岫○趙

別後東籬數枝菊不知閒醉與誰同 趙

洛陽

文征武戰就神功 書云舞干羽于兩階七旬有苗格 又云戎衣而天下大定 時似開元天寶中 開元天寶玄宗年號也 已見玄戈收相土 張平子西京賦招搖玄戈 註云玄戈北斗第八星為矛頭主胡兵○唐憲宗元和七年由承嗣納土 詩云相土烈烈海外有截注相土契之孫也○諸侯納土也 應回翠帽過離宮 張衡西京賦云戴翠帽倚金較注翠羽為帽以翠羽飾車蓋黃金較 侯門草滿宜寒兔 詩冤罝施于中逵 兔罝肅肅 洛浦沙深見塞鴻 疑有女娥西望處上陽煙樹正秋風 張衡西京賦女娥坐而長歌聲清暢而蝼蛇○魏武帝臨崩遺命吾婕妤妓人皆令著銅雀臺上月朝十五作伎汝等時登臺望吾西陵墓田 上陽宮名

寄唐州李尚書 李翱憲宗朝為唐鄧節度使檢校尚書左僕射

累代功勳照世光胡兒曾道死心降 □□胡為攻書□筆九二

千管晉王羲之退筆成丘號退筆冢領節門排十六雙晉謝安都督揚荊等十五州諸軍事
其本官悉如故。唐百官志節度使辭日賜雙旌雙節行則建節立六纛入境州縣築節樓迎以鼓角詩意以尚書比謝安
先指眇弁聲籍籍前漢或說汲黯曰天子欲令羣臣下大將軍不可以不拜黯曰夫以大將軍有揖客反不重耶。後漢耿弇字伯昭扶風人為光武大將軍封好時侯
今看黃霸事摐摐前漢黃霸字次翁淮陽人為潁川太守政稱神明後拜丞相卒謚定侯
時人欲識胥襟否彭
蠡秋連萬頃江彭蠡湖在鄱陽匡廬山下

奉送中丞姊夫儔自大理卿出鎮江西

檣似鄧林江拍天山海經曰夸父逐日渴飲河渭不足飲大澤未至道渴而死棄其杖化為鄧林
越香巴錦萬千千閩越出香巴蜀出錦滕王閣上柘枝鼓滕王閣在隆興府郡
咸西語高祖子滕王元嬰所建王勃作記。樂苑曰羽調有柘枝曲商調有屈柘枝此曲因舞得名用二女童鮮衣
帽帽施金鈴抃轉有聲其來也於二蓮花中藏之花折而後見舞中之雅妙者也詩云柘枝鼓即舞此曲也。案
此曲本出於柘跋氏後人訛傳因名柘枝徐孺亭前鐵軸船圖經東閣南小洲上有漢高士徐孺
子宅有臺太守夏侯嵩立八郡[illegible]八郡謂江西

挽索 萬人師長豈無權書長乃大夫長誓千夫 要君嚴重踈歡樂

猶有河湟可下鞭時河湟未下故用祖逖着鞭事詳見前注

西江懷古

上吞巴蜀控瀟湘 怒似連山靜鏡光連山謂波浪如山也 魏帝縫囊真戲劇步騭傳表言此降人說此多作囊欲以盛沙塞大江呂岱主曰此曹必不敢來若不如孤言當以牛十頭為君作主人後見呂岱說驚言此欲作囊以塞矣笑曰此江自開闢以來寧可塞耶 苻堅投箠更荒唐苻堅欲伐晉左率石越對曰國有長江之險朝无昏惑之舉務未可伐也堅曰以吾之衆旅投鞭於江足斷其流 千秋釣艇歌明月 萬里沙鷗弄夕陽杜詩白鷗沒浩蕩万里誰能馴 范蠡清塵何寂寞事見前注 好風唯屬往來商

早鴈

金河秋半虜弦開雲中郡有紫河鎮界內有金河其泥紫色似紫金在郡山宮南談盛樂縣唐振武郡節度使○虜弦謂虜之弓矢也 雲際驚飛四散哀 僊掌月明孤影過華山有仙人掌 長門燈暗數聲來長門漢宮名也 須知胡騎紛紛在 豈逐

一一回莫厭瀟湘少人處水多菰米岸莓苔
西京雜記太液池边皆是彫菰綠節之類菰之有米者名雕菰行首著名綠節杜詩菰米沉雲黑蓮房墜粉紅

聞慶州趙縱使君與黨項戰中箭身死

將軍獨乘鐵驄馬榆溪戰中金僕姑
榆溪在慶陽府西北六百里○左傳宋公以金僕姑射南宫長萬
死綏却是古來有
禮記武車綏旌注有虞氏之旌旟也司馬兵法曰將軍死綏○梁任昉彈曹景宗云將軍死綏寸步無卻
驕將自驁今日無青史文章爭點筆
梁江淹杜建平王書與咎冊冊並圖青史
朱門歌舞笑捐軀誰知我亦輕生者不得君王丈二殳
說文曰殳以杖也音殳禮殳以積竹殷長丈二一尺建於兵車旅賁以先驅也詩曰伯也執殳為王前驅

街西
隋三禮圖長安領街西五十四坊及西市多王公貴戚之第

碧池新漲浴驕鴉
杜牧阿房宮賦渭流漲膩棄脂水也言此意稍膩
分鎖長安富貴家遊客偶同人鬭酒名園相倚杏交花銀鞍騕褭嘶宛馬
文選徐敬業詩驊騮驚華轂汗馬躍銀鞍○淮南子曰夫待飛兔騕褭而駕之則世莫乘車矣注飛兔騕褭古之

貳師將軍取太宛之馬
碩娉適三河毋遣配君碩視之可十八九鈿車青牛飲食服玩皆備
繡轂璁瓏走鈿車 祠蘭香數尋張
一曲將軍何處笛連雲芳樹日初斜

自宣城赴官上京

瀟洒江湖十過秋酒杯無日不淹留謝公城外溪驚夢 謝玄暉為宣城太守
蘇小門前柳拂頭 蘇小錢塘樂妓也○古樂府有錢塘蘇小小歌云妾乘油壁車郎騎青驄馬何處結同心西陵松柏下
千里雲山何處好幾人襟韻一生休塵冠卻掛知閑事終擬蹉跎訪舊遊 南史陶弘景與從兄書曰昔仕宦期四十左右作尚書郎投簪高邁今二十六已就奉朝請頭顱可知遂脫冠神武門上表辭祿

寄題甘露寺北軒 在潤州

曾上蓬萊宮裏行此軒欄檻最留情孤高堪弄桓伊笛縹緲宜聞子晉笙 二事並見前註
天接海門秋水色煙籠隋苑暮鐘聲他年會着荷衣去 楚詞製芰荷以為衣
不向山僧說姓名

冬至遇京使發寄舍弟

遠信初憑雙鯉去（古詩飲馬長城窟行客從遠方來遺我双鯉魚呼童烹鯉魚中有尺素書），他鄉正遇一陽生（易復卦冬至一陽生）。樽前豈解愁家國，輦下唯能憶弟兄（輦下謂京師也）。旅館夜憂姜被薄（後漢姜肱兄弟偕人居貧作一大被而共之兄弟皆以孝行稱），暮江寒覺晏裘輕（晏子一狐裘三十年）。竹門風過還惆悵，疑是松窗雪打聲。

長安雜題

雨晴九陌鋪江練（謝玄暉詩澄江淨如練此言九陌如平鋪江練也），嵐嫩千峯疊海濤。南苑草芳眠錦雉，夾城雲暖下霓旄（夾城在長安修德坊與昇道坊相接○張衡西京賦云弧旌枉矢虹旃霓旄）。少年羈絡青文玉（羈絡馬飾也），遊女花簪紫蔕桃。江碧柳深人盡醉，一瓢顏巷日空高（論語顏子在陋巷人不堪其憂）。

二

洪河清渭天池濬（洪河、清渭，□□之川。□□子曰：南溟者，天池也。言河渭如海之深濬也。）太白終南地軸橫（太白、終南，長安二山名。河圖括地象曰：地有三千六百軸，互相牽制。）祥雲輝映漢宮紫（長安都）春光繡畫秦川明（秦地）草妬佳人鈿朶色，風迴公子玉銜聲。六飛南幸芙蓉苑（漢書：袁盎諫文帝曰：今陛下騁六飛，馳下峻山，有如馬驚車敗，陛下縱自輕，奈高廟太后何。○杜詩：芙蓉小苑入邊愁。芙蓉苑在□□，□□化）十里飄香入夾城（唐書地理志：開元二十年築夾城入芙蓉園。）

二

晴雲如絮惹低空，紫陌微微弄袖風。韓嫣金丸莎覆綠（西京雜記：韓嫣好彈，以金為丸，一日所失十餘。長安為之語曰：若飢寒，逐金丸。）許公韉汗杏粘紅（□□：許公□□□□□□，□□□□□□。）煙生窣堵深東第（□□□□□□□，□□□□□□。）輪撼流蘇下北宮（□□□□□□□，□□□□□□。）

武帝遊戲此宮莊未央宮之北自笑苦無樓護智去声○後漢樓護字君卿遊于王氏五侯之門皆得其歡心焉可憐鉛槧竟何功王充論衡斷木爲斷木〻揚雄本集異國殊語掌把三寸弱翰齎素紬四尺以書其異語歸以鉛刻之於槧○西京雜記揚子雲好事常提鉛懷槧也

閨情代

梧桐葉落鴈初歸淮南子梧桐一葉落而天下知秋迢遞無因寄遠衣月照石泉金點綴鳳酣簫管玉聲微空洞靈章曰眞人吹九鳳之簫佳人力杵秋風外蕩子從征夢寐稀古樂府昔爲倡家女今爲蕩子婦蕩子行不歸空床難獨守遙望戍樓天欲曉滿城鼙鼓白雲飛鼙鼓見前注

江樓晚望

湖山翠欲結蒙籠汗漫誰遊夕照中淮南子盧敖游乎玄闕見一道士齤然而笑曰吾與汗漫期于九垓之上初語燕雛知社日燕以社日來社日而去習飛鷹隼識秋風月令季夏鷹乃學習波搖珠樹千蕤拔山鑿金陵萬仞空楚威王以金陵有王氣埋金以鎮之不欲登樓更懷古斜陽江上正飛鳥

高駢 字千里幽州人也崇文之孫初爲府司馬遷侍御史西州節度使仕至平章事封勃海郡王時巢法乱駢擁重兵以誤任呂用之事誅詩一卷傳于世

寄鄠杜李遂良處士

小隱堪忘世上情 晉王康琚反招隱詩云小隱隱林藪大隱隱朝市伯夷竄首陽老聃伏柱史

可能休夢入重城

池邊寫字師前輩 後漢張芝臨池學書池水盡黑家中衣帛先書而後練之

座右題銘律後生 後漢崔子玉座右銘無道人之短無說己之長施人慎勿念受施慎勿忘云人

吟社客歸秦渡晚

醉鄉漁去渼陂晴 渼陂長安西南灃水諸陂池杜工部有渼陂行

春來不得山中信

盡日無人傍水行

和王昭符進士贈洞庭趙先生

爲愛君山景最靈 山在岳陽洞庭湖中

角冠秋禮一壇星 道人夜拜星斗

藥將雞犬雲間試 後漢魏伯陽與弟子三人入山作神丹成與犬試之犬死伯陽服丹即死弟子服亦死余二弟子遂不服出山伯陽即起時所服丹內弟子及犬口中皆仙去見淮南子註

琴許魚龍月下聽 荀子伯牙鼓琴而游魚出聽瓠巴彈瑟而六馬仰秣

自要乘風隨羽客 列仙傳

言曰而後返　誰同種玉驗仙經神仙傳羊雍伯洛陽人有人與石子一斗使種之時北平著姓徐氏有女人求不許雍伯求之徐氏曰得白璧一雙聽為婚雍伯至種所得白璧五雙徐氏遂妻之　煙霞瀲泊無人到除有漁翁過洞庭

依韻奉酬李迪

柳下官資顏子居論語柳下惠為士師三黜○顏居見前注　閑情入骨若為除

詩成斬將奇難敵前漢叔孫通曰汝先言斬將搴旗之士　酒熟封侯快未如竝後擢淮解朝或立談而封侯

只見綠綸終日降禮記王言如絲其出如綸王言如綸其出如綍

不知功業是誰書

而今共飲醇滋味前漢曹參為丞相賓客有欲言事者參輒飲以醇酒

消得椰榆勢利疎後漢光武令王霸至市中募人以擊王郎市人皆大笑舉手揶揄之霸慙而返○晉陽秋曰羅友在桓溫府溫不用時有得郡者溫送而友後至溫問之友曰出門於中路遇一鬼揶揄曰見汝送人作郡不見人送汝作郡溫大笑

留別彰德軍從事范校書

無金寄與白頭親韓詩外傳曰田子為相三年歸以金百鎰奉母母曰不義之物不入於宮為人

裾不忠是人子不孝臣子慙自愧王送金就獄王赦臣子以金賜母節槩猶誇似古人未

出塵埃真落魄前漢酈食其家貧落魄無衣食業不趨權勢正因循桂攀

明月曾覲國易觀國之光[illegible]利用賓于王[illegible]風却問津論語使子路問津焉匹

馬東歸羨知己燕昭王臺上[illegible]新注見郭隗

途次內黃馬病寄僧舍呈諸友人

官閑馬病客深秋肯學張衡詠四愁張平子有四愁詩紅葉寺多

詩景致白衣人盡酒交遊陶潛九日無酒悵望久之見白衣人至乃江州刺史王弘送酒

蘇來卿就鞭而飲依違諷刺因行得灣泊供需不在求好與高陽結

吟社山簡每至習家池未嘗不大醉人歌之曰山公何所詣往詣高陽池日暮倒載歸酩酊無所知況無

名跡達珠旒珠旒冕旒也

遣興

浮世忙忙蟻子羣莫嗔頭上雪紛紛沉憂萬種與千種行

樂十分無一分越外險巇防俗事就中拘檢信人文[illegible]

文以化成天下也醉鄉日月終須覓醉鄉日月已見前注去作先生號白雲

王初

延平天慶觀

劍化江邊綠構新昔張華使雷煥爲豐城令掘獄中得劍一送華一自佩煥卒子華爲州從事持劍經延平津劍忽於腰間躍出墮水使人沒水不見但見兩龍各長數丈疊臺不染玉梯塵千章鸞篆標龍簡道士作醮拜章以朱書于簡謂以龍形故云爾一曲空歌降鳳鈞史記趙簡子疾五日不知人及寤語大夫曰我之帝所游於鈞天廣樂而九奏萬舞其聲動人夢嵐氣濕衣雲葉曉天香飄戶月枝春盟金早晚聞仙語李道之盟心如金石之堅學種三芝伴羽人楚詞河泊采三秀兮于山間注三秀芝草也沈休文詩奄留韶玉藥傾步佇三芝之○王子年拾遺周昭王瑕寐夢白雲中一人衣服皆羽毛主求仙術受絶欲之教因名羽人

送葉秀才

快騎璁瓏刻玉羈河梁返照上征衣前漢李陵送別蘇武詩攜手上河梁遊子暮何之疊冰春近蟠龍起東方朔神異經北方有層冰万里而厚百丈月令二月震雷發驚蟄以

稽秀九潭雲隔鷓鴣飛九臯也行想北山清夢斷此謂北山移文

也重遊西洛故人稀漢庭狗監深知己有白前驅負弩歸

漢司馬相如作子虛賦同郡楊得意為狗監侍上讀之上曰朕恨不與此人同時得意曰臣郡人司馬相如所作也召見為郎後以南夷為縣拜相如為郎中使持節往使至蜀太守以下郊迎縣令負弩前驅蜀人以為寵

送王秀才謁池州吳都官

池陽去去躍雕鞍十里長亭百草乾衣袂郎風金縷細一作細作吳體重古詩勸君惜金縷衣劍光橫雪玉龍寒晴郊別岸鄉魂斷曉樹啼烏客夢殘古樂府有烏夜啼驛館星郎東道主見前揺鞭休問路行難古樂府有行路難

青帝帝出乎震震東方其色青為春

青帝邀春隔歲還月娥孀獨夜漫漫羿妻偷羿不死藥奔月獨居故云孀娥韓憑戀舞羽身猶在于寶搜神記曰宋大夫韓憑妻美宋康王奪之憑怨王因之囚自殺妻乃陰腐其衣王与登臺自投而死左右攬衣衣不勝手遺書曰于願以屍還韓氏而葬王怒埋之二塚相對經宿忽有

子主二字弟上根交枝連有鳥如鴛鴦各棲樹朝暮悲鳴而聲音感人哀切素女商絃調未殘王子年拾遺記黃帝使素女鼓庖羲之瑟滿座悲不能已後破爲二十五絃○文選張衡思玄賦素女撫絃而餘音兮太容吟曰念哉註素女黃帝時方術女也鼓五十絃瑟太容黃帝樂師也終古蘭巖棲偶鵠晉向秀思舊賦經終古而常然○楚辭曰長無絕兮終古○王韶之神境記云滎陽郡南百里有蘭巖路險絕人跡松林中館宇雲霞杳然常有雙鶴偶翔傳云昔有夫婦隱此年數百歲化成此鶴從來玉谷有離鸞春秋元命包曰火離爲鸞故曰離鸞○西京雜記張安世十五爲侍中善鼓琴爲雙鳳離鸞曲幾時幽恨飄然斷共待天池一水乾莊子南溟者天池也○神仙傳王遠字方平與麻姑會蔡經家姑言別來見東海三爲桑田蓬萊水淺於往者方平笑曰聖人言海中行復揚塵也○束皙發蒙記海一名天池一名大壑詩意以爲恨未能釋時不可待述其怨曠者也

銀河

閶闔踈雲漏絳津左傳八風疏立春調風春分明庶風立夏清明風夏至景風立秋涼風秋分閶闔風立冬不周風冬至廣莫風至絳津即銀河橋硞秋夜鵲飛頭淮南子云烏鵲填河以渡織女也滴殘仙媛前君水集林曰昔有一人尋河源見婦人浣紗以問之曰此天河也乃與一石遂

織女支機石也幾見星妃度淩塵曹子建洛神賦淩波微步羅襪生塵歷歷
素揄飄玉葉古詩天上何所有歷歷種白揄言星如白揄也消消清月濕冰輪年
來若有乘槎客見張騫注爲弔波靈是楚臣楚臣三閭大夫屈原也

書秋

千里南雲度塞鴻秋容無跡淡平空人間玉嶺清霄月天
上銀河白晝風潘賦登山寬易斷晉潘安仁秋興賦若在遠行登山臨水送將歸
楚歌遺珮怨何窮楚詞湘君捐余玦兮江中遺余珮兮澧浦往來未若音張翰
欲繪霜鯨碧海東張翰事見前注

自和書愁

隴首斜飛避弋鴻班固西京賦右界褒斜隴首之險揚子鴻飛冥冥弋人何慕焉慕取也顥
雲蕭索見層臺漢宮夜結雙莖露漢武帝作仙人掌承露盤以承露也西都賦抗銅
仙掌以承露擢雙立之金莖閶闔涼生六幕風閶闔見前注三禮圖曰上下四方曰幄帷幙也
湘女怨絲愁不禁湘妃堯之女故言湘靈鼓瑟爲愁曲也帝子傳鄂君香被夢

鸂鶒鴛鴦□注引尹見　江邊兩槳連歌渡（古樂府：莫愁在何處，莫愁石城西。艇子打兩槳，催送莫愁來。）鷺鷥散遊魚蓮葉東（古樂府云：江南可採蓮，蓮葉何田田。魚戲蓮葉東，魚戲蓮葉西。）

崔塗（□□傳□陵人，□□□路府□功曹，終□□□，有詩集一卷，今傳于世。）

題同官李明府書舍

訟堂寂寂對煙霞，五柳門前聚晚鴉（晉陶潛自號五柳先生，傳為）。流水聲中視公事，寒山影裏見人家。觀風共美新為政（詩有□□□□之詩，以觀□□，以□□□□□），計日還應更觸邪（後漢胡廣□□□御史，□□□家□□數□名）。可惜陶潛無限興，不逢籬菊正開花。

宋雍（字□□，□□川號□□□，□□□從事，有集今傳□世。）

宴楊駙馬山亭

垂楊拂岸草茸茸，繡戶簾前花影重（窗一作簾）。鱠下玉盤紅縷細（李白□□□□□□□□□□□□□），酒開金甕綠醅濃。中朝駙馬何平叔（何晏字平叔□□），南國詞人

陸士龍晉陸雲字士龍嘗自稱雲間陸士龍 美 華 落日泛舟同醉處 回潭百丈映千峯

吕巖 字洞賓 京兆人 咸通中及第 兩調縣令 值巢賊亂 攜家歸終南 得道莫測所往

贈人

羅浮道士誰同流葛洪字稚川 隱于羅浮山 草衣木食輕王侯 世間甲子管不得 壺裏乾坤只自由 史記 費長房 壺公事見前 數著殘碁江月曉 一聲長嘯海山秋 晉孫登字公和 隱蘇門山 阮籍詣之 登不應 籍因長嘯而退 至半山聞有聲若鸞鳳之音 響振巖谷 乃登之嘯也 飲餘回首話歸路 遥指白雲天際頭 文選 謝玄暉詩 天際識歸舟 雲中辨江樹 新林浦云

吳融 字子華 山陰人 龍紀元年進士 累官至翰林學士 中書舍人 後為翰林承旨 有文集傳于世

閑望

三點五點映山雨 一枝兩枝臨水花 蛺蝶狂飛掠芳草 鷥鶿 閑下 新居非己業 江南舊隱是誰家

……可以人而不如鳥乎

求還泯〻心都無計卻羨暝歸林上鴉詩云……安有人而不如鳥乎

即事

抵鵲山前寄掩扉劉子昆山之下以玉抵鵲彭蠡之濱以魚飼犬而人不愛者非所輕財所饒故也抵鵲山在荊山山出下故名之便堪終老脫朝衣曉窺青鏡千峯入庾信行兩山銘云獨入床前山來鏡裏暮倚長松獨鶴歸謝朓敬亭山詩獨鶴方朝唳饑鼯此夜啼雲裏引來泉脈細雨中移得藥苗肥何須一筯鱸魚膾見前迮始掛孤帆問釣磯

書懷

傍巖依樹結簷楹傍去聲○傍沈朱簷鹽楹盈丁虛思傍[redacted]楹夏物蕭條景更清漢離響忽高何處雨松陰自轉此山晴見多鄰犬遙相認杜詩犬迎曾宿客來慣幽禽近不驚爭敢便誇饒勝事九衢塵裏免勞生爾雅九[redacted]謂之逵

金橋感事金橋洛陽橋名也

太行和雪疊晴空二月郊原尚朔風飲馬早聞臨渭北射鵰今欲過山東射鵰已見前註百年徒有伊川歎左傳辛有適伊川見被髮而祭于野曰不及百年此其戎乎其禮先亡矣五利寧無魏絳功左傳山戎無終子嘉父因魏絳請和諸戎晉侯欲伐之絳曰和戎有五利焉戎狄荐居貴貨易土土可賈焉一也邊鄙不聳民狎其野穡人成功二也戎狄事晉四鄰振動諸侯懷威三也以德綏戎師徒不勤甲兵不頓四也鑒於后羿而用德度遠至邇安五也晉侯喜盟諸戎和日暮長亭政愁絕哀笳一曲戍煙中

廢宅

風飄碧瓦雨摧垣卻有鄰人為鎖門幾樹好花虛白晝滿庭芳草易黃昏放魚池涸蛙爭聚棲燕梁空雀自喧隋薛道衡詩空梁落燕泥不獨淒涼眼前事咸陽一火變寒原秦阿房宮殿東西五百步南北五千步下可建五丈之旗及項羽屠咸陽燒其宮室三月不滅故杜牧之賦云楚人一炬可憐焦土

彭門用兵後經汴路懿宗咸通中寵節反徐州為康承訓破賊彭門即徐州也

長亭一望一徘徊千里關河百戰來細柳舊營猶鎖月漢文

帝比紅 夫屯細柳營 西 祁連新塚已封苔漢霍去病攻匈奴至祁連山斬首虜甚多及去病薨
武帝悼之發屬國玄甲自長安至茂陵為大冢像祁連山霜凋綠野愁無際文選顏延年詩春晴
綠野秀巖高白雲屯燒接黃雲慘不開若比江南更牢落子山詞賦
莫興哀梁庾信字子山有哀江南賦○陸機弔魏武帝云傷心百年之際興哀無情之地○詩意譏懿宗奉佛
太過酷好音樂怠忽於政事淫溢賊婦聖女嫉邪[redacted]參內將士解體於外致中原[redacted]蕩是可傷也

二

隴邊風物已淒涼堤下仍多舊戰場金鏃有苔人拾得蘆
衣無主鳥銜將吳諸葛恪傳童謠云諸葛恪蘆葦單衣篾鉤落於何相求成子閣○江淹恨賦云墓
草縈骨拱木斂魂○此傷兵士戰死已久箭鏃生苔蘆草縈骨而已秋聲暗促河聲急野色
遥連日色黃獨上寒城更愁絕戍鼙驚起雁行行

高侍御話波博士池中白蓮高侍御駢博士日休

白玉花開綠錦池風流御史報人知看來應是雲中墮偷
上真從月下移已被亂蟬催宛晚更迷涼雨動[illegible]

□□□□□□□□□□□□□□□□□□□□□□□□□□□□□□□□□□□□□□□

垂纓○□□欄□□花帶雨□□披也晉家秋色堪圖畫只欠山

翁倒接䍦（襄陽記峴山西有習郁大池山季倫每臨此池大醉而歸人歌曰時時能騎馬倒著白接䍦）

（□□接䍦時也○郭璞爾雅注曰白鷺頭上有長毛江東人取為接䍦也）

新安道中翫流水

一渠春碧弄潺潺密竹繁花掩映間看處便須終日住現

□□□算來寧得此身閑縈紆似接迷人洞（謂武陵源也）清淺

應連有雪山（雪山一作雪山○成都有雪山也）上却征車更迴首了然塵土

不相關

憶山泉

穿雲絡石細潺潺（一作湲）杳杳疑聞弄管絃千仞灑來寒碎

玉一泓深處碧涵天煙迷葉亂尋難見月好風清聽不眠

春雨正多歸未得只應流恨更潺湲（謝靈運詩石淺水潺湲日落山照耀）

丁□

一聲音巳乜紅槭槭凄凄萋萋葉同颯音索若寒○蓋草颯颯以疏夏侯湛
爍水蕭蕭以零殘自是孤根非暖池莫驚他木耐秋風燒煙散去
陰全薄明月臨來影半空長憶洞庭千萬樹照山橫浦夕
陽中

唐詩鼓吹卷第六

唐詩鼓吹卷第七

資善大夫中書左丞郝　天挺　註

李商隱　字義山懷州人令狐楚愛其才奏為集賢校理後為檢校吏部員外郎歸榮陽卒初自號玉谿子有樊南集傳於世

錦瑟　琴之繪紋如錦故云錦瑟

錦瑟無端五十絃一絃一柱思華年　古今樂志云錦瑟之為器也其絃五十其柱如之
莊生曉夢迷胡蝶　適也
望帝春心託杜鵑　怨也
滄海月明珠有淚　情也
藍田日暖玉生煙　和也
此情可待成追憶紙是當時已惘然　適怨清和比其聲也一篇之中曲盡其意史稱其瓌邁奇古信然矣

杜工部蜀中離席　懿宗時柳仲郢節度劍南東川辟商隱為判官檢校工部員外

人生何處不離羣　禮記子夏曰吾離羣而索居亦已久矣
世路干戈惜暫分
雪嶺未歸天外使　杜詩雪嶺
松州猶駐殿前軍

數。松州已辭國。座中醉客延醒客，江上晴雲雜雨雲。美酒成都堪送老，當壚仍是卓文君。漢相如傳：文君當壚沽酒，相如著犢鼻褌，親爲滌器。

隋宮

紫泉宮殿鎖煙霞，欲取蕪城作帝家。蕪城，揚州也。古邗溝城，漢已後荒蕪，鮑照嘗賦之。玉璽不緣歸日角，唐書唐儉說秦王建大計曰：公日角龍庭，姓協圖讖，係天下望矣。若之外嚮豪傑也，招戎狄，濟海而南，以取秦雍，湯武之業也。錦帆應是到天涯。隋煬帝造龍舟錦纜，帆於舟上，以幸江都。○詩意謂非太宗有天下，煬帝遊從之心，至於天涯猶未已也。于今腐草無螢火，禮記月令：季夏之月，腐草爲螢。○隋書：煬帝大業末，天下盜起，帝於景華宮徵求螢火數斛，夜出遊山放之，光遍岩谷。○廣陵志：揚州舊城八里有煬帝放螢苑，并十宮。終古垂楊有暮鴉。煬帝自板渚引河築御道，樹以柳，名隋堤，一千三百里。○隋室版蕩，咸陽宮闕爲墟，千秋萬歲，惟有垂楊栖鴉而已。地下若逢陳後主，豈宜重問後庭花。大業拾遺云：煬帝遊鷄臺，恍惚與陳後主遇。後主戴皁紗幘，綃袖裾…數，侍左右一人迥美，帝目之。後主曰：此張麗華…綠螺酤紅梁醞，共飲，請麗華舞玉樹後庭花一曲。後主問龍舟之遊樂乎，始謂殿下致治堯舜之上，今日復此逸遊。逸遊昔時何見罪之深。二十六，唐書使人至今快之。

帝叱之遂不見

二月二日

二月二日江上行東風日暖聞吹笙花須柳眼各無賴紫蝶黃蜂俱有情萬里憶歸元亮井晉陶潛字元亮嘗爲彭澤令督郵至縣吏白當束帶見之潛歎曰吾不能爲五斗米折腰事鄉里小兒賦歸去來辭解印綬三年從事亞夫營漢周亞夫爲將軍北征營於細柳新春莫悞遊人意悞一作怪更作風簷夜雨聲

籌筆驛驛在綿州綿谷縣北九十九里蜀諸葛武侯出師嘗駐軍籌畫於此

魚鳥猶疑畏簡書詩豈不懷歸畏此簡書○此言其法令簡書嚴明千百年魚鳥猶畏之風雲長爲護儲胥揚雄長楊賦木擁槍纍以爲儲胥注胥須也言有儲蓄以待所須也韋昭曰儲胥藩落之藪也○此言武侯忠義風雲猶護其壁壘東坡云誦此二句使人凜然復見孔明風烈徒令上將揮神筆上將指武侯言弱主在位孔明才沒信黃皓姦邪使社稷爲墟出師之功徒勞而已終見降王走傳車魏將軍鄧艾破蜀劉禪銜璧輿櫬降遂傳送洛陽管樂有才真不忝武侯傳孔明初自比管仲樂毅人不信也及相先主五月渡瀘

矣
關張無命欲何如[illegible]呉呂蒙殺羽於江陵閬州牙將殺飛於帳下先主崩武侯死蜀祚休矣○王充論衡人生皆受天命今得短命官曰無命也
他年錦里經祠廟
梁父吟成恨有餘錦里成都也武侯祠在焉○武侯作梁父吟曰朝出城東門遥望蕩陰里里中有三墳纍纍正相似云云

九成宫宫在鳳翔府麟遊縣西五里隋仁壽宫也楊素為文帝起唐改作九成宫

十二層城閬苑西漢郊祀志黄帝為五城十二樓以候神人○淮南子崑崙山有曾城九重生木禾五尋○十州記崑崙山有瑤池閬苑玉樓十二
平時避暑拂虹蜺○蔡邕月令章句虹蜺者陰陽交接之氣雄曰虹雌曰霓○班固西都賦虹蜺迴帶於棼楣此言九成宫高也
雲隨夏后雙龍尾史記夏后孔甲擾龍帝賜之乘龍河漢各有雌雄○山海經夏后啟乘兩龍雲蓋三層○括地圖禹誅防風氏夏德盛二龍降帝使范氏御之以行經南方防風氏神見禹怒射之有迅雷二龍升去神懼以刃自貫其心而死
風逐周王八馬蹄周穆王御八龍之駿以遊天下曰絶地翻飛奔霄超影逾輝超光騰霧挾翼等凡八名○[illegible]騰雲[illegible]九長[illegible]上穆王御八駿如舞水詩序夏后兩龍乘軒驂諫水之陰
呉嶽曉光連翠巘周禮雍州山鎮曰呉嶽○漢地理志呉嶽在汧縣西
甘泉晚景上丹梯甘泉漢武宫名○謝朓[illegible]

尋□□要欲道奇　遞□□□陵甫撫　□□□□編枇杷也○詩意荔枝盧　□橘皆□□　大方□□貢於□歲常□　□虎每□□者□□　衛出○紫泥已見□刖注

荔枝盧橘霑恩幸　漢永元閒與南■劾　荔枝十里一置五里一　鸞鵲天書濕紫泥

碧城

碧城十二曲闌干，犀辟塵埃玉辟寒　嶺表錄異云有辟塵犀婦人爲簪梳則塵不著髮○南越志高州巨海有大犀出入有光其角闢水辟塵○唐書陽編同昌公主乘七寶步輦四面綴五色玉香囊中貯辟寒香□□刻鏤水晶瑪瑙辟塵犀爲龍鳳□□□□□寶會昌閒大簇國貢火玉三斗□□□□光□□□□置之室中不復換爐

閬苑有書多附鶴　集仙錄閬苑□□□□□□以齋□□□□□□□鳳爲梁以銅□水井□□□□□□□□金爲□王母歌白雲之謠云

女牆無樹不棲鴉　杜詩樓高望女牆言卑小比之於城□一統□名□女墻如女子之於丈夫也此喻言碧城如人宮闕也

星沉海底當窗見，雨過河源隔座看

若是曉珠明又定，一生長對水晶盤　曉珠謂日也

馬嵬

海外徒聞更九州　史記騶衍□□爲閎大之言□中國名赤

九乃所謂九州也他生未卜此生休空聞虎旅鳴宵柝書曰虎賁三千人○張衡西京賦陳虎旅於飛廉正壘壁於上蘭○易繫辭重門擊柝以待暴客撫軍中夜警之柝也無復雞人報曉籌周禮雞人掌夜嘑旦○漢官儀宮中不畜雞衛士候於朱雀門外專傳雞唱此日六軍同駐馬書甘誓言大戰于甘乃召六卿注天子六軍其將皆命卿也當時七夕笑牽牛天寶十載明皇避暑驪山宮七夕牽牛織女相會之夜秦中風俗乞巧宮掖間尤尚之夜半侍衛皆休貴妃獨侍上凭肩而立因仰天感牛女一年一會不如已然歲歲相守誓願世世為夫婦如何四紀為天子明皇即位四十四年起先天開元二十九年終天寶十五年不及盧家有莫愁梁武帝河中之水歌云河中之水向東流洛陽女兒名莫愁莫愁十三能織綺十四採桑南陌頭十五嫁為盧郎婦十六生兒字阿侯云云

深宮

金殿香銷閉綺籠玉壺傳點咽銅龍宮中更漏以銅龍吐水狂飈不惜蘿蔭薄清露偏知桂葉濃詩蔦與女蘿施于松柏又木蔦蘿夫人能逮下蓋蘿附物而生陰條甚薄狂風吹之桂葉至濃而清露潤之榮枯不均怨之又怨皆有累斑竹嶺邊無限淚

舜南巡葬於蒼梧之野，堯二女娥皇女英追之不及，至洞庭之山，淚染竹即斑，妃死爲湘水神。景陽宮裏及時
鍾齊武帝宮內深隱，不聞端門鼓漏聲，置鍾於景陽樓上，以應五鼓及三鼓，宮人聞鍾聲早起妝飾。豈知
爲雨爲雲意，只有高唐十二峯楚襄王與神女遊陽臺曰：朝爲行雨，朝朝暮暮，陽臺之下。宋玉有高唐賦，巫
山十二峯在夫江北，古神女廟，即今之巫山縣。

留贈長之

清時無事奏明光明光宮名。○漢李陵與蘇武書曰：策名清時。○曹植送應瑒詩：清時難屢得，佳會不可常。不遣當關報早霜當關，司門之人也。○東觀記：汝郁載病詣公車門，臺遣謁者當關扶入，拜郎中。○言天下無事，宮門晏開也。中禁詞臣尋引領杜詩：紫誥許辭中禁。○孟子曰：則天下之民引領而望之矣。左川歸客自迴腸司馬遷云：腸一日而九迴。鳥事見補武備注。侍女吹笙弄鳳凰詳見前蕭史弄玉注。○李白詩：鳳女吹玉簫，吟弄天上春。空寄大羅天上事大羅天，仙人所居。○秦中雜記：進士放榜後，下第士春闈前須一人出名，報羅使。言報大羅天也。衆仙同日詠霓裳明皇遊月宮，見仙人樂奏霓裳羽衣之曲。

留[illegible]

寒氣先侵玉女扉〔玉女窗……〕清光旋透省郎闈〔漢尚書水部郎劉孝綽對雪詩云浮光亂粉璧積照朗影闈〕梅花大庾嶺頭發〔南康有大庾嶺嶺上多梅花今名之為梅嶺〕柳絮章臺街裏飛〔張敞為京兆尹走馬章臺街多柳樹又名為章臺街〕欲舞定隨曹植馬〔魏曹子建名植樂府作白馬篇〕有情應濕謝莊衣〔宋書大明中雪花降殿庭右將軍謝莊下殿雪集衣白上以為瑞命群臣皆賦雪花詩〕龍山萬里無多遠〔宋鮑照雪詩胡風吹朔雪千里度龍山集君瑤臺上飛舞兩楹間〕留待行人二月歸

二

旋撲珠簾過粉牆輕於柳絮重如霜已隨江令誇瓊樹〔陳尚書令江總與後主狎客孔範等作玉樹後庭花曲云璧月夜夜滿瓊樹朝朝新〕又入盧家妒玉堂〔梁武帝河中之水歌盧家蘭室桂為梁中有鬱金蘇合香詩見前註〕侵夜可能爭桂魄忍寒應欲試梅妝〔宋武帝女壽陽公主人日臥含章簷下梅花落額上成五出花時人爭效之為梅花妝〕關河〔一作河關〕凍合東西路腸斷斑騅送陸郎〔晉成都王穎以陸機為後將軍河北大都督討長沙王乂戰於鹿苑機軍大敗為孟玖等所譖遂遇害於軍中是日昏霧晝合平地雪尺……議……〕

者以爲機之境也。庾信哀江南賦云雪暗如沙冰横似岸逢赴洛之陸機見離家之王粲云云

舞

錦幃初卷衛夫人史記孔子見衛夫人南子南子自帳中再拜而環佩玉聲璆然繡被猶堆越鄂君鄂君見前註垂手亂翻雕玉佩明皇雜録云舞外曲有大垂手小垂手或若驚鴻或如飛燕。刘孝綽詩云轉袖隨歌發頭復赴絃終歛時度行過腰擬攘手回身作歛招腰爭舞鬱金裙昭腰爭舞袂大華作細腰擬攘。史記衛靈公與夫人同車招搖於市過之前言衛夫人當作招搖今作腰未詳石家蠟燭何曾剪晉石季倫以蠟燭代炊王愷飴糒澳釜荀令香爐可待薰襄陽記曰刘季和性愛香主簿張坦曰人名公俗人不虛也季和曰荀令君至人家坐幕三日香氣不歇為我何如坦曰醜婦効顰見者必走我是夢中傳彩筆彩筆見江淹注欲書花葉寄朝雲古樂府有朝雲曲詳見前註

促漏

促漏遥鐘動靜聞唐百官志監門校尉日選平安及奏事遣宫從入晝題時刻夜題更籌宫左得而聞報章重遝未可往入者亦作字。詩雖無懸竟亘文

[illegible]而後鳴因照鏡以映鸞覩形哀鳴中宵而絕……眠照

香蠶撲文熏唐李賀詩云深帷金鴨冷歸去豈知還向月淮南子羿請不死之藥於西王母未及服其妻姮娥竊服得仙奔入月中婁來何處更為雲註為雨為雲已見前○詩意謂恨不能如姮娥奔月又不能如巫娥夢襲荆王也南塘漸暖蒲堪結李賀正月樂辭云宮街柳帶不堪折早晚菖蒲勝綰結兩兩鴛鴦護水紋李白長干行鴛鴦綠蒲上翡翠錦屏中○晉虞摯文章流別論云詩有六義興者有感之辭也○此篇擬深宮怨女恨不如禽鳥猶有匹也

聖女祠

松篁臺殿蕙香幃龍護瑤窗鳳掩扉無質易迷三里霧後漢書張楷字公超能作五里霧時關西裴優能作三里霧不寒長著五銖衣博異志岑文本山亭避暑有叩門云上清童子見其著衣極細問曰此五銖之衣又曰天上衣六銖尤細者五銖也出門不見得一古錢○北里志詩云王跳无形五銖輕人間豈有崔羅什酉陽雜俎長白山有夫人墓魏孝昭之世清河崔羅什被徵夜過此忽見朱門粉壁一青衣出遇什曰女郎須見崔郎什恍然下馬入兩重門青衣通問曰女郎劉府君之妻女侍中吳質之女女郎曰女見崔郎息駕庭樹嘉君吟嘯故一敘平顏什乃辭去曰從此十年當更相逢什

以珉瑁簪遺之爰以玉指環以贈行上馬行數十步回顧但見擲間一大冢而已 天上應無劉武威漢冠軍將軍武威太守劉子南從道士尹公授務成子螢火丸佩之隱形辟變鬼及五兵白刃賊盜凶害求辛間與虜戰矢下如雨未至子南馬數尺輒墮地終不能傷出神仙感遇篇○劉禹錫和失婢詩把鏡朝猶在添香夜云不歸不逐張公子應隨劉武威 寄問釵頭雙白燕白燕釵見前注 每朝珠館幾時歸帝珠宮貝闕皆神仙居處也

野翁

苦竹南園椒塢邊微香冉冉淚涓涓杜詩云風涵翠篠涓涓靜雨浥紅蕖冉冉 已悲節物同寒鴈忍委芳心與暮蟬 細路獨來當此夕 清樽相伴省他年 紫雲新苑移花處 不取霜栽近御筵詩意謂當時草澤遺賢無所進用也

與同年李定言曲水閑話戲作

海燕參差溝水流 同君身世屬離憂 相攜花下非秦贅史記秦俗家貧子壯 對泣[illegible]

葉不捲抗江樓莫驚宝勝埋香骨地下傷春亦白頭

重有感

玉帳牙旗得上游上游即上流也安危須共主分憂竇融表已來關右漢竇融字周公遭更始敗天下擾亂融爲居屬國都尉史梁東向遣長史劉鈞奉書獻馬於光武陶侃軍宜次石頭晉蘇峻反温嶠庾亮同朝初明帝崩侃不在顧命之列以爲恨曰吾江邑外將不能越局嶠固請侃爲盟主會同東下遂次石頭斬峻峻黨誅以陛君爲蛟蟻之所制豈有蛟龍曾失水曾一作巨子神龍失水○並更無鷹隼與高秋杜詩蛟龍得雲雨鵰鶚在秋天晝號夜哭兼幽顯伍員與申包胥友員之亡也謂包胥曰我必復楚及昭王十年在隨包胥如秦乞師依於庭牆而哭日夜不絶聲十日秦師乃出早晚星關雪涕收

出關宿盤豆館對叢蘆有感甘棠上志云盤豆館在湖城縣西二十里昔漢武帝過此父老以牙豆盤獻因名焉

蘆葉梢梢夏景深郵亭暫欲灑塵襟昔年曾是江南客此日初爲關外心此言在關外見芦忽憶客江南時也思子臺邊風自急前漢太

子為江充巫蠱所陷奔于湖自經死後士如太子冤旌江充乃作思子宮歸來望思之臺玉娘湖上月應沉清聲不逐行人去一世荒城半夜砧

子初郊野

看山對酒君思我聽鼓離城我訪君臘雪已添墻下水齋鐘不散檻前雲陰移竹栢濃還淡歌雜漁樵斷更聞亦擬村南買煙舍子孫相約事耕耘

井絡

井絡天彭一掌中晉左思蜀都賦岷山之精上為井絡注岷山為東井星絲之維○杜詩繫舟盤井絡○成都彭州有山兩崖峯如闕相去四十步名天彭門因以名州謾誇天設劍為峯指劍閣也陳圖東聚煙江口武侯作八陣圖聚細石為之今在夔州推石各高丈餘為人敲亂或夏水漂沒水退即依然如故邊柝西縣雪嶺松成都有雪山彭州在其東松州在其西吐蕃時犯松維故二云邊柝堪嗟故君成杜宇杜宇謂望帝也可能先主是真龍周瑜曰劉備非久為人用者自恐蛟龍得雲雨終非池中物將來為報姦雄輩莫向金牛放舊蹤

…作五石牛言能糞金蜀王負金乃令五丁開道秦使張儀司馬錯引兵滅之

宋玉

何事荆門百萬家　獨教宋玉擅才華　楚辭已不饒唐勒　風賦何曾讓景差 荆楚故事曰楚襄王與唐勒景差宋玉遊雲陽之臺王令各賦大言唐勒景差各賦不如王意宋玉曰方地為車圓天為蓋長劍倚天外於是王喜賞以雲夢之田又宋玉有九辯及風賦　落日渚宮供觀閣 渚宮即江陵也　開年雲夢送煙花 新年也　可憐庾信尋荒徑　猶得三朝托後車 庾信梁元帝承制除御史中丞聘西魏屬大軍南討留長安江陵平累遷儀同三司周孝閔踐阼除遷開府後陳與周通好流寓之士各許還唯信及王褒不遣常有鄉關之思作哀江南賦以致意云

贈別前蔚州契苾使君

何年部落到陰陵 陰陵即陰山也　奕世勤王國史稱 吴步騭上疏勸太子登曰人君承奕世之基據自然之勢○左傳勤王之師　夜捲牙旗千帳雪　朝飛羽騎一河冰　蕃兒襁負來青冢 論語襁負其子而至矣青冢昭君墓在豐州　狄女壺漿出白

簦孟子簞食壺漿以迎王師。白登雲中漢高祖為冒頓所圍數日暮鵶鵶泉畔獵鵰降鷄鳴泉在金微山南西受降城劉岳丐晉拜於此路人遙認郅都鷹漢酷吏傳郅都為中尉行法不避貴戚列侯宗室側目而視號之蒼鷹

春日寄懷

世間榮落重逡巡管子曰枯茂非四時之悲欣榮落非吾心之憂喜我獨丘園坐四春易賁于丘園束帛戔戔縱使有花兼有月可堪無酒更無人青袍似草年年定庾信哀江南賦青袍如草白馬如練白髮如絲日日新欲逐風波千萬里未知何路到龍津三秦記河津一名龍門江海大魚集門下數千不得上上即化龍。梁任昉知已賦一云過龍津而一息望鳳條而載翔

和劉評事永樂閑居見寄

白社幽閑君暫居逸士傳董威隱居洛陽白社青雲器業我全疎晉阮咸字仲容為始平太守顏延年五君詠曰仲容青雲器已看陳草歸鸞掖漢以殘衆以衣號尚貴銜明待鶴書詩衡門之下可以棲遲。孔稚珪北山移文曰鶴書赴隴

宮門……

公〇蓮資碧峯關路近西嶽谷道……公谷關在其東也荷鋤翠蓋水堂虛

自探典籍忘名利探平声欹枕時驚落蠹魚

無題

萬事風波一葉舟李陵別蘇武詩風波一失所各在天一涯憶歸初罷更夷猶楚辭君不行兮夷猶注猶豫也碧江地沒元相引黃鶴沙邊亦少留益德冤魂終報主蜀張飛字益德先主征吳飛領軍就之臨發為帳下健兒所殺阿童高義鎮橫秋晉童謠曰阿童復阿童銜刀浮渡江不畏岸上虎但畏水中龍羊祜曰此必水軍有功祜先知王濬小字阿童因表監益州諸軍事密令造舟楫為順流之計後濬滅吳果然人生豈得長無謂懷古思鄉共白頭

二

昨夜星辰昨夜風畫樓西畔桂堂東身無綵鳳雙飛翼心有靈犀一點通抱朴子通天犀角有白理如綫置米群雞中雞見犀輒驚故南人呼為駭雞犀隔座送鉤春酒暖漢武故事鉤弋夫人少時手拳不開故因為藏鉤之戲後人效之分曹射

[illegible]漢武帝嘗使諸家射覆置守宮盂下皆不中東方朔自贊曰臣請揲蓍以著之卦成曰是非守宮即蜥蜴上善之賜帛一十四嗟余聽鼓應官去走馬蘭臺類轉蓬曹子建詩轉蓬離本根飄颻隨長風

三

來是空言去絕蹤月斜樓上五更鐘夢爲遠別啼難喚書被催成墨未濃蠟燭半籠金翡翠麝香微度繡芙蓉劉郎已恨蓬山遠更隔蓬山一萬重刘郎蓬山漢武帝求神仙事也

四

颯颯東南細雨來唐楊師道詩開戀臨鳳沼戀飛雨声來芙蓉塘外有輕雷芙蓉塘見前註金蟾嚙鎖燒香入金蟾即鎖飾也玉虎牽絲汲井迴玉虎謂轆轤也賈氏窺簾韓掾少晉韓壽字德真美姿容賈充辟爲司空掾每宴賓僚其女輙從青瑣中窺之因遍焉時西域貢奇香一著人經月不歇帝惟賜充其女盜以與壽充知之以女妻壽宓妃留枕魏王才魏黃初三年陳思王朝京師還濟洛川古人言洛水[illegible]

美兮心振蕩而不怡無良媒以接歡兮託微波而通辭春心莫共花爭發一寸相思一寸灰

五

相見時難別亦難東風無力百花殘春蠶到死絲方盡蠟燭成灰淚始乾曉鏡但愁雲鬢改夜吟應覺月光寒蓬山此去無多路青鳥殷勤為探看漢武內傳七月七日上於承華殿忽有青鳥從西來集殿前上問東方朔朔曰此西王母欲來也有頃王母果至

回中牡丹為雨所敗

浪笑榴花不及春唐高祖受禪孔紹安來奔見之甚悅拜內史舍人時夏侯端亦嘗為御史先歸朝授秘書監因侍宴賦石榴云祗為來時晚花開不及春時人甚稱之先期零落更愁人玉盤迸淚傷心數迸舊作送今從英華本錦瑟驚弦破夢頻萬里重陰非舊圃陰一作怜○張衡南都賦玄雲合而重陰谷風起而增哀一年生意屬流塵傅玄詩堂上流塵生庭中綠草滋注流階也前溪舞罷君迴顧古今樂錄云晉車騎將軍沈玩前溪

□歟劉剛詩山後歌路日池上舞前溪○湖州有前溪唐子號曰即南朝習音樂之所併覺今朝粉態新

富平少侯

七國三邊未到憂史記冠帶之国七而三国邊於戎狄○此言從隨有警富平何憂哉十三身襲富平侯漢成帝鴻嘉初始微行或乘小車或皆騎馬出入市裏遠至旁縣鬬雞走馬自稱富平侯富平侯者張安世四世孫臨尚主所生子放也張放許皇后女弟爲丁遊宴禁中無度又寵幸甚成帝復放之也不收金彈拋林外西京雜記韓嫣以金爲彈丸一日失數十每出京童輒隨之以拾所落長安語曰苦飢寒逐彈丸卻惜銀床在井頭銀床井欄也樂府淮南篇云淮南王自言尊百尺高樓與天連後園作井銀作床金瓶素綆汲寒漿綵樹轉燈珠錯落開元遺事楊国忠姊妹上元夜置百枝燈樹輪轉無休杜詩云西域燈輪千影合繡檀回枕玉雕鎪枕有轆轤形故云回枕也當關莫報侵晨客嵇康書云臥喜晚起當關呼之不置注漢有當關之職號至呼門新得佳人字莫愁莫愁已註

楚宮

月娥曾闘下彩蟾 月娥謂嫦娥也詳見前詩 傾城消息隔重簾 漢書李延年歌一云北方有佳人絕代而獨立一顧傾人城再顧傾人國 已聞珮響知腰細 漢書馬廖傳楚王好細腰宮中多餓死 更辨絃聲覺指纖 暮雨自歸山悄悄 暮雨已註 秋河不動夜厭厭 王昌且在墻東住 襄陽耆舊傳王昌字公伯為東平相散騎常侍早卒婦任城王曹子文女昌弟式為渡遼將軍長史婦尚書令袒淑女昌母蔡氏有數與二婦入門皆令變服下車不得踰後後此知子嘉尚魏主欲金縷衣見式婦竟止之曰其後嚴周不聽善耳不須倚進犯人家法貴田氏此 未必金堂得免嫌 漢武帝八歲長公主欲以女阿嬌妻帝帝曰我若得阿嬌當以金屋貯之○此詩意以擬嘉尚主故用金堂事言雖富之摠然不免王昌家之嫌疑也

鄭州獻從叔舍人

蓬島煙霞閬苑鐘 三官牋奏附金龍 唐吳道玄書天地水三官出史乘龍鳳輿輦○東文為記云道家有金龍玉簡學士院撰文具一歲中齋醮投於名山洞府金龍以銅製玉簡以石製衣之 茅君奕世仙曹貴 茅君已見前詩 許掾全家道氣濃 十一真君傳許遜字敬之汝南人舉孝廉拜蜀旌陽令慕道以晉室亂棄官歸師大洞君吳猛傳三清法要至大康二年八月一日于洪州西山舉

[illegible]白日[illegible]賓絳節佇宸緣

君孫玉字子嘗為臨邛令貞元中[illegible]詔赴[illegible]楊見[illegible]

黃絁接太上有則簡黑籙舍人掌詔命有黃麻白麻此詔以官品比仙品者也丹爐猶用

紫泥封見紫泥已見前註不知他日華陽洞華陽洞天名也許上經樓第

幾重詩意舍人之職得近夫額亦能相當皆之云

溫庭筠字飛卿并州人也宰相彥博之孫任終國子助教有集傳于世

春日將欲東游寄苗紳

幾年辛苦與君同得喪悲歡盡是空猶喜故人先折桂杜詩

禮闈曾擢桂○陳元老及第詩桃花先發三春恨月桂曾攀第一枝自憐羈客尚飄蓬三春

月照千山路十日花開一夜風知有杏園無路入唐進士及第者杏

園初會謂之探花宴差年少者二人為探花使此謂之探花郎此也馬前惆悵滿枝紅

河中陪節度遊河亭

倚欄愁立獨徘徊欲賦慙非宋玉才滿座山光搖劍戟遶

城波色動樓臺鳥飛天外斜陽盡人過橋心倒影來添得

五湖多少恨柳花飄蕩似寒梅

過陳琳墓 琳廣陵人名在建安七子中

曾於青史見遺文 三國志有陳琳傳 今日飄蓬過古墳詞客有靈應識我霸才無主始憐君 琳初避難冀州袁紹以琳典文章令作檄以告劉備言曹公失德後紹敗琳歸曹公曹公曰卿爲紹作書但可罪孤而已何乃上及祖父琳謝罪曰矢在弦上不得不發曹公愛其才不責 石麟埋沒藏秋草 石麟已註 銅雀荒涼對暮雲 魏武帝築銅雀臺 莫怪臨風倍惆悵欲將書劍學從軍 魏太祖辟琳爲軍謀祭酒○王粲從軍詩云從軍有苦樂但問所從誰

傷李羽士

柳不成絲草帶煙海槎東去鶴歸天 王子年拾遺記堯時有巨槎浮于西海上光若星月上二年一周天名貫月槎又名挂星槎羽仙栖其上 愁腸斷處春何限病眼開時月正圓花若有情應悵望水因無事亦潺湲須知此恨消難得孤負南華第一篇 莊子號南華真人第二篇即齊物篇

初秋

月出西南露氣秋綺疏河漢在斜樓綺寮一作倚窗○左思魏都賦雷雨窈冥而未半皦日籠光於綺寮注云交結綺窗而為寮也楊家繡作鴛鴦幔張氏金爲翡翠鈎白氏六帖唐楊國忠張弘靖射宅賜用中於當時香燭有花妨宿燕畫屏無睡待牽牛唐七夕宮中以錦綵結成樓殿可容數十人陳花果酒炙祀牛女二星嬪妃各以九孔針五色線向月穿之過者為得巧之候動清商之樂宴樂達旦時人皆效之詩意以楊家張氏奢侈蓋當時風俗皆取法於宮中者盛之也萬家砧杵三篙水一夕橫塘是舊遊

楊柳

楊柳千條拂面絲綠煙金穗不勝吹香隨靜婉歌塵起梁書羊侃字祖忻雅愛文史姬妾列侍窮極奢靡舞人張靜婉腰圍一尺六寸為能掌上舞影伴嬌嬈舞袖垂宋子侯有董嬌嬈詩○杜詩總郝使君一云佳人窈窕出董嬌嬈羌管一聲何處曲有緣觀柳曲○唐真美義歌將軍云胡笳關下思羌笛隴頭吟流鶯百轉最高枝晉貫公主一云千絛[illegible]鄲垂青瑣百轉[illegible]千門九陌花如雪飛過宮牆兩不知

春日偶成

西園一曲艷陽歌擾擾車塵負薜蘿楚辭若有人兮山之阿被薜荔兮帶女蘿謝靈運詩想見山阿人薜蘿若在眼自欲放懷猶未得杜詩放懷哮不慨良覿耶元因不知經世竟如何夜聞猛雨判花盡寒戀重衾覺夢多釣渚別來應更好春風還爲起微波

途中偶作

石路荒唐接野蒿西風吹馬利如刀暮程投驛蕙蘭靜嚴寺入門禾黍高雞犬夕陽喧縣市鳧鷖秋水暴城壕詩鳧鷖在涇故山有夢不歸去官樹陌塵何太勞

春日野步

日西塘水金堤斜百草芊芊暗吐芽暗一作青野岸明媚山芍藥水田叫噪官蝦蟆晉惠帝在華林園聞蝦蟆聲問左右曰此鳴爲官乎爲私乎侍中賈胤對曰在官地爲官在私地爲私也鏡中有浪動菱蔓陌上無風吹鄉花[illegible]

擬向溪客綠萍方好不歸家

和道溪君別業

積潤初消碧草新鳳陽晴日帶雕輪綵飄弱柳平橋晚雪點寒梅小院春昇上樓臺陳後主（陳書曰至德二年後主於光昭殿起臨春結綺望仙三閣檻欄以沈檀為之飾以金玉微風暫至香聞數里之外）鏡中金翠李夫人（漢武帝夫人也）花房露透紅珠落蛺蝶雙雙護粉塵

劉長卿（字文房河間人開元中進士爲監察御史終隨州刺史有集傳爲世）

登餘干古城（饒州也）

孤城上與白雲齊萬古蕭條楚水西官舍已空秋草綠女墻猶在夜烏啼（古樂府有烏夜啼曲）平江渺渺來人遠落日亭亭向客低沙鳥不知陵谷變（詩高岸為谷深谷為陵）朝來暮去弋陽溪（在弋陽二十里有大石面如鏡號弋字近觀中鼓一穴）

李德裕（字文饒以蔭補校書郎召拜監察御史擢翰林學士[illegible]武宗立為門下侍郎同中

書門下平章事拜太尉後卒懿宗時詔追封衛國公贈尚書左僕射

嶺南道中

嶺水爭分路轉迷桄榔椰葉暗蠻溪（桄榔見前註）愁衝毒霧逢蛇草（嶺南蛇過草有毒人遇之即病）畏落沙虫避燕泥五月畬田收火米（畧元辛又註田一歲曰菑二歲曰菑三歲日畬七人以五月收米為大米）三更津吏報朝雞（津吏守津之吏雞也五月收米三更雞鳴言嶺南氣候暑異於中土也）不堪腸斷思鄉處紅槿花中越鳥啼（嶺南異物志云嶺南紅槿自正月至十二月常開秋冬差小耳）

李紳（字公垂亳州人也元和元年進士補國子助教累遷中書舍人武宗即位拜中書侍郎平章事與李德裕一元稹同時號三俊）

江南暮春寄家

洛陽城見梅迎雪魚口橋逢雪送梅（魚橋在蘇州子城西琴高於此乘興上昇）劍外寺前芳草合（平江府即古姑蘇有吳王池在虎丘寺始皇嘗試劍於此）鏡湖亭上野花開（鏡湖即鑑湖湖在越州即今紹興府也）江鴻斷續翻雲去海燕差池

來迴（詩云燕燕于飛差池其羽）料得心知寒食近潛聽喜鵲望歸來（諸陸曹門乾鵲噪而行人至蜘蛛集而百事喜）

紀唐夫

贈溫庭筠（開成中庭筠才名籍甚然不拘細行以文爲貨識者鄙之執政有奏庭筠竟擾場屋遂謫方城令中書舍人裴坦當制有澤畔長沙之比時文士爭爲詩送別惟唐夫一篇擅場當時盛傳也）

何事明時泣玉頻（卞和得玉獻楚懷王使樂正子占之言石以爲欺刖其左足至平王復獻之以爲欺斬其右足至昭王和欲獻之恐復見害乃抱玉而哭繼之以血王使剖之得美玉封爲陵和辭去）長安不見杏園春（杏園已註）鳳凰詔下雖沾命（石虎鄴中記每詔書下著鳳雛口中御生）鸚鵡才高卻累身（鸚鵡賦見前註）且盡綠醽消積恨休辭黃綬拂行塵（漢董巴輿服志二千石青綬千石六百石黑綬丞尉三百石長相二百石皆黃綬）方城若比長沙路猶隔千山與萬津（左傳齊伐楚楚人屈完對曰楚國方城以爲城漢水以爲池雖衆無所用之）○長沙

賈誼[illegible]

陳上美 開成元年高鍇放榜第人登科有詩集傳於世

咸陽懷古

山連河水碧氤氳，瑞氣東移擁聖君。前漢都咸陽後漢都洛陽故一云東移此也秦苑有花空笑日，漢陵無主自侵雲。秦都咸陽漢家諸陵在焉古隄堤上鶯千囀，遠渚沙中鷺一羣。賴有淵明同把菊，陶詩采菊東籬下悠然見南山煙郊四望夕陽曛。

來鵬 鵬豫章人太中咸通間文章進士不中客死于惟揚有詩集傳于世

宛陵送李明府罷任歸江州

菊花村晚雁來天，共把離觴向水邊。官滿便尋垂釣侶，家貧已用賣琴錢。浪生湓浦千層雪，湓浦見前註雲起爐峯一炷煙。註廬山有香爐峯太白詩云日照香爐生紫煙儻見吾鄉舊知己，為言顦顇過年年。

清明日與友人遊玉塘莊

餞宿春山送陸郎晉陸機[illegible]爰有[illegible]和鳴[illegible]清響鮮雲垂薄陰[illegible]春樹[illegible]

明時節好風光歸穿綠荇船頭滑醉踏殘花屐齒香苻堅驛書至謝安對棊看書畢放牀上了無喜色棊如故既罷還內心喜甚過戶限不覺屐齒折也[illegible]風急嶺雲飄迥野雨餘田水落方塘文選劉公幹贈五官中郎將詩細柳夾道生方塘含清源不堪吟罷東回首滿耳蛙聲正夕陽

（鄭準）字□□爲荊南從事

清明日江南

吳山楚驛四年中一見清明一改容旅恨共風連夜起韶光隨酒着人濃延興門外攀花別延興門在建康采石江頭帶雨逢江源記商旅取石於此至都輸爲造宮之石因名此渚爲采石渡無計歸心何日是路邊戈甲正重重

（章八元）睦州桐廬人大曆六年進士貞元中湖州句容主簿有詩集今傳于世

登慈恩寺浮圖

十層突兀在虛空，四十門開面面風。客訝鳥飛平地上，自驚人語半天中。回梯暗踏如穿洞，絕頂初攀似出籠。落日鳳城佳氣合，梁元帝納涼詩：高春斜日下，佳氣藹藹。滿城春樹雨濛濛。

李群玉 字文山，澧州人也。大中八年詣闕上表，裴休入相，薦之，授弘文館校書郎，有詩集行于世。

將欲南行陪崔八宴海榴亭

朝宴華堂暮未休，幾人偏得謝公留。謝公，謝安也。風傳鼓角霜侵戟，雲卷笙歌月上樓。賓館盡懸徐穉榻，陳蕃爲豫章太守，不接賓客，唯徐穉子來特設一榻，去則懸之。客帆空戀李膺舟。後漢郭林宗與李膺同舟而濟，衆賓望之，以爲神仙。謾誇書劒無歸處，水遠山長步步愁。

秣陵懷古

野花黄葉舊吳宮，六代豪華燭散風。六代，謂吳、東晉、宋、齊、梁、陳也。龍虎勢衰佳氣歇，諸葛亮謂吳大帝曰：鍾阜龍盤，石頭虎踞，帝王之宅，所都也。佳氣已訖。鳳凰名在故臺空。元嘉中有鳳凰集，臺故基在，後太白有詩。市朝遷變秋蕪綠，墳冢高低

[illegible]照紆[illegible]鼎圖人去盡（建康六朝都之地）獨來惆悵水雲中

金堤道中

山連楚越復吳秦，蓬梗何年是住身（蓬梗已謁(?)）。黃葉黃花古城道，秋風秋雨別家人。冰霜想見寒閻於漢（劍州[illegible]）桂玉愁君帝里貧（桂玉見前註）。十口繫心抛不得，每回回首即長嚬。

望月寄人

浮雲卷盡看瞳朧（曈曨，日欲出貌。朧，月(?)）月直出滄溟上碧空。盈手水光寒不濕，流天素彩靜無風。酒花蕩漾金樽裏（李白詩：唯願當歌對酒時，月光長照金樽裏）棹影飄颻玉浪中。川路正長難可越（宋劉休玄詩：何處[illegible]川路，山高路難越。○秦[illegible]書曰：高山岩岩，君是[illegible]）美人千里思何窮（宋謝莊月賦：美人邁兮音塵闕，隔千里兮共明月。臨風歎兮將焉歇，川路長兮不可越）

送秦鍊師歸岑公山（在万州）

山翁歸臥翠微岑，一葉西飛月峽深（[illegible]明月峽而去[illegible]）月松

遥知芳草合[illegible]

雲。繫東西影野鶴亭知去住心晉書嵇紹[illegible]野鶴在雞之中○閑雲野鶴

以比秦鎬師也蘭渚蒼蒼春欲暮曹植詩朝發鸞臺夕宿蘭渚公孫乘月賦鷗鶴[illegible]

花流水怨離琴江總詩云去雲白從送離琴手自揮

唐詩鼓吹卷第七

[illegible]卷之八

資善大夫中書左丞郝　天挺　註

羅隱　字昭諫錢塘人也累舉進士每以不第後事錢鏐爲給事中文集今傳

牡丹

似共東風別有因絳羅高捲不勝春若教解語應傾國傾國見前註任是無情亦動人芍藥與君爲近侍芙蓉何處避芳塵拾遺記石虎起樓四十尺雜寶異香爲屑風作則揚之名曰芳塵○陸機歎逝賦大暮咸一云播芳塵之馥々可憐韓令功成後辜負穠華過一身藝苑雌黃云唐元和中韓弘罷節制歸長安命鄭去弟中牡丹新花日五盈數兒女輩邪當時爲牡丹包羞之不斸故隱有辜負穠華之歎弘官至中書令故云韓令○詩河彼穠矣華施桃李

杏花

暖觸衣襟漠漠香間梅遮柳不勝芳數枝艶拂文君酒漢司馬相如古酒滌器於半里紅欹宋玉牆宋玉登徒子好色

二年[illegible]盡日無人[illegible]悵望[illegible]更凄涼[illegible]山下

還如此回首東風一斷腸謝靈運詩楚人心昔絕越客腸今斷

登夏州城樓

寒城獵獵戍旗風獨倚闌干悵望中萬里山川唐土地千年魂魄漢英雄夏州漢邊塞也離心不忍聽邊馬漢蔡琰詩北風厲兮肅泠泠胡笳動兮邊馬鳴○王正長詩朔風動秋草邊馬有歸心往事應須問塞鴻好脫儒冠從校尉漢書戊己校尉元帝初置如甲乙丙丁庚辛壬癸皆有正位惟戊己寄治亦無常居故名戊己一枝長戟六鈞弓三國志袁術將紀靈圍劉備呂布曰玄德布弟也請君觀布射中戟枝即解兵去不中留決戰布一發正中戟小枝皆曰將軍天威也皆罷去○左傳顏高之弓六鈞

曲江春感隱以諷刺久困場屋友人劉贄贈詩云人皆言子屈我獨以為非明主既難謁青山何不歸隱見之遂起歸歟之興故作此詩

江頭日暖花正開江東行客心悠哉高陽酒徒半凋落史記酈食其落魄無為衣食而欲見沛公沛公以儒生不見酈生案劍曰吾高陽之酒徒非儒生也終南山色

崔嵬聖代也知無棄物侯門未必用非才丁令晉語論擇立失德搏付非才四維不張苟且之政多矣滿船明月一竿竹家住五湖歸去來一止作在

春日題禪智寺在揚州

樹遠連天水接空幾年行樂舊隋宮煬帝都於江都以耆樂失国故云爾花開花謝長如此人去人來自不同楚鳳調高何處酒論語楚狂接輿歌而過孔子曰鳳兮鳳兮何德之衰往者不可諫來者猶可追吳牛蹄健滿車風風俗通曰吳牛畏日故望月而喘○滿車風言車爽也思量只合騰騰醉煮海平陳盡夢中煮海見前注隋煬帝成陳○皆揚州故實

緜谷廻寄蔡氏昆仲

一年兩度錦城遊成都號錦里城呼為錦城以江山明麗錯雜如錦張故也前值東風後值秋芳草有情皆礙馬好雲無處不遮樓山牽別恨和愁斷水帶離聲入夢流今日不堪回首望古煙高木隔綿州

寄竇尚書

往年西謁謝玄暉（謝玄暉□□賓尚書也）尊酒留連醉始歸曲□搖柳濃
鶯未老小園花暖蝶初飛噴香瑞獸金三尺舞雪佳人玉
一圍（宋玉神女賦諷兮若流風之回雪 杜詩急雪舞回舞言舞態回翔也）今日亂離尋不
得滿簑風雨釣魚磯

張蠙（字象文清河人乾寧中進士 授校書郎有集二卷傳于世）

前塘夜宴留別郡守（前疑作錢）

四方騷亂一州安（賈子新書曰士卒罷弊死於甲兵老弱騷動不能治產業云）夜刻搏
籌伴客歡笙簫調高山閣迥蝦蟆聲促海濤寒（江南少木析擊警夜故日蝦蟆更）
舞閒珮響藏歌妓（開元遺事寧王有妓美容善歌舞客莫能見李白侍酒戲曰聞王有寵姬善謳今君奉公宴倦王何吝此王笑令於七寶花障後歌白起謝曰雖不許見而聞君声亦幸矣）幕外刀
光立侍官沉醉不愁歸棹晚晚風吹子陵灘（後漢嚴光字子陵釣於富春山七里灘下）

長安春望

閑時不敢卧煙霞又見秦城換物華殘雪未消雙鳳闕[illegible]
門之闕也新春已發五陵家漢長陵安陵陽陵茂陵平陵也甘貧只擬長臨[illegible]
三百阮籍聞步兵廚有貯酒二百斛乃求為步兵校尉忍病猶期強采華故國別來桑[illegible]
極盡十年兵踐海西涯

李山甫咸通中累舉進士不及第後亦為魏博從事有詩賦等集並傳

寒食

柳凝東風一向斜春陰漠漠野人家有時三點兩點雨[illegible]
數十枝五枝花萬井樓臺疑繡畫九原松柏似煙霞許文[illegible]
子游於九京謂叔向曰死者如可作也吾誰與歸其隨武子乎京當作原年年今日誰相問獨
卧長安泣歲華梁蕭子雲歲暮賦云日躔次度歲華云暮

寓懷山甫落魄不羈抑於身謀[illegible]怨當路故有此作

萬古交馳一片塵思量名利孰如身長疑好事皆虛事却
[illegible]

莫謾誇頭角，憂喜輸贏總未真。

公子家

曾是皇家幾世侯，入雲高第照神州。高第謂甲第也。神州詳見前注。柳遮門戶橫金鎖，花擁絃歌咽畫樓。錦袖妬機爭巧笑，巧笑，論語：巧笑倩兮，美目盼兮。玉銜驕馬索閑遊。麻衣酷獻平生業，毛詩：蜉蝣掘閱，麻衣如雪。醉倚春風不點頭。

二

柳底花陰壓路塵，瑞煙輕罩一團春。鴛鴦占水能欺鷰，燕一作鷰。鸚鵡嫌籠解罵人。騕褭似龍隨日換，淮南子：夫待騕褭而駕之，則世莫乘車矣。詳見前注。後漢章帝時，有司請封諸舅，太后詔曰：前過濯龍，見外家車如流水，馬如遊龍，吾不譴怒，但絕其歲用耳。輕盈如燕逐年新。漢趙后以体如燕，故名飛燕。不知盡買長安笑，笑或作[illegible]活得蒼生幾戶貧。

上元懷古 上元金陵[illegible]

□□□□愛風流南朝謂六朝也詳見前注盡守江山不到頭總為戰

爭收拾得却因歌舞破除休南朝自劉裕至陳霸先皆篡弑得之如東昏侯陳後主輩皆以淫荒失在

堯將道德終無敵孟子無敵於天下者天吏也秦把金湯可自

由韓子曰雖有金城湯池非粟不守○漢蒯通傳注云金取堅湯取熱皆喻險固不可近也試問繁華

何處在雨苔煙草石城秋金陵有石頭城

武元衡元衡字伯蒼河南人建中四年進士元和二年以門下侍郎平章事秉政早朝遇盜從暗中射殺之有臨淮集傳于世

荊帥

金貂再入三公府漢官儀侍中金蟬左貂金取堅不朽蟬居高食潔貂外勁悍而內溫○漢董巴輿服志曰武弁大冠侍中常侍加黃金璫附蟬為文貂尾為飾謂之惠文冠錦帳連封萬戶侯

簾捲青山巫峽曉雲凝碧岫渚宮秋巫峽渚宮詳見前注劉琨坐嘯

風生塞晉劉琨字越石為胡騎所圍窘迫乘月登樓清嘯胡騎聞之皆嘯然引去謝朓裁詩月

滿樓南史謝朓字玄暉美文章清麗可愛白雪調高歌不

得美人……里巴人國中和者數万人歌陽阿採
菱和者數百人既而歌陽春白雪
唱而和者數人蓋曲彌高和彌寡

送張諫議

詔書前日下丹霄頭戴儒冠脫皂貂王莽篡位更漢黑貂用黃貂太后命其官屬黑貂笛怨柳營煙漠漠柳營詳見前注雲愁江館雨瀟瀟鵷鴻得路爭先翥莊子南方有鳥名鵷鶵發於南海飛於北海非梧桐不止非竹實不食非醴泉不飲也松柏凌霜貴後凋論語歲寒然後知松柏之後凋歸去朝端如有問玉關門外老班超班超自以久在絕域年老思土上疏曰臣不敢馬齒殲常恐年衰奄忽僵仆孤魂棄捐臣不敢望到酒泉郡但願生入玉門關帝感之放還

送崔峴使還本府

勞君車馬此逡巡我與劉公本是親劉孝標答秣陵令劉沼書劉侯既重有斯難值余有天倫之感竟未之致也兩地山川分節制十年京洛共風塵唐元衡代高崇文爲西川節度詩意昔……使同在京洛今各官於兩地也羌歌幾處胡天月

紆長留蜀國眷報主還求璽盡敵闕伐東山大夫先丹木讚日今公日尽敵而反敵可尽乎錄尽敵猶有内謀不如違之上還期萬里盡力新漢武陵鑾作詩將軍馬祖征之有功而還表奏金錯刀一具

唐彥謙字茂業并州人也咸通末年進士爲河中從事歷晉絳二州刺史後爲閬州刺史卒号鹿門先生有詩集傳于世

長陵

長陵高闕此安劉長陵高祖陵也。○高祖遺詔呂后曰周勃重厚少文然安劉氏者必勃也後呂后欲立諸呂勃爲太尉入北軍誅諸呂立文帝祔葬纍纍盡列侯後漢和帝幸長陵曰高祖功臣蕭曹爲首有傳世不絕之義賊望長陵東門見二臣之壠每有感焉可遣中使以中牢祀之豐上舊居無故里沛中豐民盡移於長安新豐故云無故里沛中原廟對荒丘漢惠帝思高祖之樂沛以沛宮爲高祖原廟頗陳再也先已有廟今再立曰原廟耳聞明主提三尺高祖曰吾以布衣提三尺取天下此非天命乎眼看愚民盜一抔前漢有盜高廟玉環得之下廷尉當棄市文帝欲族之張釋之曰假令愚民取長千載腐儒騎瘦馬鄭谷

矣帝罵曰豎儒幾敗乃公事　淮坼余臣重四頭

蒲津河亭

宿雨清秋霽景澄廣亭高樹向晨興煙橫博望乘槎水漢張騫爲東大夏窮河源後封爲博望侯日上文王避雨陵左傳殽有二陵焉其南陵夏后皋之墓其北陵文王之所避風雨也孤棹夷猶期獨往夷猶已注曲欄愁絕每長憑思鄉懷古多傷別此際哀吟幾不勝音升

李遠　遠字求古太和五年進士蜀人也累官歷忠建江三州刺史終御史中丞有集傳于世

贈寫御容李長史

寶座煙消硯水清寶一作玉○文選謝希逸詩云奐鬱兮中庭響音金劍暖兮玉臺空今龍鳳不動彩毫輕初分隆準山河秀準音拙高祖龍顏隆準隆高也準頰權也乍點重瞳日月明太史公曰吾聞周書舜目重瞳子○戶子舜兩眸子宮女捲簾皆暗認侍臣開罷盡遙驚六朝供奉無人敵始覺僧繇浪得名張僧繇吳人也天監中歷官右將軍吳興太守以丹青馳譽於時

失鶴

秋庭吹却九臯禽詩小雅鶴鳴於九臯聲聞于天注臯澤也言九折之澤以喻深遠一片閑雲萬里心杜詩老鶴萬里心碧落有情空悵望空一作愴青臺無路可追尋崑崙有瑤臺閬苑來時白雪翎猶短去日丹砂頂漸深華表柱頭留語後更無消息到如今

聽話叢臺趙云又志趙武靈王建叢臺甚多於邯鄲

有客新從趙地回自言曾上古叢臺漢鄒陽曰至趙之時武力勇士衣服叢臺吹之下一日下戚市雲遮襄國天邊盡襄國趙地漢書項羽分趙地立張耳為常山王居信都改曰襄國趙遶漳河掌上來漳河過云衣目成邊絃管變成山鳥弄綺羅留作野花開金輿玉輦無行跡風雨唯知長綠苔鄴中記石虎治漳河四十里一宫宫中宫女數十人一夫人主之石虎下輦上宿

權德輿字載之秦州人妙以文章稱德宗召為太常博士進中書舍人元和五年拜禮部尚書同平章事有集

臣家郎事

閑臥藜床對落暉 白氏六帖管寧家貧所坐藜床穿穿爲之笑不捲。杜詩衰病只藜床 翛然便覺世情非 漠漠稻花資旅食 青青荷葉製儒衣 楚辭製芰荷以爲衣兮紉秋蘭以爲佩 山僧相訪期中飯 漁父同游或夜歸 待學尚平婚嫁畢 後漢尚平字子平隱居不仕讀易至損益卦歎曰吾已知富不如貧貴不如賤但未知死何如生耳建武中男女家娶既畢勅斷家事勿相關當如我死也遂肆志遊名山五岳 渚煙溪月共忘機

和司門殷員外早秋省中書直夜寄荊南衛象端公

共嗟王粲滯荊州 三國志王粲字仲宣山陽人以西京亂乃之荊州依劉表表不禮作登樓賦以自見 才子爲郎憶舊游 涼夜偏宜粉署直 唐諸郎中員外郎尚書郎所居謂之畫省以粉畫之故名之曰粉署也 清言遠待玉人酬 晉裴楷爲吏部郎風神高邁精神俊爽時謂之玉人 風生北渚煙波闊 楚辭帝子降兮北渚目眇眇兮愁予 露下南宮星漢秋 南宮謂禮部也 早晚得爲同舍侶 前漢直不疑爲郎有告歸誤持其同舍郎金去 知

君兩地結離憂楚辭思公子兮徒離憂

奉和太常韋卿閣老左藏庫中假山之什

春山仭掌百花開九棘腰金有上才周禮九棘孤卿大夫位焉鄭玄注曰樹棘以為位者取其赤心而外刺也忽向庭中摹峻極詩崧高維嶽峻極于天如從洞裏見昭回詩倬彼雲漢昭回于天注昭光也回轉也小松已負干霄狀片石皆疑縮地來神仙傳漢費長房遇壺公得其神術能縮地脉千里聚在目前放之如舊都內今朝似方外莊子子桑戶死孔子曰遊方之外者也丘遊方之內者也仍傳麗句留雲臺華山有雲臺觀

送張閣老中丞持節弔回鶻

雍容翩翩擁漢官君行當得遠人懽論語近者悅遠者來分職南臺知禮重綴書東觀見才難後漢張衡字平子爲侍中上疏諸得專事東觀收撿遺文畢力補綴又條上司馬遷班固所叙與典籍不合者十餘事帝不從所惜入追恨金章玉節鳴騶遠如淳漢書注騶馬以給騶使乘之藏榮緒晉書曰騶六人白草黃雲出塞寒欲散別離誰有酒甆須賓從駐征鞍

送李處士歸陽山居中用嶺

暫來城市意何如，却憶昔陽溪上居。不憚薄田輸井稅研松之自將佳句著州閭。溪翻亂滴檐牽岸，霜落秋郊樹影疏。晉陶淵明傳江州刺史王弘半道邀淵明想到家山無俗侶，逢迎只是坐籃輿。還州問其所乘答云素有足疾向來乘籃輿亦足自反乃令一門生二兒共爲之舁至州里

于鵠鵠高隱于漢陽大歷中應薦起歷諸府從事有集一卷傳于世

送宮人入道

十載吹笙入漢宮，看修水殿種芙蓉。自傷白髮辭金屋，漢武帝爲膠東王年數歲長公主抱問曰兒欲得婦否答曰欲得指女阿嬌好否笑曰若得阿嬌當以金屋貯之喜戴黃冠向雪峯。太白上有雪峯解語老猿開曉戶，引雛飛鶴下高松。定知別後宮中伴，遥聽緱山半夜鐘。緱山見王子晉注不○齊武帝景陽樓有三更五更鐘也

盧弼與李洗、遠同時有詩名

秋日寓居精舍書事

荒蒲苔堦杅蒲城此中多恨恨難平蹊徑看織蠨蛸網詩伊威在室蠨蛸在戶注蠨蛸小蜘蛛也暗室愁聽蟋蟀聲詩蟋蟀在堂歲聿其莫○蟋蟀促織也卧欲拋羈客思夢歸偏動故鄉情覺來獨步長廊下半夜西風吹月明

獨孤及字至之河南人天寶末以有道舉高第代宗朝為左拾遺歷止濠舒常三州刺史有集今傳

同皇甫齊年春望見示之作

望遠思歸心易傷況將衰鬢偶年光時發芳樹愁花盡晝掩書齋覺日長抃比流波辭舊浦忍看新草遍芳塘謝靈運詩云池塘生春草因君贈我江楓詠唐崔信明有楓落吳江冷之句鄭世翼曰願覽其餘未終卷曰所見不逮所聞投卷於水中而去春思如今未易量

雪

羿驂驅雲結夜陰 楚…天神使以。魏曹植…洛文河伯…澤屏翳

驂翔鳳 司 素花飄墜惡氛沈 左傳伯風謂趙孟曰災氛 甚惡懼誰注云氛氣也 邑鼓曹

國麻衣淺 詩曹国風蜉蝣掘閱麻衣如雪 寒入荊王翠被深 左傳楚王次乾谿雨雪

王皮冠秦復陶翠被豹舄執鞭以出注秦遺羽衣 天上明河銀作水 有明河篇 海中仙

樹玉爲林日高獨擁鷫裘臥誰乞長安取酒金 司馬相如以鷫鸘裘

貰酒與文君爲權又陳皇后以黃金百斤爲相如文君取酒因請辭悲愁之辭相如爲作長門賦奏之

冲虛觀

五粒青松護翠苔 李賀爲五粒小松歌 石門岑寂斷纖埃水浮花片

知仙路 陶潛桃源記晉太元中武陵人漁爲業溪行忘路之遠近忽逢桃花夾岸數百步中無雜木芳華鮮美落英繽紛漁人異之尋尋露見黃髮垂髫問云皆避秦人也 風遞鸞聲認嘯臺 阮籍至蘇門半嶺聞有聲若鸞鳳之音乃係登長嘯也詳見前注 桐井曉寒千乳斂 庾信三月三賦草徒御長帶桐垂

細乳亂乳 茗園春嫩一旗開 世說茶之始生而嫩者爲一槍漸大而開者爲一旗過此老矣 馳煙

未勒山亭字可是英靈許再來 金陵地記云周顒字彥倫隱…此山後應詔出爲…

今欲過此山孔德璋假山神作文以却之曰鍾山之英草堂之靈馳煙驛霧勒移山庭云云

淮南發運趙祁州被詔歸闕

天臺封詔紫泥馨紫泥見前註馬首前瞻北斗城三輔黃圖云長安故城城南為南斗形城北為北斗形故曰北斗城人在函關充望氣列仙傳老子西遊函谷關令尹喜先見東來有紫氣知真人當過此也果見老子授道德經而去帝於京兆最知名前漢趙廣漢守京兆尹遷潁川太守復為京兆尹自將吏入霍禹家搜索署酤斫關而去帝心善之威望極恐一區東第趨長近文選云位為通侯處列東第注甲第也在帝城之東故云數列西廂接書奏周昌傳呂后側耳於東廂聽顏注正寢之東西室皆曰廂言似廂篋之形也○易晉卦錫康侯用錫馬蕃庶晝日三接注柔進受寵一晝三接也正是兩宮裁化日百金難復璧拜虞卿史記虞卿者游說之士也躡蹻擔簦說趙孝成王一見賜金百鎰白璧一雙再見為上卿故號虞卿

天街曉望

長樂才聞一叩鍾長樂宮名詳見前注百官初謁未央宮未央宮名金波[illegible]少是月謝玄暉詩云金波麗鳷鵲玉繩低建章注漢

制□拜相府縣載沙自官城至其第名爲築沙隄
玉樹琤琤上苑風
[illegible]人詩君家哉
何時仙臺應有期東總綠玉樹定長二丈五尺○上苑上林苑也
香重椒蘭橫結霧
杜牧阿房宮賦煙斜霧橫焚椒蘭也
氣寒龍虎遠浮空
諸葛亮謂吳大帝曰鍾阜龍盤石城虎踞真帝王所都處也
嗟予索米無人問
漢東方朔對上曰侏儒長三尺餘奉一囊粟錢二百四十朔長九尺餘亦奉一囊粟錢二百四十侏儒飽欲死臣朔飢欲死臣言可用幸異其禮不可用罷之無令但索長安米上大笑行避
霜臺御史驄
御史驄見前注

淮南王

貪鑄金錢盜寫符
前漢淮南王安入朝田蚡迎之霸上與語曰今上無太子王高帝孫行仁義宮車晏駕非王誰可立淮南王喜甚及又聞攻戰之具集金錢事竟削二縣王自傷曰孤行仁義見削地孤甚恥之謀反益甚乃令官奴入宮中作皇帝璽及丞相御史大夫將軍中二千石等印後伍被告變上使宗正以符節治王王未至安自剄殺
何曾七國戒前車
漢七國反遣太尉周亞夫將軍竇嬰破之斬吳王濞於丹徒膠西王卬楚王戊趙王遂濟南王辟光菑川王賢膠東王雄渠皆自殺○賈誼論治安曰前車覆後車戒也
長生不待爐中藥
淮南王好文學神仙謂鍊藥丹可長生藥未成而身已戮矣
鳴寶誰收篋裏書
淮南王有

祝中鸚賓說秘書言神仙使鬼不若金之術　碧井秋空天影在晉書自言與百尺
接高與天連後園鑿井張　小山人去桂叢疎淮南小招隱士
作牀金梯素綆汲其漿　或大山小山如雲
客有八公之徒分造詩賦以類相從或稱
詩大雅小雅故小山小山招隱士曰桂樹叢生兮山之幽
中雞犬無消息麥秀漸漸徧故墟並見前注

趙宗道歸輦下

泌牒相逢楚水湄談書長安今日因識鄴中舊交高日在西
選浦文荐牒不彼超權地○晉朝廷故蹟遺牒任達之輩
王衍曰諸牒并移遂至於此　竹林文酒此登臨
山濤向秀劉伶阮咸王戎爲竹林七賢　擅來還復陽別
林之游出寫爲竹林七賢
與之究問具而去○前漢班固傳孔席不暖　擅　一辭初
交又解攜莊子外篇田子方篇云自然身　江浦嘔啞風
覓橋河橋勒窣柳垂堤　明年四
月秦關到洗眼揚州看馬蹄
全勝十政官

憶薦福寺牡丹

十日春風隔翠岑只應繁朶自成陰樽前可要人頽玉 嵇康醉如玉山之將頹 樹底遥知地側金花界三千春渺渺 華嚴經有現三千大千金色世界 銅槃十二夜沉沉 以銅槃十二然燭看花如秉燭夜遊也 雕盤分藥何由得 藥亦作紺切以針藥物之芍藥言簪花也 空作西州擁鼻吟 謝安本能為洛下書生詠有鼻疾故其音濁名流愛其不能及或以手掩鼻以效之

次韻和朱況雨中之什

蒼野迷雲黯不歸 莊子蒼蒼之野 遠風吹雨入巖扉石牀潤極琴絲緩水閣寒多酒力微久夢將成還滴滴春心欲斷正霏霏 霏一雱作更 憂花惜月長如此爭得東陽病骨肥 梁沈約久處端揆有志台司武帝數言不用乃與徐勉書陳情曰病已數旬革帶常移引手握臂率計月小半分欲謝事求歸老之秩勉為請三同之儀帝勿許

感舊

千里青雲未致身已近青雲馬蹄空踏幾年塵曾迷玉洞花光老欲過金城柳眼新晉桓溫自江陵北伐行至金城見少時所種柳皆十圍慨然曰木猶如此人何以堪攀枝執條泫然流涕粉壁已沉題鳳字見前酒壚猶記姓黃人晉王戎為尚書令着公服過黃公酒壚下謂後車客曰吾昔與嵇叔夜阮嗣宗酣暢于此壚自嵇阮亡來便為時所羈紲今視此雖近邈若山河鄰中橫笛偏多感一灣闌干白角巾劉向說苑雍門子周引琴而鼓之徐動宮徵微揮羽角切終而成曲孟嘗君涕闌干而就之曰先生鼓琴亦令文立若破國亡邑之人也

寄昭潭王中立

高絃一弄武陵深武陵在常德府○晉崔豹古今注馬援門生爰寄生善吹笛援作武陵深之曲以和之曰武溪滔滔一何深鳥飛不渡獸不能臨嗟哉武溪兮多毒淫六幕天空萬里心六幕上下四方吳苑歌驪成久別漢王式傳歌驪駒注其辭曰驪駒在門僕夫具存驪駒在路僕夫整駕楚峯回雁好歸音衡陽有回雁峯十千美酒花期隔文選美酒斗十千三百枯棊奕思沉吳韋弘嗣傳奕論枯棊三百孰與萬人之將○邯鄲淳藝經棊局縱橫各十七道合二百八十九道白黑棊子各一百五十枚方成碁莫上孤城頻送目浮雲西北是

家林

城南

昨夜〔細〕陰結夕霏城南十里有香泥初聞山鳥驚新哢遥見林花識舊蹊蕩槳遠從芳草渡〔古樂府云艇子打兩槳催送莫愁來〕墊巾還傍綠楊堤〔後漢郭林宗太原人嘗過陳遇雨巾一角墊時人效之故折一角名林宗巾〕羅敷正苦桑蠶事惆悵南來五馬蹄〔史記秦氏女名羅敷邯鄲人嫁邑人千乘王仁後為趙王家令羅敷出採桑王上見悅之羅敷乃彈箏作陌上桑以自明古云使君從南來五馬立踟躕羅敷年幾何十五頗有餘使君謝羅敷寧可共載不羅敷前致辭使君一何愚使君自有婦羅敷自有夫〕

早夏

井轄投多思不禁〔漢陳遵每留客飲輒投其車轄於井中使客不能去客苦之〕窣垂珠箔晝沉沉〔珠一作朱○左太冲蜀都賦幽堂晝陰〕睡鶯燕語頻移夢擾病起蛛絲半在琴雨徑亂花埋宿艷月軒脩竹轉涼陰一春酒費知多少探盡囊中換賦金〔[illegible]以黃金百斤為相如[illegible]〕

古別

長道何年祖軷休軷蒲撥切○左傳祖而舍軷飲酒於軷則門戲重於道途也○黃帝子祖才好遠遊死於道路故今出行者祭於郊而後行曰祖風帆不斷岳陽樓杜詩風帆倚高...

佳人挾瑟漳河曉古三婦豔詩小婦何所爲挾瑟上高堂丈夫且安坐調絲歌未央○鄴中記襄國至鄴二百里中四十里置一宮以夫人王之宮女數十悉通音樂百虎丁輦止宿壯士悲歌易水秋荊軻之秦燕太子送之歌曰風蕭蕭兮易水寒壯士一去兮不復還九帳青油徒自貴宋書劉禹爲右將軍求益州不得書曰朱紫之...世說兵一日居荊州青油幕下謝宣城...王爲朗州坐青油幕下以見庾信百壺芳醑豈消憂詩韓侯出祖顯父餞之清酒百壺至今長

樂坡前水不啻秦人怨隴頭秦州記曰隴西郡一百六十里隴山秦人西役上此莫不回首悲泣爲隴水歌曰隴頭流水鳴聲嗚咽遙望秦川肝腸斷絕○長樂坡在長安

侯家

洞戶春遲漏箭長漏一作深○劉孝標辨命論曰長不可急於箭漏短轅初返洛陽傍晉王導妻曹氏妬忌導密營別室貯衆妾曹氏知將往...導恐妾被辱遽令命駕猶以麈尾柄驅牛而進司徒蔡...

[illegible]

物推短轅犢車長柄麈尾筍寸大怒綵雲披曲青岑醴張平子思玄賦飲青岑之玉醴兮飡沆瀣以為粮注云青岑山名也沉水熏衣白璧堂揚雄傳歷金門而上玉堂。古詩云黃金為君門白璧為君堂前檻蘭苕依玉樹史記趙武靈王夢處女鼓琴歌曰美人熒熒兮顏若苕之華。謝靈運詩翡翠在蘭苕。楊子雲甘泉賦云翠玉樹之青葱言富貴也後園桐葉護銀牀古詩井梧花落盡一半在銀牀銀牀井欄也見前注宴殘紅燭長庚爛詩東有啓明西有長庚又曰明星有爛還促朝珂謁未央未央宮名

函谷關

天開函谷壯關中萬古驚塵向此空望氣竟能知老子老子已注。甘棠志陝州靈寶縣南有尹喜望氣臺棄繻何不識終童前漢終軍入關吏予軍繻曰為復傳還當以合符軍曰丈夫西遊當不復傳還棄繻而去後為謁者過關々吏識之曰此棄繻生也謾持白馬先生論桓譚新論云公孫龍常論白馬非馬人不能屈後乘白馬無符傳欲出關々吏不聽曰此虛言難以奪實也未抵鳴雞下客功史記秦王聞齊孟嘗君賢明以為相或譖之秦王將執殺之以狐白裘獻幸姬乃得遣後悔使人追之孟嘗君已至關々[illegible]

符命已歸如掌地光武紀彊華奉赤伏符曰劉秀發兵捕不道四夷雲集龍鬭野四七之際火爲主○光武建武四年田戎聞秦豐破懼欲降其妻兄辛臣圖畫公孫述遣其所得郡縣以示戎曰雒陽地如掌耳故甲以觀其變戎曰以秦王之孫猶爲征南所虜吾降決矣一丸曾讋隗王東後漢隗囂傳囂遣子詣闕其將王元不願內事說囂曰今天水完富士馬精強北取西河上郡東收三輔之地案秦舊迹一丸泥爲大王東封函谷關

殘花

雨壓殘紅一夜凋曉來簾外正飄颻搖數枝翠葉空相對萬片香魂不可招宋玉有招魂篇長樂漫回春寂寂武陵人去水迢迢圖經云常德府武陵縣有桃源山昔秦人避亂之地陶潛爲之記愁將玉笛傳遺恨笛有落梅曲苦被芳風透綺寮梁簡文帝詩云轉露沁懸井浮煙八綺網寮○寮小窓也詳見前注

塞上

漢家神箭定天山唐薛仁貴與羌衆二十万餘敵存號騎數十人來挑戰仁貴發三矢殺三人虜勇降軍中歌曰將軍三箭定天山壯士長歌入漢關烽火相望萬里間望平声義同契利請盟金匕酉嘍作頭是足○唐貞觀元年頡利突厥可汗來注朝叩詔許之幸城西斬白馬與頡利盟于便

猶上賜之金帛矣將軍歸臥玉門關班超事見前注雲流老上妖氛斷老上單于回中探騎閑漢文帝十四年匈奴入蕭關殺北地都尉回中宮候騎至雍○回中屬扶王食已行王道勝漢賈誼上策請試屬國施五餌二表以係單于日賜之盛服以壞其目賜之盛食以壞其口賜之音樂以壞其耳賜之高堂奴婢以壞其腹於來降者上召幸之以壞其心此五餌也絕無刁斗至闐顏刁斗銅器軍中晝炊夜以為警○漢武帝元狩間衛青將出定襄圍單于斬首一万九十級追至闐顏山乃還屬太恐

長卿

買賦金錢出後宮文選漢武帝陳皇后得幸頗妒別在長門宮愁悶悲思聞蜀郡司馬相如天下工為文奉黃金百斤為相如文君取酒因求解悲愁之辭而相如為文以悟主上陳皇后復得幸長門賦是也長卿文彩冠諸公梁園未至時名大謝惠連雪賦梁王不悅遊於兔園乃置旨酒命賓友召鄒生延枚叟相如末至居客之右蜀道前驅使節雄注見前已託焦桐傳密意相如與臨邛令王吉善邛富人卓王孫聞令有貴客為具召之客以百數相如至一坐盡傾酒酣令請奏琴於相如相如為令鼓一再行是時王孫有女新寡好音故相如與令相重而以琴心挑之文君竊從戶窺心悅而好之恐不得當

陵更因殘札尋遺忠[illegible]如已死其妻對曰長卿未死時[illegible]使者來求書奏之其遺札書言封禪事所忠奏之如何一諷神仙事卻得飄雲起賦中相如奏大人賦天子大悅曰飄飄然有淩雲之氣似游天地之間

洞靈觀納涼

秋波不動簟紋融，松月愔愔透綺櫳。霜重井梧飛瘦碧，雨晴藥圃墮嫣紅。彩鴛靜占銀塘水毛文錫詩鴛鴦對浴銀塘暖水面蒲稍短乳燕涼飛玉宇風。抹酒易銷殘夢斷，卻疑身在廣寒宮宮名見[illegible]蹦

津亭

津亭欲閣戒棠舟閣若沉切莊子曙彼閣者注門開也。梁元帝有烏棲曲云沙棠作舟兮桂爲楫五兩風來不少留五兩舟上候風羽也詳見前注西北雲浮連魏闕，東南日出背秦樓詞之西秦地也詞之東魏地也晉城湖上人傷別，芳草萋萋客倦遊楚詞芳草生兮萋萋王孫遊兮不歸。漢司馬相如傳長卿故倦遊雖貧其人才足依也平樂

情歡收不得觀名□更憑飛夢到瀛洲方丈瀛洲也

送林學士知明州

綵繩雁撿出神州漢書趙皇后傳十月中宮乳掖庭牛官令舍有婢六人中黃門田客持詔記綠綈方底封御史中丞印師古注綈厚繒也方底者盛書囊也形若當也按印窠封題也又拜東吳最上游上游即上流也腰下漢符分半虎漢武帝初與郡守為銅虎符竹使符應劭曰銅虎符第一至第五國家發兵遣使者至郡合符符合乃受竹使符以竹箭五枚長五寸鐫刻漢書第一至第五半留京師半以寺之手中寶刃欠全生莊子庖丁為文惠君解牛曰臣之刀十九年所解千牛而刀刃若新發於硎彼節者有間而刃無厚入有間恢恢乎其於遊刃必有餘地我筵進酒吳歈曲楚辭曰吳歈蔡謳合奏習容商つ烈土兀帝嬰要曰文斧歌曰謳吳歌謌曰歈碧沼觀魚越鄂舟鄂君泛舟見前注政是金華隆舊業漢翼奉傳於金華殿進講羣仙相望美三瀛洲瀛洲館下坐同流水

芙蓉湖泛舟

小湖香豔戰芙蓉碧葉佳田離釣篷篷編竹覆舟也嵐氣欲飛山隔岸秋波不動水搖空秋波不動一作秋光不定鷗鷺雪鳥爭投浦發

……見逡……

謝紫溪翁詩紫溪翁即陸龜蒙家世有紫溪翁并歌云來泣之魚兮朝龍有鮮……

疏兮莫筐有蒲左圖目書吏兮与甚壽妙夭披貴披賊敲

次韻徐爽見寄

五兩青絲帝澤深楊子孝至篇山其德舜禹之受天下不爲秦不由其德五兩之綸半通之印亦秦矣注青綬印綬也平時可敢嘆英沉侏儒自是長三尺見索隱注以濟澼絖都來直數金莊子宋人有善爲不龜手之藥者世世以洴澼絖爲事客聞之請買其方百金聚族而謀曰我世世爲洴澼絖不過數金一朝而鬻技百金請与之○澼音辟漂絖音纊絮也寂寞死灰人喪偶莊子形固可使如槁木心可使如死灰乎○莊子妻死惠子弔之則方箕踞鼓盆惠子曰不亦甚乎莊子曰不然察其始而本无生非徒无生也而本無形非徒無形而本無氣也偶配也婆娑生意摘交陰拒玄敗後殷仲文爲々司馬從議意非往日前有老槐扶疏良久歎曰槐樹婆娑無復生意年來想見顏色江文通詩顏色不異昔擕手一見夕夢遷二到竹林莊子周夢爲胡蝶栩栩然……不知周也俄而覺則蘧蘧然周也○竊言徐

自商山宿陶令隱居

閒道花源堪避秦 見前註 尋幽數日不逢人 尋幽一作幽尋 煙霞洞裏無雞犬 見前註 風雨林中有鬼神 黃公石上三芝秀 黃公黃石公也○抱朴子參成芝之木渠芝之建實芝之此三芝之得而服之白日昇天○嵇康詩云煌煌靈芝一年三秀 陶令門前五柳春 見前註 醉臥白雲閒入夢 不知何物是吾身

夜歸華山因寄幕府

山村寥落野人稀 竹裏衡門掩翠微 詩衡門之下可以棲遲 溪邊夜隨明月入 亭皐春伴白雲飛 文選亭皐木葉下隴首秋雲飛 嵇康懶慢仍耽酒 晉嵇康絕交書云性復頗懶漫筋駑肉緩頭面常一月十五日不洗不大悶癢不能沐也又自云簡與禮相背賴與慢相成又著養生論曰夫氣靜神虛者心不存於矜尚體亮心達者情不繫於所欲 范蠡逋逃又拂衣 謝靈運詩高揖七州外拂衣五湖裏 汀畔數鷗閒不起 只應知我已忘機 [illegible]狎鷗忘機

春日進臣明府[illegible]山人

陶公歸隱白雲溪（謂陶隱居也）買得春泉灌藥畦。夜靜林間風虎嘯（王褒聖主得賢臣頌：虎嘯而風烈，龍興而致雲），月明竹上露禽棲。陳倉邑吏驚烽火，太白山人話鼓鼙（太白山下東倉路也）。相見只言秦漢事，武陵溪裏草萋萋（武陵見前注）。

王建　字仲初，潁川人。大曆十年進士。振謂南引，歷秘書丞、侍御史。大和中出為陝州司馬，從軍塞上，弓劍不離身，數年後歸，卜居咸陽原上。有集八卷傳。

李處士故居

露濃煙重草萋萋，樹映闌干柳拂堤。一院落花無客醉，半窗殘月有鶯啼。芳筵想像情難盡，故榭荒涼路欲迷。風景宛然人自改，卻經門外馬頻嘶（外一作巷）。

上李庶子

[illegible]

山經用始鮮明，藕絹紋纔裁來滑，鏡水波濤濾得清 …… 論以昏
漢諸葛亮曰水至平而邪者取法，鑑至明而醜者亡怒，以其無私也○已上二聯言庶子文章政事之清眾也
思穎因清露流 王建自言也 幸容皆禮先生

周家溪亭

少年因病離天仗，乞得歸家自養身。買斷竹溪無別主，散分泉水與新鄰。山頭虎下長驚犬，池面魚行不怕人。鄉使到門常款語 君詩可欵欵語 還聞世上有功名

從軍後寄友人 一作寄山友

愛山無藥住溪貧，脫却山衣事漢臣。夜半聽雞梳白髮，天明騎馬走紅塵 一作走馬入紅塵。村童近去嫌腥食，野鶴高飛避俗人。勞動先生遠相訪，別來弓箭不離身。

華清宮感舊

聞道朝元天連 …… 山角千官夜從六龍迴 英華作火照 ……

…宮殿矣　羣前月照羅衣淚…上還吹夢灯交公子家…

上六龍迴

金鎖澁貴妃湯殿玉蓮開天寶中安祿山自范陽獻白石魚龍鳧鴈蓮花命置于華清宮至今在矣此

有時雲外聞天樂疑是先皇沐浴來華清宮有温泉明皇貴妃嘗浴

唐詩鼓吹卷第八

唐詩鼓吹卷第九

資善大夫中書左丞郝天挺　註

譚用之

贈索處士

不將桂子種諸天長得尋君水石邊玄豹夜寒和霧[illegible]列女傳陶荅子妻諫其夫曰妾聞南山有玄豹霧[illegible]不下食者何也欲以澤其衣毛而成其文章[illegible]驪龍春暖抱珠眠搜神記河上公家貧特緯蕭而食其子沒川得千金之珠父曰夫珠在驪龍頷下子能得之必遭其睡也使其寤子爲齏粉矣安[illegible]有哉山中宰相陶弘景南史陶弘景字通明丹陽秣陵人爲諸王侍讀[illegible]求平十年遂挂朝衣於神武門而去隱於金陵華陽山自號華陽眞逸國家有大事无不諮詢時人謂之山中宰相洞裏真人葛稚川列仙傳葛洪字稚川亡時年八十一視其貌如平生舉尸入棺輕如空衣時人咸以爲尸[illegible]一度相思一惆悵水寒煙澹落花前

荊洛下一二知已

慣□□壁□□識眼人情異風雨前程馬足勞□□峨眉通
蜀□□我眉山在嘉定府過山仙掌向秦關仙掌華山也華別來無限幽中、
子一晉杜夷字行齊廬江人世以儒學稱惠帝時二年孝廉
告不就後移廣江□元帝特立儒林祭酒以夷之史辭
夜未嘗朝會又除國子祭酒皇太子三至夷家□問義
同者太故父就夷諮訪焉卒年六十六贈大鴻臚謚曰貞
子□騎遣命其子晏曰吾少不出身頒□□□居之
蘇未嘗加體其弟巾素衣斂以時服殯喪之事務從簡儉
不須再取橋異也夷所著幽求子二十篇行于
世○幽尋幽求謂隱也韓愈詩幽子顧不多賤笑區區
求六韜韜太公兵法有文韜武韜龍韜虎韜豹韜犬韜

約張處士游梁

莫學區區老一經故涉云制軍一經名而著始傳首士夷門關吏舊書生
中記侯嬴年七十家貧為太梁夷門監者晉朝賊後嵇中散晉嵇康好老莊與宗室婚拜中散
大夫至晉不往鍾會譖韓國亡來絕上卿史記秦滅韓張良年少求
康於文帝遂刑于東市□□□□□□□□□□
家僮三百人弟死不葬悉以家財求客刺龍變洞中千谷
秦王為韓報仇以大父五世相韓故也□□□□
今紋子曰內有一定之操而外無□□仲寺攜推朗韻天對

八風清。八風見閶闔風註　好將長策筆時去[illegible]

策故曰長策也　免逐漁樵慶太平

送友人歸青社

周公建大社於國中取五方之土當遺東方土青分封於青社故此

鵰鶚途程在碧天 桂詩在秋天鵰鶚 綵衣東去復何言 老萊子奉二親行孝、

年七十作嬰兒戲身者五色斑斕之衣 三千賓客舊知已 史記孟嘗君賓客三千人 十二

山河新故國 漢高帝紀大齊有琅邪即墨之饒南有泰山之固西有濁河之限北有勃海之利地方二千百

万縣隔千里之外齊得十二焉 吟看桂生溪月上醉聽鯤化海濤翻 莊子逍遙

有魚其名曰鯤鯤之大不知其幾千里也化而為鳥其名曰鵬鵬之背不知其幾千里也。看見生所鵬化蓋以齊

逍遙海遊故也 好期聖代重相見莫學袁生老竹軒 文選袁宏三有幸有袁生

晴步玉趾推薦不以清談而已

送丁道士歸南中

瓜[illegible]

勞……此良樹也因請……爲琴尾尚焦故曰焦尾也……服藥幾年

期碧落驗符何處呪丹毫以朱書符故曰丹毫子陵山曉紅雲密嚴子陵還應選地種仙

注見前青草湖平雪浪高從此人稀見蹤跡還應選地種仙

桃西王母獻蟠桃於武帝帝食留其核欲種之母笑曰此桃三千年一開花三千年一結子也

月夜懷寄友人

劒氣徒勞望斗牛注見前故人別後阻仙舟見李膺注幾春謾道

深傾酒好月那堪獨上樓何處是非隨馬足由來得喪白

人頭清風不許重攜手文選趙景真與嵇茂齊書云攜手之期邈無日矣幾度登高

吟寄水流

閑居寄陳山人

閑居何處得閑名坐掩衡茅損性靈淵明詩……衡門之下……

衡木爲門言以茅蓋宇破夢晚鐘聞竹寺漲心秋雨浸莎庭……

負千鍾綠晉畢卓爲吏部郎鄰家酒熟盜飲於甕下海上終眠萬仞青文選遊仙詩云……

……道士見青溪山名……一珍重先生全太古古……蘧

看多利似浮萍以名利爲浮萍之蹤漂無定也

憶南中

望江頭與白雲門別後秋霜點鬢根長記學禪青石寺最思共醉落花村秭歸竹有湘妃淚窗外禽多杜宇魂蜀帝名杜宇號望帝后得相曰鼈靈因遜位焉遂自亡去化爲子規故蜀人聞子規鳴曰是我望帝也未棹扁舟重回首采薇收橘不堪論史記伯夷叔齊孤竹君之二子武王伐紂義不食周粟隱於首陽山采薇而食之

寄交

病多慵引架書看官職無才思已闌作偲一興究鳳瑞時來却易山海經丹穴之山有鳥狀如雞五色而文名曰九苞鳳見則天下太平人龍別後見何難晉朱纖字令文少有遠操不與世交太守馬岌威儀造焉纖拒而不見岌歎曰名已聞而身不可見德可仰而形不可覩吾今而後知先生人中之龍也琴樽風月閑生計金玉松筠舊歲寒論語

栢之後凋也。早晚煙花碧江畔 甚時曾重見孝先漢

別江上一二友生

國風千載務重華 詩自關雎至鄭風皆国風也。書重華協于帝 須逐浮雲脅巷耶 君耶谿名 無地可歸甚種玉 注見前 有天教上且乘槎 荊楚歲時記說武帝使張騫通大夏窮河源乘槎經月而至一處見城郭至內有一女織又見一丈夫牽牛飲河騫問此何処答曰可聞嚴君平 白綸巾卸蘇門月 論音闕。蘇門見孫登注 紅錦衣裁御苑花 晉書謝安注。 他日成都却回首 東山看取謝鯤家 東山見謝安注。晉謝鯤于敦引爲長史鯤知敦不可補仍優游寄與畢卓恒彝等從酒明帝在東宮甚親重之問曰君方庾亮何如答曰端委廟堂鯤不如亮一丘一壑自謂過之安鯤之從子也

寄岐山林逢吉明府

岐山高與隴山連 岐山在東隴山在西皆秦地也 製錦無私服晏眠 左傳襄公子皮欲使尹何爲邑子產曰子有美錦不使人學製焉大官大邑身之所庇不使學者製焉其爲美錦不亦多矣 鸚鵡語中分百里 隴山出鸚鵡 鳳凰聲裏過三年 何圖括地象

鳳凰㴝大年去邠遷于岐山去秦無舊俗雲煙媚周有遺風父老

賢者潘岳西征賦色耕讓畔子離邠以閒田以豳公之化而牛耕莫役生靈種陽

柳作靈氏一一枝枝折灞橋邊

感懷是所知

十年流落賦歸鳥誰傍昏鴉鳥燭龍唐清涼心禪師云般若若若海之心惡 般氏有燭之巨燭○山海經鍾山之神曰燭龍御為晝夜吹為冬呼為夏身長千里人面蛇身赤色天不足西北故以龍銜火精照天門也竹里亂煙思梓澤圖經晉書石崇有別館在何陽之金谷一名梓澤

酒家疏雨夢臨邛臨邛卓成都縣也石酒處千年別恨調琴懶一片

年光覽鏡慵早晚謝靈運詩遂登若昇巫雲巫山岑烏白石爛見甯戚注放教歸去卧群峰數

江上聞笛

誰為梅花怨未平李白詩黃鶴樓中吹玉笛江城五月落梅花梅花引吳溪隴水深又云

一般聞負百龍驚杜詩晚來橫吹風當閶闔迓刀爭閶闔

注 月在交薇秋上日則書絲楊庭里沉館[illegible]青天垂江

城曲有青玉案曲 古樂府有結楊柳 臨流不欲殷勤聽芳草王孫舊有情 芳草王孫已注

寄子羅進七

依舊池邊草色芳故人何處憶山陽 晉向秀與呂安嵇康居山陽既誅秀乃作思舊賦有云洛黃河以泛舟兮經山陽之舊居 書回科斗江帆暮 科斗書古文也 曲罷 琴操曰古琴曲有歌詩五一曰鹿鳴二曰伐檀三曰騶虞四曰鵲巢五曰白駒 吟望

騶虞海樹蒼曉煙思桂渚 桂渚在江南桂州也 醉依殘月夢餘杭 寰宇記夏禹舍舟航登陸于此

閔因別來南國知誰在空對襜褕一斷腸 張衡四愁詩云美人贈我貂襜褕何以報之明月珠 蔡邕獨斷曰侍中中常侍加貂蟬 說文曰直裾謂之襜褕○鮑照云行子心腸斷

寄閤記室

織錦歌成下翠微 隋盧思道與[illegible]共庾知禮作詩已成而思道未就知禮曰盧思道詩何太春日思道答曰 [illegible]前法○詩

[illegible]自許編苦嫌慊它岂學[illegible]西去問機 [illegible]搭機見

[illegible]日詔[illegible]

問嚴君平也未開水府珠先見木玄虛海賦其水府之內極深之庭○士載
礼玉在山而木有潤川生珠而崖不枯珠者陰中之陽也不抵豐城劍自潭豐城劍光見前注鼇
遂王蟾攀桂上杜詩攀桂仰天高馬隨青帝踏花歸杖逢半是雲
霄客應笑歌作一布衣歌作一布衣用之自謂也

幽居寄李秘書

幾年帝里阻煙波敢向明時叩角歌叩角見飯牛注看盡好花春
卧穩醉殘紅日夜吟多印開久照垂楊柳盡破寒潭老芰
荷昨夜前溪有龍鬪石橋風雨少人過

貽釣魚李處士

罷吟鸂鶒草芊芊鸂鶒見淵注又泛鴛鴦水上天一棹冷涵楊
柳雨片帆香掛芰荷煙綠搖江濆萍離岸紅點雲踈橘滿
川何處邀將歸畫府數莖紅蓼一漁船
可[illegible]

晉郝隆為桓溫南蠻參軍三月三日讌詩不能者罰酒三升隆便二娵隅躍清波溫問娵隅是何語荅曰蠻人名魚也溫曰何謂作蠻語荅曰千里投君始得蠻府參軍可得不蠻語

滿座馬融吹笛月後漢馬融知音能追慕王子淵拔乘等簫琴笙頌惟笛元乃作長笛頌

一樓張翰過江風張翰見前註

杯黏紫酒金螺重南匠紅醉涼洲蒲萄其色皆紫○螺以金製裝杯如螺也

談轉珊瑚玉麈空謂談論如珊瑚之圓落也晉王衍每清談手執玉柄麈尾与手同色

深荷良宵慰顦顇德星池館在江東德星見仲弓注

寄左先輩

狂歌白鹿上青天列仙傳紫陽真人周義山入蒙山遇羨門子乘白鹿佩青毛之節義山乞長生要訣子曰子名在丹臺玉室何憂不仙○古樂府歌云仙人騎白鹿髮短耳何長○李白五雲裘歌身騎白鹿行飄颻手翳紫芝之笑披拂為君持此安蒼君二上朝二十六玉皇

何似蘭塘釣紫煙楊雄羽獵賦云蹈蕙圃踐蘭塘

萬卷祖龍坑外物史記始皇紀李斯請史官非秦記者不燒之天下有藏詩書百家語者悉詣廷尉雜燒之○盧生亡去始皇怒按問諸生相引

死注祖祢也龍君象謂始皇也　一泓務楚耳中泉

子荊爲扶風王參軍少時欲隱謂王濟曰當敎不漱流
曰流非可枕石非可漱楚曰所以枕流欲洗其耳所以漱石欲
齒後其耳　翩翾鸞檻薰晴浦器盆也西　較魄魚車響夜船學眼青
李居士一生杯酒在神僊李白贈湖州司馬云青蓮居士謫仙人酒肆藏名三十春湖州
司馬何須問金粟如來是後身

貽費道人

誰如南浦傲煙霞白葛衣輕稱帽紗碧玉蜂游迎客酒中備
以竹葛藏酒常帶米穀故謂之浮蟻黃金穀較魄釣魚車吟歌雲鳥歸樵谷臥
愛神仙入畫家他日鳳書何處覓武陵煙樹半桃花武陵已見
迹前

寄許下前館記王侍御

昔年南去得娛賓頓遜杯前共好春南冊異物志頓遜國有酒樹似安石榴取
花汁停甕中數日乃成酒

弓遊詩云……臨波子孟康曰翡翠……鸞鳳銜瑤句蜀牋新蜀地之牋

多製鸞鳳花奔之象……牡丹頭玉釵翡翠羽上花憐遊騎紅隨轡草戀征車碧遶輪別後青青

鄭南陌不知風月屬何人

寄王侍御

烏盡弓藏良可哀史記范蠡遺大夫種書曰飛鳥盡良弓藏狡兎死走狗烹越王為人長頸鳥喙不可與同患難不可與同樂子何不去大夫種稱病不朝誰知歸釣子陵臺子陵釣臺見前注多不信黃

金耗吟苦須驚白髮催喘月吳牛知夜至風俗通云吳牛望月而喘

嘶風胡馬識秋來漢班超久在絕域思歸上疏曰臣聞孤死首丘代馬依風臣久處絕域而能不依風首丘之思者哉注云韓詩外傳云代馬依北風飛鳥揚故巢燕歌別後休惆悵黍

已成畦菊已開陶潛為彭澤令公田悉令種秫妻子固請種秔乃以二頃五十畝種秫五十畝種秔又君柴桑舍前後皆種菊

秋日圃田送人隨計

圃列子居鄭圃四十年註左氏傳云鄭之有原圃……

五十里

僕射陂前是傳郵（鄭州管城縣有僕射陂周四十八里後魏孝文皇帝以此陂賜僕射李沖後人因俗呼爲僕射陂。孟子曰速於置郵而傳命）去程鵰鶚弄高秋（栽詩在秋大鵰鶚）吟趨後

芍藥栽詩圃（詩鄭風伊其相謔贈之以芍藥）醉下茱萸欲酒（杜詩明年此會知誰健醉把茱萸子細看）

向日迴飛駒皎（詩云皎皎白駒在彼空谷生芻一束其人如玉）臨

風誰和鹿呦呦（詩云呦呦鹿鳴食野之苹人之好我示我周行）明年二月仙山下

莫遣桃花逐水流（見武陵詩）

途次宿友人別墅

千里崤函一夢勞（崤函秦地有崤山也）豈知雲館共蘭騷半簾綠透

偎寒竹一榻紅侵墜晚桃蠻酒客稀知味長蜀琴風定覓

絃高（蜀琴司馬相如之琴）感君巖下開招隱（文選有招隱士篇）細縷金盤鱠

錯刀（杜詩鸞刀縷切空紛綸註言切鱠如絲縷細也。文選美人贈我金錯刀註王莽鑄大錢又造錯刀魚形）

嬾類云錯刀

春日期渼湖舊事

暖掠紅香燕燕飛詩燕燕于飛差池其羽五雲仙珮曉相攜五雲五色雲也

花開鸚鵡韋郎曲京兆有韋曲杜曲竹亞虬龍白帝溪白帝溪即白帝城古魚復地産龍頭竹

富貴萬場歸紫酒注見前是非千載逐芳泥不知多少開元事開元明皇年號露泣春叢向日低

再游韋曲山寺

鵲巖煙斷玉巢欹鵲巖在南山罨畫春塘太白低罨畫青生色圖畫也○太白山在韋曲之西故云馬踏翠開垂柳寺人耕紅破落花蹊千年勝槩咸原上咸陽原也幾代荒涼繡嶺西繡嶺即驪山也碧吐紅芳舊行處豈堪回首草萋萋

寄徐拾遺

長竿一繫白龍吟莊子曰白龍下清冷之淵化為魚見困於漁者豫且○劉孝綽詩元人重高節徒自抱貞心[illegible]誰知[illegible]

作也傷國道衰微自如怨若吳怨之放矢之傷下內內言外無主內迫情性外迫禮義傷不逢時髮基而歌之里答

碧雲魂易斷江淹擬沙門惠休詩西北秋風至楚客心悠哉日暮碧雲合佳人殊未來固之困於時故云尒故人芳草夢難尋謝靈運夢中得詩云池塘生春草出用之以比拾遺也天從補後星辰穩列子湯問篇女媧氏鍊五色石以補天海自潮來岳瀆深杜詩合川地問海冥冥雲水長和島嶼青好向明庭拾遺事莫教玄豹老泉林玄豹前注○詩言拾遺補大之手大胡海之量深當途必能起拔隱淪也在六義中爲此

秋宿湘江遇雨

江上陰雲鎖夢魂江邊深夜舞劉琨晉祖逖與劉琨俱爲司州主簿情好綢繆共被而寢中夜聞荒雞鳴蹴琨起曰此非惡聲也因起舞相謂曰若四海鼎沸豪傑並起吾與足下當相避於中原秋風萬里芙蓉國暮雨千家薜荔村或作薜荔村鄉思不堪悲橘柚旅遊誰肯重王孫前漢韓信不能治生從漂母寄食信曰吾必重報母怒曰大丈夫不能自食吾哀王子而進食豈望報乎漁人相見不相問長笛一聲歸島門

貽南康陳處士

白玉壇邊將逕樹蔣詡字元卿開三逕空逕二十四灘聲道州有二十四灘求急亦能病舟

老無征戰軒轅國史記黃帝名軒轅時諸侯相侵暴百姓黃帝乃習用干戈与炎帝戰於阪泉与蚩尤戰於涿鹿皆擒殺之被山通道未嘗寧居。列寫黃帝即位憂天下不治退而閑居不覩政事晝寢夢遊於華胥之國既寤又二十有九年天下大治幾若華胥之國貧有堯茨帝舜城史記堯之有天下也堂高三尺采椽不斲茅茨不剪雖有逆旅之宿不勤於此矣。詩謂軒轅張樂於洞庭之野舜崩于蒼梧皆湖湘間事

丹鳳書飛群木冷一龍秋臥九江清襄陽記曰劉備訪世事於司馬德操德操曰儒生俗士豈識時務識時務者在乎俊傑此間自有伏龍鳳雛備問為誰曰諸葛亮孔明龐士元也。詩意以陳処士喻此二人

時人莫笑非經濟還待中原致太平

別何處士陵後老

三皇上人春夢醒晉陶潛夏月高臥北窗之下清風颯至自謂是羲皇上人。三皇即羲皇也

東侯老大麒麟生郡平故秦東陵侯秦滅為布衣種瓜長安城東瓜美世謂之東陵瓜徐廣冊萋五色雲化為鳳集左肩上已而誕陵時有宝同連龍亢全

[illegible]隱遁蟄波蓋室清許拙恥居巖麓老氣往魁鰲斗牛平事見前注誰人爲向青編上直傍巢由寫一名高士傳巢父堯時隱人年老居樹上人謂之巢父堯讓天下於許由由告巢父父曰汝何不隱汝形藏汝光非吾友也由乃洗耳於清泠水中然自曰吾聞貪言負吾友樊仲父牽牛引之見許由洗耳乃驅牛上流取飲令其牛飲於下流也

渭城春晚

秦樹朦朧春色微香風煙暖樹依依邊城夜靜月初上芳草路長人未歸折柳且堪吟晚檻弄花何處醉殘暉釣鄉千里斷消息滿目碧雲空自飛巳碧雲詩

山中春晚寄賈員外

不隨黃鶴起煙波應笑無成返薜蘿桂詩舟中得待病後衾桃洞口經春長薜蘿看盡好花春臥穩醉殘紅日夜吟多高添雅興松千尺一與作暗養清音竹數科左思招隱詩何必絲竹山水有清音珍重仙曹舊知己往來星郎一相過郎官上應列宿故曰星

贈淨居寺新及第

秋池雲下白蓮香詩意比白蓮社池上吟儒寄竹房閑頌國風文字古詩有國風雅頌靜消心火夢魂涼三春逢島花無限蓬島即三島也八月銀河路更長入月銀河見前注詩意及第比天上仙人也此境空門不曾有佛教寂滅故曰空門從頭好語與醫王謂大士○華嚴經云大釋迦佛能醫一切衆生苦惱故名大醫王

古劒

鑄時天匠待英豪紫焰寒星匣倍牢三尺何年拂塵土漢高帝曰朕以布衣提三尺以取天下四溟今日絕波濤雄應垓下收蛇陣孫子曰善用兵者如常山之蛇擊首則尾應擊尾則首應擊其中則首尾俱應滯想溪頭伴豹韜太公兵法有文韜武韜龍韜虎韜豹韜犬韜惜是真龍懶拋擲夜來衝斗氣何高

江邊秋夕

千[illegible]西[illegible]鷗一依舊。○神仙傳仙人謂漢武帝曰

臣曰彼非欲服食以此喻服耳松貞壹丹瀲灔居由

橘香江客筍字中嵐氣岳僧書吟期汗漫驅金虎淮子盧敖遊

玄闕至蒙設之上見一士深目玄鼻放口放少夯遊夫子可与敖友矣其上故然笑曰我方南遊罔罠之野孔息乎光默之鄉下無地上無天吾能姓來子矣吾与汗漫遊於九垓之上○黃庭要日有兌之氣金之精其色白其象虎如懸磬其神如白虎

坐約丹青路玉魚漢書王莽使嚴尤等討青節云明告以丹青之信媿曹韓

以詩王仲宣日吾与大子期明期約之信也○列仙傳琴高趙人以鼓琴爲宋康王全人浮遊冀州二百餘年後辭入碭中水取龍子期之日皆齋潔候於水旁設祠果乘赤鯉來出祠中有萬人觀之

月七色花虬一聲鶴日崇武帝內傳七月七餘復入永去

宮一更後西王母至或駕龍鳳麟或駕禧掃宮掖設坐以侯仙

鶴王母乘紫雲之輦駕七色班虬

幾時乘輿上清虛玄宗遊月宮見門傍書廣寒清虛之府

送僧中孚南歸

琵琶峽口月溪端方輿勝覽琵琶峽在巫山下夫江南形如琵琶此鄉婦人皆曉音律○歸州巴東縣八江南下上有綵明

玉乳頭邊憶舊川圖唐李宗詩

…寺碑李善注頭陀斜撒也言斜效須邀夏障也…一錢
岑逕蘭逕路片帆香掛橘洲煙李衡種橘江陵號橘洲言詩云照潭元底橘洲浮
苔封石錦樓霞室水迸衣珠嗔玉蟬莫道翩翩去如夢本
來吟鳥在林泉

江館秋夕

耿耿銀河雁半橫夢歆金碧轆轤輕撓上有轆轤環名轆轤梳轆轤滿窗謝
練江風白謝玄暉詩云登江淨如練一枕齊紈海月明班婕妤詩齊紈素皎潔如
霜雪裁成合歡扇團團似明月楊柳敗稍飛葉響芰荷香衲折秋鳴誰人
更唱陽關曲王維詩勸君更盡一杯酒西出陽關無故人後人因為陽關三疊之曲牢落煙
霞夢不成牢落猶言寂寞也

秋夜同友人話舊

露下銀河雁度頻囊中壚火幾時真爐火燒煉之術成則為良金此喻功業王
數莖白髮生浮世一盞寒燈共故人雲外簟凉吟嶠月

甚送花暖釣江春此聯道仙中之皇京物何當歸去重攜手依舊紅霞

作近隣

〔司空圖〕字表聖河中人也咸通中進士王凝爲宣歙觀察使辟置幕府召拜殿中侍御史尋遷禮部郎中昭宗召爲兵部侍郎號三休亭主人又號知非子耐辱君士後聞哀帝遇弑不食嘔血數升而死年七十二有一鳴集今傳

山中

全家爲我戀孤岑踏得蒼苔一逕深逃難人多分隙地放生鹿大出寒林名應不朽輕仙骨左傳穆叔如晉范宣子逆之問曰古人有言曰死而不朽何謂也穆叔未對宣子曰昔匄之祖自虞以上爲陶唐氏在夏爲御龍氏在商爲豕韋氏在周爲唐杜氏晉主夏盟爲范氏其是之謂乎穆叔曰以豹所聞此之謂世祿非不朽也魯有先大夫曰臧文仲既沒其言立其是之謂乎豹聞之太上有立德其次有立功其次有立言雖久不廢此之謂不朽若夫保姓受氏以守宗祊世不絶祀無國無之祿之大者不可謂不朽○神仙傳王方平過蔡經家告云汝有仙骨理到忘機近佛心傳燈錄本寂禪師曰若欲求佛作夜前溪驟風雨晚晴獨

步數溪[illegible]聲

丁未歲歸王官谷

家山牢落戰塵西匹馬偷歸路已迷冢上卷旗人簇立花邊移寨鳥驚啼本來薄俗輕文字却致中原動鼓鼙將取一壺閑日月（壺公事見前注）長歌深入武陵溪

書懷

病來猶强引雛行（引雛謝朓詩引其雛子也杜詩徐卿二子歌云二雛者名位豈肯卑微休）力上東原欲試耕幾處馬嘶春麥長一川人喜雪峯晴閑知有味心難肯道貴謀安迹易平陶令若能兼不飲無絃琴亦是沽名（無絃琴見前注）

退棲

宦遊蕭索為無能移住中條最上層（中條山在河中府）得劒乍如添健僕亡書久似失良朋燕昭不是空憐馬（[illegible]）

首五百金以歸天下皆知真王之好也於是朞年千里馬至者三馬王欲致汪先從隴右致明駑以贈者乎支遁何好亦愛鷹晉沙門支遁字道林常養馬養鷹馬或問之曰養此何為遁曰貧道愛其神駿耳自致此身繩檢外肯教世路已兢兢

五十

閑身事少只題詩五十今來覺陡衰陡音斗清秩偶叨非養望圖為兵部侍郎○晉陶侃曰河南尹為嗜酒養望至吉明弦達丹方頻試更堪疑鬢鬚強染三分折管絃遙聽一半悲潑酒有巾無黍釀晉陶潛郡將來候值其酒熟漉取頭上葛巾漉酒還復著之又為彭澤令在縣公田悉令種秫曰令吾常醉酒足矣負他黃菊滿東籬

陳羡

自憐疲舍亦酣歌世路無幾奈爾何霄漢逼來心不動部賜離于京洮詩雲霄今已逼合衰更讓謝親○孟子公孫

[illegible]鬢毛白盡與從多殘陽暫照鄉關近[illegible]
遠鳥因投嶽廟過閑得此身歸未得磬聲深處隔煙蘿

新歲對寫真

得見明時下壽身莊子下壽六十歲也須甘歲酒更移巡生情暗結
千重恨寒艷常欺一半春文武輕銷丹竈火文武火見前註市朝
偏貴黑頭人自傷衰颯慵開鏡擬與兒童別寫真

華下

籜冠新帶步池塘齊高帝謂僧明紹弟慶符云卿兄高尚亦堯之外臣朕夢想幽人固已勤矣乃賜竹根如意筍籜冠隱士以為榮逸韻偏宜夏景長扶起綠荷承早露驚
迴白鳥入殘陽久無書去年時貴時有僧來自故鄉不用
名山訪真訣道經有登真隱訣退休便是養生方嵇康有養生論

重陽山居

詩人自[illegible]

川風物留聲中菊殘深院迴幽蝶吠動晴光下早鴉明日
更期來此醉不堪寂寞對衰翁

争名

争名豈在更搜奇不朽纔消一向詩不朽見前注窮辱未甘英
氣阻乖蹤還有正人知荷香浥露侵衣潤松影和風傍枕
移只此共栖塵外境無妨亦戀好文時好去声○好文見顏駟注

光啓四年春戊申

亂後燒殘數架書峰前猶自戀吾廬陶淵明詩云吾亦愛吾廬忘機漸
喜逢人少覽鏡空憐待鶴疎孤嶼池痕春漲蒲謝靈運詩亂流趍正
絶孤嶼媚中川小欄花韻午晴初酣歌自適逃名久不必門多長
者車漢陳平傳家貧以席為門然門多長者車轍

浙上

華下支離[illegible]可譁下鍾山之下地[illegible]莊子人間世又來

此地避干戈山田漸廣稼頻到村舍新添燕亦多丹桂石
楠宜並長[上声]秦雲楚雨暗相和兒童栗熟迷歸逕[栗一作粟]歸
得仍隨牧豎歌

其二

西北鄉關近帝京煙塵一片正傷情愁看地色連空色靜
聽歌聲似哭聲紅蓼遮村人不見青山繞檻路難平從他
煙棹更南去休向津頭問去程[向津見前注]

丁巳重陽

重陽未到已登臨探得黃花且獨斟[探平声]客舍喜逢連日
雨家山似響隔河砧亂來已失耕桑計病後休論濟活心[心已且病焉安能活人]自賀逢時能自棄歸鞭唯拍馬嘶吟

不知名

長言

長信宮漢宮名三輔黃圖曰從洛門至周廟門有長信宮在其中

細草侵階亂碧鮮宮門深鎖綠楊天珠簾欲捲擡秋水羅幌微開動冷煙風引漏聲來枕上月移花影到牕前獨挑殘燭魂堪斷却恨青娥誤少年

經漢武泉

長安志興化坊曲江西有泉俗謂之漢武帝泉時旱或造祈禱頗有應焉

芙蓉池苑起清秋漢武泉聲落御溝千里江山映蓬鬢一年楊柳別漁舟竹間駐馬題詩去物外何人識醉遊盡把歸心付紅葉晚來隨水向東流

〔全選七絶〕

長安夜遊

鳳城連夜九門通帝女皇妃出漢宮千乘寶車珠箔捲萬條銀燭碧紗籠歌聲緩過青樓月李白詩舞臺有黃鶯鳥根青樓人香氣

從來紫陌風長樂曉鍾歸騎後遺簪墮翠滿街中 簪一作鈿。墮一作 楊國忠揚諸楊鋪比日妃子片諸姊弟舍聯垣洽錦繡爲一家合 下王者大抵千人變化若神仙每幸華清宮五家隊合團 若丙花洲公遺鈿墮舄瑟瑟珠 翠狼藉於道香聞數十里不絕

病宮人

佳人臥病動經秋簾幙襂襂不挂鈎 木玄虛海賦被羽翮之襂纚 四體強扶藤夾膝 夾膝見前注 雙鬟慵整玉搔頭 漢武帝寵李夫人常以玉簪搔頭後人效之因以爲名 花顏有幸君王問藥餌無徵待詔愁惆悵近來消瘦盡淚珠時傍枕函流

唐詩鼓吹卷第九

唐詩鼓吹卷第十

資善大夫中書左丞郝　天挺　註

鄭谷　字守愚袁州宜春人光啓二年進士授京兆鄠縣尉後遷為都官郎中時人稱鄭都官退歸仰山書堂卒有宜陽集三卷又撰國風正誤一卷並傳焉

鷓鴣　谷以此詩得名人號為鄭鷓鴣

暖戲平蕪錦翼齊品流應得近山雞雨昏青草湖邊過花落黃陵廟裏啼　青草湖黃陵廟俱在長沙　遊子乍聞征袖濕佳人纔唱翠眉低　曲有鷓鴣詞　相呼相喚湘江浦苦竹叢深春日西

益州

海棠風外獨霑巾　蜀記產海棠賦云　襟袖無端惹蜀塵和暖又逢挑菜日　歲時記人日挑七種菜作羹　寂寥未是采花人　英華作探花人　不嫌蟻酒衝愁陣　蟻酒見前注　却憶漁蓑覆病身何事晚來微雨過錦江春以曲　江成都有錦江之水濯錦此曲江在長安

石城

石城昔爲莫愁鄉莫愁魂散石城荒石城莫愁前莫江人依舊棹舴艋江岸還是飛鴛鴦帆去帆來風浩渺花開花謝春悲凉煙濃草遠望不盡千古[illegible]傷對夕陽

蜀中春暮

到處明知是暗投前暗投見兩行清淚語前流雲漫新寒遮秦水花落空山入閬州不念黃鸝驚曉夢唯應杜宇信春愁梅青麥綠無歸處可是漂漂愛浪遊

倦客

十年五年岐路中千里萬里西復東匹馬愁衝晚村雪孤舟悶阻春江風蓬士猶來知道在昔賢何必哭途窮晉阮籍乘出時任所之途窮則哭而返○詩意謂士上知然窮通有道存焉何必哭途之窮也閑亭盧舊炊菰米會向原鄉生[illegible]

結綬刻麋鹿攝府署偶有自詠
漢書蕭育傳与朱博為友著聞當
世時人為之語曰蕭朱結綬
箋註雜寒谷七逢春釋褐年來暫種芸揚雄解嘲云或解
縛而相或釋褐而傅
注解結客皆件也
釋褐傳說也
自笑老為梅少府類要云按李白贈殷
王少府詩云餞〻鳥冈
姿飄〻仙氣梅生亦何為來作南昌尉又有別河西劉
少府贈秋浦柳少府又杜甫貽華陽柳少府往〻如是唐
日騎尉多稱少府○梅
少府即嵩南昌尉梅福
可堪貧稱鮑參軍宋書鮑照字明
遠文辭贍逸初
為中書舍人後為臨海王子頊為荊州召
為前軍參軍○杜詩云俊逸鮑參軍
酒酣往事多興念
吟苦鄰家必厭聞推却簿書搔短髮落花飛絮正紛紛

峽中嘗茶

簇簇新英摘露光小江園裏火前嘗吳僧漫說鴉山好蜀
客休誇鳥觜香鴉山鳥觜皆茶處也吳
蜀吳宜士人各重之也
入座半甌輕泛
綠開織數井淺含黃鹿門病客不歸去酒渴更知春味長
瀌撊仙在

鴈
八月悲風九月霜蓼花紅淡葦條黃石頭城下波搖影石頭
城見前注星子灣西雲間行間去聲○南康有星子灣鷺散漁家吹短笛失
羣征戍鎖殘陽故鄉聞觸亦惆悵何況扁舟非故鄉

漂泊

槿隊蓮踈池館清日光風緒淡無情鱸魚斫鱠輸張翰橘
柑呼奴羨李衡俱見前注十口飄零猶寄食兩川消息未休兵
蜀有東川西川故曰兩川黃花催促重陽酒何處登高望二京二京洛陽咸陽
也

渚宮亂後作

鄉人來話亂離情淡薄殘陽問楚荊薄一作滿白社已應無故
老逸士傳董威隱於洛陽之白社清江依舊遶孤城高秋軍旅齊山樹昔
日漁家楚野營唐白家詩楚作是牢落故居灰燼後黃花野蔓上
回主

蜀中

渚遠江清碧簟紋小桃花送薛濤墳（薛濤字洪度成都樂妓也有姿色工詩翰尤妙）元微之以詩寄之曰錦江滑膩蛾嵋秀幻出文君与薛濤朱橋直指金門路粉堞高連玉壘雲（粉堞城上女牆也杜詩城欹連粉堞○玉壘山在成都茂州汶川縣東四里也壑玉○左思蜀都賦擬玉壘以為守）窗下斷琴翹鳳足波中濯錦散鷗群（成都有濯錦江）子規夜夜啼巴樹不並吳鄉楚國聞（並譜言同也）

張泌

晚秋過洞庭

征帆高挂酒初醒暮景離情兩不堪千里晚霞雲夢北一洲霜橘洞庭南溪風送雨過秋寺（過平聲）澗石驚龍落夜潭（龍一作泉）莫把羇魂弔湘魄（屈原投湘水死故曰湘魄漢賈誼揚雄皆有文弔之）九疑愁絕鎖煙嵐（九疑山名舜葬於此）

題華嚴寺木塔（宇文愷以京城之西近昆明池地勢微下乃於永陽坊莊嚴寺建……）

□臨高臺□□三□□三十八□一百二十步今謂杖踏

六街晴色動秋光雨霽憑高只自傷一曲晚煙浮渭水半
橋斜日照咸陽休將世路悲塵事莫指雲山認故鄉回首
漢宮樓閣暮數聲鐘鼓自微茫李白詩宮殿秋蕭索聲陽臺霽微茫自有情

邊上

戍樓吹角起征鴻獵獵寒旌背晚風千里暮煙愁不盡一
川秋草恨無窮山河慘淡關城閉人物蕭條市井空只此
旅魂招未得宋玉有招魂篇更堪回首夕陽中

長安道中早行

客離孤館一燈殘牢落星河欲曙天雞唱未沉函谷月函谷
亦鳴凡雞鳴開關用孟嘗君出秦事聲新度灞陵煙灞陵文帝陵也浮生已悟莊周
夢莊周夢為胡蝶栩栩然胡蝶也不知周也然不知周之夢為胡蝶與胡蝶之夢為周也壯志
仍輸祖逖鞭晉書祖逖與劉琨中夜聞雞鳴……

吾枕戈待旦長恐祖生先人着鞭耳何事悠悠策蹇驢此中辛苦過流年

洞庭阻風

空江浩蕩景蕭然盡日孤蒲泊釣船青草浪高三月渡青草湖之浪也綠楊花撲一溪煙情多莫舉傷春目愁極兼無買酒錢猶有漁人數家住不成村落夕陽邊

春日旅泊桂州

暖風芳草竟芊綿多病多愁損少年弱柳未勝寒食雨勝平声好花争奈夕陽天溪邊物色堪圖畫林畔鶯声似管絃獨有離人開淚眼強憑杯酒亦潛然杜詩君行射洪縣為我一潸然

晚次湘源縣

歷郭遥閶向晚雞水平舟静浪花迷或本作浪声齊月○杜詩云怜日破浪花出高林帶雨楊梅熟曲岸籠雲謝豹啼江介日子規啼苦則倒懸於樹自呼曰謝豹二女廟荒汀樹老二女堯之二女舜之妃即湘靈也九疑山碧楚天低

[illegible]其山[illegible]九[illegible]娥皇女英 湘南自古多離怨莫
[illegible]處九峯相似故曰九疑

動哀吟易慘悽

惆悵吟

秋風冉冉動荒城慘澹雲遮日半明 晝夢却因惆悵得晚愁多為別離生 江淹彩筆空題恨江淹夢人授之五色筆由是文藻日進後宿冶亭夢一丈夫自稱郭璞曰吾有筆在卿處多年可以見還淹探懷中得五色筆授之爾後為詩絕無好句人謂淹才盡 莊叟玄談未及情晉王衍字夷甫好雅詠玄虛後喪幼子悲不自勝山簡弔之曰孩抱中物何至如此衍曰聖人忘情最下不及情情之所鍾正在我輩簡服其言 千古怨魂銷不得 一江寒浪若為平

春夕言懷

風透疎簾月滿庭倚闌無事倍傷情 煙垂柳帶纖腰軟 露滴花房怨臉明 愁逐野雲消不盡 情隨春浪去難平 幽窗[illegible]夢結相思夢欲化西園蝶未成[illegible]化蝶見

贈韓道士

日暮秋風吹野花，上清歸客意無涯。道書有上清太清玉清，以道士喻仙人也。仙源寂寂煙霞閉，見武陵註。天路悠悠星漢斜。見乘槎斗牛注。還似世人生白髮，定教仙骨變黃芽。漢貴君歌河車是水朱雀是火，服水年鑰中以火炎之，百沸致聖石九而具，初成姹女，或謂玉液，後成紫色，謂紫何車，白色曰白河車，青色曰青何車，赤色曰赤何車，亦名黃芽。○樂天詩：黃芽与紫車。謂此。東城南陌頻將見，應是壺中別有家。壺中前註。

韋莊　字端己，京兆杜陵人，乾寧元年進士，授校書郎，後歎起居郎王建開偽蜀，授吏部侍郎平章事，有浣花集今行于世。

思歸

暖絲無力自悠揚，暖絲遊絲也。牽引春風斷客腸。外地見花終寂寞，異鄉聞樂剩悲涼。鮑明遠詩：一息不知何況異鄉別。紅垂野岸櫻還熟，綠染回汀草又芳。舊里若為歸去好，子期凋謝呂安亡。

春秋伯牙鼓琴鍾子期聽之志在高山子期曰善哉峩峩兮若[illegible]
如大山志在流水子期曰善哉洋洋乎如流水子期死伯牙
碎琴絶絃終身不復鼓琴以為世無足與鼓琴者也○嵇康
傳東平呂安服嵇康高致每一相思千里命駕康友而善之

逢東吳王（王一作玉一作于）

十年身世各如萍（世一作事）白首相逢淚滿纓（纓冠系也）老去不[illegible]
花有態亂來惟覺酒多情貧疑陋巷春偏少（論語顏子陋巷人不堪
其憂回也不改其樂）貴想豪家月最明獨對一樽開口笑（開口笑見前注）未
衰遲見太階平（晉書太階上階上星為天子下星為女主中階上星為諸侯三公下星為卿大夫下階上星為士下星為庶人所以和陰陽而理万物也君臣
和集如其常度其變則占其人○長楊賦玉衡正而太階
平）

灞陵道中

春橋南望水溶溶一桁青山倒碧峯秦苑落花零露濕（詩零露
瀼瀼）灞陵新酒撥醅濃青龍夭矯盤雙闕丹鳳褵褷隔九
重萬古行人離別地不堪吟罷夕陽鍾（灞水有橋唐人謂銷魂橋長安人送
別於）

關河道中

槐陌蟬聲柳市風驛樓高倚夕陽東往來千里路長在
歲十年人不同但見時光流似箭豈知天道曲如弓老子大道其猶張弓乎高者抑之下者舉之有餘者損之不足者補之天之道損有餘補不足只曰反其意用之益怨之之辭也
平生志業臣唐虞唐虞謂堯舜也又擬滄浪學釣翁滄浪見前注

秋日早行

馬上蕭蕭襟袖涼路穿禾黍遶宮牆禾黍見前註半山殘月露
華冷一岸野風蓮萼香煙外驛樓紅隱隱渚邊宮樹暗蒼
蒼行人自是心如火兔走烏飛不覺長烏兔喻日月也

嘆落花

一夜霏微露濕煙曉來和淚喪嬋娟喪去聲不隨殘雪埋芳
草又逐春風上舞筵又一作盡西子去時遺笑靨謝娥行處落
金鈿西子西施也謝娥謝道韞笑靨金鈿喻落花飄紅墮白堪惆悵少別穠華

又一年詩何彼襛矣華如桃李

貴公子

大道青樓御苑東曹子建美女篇云青樓臨大路高門結重關。列子曰虞氏梁之富人起高樓臨路 天玉闌仙杏壓枝紅金鈴犬吠梧桐院朱芾馬嘶楊柳風詩斯干朱芾斯皇室家君王註南子之生于是室者皆將服朱芾煌煌之盛衣也毛詩鄭氏註曰芾者天子純朱諸侯黃朱。白虎通曰芾者蔽也行以蔽前天子朱芾諸侯赤芾以韋為之上廣一尺下廣二尺朱芾馬者言衣朱芾者所乘馬也流水帶花穿巷陌斜陽和樹入簾櫳斜一作夕瑤池宴罷歸來醉催也玄圃仙人所居笑語君王在月宮開元中明皇与申天師遊月宮中過一大門在玉光中見一大宮榜曰廣寒清虛之府兵衛甚嚴瑤池月宮喻天子宮殿也

憶昔

昔年曾向五陵遊五陵見前註午夜清歌月滿樓銀燭樹前長似畫露桃花下不知秋西園公子名無忌鄴曹子建詩清夜遊西園史記信陵君公子無忌也南國佳人號莫愁莫愁見前註今日亂離俱是夢夕

陽暗見水東流

春日

忽覺東風景漸遲野梅山杏暗芳菲落星樓上吹殘角（金陵記吳嘉禾六年於林桂苑落星山起三重樓名曰落星○吳都賦亭戍旅於落星之樓）偃月營中挂夕暉（陸七衡論孫權聞曹公來築營於濡須以拒之狀如偃月號偃月營濡須在廬江今屬无為軍也）旅夢亂隨蝴蝶散（蝴蝶見前註）離魂漸逐杜鵑飛（杜鵑魂見前註）紅塵遮斷長安陌芳草王孫暮不歸（芳草王孫已見前注）

雪夜泛舟遊南溪

大江西面小溪斜入竹穿松似若耶（若耶溪名）兩岸嚴風吹玉樹（謝惠連雪賦林挺瓊樹）一灘明月照銀沙因尋野渡逢漁舍更泊前灣上酒家去去不知歸路遠棹声煙裏獨嘔啞（杜牧之阿房賦管絃嘔啞多於市人之言語）

謁巫山廟

亂猿啼處望高唐路入煙霞草木香山色未能忘宋玉有高唐賦水声猶似哭襄王楚襄王与神女遇於巫山之陽朝く暮く陽臺下爲雨爲雲楚國亡神女謂襄王曰妾巫山神女也朝為行雲暮為行雨朝く暮く陽臺之下惆悵廟前多少柳春來空鬪畫眉長

南昌晚眺

南昌城郭枕江煙章水悠く浪接天芳草綠遮仙尉宅前漢梅福曰生為我酷身為桎梏形為我辱智為我毒於是棄南昌尉去妻子入洪崖山李道九江人以為仙去落霞紅襯賈人船古賈音霏く閣上千山雨嘒く雲中萬樹蟬陸機詩嘒く寒蟬鳴○潘岳秋興賦蟬嘒く以寒吟惟得地多章句客庾家樓在斗牛邊晚眺見前注○王勃滕王閣序日物華天寶龍光射斗牛之墟

咸陽懷古

城邊人倚夕陽樓城上雲凝萬古愁山色不知秦苑廢水声空傍漢宮流李斯不向倉中悟斯見長笑李斯補註徐福應無

物外游史記秦始皇紀齊人徐市上書言海中有三神山仙人居之請得齋戒與童男女求之於是遣徐福發童男女數千人入海求神仙莫怪楚吟偏斷骨野煙蹤跡似東周平王東遷都洛陽故曰東周○論語子曰如有用我者吾其為東周乎

綏州今屬延安

雕陰無樹水南流綏州即秦上郡雕陰道也黃河在其東並城南流雉堞連雲古帝州鮑明遠蕪城賦板築雉堞之殷橋山在南黃帝冢存焉故云帝州○帶雨晚駝鳴遠戍望鄉孤客倚高樓明妃去日花應笑明妃昭君也詳見前注蔡琰歸時鬢已秋後漢蔡琰字文姬邕之女也博學有才辯適河東衛仲道夫死無子歸寧於家為胡騎所獲沒于南匈奴左賢王在胡十二年生二子曹操素與邕善痛其無嗣乃遣使賫金帛贖之歸重嫁董祀〻為屯田都尉[illegible]下一曲單于暮風起李益聽曉角詩邊霜昨夜墮關榆吹角當城片月孤無限塞鴻飛不度秋風吹入小單于乃古詩云秋江斜日浪花飛歷歷落人歸鳥自呼所月高城三百雉角聲吹徹小單于則知小單于角調也扶蘇城上月如鉤史記秦始皇長子扶蘇監兵上郡恬為將〻三十万衆築長城起臨洮至遼東延袤万餘里○近東即代也有故蘇城[illegible]

鄜州留別張外郎

江南相送君山下君山在岳陽塞北相逢相幕中唐百家詩院花集皆作朔漢中三楚故人皆是夢世家楚文王都郢昭王都鄀考烈王都壽春故曰三楚○孟康成漢書曰江陵南楚吳為東楚彭城為西楚十年塵事只如風莫言身世他時異且喜琴樽數日同惆悵却愁明日別馬嘶山店雨濛濛

汧陽縣閣

汧水悠悠去似絣補耕切○人以繩直物曰絣遠山如畫翠眉橫僧尋野渡歸吳岳秦中山名鴈帶斜陽入渭城邊靜不收蕃帳馬地貧惟賣隴山鸚隴西山中出鸚鵡牧童何處吹羌笛一曲梅花出塞聲笛有梅花曲又有出塞入塞之聲

漢州

北儂初到漢州城北儂自言北人也南人以儂為我郭邑樓臺觸目驚松桂影中旌旆色芰荷風裏管絃聲人心不似經離亂時運

[illegible]太平十日醉眠金鳳驛汝州驛名也臨岐無限臉波横
相詩[illegible]岐淚雨濕
子握手淚雨濕

長安清明

早是傷春夢雨天夢雨字出高唐賦如杜牧之夢雲字意可堪芳草更芊芊
內官初賜清明火唐會要清明賜榆柳之火以賜近臣順陽氣亦出於歲時記上相閑
分白紙錢唐王玙事以祠神位宰相從以來喪用瘞錢後世俚俗相傳術以紙寓錢至是玙乃用之
紫陌亂嘶紅叱撥撥洛中紀異曰大宛進汗血馬一名紅叱撥二日紫叱撥又有丁香叱撥桃花叱撥明皇改紅紫叱撥為紅紫王輦綠楊高映畫鞦韆遊人記得升平事暗
喜風光似昔年

和人暮春書事寄崔秀才

半掩朱門白日長晚風輕墮落梅粧見注前不知芳草情何
限只憶遊人思易傷纔見早春鶯出谷已驚新夏燕巢梁
相逢只賴如澠酒左傳有酒如澠有肉如陵一曲狂歌入醉鄉王績[illegible]

長孫佐輔

宿山驛

文戰何堪功未圖文戰謂科舉也又驅羸馬指天衢露華凝夜渚蓮盡月彩蕭輪山驛孤岐路辛勤終日有列子楊朱之鄰人亡一羊既率其黨又請楊子之豎追之楊子曰嘻亡一羊何追者衆曰多岐路既返問獲羊乎曰亡之矣曰奚亡之曰岐路之中又有岐焉吾不知所之所以返也鄉關音信隔年無好乘范蠡扁舟興與西施同一高挂一帆歸五湖

塞上即事

身似流星迹似蓬玉關孤望杳溟濛玉關所班超注寒沙萬里平鋪月曉角一聲高繞風戰士沒邊魂尚哭單于獵處燒猶紅燒去声分明更想殘宵夢故國依然到甬東甬東在會稽句章縣東海洲中。左傳勾踐威吳欲棲吳王甬東即勾踐縣也今為明州也

長沙人也咸通中進士不第嘗為淮南節度從事有詠史詩一卷及安定集十卷傳于世

交河塞下曲

交河氷薄日遲遲詩春日遲遲〻漢將思家感別離塞北草生蘇武泣前漢蘇武使匈奴匈奴知武不可降使北海上無人處牧羝〻乳乃得歸廪食不至乃掘野鼠草根而食節旄盡脫隴西雲起李陵悲前漢李陵以步兵五千人出居延累殺虜万餘人後因無救遂降匈奴在胡中与武書曰胡地玄氷邊土參裂但聞悲風蕭條之声胡笳互動牧馬悲鳴邊声四起晨坐聽之不覺淚下子卿獨何心能不悲乎曉侵雉堞烏先覺春入關山鴈獨知何處疲兵心最苦夕陽樓上笛声時

車遲遲古樂府之曲名也傳玄車遙〻兮馬洋〻追思君兮不可忘君安游兮西入秦願為影兮隨君身君在陰兮影不見君依光兮妾所願

自從車馬出門朝便入空房守寂寥玉枕夜寒魚信斷飲馬長城窟行客從遠方來遺我双鯉魚呼兒烹鯉魚中有尺素書上言加飡飯下言長相憶金鈿秋盡鴈書遙[illegible]

又恐遥不至君□霜容轉無修夜泊何

獨不見古樂府名也柳揮獨不見云別島望雲甚出天淵臨水殿芳草生未積春花落如霰散出從趙公子迷見趙飛燕奉帚長信宫者知独不見王訓亦有此作

玉關一自有氛埃此絕有一年少從軍竟未廻娌王粲詩有苦樂借問從軍所

從誰門外塵飛張樂擁水邊香滅按歌臺殘夜月人何處

簾捲春風燕復來萬里寂寥音信斷寸心爭忍不成灰

漁者

不媿人間萬户侯子孫相繼老扁舟往來南越諳蛟室郭璞江賦記人之所舍文得宗室於岩底蛟人構於懸流○郭子橫洞冥記曰淵客築室於岩底蛟人構於懸流○郭子橫洞冥書校人之所泣皆成珠

膝上繼為宫闕得護草叢之背草合葬言樹之令人忘憂

生長東吳識蜃樓曰海底蛟人構於蜃氣

自為釣竿能遣悶不因萱草解忘憂詩伯兮焉得諼草

羡君獨得逃名趣身外無機任白頭莊子曰子貢過漢陰見一丈人為圃鑿隧而入井抱甕而出灌用力甚多而功寡子貢曰有械於此一日浸百畦

[illegible]手[illegible]數如泆湯[illegible]
[illegible]人忿曰有機械者必有機事有機事者必[illegible]
[illegible]之所不載也吾不知羞而不為也

白嶺下泛鷁到清遠峽鷁下有舟字○晉陸機櫂歌行龍舟浮鷁首羽旂垂藻葩○韻集曰鷁首天子之舟也

乘舸浮鷁下韶水淮南子曰龍舟鷁首浮吹以虞此遊於水也○漢張平子西京賦云浮鷁首翳雲芝之註船頭畫鷁鳥象以厭水神故天子乘之絕境方知在嶺南蘿薜雨餘山似黛蘿薜一作薜荔蒹葭煙盡島如藍日遊蕭帝新松寺蕭帝梁武帝也詳見前註夜宿嫦娥舊桂潭不為篋中書未報便來此地結茅庵

周瑜

共說生前國步難詩國步斯艱又天步艱難山川龍戰血漫漫易卦龍戰于野其血玄黃交鋒魏帝旌旗退建安十三年曹操伐吳周瑜遇於赤壁初交鋒操軍不利瑜縱火燒船操軍大敗委質只于社稷安史記委質為臣○建安七年曹操責孫權任子權引周瑜定議瑜曰將軍承父兄餘資六郡之衆兵精糧多人不思亂[illegible]
[illegible]

庭際雨餘春草長廟前風起晚花殘功勳碑碣今何

不得當時一字看

王表

清明日登城春望寄王使君

春城閑望愛晴天何處風光不眼前寒食花開千樹雪清明日出萬家煙興來促席唯同舍陶淵明停雲詩促席說彼平生醉後狂歌盡少年聞說鶯啼却惆悵詩成不見謝臨川晋謝靈運嘗爲臨川內史

項斯 字子遷江東人會昌二年第二人進士授潤州丹徒縣尉卒于任所有集今傳

送宮人入道

願隨仙女董雙成王母前頭作伴行漢武帝內傳七月七日王母降于帝宮母令于子登彈八琅之璈董雙成吹雲和之笙石公子擊昆庭之金許飛瓊鼓震靈之簧是也初戴黃冠多悞拜欲辭金殿別稱名將敲碧落新齋磬却進昭陽

陽辭（昭陽殿名）晨暮焚香遶壇上步虛猶作子夜歌聲（異苑曰陳思王遊山忽聞空中有誦經聲清遠遒亮解音者則而寫之為神仙聲道士效之作步虛聲○唐陳羽步虛詞曰漢武清齋讀鼎書內官扶上畫雲車壇上月明宮殿閉仰看星斗禮玄虛）

崔珏（字消光遠時工詩）

岳陽樓晚望

乾坤千里水雲間釣艇如萍去復還樓上北風斜捲席湖中西日倒銜山懷沙有恨騷人往（楚辭云懷沙樂而自沉兮不忍見之蔽壅）鼓瑟無聲帝子閑（帝子鼓瑟見前詩）何事黃昏尚凝睇數行煙樹接荊蠻（詩蠢尔荊蠻○左太沖吳都賦包括于越跨躡荊蠻）

哭李商隱

虛負淩雲萬丈才（漢司馬相如大人賦飄飄有淩雲之氣○韓退之詩李杜文章在光焰乃丈長）一生襟抱未[illegible]鳥啼花發人何在竹死桐枯鳳不來（詩卷阿鳳凰鳴矣于彼高岡梧桐生矣于彼朝陽是焉足因[illegible]

主蹤賁龍注[illegible]晦岳夕○單臣年二云驥與伏鹽車上太行自注交注[illegible]毀旨汗○延負轅不能上而長鳴伯樂下
車攀而哭之[illegible]纖已也○班固東都賦云馬蹤蹄足十怒未辭○晉已去[illegible]感別賦一云蘭蕙含芳有時而馨香龍與蹤
足有時而征○注[illegible]意變足一日千里而困於鹽車義山不遇而死如良馬之足不見知於主也舊交心爲
絕絃哀絕絃亥見前注九泉莫嘆三光隔九泉見前注○三光日月星也又送文
星入夜臺阮瑀七哀詩冥人九泉室漫〻長夜臺○駱賓王詩千秋掩夜臺

鴛鴦

翠鬣紅毛舞夕暉水禽情似此禽稀暫分煙島猶回首只
渡寒塘亦共飛映霧盡迷珠殿瓦霧一作露○晉書鄴都銅雀臺皆鴛鴦瓦逐
梭齊上玉人機古詩云客從遠方來贈我一端綺文彩雙鴛鴦裁成合歡被言綺織鴛鴦文也采
蓮無限蘭橈女笑指中流羨爾歸

李後主

九月十日偶書

晚雨秋陰酒乍醒感時心緒杳難平黃花冷落不成艷

悲颼飀競鼓聲背世返能厭俗態（厭平聲）偶緣猶未忘多情（晉王衍曰上聖忘情最下不及情情之所鍾正在我輩）自從双鬢斑斑白不學安仁卻自驚（晉潘岳秋興賦序晉十有四年余三十有二始見二毛賦云斑鬢髟以承弁兮素髮颯以垂領）

賦

秋鶯

殘鶯何事不知秋橫過幽林尚獨遊老舌百般傾耳聽深黃一點入煙流棲遲背世同悲魯（詩北山或棲遲偃仰或王事鞅掌註言事煩勞也○論語微生畝謂孔子曰丘何為是栖栖者與謂不得時也）瀏亮如笙碎在緱（王子晉七月七日於緱氏山吹笙乘鶴而仙去）莫更留連好歸去露華淒冷蓼花愁

病起題山舍壁

山舍初成病乍輕杖藜巾褐稱閑情爐開小火深迴暖溝引新流幾曲聲□彭消安朽質（神仙傳彭祖姓籛名鏗帝顓頊玄孫殷末已七百六十七歲以□□……喪四十九妻失五十四子……）

畔事誠感所必……生精氣不散子能守一亓守子

子能見一一亦士一淨身而立身須一而生守一之誠

戒于不事○列任湑千齊人好餌木著天地之經三十

八篇後得符于野十隱宕山能發鳳雨

終朝宗遠問無生晉惠遠法師見廬岑寺清淨足以息心

刺史杻尋乃為起東林寺居之絕塵清勝之寘不期而至

南陽宗炳等九百二十三人並棄貴榮依遠遊止○襄州

居士龐蘊參馬祖云不与万法為侶者是什麼人祖云待

女一口吸尽江西水則向女道居士言下契悟作偈云有

男不婚有女不嫁大家團圞坐共詭死生話

詎能役役塵中累會合魚龍搆強名強去声○老子曰道本无名強名曰道

送鄧王二十弟牧宣城

且維輕舸更遲遲詩縶之維之維繫也**別酒重傾惜解攜浩浪侵秋光蕩漾亂山凝恨色高低君馳檜楫情何極**詩淇水悠悠檜楫松舟**我憑闌干日向西**憑皮澄切**咫尺煙江幾多地不須懷抱重淒淒**

湯

同前

千里陵陽同峽服東漢古宣城郡宋齊因之梁置南豫州隋廢為宣州陵陽宣城郡名也○史記召公奭与周公同姓武王封於燕成王時自陜以西召公主之自陜以東周公主之○書云五服甸侯綏要荒○文選任昉竟陵王行狀云作亂陜服鑿門胙土寄親賢淮南子曰古將之出鑿凶門設明衣剪世爪許慎註曰明衣裳終衣也剪王逸指爪者云以死○周書作雒云周公建大社於國中其壝東青土南赤土西白土北驪土中央黃土將建諸侯鑿其方一面之土苴以白茅以土封之為之裂土○左傳胙之土而命之氏建首社稷之服之曙煙已別黃金殿晚照重登白玉墀江上浮光宜雨後郡中遠岫列窗前謝朓詩云窗中列遠岫天心待報期年政用齊魯報政事論語朞月有成留與工師播管絃工師樂官也

同前

禁囊秋光似水

煙池影共離情斷黃閣只三載却

兩巫青亂天子兇詩云民吉甫作

色雨事光隆上題詩 佐宣州

[illegible][illegible]吡還應有頌聲

唐詩鼓吹卷第十終

國家社會科學基金重大招標項目（16ZDA174）

國家出版基金資助項目

國家出版基金項目

詹福瑞 陳紅彥 主編

唐詩絕句

唐詩鼓吹

歷代唐詩珍稀選本彙編

（唐宋金元卷）

44

鳳凰出版社

新刊三訂便蒙唐詩鼓吹大全七卷　天津圖書館藏明嘉靖十七年廣勤書堂刻本

977862

解註唐詩鼓吹序引

鼓吹者何軍樂也選唐詩以是名之者何譬之於樂其猶鼓吹乎遺山之意則深矣中書左丞郝公當遺山先生無恙時嘗學於其門其親淂指授者盖不止於詩而已公以經濟之才坐廟堂以帛布之學研文學出其博洽之餘探隱發奥人爲之傳句爲之釋或意在言外或事出異書公悉取而附見之使誦其詩者知其人識其事物者達其義覽其辭者

見其指溮然知唐人之精神情性始無所隱
道焉嗟夫唐人之於詩美矣非遺山不能盡
去取之工遺山之意深矣非公不能發比興
之蘊世之學詩者於是而紬繹之厭之飫
之則其為詩將見隱如宮商鏗如金石進而
為詩中之韶濩矣此政公望後學之心而亦
遺山袁集是編初意也耶公命為序不敢辭
謹序其大畧如此旹

至大元年九月望日　吳興趙孟頫　序

新增草堂　辛　齋　西江月　西湖

曉風吹雨戰新荷聲亂明珠蒼璧誰把香奩收寶鏡雲錦周遭紅碧飛鳥翻空游魚吹浪惜

新刊三訂便蒙唐詩鼓吹大全卷之二

資善大夫中書左丞　郝　天挺　註

書林葉氏　廣　勤堂　刊

柳子厚　諱宗元河東人貞元九年進士第授書郎累遷監察御史裏行禮部員外郎後貶邵州刺史又徙柳州卒于官有集今行于世

○登柳州城樓寄漳汀封連四州　永貞元年子厚與韓泰韓曄劉禹錫陳諫淩準程异韋執誼皆以附王叔文貶號入司馬執誼皆卒貶所程异先召用元和十年子厚等五人偕召至京師又宜以爲刺史子厚柳州泰漳州曄汀州諫封州禹錫連州

城上高樓接大荒　左思吳都賦云出乎大荒之中行乎東極之外爾雅曰大荒海外別賞無所不連

海天愁思正茫茫　柳州近海故曰海天

驚風亂颭芙蓉水　颭占炎切風吹

密雨斜侵薜荔墻　離騷云貫薜荔之落蕊○注云薜荔香草緣木而生

嶺樹重遮千里目　一本作云

○默去如千里

江流曲似九回腸　司馬遷云是以腸一日而九回

共來百越

飲干石〇
逢想峽士
風流鶴遺
人去巳作
飛仙客箏
含竹谿今
在否松竹
忆非晴昔
欲望當年
望湖樓下
水與雲寬
窄辭中休
問斷腸桃
葉消息
翻譯調
錢塘潮
試聽一

之隻地使子争立或為君或為王故為百越

循此音書遙

一卿

〇衡陽與夢得分路贈別 子厚得舟適柳州夢得登陸赴連州

十年顦顇到秦京 即赴召長安時也〇 誰料翻為嶺外行 伏波故道風

煙在 [illegible]馬援拜伏波將軍南討交趾道出衡陽至今廟存 馬時子厚與禹錫同出衡陽有伏波神祠云三以功名

累當思馬少游蒙草竹 下有路出臺頭是也 翁仲遺墟草樹平 魏明帝鑄相人一名曰翁仲〇水經

注云鄗帝于秋亭禮朝東耕道兩 石翁仲南北相對此墓前石人也 直以慵疎招物議 休將文

字占時名 今朝不用臨河別 垂淚千行便濯纓 漢李陵別蘇武詩曰嘉會

雖弗遇三載為千秋臨河濯長纓念別悵悠悠

〇柳州寄丈人周韶州

越絕孤城千萬峯 越絕書云何謂越絕越者國之姓氏也絕者絕也勾踐時抑強扶弱絕惡反之於善也

空齋不語坐高春 淮南子曰日至于悲谷是謂晡時回于女紀是謂太遷經于泉隅是謂高春頓于連

東南形勝三吳都會錢塘自古繁華烟柳畫橋風簾翠幙參差十萬人家雲樹繞堤沙怒濤卷霜雪天塹無涯市列珠璣戶盈羅綺競豪奢○重湖疊巘清佳有三秋桂子十里荷

山是謂不春○注尚未寘上蒙先春曰高春連山西北山名言情歌寘下篆愁春故曰下春○連音問印文生綠經句合硯匣留塵畫曰封梅嶺寒煙藏翡翠翡翠鳥名挂江秋水盡緺鱅上魚容切下音庸魚皮有文者出樂浪○張衡南都賦云水虫則有鱏音尋鱣鰐鱅黿龜蛟蠵丈人本自忘機事莊子云漢陰丈人曰有機械者必有機事有機事者必有機心為想年來顛頳容楚詞漁父篇云形容顦顇蓋閔之之辭也顦顇容自謂也

○得盧衡州書因以詩寄

臨蒸且莫歎炎方衡州有臨蒸縣為報秋來鴈幾行林邑東回山似戟林邑漢象林郡馬援鑄銅柱於此也牂牁南下水如湯楚莊蹻伐夜郎至且蘭椓船於岸而步既滅夜郎以且蘭有椓船處故名為牂牁史記牂牁江出番禺城下牂牁音臧何繫船杙也其義取此蒹葭淅瀝含秋雨毛詩蒹葭蒼蒼白露為霜橘柚玲瓏透夕陽非是白蘋洲畔客南史柳渾為吳興太守為江南曲云汀洲採白蘋日落江南春還將遠意問瀟湘問盧衡州也

○嶺南郊行

嬉嬉釣叟蓮娃千騎擁高牙乘時听簫鼓吟賞烟霞異日圖將好景歸去鳳池誇

周美成詞　**玉樓春**　**天台**

桃溪不作從容住秋藕絕來無續處當時無奈鳥吉良今日重

瘴江南去入雲烟望盡黃茅是海邊（……瘴秋謂之黃茅瘴中者多死）山腹雨晴添象跡（嶺外代荅象州即治西樓正面西山雨晴山腹忽起白雲狀如白象經時不散）潭心日暖長蛟涎（蛟於江中吐涎人浮為涎所制不得出遂沒死）射工巧伺遊人影（博物志江南有射工蟲長一二三寸有弩形氣射人不治則殺人即知蜮也）颶母偏驚旅客船（颶音具○嶺表志云南海秋夏間有暈如虹者謂之颶母影必有颶風○南越志熙安多颶風颶者具四方之風常以五月六月發未至時雞犬為之不鳴）從此憂來非一事豈容華髮待流年

○柳州峒氓

郡城南下接通津異服殊音不可親青箬裹鹽歸峒客綠荷包飯趁墟人（青箱雜記云嶺南村市滿時少虛時多故以市為墟）鵝毛禦臘縫山罽（罽音寄○郡邑志溪峒不產絲纊民多以木綿茅花鵝毛為被土人家家養鵝三月至十月擊取軟毛積以禦寒）雞骨占年拜水神（前漢郊祀志廣武帝元封二年初令越巫祀上帝百神而用雞卜注云持雞卜如鼠卜也卜歲之豐凶）愁向公庭問重譯（書傳周成王時越裳氏重譯而來朝曰久矣天無烈風淫雨意中國有聖人盍）

遶芳草路
○烟中刻
岫青无數
鴈背夕陽
欲暮人如
風後入江
云情似雨
餘粘地絮

又調

南鄉子

晨色動粧
樓短燭熒
々梢木杈
自在開簾
風不定颭
々池面水
漸趁水流
□景迎去

欲投章甫作文身（商々冠曰章甫其制与周之委貌殷之毋俱以漆布為之莊子曰宋人資章甫而適越々人斷髮文身無所用之也）

別舍弟宗一

零落殘魂倍黯然（魏文帝与吳質書數年之間零落畧盡言之傷心○江淹別賦黯然消魂者唯別而已矣）

雙垂別淚越江邊　一身去國六千里　萬死投荒十二年（漢馬援傳未勒々者曰初見伏波將軍拔自西州欽慕聖義間関阻險独冒万死孤立群貴之間旁无一言之助馳深淵入虎口豈顧計哉○投荒者謂投竄荒服外也）

桂嶺瘴來雲似墨　洞庭春盡水如天（秦季巴蜀雪消洞庭張溢）

欲知此後相思夢　長在荊門郢樹煙（荊門郢樹請宗一將遊之處也）

再授連州至衡陽酬贈別（夢得南本投文作夢得詩）

去國十年同赴召（謂子夢得六司馬同赴長安時）　湘江千里又分岐　重臨事

異黃丞相（漢黃霸為潁川守徵為京兆尹坐発民治馳道軍興有詔歸潁川守後為丞相屢潟初貶連州令）

輔此謫連州故三黜名慚柳下惠（柳下惠為士師三黜曰直

……云鬟又却休不會沉吟思底事凝眸又點春山滿鏡愁

秦少游 滿庭芳 調

山抹微云天連衰草畫角声斷譙門暫停征棹聊共飲离樽多少蓬萊旧事空回首

歸目併隨迴鴈盡愁腸正遇斷猿時桂江東過連山下桂江即桂水在柳州城外連山即連州也相望長吟有所思嵇康贈兄詩心之憂矣永嘯長吟

楊尚書寄郴筆知是小生本樣令更商確使盡其功輒獻長句尚書即楊於陵也

截王銛錐作妙形銛思廉切利也○以竹作管故云截王白樂天詩云策目穿如札毫鋒利作銛貯雲含霧到南溟書法兎一云王說少裁成之紗聚露結斷而復連鳳翥翱龍盤斜布復正○鄭虔草書如風送云收霞催月上○今言貯雲含霧言筆永經用也柳州近海故曰南溟尚書旧用裁天詔漢制以尚書作詔文內史親將寫道經晉王羲之為會稽內史為山陰道士寫道德經籠白鵝而歸豈能裨損益曲藝禮記曲藝皆誓之注曲藝為小技藝也誓謹習之也微辭紙欲播芳馨文選登徒子好色賦云宋王為人体貌闕麗口多微辭注云微妙之辭也桂陽卿月光輝遍郴州即古桂陽郡也○書洪範王省惟歲卿士惟月注卿士各有所掌如月之有別毫末應傳顧兔靈楚詞夜光何德死而又育厥利雖何而兔在腹注謂顧兔望也今筆用兔毫故能傳其靈也

同劉二十八哭呂衡州兼寄江陵李元二侍御呂溫譯之

烟靄紛々斜陽外寒鴉数點流水遶孤村○銷魂當此際香囊暗解羅帶輕分謾贏得秦樓薄倖名存此去何時見也襟袖上空染啼痕傷情处高城望断灯火已黄昏
調

子也興元 宗愍貶道
衡岳新摧天柱峯衡岳天柱
文字傳青簡古人書于簡故曰青
來圖敗晋功魏顆却退杜回其勲銘於景鍾常
春秋斉侯曰室如懸磬野无青草九原
如何作也吾誰与歸注吾見封有之若堂者矣
人物論幾回中夜惜元
士豪気不除備曰元龍陳登卒年三十九○湖
○劉禹錫字夢得中山之交及叔文
薦爲翰林学士檢校礼部尚書
西塞山懷古
王濬樓船下益州晋王

小禹錫善以安言李吉甫憲
州刺史徙衡州治有善狀
九峯其一曰此謂呂温也士林顦顇泣相逢秖令
竹簡不使功名上景鍾国語晋悼公曰昔克潞之報秦
秦軍於輔氏親止昭注景公之鍾也三畝空留懸磬室
猶記若堂封礼檀弓趙文子与叔誉于於九原文子曰死者
云晋大夫之墓也○又云注築土為四方隴而高也遥想荊州
龍魏志陳登字元龍劉備在荊州論天下人物許紀曰陳元龍湖海之
文武膽志當求之於古人中耳士時年四十故以元龍比之云
人貞元九年進士特王叔文得幸与敗斥朗州司馬後徙和州刺史裴度
太子賓客會昌間卒有集今傳于世
濬為益州刺史大造舟舡伐呉漢武
明也以習水戰作樓上建樓櫓

烟柳陳々入情々盃樓風外吹笙倚欄闌喚小紅去薰香臨睡王漏巳三更○坐待不来々不去一方明月中庭粉墻東畔小橋横起未苍影下扇子撲飛螢

浣溪沙調　南柳子

為樓舡將軍金陵王氣黯然收鎮之故名金陵。晉書秦將望氣者云五百年後金陵有天子氣始皇東巡以厭之改其地為秣陵塹北山以絕其王氣千尋鐵鎖沉江底晉書吳人以鐵鎖横江而王濬作火代火炬燒鎖輒熔液舡無所礙一片降旛出石頭王濬軍次建業吳主孫皓出降人世幾回傷往事山形依舊枕寒流今逢四海為家日漢書天子以四海為家故所居曰々在所故壘蕭々蘆荻秋

漢壽城春望

漢壽城邊野草春荒祠古墓對荊榛古荊州治亭下有子胥廟楚王故墳田中……芻狗莊子天運篇夫芻狗之未陳也盛之以篋衍巾之以文繡尸祝齋戒以將之及以陳也行者踐日春蘇著而燬之矣陌上行人看石麟西京雜記云五柞宮西梧桐樹下有石其麟二故名刊其文是始皇驪山墓上之物也華表半空經霹靂一作經華表墓前双柱也。神仙記要令燬化白鶴集于庭東城門華表柱上石文纔見滿埃塵々何日東瀛變顏魯公麻姑壇記云麻姑自言接待以來見東海三為桑田向問蓬萊水淺於往者此地還成要路津与詩走排要路

學無
衾鉄稜
也近五更
香斷灯昏
吟未穩凄
清只有霜
筆硃月明
○應是夜
寒凝惱得
綿衾睡不
成我衾菊
客衾我閑
情恐看清
水滿玉缾
王介甫調
鞋枝香一
登臨送目

律

荊門道懷古

南國山川舊帝畿西有夷陵楚之故郡邑也宋臺梁館尚依稀宋武帝嘗為金州都督梁元帝龍興於此馬嘶古樹行人歇麥秀空城野雉飛野一作澤○箕子曰周過殷墟乃作麥秀之詩一云麥秀漸々兮禾黍油々○於乘七發一云秀漸々兮附朝飛○犢子譯為一步一家百步飲風吹落葉填宮井火入荒陵化宝衣王者以珠襦玉匣故曰宝衣徒使詞臣庾開府咸陽終日苦思歸梁使信因侯景臺城亂奔江陵元帝承制除為御史中丞聘西魏屬大軍南討西長安累遷開府儀同三司後南北通好流寓之人各許還國惟信與王褒皆留不遣信常有鄉關之思乃作哀江南賦有云覇陵夜獵猶是舊時將軍咸陽布衣非獨思歸王子

早春對雪奉寄澧州元郎中

新賜魚書墨未乾漢楊綰持舊制刺史被代若別遣皆降魚書乃得去賢人暫屈遠人安朝驅旌旆行時令漢書刺史四時行部王尊為益州刺史行部至邛郲九折坂問吏曰此非王陽所畏道邪吏曰是尊叱其馭曰驅之王陽為孝子王尊為忠

謝滿酒盈
江侣練翠
峯如旗征
帆去棹殘
陽囊背西
風酒旗斜
矗彩丹雲
淡星河鷺
起盈畫难
足○念自
昔蒙華说
遂恨門外
襟頭悲恨
相續千愁
高對此謾
峯菜尋六
明進書讀

夜[illegible]皇宸[illegible]可知者經星常宿一[illegible]百一十八各旗象七行八十三皆有州國官名物類之象故云梅蕊覆階鈴閣暖晋羊祐在襄陽常輕裘緩帶身不被甲鈴閣之下常不過數人侍衛雪來當戶戟枝寒隋書柳彧傳侍至三品門皆列戟○又呂布為劉備解圍射中轅門戟枝遂免矣寧知楚客思公子北望長吟澧有蘭屈原離騷九哥相君沅有芷兮澧有蘭思公子兮未敢言注澧水名也公子北元御中

松滋渡望峽中

渡頭輕雨灑寒梅雲際溶溶雪水來江源在蜀岷山之下出焉夢渚草長迷楚望楚望七澤雲夢最大○史記江陵故郢西通巫巴有雲夢之饒○傳曰江漢沮漳楚之望也夷陵士黑有秦灰楚項襄王二十一年秦白起拔郢燒夷陵至竟陵王亡去郢東徙陳秦以郢為南郡巴人淚應猿聲落梁簡文帝古樂府云巴東三峽巫峽長猿鳴三聲淚沾裳蜀客舡從鳥道回南中八志云交別郡治部縣自古為鳥道四百里少其險絕獸猶無蹊人所莫由特上有飛鳥道耳○太白蜀道難云西當太白有鳥道是也十二碧峯何處所即巫山也永安宮外有荒臺

流水但寒烟衰草凝綠至今商女時〻尚歌後庭遺曲

蘇子瞻詞

念奴嬌

大江東去浪淘盡千古風流人物故壘西邊人道是三國周郎赤壁乱石穿空驚濤拍岸捲起

即古夔子國蜀先主改為永安巫山縣西北二百五十步有陽臺今云荒意者誠楚王離故也○杜詩懷古云江山故宅空文藻雲雨荒臺豈夢思

送張原中丞充新羅立使

相門才子稱華簪魏曹植傳相門有相大相者文德昭也文德昭則可以正國朝致雍熙稷契夔龍是也史記高陽氏有才子八人世得其利謂之八愷高辛氏有才子八人世謂之八元此十六族者世濟其美不殞其名舜宰而用之○陶淵明詩此事直須染聊用忘華簪持節東行捧德音漢蘇武持節牧羝於海上○前漢書論德音下明詔面帶霜威辭鳳闕口傳天語到雞林後漢劉陶訟朱穆曰手擢王爵口含天憲○雞林即新羅也名因開鰲背千尋碧日落鯨波萬頃金想見扶桑受恩後山海經云黑齒之北曰陽谷有大樹九日居下枝一日居上枝皆戴金烏郭璞云扶桑也○十州記扶桑在碧海中有樹長數千丈三千圍兩兩樹同根更相依倚故稱為扶桑也一時西拜盡傾心

洛中送楊處厚入關便遊蜀

[illegible]毛詩秋日淒[illegible]

將多少豪氣○遥望公瑾當年小喬初嫁了雄姿英發羽扇綸巾笑談間檣艣灰飛烟滅故國神遊多情應笑我早生華髮人生如夢一醉還酹江月

亮無谷洞

六声甘州

今東宮荒野○前漢東方朔字曼倩上書曰臣年十三學三冬文史足用

曾傷六翮養初齊世說云林公好鶴剡冬之人遺之雙鶴翅長欲飛林公甚惜之乃鎩其翮鶴軒翥而不能起乃舒翼反顧視之有懊惱意林公曰既有凌霄之姿何當為人作耳目近玩養令六翮成寘叫天而去○漢班固與連朱曰臣聞鸞鳳養六翮以凌雲帝王秉英雄以濟民

王城曉入窺丹鳳王城京兆也有丹鳳門路由之故云

今蜀路晴來見碧雞南詔有金馬碧雞之仙漢宣帝遣王褒入蜀祀焉王太中蜀都賦曰金馬騁光而絕景碧雞倏忽而禪義

早識臥龍應有分成都有武侯廟

不妨從此驛丹梯杜詩云丹梯嵊可陵

送周使君罷渝州歸郢中別墅

君思郢上吟歸去晉陶潛賦歸去來辭

故自渝南擲郡章前古邑子国○漢朱買臣為會稽太守衣故衣懷其印綬歸郡郡即郡吏与同食見其印綬柸之前引其綬視其印乃會稽太守郡章也

野戍岸邊留畫舸綠蘿陰下到山莊

池荷雨後衣香起離騷製芰荷以為衣兮集芙蓉以為裳○杜詩寄嚴武云不妨遊子芰荷衣

庭草春深綬帶長毛詩疏義曰鷊五色作綬

帆風幅四 海誰知我 一刻横空 幾番過接 玉龍斯未 斷月冷波 宋帰去也 林屋明閣 無鎖認雲 屏炮障是 吾庐任通 虵蒼苔年 上不掃 兇會定調 天仙子上 一水閣 景物因人

爲問中華學道者幾人雄猛得寧馨晉書王衍字夷甫神情明秀總角嘗造山濤上曰何物老嫗生寧馨兒。寧馨吳語猶常言如是也。

哭龐京兆

俊骨英才氣褎然褎餘稜切。前漢武帝建元元年舉賢良有言詔曰今子大夫褎然爲舉首朕嘉之。於是董仲舒上策注云褎然者盛服貌也策名飛步冠羣賢左傳策名委質。手君賢良舉蘇武嘗策名清時武碎也乃逢時已自致高位得疾還因倚少年天上別居京兆府王隱晉書曰鎮南劉弘以王矩爲廣川矩至長少見一人乃著單衣肖奏在岸上省奏云京兆杜陵之矩同居京兆人向時發林林答云朝發矩陌問京兆去比數年那得早發今到林林答云僕天上京兆去此數万里何止千聊人間空嘆茂陵阡漢書原陵自以先人墳墓儉約非孝也乃大治墳合初武帝時京兆曹氏葬茂陵民謂其道爲京兆阡陵墓之乃買地開道立署日南陵阡人不肯從抵謫之原氏阡今朝繐帳哭君處繐旋芮切疏布之狀也。杜詩云空餘金腕出無復繐帷輕前日見鋪歌舞筵

巴八名行寸時余文

可得等閒
簾幙小閣
千衣未解
心先快明
月清風如
有待。誰
信門前事
馬嘶別是
人間閑世
界坐中無
物不清涼
山一帶水
一孤流水
白雲長自
在

呂居仁調
滿江紅

一夜羅屋唱王之耳。晉書庾亮死將葬何充會之歎曰埋玉樹於土中使人情不能已耳。蒼生絕望士林悲晉書謝安高卧東山諸人每相與言安石不起將如蒼生何。周庾信哀江南賦日設重雲之講開士林之學。空懷濟世安人略晉成帝時廷尉孔坦疾篤更求肯之流涕坦慨然曰大丈夫臨終不問以濟世安人之術乃為兒女子相對向耶。不見男婚女嫁時魏書管輅弟辰謂輅曰大將軍待君意厚冀當富貴乎輅嘆曰我自知有分耳然天與我才署不與我壽恐四十七八問不見女嫁兒娶婦也。遺草一函歸太史漢司馬相如病甚居茂陵天子曰相如病甚可往悉取文章。使者至相如已死妻曰長卿未死時有一卷書有使者求書奏之乃封禪遺札耳。詩意言呂溫雜辰所遺文章奏記皆付與太史氏傳不朽也。旅墳三尺近要離後漢梁鴻字伯鸞與妻孟光隱於吳依富人皐伯通無下為人賃舂其妻具食舉案齊眉伯通異之舍之于家廡困告主人曰我死慎勿令時我喪去及卒伯通葬於要離冢旁或曰要離列士伯鸞清高可相近也。朔方徙歲行將晚毛詩玁狁彼朔方。漢蔡邕以光和災異表作宦者楊球曹節奏下洛陽議劾以害大臣不敬棄市中常侍呂強愍邕無罪請之詔減死與家屬髡鉗徙朔方不得以赦令除。禹錫詩亦誨君以巳之文章比伯喈也。欲為君刊第二碑蔡邕為林宗碑謂盧植曰吾為

隱逸一
東里先生
家何在山
陰溪曲對
一川平野
數椽茅屋
昨夜江頭
新雨過門
前流水清
橋回合柳
如五抱小
參天擢新
綠○陳篁
下叢匕匊
盧蓉外籬
匕竹漢石
今得失是

碑銘多矣皆有慙德惟郭有道碑無愧色耳○漢張平子[illegible]前後碑○又冶魏鄭義卒其子道昭為光州刺史為其父[illegible]崖石刻立碑焉

東岳張鍊師

東岳真人張鍊師高情雅淡世間稀堪為列女書青簡秦漢書用竹簡故云青簡久事元君住紫微京兆南山中有九天太乙元君之祠金縷机中抛錦字晉竇滔妻蘇氏織錦廻文詩玉清壇上著霓衣雲衢不用吹簫伴抵擬乘鸞獨自歸列仙傳簫史秦穆公時人善用吹簫公主弄玉好之以妻焉遂教弄玉作鳳鳴似鳳声鳳凰來上其臺為作鳳臺夫妻上其止數年皆隨鳳飛去矣

送李使先輩赴選

一家何啻十朱輪前漢楊惲丞相敞子家隆盛乘朱輪者千人○詔令二千石長史車朱兩轓亞輪諸父雙飛秉大鈞北史崔陵弟仲文陵為侍中仲文為銀青光祿大夫同日受拜時云兩鳳連飛○賈誼鵩賦云太偕揚決軋無垠○[illegible]

異本北作此 佐且善作離

去好世間 万事何時 足問此青 春醞酒如 何今朝孰 鼂無登調 漠魚兒一 買陂塘旋 栽楊謂依 稀淮岸相 浦東皐雨 過新痕漲 沙觜鷺来 莺聚甚愛 處最好一 川夜月光 流注無人

詩書人東海亞精舍講授

離思絡水浸村色征路函關向

曉塵今日山翁舊賓主晉山濤皆作奏繳人謂之山翁啓事知君不負帝城春

許渾字仲晦潤州丹陽人也太和六年登進士第為太平縣令后拜監察御史歷睦郢二州刺史有詩二卷行于世

凌敲臺在太平州當塗縣黃山上宋高祖所

宋祖凌敲樂未迴三千歌舞宿層臺宋武帝南遊嘗登此臺日建善宮號湘潭

雲盡暮山出巴蜀雪消春水來行殿有基荒薺合寢園無主野棠開百年應作萬年計文死應作便岩畔古碑空綠苔李白凌敲臺詩云曠望登古臺臺高極人目欲覽碑上文苔侵豈堪讀

途經驪山

聞說先皇醉碧桃日華浮動鬱金袍杜詩石乳上雲氣斷清延日華○本草鬱金染衣最鮮明然不奈日炙染成赤有鬱金香氣也風隨玉輦笙歌迥雲捲珠簾劍珮高

畫屮

[illegible]任誤　[illegible]天[illegible]　裍鶴地淸　尽未能去　○青綾被　休憶金閨　故步儒冠　曾把身誤　弓刀千騎　成何事荒　子召平瓜　圃　（辯注）　漢召平秦　故東陵侯　也種瓜長　安城下其

鳳翔北峙山寨々此謂肅宗去靈武時龍旗西幸水滔々此謂玄宗幸蜀時也妃殁後巡遊少元落宮墻見野蒿

咸陽西門晚眺

一上高城萬里愁蒹葭楊柳似汀洲溪雲初起日沉閣山雨欲来風滿樓鳥下緑蕪秦苑夕蟬鳴黄葉漢宮秋行人莫問前朝事渭水寒声晝夜流

送蕭處士歸緱山別業

醉斜烏帽髮如絲曾看仙人一局棊述異志晋樵者王質伐木入信都郡石室山見二童子棊與質一物如棗核食之而視童子謂質曰汝斧柯爛矣質歸鄉里無復時人賓館有魚為客久史記馮驩在孟嘗君門下彈鋏歌曰長鋏歸来乎食無魚鄉書無鴈到家遲○此用蘇武事杜工部詶帝部州云雖無南過鴈有匕取北来魚緱山住近吹笙廟仙傳周靈王太子晋好吹笙作鳳鳴遊伊洛之間道士浮丘相[illegible]離騷遠遊使湘虛[illegible]

瓜盖自召
平始也
君試覷滿
青鏡星星
鬓影今如
許功名浪
語使侶得
班超封侯
万里歸計
恐遲暮
黄曾直調
鷓鴣天
（漁父）
西塞山邊
白鷺飛桃
花流水鱖
魚肥朝廷

云堯之女妻舜故曰帝子……

參差九嶷蒼梧山名○梁簡文詩九疑勢參差江天相蔽虧

金陵懷古

玉樹歌殘王氣終陳後主遊宴與狎客江總陳宣等及諸婣嬪女学士共賦詩采其艷麗者被以新声有玉樹後庭花臨春樂曲等○王去声已見前注景陽兵合戍樓空景陽宮中樓名也松楸

遠近千官冢禾黍高低六代宮黍離閔宗周也周大夫行役過故宗廟宮室盡為禾黍閔周室之顛覆故作是詩○金陵六朝記云吳東晉宋齊梁陳謂之六朝石燕拂雲晴亦雨湘中記零陵有石燕得風雨則飛翔風雨止還為石江豚吹浪夜還風緑江居民以江豚出沒為颶侯英雄

一去豪華盡人物志草之精秀者為英獸之特群者為雄張良為英韓信為雄梁庚信詩金穴盛豪華唯

有青山似洛中建康山川與洛陽相似李白詩云山似洛陽多

京口開居寄兩都親友

吳門烟月昔同遊姑蘇八門吳王所立因謂吳門楓葉蘆花並客舟並蒲浪切

散有期雲比去浮沉無計水東流一罇酒盡青山暮千里書迴碧樹秋文選曹植詩云凉風發芳氣若樹先秋落何處相思不相見鳳城宮闕

楚江秋

郊園秋日寄洛中故人

楚水西來天際流感時傷別思悠〻一罇酒盡青山暮千里書迴碧樹秋日落遠波驚宿鴈風吹輕浪起眠鷗嵩陽親友誰相念潘岳閑居欲白頭晉潘岳字安仁嘗作閑居賦

卧病

寒窗燈盡月斜暉珮馬朝天獨掩扉珮馬縉紳所乘之馬杜詩汝陽三斗始朝天清露已凋秦甸柳白雲應長越山薇病中送客難為別夢裏還家不當歸唯有寄書〻未得卧聞燕鴈向南飛

送客[illegible]

寫玄真子何處如今更有詩○青若笠綠蓑衣斜風細雨不須歸人間欲避風波險一日風波十二時

謝無逸調漁家傲

秋水無痕清見底蓼花汀上西風起一葉小舟烟霧裏

穿双鯉。自嘆直鈎無処使笛声吹散雲山翠鱠落霜刀紅撥細新酒美醉来独拢蓑衣睡　周美成調犢秦娥　香鞍匕樽前有个人如玉人如玉翠翹金鳳内家粧束。嬌羞

……巳見前注……

朝変詩云高岸為谷深谷為陵山勢北来宮殿高鴉噪暮雲歸古堞鴈迷寒雨下空壕可憐緱嶺登仙子猶自吹笙醉碧桃緱巳見送蕭處士歸緱嶺山別業注

傷虞將軍

自昔從軍未有名近將孤劔到江城巴童戍久能蕃語胡馬調多解漢行對月夜窮黃石略漢黃石公有三畧望雲秋計黒山程黒山北方山名也可憐身死家猶遠汴水東流無哭声

竹林寺與德玄別

騷人吟罷起鄉愁楚屈原作離騷故曰騷人暗覺年光似水流蒼蒲楚城傷遠別蟬鳴蕭寺喜同遊梁武帝姓蕭好佛創寺命蕭子雲飛白大書一蕭字唐李約見之破産買歸建一小屋玩之自號為蕭齋也前山日落松杉晚深夜風清枕簟秋明日分襟又何處江南江北路悠悠晉趙景真與嵇生書云悠悠三千路難步矣

□廣兒
歷逢人只
唱相思曲
一声〻是
怨紅愁綠
賦豐之調
小中山
花様嬈妖
柳様柔眼
波流不斷
滿眶秋竅
人伴整玉
搔頭嬌无
力犇麒却
成羞○无
計与遲留
滿懷禁不

嘗與故宋補闕秋夕游練湖南亭吟復登賞愴然感舊

西風颯〻月連天同醉蘭舟未十年任昉述異記曰木蘭州在尋陽江中多木蘭樹昔吳王闔閭植之周備宮殿魯般因刻為舟詩家所用正出此鵩鳥賦成人已殁前漢賈誼謫居長沙有鵩鳥入誼舍中誼〻之乃為賦以自廣云嘉魚詩在世空傳詩小雅南有嘉魚樂有賢也榮枯盡寄浮雲外哀樂猶驚逝水前杜詩會合若不及哀樂本相纏○論語逝者如斯夫○杜詩黃衫年少來宜數不見堂前東逝波日暮長隄更回首一声鄰曲舊山川晉書向秀鄰人有吹笛者發声廖亮追昔游生舊遊之好感昔而嘆作思舊賦也

登尉陀樓

劉項持兵鹿未窮漢蒯通曰秦失其鹿天下共逐之自乘黃屋島夷中書禹貢島夷卉服南來作尉任囂力北嚮稱臣陸賈功尉陀姓趙其定秦時為龍川令南海尉任囂病將死召陀曰今豪傑畔秦相立南海地方數千里此亦一州之主也即被陀書行南海尉事囂死自立為南粵武王高后時僭號南越武帝乘黃屋左纛称制文帝遣太中

送行舟无
情月偏照
水東樓

翻香卿調

玉女摇仙
佩

飛瓊伴侶
偶別珠宮
未返神仙
行綴取次
梳粧尋常
言語有得
幾多姝麗
擬把名花
比恐傍人
笑我談何
容易細思

壺尚隕今七廟存旌旗錯昔時宮越人未必知虞舜一奏薰絃萬古風舜彈五絃之琴以哥南風哥曰南風之時兮可以阜吾民之財兮詩意南粤人惟知祀尉陀豈知虞舜之德澤及万世也

題崔處士山莊

坐窮今古掩書堂考經史也二頃湖田一半荒荊樹有花兄弟樂續齊諧記京兆人田真兄弟三人共分財各居堂前有紫荊花一夕枯真見之驚曰本同株當分析便憔悴況人兄弟乎兄弟相感更同居橘林無實子孫忙李衡為丹陽太守於武陵龍陽洲上作宅種橘千頭臨死敕兒曰吾有千頭木奴不責汝衣食歲一足亦足用矣龍歸曉洞雲猶濕周易雲從龍風從虎麝過春山草自香向夜欲歸心萬里故園松月更蒼蒼

夌敲臺送常秀才

雲起高臺日未沉數村殘照半山陰野蠶成繭桑柘盡溪鳥引雛蒲稗深謝靈運詩云蒲稗相因依帆勢依依投極浦鐘声杳杳隔斷

算計

算奇葩艷卉惟是深紅浅白而已争如這多情占得人間千嬌百媚○須信尽堂綉閣皓月清風忽把光陰輕棄自古及今佳人才子少得當年双美且恁相偎倚未消得憐我多

林故鄉迢遞故人去一夜月明宋謝莊月賦云美人邁兮信音絶隔千里兮共明月

送南院盧判官罷職歸寒陰山居

曾挚劉琨鴈塞空晉惠帝光熙元年十月大傅越表刘琨為荆州刺史并州有鴈門近湖故曰鴈塞十年書劔任飄蓬曹子建云轉蓬离本根飄颻隨長風東堂舊展移山志后秦姚興聽政之暇引姜龕詩于東堂講論道藝○唐李元紘為雍州司户叅軍時太平公主勢振天下有司望風順旨与民争碾磑元紘判还之民長史竇懐真移改之九紘天署判後曰南山可移判不可改遂改作好時令南國新留煮海功左傳成十六年南国路射其元王中厥目○前漢鼂錯傳曰吴王即山涛銭煮海為塩還掛一帆青草上此范蠡○青草湖名更開三逕碧蓮中此蔣翊華岳也世謂之蓮華峯關西親友如相問已許滄浪作釣翁孟子滄浪之水清兮可以濯我纓

題四皓廟四皓謂東園公綺里季夏黄公角里先生

桂香松暖廟門開獨寫椒漿奠一杯不离騷云奠桂酒兮椒漿秦法未興鳥[illegible]去商鞅変秦法○楊子法言[illegible]還來高祖將

憲性恍前
言下表余
深意為盟
誓今生断
不幸死被

歐陽永叔
調玉楼春
妖冶風情
天与措清
瘦肌霜氷
雪妬百年
心事一宵
同愁听雞
声窓外度
○信阻青
禽雲雨暮
明月空驚

日羽翼成矣太子位遂定太子即惠帝也夫人紫芝翳〻多青
四皓哥曰漠〻高山深谷迢迤嘩〻紫芝可以療飢唐虞
草世遠吾將安歸駟馬高蓋其憂甚大富貴之畏人兮曾不
如貧賤之肆志白石蒼〻半緑苔毛詩揚之水白石鑿〻素衣朱襮山下驛塵南竄
路不知兕盖幾人迴唐都京兆流人逐客甫行路出商山之下故云○兩都賦兕盖如雲

淮陰阻風寄呈楚州常中丞楚州至進安路

垂釣荆江欲白頭江魚堪釣却西遊刘伶臺下稻苍晚淮安志刘
伶臺在淮安路山陽縣東北七里臨淮河其南有杜康橋韓信廟前楓葉秋淮安志韓王在淮陰縣
東北与廟相連西接入里莊韓信实生於此淮月未明先倚檻海雲初起更維舟
海雲起必有大風○詩洮〻楊舟紼纚維之○風悪故維舟以待也河橋有酒無人醉独上高
城望庾楼梁蕭子暉遊春上林看華色河橋望日暉○庾亮在江州庾亮領江州刺史故云必望庾楼言望中
丞也

已

秪命南海至廬陵逢表兄軍倅奉使淮海別後寄

芦橘香拂釣磯庾子上林賦芦橘夏熟即枇杷也○西山园記枇杷芦橘一也唐佳人猶

又兩処強將旁恨倚江楼江水不能流恨去
潘庭堅調南鄉子我怕倚闌干闌下溪閣山惟有旧時山共水依然暮雨朝雲去不還。應是歸飛鴛月下村匕整佩腰月

繫越羅衣李賀云越羅衫袂迎春風三州水淺魚來少三州用徒丹陽金壇也五嶺山高鴈到稀五嶺大庾始安臨賀桂陽揭陽。詩意謂魚鴈絶処无消息書可達也客路晚依紅樹宿鄉関晴望白雲歸唐狄梁公登右山反顧見白雲孤飛曰吾親舍其下瞻悵久之許渾居京口故云交親不念征南史時建紙命南海故曰征南史一夜風帆去似飛

送王總下第歸丹陽

秦橋心斷楚江湄長安東有霸陵橋繫馬秋風酒一巵汴水月明東下疾自秦歸吳落汴汴河練塘卷發北來遲青蕪定沒安貧處論語不患貧而患不安黃葉應催獻賦詩漢司馬相如蜀人嘗為子虛賦楊得意時武帝誦之帝喜曰朕獨不得与此人同時得意曰臣里人司馬相如所為帝驚召問相如曰然此時諸侯之事不足觀請天子遊獵之賦獻之。時楊子雲亦獻羽獵長楊等賦憑寄家書問迴報舊居還有故人知渾居丹陽故憑寄書待八月起卒時問迴報也

裹舊居

折得梅花
独自看
和疑調小
重山
春入神京
万木芳禁
林鶯語滑
蝶飛忙曉
桃凝露妬
啼粧紅日
永鳳和百
卷香○烟
鎖柳絲長
御溝汀碧
水轉池塘
時七微雨
洗鳳光天

子書一箇老無功故國荊榛石路中蹤猿密刷扉新且故文言一云桂窗

藤蔓覆梨張谷暗洛陽此即張公致梨海內惟一樹○潘岳賦云張公大谷之梨草荒僊菊

陳園空荒音蓬○南史庾詵字彥寶新野人愛林泉十畝之宅山池居其半也朱門迹忝登龍

客后漢李膺字元礼以高尚自所交接故上被其容納者名為登龍門白屋心期失馬翁刘向說苑

周公曰白屋之士所下者七十人天下之士皆至○淮南子塞上人其馬亡入胡人弔之父曰此何詎不為福數月敗馬將胡駿馬而歸人賀之父曰此何詎不為禍家富良馬其子好騎墮而折髀人皆弔之父曰此何詎不為福居一年胡虜天出丁壯者皆控弦而戰塞上之人死者十八九此子独以跛故父子卒相保楚水吳山何處是北

囱殘月照屏風

與韓鄭二秀才同舟東下洛中親朋送至景雲亭下

三十六峯同一川河南嵩山三十六峯綠陂無路草芊芊牛羊晚食鋪

平地鵁鶄晴飛磨遠天洛客盡迴臨水寺楚人背處下江舡

東西未有相逢日更逐繁華共醉眠

瀰彥衛處
引笙箕
詩話謂
重出
一閑聽陽
春又春夜
寒宮漏求
妻君息卧
恩陳事掃
銷魂羅衣
温○歌吹
讒重閣遠
庭芳草綠
倚長門巧
服漏長向
誰論顯情
立宮殿欲
責令

秋日候翁 唐百官志尚輦局大朝會大祭祀皆 百五十六既事而徹之常朝去翁左右
首三 翁耳
寶衣應待絕更籌 前漢文帝未明求衣○唐書太 宗曰朕不敢荒怠齊衣旰食 環珮珊ヒ
月下樓 杜詩佩聲聞 珮声珊ヒ 雜井轉轆轤千樹曉門開閶闔萬山秋龍
旗盡引趨金殿雉扇緫分拜玉旒 崔豹古今注天后高宗以 雉雉之緻服章多用翟羽
有雉尾扇○禮記天 子玉藻十有二旒 虚戴鐵冠無事日 御史法冠一名柱後 一名獬廌以鐵為柱
言其審固 而不撓也 滄江歸去老漁舟

灞上逢元九處士東歸

瘦馬頻嘶灞上寒灞南高處望長安 王粲詩南登霸陵 岸回首望長安 何人
更結王生襪 前漢王生處士善黃老學時張釋之為廷尉公 廷中王生曰吾襪解顧釋之為我結之釋
之跪而結之或讓王生生曰 此客空彈貢禹冠 前漢王陽與 貢禹為友世
廷尉名位欲以自重之耳
稱為王陽在位貢禹 工上鮮敖少 秒ヒ鳥中過波雪是ヒ隻

玉樓春 晚妝初了明肌雪春殿嬪娥魚貫列笙簫吹斷水雲間重按霓裳歌遍徹○臨春誰更飄香屑醉拍欄杆情未切歸時休照燭花紅待放馬蹄清夜月

李太白調

之已書叢矣少去作漁良把釣竿如胖漁父適意江湖食魚

已簟而 經故丁補闕山居

已州丞酬 知己道終全波暖孤冰且自堅 詩意謂蒲關忠貞之節不隨俗俯仰終始無変

也 鵬上承塵纔幾日 西京雜記賈誼為長沙王太傅一日鵬集其承塵而鳴 鶴歸華表

已千年 搜神記遼東城門華表柱有一白鶴集其上言曰有鳥有鳥丁令威去家千歲今來歸城郭如故人民非

何不學仙冢纍纍卜隧冲天而去也 風吹藥蔓迷樵逕水暗蘆花失釣舡四尺

孤墳何處是閭閶城外草連天

題衛將軍廟 并序

將軍名懿遼陽美人少君詩書學劍年二十七遊并分閫神堯皇帝始建義旗懿以勇略從征備行列尚節奮建德懿以時決策前突從再太宗顧而奇之天下既定錄其功拜將軍宿衛以母老曰病乞歸侍養年許官哀贈部尚之職而以孝殺終門以然若卒鄉里及卒追人懷其賢廟于荆溪之湄以平生弓馬懸東西廡下歲時祠祭頻禍其士焉文王王毅撰碑實詳備而國史欽書其人因題是詩於廟堂

菩薩蠻

平林漠々烟如織寒山一帶傷心碧暝色入高樓有人樓上愁○闌干空佇立宿鳥歸飛急何處是回程長亭更短亭

憶秦娥

花深々一鈎羅襪行在陰間將邯亭式占

武牢關下護龍旗周襲王拳虜處言背方時唐祖歸師作武挾彈彎弧馬上飛前漢李廣號飛將軍漢業未興王霸在漢光武為大司馬王霸以功曹令史王郎反光武渡滹沱河候吏還曰無船不可渡光武使霸視霸詐曰冰堅可渡光武喜曰候吏果妄語也渡未畢數騎而冰解光武謂霸曰吾衆得度者卿之力也因謂官屬曰王霸以權濟事治天瑞也秦兵纔散魯連歸史記魯連齊人也好高節不肯出遊於趙時秦圍趙使新垣衍扨趙帝秦魯連見衍言帝秦之害遂却垣衍秦聞之却軍五十里趙平原君以千金為魯連壽連曰所貴天下士者為人排患釋難而無取也遂辭平原君而去墳穿大澤埋金劍廟枕長流掛鐵衣古木蘭詞曰朔氣專金柝寒光照鐵衣欲奠忠魂何處問蕭々風葦雨霏々

村舍

自剪青蓑織雨衣村南烟火是柴扉糟妻早報蒸藜熟漢光武姊湖陽公主新寡帝宋弘曰貴易交富易妻人情乎弘曰臣聞貧賤之交不可忘糟糠之妻不下堂帝顧主曰事不諧矣家語曾子之妻以蒸藜童子進之[illegible]帝漢楊惲書曰[illegible]一魚下

消息空沉上岳閣樓上愁登臨愁登臨海棠開后直到如今〔又調〕虞美人落花已作風前舞又送黃昏雨曉來庭院半殘紅惟有遊絲千丈裊晴空○殷勤花下重攜手

潭當競踏鳥還青嶂拂屏飛老時未免人来往欲買嚴光舊釣磯漢嚴光字子陵少與光武同遊學及光武即位乃隱而不見帝思其賢令以物色訪之後齊國上言有一男子披羊裘釣澤中帝乃備安車玄纁聘之

李宣自殿院銜命歸闕拜員外郎

簪筆南征変二毛魏明帝宴群臣問辛毗簪白筆者何官毗曰此謂御史簪筆以奏不法也○潘岳沉江以南征○左傳宋襄公曰君子不擒二毛二毛者鬢半白也越山愁瘴海鯨濤繞居龍尾含雞舌龍尾宮中道雞舌丁香也○漢侍中刁存年老口臭上出雞舌香使含之香頗辛螫不敢嚥疑賜毒藥與人家失衆来視其藥及口香衆笑之存鄙儒則弊於此矣更立螭頭運兔毫唐書太和九年十二月左右省起居郎資筆硯及紙於螭頭下記言記事閶闔欲開聞漏盡閶闔見前注冕旒初坐御香高金吾舊侶君先貴漢光武嘆曰仕宦當為執金吾杜詩云醉歸應犯夜何怕李金吾曾憶王祥與佩刀晋書徐州刺史呂虔撫王祥為別駕有佩刀工者相之以為三公之器虔謂祥曰卿有公輔之量故以相與祥位至太保祥使之次刀授弟覽曰汝後必興是郡此刀後覽果興於江左矣

翠扇比芳
紅衣蓮

更疑懷抱
酒送人不
用粉歌聲
我亦多情
無奈酒闌
時

又調

寂寞遠
晚雲沉新
月小楊柳
稍頭能有
春多少試
看羅衣寒
尚峭簾櫳
青樓占得
東風早心
澤屏深香
裹漫流水

八月十五夜宿鶴林寺翫月

待月東林月正圓（晉武帝為惠遠法師建道場於江州廬山有東林西林）廣庭無樹草無烟中秋雲淨出滄海半夜露寒當碧天輪影漸移金殿外鏡光猶掛玉樓前莫辭達曙殷勤望一墮西巖又隔年

秋晚雲陽驛西亭蓮池

心憶蓮塘秉燭遊（古時晝短苦夜長何不秉燭遊）葉殘花敗尚維舟烟開翠扇清風曉水泛紅衣白露秋（翠扇紅衣比蓮）神女暫來雲易散（襄陽耆舊傳楚襄王游於高堂忽而晝寢夢一婦人曰我帝之女名瑤姬未行而亡封於巫山之臺乃許去曰妾在巫山之陽高丘之姐朝為行雲暮為行雨此旦視之如其言乃立廟名曰朝雲）仙娥終去月難留（羿得不死之藥于西王母姮娥得之以奔月宮是為蟾蜍也此聯模寫雲月故用極妙）空懷遠道無持贈（古樂府遠道不可思因昔夢見之○陶弘景詩山中何所有嶺上多白雲只可自怡悅不堪持贈君）醉倚西欄盡日愁

○晚自朝臺津至韋隱居郊園（朝音潮亦名越王臺）

刘郎到三
叠陽関声
斷香斷雲
只怕巫山
曉
李易安調
鳳凰臺上
憶吹簫
香冷金猊
被翻紅浪
起来慵自
梳頭任宝
奩塵满日
上簾鈎生
怕離懷别
苦多少事
說还休新

秋来無雁丁大堤梁藻兮鳳翱翔而高舉繫馬朝臺步夕
陽裴淵廣州記曰尉陀築臺以朝漢室負基千步直高峭百丈螺道登進士頂上三畝朔望升拜號為朝臺村逕
逶山松葉滑柴門臨水稻苍香雲連海氣琴書潤風帯潮声
枕簟凉西去磻溪猶萬里尚書大傳曰呂望釣於磻溪得魚腹中有玉璜何能垂白
待文王史紀呂尚東海上人也本姓姜從其封曰呂尚嘗窮年老魚釣於周西伯將出獵卜之曰所獲非龍非彪
非虎非羆所獲霸王之輔於是西伯獵果相逢太公於渭陽
與語大悅曰自吾先君太公曰當有聖人尊周ヒ以與子真
是耶吾太公望子久矣因號曰太公
望共載歸師事之比指與隱居地

○薛逢字陶臣蒲州人會昌元年進士調萬年尉崔鉉入相引直弘文館歷侍御史有薦逢知制誥者適劉瑑當
國忌之乃出為巴州刺史補
迁秘書監卒有文集行于世

開元後樂

莫奏開元舊樂章樂中歌曲斷人腸邠王玉笛三更咽百斛明珠
云明皇嘗置五王帳長枕大被與兄弟同處無何妃子
寧王玉笛吹故張祜詩云梨苍院靜無人見閑把寧王玉笛

來瘦非干病酒不是悲秋○休休這回去也千万遍陽関也則难留念武陵人遠想頻秦楼惟有楼前流水應念我終日凝眸凝眸处從今又添一段新愁

鳳凰臺上憶吹簫調

吹○五王謂虢國金車十里香虢國夫人承主恩平明上馬入宮門卻嫌脂粉涴顏色

卻寧申牧薛晉朝至尊此言楊氏五家務一自犬戎生薊北史記周幽王寵褒姒于驪山為犬戎所殺詩意犬戎請祿山也便從征戰老汾陽郭子儀有功封為汾陽王中原駿馬搜求盡沙苑年來草又芳沙苑在同州馮明縣南唐以來牧馬之地

長安夜雨

滯雨通宵又徹明百憂如草雨中生文選張景陽詩云歲暮懷百憂將從季王下○手詩我生之後逢此百憂心關桂玉天難曉蘇秦謂楚王曰楚國之食貴于玉薪貴于桂又云食玉炊桂運落風波夢亦驚壓樹早鴉飛不散到窗寒鼓濕無聲當年志氣俱消盡白髮新添四五莖

長安春日

窮途日日困泥沙晉書阮籍常率意獨駕不由徑路車迹所窮輒慟哭而返上苑年年好物華刺[illegible]不當車馬道管絃長奏綺羅家前漢張禹傳云後

風陌佳
朝斜月遠
墮餘揮絹
盤燭淚已
流盡霹ヒ
凉露濕衣
相將散离
會処探鳳
前津鼓ヒ
樹杪參旗
華蓋會意
縱揚轅開
自行遲○
迢遞路向
清野人語
无開空帶
愁帰何意
重紅滿地

王孫草上悠揚蝶 楚辭王孫遊兮不歸春草生兮萋ヒ 少女風前爛熳花 傷心

貳云見无少頓女草不宜男 懶出任從游子笑入門還是舊生涯 莊子吾生也有涯

宮詞

十二樓中盡曉粧望仙樓上望君王 漢公孫卿言仙人好樓居黃帝為十二樓以候神人武帝於是起飛廉觀望仙樓 元十二年戶部尚書張廷玠奉勅修望仙樓○唐德宗貞

鎖銜金獸連環冷水滴銅龍晝漏長 初學記敘漏刻法曰為器重門昭日此水轉注入知漏經衛之中○張衡漏水制曰以銅為器再疊差置實以清水名門孔以玉蛇吐漏水入兩壺右為夜漏左為晝漏○杜詩晝漏稀聞高閣報天顏有喜近臣知

雲髻罷梳還對鏡羅衣欲換更添香遙窺正殿簾開處袍袴宮人掃御床

漢武宮詞

漢武清齋夜築壇自斟明水醮仙官 壇之名肇見於書而詳於禮記禮言止曰為三壇同墠禮則曰去祧為壇去壇為墠為鬼則壇墠至不止而不屋不言其成名也至漢以李夫人為甚二成好事皆

鑑不見斜暉都迷兒蒸黯麥向殘陽影与人齊但排徊班草晞嘘酹酒極天西

秦少游 **江城子** 調

西城楊柳弄春柔動離憂淚难收猶記多情曾爲繫歸舟碧野朱橋當日事人不見水

謂帝慾方士胥仙其上○初記明水注司烜以陰鑑所取於月之水也○韓部詩□一界仙人足官府聚前玉□挂上

女移香案雲際金人捧露盤 漢武帝製承露盤金莖有仙人掌承露和玉屑飲之

絳節幾時還入夢 杜詩云上帝高居絳節朝 碧桃何處更驂鸞 尹信內傳曰老子西遊省太真王母共食碧桃梨棗○武帝外傳元封元年壬申降帝宮乘紫雲之輦駕九色斑麟從官執綵旄之節每升殿東向坐以玉盤盛桃七顆其色青○白羽經曰太真夫人下白鸞之車遊于九原○詩意謂武帝信方士李仙形夢寐感之甚矣

茂陵烟雨埋弓劍石馬無声蔓草寒 武帝陵曰茂陵太白詩曰暮湖流水青自開軒轅去時有弓劍茂陵前有石馬在馬又詩云野有蔓草注君澤不下流民窮於兵革也以故武帝窮兵黷武故云

送靈州田尚書

陰風獵獵滿旗竿白草颼颼劍戟攢九姓羌渾隨漢節 唐書九姓羌中吐谷渾別為一部落號大小部落八皆不相統一細封氏費聽氏往利氏頗超氏野辭氏房當氏米禽氏拓拔氏○唐書張說為太平軍大使朔方大使王晙誅河曲降虜阿不思也九姓同羅拔野固等皆疑懼說持節從輕騎直指其部宿帳下召見屬中豪酋 六州蕃落從戎鞍 唐書銀州夏州□州□石

沙口當華不為少年留恨悠悠幾時休飛絮落花時候一登樓便做春江都是淚流不尽許多愁

蘇東坡調　虞美人

波声拍枕長淮曉隙月窺人小無情汴水自東流只載一船離

所畏公召其僧朱耶執宜及妻母令夫人飲食問遺沙陀感恩悉力保障

唐中入塞周弓硬月下翻營玉帳寒今日路傍誰不指穰苴門戶慣登壇（史記）田穰苴為司馬有司馬兵法其法春蒐秋狝振旅治兵亦禁之法。前漢高祖築壇拜韓信為大將

獵騎

兵印長封入衛稀碧空雲盡早霜微灞川桑落鵰初下渭曲禾收兎正肥灞川渭曲州屬京兆陌上管絃清但語草頭弓馬疾如飛豈知万里黃雲戍血迸金瘡卧鐵衣六義中為風也

韋壽傳書齋

玄晏先生已白頭晉皇甫謐字士安脩身篤學舉孝廉不就咸寧元初相國辟復不行郡令勸令應舉謐為釋勸謐以通言焉不隨鴻鷺狎羣鷗唐高宗以參軍秦海卒認謐為玄晏先生為殿中侍御史或疑非廷上官儀曰御史供奉殊下孩武藝龍楚羽翔鷺豈讓判佐比耶。列子海上人好鷗鳥每旦至海上從鷗鳥遊甚

懷向西州　己悄淒愴　浦曾同醉　酒味多於　泪誰教風　鑑在匣欹　醞造一場　煩惱送人　來

詞

黯然

春事闌珊　芳草歇客　裏風光又　過清明節　小院黃昏　人憶別落　江心比闌

父曰吾聞鷗鳥從子遊汝取來吾玩之明日之海上鷗鳥翔舞而不下矣元卿謝免開三逕尚出傳搢翊字元卿杜陵人為兗州刺史王莽為宰相去奏事到灞上稱病不進歸杜陵荊棘塞門舍中三逕終身不出時人諺曰當時鮑龔不如杜陵蔣翁平仲朝歸卧一裘朝音潮○齊晏子平仲為齊大夫禮記有君曰晏子一狐裘三十年醉後獨知殷甲子陶潛以祖佩晉世宰相恥屈身後代自宋武王業漸隆不復肯仕所著文章皆書年月義熙以前明書晉氏年號宋永初以後唯書甲子而已病來猶作晉春秋晉諸哀字季野康獻皇后父也少有簡貴之風與京兆杜乂共有盛名相尋見而自之曰季野有皮裏春秋言其外無臧否而內有褒貶塵纓未濯今如此濯纓見前注野水無情處處流此辭逢自傷也

金城宮

憶昔明皇初御天易時乘六龍以御天玉輿頻此駐神仙龍艫澡井噴工艶張平子西京賦云蔕倒茄於藻井注當林中交木方為綺豔之如井幹也茄藕莖也風俗通曰殿堂象東井形刻荷菱水物所以厭火也王文考魯靈光殿賦曰圓淵方井反植荷蕖綠房紫菂窋咤垂珠歌坐金床吐碧

目漕禮儀大朝會即頓宮皆明小塗欲……

江山分楚
越目斷蒐
猶應是昔
塵絶夢破
五更心欲
折角声吹
落梅孤月
晏叔原調
王孫春
秋千院落
重簾暮寒
莫闕□綉
戶墻頭紅
杏雨餘心
門外綠楊
風后禁○
朝雲信斷

林大將軍薛王將業為右衛率月中臺榭后妃眠自從戎馬
生河洛安史之流也洲鎖蓬萊一百年蓬萊宮名

驚秋

露竹風蟬昨夜秋百年心事付東流明霜義分成虛語魏曹子建
白馬篇云五侯覓書群公亟
為言分義明於霜信行直於弦
草俗文章惜暗投杜甫東閣
所以阜俗康時衆人守位也○鄒陽傳曰隋侯之珠夜光之
璧以暗投人必按劒相眄明霜分義言絜白草俗文章言其
文可群頭俗也○初隆與彭城劉彖交名嘗易之遂相忿會
家當國有薦達者彖長官尚朝以兩省官大治州縣乃得除
知制誥彖出為巴州刺史而楊收王鐸同聯署皆及收鐸敗
逢有詩訊語及鐸為相逢義以詩也言鐸亡怨苡不見省卒
於簿
長笑李斯為溷鼠
李斯上蔡人為郡小吏見吏舍廁中
鼠食不絜近人大數驚恐之入倉中
鼠居大廡之下不見人犬之憂乃歎曰人之有
賢不肖在所自處耳乃從荀卿學帝王術也
每多莊叟喻犧牛
莊周楚威王聞其賢厚幣迎之欲以為相周笑曰
子不見郊祭之犧牛乎養之數年衣以文繡以入
太廟當是之時欲
為孫豚豈可得乎
五湖烟水盈歸夢芦荻花中一釣舟范蠡

知何處雁
作巫陽雲
夢太荒臺
認瀟湘路
斯過丞檜
東畔路
踏莎行 歐陽永叔
候館梅殘
草芳風暖
搖征轡離
愁漸遠漸
無窮迢迢
不斷如春
水○寸寸
柔腸盈盈
粉淚樓高

賤臧吴謂范蠡曰吾將與子分國而有之蠡曰君行令臣行意乃乘扁舟浮五湖終不返逢志不遂故有此語乎

潼關河亭

重岡如抱嶽如蹲蹲音存踞也嶽即華嶽也氣職秦川勢自尊天地併功開帝宅山河相湊束龍門陳后主詩曰日月光天德山河壯帝居絳州有龍門大河經焉流湍峻急此魚得上者化為龍檣聲嘔軋中流渡柳色微茫遠岸村李白惜餘春賦云試登高而望遠兮極目海之微茫滿眼波濤終古事年來惆悵與誰論

送衢州崔員外衢州即信安縣

笑分銅虎別京師漢制郡國將置銅虎符竹使符發兵至郡符合乃發兵右留京師左與之○文選范尚書譙侯表云分虎出守○公羊傳曰京師者何衆大也嶺下山川想到時紅樹暗藏殷浩宅晉殷浩遷中軍將軍假節都督王豫徐兗青五州軍事北征許洛為符秦所敗桓溫上書罪浩廢為庶人死于東陽信安縣綠蘿深覆偃王祠史記徐偃王伯翳之後名誕君國子民一出於仁義偃王死民思之鑿石為室以祠偃王後因廟焉在信安縣風茅句[illegible]

處是春山
行人更在
春山外

李易安　調
一翦梅

紅藕香殘
玉簟秋輕
解羅裳獨
上蘭舟云
中誰寄錦
書來鴈字
回時月滿
樓○花自
飄零水自
流一種相
思兩處閑
愁此情無

葉形似韭長尺餘俗稱鄭玄書帶草　露竹迎風舞盞絲

有垂絲竹　休指岩西數歸日知君已負白雲期　陶弘景詩曰山中何所有嶺上多白雲

六街塵

六街塵起鼓鼕鼕　紺洛灵具小卸唐馬周上言令今吾每街鼕鼕鼓夜擊止其行李以備盜竊時人呼為

鼕匕鼓匕池道士裴脩盛為詩曰遮莫鼕匕陂陽使滿匕盃金吾若訴問報道玉山頹　馬足車輪在處通

百役並驅衣食內四民長走路岐中　春秋四民均則王道興而百姓寧四民者士農

百年光與物隨流水世事如蒼落曉風名利到頭無了日不知今古旋成空

潼關驛亭

河上關門日日開古今名利旋堪哀終軍壯節埋黃土　前漢終軍入關々吏與軍繻軍問此何為吏曰為復傳還當以此合符軍曰大丈夫西遊終不復傳還棄繻而去時年十八選為謁者士上書願受長纓必羈南越王而致之闕下遂至越々王許請舉國內屬曰相呂嘉不欲殺其王及終軍漢使者

討可滿陰
縱下省頭
却上心頭
[illegible]調
[illegible]
春草烟光
闇消水波
声因春朝
雨霏輕塵
欲征鞍發
猜音匕楊
掷又是輕
紫折勲顆
然知有後
命甚時節
〇更盡一
盃酒歌一

時年二十餘世謂磐塋楊震豊碑翳綠苔（楊震字伯起弘農華陰人安帝時為太尉上書切至帝不悅平因河間趙騰上書指陳得失帝怒遂收考詔獄結以罔上不道震復收之遂收震太尉印綬遣歸本郡行至城西徼鴆死詔以禮葬於華陰潼亭今有碑存焉）寸祿應知恐有分一官常懼處非才（晉書東海王越辟裴推王衍為元帥行不敢當曰吾少無宦情隨謀推移遂至於此今日之事安可以非才者處云猶豫）往歲同袍者（毛詩豈曰無衣與子同袍）尚逐江東計吏來（前漢朱買臣隨計吏為卒將重車至長安）

五峯隱者

烟霞壁立水溶溶路轉崖回日暮中鷄鵡甚人沉澗月山羊投石樹石松高斋既許陪雲宿（杜甫在蜀作草堂在殺谿高斋處焉）晚稻何妨為客春今日見君嘉遯處（易遯卦九五嘉遯貞吉象曰嘉遯貞吉以正志也）悔將名利役睞慵

上吏部崔相公

易離別且莫辭沉醉聽取陽關徹念故人千里自此共明月

虞美人 後主 調

春花秋月何時了往事知多少小樓昨夜又東風故國不堪回首月明中○雕欄玉砌應猶在

龍尸自是卑高混者為龍不能者點額言音謂憑藉雲雷出滯瀟而化龍喻登第

紫府有名同羽化指崔吏奇○勸感恩已念真期多王鑒其用思者名王礼於是細書紫宮東華之內故曰紫府○楚辭仰羽人於丹丘留不死之舊鄉○白山六帖云銀宮金闕紫府清都道上羽化謂之飛昇

碧霄無伴劫泥蟠蓬此謂也○孫孟嘉答賓戲云故失泥蟠而天飛者應龍之神也時指而名彰者故君子之真池○張籍行路難龍蟠泥中未有雲不能生被昇天翼

公車未結王生襪漢官儀公車司馬令周官也秩八百石掌諸上書諸闕下者○王生襪見前注

客路虛彈貢禹冠貢禹見前

今日鑪錘任真宰莊子太宗師篇曰黃帝之亡其知皆在其鑪錘之間注云開道忘其所務如世間萬物猶於難治乃古今之共用也○莊子學物若有真宰而特不得其眹注真宰造物也

暫迴風水不應難詩意望崔公薦之耳

悼古

細推今古事堪愁貴賤同歸土一丘漢武玉堂人豈在漢武故事云玉堂去地十三丈階基皆用玉故東京賦曰金華玉堂白虎麒麟范曄後漢書曰獻帝初平二年復修武帝玉堂殿

以御本題眼問君都有幾多愁恰似一江春水向東流

[illegible]調

鐘送黃昏雞報曉昏曉相催世事何時了万古千愁人自老春來依舊生芳草○忙處人多閑

之石家金谷水東流晉書石崇有金谷園光陰自旦還將暮草木從春又到秋閑事與時俱不了且將身暫醉鄉遊王績有醉鄉記

九華觀廢月池

曾發簫声水檻前曹子建與吳質書云若夫觴酌凌波於前簫笳發音於后足下鷹揚其體鳳翔虎視云云夜蟾寒沼兩嬋娟微波有恨終歸海明月無情却上天白鳥帶將林外雪綠荷枯盡渚中蓮榮華不肯人間住須讀莊生第一篇莊子第一篇名逍遙

八月一日駕幸延喜樓看冠帶降戎長安志唐皇城東面三門北曰延喜門○唐書宣宗大中五年八月上御延喜見河隴老幼千餘人賜以冠帶皆懽呼舞躍復呼萬歲

城頭旭日照欄杆繫要云日初出曰旭日○又詩雝雝鳴鳥旭日始旦城下降戎縲紲攢九陌塵埃千奇萬合萬方臣妾一声歡論語萬方有罪罪在朕躬樓臺下

仰中天易左太沖魏都賦樹中天衣長服刀回左任維論語微

人知道彼
上小樓雲
杏ヒ天涯
一點青山
小

陳去非 臨江仙 詞

憶昔午橋
ヒ上飲坐
中多是豪
英長溝流
月去無声
杏花疎影
裡吹笛到
天明〇二
十餘年成
一夢此身

左雅矣渭[illegible]孝波沂[illegible]秦州通此番赤
嶺道〇玄宗開元之二十年金城公主請立碑于赤嶺以分唐蕃之境

送劉郎中牧杭州

一州横制浙江灣臺榭參差積翠間樓下潮迴滄海浪杭州城東有海門潮信也枕前雲起剡溪山剡溪即子猷訪戴安道之地也吴江水色連堤闊越俗春声隔岸還浙江分吴越之境聖代牧人無遠近好將能事濟清閑易係辞曰觸類而長之天下之能事畢矣

貧女吟

残妝満面淚欄杆幾許幽情欲話難雲髻懶梳愁折鳳翠蛾登照恐驚鸞鄰家女初鳴佩北里迎妻已夢蘭左傳鄭文公賤妾燕姞夢天使與已蘭曰是為而子既而文公與之蘭而御之曰辛妾有子敢徵蘭乎惟有深閨憔悴質年ヒ長凭繡床看

[illegible]在[illegible]閒發小閣清新情古今多少事[illegible]唱起三更

吳彥高詞春從天上來

海角飄零嘆漢苑秦宮墜露飛螢夢裡天上金屋銀屏歌吹競舉青冥問當時遺譜有[illegible]

夜宴觀妓

燈火熒煌醉客豪卷簾羅綺艷仙桃纖腰怕束金蟬斷言[illegible]蛾他之細

長鬢宜簪白燕頭毛詩鬢髮如雲○洞冥記漢武帝學白燕玉釵以賜趙婕妤至昭帝宮人謀碎之明日視匣中見欲化白燕歸天而去

愁傍翠蛾深八字杜詩越女紅裙濕燕姬翠黛愁

笑迴丹臉利雙刀韓詩妙妓踏從舞星眸明劍戟

無因得薦陽臺夢陽臺已見前注

願拂餘香到縕袍論語衣敝縕袍與衣狐貉者立

○韓偓字致堯京兆人龍紀元年擢第後主詩薦為翰林學士廷中書舍人從幸鳳翔遷兵部侍郎翰林承旨朱全忠惡之乃備禍則濮州司馬天祐中復召翰林學士偓不牧入朝挈其家南依王審知而卒號玉山樵人有集傳于世

中秋禁直

星斗疎明禁漏殘紫泥封後獨憑闌後漢皇帝六璽皆以武都紫泥封青白囊素裹

兩[illegible]無逢人一[illegible]

[illegible]

衣弾佀林　寫瀝匕山　酒令匕〇　梨園太平　樂府聨幾　度春風鬓　鬓尾匕舞　求中原壓　飛滄海凪　竺万里龍　延寫胡加　酒然人憔　悴不佀舟　青洒匕醒　一軒涼月　灯火青荧　又調

龍堂紫貝闕兮朱宮天顏校其臺榭就夕屈吹歌管下雲端長卿只為長門賦未識君臣際會難（漢武帝陳皇后以黄金百斤為相如文君取酒同吃辭愁悲之辭相如為長門賦以諷上）

寄湖南從事

索莫襟懷酒半醒無人一為解餘醒岸頭柳色春將盡舡背雨声天欲明去國正悲同旅鴈隔江可忍更啼鶯蓮花幕下風流客（晋士儉以庾杲之為長史與書曰庾杲之綠水蓮笑蓉何其麗也時人以儉府為蓮花池也）試與溫存謫逐情

避地寒食

避地淹留已自悲况逢寒食欲霑衣濃春孤館人愁坐斜日空園鳥乱飛路遠漸憂知己薄（伸於知己屈於不知己也）時危又與賤心違一名所繫無窮事争敢當年便息機（杜詩回首風塵甘息機）

人生南北多歧路世事悠悠等風絮造化小兒無定據翻來覆去倒横直竪眼見都如許○伊周功業何須慕不學淵明便歸去坡止流行隨所寓玉堂金馬竹籬茅舍總是無公

途中經野塘

世亂他鄉見落梅野塘晴暖欲徘徊紅衝水鳥飛還上袖拂楊花去又來季重舊遊多喪逝（三國志曰吴質字季重魏文帝與質書曰昔年疾疫親故多離其災徐陳應劉一時俱逝痛可言邪昔日遊處謂百年可長保數年之間零落略盡言之傷心頃撰其遺文都為一集觀其姓名已為鬼録追思昔遊猶在心目而此諸子化為糞壤可復道哉）子山新賦極悲哀（庾信字子山常有鄉關之思故作哀江南賦以致其意其序云不無危苦之詞惟以悲哀為主）眼看朝市為陵谷（詩曰高岸為谷深谷為陵）始信昆明有劫灰（漢武帝作昆明池底得黑灰帝問東方朔朔曰可問西域梵人及後竺法蘭至問之蘭曰世界終盡劫火洞燒此劫燒之餘灰也）

惜花

皺白離情高處切膩紅愁態靜中深眼隨片片沿流去恨滿枝枝被雨侵總得苔遮猶慰意便教泥汚更傷心臨階一盞悲春酒明日池塘是緑陰

辛夷
木筆也

朱希真調　西江月　世事短如春夢人情薄似秋雲不須計較苦勞心万事原來有命○偶飲三盃美酒况逢一朶花新片時歡笑且相親明日陰晴未定　蘇東坡調　滿庭芳

水向東流更不迴紅顏白髮遞相催壯心暗逐高歌盡往事空成半醉來雲護鴈霜籠淡月雨憐鶯曉落殘梅兩樓悵望芳菲節處處斜陽草似茵

春盡

惜春連日醉昏昏醒後衣裳見酒痕細水浮花歸別澗斷雲含雨入孤村人閑易得芳時樂地迥難招自古魂楚宋玉傷屈原為作招魂一篇慚愧流鶯相厚意清晨猶為到西園

三月

辛夷繞謝小桃發辛夷花名二月開初出如筆北人呼為木筆踏青過後寒食前四時最好是三月一去不迴惟少年吳國地遥江接海漢陵魂斷草連天新愁舊恨知無奈須就鄰家甕底眠晉畢卓[illegible]吏部[illegible]

媧蒯左名鰓頭微利筆求著甚千峰事皆前定誰弱又誰強且起閑皆求老僅教我比子昧狂百年裡渾教是辭三万六千場○思量能有幾許憂愁風雨一半相妨又何須抵死說短論長

舍郎釀熟卓夜至甕間盜飲為掌酒者所縛旦視之乃畢吏部

午睡夢江外兄弟

長夏居閑門不開（梁元帝纂要曰夏為長嬴亦曰台也言夏氣大而育物故云長夏）隨門責

堇絕塵埃（詩云堇荼如飴）堂旣日午獨眠覺旅夢天涯相見迴鬢向

此時應有雪心存到處即成灰（到處一作別後○莊子云心若死灰）如何水陸

三千里幾月書郵始一來（晉殷羨為豫章太守都下士人因以致書百餘函行次石頭皆投之水中祝曰沉者自沉浮者自浮殷洪喬不能作致書郵）

秋郊閑望有感

楓葉微紅近有霜碧雲秋色滿吳鄉魚衝駭浪雪鱗健鴉閃

殘陽金背光必為感恩長淚濺鬢因經亂早蒼浪（古詩鬢髮蒼浪牙齒）

（疎莊白也）可憐廣武山前事楚漢寧教作戰場（晉阮籍嘗登廣武觀楚漢戰處歎曰時無英雄道使）

晧月苔茵展雲幕高張江南好千鍾美酒一曲滿庭芳

【□鼓調】【八聲甘州】有情風萬里捲潮來無情□潮歸問錢塘江上西興浦口幾度斜暉不用思量今古俯仰昔人

与之握為相握奏遲疑中與宜復果重德鎮風俗因薦右僕射趙崇祖在京馳入請見具言崇長短紹宗曰韓擢所薦時握在側梁祖二此之奏曰臣不敢與大臣爭握尋出閩中依王審知故有此作山谷云其辭凄切而不迫可謂不忘其君也

手風慵展八行書後漢竇章字伯向好學與馬融崔瑗同好史相推薦融與章書曰孟陵奴來賜書見手跡歡喜思量次于面也書雖一紙八行七七字也

眼暗休尋九局圖碁圖有九局唐王積薪盡青龍生辛宿山中孤姥家夜忽聞姑與婦碁畧記止三十六忽聞姑云子此矣吾勝七秤遲明王具令請問出局盡平生之好姑謂婦曰是子可數因指示殺奪救應之法曰此已無敵矣出吳叢談記

肉裏白光飛野馬莊子逍遙篇曰野馬是塵埃也注野馬春月澤中之遊氣塵埃之細者也

撥頭鐺管長蒲盧爾雅蒲盧蜾蠃也注俗謂蠮螉也音因翁詩蜾蠃似蜂而細腰○毛詩疏義曰蜾蛉似步屈其色青卞幹取之置空木中或書卷間筆筒中七日化成子蒲盧土蜂也

謀身拙為安蛇足史記陳軫見楚使昭陽曰人有遺一壺酒者舍人相謂曰酒不足衆飲請畫地為蛇先成者獨飲一人先奪酒欲飲曰吾更能爲蛇足後成人奪酒飲之曰蛇本無足此非蛇也

報國危曾將虎鬚莊子盜跖篇孔子說盜跖不從曰丘所謂無病而自灸也疾走將虎頭編虎鬚幾不

眠誰侶東坡老白首忘機○記取西湖西畔正暮山好處空翠烟霏算詩人相得如我與君稀約他年東還海道願謝公雅志莫相違西州路不應回首為我沾衣、

[illegible]詞

免於虎口也

與世可能無默識音志論語曰默而識之未知誰復試齊竽韓子作揭○齊宣王使人吹竽有三百人東郭先生不知竽濫於三百人中食祿宣王死文王即位不一一聽之先王乃逃

殘春旅舍

旅舍殘春宿雨晴恍然心地憶咸京秦為咸陽漢為京兆樹頭蜂抱花鬚落池面魚吹柳絮行禪伏詩魔歸靜域酒衝愁陣出奇兵兩梁免被塵埃汙漢制秩千石冠兩梁拂拭朝簪待眼明

贈僧

盡說歸山避世塵幾人終肯別囂氛缾添澗水盛將月衲掛松枝惹得雲三接僧承前席遇易晉卦彖曰康侯用錫馬蕃庶晝日三接也○漢文帝徵賈誼至上方受釐宣室因問鬼神之事誼具道其所以然之故至夜半文帝前席聽之釐音禧一靈今用戒香熏釋氏有定香戒香相逢莫話金鑾事翰林有金鑾密記觸撥傷心不忍

[illegible]在湖南詠

正籍侯護 寔礎墓清 暁空運當 千佳尽餘 五高岳哭 貴子安宗 生元老帝 徒入羅匕 容廟廟及 總是文章 孔孟勳庸 周石〇師 表方養遇 魚水君臣 頑信從年 少玉帯金 魚朱顏緑

毬路水飛時浪作梯依倚雕梁輕社燕揃楊金距笑晨雞鬭左（李卿之鷄鬬季平子介其雞郈氏為之金距短羅匕彌之羽也）勸君細認漁翁意莫遣紅羅保綵樓

贈易卜崔江處士

白首窮經通秘義（窮一經而畢首）青山養老度危時（孟子太公辟紂居東海之濱吾聞西伯善養老者）門傳組綬身雖退（謂傳家簪纓之冑也）家學漁樵迹亦奇四海盡聞龜莢妙（禮記月令立冬命太史釁龜策占兆審卦吉凶太史公記司馬遷有龜策傳日者傳）九霄堪嘆鶴書遲（鶴頭書詔板所用〇北山移文鶴書赴隴）壺中日月將何用借與閒人試小窺（後漢費長房為汝市掾市有老翁賣藥懸一壺於肆頭市罷輒跳入壺中人莫知見唯長房於樓上見之異焉因往拜翁乃與俱入壺中見玉堂嚴麗旨酒甘肴共飲畢而出曰我神仙之人以過見責今事之畢當去之耳）

猨啼斷人耶果燦紫刻匙凝碧邊壁垢乾坤都了頓歲歲見柳稍青殘梅央紅小

辛幼安調　水龍吟

渡江天馬南來幾人真是經綸手長安父老新亭風景可憐依舊夷甫諸

過臨淮故里

交游昔歲已凋零第宅今來亦變更舊廟荒凉時享絕時享絕謂歲時祭享無有也諸孫飢凍一官成杜詩云諸孫貧無事宅舍如荒村五湖意負他年志五湖見前起百戰空垂異代名榮盛幾何流落久遣人懷抱薄浮生

傷亂

岍上花根總倒垂水中花影幾千枝一枝一影寒山裏野水野花清露時故國幾年猶戰鬬異鄉終日見旌旗交親流落身羸病誰在誰亡兩不知

鶻

偏承雨露潤毛衣黑白分明衆所知高處營巢親鳳闕闕作關

〇帝門記云黃帝淨寺閣已上是犀開一巢為金中所產

首無平戎萬里功名本是真儒亭君知否○兄有文章山斗對桐陰滿庭清晝當年隨地而今試看風雲奔走綠野風烟平泉草木東山哥酒待他年整頓乾坤事了爲先生壽

石顯惟破之得一金印其文曰忠孝侯印飛向銀河舊路岐惟南子七夕烏鵲鎮河而渡織女莫怪天涯棲不穩託身雖是萬年枝謝玄暉直省中詩云紫微太清肅彤庭赫弘敞風動万年枝日華承露掌矣

禁中作

銀臺直北金鑾外銀臺宮門也唐書天寶初賀知章見李白文嘆曰謫仙人也言於玄宗召見金鑾殿有詔奉翰林其暑雨初晴皓月中惟對松篁聽刻漏○漢宮中更漏也刻漏賜十卯列卿更無塵土翳虛空綠香熨齒金盤果杜詩泥金盤盡在衛霍室清冷侵肌冰殿風宮中有水殿太子納涼處也坐久忽聞鈴索動玉堂西畔謁丁東鈴以備警急又文字引之以代傳呼也唐李肇翰林志云翰林院有懸鈴傳玉堂殿名也待詔者置署在其則李尋時待詔黃門故云久汀玉堂之署

○王維

和賈舍人早朝大明宮之作

又調
秋千歲
塞垣秋草
又報平安
好轉組上
英雄表金
湯生氣象
珠玉霧缺
笑春近也
梅花得佀
人难老。
莫惜金樽
倒鳳詔着
七到留不、
住江東小
從容帷幄
重整頻乾

絳幘雞人報曉籌漢官儀宮中不畜雞汝南出長鳴雞衛士候於朱雀門外着絳幘一傳雞唱。漢
故事軍中傳箭以直更曉籌謂宮中五更初之籌尚衣方進翠雲裘唐制宮中官有尚衣尚藥尚食
皆奉天子者。米玉鳳賦曰主人之女辭承白之華被翠雲之裘九天閶闔開宮殿九天一數廼於一
立於一城於七處於九歲云天為九万里。漢書遊閶闔觀五甚臺萬國衣冠拜冕旒左傳禹會諸侯
於塗山執玉帛者万國曰冕旒蔡邕巴蜀所曰漢明帝采尚書皐陶及周官礼記以定冕冕制天子冕七寸長一尺二寸繫白
珠於其端十二旒三公及諸侯力卿士日色纔臨仙掌動仙掌見前注。唐都長安東望華岳即日
出之所也香烟欲傍袞龍浮天子服袞龍詩曰袞職有闕惟仲山甫補之。書曰予欲觀古人之象日
月星辰龍華蟲作繪宗彝藻火粉彰施于五色作服注天子之服也朝罷須裁五色詔珮聲
歸向鳳池頭鳳池荀勗為中書監除尚書令勗曰奪我鳳凰池諸君何賀耶

酬郭給事

洞門高閣靄餘輝桃李陰陰柳絮飛禁裏疎鍾官舍晚省中
啼鳥吏人希前漢禁中元帝后父晨罷玉佩趨金殿夕奉

是中書考
[調]
[山谿]
壹山居士
來老心先
顛愛李道
人家辦竹
几蕭園名
桃青山可
買小結屋
三間開一
徑俯清溪
脩竹栽教
滿○一柔
便請公分
家常飲若
貴小晉庵

人書拜瑣闈夕郎青瑣門在南宮顏師古曰刻為連瑣文而青瑣也
強欲從君無那老將因臥病解朝衣

秋雨輞川莊上

積雨空林烟火遲蒸藜炊黍餉東菑孟子有童子以黍餉漠漠水田飛白鷺陰陰夏木囀黃鸝山中習靜觀朝槿松下清齋折露葵文選下宦賢臣頌云翡翠露葵野老與人爭席罷列子黃帝篇楊朱南之沛至梁而遇老子曰而睢睢而盱盱而誰與居太白若辱盛德若不足楊朱曰敬聞命矣其往也舍者迎將家公執席妻執巾櫛舍者避席煬者避竈其反也舍者與之爭席言同即之人與之爭席而坐以去遺去矜誇和光混俗故也詩意取出處更相疑

海鷗向送楊少府貶郴州

明到衡山與洞庭若為秋月聽猿聲愁看北渚三湘客楚辭帝子懷兮北渚目眇眇兮愁予懷亭記湘潭湘鄉湘源謂之三湘也惡說南風五兩輕孚兩音量○淮南子曰若綄之候風也許慎曰綄候封扇也楚人謂之五兩○郭璞注賦曰齊氣侵於清旭故五兩之動靜注以雞羽為之重

更蒲酒三
杯兩盞吟
詩遞西風
月任招呼
句外事不
關心自有
天公管
黄鍾宫 直調
品令
鳳舞團乚
餅限分破
教孤令金
渠体净隻
輪慢碾玉
塵光瑩湯
響松風早
減二分酒
病○未醒

兩繫於
檣尾
青草瘴時過夏口廣州記夏謂之青草瘴秋謂之黄
茅瘴鄂州夏納書注水北曰汭訂
名夏
口
白頭浪裏出湓城湓城京
兆也
長江不久留才子賈誼何須
弔屈平漢賈誼謫為長沙王傅意不自得及度湘水
為賦以弔屈原云恭承嘉惠兮俟罪長沙
勅借岐王九成宮避暑應教在鳳翔府麟遊縣西
五里即隋仁壽宮也
帝子遠辭丹鳳闕帝子謂岐王
丹鳳宮名門天書遥借翠微宮爾雅釋云
山未及上
謂之翠微○關中記山氣清漂色曰翠微○明皇已幸翠微
宮復為王求勝也為創弟出白氏六帖○長安成南山中亦
有翠微宮太宗嘗
避暑遊宴於此
隔窗雲霧生衣上卷幔山泉入鏡中庾信
東宮
行雨山銘翠幔朝開新妝
日起樹入床前山來鏡裏
林下水声喧笑語岩前樹色隱房
櫳班倢伃賦曰房櫳虚兮風
冷七啓古曰房櫳疎櫳也
仙家未必能勝此何事吹簫向
碧空吹簫見
前注
和太常韋主簿五郎温泉寓目
漢主離宮接露臺長安志臨潼縣内有驪山東南三十里有
秦始皇露臺司馬相如賦達潛即風

交成佳境
恰如灯下
故人万里
歸来對影
口不能言
心下快活
自肖

又調（阮郎歸）

歌停檀板
舞停鸞高
陽飲罢闌
獸烟噴盡
玉壺乾杳
分小鳳團
○雲浪淺
露珠圓捧

……靑山盡是
不遠故曰接露臺壽八　一斗夕陽開陽樓在焉
朱旗遶碧澗翻從玉殿來新豐樹裏行人度前漢高祖移豐於驪山下故豐曰新豐
小苑城邊獵騎迴前漢蕭望之以不附霍光署小苑東門侯王仲翁曰不肯錄錄反抱關爲望之曰各從其志
小苑在長安東
閒道甘泉能獻賦懸知獨有子雲才前漢揚雄字子雲成帝祠甘泉泰畤還雄上甘泉賦以諷

酌酒與裴迪

酌酒與君君自寬人情翻覆似波瀾晉陸機君子行曰天道夷且簡人道險而難休咎相乘躡翻覆若波瀾
白首相知猶按劍漢鄒陽上梁王書白有白頭如新傾蓋如故何則知與不知也又曰明月之珠夜光之璧以暗投人於道路人無不按劍相眄者何則無因而至前也
朱門先達笑彈冠注見前
草色全經細雨濕杜詩晚晴經溫處花重錦宮城
花枝欲動春風寒
世事浮雲何足問杜詩浮花水生涯書浮雲世事空
不如高臥且加餐晉書謝安傳征西將軍桓溫請爲司馬朝臣咸送中丞高崧曰卿屢違朝命高臥東山諸人每相與言安石不出將如蒼生何○沾

捧春芽絲
絳紗宛不
曜金鞍歸
時人倚欄
又調
秋路題
紅牙拍歇
部声斷六
么初徹小
糟酒滴真
珠蝎紫金
甌圓浅浪
泛春雪○
香芽嫩藻
清心骨醉
中襟量與
天淵夜闊
旨否帚山

飲馬長城窟行雲長晚讀秦書七中竟何如上有加食下有長相憶

春日與裴迪過新豊里訪呂逸人不過

桃源面七少風塵面七誤本集作一向少一作絕○陶潛桃花源記晉太元中武陵捕魚為業沿溪行或逢桃花夾岸衆異之行盡水源得一山有小口入豁然男女衣著悉如外人見漁父驚問遂還家設酒食自云先世避秦乱来此問今是何世數日辭滯柳市南頭訪隱淪漢書万章字子夏長安識甚街閭各有豪傑章在城西柳市號曰柳市万子夏○文選謝霛運詩既性隱淪者亦棲肥遯賓到門不敢題凡鳥晉稽康與呂安善每一相思千里命駕後安来直康不在稽喜出父迎之不入門上題鳳字而去喜不覺猶以為欣鳳字乃凡鳥也看竹何須問主人晉王徽之字子猷時吳中士大夫家有好竹欲觀之便出與造竹下往来諷嘯良久主人洒掃請坐徽之不辭而去城外青山如屋裏東家流水入西隣閉戶著書多歲月前漢揚雄閉門草太玄經又王符著書名潛夫論種松皆作老龍鱗

○高適適字達夫一字仲武倉州人舉有道授封丘尉後擢陳試大夫出為蜀彭二州刺史遷西川節度使還為左散騎常侍卒有詩文二十卷

臺路碎滿
街月

晏叔原 調
鷓鴣天

彩袖殷勤捧玉鍾當年拚却醉顏紅舞低楊柳樓心月歌尽桃花扇低風 ○從別後憶相逢已回魂夢与君同今宵剩把銀釭照猶恐相

送李少府貶峽中王少府貶長沙

嗟君此別意何如駐馬銜盃問謫君巫峽啼猿數行淚 峽中也 衡陽歸雁幾封書 長沙 青楓江上秋天遠 長沙有青楓 白帝城边古木踈 白帝城在峽中即公孫述所築名夔子國也後先主改為永安 聖代即今多雨露暫時分手莫躊躇 杜詩登兖州城樓云從來多古意臨眺独躊躇

○岑參 南陽人文本之後天宝中進士官至左補闕起居郎累官侍御史退居杜陵山中卒有文集行於世

和賈舍人早朝大明宫

雞鳴紫陌曙光寒鶯囀皇州春色闌金闕曉鍾開萬戶玉階仙仗擁千官 杜詩仙仗離丹極 花迎劍佩星初落柳拂旌旗露未乾獨有鳳凰池上客 鳳凰池見前注 陽春一曲和皆難 文選宋玉對楚王問曰客有歌於郢中者始曰下里巴人國中屬而和之者數千人其歌陽春白雪屬而和者不過數十人故其曲弥高而和寡

○張說 字道濟洛陽人垂拱中舉傳學科中第二等進士太子校書令迁鳳閣舍人睿宗時兵部侍郎平章事

綠野夢中　歐陽永叔調　浣溪沙　堤上遊人逐畫船拍堤春水四垂天綠楊樓外出秋千○白髮戴花君莫笑六么催拍盞頻傳人生何處似樽前　黃山谷調　西江月　斷送一生

左丞相封燕國

奉和春日幸望春宮

別館芳菲上苑東飛花澹蕩御溝紅[江淹詩作落]一城臨渭水天何靜闕對南山雨露通繞殿流鶯凡幾樹[梁沈約上巳詩開花匝樹流鶯復滿枝]當蹊亂蝶許多叢春園既醉心和樂[詩云既醉以酒既飽以德]共識皇恩造化同

幽州新歲作

去歲荊南梅似雪今年薊北雪如梅共知人事何嘗定且喜年華去復來邊鎮戍歌連日動京城燎火徹明開[詩云庭燎之光]遙遙西向長安日[晉明帝數歲元帝抱置膝前屬長安使來因問汝謂日與長安孰遠對曰長安近不聞人從日邊來元帝異之明日燕群臣又問之對曰日近元帝失色曰何乃異間者之言對曰舉頭見日不見長安帝益奇之]願上南山壽一[不詩小雅天保如南…]

唯有破除
万事無過
遠山横黛
離秋破不
飲傍人笑
我○花病
等閑瘦弱
春愁沒處
遥欄孟行
到手莫留
殘不道月
斜人散
蘇東坡調
永龍吟一
聳山修竹
如雲異林
秀出千林
表龍滿卒

耿湋法終于左拾遺有詩二卷傳于世

道傍老人

老人獨坐倚官樹欲語潸然便恢垂陌上歸心無產業城邊戰骨有親知餘生尚在艱難日長路多逢輕薄兒晋謝靈運詩杳ヒ日西頹漫ヒ長路迫○漢書李寶勸劉嘉自覩成敗光武聞之告鄧禹曰孝孫素謹當是長安輕薄兒誤之耳李賢嘉字也馬援書戒兄子嚴敦曰效龍伯高不得猶為謹敕之士效杜季良不得陷為天下輕薄子綠水青山雖似舊如今貧病復何為史記原憲曰若憲貧非病也○晋顏延年謂陶潛曰少而病貧居無僕妾

送友人歸南海

遠別悠ヒ白髮新江潭何處是通津潮聲偏懼初來客海味惟甘久住人漠ヒ迴光前浦晚青ヒ草色定山春定山在錢塘南四十七里定山出浙江致百里潮至北輒揚聲過如雷霆丁川怒○沈約早發定山詩夙齡愛遠壑晚蒞見奇山也訂州更有南迴雁亂起翩ヒ北向秦

張近肌勺纖末落住南雨晴雲夢月明風裊白中郎不見桓伊去後知音負秋多少○聞道嶺南太守後堂深綠珠嬌小綺窗琴弄梁州吻遍霓裳禾了嚼纖今宮低商

陸龜蒙字魯望舉進士不第遂放浪山水間號江湖散人又號天隨子甫里先生後以高尚徵不就今有笠澤叢書三卷并詩文十六卷行于世

憶白菊

我憐貞白重寒芳前後叢生夾小堂月朵併開無絕豔風莖時動有奇香何慚謝雪中情味中情一作情才○世說謝安雪日集兒女講論文義公曰白雪紛紛何所似兄子朗曰撒鹽空中差可擬兄女道韞曰未若柳絮因風起不美劉梅貴色粧宋武帝女壽陽公主人日臥於含章簷下梅花落于額上成五出之花拂之不去後有梅花粧武帝即劉裕也更憶幽窗凝一夢夜來村落有微霜

別墅懷歸

水國初冬和暖天南榮方好背陽眠榮簷也題詩朝憶復暮憶見月上弦還下弦遙為晚花吟白菊近炊香稻識紅蓮紅蓮船般何人壽我黃金百春秋後語曰邯鄲之北有爵人侯蘇秦往

徒冬蠶風
燈兩作霸
天曉
張子野詞
醉落魄
雲輕柳弱
内家髻子
新梳掠生
香真色人
難學横管
孤吹月淡
天垂幕○
朱唇淺破
櫻桃尊何
揍人在欄
干角夜寒
怕今羅衣

……人僕……客天下之
辨士空談之間兩得我地而復歸之吾地雖小豈其百金也
已 貧取蘇君負郭田 史記蘇秦傳曰使我有洛陽負郭田二頃吾豈能佩六國相印乎

寄淮南鄭賓書記

記室千年翰墨孤 言鄭賓辭翰千年中一人而已 惟君才學似應徐 三國志應瑒字德璉北海徐幹字偉長

五丁驅得神功盡 蜀王本紀惠王欲蜀乃刻五石牛置金其後蜀人見以為牛便金乃使五丁力士拖牛成道置之成都秦王知蜀王好色獻美女五人蜀王遣五丁迎女道梓潼見大蛇入山穴中一丁引其尾不能出五丁共引之山崩五女上山化為石○李白大獵賦云五丁摧擊一夫拔木下盤高頂深平險谷

二酉搜來必檢蹤 圖經云穆天子藏異書於大酉山小酉山石穴有所藏書千餘卷梁湘東王尤好聚書故其賦曰二酉陽之危典○唐段成式著書有異乎世俗故取諸逸典之意名曰酉陽雜俎○孝經鉤命決曰丘援秘文詩意言鄭書記之文章曰五丁之神功使察遺篇盡二酉之秘奧

煬帝帆檣歸澤國 隋煬帝開通濟渠引穀水洛水達于河引河通于淮造龍舟鳳艒黃龍赤艦樓船萬艘幸江都 言淮王箋奏入班書 班書 前漢淮南王安之所作以篇正愛秘之入獻頌德長安頌都門頌天子使為離騷傳

清詞醉草無因見

[illegible]声入霜林簌簌驚梅落

又調

哀箏一弄湘江曲声々寫盡湘波綠々纖指十三絃細將幽恨傳○當筵秋水慢玉柱斜飛鴈彈到斷腸詩春山眉黛低

[illegible]調

文選曹伯詩衆賓悉精妙清詞猶麗藻但釣寒江半尺鱸晉張翰見秋風起思吳中菰菜蓴羹鱸魚鱠遂命駕歸

小雪後書事

時候頻過小雪天曆家以十月中氣為小雪江南寒色未多偏楓汀尚憶逢人別麥隴惟應欠雉眠更擬結茅臨水次偶因行藥到村前詩鮑明遠有行藥至城東橋詩言服藥后行以宣導之鄰翁意緒相安慰多說明年是稔年作多一曾

鵁鶄詩　并序

有过震澤浔水鳥所謂鵁鶄者睨于黑襟青膺爪丹蜀巴戕及項質甚高而意甚卑戚畏人籽子哀其野逸性又非能招累者而因録籠檻逼迫息戶倪豕仰飲為咕飛正不快真天地之窮鳥也為之賦詩宜好事者和之

司武曾參鵁鶄瓦鶵徒角反鵁牛欲反○李白大獵賦云[illegible]

鬟得意頻
相顧灔杜
十三絃一
一水鶯吾
○嬌雲雨
易飛夢斷
知何處深
院鎖黃昏
陣々芭々
雨

又調

[illegible]

紅蕊花々
芳草叢亂
植深玉露
初零春天

鳧……果為名語別滄洲情復協滄洲趣……鮮掌靜置頭籠晚

不侶開棲拚甍秋自昔稻梁高鳥畏至今絓組野人饑左思珪組賢君盼音紫明主恩詩意謂野入畏絓組如網羅杜詩白鷗沒浩蕩萬里誰能馴防微避繳無窮事好為裁詩謝白

二遺詩并序

二遺詩者何石珧林琴薦也石者何松之所化也化山何越之東陽也東陽多名山號中金華為最枝山蔓鑿秀氣磅礴數百里不啻而神仙登臨萃木分斑永康之地亦蟬聯其間中饒占松往々化而石盤根大柯文雅具所盡在好事者攻而置於門以為耳目之異大山年振文淂珧材趙群李秀淂琴薦皆茲石也咸以遺予以二遺之詩聊詩以謝

誰從毫末見參天老子云合抱之木生於毫末○莊子秋水篇萬物莫不小知天地之為材美也知毫末之為丘山也又到蒼々化石年萬古清風吹作籟莊子齊物篇子夏謂子游曰五末聞天籟夫大塊噫氣其名為風作則萬竅號而不聞之寥々之乎一條寒溜滌成川川……

[illegible]淡
淺江清獨
悼孤篷小
艇悠然过
烟渚沙汀
金鉤細絲
綸慢捲牽
動一潭星
○時時橫
短笛清風
皓月相與
去形任人
笑生涯泛
梗飄萍飲
罷不妨歸
醉醒塵勞
事衣耳誰
行江風爭

○前漢枚乘曰泰山之流穿石單極之統斷幹水非石之鑽索非木之鋸斷漸使然也闌追金堪帶徒勞恨羣文集呂六經邯鄲郎中有盧生自嘆貧乏不遂言訖思鞋主人方炊黃粱翁探囊中枕以授生曰枕此則榮遇如意生施之夢自枕竅中入全其家未幾登高第歷臺閣出入將相五十餘年子孫皆如顯仕金紫滿門貴盛無比年逾八十老病而卒又伸而寤顧呂公在傍主人黃粱尚猶未熟生起謝曰先生以此窒吾欲也敢不受教再拜而去靜格朱絃更可憐格葛鶻反禮記清廟之瑟朱絃而吭越一唱而三嘆有遺音者矣幸與野人俱散誕不煩良匠更雕鐫

奉和襲美送弘惠上人皮日休字襲美弘惠上人新羅人也日本國請日休為靈鷲山周禪師碑事畢東歸以詩送之

一函迢遞過東瀛祇為先王處乞銘先王謂日休也巳得雄詞封淨檢却懷孤影在禪庭春過異國人應寫夜讀滄洲怪亦聽言日休文辭美大動鬼神遥想勒成新塔下盡望空碧禮文星空碧連天也文星謂日休

閑書

上高未定
枕上酒微醒
周美成調
花犯
粉墻低也
蒼然眼依
愁舊風味
露痕輕綴
凝淨洗鉛
華無限佳
麗去年勝
賞曾孤倚
冰盤共宴
喜更可惜
雪中高樹
香篝薰素
被。今年

病學高僧置一牀披書終暇即焚香閑階雨過苔花潤小篁
風来雜葉凉〔白樂天寄李薊州詩云笛愁春盡梅花裏簟冷秋生薤葉中註云薊州出笛林而出薤葉簟〕
南國羽書催部曲〔羽書檄也。漢高祖吾以羽檄徵天下兵。應劭曰以雞毛係檄文心。離龍曰插羽於書以示迹也〕東山毛褐傲羲皇〔毛褐賤者之服。孟子云皆衣褐。毛褐不掩形簞瓢常不充。晋陶潛夏日高卧北窗之下清風颯至自謂羲皇上人〕
曹子建云升平人道無時節即作閒人一試
問中林亦不妨〔詩曰肅肅兎罝施于中林鄭玄註兎罝之人能恭敬則是賢者衆多也〕

白菊一叢呈一二知已

還是延年一種材〔陶詩酒能消百慮菊為制頹齡〕即将瓊朵冒霜開不知紅
豔臨歌扇〔楚辭朝飲木蘭之墜露兮夕食秋菊之落英〕陶令接籬
堪岸著〔陶淵明接籬也。坡接籬色白故云〕梁王高屋好歌来〔漢書曰梁孝王
濆館陽城七十里大治宫室連居於平臺四十里。晋日謝惠連召鄒生延〕
遠〔雪賦云〕梁王不悦遊於兎園乃置旨酒命賓友召鄒生延
孜曳〔蓋言菊花之白也〕月下若有閑田地為勸姮娥作意栽

對花最忽已相逢但有恨依上愁悴凝望又青吾上旋看飛墜相將見脐圓薦酒人正在空江烟浪裡但夢想一妝瀟灑黃昏斜照水

又調

蘇都春寒陰漸煃粮駒使探春南技開

奉和龔美悼鶴

一夜圓吭絕不鳴宋鮑昭舞鶴戰引圓吭之纖吭頓蓋而之併誇八公虛道得千齡漢淮南上賓客有八公之徒採藥於嵩高山于石室中得王子晉所傳於李浮丘伯相鶴經曰鶴陽鳥也而遊于陽因金氣衣火精必自養金數九火數七故七年小變十六年大變百六十年變止千六百餘年形定。晉鮑明遠舞鶴賦云守駟養於千齡結長悲於万里方添上客雲眠思杜詩雲卧衣裳冷忽伴中仙劍解形解音賈。東鄉序葛洪曰陰君受鮑靚尸解之法后子理子石子岡有人發其墓見一人乃冢左右有人馬之声遂不敢取此劍解也但掩脩毛穿古堞謂墓人也永留寒影在空屏君才幸自清如水更向芝田為刻銘梁簡文帝詩來自芝田庭飛度武溪解。顧江府江中有焦山後漢高上焦先隱于此山因名馬有淘隱居瘞人路馬

奉送浙東德師侍御罷府西歸

王謝遺蹤王籍山王謝謂江東王導謝安二家也后聖列紀曰若斗中有玄王籙籍皆為上仙也三年開上鄂君船說苑鄂君乘青翰舟越人擁楫而歌曰今夕何夕兮舟中流今日何日子同舟鄂君乃以繡

精神好
向白玉堂
前應到化
工不管朱
門開也暗
傳音耗。
輕泚盈盈
笑壓縣嬌
面妾李宮
粧新巧度
辭吟徙倚
欄杆黃昏
启月篭踈
影横斜照
更莫待單
于吹老便
須折取歸

之　詩僕白階倡吟苦素心者惟終南白閣隱者耳高臣有
舊隱歌歸去渴逅遇長生雖行坐寢食苦吟不輟白閣峯名　侔買青田鶴價偏　永嘉記青田有雙鶴
年七來養子而去　行次野楓臨遠水醉中衰釣卧涼烟芙蓉散盡西
歸去唯有山陰九萬牋　晉庾氷曰王右軍為會稽謝公乞牋庫有九萬數与桓宣武說少不亦

奉和褚家林亭

一陣西風起浪花遶欄干下散瑶華高牕曲檻仙侯府折蘩
荒斥白鳥家孤島待寒凝片月遠山終日送餘霞若知方外
仙如此不要秋乘上海槎　王子年拾遺記堯時有巨槎浮于西海光若星月十二年一周天名
貫月查又名掛星查羽仙栖其

寒食同龔美訪寂上人

月樓風殿靜沉沉披拂霜華訪道林　晉高僧支遁字道林此意指寂上人也　烏
在寒枝棲影動人依古堞坐禪深明時向阻青雲步半夜饑

追白石吟見甯戚飯 自是海邊鷗伴侶海鷗見前注 不勞金偈更降心佛西方人號金山嘗作半偈示法

江南道中懷茅山廣文南陽傳上奉和日休次韻

一片輕帆背夕陽望三峯拜七真堂三茅二許一陽二郭是謂上真三峯謂大茅山中茅山小茅山有茅盈茅固茅衷即三君也 天寒夜漱雲牙靜雲䗸晴梳石髮香雲牙雲根皆石也。尔雅釋草藫石依注水苔也一名石髮江東食之。異物志云石髮生海中石上長尺餘大小如韭 自拂烟霞安筆格音閣 獨開封檢試砂牀 莫言洞府能招隱招隱士者淮南王小山之所作也 會輾飈輪見王皇集仙録日王母者龜山金母也居昆㟮之圃閬鳳之先非飈輪不可到之地

其二

壺中行坐可攜天見前注 何向林間覓萬緣 組綬任垂三品石建東有陳[illegible] 佩褎從容四八象謂茅許陽郭四仙人也[illegible]

來賸餅頗子

又調

天然標格是小蓬堆紅芳淡凝白淡站新妝淺點壽陽宮額東君想留厚意情年乜与傳消息昨夜前村雪裡有一枝先拆。念故人何處水雲隔縱胡吏目[illegible]

色試問丹
青手是怎
生描得曉
來一番雨
過那堪數
信憑箇漏
去和羨未
晚勸行人
休摘
周美成
漢源新蠟
后見數朶
江梅剪裁
初就暈酥
砌玉芳英
嫩故把春
心輕漏前

道陵少其跡來也。碧館須離次第仙崇……真人曰……累世念真灵明皇
鑒其用思太昼住名工礼於是細書紫虛之宫朱昼東蕐之閣刻石上清丹文五籍云也想淳雷平春色
動雲笈經云許眞子玉斧隱雷平山常雷平真人五芝炯甲又羊綿芝有五色故云綿五芝山海經云
赤芝一名丹芝黃芝一名金芝白芝一名玉芝黑芝一名玄芝紫芝一名木芝

其三

良常應不動移文良常山在潤州句容縣第三十二洞天周回三十里名良常故命之天雲笈經云李
真人治之。秦始皇登句曲北垂山歎曰巡狩之樂莫過於山海自今以往良為常也乃改句曲北垂為良常山。南史
宋周顒字彥倫隱此山后詔應詔為海塩令欲过此山孔德彰假作山神意以知之名北山移文金醴從酸
亦自醺蓬萊公洛廣文以金醴四升特主簿生簿帳其味酸桂父舊歌飛絳雪神仙傳桂父常
食桂葉人知其神尊事之一曰与鄉曲別飄然入雲而去。酉陽雜俎云仙藥有青津碧荻龍胎醴九鳥魚玄霜絳雪
桐絲新韻倚玄雲風俗通曰佩生于澤山之陽灵石之上採東南綠枝為琴声極清麗。文帝使讚夫
人鼓琴自倚瑟而歌。漢武帝內傳曰西王母降命侍女安法嬰歌玄雲之曲曰大象雖云寥哉把天地戶彼雲路灵

衬昨夜想
弄月黃昏
時候孤峭
峭暁影橫
斜穠香暗
沾襟袖○
樽前賦與
多才尚領
外風光故
人知否壽
陽謾閑於
不但照水
一枝清瘦
風嬌雨秀
好亂插繁
蒼盈首須
信道羌管
無情看飛

写一倏忽適下士
古樂府有玄雲曲春臨柳谷鶯啼覺樹蘸蕪香鶴共聞一作聞
無香上名珍重雙上玉條脫盡憑三島寄羊君晉穆宗昇平三年仙女萼綠華夜降
于羊權家一月輙六過其家自言女州以我仙罪未盛故暫
謫降以償其過耳因贈詩一首火浣布巾一枚金不條脫各一
一條脫以指環而大慎勿泄我下降之事
彼此獲罪○三島蓬萊方丈瀛洲是也

行次野梅奉皮日休韻

飛棹參差拂早梅強欺寒色尚低回晉傳咸式別賦云入間然而死衣步空玉以條
風憐薄媚留香與月會深情借艷開梁殿得非蕭帝瑞金陵
覽古云晉孝武太元三年謝安作新宮太極殿欠一梁
有梅木流至石頭城下因取用之盖梅于梁上以表端焉因
名梁齊宮應是玉兒謀齊東昏侯妃潘氏小字玉兒東昏淫
殿亂暴虐失道因為梁所取玉兒亦為
武帝所誅殺為武帝所居竟應梁殿之端不知謝客離腸醒臨水應添萬恨來晉謝
灵運字客有太傅安之從孫文章江左第一襲封康樂公宋
武帝長安回奉使尉勞於彭城及宋受命降爵為侯文帝即
位與兵叛逆為詩曰韓亡子房恨秦帝魯連恥本自江海人
忠義感君子文是王坊詩云不忍二良意子終万恨在

蘇子瞻調
西江月
玉骨那愁
瘴霧冰肌
自有仙風
海仙時遣
探芳叢倒
掛綠毛么
鳳○素面
翻嫌粉涴
洗粧不褪
唇紅高情
已逐曉雲
空不與梨
花同夢
竟叔原調
（漢宮春）

杭州君于羨花家園庭多種木高數丈葉佀柳而長
初出如木筆故北人呼
為木筆其子如相思子

柳踈梅墮少春叢天遣花神別致功高處朶稀難避日動時枝弱易為風堪將亂蘂添花肆若得千枝便雪宮孟子見齊王於雪宮
不待群芳應有意等閑桃李即爭紅

奉和襲美見訪不遇

為愁烟岸老塵囂左傳湫隘塵囂注囂聲也詩意恐神若於塵囂也扶病呼兒斸翠
苔文選江文通詩青苔日夜黃芳歇成宿楚秪道府中持簡牘不知林下訪漁樵
花盤少撥晴初豔葉擁踈籬凍未燒倚杖偏吟春態午一池
冰段幾多消

閶閭城北有賣花翁討春之士往往造焉因招四休

故城邊有賣花翁水曲舟輕去盡通十畝芳菲為舊業一家

瀟湘江梅
向竹梢深
処橫雨三
枝東君也
不愛惜霞
壓風欺先
情愛手怕
春容輕失
佳期惟是
有雨來帰
爲午〻長
見開時○
清淺小溪
如練問王
堂何似茅
宫睐管傷
心故人去

烟雨是無功史記太史公曰雖祝元功輔臣眩后嘗高祖侯御爲元功之首閑添藥品
年別笑指生涯樹〻紅若要見春歸處所不遊携手問東風

奉和日休病中孔雀

頗移金翠傍簷楹斜倚芳叢舊態生惟對烟籠飲啄可堪
春雨帶飛鳴𤇢聞録南人捕生者候其天陰雨捡之尾沾雨重不能高翔又至愛其尾恐人所傷不復翥翔也
鴛鴦水畔迴頭羨荳蔻圖前舉目驚孔雀所出多豆蔻故孔雀見其畫則驚争
得鵁鶄來往者不妨遊戲有心情有孔雀處亦有鵁鶄

次韻日休見寄

其深巷思極飛騰病帶春寒去未能烟逕水涯多好鳥竹牀
蒲椅但高僧須知日富為神授陶淵明荣木詩云志彼不舍安此日富秪有家
貧免盜憎左傳盜憎主人民惡其上除却數函圖籍外更將何事結良朋

奉和雨多春思

月對孤芳
分付他誰
空自倚清
香未減風
流不在人
知
周美成調
水龍吟
素肌應怯
餘寒艶陽
占立青蕪
地樊川照
日灵關遮
路殘紅斂
避傳火樓
臺妒花風
雨長門深

穿禾雲府凍盞不能觀乎其治者也故不足以滑和不可入於灵府使之和豫通而不失於兌謠註滑音骨汨也灵府心之神也酒有賢人藥有君魏畧大祖禁酒人竊飲之故難言酒以清者為聖人濁者為賢人○素問云藥府君臣佐使七字篇章看月得百勞言語傍花聞爾雅鳥伯勞一名傳勞一名伯趙月令仲夏之月鵙始鳴閑尋古寺銷晴日最憶深溪枕夜雲早晚共擬孤艇去紫屏風外碧波文宋玉招魂紫莖屏風文緑波紫注屏風水葵也生于池其葉紫色風起水動波緑葉而生文也

次韻館娃宮楊雄方言娃美也呉楚衡淮之間曰娃故宮有館娃之宮○在平江府硯石山山蓋以西施行名今為灵岩寺

鏤楣消落濯春雨蒼翠無言空斷崖草碧未能忘帝女李白詩烟草如碧絲秦桑低大枝山海經云宣山有桑其枝四擢名曰帝女也燕輕猶自識宮釵洞冥記曰元鼎元年起湘灵閣有神女留一玉釵與帝帝以賜趙婕好至昭帝元鳳中宮人猶見此釵共謀欲碎之明旦視之匣唯見白燕直升天去宮人作玉釵因名玉燕言其祥江山只有愁容在劍佩應和媿氣埋

閑愁亂花半澁一枝在手偏勾引得黄昏后○別有風前月低布繁英滿園哥吹半鉛退尽潘妃却酒昭君作起雪浪翻空紛裳縞衣不成春意恨玉容不見瓊英謾好与何人比

賴有伍員騷怨少，吳王總兒倨荊懷（史記伍員字子胥諫王不听投屬鏤之劍死今言伍員才不如屈原故不能作騷以諷）

龔美以紫石硯見贈以詩迎之

霞骨堅來玉自愁，琢成物象古釵頭（硯形製也）。澄沙脆弱聞應伏（澄沙硯名也），青鐵沉埋見亦羞（拾遺記晉張華著博物志武帝賜青鐵硯是于闐國所獻者）。最稱風亭批碧簡（碧簡竹簡也），好將雪實清寒流（雪一作雲）。君能托贈閑吟客，編寫江南物象酬。

肴饜新醅寄懷龔美

曉壓糟牀漸有聲，旋如荒澗野泉清。身前古態醺應出，世上愁痕滴合平。歛啄斷年同鶴儉（淮南王八公相鶴經云鶴一百六十雌雄相視而孕又一千六百年一則歛而不食矣胎化之也），風波終日看人爭。罇中若使常能綠，兩

受有美恩余名漢書金日磾二子賞建俱與侍中及賞嗣侯

木楓葉下
乍湖光清
淺涼生商
素四帝宸
遊罗羣盖
雜出三千
宮女絳絲
嬌春鉛華
掩書占斷
死央浦哥
声浣曳浣
沙人在何
処○别岸
孤裊一枝
廣寒宮殿
冷落樓愁
岩雪艷氷

兩緩○漢通侯諸將

奉和題達上人藥圃

藥味多從遠客齊旋添花圃旋成畦三椏舊種根應異本草 / 次公
高麗人作人參贊曰 / 三椏五葉背陽向陰九節初移葉向低本草蜀郡嚴道縣菖 / 蒲一寸九節者最良
服之輕身延 / 聰神益智山葵便和幽澗石孫氏端應圖曰蓂莢貟而五 / 色一名曆莢十五日生一葉
從朔至望畢十六日毀一葉至晦而盡月小 / 則一葉卷而不落○白虎通蓂莢者樹名也水芝須帶本池
泥水芝 / 蓮也從今直到清明日又有香苗幾番齊齊也 / 番拔

以竹夾膝寄贈龔美

截淂簹簹冷侶龍典元府詩相有篔 / 簹谷篔簹竹池翠花橫在暑天中堪臨
殘葉閑憑月好向松恩目毀風持贈敢齊青玉案張平子四 / 愁詩美人
贈我錦繡段何 / 以報之青玉案醉吟偏称紫荷筒南史刘香着紫荷橐簡漢 / 張安世傳詩橐簪筆之意
而刘常明乃以荷為芰荷之荷至后歐 / 陽修亦以紅藥當時對紫荷時橐何耶添君雅具教多著爲

耽靄淡泊偷把胭脂勻注娟臉殢霞芳心泣露不肯為雲雨金波影裏

又調

金菊對芙蓉

花則一名種分玉色嫩紅嬌黃正清秋佳景雨霽風凉如媚千里飄闌射滿酉心奇

著酉齋譜一通

奉和景晏撫事因懷章来二上人

簷外青楊有二梅不青梅自楊梅○潘安仁閑居賦云一旋表聚胡之別二柰曜丹白之色此遺意也折来堪下凍醪杯凍醪酒臘月釀其醱成水澌入甕特春氣動成酒甚香美高杉自欲生龍腦小弁誰能寄鹿胎小弁冠也鹿胎飾之朱何獵字斗李著淨衣鹿布巾麗事肯教饒沈謝南史梁沈約勻林文吳興武康人也孤貧陶李傳道章書聰明過人尤善屬文時謝玄暉善為詩約廉而有之然終不能過之也微談何必減宗雷南史宋宗炳南陽人也善琴書尤精于言理嘗入廬山就釋慧遠考尋文義雷次宗字仲論豫章人也少入廬山侍惠遠法師篤志好李尤明詩乱隱退不仕還聞擬結東林社爭奈淵明醉不來高僧傳遠法師結白蓮社以書招陶淵明陶曰弟子性嗜酒義許飲則往遠公許之遂造焉陶攢眉而去

奉和寄楊舍人

明持非非滴可扁鷗鳥巢来更汝千酉胸耶不肯春壽海南

然鳳韵開時不惹蝶乱蜂狂○漢酒独揖蟾光問丞神何屬雛究中央引騷人來奐廣賦詩章幾多才子爭攀折姮娥道三種清香狀元紅是黃為榜眼白探花郎

子為杯有毒即裂屈[illegible]羣下清舩楽嵩縣有流水名楽昌

浴謂水而浚急為瀧韓愈瀧使詩云如下瀧昌瀧人多蠱戶生征蠹吏有珠官出俸

錢卜道志蕭州合浦郡秦象郡后漢改作珠官郡即此秖以直誠天自信不勞詩句易

貪泉晉安帝紀曰吳隱之字處默性廉操極玄欲義嶺表之弊以隱之為刺史州界有水名貪泉父老云歇此水者廉士皆貪隱之至此取飲之因武詩言志清操愈厲

奉和夏景冲澹偶然作

蟾雀參差在扇紗竹襟輕利襻冠斜昭潭志立山縣臨婦長衿襟續能以竹為衫介暑服也○漢高祖為亭長令以竹皮為冠師古曰竹皮謂筍上所脫之籜耳今人亦有筍皮冠即古之遺制也壚中有酒文園會前漢司馬相如初與婦亡奔成都家徒四壁立遂之臨切賣酒令文君當切相如者犢鼻褌滌器后秋上林賦拜之園會琴上無絃靖節家潛没謚靖節先生嘗畜素絃琴一張人問其故答曰但識琴中趣何勞絃上声芝晚烟霞金騕褭駒騄經餘既滋蘭之毦號號文蘭蕙百畝橘洲風浪半浮花開思兩地忘名者不信人間髮解華

唐詩一卷終

鐫選便蒙詞調卷二

春景

馬任父調 [illegible]春

遊

听得提壺沽美酒人道杏花深处有杏花狼籍鳥啼風十分春色今无几轉出溪游泳蚕青烟飛桂庭前柳登堂游客……

新刊三訂便蒙唐詩鼓吹卷之二

資善大夫左丞中書　郝天挺　註

懷楊台文楊台舉二秀才

秋早相逢待得春崇蘭清露小山雲楚辭招䰟光風轉蕙汎崇蘭一說〇淮南王安招集賓客內有大山小山寒花獨自愁中見曙角多從醒後聞鈞是每隨輕舸去詩題閑上小樓分重思醉墨縱橫甚書破羊欣白練裙羊欣字敬元其父不疑為烏程令欣年十二王獻之為吳興太守甚知愛之欣嘗夏月著新絹裙晝寢獻之入縣見之書裙數幅而去欣書自此愈善也

和張處士詩　張昭字承吉

勝華通子共悲辛即故娘遺孚也荒逕今為舊宅隣一代交游非不貴五湖風月合教貧魂應絕地為才鬼名與遺編在史臣聞道平生偏愛云亞今酉立司達人洞庭出湖石取之其雅式

上声轉運也
去声流轉

○團圓宝 月懸織手 斷續歌喉 招拜神真 珠滴玻小 鑄紅香肌 縮尽纖罗 應殺分須 白首貴金 故与說和 舊且衛盃 吐心未落 風月長相 守

寄人調函 五月 鳳額綉簾

諸雞失○洞庭山在平江府太湖中用嘲曲洞庭黑張祐嘗宰菜室於此

寄吳融子華

一夜秋声入井桐文選云寒井落梧桐又梁紀云梧桐落金井一葉飄銀牀 數枝危綠怕西風霏霏晚色烟華上浙浙寒蕉兩氣通君隱輪蹄名未了我依琴鶴性相攻到頭江畔從漁事織作中流萬尺蓬

中秋待月

轉缺霜輪上轉遲轉上去声下上声 好風偏似送佳期簾斜樹隔情無限燭暗香殘坐不辭最愛笙調聞北里左太中部史云南隣擊鍾北里吹笙 漸看星淡失南箕春秋元命苞曰尾九星箕四星為後宮之列為南宮其演大敗此月明星稀之 何人為校清涼力欲減初圓及午時

○包佶字幼生天宝六年進士累遷秘書監為刑部侍郎諫議大夫御史中丞卒封丹陽郡公有集傳于世

簫散朱戶頻啟兩岸紅日上老梢春融厭乜誰甕○好夢往隨飛絮閒愁濃勝香醪不成雨暮與雲朝又值韶光過了

趙德麟　調

清平樂

春風依舊著意隨堤柳搓得鵝

蒼　上

贈盧山白鶴觀劉尊師

五老霧中壇五老峯在江南李白詩廬山西南五老峯青天削出金芙蓉九江秀色可攬結吾將此地巢雲松卽此杳杳三山洞寠宮封禪書自齊威宣使人入海求蓬萊方丈瀛洲此三山仙人及不老之藥皆在焉鸞詩云上界仙人足宮府三言竹山手隻崑崙象牙簡登眞隱訣云崑崙瑤臺列定眞經之所也氣簡記仙名○唐旨王方慶累為廣州都督南海歲有崑崙船市外國琛排象牙年角○崑崙人多積犀象齒角貨於中國今道士章牒手奉牙簡也心推霹靂叢枝盤上清紀變人帝章刻書霹靂棗心之木受於絕岩之中春飛雪粉如毫潤曉漱瓊膏水齒寒氷去古老氏聖紀曰岀孫字世芸隊章人姓絕孝夏夜在父母側不敢驅拂蚊蚋恐去已而集雜后猛登廬山見數人與話語設玉膏終日○道人亦以熊蹤疊膏律夜為漸恨流年筋力少惟思脫屣事星冠

○鮑防字子慎襄國人天寶中登第官至大原尹河東節度使境內大治有詔圖形別殿歷江西按察使徵李奉天其東海公受工部尚書卒有文集今傳

关年有朔八月

特俟乙去年紫陌青門今宵雨魄云洗斷洪一生憔悴只消哉篇黃昏

李後主 周

阮郎歸

東風吹水日銜山春來長是閒落花狼藉酒闌珊笙歌醉夢間○春睡覺晚妝殘無

平原門下十食人徑要長多決殺身與楚約與文武備者二十八人偕得十九人餘無可者毛遂自薦於平原君願以備員至楚平原君與楚王言利害日中不決遂乃按劍而上跆從乃定謂十九人曰公等碌碌所謂因人而成事者也遂自謂也

每嘆陸家兄弟少梁陸變幼聰慧從祖襄嘆曰此兒必荷門基所謂一不為少也○唐陸象先兄弟四人偕一行少待皆與相知嘗謂人曰陸氏兄弟皆有七行今代少有之占向東無以加也

更憐楊氏子孫貧後漢楊震為涿郡太守不受私謁子孫蔬食步行故舊欲令開産之業震不肯使後世稱為清白不亦厚乎

崇門豈斷施行馬周禮掌舍設階梐再重註梐拒謂行馬鄭玄謂行馬再重者以周衛有外內列○漢官儀曰光祿勳門施行馬以旌別之也

魯酒那堪辛酉近臣淮南子楚宣王朝諸侯魯恭公後至而酒薄宣王怒乃發兵與齊敗魯一日與趙俱獻酒於楚王王主酒吏以魯薄酒易魯厚酒真楚王以趙酒薄遂圍邯鄲東

有軍中遺令在猶將談笑對風塵扯詩談笑竟封侯

三月三日義興李明府後亭泛舟

江南烟景復如何聞道新亭更可過金陵覽古云新亭在江陵縣十里府近江者晉

人數寥綫留連光景惜未顏黃昏人倚闌

歐陽永叔

調阮郎歸

南園春半踏青時風和聞馬嘶青梅如豆柳如眉日長蝴蝶飛花露重草烟低人家簾幕垂秋千慵困解羅衣盈堂[illegible]

初過江僕射周顗與崇公㢠宴坐中嘆曰風景不殊舉目有江河之異因而流涕王導曰諸公當戮力中原以佐王室何至作楚囚對泣耶衆皆謝然處處蘼蘭春浦綠楚詩蘼蘭綠兮凡幾萋萋藉草遠山多孫綽天台山賦曰藉萋萋之纖草蔭落落之長松壺觴須就陶彭澤晉陶潛為彭澤令解身而去賦歸去來辭曰引壺觴以自酌風俗猶傳晉永和晉王羲之蘭亭記曰永和九年歲在癸丑暮春之初會於會稽山陰之蘭亭修禊事也更使輕橈徐轉去微風落日水增波

送李録事赴饒州

北人南去雪紛紛鴈叫沙汀不可聞積水長天隨遠客荒城極浦足寒雲山從建業千峯斷金陵又名建康江到潯陽九派分海陽江州也書禹貢九江孔殷注江于此分為九道一烏江二蚌江三烏白江四蚌江五大江六源江七廩江八湯江九菌江廬安江歸源一分於嶓缺流九派於鄱陽借問督郵絻弱冠禮記曰二十曰弱冠三十曰居有室四十曰強而仕督郵即李録事府中年少不如君賈誼年少通百家書文帝召為博士是時年二十餘最為少每議于諸老先生

家臨長信往来道亂燕双〻踌烟草油壁車輕金犢肥流蘇帳曉春雞報○籠中嬌鳥暖猶睡簾外落卷閑不掃衰桃一樹近前池但惜容顔鏡中老

調

皆陪李丞舊居

盛名天下挹餘芳社詩盛事富名業無取愧尚賢棄置終身不拜郎前漢顔駟文帝時為郎至武帝輦过即署見堅好眉鬢上問曰叟何時為郎何其老也曰臣文帝時為郎文帝好文而臣好武景帝相美功臣貌陋經下好少而臣已老是以三世不過王懸之詞澡世傳平子賦後漢張衡字平子南陽西幾人也平子教就固兩都作二京賦求和初為何間相近侍郎園林人比鄭公鄉後漢孔融深礼鄭玄疑𡱈过門告高密縣為玄詩少公鄉昔齊置士鄉越有君子軍皆異賢之意也鄭君好學貴懷明德今鄭公鄉宜曰鄭公卿其門曰通德門門前墜葉浮秋水籬外寒蟬帶夕陽日〻青松成古木秖應來者為心傷

送孔巢父赴河南軍

江城相送阻烟波况復新秋一鴈過聞道全師征北虜更言諸將會南河孟子舜避堯之子於南河之南○唐書云皆自河安史之利南有朱王岭之变唐口以淮為南河黄河為北河邉心杳〻鄉人絶塞草青〻戰馬多共許陳琳工奏

氣青縹
色曰
翠微

詛辭箋
音屈

綠暗汀洲三月暮落花風靜帆收垂楊低映木蘭舟半篙春水滑一段夕陽愁○灞水橋東回首處美人親上簾鈎青鸞无計入紅樓行雲歸楚峽飛夢到揚州

記三国志陳林字孔章廣陵人避難冀州袁紹辟之使典文記事紹死魏太祖辟為典記室○魏太祖先苦頭風原琳作檄草成呈太祖是日病作卧讀琳檄翕然起曰此愈我疾病此孔巢父也 知君名宦未蹉跎 社詩閭君已朱紱且得慰蹉跎

同温州徒登萬歲樓

高樓獨上思依依極浦遥山合翠微 翰林記曰山氣青縹色曰翠微 江客不堪頻北望塞鴻何事復南飛 登陽古渡寒烟積瓜步空洲遠樹稀 瓜洲揚州古渡其狀如瓜謂之瓜步真州方有步瓜山鮑照文曰因涧為陽據絕為雉陵清瀬落檀奇含秀也 聞道王師猶轉戰誰能談笑解重圍 史記趙圍邯鄲之急魏使辛垣衍於趙欲使趙帝秦魯連見衍陳帝秦之害衍謝秦兵聞之却五十里文長立太守誠史寺吾慕魯中連談笑却秦軍

秋日東郊

閑看秋水心無事 莊子有秋水篇 坐對寒松手自栽 寒松或作京林誤也 廬岳高僧留偈別 廬岳江水之旁 茅山道士寄書來 茅山左蕭江燕知

苍褪残红青杏小燕子来時淥水人家遶枝上柳綿吹又少天涯何処无芳草。墻裏秋千墻外道墻外行人墻裏佳人笑〻漸不聞声漸悄多情却被无情恼

歐陽永叔

社日辞巢去秋社去……菊為重陽冒雨開浅薄将何称献紈前漢張衡傳朝夕論思日月献納○杜詩献納司存雨露边臨岐終日獨遲廻

宿淮陰南楼

淮陰日落上高楼喬木荒城古渡頭浦外野風吹入戸窗中海月早知秋滄波一望通千里画角三声起百憂毛詩曰我生之後逢此百憂杜工部詩有百憂集行獨立萃分遠来客煩君步屧忽相求

郎士元字君胄中山人也天宝中進士後是京畿官歷左拾遺出郢刺史有詩集傳於世也縣

寄常司直

聞君感嘆二毛初二毛注見前舊交相依万里餘烽戍有時驚暫定甲兵無處可安居客來吳地星霜久杜詩星霜玄鳥変家在平陵音信疎昨夜東風還入戸登山臨水復何如潘安仁秋興賦憭慄若在遠行登山臨水送將帰

諳 記也

調蝶恋花
庭院深々幾許楊柳堆烟簾幙无重数金勒雕鞍遊冶處楼髙不見章臺路○雨横風狂三月暮門掩黄昏无計留春住淚眼問花不語乱紅飛过秋千去
周美成調

蓋少府新除江南尉問風俗

聞君作尉向江潭吴越風烟到自諳客路尋常隨竹影人家大抵傍山嵐終溪花木偏宜遠避地衣冠盡向南晋書懷帝永嘉五年時海内大乱独江東差安中国士民避乱者多南渡江鉄東司馬王導説琅琊王睿収其賢俊與之共事睿從之唯有猨啼海樹思鄉望國意難堪

酧王季友題半日村別業

村映寒原日已斜烟生密竹早歸鴉長溪南路當群岫半景東鄰照數家晩景為半景門通小逕連芳草馬飲春泉踏淺沙欲待主人林上月還思潘令縣中花晋潘岳字安仁為河陽令作閑居賦云○潘岳為河陽令植桃李花人號為河陽一縣花

羊士諤士諤貞元初進士累至宣歙巡官元和初拜監察御史坐誣論宰執出資州刺史有集行于世

酬西川獨孤侍御見寄

何處蒲目
殘卷飛絮
孤館悄无
人夢斷月
堤歸路无
緒无緒纔
外五更風
雨

又調 —
武陵春
風住塵香
花已盡日
晚倦梳頭
物是人非
事事休欲
語淚先流
聞說雙

百雉會坊上將壇 堵三堵曰雉一雉之牆長三丈高一丈
營西照雪峯寒 雪峯成都西北山也 文章立事須銘鼎 禮記曰夫鼎有銘銘人行論撰其
先礼之得美功烈勲勞而酌之祭器自成其銘爲故御孔悝
之鼎銘曰叔著子女銘若纂乃考服里拜稽首曰對揚以辟
之勤大命施
于烝彝鼎 談笑論功耻據鞍 後漢馬援據鞍顧眄以示可用○杜詩揚時據案草檄
青油幢建筆 青油將幕也 詩意比陳林 曳裾黃閣聳危冠 前漢鄒陽諫吳王書曰今臣盡
智畢議易精極慮則無国不可于節固
陋之心何王之問不可以曳長裾乎 雙金未比三千字 唐進
子古詩曰客從東
南來遺我雙南金 負弩應慚知者難 漢司馬相如為中郎將建節使功撫地四乘之車至
蜀太守以下郊迎縣令
負弩先駈蜀人以為寵
寒食途次松滋渡先寄劉員外 常兄弟五人皆以詩名耀於時常為武陵
刺史時之任
故有此作
杏花輔莢曉風前雲際離離上峽舡江轉数程淹駟騎楚曾
三戶少人烟 漢書楚雖三戶亡秦必楚 肴春又過清明節算老重經癸巳

淡春尚好也擬泛輕舟只恐双溪舴艋舟載不動許多愁

又調

柳梢青子規啼血可憐又是春歸時節滿院東風海棠鋪綉梨花飛雪○丁香露泣殘枝謂比愁腸寸

年幸得桂山當郡舍隋開皇中刺史樊子蓋以善卷生居山更名為善德山今按方輿勝覽松在江陵府西百內十里有桂山山上今桂山誤作當作桂山在朝長詠卜居篇卜居者屈原所作也屈原哀當世之人自安邪佞又背正直併為不知一者之是非可否而將假蓍龜以決之故為此辭

秋夕閑居對雨贈別盧七侍御牟晚從昭儀盧從吏從之慢騎牟度不可諫即段疾歸東都故有此作

燕〻辭巢蟬蛻枝詩曰燕〻于飛頡之頏之○楚詞淮南王安曰蟬蛻於濁穢之中以浮游塵埃之外窮居積雨壞藩籬徂長簷溜無寢日晏廚烟濕未炊悟主一言那可學前漢田千秋為高帝寢郎衛太子為江充譖敗久之千秋急變訟太子冤武帝感悟曰父子之間人所難言也公獨明其不然此高帝神靈使公教我立拜千秋為鴻臚數為丞相時富民侯千秋以一言寤意旬月間取宰相封侯世未嘗有也○唐房琯贊曰琯以忠義自言片言寤主而取宰相從軍五百竟何為漢承元三年班超定西城以超為都護居龜茲遂置戊己校尉領兵五百人故人駿馬朝天去落下

秋吉恐要知

蒹道迎
蒲斟綠醑
留君住莫
匆匆歸去
三分春色
二分愁悶
一分風雨
○卷開花
謝都來幾
日且高哥
休訴知他
來歲牡丹
時候相逢
何處
借飲如晦

楊巨原……遷太常博士太和中為河中少尹有詩一卷傳于世

送人過衛州

憶昔征南府內遊君家東閣最淹留東閣見前注縱横聯句長侵夜次第看花直到秋論舊舉杯先下淚傷離流水更登楼王粲有登樓賦相思前路幾回首回首一作十里滿眼青山過衛州

寄中書同年舍人

晴明紫閣最高峯長安志終南有圭峯紫閣二峯杜詩云紫閣峯陰入渼波仙掖開應范彥龍杜詩云仙掖高清客相招共一過○梁范雲字彥龍居巽宮任寄隆重書牘盈案賓客滿門雲應答如流無所壅滯官曹文書發擿如神五色天書詞煥爛五色天書見前五色詔註九華春殿語從容洛陽宮薄有光明徽首試范九華之殿綵毫應染炉烟細清佩仍含玉漏重二十年前同日喜碧霄何路得相逢

酬于駙馬

謫下箏子
有意送春
歸无計留
春住畢竟
年年用着
來何以休
歸去○目
断楚天遥
不見春歸
路風急桃
花也點點
飛紅雨
人調
金樓春　春睡
日照玉樓
花但錦樓
上帘

綺壘塵香牆色分碧山如畫又逢君蛟藏秋月一片水驟
晴空千尺雲此一聯言駙馬居處弟宅如此之綺麗出入騎從如此之雄盛在六藝中此也感里舊
知何駙馬前漢方石君從其家長安中戚里以其子為美人故也注於卜有姬戚居之故名戚里○三國志何晏字平叔尚魏太祖女金鄉公主
詩家今淂鮑參軍晋鮑昭字明遠為臨海王子頊前軍參軍杜詩意李白云俊逸鮑參軍
陽和本是烟霧由陽和見前注須向花間次第聞

又

芳時碧落心悵断今日清詞事不同瑤草秋殘仙圃在杜詩相邀拾瑶草
綵雲大遠鳳樓空比二子骨晴花曾送金羈影金羈馬郎也凉葉
冥生玉簟風長淂聞詩歡自足會看春露濕蘭叢

覩征人面

兩河戟羅塵萬方清漢順帝永建六年獲羌投詩論詩傳理中兌月置兩河間以過年巻原上軍
司職舊營立馬望雲秋塞静付鳩嘔水晚天青箭廣將弓悠

絲柎
凤送小鶯
声残夢不
成窮王枕
○堪愛晚
来韶吕甚
宅往秦箏
万両品青
娥紅臉笑
来迎又向
海棠卷下
飲
賈子明
都城水緑
嬉遊処仙
棹往来人
笑語紅隨
遠浪泛桃

成閫音任分岐路地遠家鄉寄萬旄々詩曰悠々旆旌聖代止戈資廟畧左傳止戈為武○漢趙充国傳威非廟勝素定之策師古注曰謂謀於堂之上而勝之也諸侯不復更長征

將帰東都寄令狐舍人寄一作酬

綠楊紅杏滿城春一騎悠々萬井塵周礼小司徒凡經土地而井牧其田注司馬法曰十終為同々方百里方井三万家革車百乘士千人徒二千人岐路未関今日事風光欲醉長年人閑過綺陌尋高寺强對朱門謁近臣多病晚来還有策洛陽山色舊相親

寄江州司馬唐書白居易字樂天王涯上言居易不宜治郡貶江州司馬

江州司馬平安否惠遠東林住得無高僧傳晋惠遠見傳否清静足以息心始住廬泉相舍刺史桓乃為遠於山之東立房殿即東林也湓浦曾聞侶衣帯郡国志昔人於此洗銅盆隋水取之化在而去因名湓水時號乞刺史崔仲方獻平南策曰湓城置郡不能立矣文帝謂高熲曰我為民父母豈可限一

老雲散平堤飛絮柳○東君欲共春歸去一陣狂風和驟雨碧油紅佈錦障泥斜日益橋

趙德麟調錦堂春

樓上縈簾弱墻頭礙月低迷年七春事闌心事腸断欲棲鴉○

（衣帶水而不極救之）廬峰見說勝香炉（江州廬山有香炉峯）題詩歲晏離鴻斷望闕天遥病鶴孤暮謾拘牵雨花士（雨去声○梁武帝與雲光社法師詩經於金陵感雨花大捆獻食因蔡雨花臺○樂天暮節減謂年道尤甚自都香山居士）青雲依舊是前途（湯贊州朝送當途者升青雲失路者黍溝壑○頷隱年西居詠日仲容跨雲琴注言器識高遠也）

薛司空自青州歸朝

天眷君陳久在東（書君陳篇周公既沒命君陳分治東郊成周佐成王重周公所當故命君陳分居治東郊成周之邑宋宮司也）歸朝人看大司空黃河岸畔長無事滄海東邊獨有功（青州濱海也）已變畏途成雅俗（莊子夫畏途者十殺一人則父子兄弟相戒必盛卒徒而后敢出○唐盧懷慎衛帝日以卿坐鎮雅俗耳）仍過舊里揖秋風一門累葉凌烟閣（唐太宗貞觀十七年同贊功臣于凌烟閣）次第儀刑漢上公

送張孝祖

曾過盧隱江邊寺（相州有盧隱寺）獨宿吏矜看海門潮色銀河鋪碧

鳳蠟紅斜
重門不鎖
相思夢隨
意遠天涯

又調

畫堂春

落紅鋪徑
水平池弄
晴小雨霏
霏杏花憔
悴杜鵑啼
無奈春歸
○柳外畫
樓獨上憑
欄手撚花
枝放花無
語對斜暉

落日光金柈出紅盆 日出……金柈捧出紅盆比漢將最勉 ……不妒公

事資高臥見謝安注無限詩情要細論杜詩何時一樽酒重與細論文若訪郡人應須騎

徐孺子后漢徐稺字孺子豫章人陳蕃為豫章太守不接賓客惟為稺設一榻對語去則懸之

馬到沙村沙村即孺子所居也

述舊紀勳寄太原李光顏

玉塞含樓見鴈行北有玉門關故云玉塞○杜詩他日傍江樓含棲迷飄蕩光顏與兄光進俱貴盛故云鴈行北垣新詔拜龍驤沈括筆談學士院北扉者為其在玉堂之廂便於應詔○晉王濬為龍驤將軍符堅兆長等亦嘗為之弟兄間世真飛將唐書太辱李光顏亦大夫軍中號大小大夫后光顏拜司徒河東節度使○漢李廣號飛將軍貔虎歸時似故鄉光顏即度河東故曰故鄉鼓角因

風飄朔氣旌旗映水發秋光河源接地心猶壯笑向天西萬

里霜河源即黃河之源也唐書光顏引吐蕃圖淳州光顏力戰破之以功封顏忠武○忠武吐蕃之邊境也

又

此恨誰知

又調

謁金門

春雨足染就一溪新綠柳外飛來双羽玉弄晴相對浴○樓外翠蕉高軸倚遍欄杆雲浴水平烟樹簇寸心千里目

[illegible]調

[illegible]

金鞍美少年去躍青

倚天長劍截雲孤屈原少司命云竦長劍兮擁幼艾註司命持長劍誅暴惡推護少長各得其命也○宋玉詩彎弓掛扶桑長劍倚天外報國縱橫見丈夫戰国時有縱橫秦爲縱張儀爲衡五字登壇真宰相登壇見前注六重分闔正司徒光顏自元和宝德初歷洛代陳三州刺史忠武節度皆兼兵馬餐拜司徒河東節度故云六重分閫曾聞轉戰平堅寇共說題詩壓腐儒漢高祖罵酈食其曰豎儒幾敗我公事料敵知幾在方寸不勞心力講陰符梁社敗彈曾景宗云料敵制在方里無差○漢霍去病上欲教以孫吳兵法對曰顧方畧何如耳不在學古兵法陰符六韜中篇名

酬盧員外按唐書盧簡求河中人綸第四子也初仕牛僧孺鎮襄陽入迁戶部員外郎

謝傅旌旗控上游晉謝安石爲太保都督荊揚等州諸軍事盛蹤太傅○史記項羽曰古之帝者地方千里必居上游此比牛僧孺也盧郎樽俎借前籌漢張良曰臣請借前箸籌之此意指盧佐牛公也舜城風上臨清廟舜城河中也舜清廟第宅魏國山川在白樓河中北城有白樓雲寺當時接嶌步水亭今日又同遊滿蓮舊府笙歌在獨有

玉楼人翠被春寒夜○消息未帰来寒食梨花謝無処説相思背面秋千下

又調

春令

緑楊枝上曉鴬啼報融和天氣被数声吹入紗窗裏又驚起嬌眠雁○緑

年暈最後流行不由西州路嘗因石頭太醉扶輿不覺至西州門左右曰此西州門曇悲感不已以馬策叩扉誦曹子建生存華屋處零落帰山丘因慟哭而去時儋儒已死詩意惜之也

贈張将軍

關西諸将揖容光漢書李猶曰関西出将関東出相觀其習安壯勇實過餘州獨立營門劍有霜知愛魯連帰海上魯連見前注肯令王翦在頻陽史記王翦頻陽人為秦将始皇欲伐荊問李信用幾何人而足信曰不過二十万人問王翦曰非六十万人不可始皇曰将軍老矣何法也翦謝病帰頻陽後信敗始皇起王翦用六十万人遂滅荊○頻陽今京兆謂此美原縣天晴紅識當山蒲漢韓信破趙使人持一赤幟入趙壁皆拔其白幟立漢赤幟日暮清笳入塞長杜詩客淚遺清笳年少功高人最美漢家壇樹月蒼〻言漢将之䝉巳為練亦不若将軍年少功高楙皮陽此之意也

古意贈王常侍

綉戸紗窗北里深杜詩北里富熏天香風搖動鳳凰簪董巳輿服志曰太皇太后

雲斜髀金釵墜慧起芳心如醉為少年溫子鮫綃帕上都是相思淚

又調

點絳唇

春雨濛上淡烟深鎖垂楊院暖風輕鶯落盡桃花片〇薄倖不來前事思量遍死由孔安哀如

簪以瑇瑁為擿上為鳳凰飾以翡翠羽毛○擿音滴組紃長在佳人手禮記內則組紃刀尺空[illegible]是女心文選郭泰機詩寒女雖巧妙不得秉杼機眾工秉刀尺棄我忽若遺欲學齊謳逐雲管漢書礼記志曰齐謳員六人○說文謳齐歌還思楚練排霜砧楚練楚國之練也杜詩越羅与楚練照魏与臺軀李白詩組練照楚国東家少女當機織應念無衣雪滿林詩豳風七月无衣無褐何以卒歲

曹唐字堯賓桂州人為道士太和年中举進士中第累為諸府從事因暴病卒于家有集二卷無傳

暮春戲贈吳端公

年小英雄好丈夫漢書或說陳平於漢王曰平雖貧美丈夫如冠玉耳大家望拜從金吾閑眠曉日聽鶗鴂楊雄傳鶗鴂一名買䳢一名杜鵑一名子規○服虔異物志注鶗鴂一名鵙伯勞也笑倚春風伏轆轤古詩腰中轆轤劒可直千方餘○宋武帝孝建二年削弱王侯劒不得為轆轤形深院吹笙聞漢婢靜街調馬任奚奴唐詩奚東胡種漢曹操斬其帥蹋頓即其祖也元魏號軍真奚字实歐同俗遂木杜丹花下蕭約外[illegible]

粧面　又調

【醉春風】陌上清明近行人难借問風流何知不歸來悶〻回鴈峯前戲魚波上試尋芳信〇夜求蘭膏燼春睡何曾穩枕邊珠淚幾時乾恨〻惟有窗前过来

凭紅肌將虎鬚推几而前垣進將鬚曰今日真可謂將虎鬚也吳王大笑

和周侍御買劍

將軍溢價買吳鈎吳越春秋闔閭命国中作金鈎令曰若能善鈎者賞百金有人貪王賞殺二子以血釁金遂成三鈎獻於吳王吳鈎始於此要與中原靜鯨鯢試掛窗前驚電轉畧抛床下怕泉流言鈎之光瑩如水也青天露拔雲霓泣黑地潛擎鬼魅愁唐李賀春坊正字劍歌云提出西方白帝驚嗷嗷鬼母秋郊哭見說夜深星斗畔晋張華傳斗牛之間常有紫氣問雷煥曰此宝劍之祥也等閑期克月支頭後漢永元二年月支遣其副王謝將兵七万攻班超人伏兵擊其將盡殺之持其首示謝上大驚請罪月支由是大震

長安春舍叔邵陵舊宅懷汞門蕭使君二首

木魚金鑰鎖重城風俗通曰鑰馳懸魚循伏淵源欲令鎖閑如此也夜上紅樓縱酒情英華作任酒詩竹箭水繁更漏促漢魏故事竹箭漏箭也桐花風軟管絃清

韻照人方
寸
周美成調
滿庭芳
風老鶯雛
雨肥梅子
午陰嘉樹
清圓地卑
山近衣潤
費爐烟人
靜烏鳶自
樂小橋外
綠濺濺憑
闌久黃蘆
苦竹擬泛
九江船○
年年如社
燕飄流瀚

晉安海物異名記剌桐花丹其枝有刺花附幹而生其葉如桐其花則數如掌形似金鳳百分散打銀
船盃百分散打謂打揭鼓也○古詩頭如青山船溢峯狀作白雨點蓋此意也銀船酒杯也一指寬催玉
筯輕英華作安見太內言當筆也星斗漸稀賓客散碧雲猶戀艶歌聲列子薛譚
學謳於秦青未窮青技而辭歸青餞於郊乃撫節悲歌聲振林木響遏行雲譚謝求返不敢言歸也

又

三年身逐楚諸侯前漢賈誼過秦論項羽拔起隴畝之中三年遂將五諸侯兵滅秦分天下而威行
海內賓榻容居最上頭賓榻見徐穉註飽聽笙歌陪夜飲熟尋雲水縱
閑游杜詩雲水氣參錯朱門鎖閉烟霞暮鈴閣清吟水木秋鈴閣見前月
滿前山圓不動員英華作鳳更邀詩客上高樓

病馬呈鄭校書三首

騄駬何年別渥洼莊子驊騮騏驥騄駬古之良馬也○漢武帝元鼎四年馬生渥洼水中病
來顏色半泥沙四蹄不鑿金砧裂杜詩賦促蹄高如踣鐵叹

…破疊冰谷雙眼慵開王鈐斜溪也墮月兎毫乾觳觫孟子云吾不忍

其敵失雲龍骨瘦杳牙平原好放無人放嘶向秋風首蓿花漢西域傳大宛人嗜葡萄酒馬嗜苜蓿武帝遣使取其種上于離宮別館○鮑防詩天馬長街首蓿 胡人歲獻葡萄酒

其二

壠上沙葱葉未齊沙葱草名馬食之也騰黃猶自跼䮾蹄周書王會騰黃神馬也一名乘黃亦名飛黃以孤有五肉角一日千里○漢書云何乃局促如轅下之駒尾蟠夜雨紅絲脆頭掉秋風白練低顏子望吳閶門見有白練孔子曰非也乃白馬之光力憊未思金絡腦傳玄良馬賦曰金羈在首以鳴珂鏤鞍采韉纖彷含華影寒空望錦障泥障平声○晉書王武子有馬○且知其性嘗乘一馬著連乾障泥前有水不肯度王云此必是惜障泥使人解去便徑渡水蹭前莫嫌雙垂淚不遇孫陽不敢嘶孫陽即伯樂也

其三

不剪焦毛鬣半翻何人別是古龍孫別入声○龍孫馬名青海之駿馬多龍種…鳳

欹盆緩勸
金卮酒病
然如昨簇
挹日長人
静任揭巻
飄宿
曾紕雨调
阮即帰初
夏
柳陰庭館
古風光呪
南清晝長
碧波新漲
小池塘双
匕蹴水忙
○萍散漫
絮飄揚輕

吹病骨無驕氣士餓慈花見卧痕（慈花青白色也）未賁斷雲歸漢苑（漢武帝天馬歌曰躡浮雲兮掩上馳）曾追輕練過吳門（家語顏回望吳門馬見一疋練孔子曰馬也然即馬之光景一疋長耳故號馬為一疋）一朝千里心猶在（古樂府老驥伏歷志在千里心在暮年壯心不已）争肯潛忘秣飼恩

奉送嚴大夫再領容府　二首

海風卷樹凍嵐消憂國寧辭嶺外遥自顧勤勞甘百戰不将功業負三朝（三朝謂憲宗穆宗敬宗也）劍澄黒水曾芟虎（芟所銜切謂芟虎也）箭劈黄雲慣射鵰（後魏泰王餘善弓馬嘗從太宗出日登間有雙鵰鉢以二箭俱下之軍中號為射鵰都尉）代北天南盡成事肯将心許霍嫖姚（前漢霍去病為嫖姚校尉注嫖姚勁疾之貌也）

又

日照雙旌射火山（嶺表録西有火山下有澄潭無底山頭隨見火三尺如野燒之甚者廣十餘丈或言水中有寶珠也焰如火山上）産笑迎賓從却南還風雲

（上欄）
忍怜流去
落紅香衔
将帰巠梁
前人調過
潤皉
是蘭昼求
漸入清風
氣序揄錢
颯蕭閑揹
蓮葉嫩生
翠沼如望
水邊迷逕
山掩孤村
是處園林
好○閑情
悄倚陌遊
人漸少
年凤韻有

（下欄）
暗發慨諧夕感會風生氣際間會風雲奮其志凡称為佐命

知自莊之士也斷竹水翻臺榭濕刺桐花落管絃閑刺桐見前無因得鞍

真珠履親從新侯定八蠻蠻義音諷○史記春申君客三千人其上客皆躡珠履○書旅獒遂通道於九夷八蠻

贈南岳馮處士 二首

白石溪邊自結廬陶潛詩云結廬在人境而無車馬喧風泉滿院称幽居文選王簡栖頭陀寺碑云崖谷共清風泉相渙○礼記曰儒有幽居而不淫鳥啼深樹斸靈藥花落閑

窗看道書烟嵐晚過鹿裘溫晉郭文字文舉恒著鹿裘葛巾遂斷酒肉水月夜明

山舍虛又頎泠笑緑名出終日王門強曳裾曳裾注見前

又

森寥深木閑烟霞洞裏相知有幾家笑看潭魚吹水味醉嗔

溪鹿喫蕉花穿厨歷〻泉声細繞屋悠〻樹影斜樠詩繞屋樹扶疎

齊臨春老
追前好箭
城信阻天
涯目斷暮
雲芳草佇
立空殘蛇
又調
長相思　秋
然
一重山兩
重山山遠
天高烟水
寒相思楓
葉丹菊花
開菊花殘
塞雁高飛
人未還一
簾風月閑

夜靜看灰封釜竈自添文武養丹砂文武鉄丹火候也

昜劍

古物神光雪見羞未能擊出恐泉流越絕書曰王得寶劍風觀其光如水之溢于塘觀其文如春冰之將釋暗臨黑水蛟螭泣漢王褒頌曰清水淬其鋒越砥斂其鍔水斷蛟螭陸剸象犀潛倚空山鬼魅愁生怕雷霆號澗底長聞風雨在牀頭垂情不用將礫氣礫字疑誤本作關字惱亂司空犯斗牛晉張華為司空見斗牛之間當有紫氣與雷煥觀之曰此其劍之精也問煥在何郡曰在豐城即補煥為豐城令到縣掘獄得二劍雄曰龍泉雌曰太阿

題子姪書院雙松

自種雙松費幾錢頓令院落似秋天能藏此地新晴雨却惹空山舊燒烟枝壓細風過枕上影兼殘月到窗前莫教取次成閑夢使汝悠悠十八年三國志吳丁固為尚書夢松生其腹上謂人曰松字乃十八公也歲十八年吾真為

音雖蛮
蛩声泣露
驚秋枕罗
幃泪湿死
央錦独因
玉肌凉残
更与恨長
○唫凤沓
華幌兩鎰
灯花暗
竟不成
鸦啼金井
寒
又調
鴛鴦錦金
凤鼓之鐘
黄葉高技

来杯買中丞

四十年前百戰身 前漢李廣結髮與匈奴大小七十餘戰 曾驅虎隊掃邊塵 愁鼓角榆關暮 勝州東有隋林宮及榆林關 酸胡關地千里累石為城植榆為塞 日落旌旗偃草春 鐵馬慣牽邀上客 鐵馬 馬也 介 金魚多解乞佳人 乞去声 社詩 銀甲彈箏用金魚換酒来 胸中別有安邊計 誰来髭鬢白佀銀

送康祭酒起輪臺

霸水橋邊酒一杯 送君千里赴輪臺 輪臺西域地名 前漢 西域輪臺渠犁皆有 霜粘海眼旗声凍 風射犀文甲縫開 犀甲 左傳曰犀兕 丹漆若斤 匣中耶然 石磧 簇烟山作米 漢馬援說光武 聚米為山谷 指畫形勢 道經 可藥帝子 吾目中矣 野營軒地鼓如雷 赤壁 鼓而進 此筆太 白詩曰 雷鼓嘈嘈 喧武昌 云旗獵獵過尋陽 分明會得將軍意 斬樓蘭不擬迴 漢傅介子北地人 持節斬樓蘭 今二国反覆而不誅 无所懲艾 於是 介子 謂 光

影轉銀蟾
面要斷綉
簾垂月明
烏鵲飛○
新愁知幾
許欲倡綠
千縱鳴已
不堪聞話
聲何处付
又調
擣練子
心耿耿淚
雙雙皓月
清風冷透
衾人去秋
來宮漏人
夜深先語
樹長江

至樓蘭其王貪漢物來見使者壯士十
二人從後刺之斬首詣闕封義陽侯

南遊

盡興南遊卒未迴水工舟子不須催詩匏有苦葉招招舟子人涉卬否政恩
碧樹閑心向文選江淹詩碧樹先使落葉放紅螺甲杯不蒻表異錄云紅螺類鸚鵡殼
亦紅甚為酒杯白樂天詩一盞扶頭酒泓澄瀉玉壺十分蘸甲酌歛豔滿銀盂漲海潮生陰火滅至子
年拾遺記曰四海之西自泉王山下穴七中有水其色如火波舊灌湯火不○各陰火○木玄虛海賦陽冰不治陰火潛
然蒼梧風煖瘴雲開舜帝南遊沒于此野蒼梧秦時屬桂林郡蘆花繁七月如練
何處笛声江上來

哭陷邊許兵馬使

北風裂地驗邊霜戰敗霜乾日色黃桑乾水名在雲中郡故國暗迴殘
士卒新墳空葬舊衣裳禮有招魂葬散牽細馬嘶青草散上声太白詩二○
八佳人任去佳人弔古詩白楊何蕭蕭……
田馬太……餘卯……詩……兵去

鶗鴂啼
高柳蟬嘶
採菱歌斷
秋風起晚
雲如畫胡
上山積翠
○蕭灑西
樓過雨凉
生訣天如
水盈樓十
二有个人
同倚
劉滄鄉秋
悲
夜雨滴空
背孤館夢
回清緒蕭

陰符經更無異術在富家之几遊也
長安客舍海蕭使君邵陵舊宴
粉雉冊軒晝障西杜詩粉雉粉如雲 水雲紅樹窣旋題揚雄甘泉賦蓋天子援然
珍臺嵩觴旋題王英鮑明遠詩紗嶽結飛雲旋題納行月 鵾鴣欲絶歌声定 鶺鴒初發辭
袖裏舞晉書王導謝尚為掾有勝會謂尚曰聞君能作鴝鵒舞一座傾想尚便着衣幘俯仰而舞令坐客擊節傍若
無人 坐對王山難可線晉稽康醉閒如 細聽金石怕低迷 有樂書八
音金石絲竹匏土革木此皆樂声也 嵇康養生論曰夜分而坐則低迷思寢也 東風夜月三年飲
不省歸時不侶泥李白襄陽歌傍人借問笑何事笑殺山公醉侶泥○稗官小說云南海有虫無骨名
曰泥水中則活失水則醉如一堆泥然
宋邕蓋按以下遊仙詩一十一首出曹唐集中他集亦然今先生題作宋邕必有據矣
劉晨阮肇遊天台 天台山名屬台州眞誥曰台州山上應台星故曰天台
樹入天台石路新雲和草静迥無塵烟霞不省生前事水木

宿一片閑愁舟青难幾狄漸老蛩声正苦夜将闌灯花旋落最无端处揔把良宵袛恁孤眠却○隹人應在我别後寄信輕諾記乃當初剪香云為約向甚時向深闺斗处按新詞流宫受内

空疑夢後身徃〻鷄鳴岩下月時〻大吠洞中春注南王安臨仙去餘藥在器中鷄犬舐之皆得飛升鷄鳴雲中犬吠天上不知此地歸何處須就桃源問主人桃源注見前

劉阮洞中遇仙人

天和樹色靄蒼〻霞重嵐深路渺茫雲竇滿山無鳥雀水声沿澗有笙簧碧紗洞裏乾坤別紅樹枝邊日月長願得花間有人出免令仙犬吠劉郎漢永平間有刘晨阮肇入天台縣西北二十里山中採藥失道食尽見桃实食之身輕行数里至岸畔有二女子笑迎歸作食胡麻飯山羊脯甚美後欲求去會集衆樂共送刘阮指示無路既出无復冨舊至家子孫已十世矣

仙子送劉阮出洞

殷勤相送出天台仙境那堪却再来雲液既歸須強飲雲液酒名玉書無事莫頻開花當洞口應長在水到人間定不回周張

乎丽明……
靑把金玉
珠空豈
【寄伯可】詞
【金字經】
【容】
梧葉飄黃
万山空翠
斷腸流水
爭獰正金
風西起海
疏東歸晃
攔不見南
來歸墜故
人消息遲
上上木犀開
孫不憔悴
我好景良

溪邊辭別君山明月照蒼台之源生于蒼台

仙子洞中有懷劉阮

不將清瑟理霓裳霓裳曲名唐葉法善引明皇入月宮聞樂声歸但記其半會西涼府楊敬述進婆羅門曲声調相符乃合二者作霓裳羽衣之曲塵夢那知鶴夢長洞裏有天春寂寂人間無路月茫茫上左傳覽人歲日茫茫上尚書禹迹為九州玉沙瑤草連溪碧流水

桃花滿澗香曉露風燈易零落此生無處問劉郎

劉阮再到天台不復見諸仙子

再到天台訪玉真青苔白石已成塵笙歌寂寞閑深洞雲鶴蕭條絕舊隣草樹總非前度色煙霞不似往年春桃花流水依然在不見當時勸酒人

玉女杜蘭香下嫁於張碩

天上人間兩渺茫不知誰識杜蘭香杜蘭香搜神記漁父于湘江洞庭之岸聞兒啼声視

悵◎火念 獨守孤情 把枕前祝 付一旦分 飛上秦樓 滿觴酒嫌 悉跡誰知 別后相思 若道為伊 瘦損香肌 悉前月下 黃昏院落 味淚偷舉 鵲橋仙調 玉香妙紅 螞淚偷照

之三歲女于漁父宰之十歲餘天姿奇偉真天人也忽有青童自空而來携女而去臨升謂父言曰我仙女杜蘭香也有過謫于人間其後洞庭包山隱張碩家一修道者也授之服宰將飛化之道久之碩亦仙去漁父沙宰隨不食後不知之所終也

來經玉樹三山遠三山見前注去隔銀河一水長銀河即天河也紿入清壓愁錦瑟錦瑟謂繡紋仙錦也酒傾文露醉瓊觴遺情更說何珍重擘破雲鬟金鳳凰一朵天長恨歌釵留一股合一扇鈿擘黃金合分鈿

張碩重寄杜蘭香

碧落香銷蘭露秋星河無夢夜悠悠靈妃不降三清駕太元經曰三清之間各有仙位聖登玉清真登上清仙登太清仙鶴空成萬古愁皓月隔花追歎別飛烟籠樹省淹留人間何事堪惆悵海色西風十二樓史書公孫卿言黃帝時為十二樓以候神人又崑崙山有五城十二樓昔仙人所居

織女懷牽牛

北斗佳人雙淚流李元獨異志云秦并六國後太白星竊織

云淺夜涼
衾寒〻捂
洞掘三更
兩不消離
情正苦一
葉〻一声
上空階滴
到明
【怨回紇】調
【回前字】
悵望浮生
急景凄凉
字瑟餘音
惆客多情
倆然別碧
山遠水澄
臨日送運

行雨輙兩每至小仙洞毗毋歷旂之所輒同故其他少而此
眼穿腸斷為牽牛封題錦字凝新思晉書竇滔妻蘇氏織錦作迴文寄苻道坊曰錦字抛
擲金梭織舊愁桂樹三天煙漠〻真人傳太真所服太和白然淹留之休諸所設三天
真人不可以教始亭者銀河一帶水悠〻欲將心向仙郎說借問榆花
早晚秋古樂府云天上何所有歷〻種白榆此謂星池

蕭史携弄玉上昇

豈是丹臺歸路遥南真傳曰九宮真人出入黃闕黃闕丹臺中間為道紫鸞煙駕不同
飄玉清隱書上真則飛龍羽葆中真則紫鳳侍御下真則太極驂鞭一声洛水傳幽咽萬片
宮花共寂寥紅粉美人愁未散清華公子笑相邀大有經曰華清宮有育官經應為真人者受之也
縹山碧樹青樓月李白詩登封臺有黃為報青樓人腸斷春風
為王簫

皇初平將入金華山

天裘草夜闌戕处睐砧○黄藥无風自落秋雲不雨長陰天若有情天亦老摧匕幽恨难禁惆悵舊歡如夢覺來无处追尋

冬景

餘思園調

太闌卷

沉檀烟起盤紅霧一

神仙傳云皇初平年十五家使牧羊有道士見其良謹將入金華石室中四十餘年不復念家其兄初起行索之歷年忽於市中見道士問之曰金山中有牧羊兒皇初平兄乃隨道士渴與相見因問羊今安在曰在山東兄往視之但見白石蒲地初平曰羊在此兄自不見乃叱白石背起成羊數万頭○金華山在婺州即弟三十金華洞元之天也

莫道真遊烟景賖瀟湘有路入金華溪頭鶴樹春常在洞口人間日易斜一水暗迴閑繞澗五雲長往不還家白羊成隊難收拾喫盡溪頭巨勝花廣雅云巨勝一名胡麻○陶隱居云埜方者巨勝員者胡麻可作蔬道人多食之彤狗麻故名胡麻○參同契云巨勝延年还丹入口

漢武帝思李夫人

惆悵朱顔不復歸晚秋黄葉滿天飛迎風細荇傳香粉隔水殘霞見畫衣白玉帳寒鴛夢絶漢武故事帝起玉堂基階盡用白玉紫陽宮遠

[illegible]書希灵書經曰紫微上𠫊宮也上有蘭臺鶴歌[illegible]

涙大泛
花面李梅
粧謝女雪
詩裁柳絮
○長垂天
幕孤鸾舞
旋灸銀笙
双鳳語紅
匂酒病對
宮氷匕瓮
相思无夢
処

江彦章調

點絳唇

新月娟匕
夜寒江靜
山銜斗起
来擻肯梅

曲繡歌美扶大指星也

○李益 字君虞隴西人大曆中進士及弟後憲宗聞其才名召為秘書少監遷吏部尚書致仕有集傳于世

胡兒飲馬泉

酈善長水經曰余至長城其下往匕有泉窟可飲馬謂之皆秦築城卒取水處也

緑楊如水草如烟 如水一作書水 舊是胡兒飲馬泉幾處吹笳明月夜何時倚劒白雲天 宋玉賦長劒倚天外 從来凍合関山路今日分流漢使前莫遣行人照容鬓恐驚憔悴入新年

鸛雀楼

鸛雀楼西百尺墻 鸛雀楼在今河東府 汀洲雲樹共茫匕漢家簫鼓空流水 漢帝秋風辭上幸河東而作辭曰横汾中流兮揚素波簫鼓鳴兮發棹歌 魏國山河半夕陽 史記魏武侯曰美哉山河之固此魏国之宝也呉起曰在德不在險今河中府即古魏国 事去千年猶恨促愁来一日即為長風烟併起思鄉望遠日非春亦自傷 宋

影橫匈瘦
○好个霜
天闕却傳
盃手君知
宮乱鴉啼
後歸兵濃
如酒
節序
立春
胡笳怨調
書仙鶴
譙門殘角
听吹角曉
寒梅苍吹
微瑞日祥
雲鳳和鮮
凍青帝作

招䰟曰王逸千里兮傷春心䰟兮歸來哀江南

○賈島字閬山范陽人連敗文場遂為浮屠後奉進士及弟有文集并詩格一卷今傳于後世

酬張籍王建

踈林荒宅古坡前久住還應太守憐漸老更思深處隱多閑

数得上方眠上方僧寺最深處杜詩十方重閣晚鼠拋貧屋收田日鴈度寒江

擬雪天身事龍鍾應是分唐裴度傳見我龍鍾故相戲耳水曹芸閣往来篇

張籍字文昌為水曹員外郎時同在長安与島為詩友芸閣指王建魚篆典署曰芸草辟紙蠹故藏書閣曰名芸閣也

○章碣錢塘人孝標之子也進士不弟竟流落不知所終有詩集行于世

春別

擲下離觴指亂山趍程不待鳳笙殘花邊馬嚼金銜去樓上

人垂玉筯看魏文帝號後面白淚双垂双玉筯柳陌雖然風裊裊葱河猶自

鼓天路朱
籤高揭
【解注】
【歲華録】立
春前造土
牛於門外
是日有司
為壇以祭
先農官吏
吏各具綵
杖環擊土
牛者二
最好是戴
綵幡春勝
披頭双結
○奇絶閑
宴処珠璣

恐犯三边王月寒此三處皆因陰沍寒也

送謝進士歸閩

百越風烟接巨鼇呂氏春秋時君賢篇楊漢之南百越之際高誘註越曰有百種○列子朝海之東有五山岱輿員嶠方壺瀛州蓬萊皆仙人所居五山之根无連着隨潮上下帝恐流於西極命禺彊使巨鼇十五擧首載之始不動還鄉心壯不知勞雷霆入地建溪險建溪屬建寧府源出武夷至城外今東溪是也星斗逼人黎嶺高泉山記曰黎嶺在前山即東十五里因黎以得名卩去招雄木綿吟麗句閩嶺志南方多木綿土人競植之采其花為布便攀龍眼醉香醪龍眼荔枝開但枝葉稍小殻青黄色形如彈丸核如木梿子不堅肉白而帶漿甘似窻作穗如蒲桃然荔枝熟然後方出故名曰荔枝奴也名揚声利喧〻在莫向林泉改鬢毛

○李頻字德新睦州人大中八年進士調秘書郎權勅官員外郎除福建刺史卒于官有集一卷行于世

湖口送友人

中流欹暮見湘烟岸岸無窮接楚天去雁遠衝雲夢雪離人

簪俎豆
爭羅列羅
袖翻七哥
暎漂颻壓
倒柳腰雪
舌勸我應
時納祐还
把金炉香
爽頹歲七
這一巵春
酒長陪佳
節
李辰秀 調
小中山
誰勸東風
臘裏来不
知天待雪
盈江海

獨上洞庭舡洞庭見風波盡日依山轉星漢通宵向水連
落梅花過殘臘故園歸去及新年

○杜荀鶴字彥之早有詩名累奉不第大中七登科後迁主客員外郎天祐初卒自号九華山人有詩集行于世

雪

風撬長空寒骨生先於曉色報窗明江湖不見飛禽影岩谷
惟聞折竹声巢穴幾多相侶處英華作構鼇本淶无復崩路岐兼得一般
平𢫨袍公子莫言冷中有樵夫跣足行百斛明珠日貴公子被貂裘雪中飲酒臨鑑向風日爽扰此風左右皆泣下公子翁問曰吾父昔日以爽亡楚襄王登臺有風颯然至王曰快哉此風寡人与衆共耶宋玉曰此独大王之風庶人安得而共之惜乎今宋玉不在傍也

○崔顥汴州人開元十一年登進士弟累至尚書司勳員外郎有詩一卷傳于世

黄鶴樓

昔人已乘白雲去比也空余黃鶴娄唐圖經費文偉登仙每

排徊双練
羞淚傍鬟
雲堆○王
今曉粧臺
宜春金鏤
前拂香鬒
紅羅先綉
踏青鞋春
猶淺苍信
更須催

周美成 應天長 調

沉沉暗寒
食梁問燕
前社客佀
笑我閉門
愁寂乱苍

隺一去不復返 遠別千里顧排徊 白雲千載空悠々 晴川歷々漢陽樹 漢陽在大江與武昌相對此 芳草萋々鸚鵡洲 有江中洲祢衡為黃祖客大宴賓客有獻鸚鵡者令衡賦之後殺衡於其上名焉 日暮鄉關何處是 烟波江上使人愁

李頎 東川人開元中賈季隣榜進士調新鄉縣尉有集今傳于世

題璿公山池

远公遁跡廬山岑 南史周續之入廬山事釋慧遠彭城遺民遁迹廬山陶淵明不應徵命謂之潯陽三隱 開山幽居祇樹林 開山疑作開上○祇洹林樹名梵言祇陀但此戰勝即太子名須達長者施園祇陀太子施樹為佛說法處故後人曰祇同見金剛經註 片石孤峯窺色相 菩薩本經佛者有大神力身紫金色三十二相前智无穷知識无祿 清池白月點禪心 清池明月以喻禪心 指揮如意天花落 晉王敦嘗以鐵如意擊王唾壺盡缺又高僧手常持如意塵麈皂以資談與○維摩經時維摩語室有二天女見諸大人所說法便見其身即以天花散諸者菩弟子上花至諸菩薩皆落至弟子便着不墮也 坐卧閑

吋蒲院芸香蒲地狼籍○長記那回時邂逅相逢郊外駐油壁又見漢宮傳燭飛烟五侯宅青々草迷陌路強載酒細尋前踪市橋遠柳下人家猶自相識

【鳳棲遲】調

【玉樓春】

年青放去

房春草深此外俗塵渾不染惟餘玄度得相尋高陽許詢字玄度居會稽与高僧支遁遊從遊談老莊

題盧公舊居

物在人亡無見期刘彤雲亭曰襄公時有鄭子曰寡人坐於深宮未嘗知哀孔子曰愁人居人廣門卿見懷陳俯見凡筵其器在其人亡君以此思哀將安不在矣閑庭繫馬不勝悲窗前綠竹生閑地門外青山似舊時悵望秋天鳴墜葉巑岏枯柳宿寒鴉憶君泪落東流水歲々花開知為誰

○趙嘏字承祐山陽人會昌二年進士第仕為渭南尉有渭南集行于世

長安月夜與友人話故山

宅邊秋水浸苔磯日々持竿去不歸楊柳風多潮未落蒹葭霜在雁初飛重嘶匹馬吟紅葉却听疎鍾憶翠微今夜秦樓城南月秦都長安故曰秦城故人相見一霑衣

衣路杜鵑
破草閒
烟蛺蝶惹
殘花底露
○東君着
意憐樊素
一段韶華
都付粧成
不管露桃
嗔穿羅從
教風柳妬

又調

長相思

紅蒲枝綠
蒲枝宿雨
厭厭睡起

曲江春望懷江南故人

杜若洲边人未帰杜若香草名文選汀洲生杜若水寒烟暖想柴扉杜詩恐失柴扉
故園何處風吹柳新鴈南来雪滿衣目極思隨原草遍
招魂日極千里兮傷春心魂兮帰来哀江南浪高書到海門稀此詩愁望情多少
萬里春流遶釣磯

寄居人名寄盧申詠

三年踏盡化衣塵陸士衡詩云京洛多風塵素衣化為緇只見長安不見春馬
过雪街天欲曉鄉迷雲樹淚空頻桃花塢接啼猿寺野竹亭
通畫舸方言云舟首謂之鷁首郭朴注江東貴人舡前是也○梁便有語詩云入徑持金与開鷁通盃盞
早晚粗酬身事了水边帰去一閒人

長安晩秋

雲物凄涼拂曙流漢家宮闕動高秋殘星幾點鴈横塞長笛

渾閑庭卷
影穟○憶
歸期數憶
期妻見錐
多相見稀
相逢知戋
時
秦少游　調
八六子
倚危亭恨
如芳草萋
匕刬盡還
生念柳外
青驄嗚後
水边紅袂
分時愴然
暗驚○无
端天与娉

一声人倚楼杜紫微覧山一聯當歎不已因称為趙倚楼紫艶半開籬菊靜紅衣
落盡渚蓮愁鱸魚正美不歸去鄭魚事見前注空載南冠李楚囚左傳晋侯于於軍府見鍾儀楚囚而南冠問其族曰伶人也与之琴操南音公曰君子也

憶山陽二首○山陽戰國属楚秦属九江漢属臨淮晋謝玄自彭城退屯淮陰又分廣陵置山陽郡宋為重鎮今為山陽縣也

家在枚皐舊宅边前漢枚皐乘之子也淮陰人也舊宅在縣南二百步竹軒晴與楚坡連坡一作墻一変荷香逩垂鞭袖楊柳風横弄笛船城礙十洲烟島路淮安志山主城離海百餘里故云○東方朔十州記巨海之中有祖州瀛州玄州炎州長州玄州流州生州鳳麟州聚窟州並是人迹稀絶之處寺臨千頃夕陽川可憐時節堪歸去花落猿啼又一年

又

折柳磯边起暮愁可憐春色獨懷羞露襟正歎人間事回首更慙江上鷗前注江鷗見鵾鳩声中寒食酒楚辞恐鵾鳩之先鳴兮使夫百草為之不芳鵰

娛石戶一
薰㐫婆春
風十里柔
情心奈向
歡娛漸隨
流水素絃
声斷翠綃
香減那堪
那片匕飛
卷弄晚濛
匕殘雨笼
晴又綃疑
黃鸝又啼
數声
又調
眼兒媚
樓上黃昏
杏花寒斜

前注芙蓉花外夕陽樓 春秋之景 思山 王 憑高滿眼送涇渭 涇渭二水
在長安渭清涇濁故曰涇水一石其泥數斗 去傍故山匕下流

東望

楚江橫在草堂前楊柳洲边載酒舡兩見梨花帰不得每逢寒食一潸然斜陽映閣山當寺微綠含風樹滿川同郡故人攀桂盡把詩吟向沉寥天 沉立血 ○楚辞沉寥兮天高而氣清寂寥兮故潦而水清注蕭條无

雲谿 寒食新豐別故人

一百五日家未帰新豐鷄犬獨依匕 渼高地里大上皇思東帰豐沛高祖乃令巧近於長安故築彼街里以象豐畫徙豐中人宝之雒犬識其家曰新豐 滿楼春色傍人醉 傍去声 半夜雨声前計非繚繞滿膝含景晚 膝音独 荒凉樹石向川微東風吹泪對花落顦顇故交相見稀

送劉谷

月小闌干一双燕子两行歸鴈畫角声残○綺窗人在東風裏無語對春閑也應似舊盈盈秋水淡淡春山

[illegible]調[illegible]

溪沙

手捲真珠上玉鈎依前春恨鎖重樓風裏落花誰是

村橋西路雪初晴雲暖沙乾馬足輕渭渡頭芳草色新梅嶺上鷓鴣声郵亭已送征車發山館誰將候火迎落日千峯轉迢遞知君回首望高城

贈羽林將軍

虬鬚顛頷羽林郎懸劲漢官儀曰羽林言其為国羽翼如此之盛也曾入甘泉侍武皇漢武起甘泉宮故曰甘泉侍武皇鵰沒夜雲知御苑馬隨仙仗識天香一作春、伕儀鑑五湖歸去孤舟月六國平來兩鬢霜上比范蠡上比王翦具見前註唯有桓伊江上笛卧吹三弄送殘陽晉桓伊善意樂爲一蔡邕何亭笛嘗自吹之王徽之泊舟清溪、側素不相知王令人請曰試為我奏伊將貴顯素微之名便下車板胡牀而作三弄畢便去客主不交一言○笛譜有梅花三弄

上裴晉國公

四朝憂國鬢成絲四朝謂憲穆敬文也○本傳云度嘗為天下[illegible]重四朝以全德始終及度天下[illegible]

主思悲
○青鳥不
傳雲外信
丁香空結
雨中愁回
首綠波三
峽暮接天
流

又調
浣溪沙
風壓輕雲
貼水飛乍
晴池館燕
爭泥沈郎
多病不勝
衣○沙上
未聞鴻鴈
信竹間時

之名也龍馬精神海鶴姿天上王書傳詔夜階前金甲
降時李愬憲宗以家占代晉公討淮西公命李愬雪夜入蔡擒吳元濟降其衆曾經庾亮三秋月晉庾
亮鎮武昌諸吏秉月登南樓俄而亮至將起避之亮曰諸君且坐老子與復不淺遂據胡床與佐吏談詠下盡羊
曇一局棋晉書符堅卒衆百万欲肥水京師震恐加謝安征討大都督兒子玄問計安曰已別有旨又令張玄重諸安命駕出墅親朋畢集而安方与玄圍棋賭別墅安常劣於玄是日玄懼便為敵手而不勝安顧謂甥羊曇曰以別
乞汝惆悵舊堂扃綠野晉公於洛陽午橋南起綠野堂夕陽無限鳥飛遲

故洛陽城

胡兵一動朔方塵胡兵謂安史之亂也不使鑾輿此重巡鑾輿帝乘也清洛
但流嗚咽水夕陽深鎖綠苔春一作開洛陽宮名雲收少室初晴雨
嵩山有少室太室二峯柳拂中橋晚渡津中橋謂洛中橋欲問升平無故老鳳
樓回首落花頻

送盧潘尚書之靈武

有[illegible]鴒啼
此情惟有
落花知
又調
浣溪沙
一曲新詞
酒一杯去
年春氣舊
亭臺夕陽
西下幾時
回○無可
奈何花落
去似曾相
識燕歸來
小園香逕
獨徘徊
又調

賀蘭山下果園成巠陽圖經曰賀蘭山在縣西九十三里山草多白遥望青白如駮此人呼駮為賀蘭照畢出山谷為氏族塞北江南舊有名水木萬家朱戶暗弓刀千騎鐵衣明言樂府一明氣傳金新寒光照傷此曲於人間城中觀遍皆丹艧書曰惟其塗丹艧杜郭樊山海經注舟薰之御多册艧說文曰善丹也旄重鸞飛盡白鷗儒將不減誇郤縠左傳晉文公謀元帥趙衰曰郤縠可臣亟聞其言矣說礼樂而敦詩書詩書義之府也礼樂德之則也德義利之本也君其試之乃使縠將中軍未聞詩句解風流

對花

長與韶光暗有期春色為韶光取和暢之義可憐蜂蝶却先知誰家促席臨低樹陶潛雲詩安得促席說彼平生何處橫釵帶小枝麗日多情疑曲照易離卦日月麗乎天和風得路合偏吹尔雅春晴日出而風曰光風亦日和風向人雖道渾無語幾勸王孫到醉時

貧女

詩与傳消
息天上逗
娥人不識
寄青何処
覔○春睡
齊柔無力
不忍把伊
書跡滿院
落花春煞
又調
[illegible]上
元前一
日立春
暖律初回
又燒灯井
市買酒樓
臺誰將星

逢門未識綺羅香擬托良媒亦自傷誰愛風流高格調共憐
時世儉梳粧唐文宗下詔禁高髻儉入去眉開額敢將十指誇纖巧不把雙眉
鬪畫長魏宮人好畫長眉今婦人效作纖眉最恨年年壓金線為他人作嫁衣
裳此韜王傷未遇為自況之辭而已

長安書懷

西風吹雨濕寒更鄉思撩人撥不平長有歸心懸馬首左傳惟予
馬首是瞻可堪無寐枕蛩聲風收楚岫和空碧秋染湘江到底清
早晚身閑着簑去橘香深處釣舟橫

鸂鶒

每聞別雁竟悲鳴却羨金籠寄此生早是翠衿爭愛惜可堪
紅觜強分明杜詩鸂鶒賦云紅觜毋流綠衣翠衿渾知盡紅觜強多知雲漫攏樹魂應
斷歌接秦樓夢不成唐李白秦樓月所製樂府也幸自正平人不識聽他

綾万點月滿千街輕重細馬蹈躢跳起香埃令歲好土牛作挽留春色同来。上是天公肯爭要一時壯观特地收拚何妨釆揬鼓吹綺席催疊良宵勝景語邦人莫惜徘徊休笑我亂頑

為賦被時輕后漢許衡字正平有鸚鵡賦頭六鄙之賤微雖奮迅其飛响云云

○劉滄字蘊靈魯人大中八年進士鬪華原集有詩一卷傳于世

長洲懷古李白為宋中丞請都金陵表云西以峨眉為壁壘東以滄海為溝池守海陵之滄獵

長洲之苑也

野燒空原盡荻灰燒去声。燎原之火曰燒吴王此地有樓臺平江府從地里志吴地漢高祖封荊主賈吴王鼻於此千年事往人何在半夜月明潮自来白鳥影從江樹没清猨声入楚雲哀停車日晚薦蘋藻左傳澗溪沼沚之毛蘋蘩蘊藻之菜可薦之鬼神可羞之王公風静寒塘花正開

經煬帝行宫

此地曾經翠輦過浮雲流水竟如何杜詩流水生涯盡浮雲世事空香消南國美人盡怨入東風芳草多殘柳宫前空露葉夕陽江上浩烟波行人遥起廣陵意廣陵即江都也古渡月明聞棹歌

不去年比 闌醉金釵 向伯來調 雙過天 紫禁烟谷 一方重鰲 山宮闕隱 晴空王皇 錫拱形云 上人物燼 遊峰海中 ○星轉斗 回龙五 館醉 而今 二千 長寒 熱紅

與僧話舊

巾舄同時下翠微（舄崔豹古今注曰以木置履下行不畏泥也）舊遊因話事多違

南朝古寺幾僧在（南朝已見前注）西嶺空林唯鳥歸 莎逕晚烟凝竹

塢 石池春色染苔衣 此来相見又相別 即是関河朔鴈飛

咸陽懷古

經過此地無窮事 一望凄然感廢興 渭水故都秦二世（秦二世而

亡）咸原秋草漢諸陵（咸陽原漢長陵平陵在焉）天空絶塞聞邊鴈 葉葉孤

村見夜灯 風景蒼蒼多少恨 寒山半出白雲層

○劉威

遊東湖黄處士園林

偶向東湖更向東 數声鷄犬翠微中（長沙郡有東湖載啟倫詩云偶向東湖更向東

幾声雞唱翠微中未知孰是）遥知楊柳是門處 佀隔芙蓉無路通 樵客出

調双闕中天鳳樓十二春寒淺去年元年奉宸曾遊侍瑶池宴王殿珠簾盡捲擁群仙蓬壺閬苑五雲深處万燭光中揭天絲管○弛隙流年恍如一瞬星霜換今宵誰念

來山帶雨漁舟過去水生風物情多與閑相称所恨求安計不同出處不同安危自適

○曹松字夢徵舒州人也光化四年登第時七十餘矣授校書郎而卒有集三卷今傳

南海旅次

憶帰本上越王臺臺在貢州此語往寺越王事見前註帰思臨高不易裁為客正當無鴈處留一作逢○衡州有回鴈峯在衡陽之南鴈至其處不過故園誰道有書来以無鴈故無書城頭早角吹霜盡郭裏殘潮蕩月迴蕩一作帶心但百花開未得年卜争向被春催

陪湖南李中丞壇宴隱溪

竹林啼鳥不知休羅列飛橋水乱流觸散柳絲迴王勒約開蓮葉上蘭舟酒邊舊侶真何遜宋向遜字仲言八歳能賦詩沈約嘗謂遜曰吾每讀卿詩一日三復猶不能已其為名流所称如此雲裏新声是莫愁石城有女子名莫愁善哥声故樂府有莫

[illegible]孤臣回
首長安遠
可是塵緣
未斷謾惆
悵華胥夢
短滿懷迷
恨數點寒
灯幾声歸
鴈

[illegible]太平年調

燭影搖紅

梅雪初消
麗譙吹罷
單于曉使
君千炬起
迤春哥吹
香風暖十
里珠簾卷

曉君值主人嫌晝短應陪秉燭夜深遊長何不秉燭遊

○崔魯 曾廣明間舉進士有詩幾集傳于世

春日即事 長安

一百五日又欲来梨花梅花參差開行人自笑不歸去瘦馬獨吟真可哀杏酪漸香鄰舍粥鄴中記寒食三日為醴酪又煮粳米及麥為酪擣杏仁煮作粥榆烟將變舊爐灰周古史考燧人氏鑽木取火春取榆柳之火夏取棗杏季夏取桑柘秋取柞楢冬取槐檀畫楼春暖清歌夜肯信愁腸日九回

過䜌溪渡

緑楊如髮雨如烟立馬危橋獨喚舡山口斷雲迷舊路渡頭芳草憶前年身隨遠道徒悲梗戰国策蘇戍謂孟嘗君曰有土偶人與桃梗相與語土偶曰今子東国之桃梗也刻削子以為人天降雨子漂流而去則子泛泛者將何如也世謂羈旅為泛梗飄蓬者始此矣詩賣明時不直錢前漢灌夫貧於武安君田蚡席行酒至蚡上曰吾不飲大怒喜笑曰將軍貴人次至

攏人正在
邊來閑花
賣薪買酒
立馬傳觴
昇平重見
○誰識驚
頭去年曾
侍傳柑宴
至今衣袖
帶天香行
處氤氳滿
已是春宵
苦短更莫
遣歡遊意
嬾細听帰
路塋月光
中玉簫声
夜

故侯謂貧方與程不識耳語又不避席大無忻發怒乃罵賓曰平生前程不直一錢今日長者為壽乃効兒女曹呫囁耳語耶帰去莛臺還有計釣舡春雨日高眠

春晚岳陽城言懷二首

烟花零落過清明異國光陰老客情雲夢久陽愁裏色書禹貢雲上夢作義○桂折左傳注云夢跨江之南北洞庭春浪坐來聲郡国志云岳州在洞庭右彭蠡洞庭在巴陵縣西横嘗七八百里路也天邊一與舊山別江上幾看芳草生獨凭闌干意難寫凭闌作倚暮笳鳴咽調孤城詩意謂久落巴陵思鄉之意發於笳調

又

翠烟如鈿柳如環晴倚南楼獨看山京國草苍三月暮帝城麈夢一年閒虛舟尚歎縈難解莊子方舟而齊向有虛舟我獨舟雖有偏心之人縱不慈也忽有一人在其上則惡声隨之不慈而今也慈向也虛而今也実向飛鳥空慙倦未還晋陶淵明帰去来辞曰雲無心以出岫鳥倦飛而知還可侶不驚鷗言父半垂因欲月岜尋上

文選天……

新詩 深院晝卷
吐吞簾開
綵衣紈扇
午風清暑
兒女紛紛
新結束時
樣釵符艾
虎、釋注
歲時制以止
惡氣人端
午以綵會
篆符為釵
頭符以疋
道之○釋
問記端節
人皆採艾

之泉引盈車之魚云○左思吳都賦釣餌縱橫網罟接緒衡
廬詹公巧
須任父

○張祜 字承吉南陽人太和時卒于丹陽今有詩集一卷行于世

洛陽感寓

擾擾都城曉四開不關名利也塵埃千門甲第身遷入宅玉人
以甲乙次第之故云科甲第萬里銘旌死後來銘旌送葬者書生前爵号名位洛水暮烟
橫莽蒼三嗅一作云蒼上声○莊子適莽蒼者三飡而反腹猶果然謂一望之地邙山秋日露崔嵬
北邙山在洛陽須知此事堪為鏡書曰人無於水鑑當以人鑑莫遣黃金謾作堆
後漢董卓作郿塢有金數十萬斤

○顏萱

過張祜處士丹陽故居

萱與故張祜世家通舊尚億孤稚之歲與伯氏承處士撫抱之仁因管幹為神童期孔融為稀……

□□為人□于門以閙和氣早已有遊人觀渡老天逢場備作戲任白頭年少爭旗鼓溪水急浪花舞○灵物標到尚如許憶生平既紉蘭佩又懷椒糈誰信騷魂千載後沙底垂涎角黍

光陰徂謝二紀于茲適經其故居已易他主訪鄰孤之所止則距故居之右三十余步荊棘之下蓽門啓焉叟士有四男一女男曰椅兒挂子椅兒相兒問之二已物故唯化為孟郊南其女尚存欲揖祀与言則又求食女負矣位有霜鬓而黃冠体伏綠迎門乃詩時髮姬往氏與之話旧歷然可所差乎蔦被練偕燕非所有琴書圖籍盡爲他人又云橫塘之西有故田數百畝力既貧麥十年不註唯歲轍萬錢求免死所鳴呼昔為穆生置醴荊公立即者復何人哉因吟五十六字以開諸好事者

憶昔為兒逐我兄曾抛竹馬拜先生以竹馬小兒嬉戲者書齋已換當時主詩壁空題故交名梁任昉四子東里西華南客北叟俱不□孝壁其家声流離不振西華冬月着葛被練裙道逢劉孝標孝標愍然矜之曰我當為卿作論乃着廣絕交論以譏其故友○前序所引蔦被練裙以此豈是爭權留怨敬可憐當壟葬公卿柴桑草屋無人問猶向荒田責地征

○皮日休字襲美一字逸少襄陽人也咸通中及第為著作郎乾符乱出關為賊所殺有文數十卷詩集一卷滑臺集七卷

天說只……
鏡花怒把
作如今醒
到了料當
年醉死差
无若聊一
笑吊千古
秦樓月調
鵲橋仙
纖云弄巧
飛星傳恨
銀漢迢迢
暗度金風
玉露一相
逢便勝却
人間无數
○柔情似
水佳期如

過雲居寺玄福上人舊居

重到雲居獨悄然隔窓窺影尚疑禪不逢野老来聽法猶見

鄰僧爲引泉龕上已生新石耳壁間空帶舊茶烟石上千年台如耳鄰文石上如

木耳茶烟 煮茶烟也 南宗子弟時時到南宗曹溪禪也 泣把山花奠几筵文選任彥

井上蕭太傅啓云几筵之奠茲何可憑也

西塞山泊漁家

白綸巾下髮如絲綸音關 輕倚楓根坐釣磯中婦桑村挑葉去

小兒沙市買蓑歸雨来莕菜流魟滑春後鱸魚墜釣肥事見尊鮒

前注西塞山前終日客金陵西有西塞山近石頭城也隔波相羨盡依依李陵蘇武

書云臨風悵想能不依依

襄州春遊

信馬騰騰觸處行春風相引與詩情等閑遇事成歌詠取次

憂忍侄鵲　略歸略
[illegible]
牛郎織女七月七日當渡河使烏鵲為橋
两情若是久長時又豈在朝朝暮暮
中秋
水調歌頭
明月幾時有把酒問青天不知天上宮闕

衝邃隱姓名映竹認人多錯誤送客窺賓最分明今年單縧何曾看莫道猖狂侶衹行衙𥻘太祖尋恭衛召為教吏因人會賓客開試音勸皆令縱去故衣看今年草姣之服○注曰以綃帛為之今年蔽角士之謂也○鄭云礼記注䋄答黄色也

送從弟歸復州

羨爾優游正少年竟陵烟月似吳天孫宗依東皐雜録云丙駟至復州皆平地南至大江並无丘陵之險更江至石首始有淺山謂之竟陵者陵至北而竟謂之石首者石自此而首也竟陵復州縣車螯近岸無妨取本草車螯蜃蛤屬也○南史宋廬陵王義真居武帝憂會稽長史劉湛入因命饌酒炙車螯舴艋隨風不費牽廣雅曰舴艋小舟也宋元嘉有司奏曰揚州刺史王弘上會稽從事常詣辭列先見開余挑令何分之遣平未一乘舴艋一艘情麗过常用功無倍請免定奏之可也處處路傍千頃稻家家門外一渠蓮殷勤莫笑襄陽住為愛南塘縮項鯿齊張敬兒為刺史作大撸舡獻齊高帝帝曰奉槎頭縮項鯿一千八百頭○孟浩然襄陽詩試垂竹竿釣果得槎頭鯿漢編魚極美哀人以槎斷水因名為槎頭

人又是何年我欲乘風歸去唯恐瓊樓玉宇高處不勝寒起舞弄清影何以在人間○轉朱閣低綺戶照无眠不應有恨何事長向別時圓人有悲歡離合月有陰晴圓缺此事古難全但願

寄題羅浮軒轅先生所居

乱峯四百三十二元和志羅浮山之峯四百三十二也欲問徵君何處尋天子徵聘故曰徵君紅翠數声瑤室響紅翠山鳥名○十道志云羅浮山有巖房瑤室七十二所真檀一炷石樓深真檀香名也山都遺負沿流酒述異記廬陵人山之間有山都似人裸身見人便走自有男女其長四五尺常吊在於幽昧之中隨厥魅鬼物樵客容看化後金洛中紀異唐初進士宼式辟王俱謂業嵩高山王林樵者見山巖有道士曳輕羅被守一炉玉拜之道士白汝肯隨我戍去否玉辟之見炉中黃金斷然須臾乘空而去漏話其事從此謁師知不遠求官先有葛洪心晉葛洪為散騎常侍辭不受問交趾出丹砂求為句漏令帝以洪官高不許洪曰非欲為荣以有丹耳帝從之

送圓載上人歸日本國

講殷談餘着賜衣椰帆却返舊禪衣椰帆以椰木為帆檣也貝多紙上經文動貝多出摩伽陁國長六七丈冬不凋老語貝多婆力又漢言樹葉西域寫經用此出酉陽雜俎和意瓶中佛爪飛貝葉見經云譬清争摩尼珠袂於五色注梵言秦尼漢言如意也○宋史西河离石人劉薩訶於

人長久千
里共嬋娟

又調

（念奴嬌）

嶂高眺遠
見長空万
里雲无留
迹桂魄飛
來光射處
冷侵一天
秋碧玉宇
瓊樓乘鸞
來去人在
清凉国江
山如畫望
中烟樹歷
匕。我醉
拍手長歌

冊賜嫉孔河育王塔見於光明集泉州得鐵函之中又
有銀函盛舍利之又佛爪髮詔龍沙門釋雲迎之也
颶母

影边持戒宿波神宮裏受斋歸
領表志中秋夏間有暈如蝰
謂之颶母影必有颶風能覆
舟於海者大忌必禱之詩言圓載上人修持戒律精嚴
能使龍宮命食鎮遏颶風亦無害也波神謂龍宮也
家山

到日將何日白象新秋十二圓

屧步訪魯不遇

雪晴墟里竹欹斜蠟屐徐吟到陸家
晉阮孚性好屐或有詣
阮王自蠟屐嘆曰未
知一生能
着幾兩屐
荒逕掃稀惟柏子破扉開[illegible]染苔苍壁閑定欲圖

雙檜厨静空如飯一麻
端應經日擇品佛生遇維羅衛國為
太子后出家既歷深山到幽僻處苦
薩治藁布地正其坐月
食一麻一麥端坐六年在
擬受太玄今不遇可憐遺恨侣侯芭
揚雄傳侯芭鉅鹿人常
從雄居受其太玄法言

開元寺早景即事

客省蕭條柿葉紅樓臺如畫倚霜空銅池數滴桂上雨

箋[illegible]邀月
对影成三
客劝舞徘
徊風露下
今夕不知
何夕便欲
乗風歸然
[illegible]何用
驂鸞[illegible]水
晶宫裡一
声吹断横
笛

重陽 辛幼安調

金菊對芙蓉

今日我重
九莫負菊

[illegible]金鐸 声松杪風觀静時來

右注云銅池承露以銅為之

珠像側日本象上珠鶴馴多在宝幡中如今塵外虚為契今一作何

不得支公此會同支公為支道也

病孔雀

烟苍难媚思沉宜猶自擡頭護翠翎強聽紫簫如欲舞困眠

紅樹以依屏因思桂蠹傷肌骨漢南粤獻桂蠹一器應劭注曰漢書常以献陵廟載以赤轂小車師古注云桂蠹食蓮故未華而漬之以蜜食之甚甘美為憶松鶴換性灵灵一作真

盡日春風吹不起鈿毫金縷一星匕

聞魯望遊顏家園林病中有寄

一夜韶姿著水光謝家春草滿池塘晉謝靈運詩園柳變鳴琴池塘生春草細

桃泉眼尋新脉輕把長枝換宿香換一作染蝶欵試飛猶護粉鶯

初啼轉尚羞簧分明不得同君賞盡日傾心羨索郎晉[illegible]

老醜試柔
高処携手
瞑展上雀
蒐放月蒼
岸万仭雲
護曉霜成
陣知我与
君来古寺
倚修竹眺
檻絶子嗟
○笑談間
風蒲座酒
盈杯仙人
誇海休問
随処堤邃
采落日平
原西望鼓
角秋深悲

落何出美酒世人声詠為索郎故有索郎杯

病後春思

速銭錦暗磚鼠竄荊思才多詠郢君見郢君紅注孔雀鈿開窺沼

是石榴紅重墮階間岸愁有慶應如月揚子雲常怪屈原文過相如至不容作離騷自投江死悲其文讀之未常不流涕也以為君子則大行不得時則龍蛇遇不遇命也何必沈身乱乃作也往往摭騷七文以反之自岷山投諸江流以弔之名曰反離騷又作廣離騷等一卷因自名曰畔牢愁何畔離也牢聊也与君離愁而無聊也○樂府明之如月同時可擬春夢無心秖侶雲帰去来辭云雲无心而出岫應笑病

来慙蕭頣老殘妝作断腸文作或作个

館娃宮在硯石山盖以西施得名

豔骨已成蘭麝土宮墻依舊壓層臺雨壞逢金鏃吴越春秋吳越王以二千強弩射潮頭與海神戰自是水不近城弩臺臨高射弩之処也香逕泥消灵王釵館娃宮傍有採香逕娉様偷今硯沼只留溪鳥谷魂沼謂硯……

灵岩有是也……

臺細把茱萸滑一醉且徘徊
笄秋來景物皆勝賞况重陽正露冷欲霜輕烟不雨玉宇開張蜀人從來好事遇良辰不肯虛時光藥市家家簾幙酒樓巷巷絲簧○婆

空信野老埋子步兼其上也姑蘇麋鹿真閑事東西施誚退
軍玉渴西施淫荒無姑曰遊姑蘇子胥諫曰臣恐姑蘇不久為麋鹿之遊也須為當時一愴懷
家有秦章

以紫石硯寄魯

棣如金屬小能輕纖潤将融紫玉英石墨一研為鳳尾顏頭廣州

記曰懷化縣掘塹得石墨甚多清好可寫書○陸雲與兄書日三日上三臺得塹公藏石墨數上万斤云燒此消復可用不知兄頌見之否今送二螺○齊蕭鋒五歲高宗使李鳳尾諸一李即上帝大悅以玉麒麟賜之曰王麒麟賞鳳尾諾矣

寒泉半勺是龍睛龍睛謂研沼更騷人白芷傷心暗楚辭綠蘋齊葉兮白芷生

湛湛江水兮上有風目數千里兮傷春心狎客紅箋奪眼明陳江總後主之狎客也兩地有

期皆好用指騷人狎客也不須空把洗溪声

聞開元寺開筍園寄章上人

園鎖開声駭鹿群漓林鮮籜水犀文森森竟泫林稍雨攖攖

争穿石上雲攖音家竝出亦如鵝管合鸂鶒管与鵝羽同也各生沄侶大

陵老子丹
難忘鎮平
章也隨分
戲爲榮吏
綴席菊蓮
呼觴明年
未知誰健
笑杜陵底
事獨淒涼
不道頌開
口笑年〻
落帽何妨
東坡調
霜降水痕
收淺碧鱗
〻露遠洲

牙分漢書六牙相制拆烟束露如相遺何胤明朝不茹葷宋何胤字子季嘗入鍾山定林寺聽内典與後汝南何顒與胤書令食菜放胤衣年疏絕肉味○莊子人間世篇回之家貧不飲酒不茹葷

奉和魯望新夏東郊閑泛有懷

水物輕明淡佀秋多情才子倚蘭舟蘭舟見前注碧莎裳上携詩草黃篾樓中掛酒篘隋煬帝幸成都五品以上給樓舡九品以上給黃篾舡士簾竹為葦以護風雨蓮葉蘸波初轉棹魚兒簇餌未諳鈎共君莫問當年事一點沙鷗勝五侯漢婁護字君卿遊五侯之門王佐句餉之君卿乃合五侯所餉為鯖音征於耻洞煎利之也

奉和龜蒙四月十五日道室書事

望朝齋戒是尋常望朝即朔望也盡起金根第幾章金根經名竹葉飲為甘露色宜城九醞名竹葉酒〻述異記庾亮迎吳猛登廬山過石梁見一翁坐桂樹下以玉杯承玉膏甘露與猛蓮花鮓作肉芝香仙傳拾遺云進士蕭靜之掘地得物類人手肥㨿而微紅烹食之後遇異人曰爾嘗食仙藥矣因告之曰此名……

庶六軟
七破帽多
情却恐頭
○詩酒若
為酬但把
清樽斷送
秋方事到
頭都是夢
休七明日
黃花蝶也
愁
黃花吟調
鷓鴣天
黃菊枝頭
破曉寒人
生莫放酒
杯乾風前
橫笛斜吹

染石床剩散與君終此志禎仙唯恐鬢成霜

次韻者厭新醅

一簣松花細有声（仙家以五粒松花釀酒服之香美延年○簣酒器也）旋將渠椀撇寒清（昭明太子料進酒云洛陽輕薄子長安遊俠兒宜城溢渠就中山辟王后）秦吳只恐鬺來近（江文通別賦兒秦吳分詎國）劉項真應醲得平（詩言漢高祖與項羽爭天下因此醞釀亦可得和平也）

酒德有神多客頌（晉劉伶作酒德頌）醉鄉無貨沒人爭（王績字無功作醉鄉記）江湖烟水即山月合向樽前問姓名（五湖在大江之南即山居岱山之比如風馬牛之不相及惟醉鄉中可合而為一也）

次韻魯望以竹夾藤見寄

閒於玉筋滑於龍来自衡陽翠彩中拂潤恐飛清夏雨叩虛疑貯碧湘風大勝書客裁成簡頗勝溪翁截作筒從此角巾因爾戴（晉羊祜與弟秂書曰既成邊事福角巾東路歸故里為容棺之厥也）俗人相訪若為通

酹醉重簪
花倒着冠
一身律杖
更加飡飯
樽歌板盡
清歡黃花
白髮相牽
晚行與時
人冷恨着
[illegible]調
西江月
點點樓前
細雨重重
江外平湖
當年戲馬
會東徐令
日淒涼南
浦○舊恨

夏景無事因懷章來二上人

簷景微陰正送梅（梅風上見江南四月雨謂迎梅五月雨謂送梅）幽人逃暑著癭楠杯（謂以木癭為酒杯也）水花移得和魚子（水花蓮也）山蕨收時帶竹胎（特帶作來嘯）館大都偏得月醉鄉終竟不聞雷（劉伶酒德頌靜聽不聞雷霆之聲）更無一事惟留客卻被高僧怕不來（用遠法師蓮社招陶淵明事）

贈王山煉師

貰酒攜琴訪我頻始知城市有閑人君臣藥在寧憂病子母錢成豈免貧年長每勞推甲子夜寒初共守庚申近來聞說燒丹處玉洞桃花三月春

閨情代

梧桐葉落雁初收（淮南子梧桐一葉落而天下知秋）迢遞無因寄遠衣月照石泉金點冷鳳酣簫管玉聲微（空洞靈章日直人吹九鳳之管）佳人力杵秋

且交紅粉相扶酒闌不必看茱萸俯仰人間今古

李易安

醉花陰

薄霧濃雲愁永晝瑞腦噴金獸佳節重陽玉枕紗廚半夜秋初透○東籬把酒黃昏後有暗香盈袖莫道

屢夕落子從征農稼穡婦岩子行不歸空房誰獨守　遠望

戍樓天欲曉蒲城鼙鼓白雲飛鼙鼓見前注

江樓曉望

湖山翠歎結朦朧汗漫誰遊夕照中淮南子盧敖遊玄闕見一道士傲然笑曰吾與汝漫游于九垓之士初語燕雛知社日燕以社日来社日而去習飛鷹隼識秋風月令季夏鷹乃學習波搖珠樹千尋拔山鑿金陵萬仞空楚威王以金埋金陵有王氣埋金鎮之曰金陵不欲登樓更懷古斜陽江上正飛鴻

高駢字千里幽州人也崇文之孫初為府司馬遷侍御史西川節度使仕至平章事封勃海郡王時巢大亂駢擁重兵以誤任吕用之等誅詩一卷行于世

寄鄠杜李遂良處士

小隱堪忘世上情晋王聚琚夜招隱云小隱匕林藪大隱匕湖南伯夷齊首陽避雅伏柱史可能本身夢入重城池邊寫學師前輩後漢張芝臨池學書池水盡黑家之衣帛先書而後練之

不消竟蕪
捲西風人
佀黄花瘦
除夕
明清水調
東風齐着
力
殘臘收寒
三陽初轉
已换年華
東君律管
迤邐到山
家处々笙
簧邑佛會
佳宴坐列
仙娃花叢
裏金炉滿
泛寶鼎回

座右題銘律後生後漢崔子玉坐右銘無道人之短無說己之長施人慎勿念受施慎勿忘云唫
社客歸秦渡晚醉卿漁去漢陂晴漢陂長安西南礼水諸侯也杜工部有漢陂行春
来不得山中信盡日無人傍水行

庚寅歲新羅弘惠上人與本國同書請曰休為靈鷲
山題周禪師碑將還以詩送之

三十麻衣拜渚禽列子之人有好鷗鳥者每旦從之意豈知名字徹雞林雞林新羅
地名勒銘雖即多遺草漢班固為竇憲勒銘燕山越海還能抵萬金鯨鬣曉
掀峰正崔鼇晴夜沒島還深二千餘字終天別東望辰韓淚
灑襟後漢東夷傳韓有三種一曰馬韓二曰辰韓三曰弁韓

○張賁

奉和曾望白菊

雪彩冰姿號女華唐本草菊花一名寄身多是地山家汪浮

轉莖簃深意祝壽山福海增加王觥滿泛且莫厭流霞卒有迎春壽酒根瓶浸幾朶梅花休悴醉园林秀色百草萌章

又調

送我入門来茶甌安桌實楂掛戶

也服年入十歲老人可変為童兒即地仙之意也 者初爵

國和霜立幾處東籬伴月斜謝客瓊枝空貯恨 晋謝惠連雪賦云瓊列璧

皆休庭變掏 表郎金鈿不成誇自知終古清香在更出梅妝弄曉

霞 見前註 海收巳

羅鄴 餘杭人與宗人隱齊名故號三羅。歲滴中舉進士不第有詩集行于世

洛水

一道潺湲濺暖莎年ヒ惆悵是春過莫言行路聽如此 路一作客 深入深宮恨更多橋畔月來清見底柳邊風去綠生波縱然滿眼添歸思未把漁竿奈爾何

下第書呈友人

清世誰能便陸沉 莊子則陽篇孔子之楚舍於蟻丘之漿其隣有夫妻臣妾登極者仲尼曰是陸沉者是也注陸沉隱者沉不在水而在陸極壘極也 相逢休作憶山吟 昌靈徹詩云[illegible]書道休官去[illegible]

神龍裂竹
轟雷動金
流光四序
式遁回須
知今歲今
宵盡俗類
堯明年明
日惟向今
夕是處迎
春送臘羅
綺筵開○
今古偏同
此夜賢愚
共添一歲
貴賤仍偕
互祝遐齡
山海圖雄

何曾見一人若交仙桂在平地更有何人肯□心去國漢妃還偶王漢王嬙字昭君在元帝宮中宮人多不得常見乃使畫王圖其形宮人多賂畫王昭君自恃其貌不與及匈奴入朝選宮人配之昭君以圖當行入辭光彩射入睐動左右亡家石氏豈無金石崇之富不貨為趙王綸所誅王嬙之貌李倫之富可以保其寵享其安然竟不免敗國亡家者何也一有命也故詩之意謂才綱館高而下第者是有命也且安懷抱莫惆悵瑟調高樽酒樽一作期當以深遠大為期也

東歸

日日惟憂行役遲東歸可是有家歸却緣桂玉無門住桂玉見前注不羨山川去路非春樹夢愁春鳥弄吳江釣憶錦鱗肥見前張齡注桃夭杏豔清明近惆悵當年意盡違

僕射陂晚望僕射陂在鄭州東二里後魏孝文帝賜僕射李沖世因呼為僕射陂

離人到此倍堪傷陂水蘆花似故鄉身事未知何日了馬蹄

佳覺到秋亡條中歲時記進士下第常年十一月後敕田

醴石崇富 呼王公錢 錢鏗即彭 祖寿八百 歳也 更潘岳儀 容子建才 伏東風尽 力一齊吹 送入此来

宋祁 真調 念奴嬌 怖天翠柳 被何人推 上一輪明 月照我藤

年落東帰晚道路辛艱北去長安遠無愁是泪怎雙ヒ 神秘

下殘陽

錢起 字仲文吳興人天宝十年及第授秘書郎大曆中為翰林學士有詩集行於世

贈闕下閻舍人

二月黃鸎飛上林春城紫禁曉陰ヒ 謝希逸貴妃誄曰收華紫禁李善注宮家紫微故名紫禁 長樂鐘声花外盡 李白詩云聽鍾世長樂傳鼓到新昌 龍池柳色雨中深

陽和不散窮途恨 窮途見阮籍注 霄漢當懸捧日心 獻賦十年猶未

遇 前漢司馬相如上林子虛等賦 羞將白髮對華簪 陶淵明詩此事真須縱聊用忘華簪

盧綸 字允言河中人舉進士不第大曆初元載薦之累遷檢校戶部郎中監察御史稱疾去卒有集今傳

長安春望

東風吹雨過青山却望千門草色閑家在夢中何日到春来

江上幾人還川原繚繞浮雲外宮闕參差落照間誰念為儒

珠簾侶□飛入瑤臺銀闕露冷瑶簫風清環珮玉鑾无人製閑雲收尽海光天影相接○誰信有藥長生素娥新煉就飛霜液雲擊碎珊瑚爭倍看仙娃扶睞奇絕洗尽凡心滿身青□□

逢世難獨將衰鬢客秦關

夜投豐德寺謁液上人

近夜風中有磬声偶逢樵者問山名上方月曉聞僧語下路林暎見客行野鶴巢邊松最老毒龍潛處水偏清願得遠公知姓字焚香洗鉢過浮生

送崔珦赴州幕

五馬臨流待幕賓三千石有五馬車妹詩人生五馬貴莫受二毛侵○謝安王坦之嘗謁坦温論事温令郗超帳中臥聽之風動帳開安笑曰郗生可謂入幕之賓矣羨君談笑出風塵身閑就養親長辭遠養去声○能一作家世難移家莫厭貧天際曉山王峽路座山有上中下三峽津頭臘市九江人九江見前注何處遥知最惆悵滿湖青草鴈声春有青草閑

鬢明朝
壟記取休
向人說

新刊三訂便蒙唐詩鼓吹卷之二終

辨體詞調　卷之三　春景

姚央翡翠小小思珍偶眉黛歛秋波盡湖南山明水秀娉々嫋々恰似十二餘春未透柳枝瘦正是愁時候○尋芳載酒肯落誰人後紙

新刊三訂便蒙唐詩鼓吹卷之三

資善大夫中書左丞　郝天挺　註

至德中途中書事卻寄李瀾

乱離無處不傷情況復看碑對古城路遶寒山人獨去月臨秋水鴈空驚顔衰重喜歸鄉國身賤多慙問姓名今日主人還共醉應憐世故一儒生

晚次鄂州

雲開遠見漢陽城猶是孤帆一日程（一或作半）佳客晝眠知浪靜舟人夜語覺潮生（潮江潮也舟人夜覺潮生則縱其纜索）三湘愁鬢逢秋色（鄭樂）（山海經洞庭波江湖水流水皆會巴陵號曰三湘）萬里歸心對月鳴舊業已隨征戰盡更堪江上鼓鼙声

○司空曙（字文明廣平人韋皐招致幕授洛陽主簿終虞部郎中有集）

花落於…
緑成陰青
梅如豆亡
期得處每
自不由人
長亭柳君
知否千里
觴回頭
宛逸友調
総心動
仙苑春濃
小桃開枝
上巳堪攀
折下雨尔
驕輕暖輕
寒漸近賞
卷時勸柳
搓金樹東

題靈雲寺　淩雲一作

春山古寺遶烟波石磴盤空鳥道過鳥道見前註百丈金身開翠壁後漢明帝永平二年夢金人長丈六飛至殿前帝問羣臣通事舍人傅毅對曰臣聞西域有道者得無是乎帝遣王道等往西域求佛法以白馬駐經入洛陽此中土有三寶之始也出大藏一覽萬龕燈焰隔烟羅雲生客到侵衣濕花落僧禪覆地多不與方袍同結足一本作詩朴○洛陽伽藍記曰僧肇法師製袈回論合為一卷曾示廬山遠法師歎欣不已又呈劉遺民歎曰不意方袍復為平步方袍出此下歸塵世竟如何

送曲山人歸衡州

白石先生眉髮光劉向列仙傳白石先生者中黃道人弟子嘗煮白石為粮因白石為居亦食脯飲酒日行三四百里彭祖問白石先生何不服藥仙去先生曰天上至尊相奉至難更若人間耳已一分甜雪飲紅漿白日歛雪英華作甜雪武帝外傳七月七日西王母降教帝曰欲長生者先取諸身堅守混沌三官精徒在洛宮黃乘天貞之所服非不征可服其次有九丹金液紫華之太大清紅云之裝絳雪二黃及灵飛之□九十二事以授帝

風軟[illegible]櫳
幽[illegible]弄舌
断魂遠閑
尋譽往頻
成愁結○
此恨無人
共説還立
盡黄昏寸
心空切強
整繡衾独
掩朱扉簾
枕為誰鋪
設夜長官
漏傳声遠
紗窗映銀
紅明滅夢
回處梅梢

所也

中半染烟霞氣語笑兼和藥草香弟洞玉京流暗水弟洞[illegible]弟山之

衡山碧色映朝陽衡山南岳也十年城郭如相閱華表我已有

夜霜見下令前註

寄胡居士

日暖風微南陌頭青山紅樹起春愁伯勞相逐行人別岐路

空歸野水流偏意尋僧同看雪誰期載酒共登樓為言惆悵

嵩陽寺明月高松應浪遊

陳羽江東人貞元八年陸贄下第二人登科歷東宮尉佐有詩集傳于世

送友人及第東歸

五陵春色泛花枝張平子西京賦曰南望杜陵北眺五陵心醉花前遠別離一解

作辭落第耻為關右客成名空羨里中兒鴻書沛公略也陳留沛公之麾下騎士適

酈食其里中子沛公時時問邑中賢豪騎士語食其食其曰

秦樓東风
裏燕子還
来尋舊壘
餘寒猶峭
紅日薄侵
羅綺嫩草
方抽碧玉
茵媚柳輕
拂黃金縷
鶯轉上林
魚游春水
○幾曲欄
杆　又
是一番新
桃李佳人
應怪歸遲

帝見之因使說斉者門前别愁分處山花燈殘夢到君家住

洞庭多釣伴因来相賀語相思漢蘇武詩生當復来歸死當長相思

長安卧病秋夜右懷

九重門鎖禁城秋月過南宮漸映樓紫陌夜深槐露滴天有紫微垣人主之宮象之宮曰紫宮又曰紫禁歌曰紫宸京都之陌曰紫陌碧空雲盡火星流詩七月流火西流

傳火猶風清刻漏傳三殿唐書將軍李守忠奏三殿上所置渾天儀洞漏上津流出謂說德殿及東西廊也幹苑在其後甲第歌鍾樂五侯文選陸機詩云甲第崇高闕注第一宅也○杜詩云詔從三殿出歌與蘭又云前漢王氏五侯同日而封

楚客病来鄉思苦寂寥燈下不勝愁

○戴叔倫字幼公閩州人貞元中進士後官撫州刺史遷容管經略使卒有遺藁傳于世

酬耿少府見寄故縁也

方丈蕭蕭落葉中高僧傳舍利國有維摩以宅唐溢夢中丈玄策因向印度明宅以笏量其址

[illegible]淚流
[illegible]聲絶
沉孤雁望
斷清波無
双鯉雲山
万里寸心
千里

秦少游詞

滿庭芳

曉色雲開
春隨人意
驟雨纔過
還晴古臺
芳榭飛燕
蹴紅英舞
困榆錢自
落鞦韆外
綠水橋平

十笏故號為方丈暮天深巷起悲風流年不盡人自老外事無端[illegible]

巳空家近小山當海畔（畔作涯有王小山等招隱十篇）身留環衛蔭墻東（漢逸王君公遭亂獨不去會件自隱時人為之語曰避世墻東王君公以為少府識近官閑故云環衛魯書金五衛亦名環衛）

遥聞相訪頻逢雪一醉寒宵誰與同

○李嘉祐（字從一趙州人天寶七年進士為秘書正字累官至日袁二州刺史有集今傳于世）

宋中舍遊江東

孤城郭外送王孫（前漢韓信傳哀王孫而進食豈望報乎）越水吳州共爾論

野寺山邊斜有逕漁家竹裏半開門青楓獨映搖前浦（杜詩云騷騷搖青楓浦）

白鷺閑飛過遠村若到西陵征戰處（三國志吳陸抗上表曰西陵建平國之西門即虎門也）

不看秋草自傷魂（文選江文通別賦黯然銷魂者惟別而已矣）

自蘇至望亭驛人家盡空春物增思悵然有作

南浦蒹葭疑白頭東吳黎庶逐黃巾（後漢末年黃巾盜起）野棠自發空

東風??
門映?低
按小秦箏
○多情行
樂處珠鈿
瑤盞金?
紅纓斷酒
空牖?茶
困蓬廬豆
寇梢頭?
恨千年夢
承指胡?
況爛久味
煙淡日微
秋百舊城
乘子京調
玉樓春
東城斷貧

流水江煙初升不見人 餘隊青黛綵嫁不可勝計于壯則如
斬藏嬰兒貫於槊上盖舞以為戯所謂郡縣荒也無餘春燕偏來巢於林木 遠桐依ㄴ如泛客平
田鄰ㄴ獨傷神那堪回首長洲苑烽火年ㄴ報虜塵
題靈臺縣東山主人
廢ㄴ征胡人漸稀山村寥落暮烟微門臨莽蒼經年閉 莽蒼荒蕪
色也 身逐嫖姚幾日歸 嫖姚將軍霍去病也詳見前注 貧妻白髮輸殘稅餘寇
黃河未解圍天子如今能用武只因歲晚息兵機
早秋京口旅泊 京口南徐即潤州也
移家避寇逐行舟厭見南徐江水流吳地征徭非舊日秣陵
彫弊不宜秋 秣陵金陵也 千家門戶無砧杵七夕何人望斗牛 斗牛
見前注 只有同時驄馬客 漢桓典為御史執法無所回避乘驄馬而出求師栲之語曰行ㄴ且止避驄
驄馬御史 偏題尺牘問窮愁 尺牘以木為書其上○史記虞卿非窮愁亦不能著書

風光好皺[illegible]紋迎絡持[illegible]揚烟外晴雲輕紅杏枝頭春意鬧○浮生長恨歡娛少肯愛千金輕一笑為君持酒勸斜陽且向花間留晚照

又調

歸鴻道燕子呢喃景色年長

贈別嚴士元　此詩又見劉長卿集

春風倚棹闔閭城　○說王槳懷得詩倚棹從輕謂曰暮山何青　○越絕書吳王闔閭築城國四十七里陸門八象八風水門八象八卦○吳都賦重城結闕通門二八郎今蘇州是也　水國春寒陰復晴細雨濕衣看不見閑花落地听無声日斜江上孤帆影草綠湖南萬里情東道儻逢相識問　左傳燭之武曰若舍鄭以為東道主行李之往來供其乏困　青袍今已誤儒生

姚鵠

訪遇真觀趙尊師不遇　遇貞一作王真

羽客朝元晝掩扉林中一逕雪中微松陰滿院鶴相對山色滿樓人未歸盡日獨思風馭返　風馭見列子注　寥天幾望野雲飛憑高目斷無消息自醉自吟愁落暉

杜牧　字牧之京兆人也太和二年進士奉賢良方正為江西團練府巡官累遷左補闕監察御史進中書舍人

集禾傳

李給事 給事即李敏也

一章緘拜皁囊中 漢文帝集上書皁囊為帷帳後漢靈帝以災異數見特問蔡邕七上表以皁封進陛
九章表言密事用皁囊 歷〻上朝廷有古風元禮去歸緱氏學 元禮漢李膺字潁川
人性簡抗無所交接為司隷校尉及黨事下黃門北寺獄還徹膺乃退車緱氏縣教授生徒○李給事因論鄭注告論歸陽
江充來見犬臺宮 前漢江充字次倩邯鄲人見上於大臺言趙國事隙殺趙太子後遭巫蠱事衛太子死充被誅○鄭注嘗對帝於谷室故云之
紛紜白晝驚千古鐵鎖朱殷幾一 鐵斧也鑕碪也刑人之具楊雄解嘲云徽以糾墨製以質鎖鐵左傳曰左輪朱殷注故本集注云鄭甘露之事也
空
笑從新人不會貴 霍光傳客有為主人者見其竈直突傍有積薪謂主人曰更為曲突遠徙其薪否者將有火患主人不應後果失火
海邊今作釣魚翁

春[illegible]區
林方老如
綉海棠經
雨[illegible]脂[illegible]
御長宮看
翠拂行人
首○向郊
原踏青[illegible]
歌謾手醉
飄々尚[illegible]
芳草問牧
童遥指孤
村道杏含
深處那裡
人家有一
又調
全編選
杏香[illegible]

道一大尹存之庭羨二學士簡千聖明自致霄漢妝

支離窮悴竊於一麾書羨歌詩兼自言志呈上 三

蕊濆知白
古皇都春
甲蹟ヒ来
時吻陌漸
羞笑草恵
開天桃杖
雨奔碎影
紅飾清沼
游院悄綠
楊影裏鶯
声低功○
早是賤淂
多情更対
景塩風頓
臺歡笑数
曲闌干故
人謾旁登
飛天絲鼓

君子

九金神鼎重丘山漢郊祀志武帝與神鼎一一者一統天地人萬物所係家也黃帝作寶三三者天地人

禹收天下之銅鑄九鼎以象九州五玉諸侯雜佩環書舜典修五禮五玉注五等諸侯所執五也跡

公執桓圭侯執信圭伯執躬圭子執穀璧男執蒲璧星座通霄狼鬣暗後漢郎官上應列宿座通霄言

君子在位得時行道也○六象列星蜀曰天孤九星在狼星東南為天弓也主備盜賊常屬天向狼星魏明帝景初二年

八月庚寅夜天流星長數十丈白色有芒鬣詩言狼鬣猶小人不得志也成揵吹角虎牙開後漢來歙

也蓋延曰虎牙何敢然漢將軍之號也斗間紫氣龍埋獄注見前天上洪爐帝鑄

顏揚子或曰人可鑄與曰孔子鑄顏回矣注顏子不孝亦常入耳焉孔子致之乃變幾乎道是季猶鑄也若念

西河舊交友魚符應許出函關隋書高祖頒木魚符於總官刺史唯一雄又木魚符頒於

外官五品之上

故洛陽城有感

一片宮墻當道危行人為汝去遲遲孟子遲遲吾行也萬華苑裏秋

雲过尽乱
風鎖一竿
斜照帰路
杳可風溪
零多少
詞
晴嵐低楚
旬令回鴈
遠陣勢起
平沙驟鷥
春在眼借
問何時委
曲到山家
塗香暈色
盛粉飾爭
作妍華千
万絲陌頭

風起後漢灵帝光和二年作畢圭灵昆苑周一千五百歩一西苑周三千三百歩皆華夢之注並在洛陽宣平門外
出平樂館前斜日時張衡東京賦曰其西則有平樂都城視遠之館黨錮豈能留漢
後漢張成弟子牢修上書経告李膺等养太学将上交納諸群生徒誹訕朝廷疑乱風俗帝大怒乃逮捕黨人如竇
武刘淑陳蕃[illegible]杜密之徒皆在黨中死者六七百人分
欲得宗爲試帝嘉之群臣賀以為周爲吾立春王曰今吳繼
周昭德並行天作有德天所以与吳宅爲是乃吳爲非周爲也上曰善清談空鮮識胡兒晋書戴記
石勒敗洛陽倚嘯上東門王衍見而異之曰向胡雛吾觀其声恐為天下之患也請収之會勒已去王衍能清談
千燒萬戰坤多死慘慘終年鳥雀悲

潤州郡鎮江府也

向吳亭東千里秋向吳亭在潤州治之西南也放歌曾作昔年遊鮑照有放歌
行青苔寺裏無鳥迹綠水橋邊多酒樓大抵南朝皆曠達晋南
渡後胡毋輔之射鯤畢卓羊曼桓彝阮放閉室酣飲將積為八達可憐東晋最風流晋五湖雲褆元帝都
建業故曰東晋風流指王謝也月明更想桓伊在桓伊見前注一笛聞吹出塞愁

楊柳漸七
可勝鴉○
堤空消江
東注登舸
西流指長
妾日下愁
宴闌鳳翻
頭尾潮艤
爲紗今朝
正對初弦
月傍水驛
深叙重陵
沉恨处听
七自別灯
七八

又調

浣沙溪

水漲魚天

晉刘寿曾辟乱烏壁貫胡百數欲害之寿無懼色援笳而吹爲出塞入塞之声以動其群胡皆垂涕而去○古樂府有出塞入塞之曲

又

謝朓詩中佳麗地謝玄暉鼓吹曲江南佳麗地金陵帝王州逶迤帶緑水迢遰起朱樓夫差傳

囊水犀軍国語曰吴敗越於會稽勾践従因人曰寡人不量力與人曰寡人不量力與人国報仇寡人之罪也親為夫差先馬而歸乃誓言其衆曰寡人聞古之長君不患其報不足患志行之不少恥今夫差衣水犀之甲者三千人不患其志行之少恥患其衆不知也○南越志云平定縣臣海有求降侶午其比入有光水為之海也城高鐵甕

橫強弩柳暗朱樓多夢雲畫角愛飄江北去釣歌長向月中

聞楊州塵土試田首不惜千金借与君

宣州送裴但判官往舒時牧欲歸京

日暖泥融雪半消杜詩云泥融飛燕子行人芳草馬声嬌九華山路雲

遮寺九華山在池州清弋江村柳拂橋清弋江在宣州宣城縣西五十里君意如鴻

折桃穠李鳩施兩過江皐一番春信入東郊○閑展鳳團消短夢靜看燕子壘新巢又移日影上花梢

歐陽永叔

調浣溪沙 春肖

湖上朱橋響畫輪溶々春水浸春雲碧琉璃滑淨無

高飲上我心懸旆正搖々 微匡秦楚王曰寡人之心搖々如司中之旆射玄蟬詩旅思搖々

同來不得同歸去故國逢春正寂寥

登池州九華峯寄張祜

百感中來不自由角聲孤起夕陽樓碧山終日思無盡芳草何年恨始休睫在眼前猶不見道非身外更何求孟子道在邇而求諸遠事在易而求諸難何人得似張公子指張祜處士千首詩輕萬戶侯

九日齊山登高

江涵秋影鴈初飛與客攜壺上翠微翠微見前注塵世難逢開口笑莊子人生上壽百歲中壽八十下壽六十病瘦死喪憂死喪憂患其中開口而笑者而笑者四五日而已菊花須插滿頭歸但將酩酊酬佳節不用登臨歎落暉古往今來只如此牛山何必淚沾衣列子齊景公遊於牛山北臨其國城而流涕曰美哉國乎鬱々芊々若何滴去此國而死乎使古而無死者寡人將去斯而何之史孔梁丘據從之泣晏子獨笑於傍曰吾君方將披蓑笠而

歷○當路遊絲縈醉客隔花啼鳥喚行日斜歸去李何春

黃鶴皆調　踏莎行　賞春

臨水夭桃倚牆繁李長楊風掉青驄尾坐中有酒可酬春更尋何処无愁地○明日重來落花

立乎缺亂之中惟事之恤何暇念死乎

齊安郡晚秋

柳岸風來柳漸踈使君家似野人居杜詩重來休作野人居雲容水態還堪賞嘯志歌懷亦自如雨暗殘燈棋散後酒醒孤枕雁來初可憐赤壁爭雄渡赤壁屬黃州三国志曹操与周瑜遇赤壁初戰曹軍不利引次江北後有烏林之敗唯有簑翁坐釣魚

得替後移居霅溪館在湖州牧常為刺史

萬家相慶喜秋成處處樓臺歌板声千歲鶴歸猶有恨千歲鶴見前注一年人住豈無情夜涼溪館留僧語風定蘇潭有月生唐蘇懷為烏程尉隨此潭間有人語云鉄出後果外相故名蘇公潭有記有丐在州治之果景物登臨閑始見題為閑客此閑行

柳

陂綠芭蕉漸看山公啓欲箋心事寄天公教人長寿尊前醉

歐陽永叔

又調

浣溪沙 春景

小院閑窗春色深重簾未捲影沉ㄑ倚樓无語理瑤琴。遠岫出雲催薄暮細風吹

日落水流西復東春風不盡柳何窮巫娥廟裏低含雨宋玉門前斜帶風莫將榆莢共爭翠深感杏花相映紅灞上漢南千萬樹幾人游宦別離中杜詩漢南因老 灞上遠愁人

送劉秀才歸江陵

綵服鮮華覲渚宮高士傳老萊子年七十衣斑斕之衣為嬰兒戲于親前。杜詩朝夕高堂念應宜彩服新。左傳楚子西沿漢泝江將入郢王在渚宮今之城楚船宮地也梁元帝名以渚宮鱸魚新熟別江東劉郎浦夜侵舡月。郡国志刘浦娶孫夫人婚為楚也因名之 荊州郎刘郎浦在荆州岩首縣沙步東宋玉庭春弄袖風江陵有宋玉庭落ㄑ精神終有立飄ㄑ才思杳無窮司馬相如上大夫賦武帝賞之曰飄ㄑ有陵雲之氣誰人豈上為金口陽子曰如將復駕其說者則莫若諸儒而金口而木舌借取明時一薦雄

題青雲館屬閒於

虬蟠千仞劇羊腸文選魏文帝詩羊腸阪詰曲車輪為之摧天府由來百二強史

雨弄輕陰梨花欲謝恐難禁

秦少游調　如夢令　春景

門外綠陰千頃兩々黃鸝相應睡起不勝情行到小梧金井人靜人靜風弄一枝花影

又

鶯嘴啄花紅溜燕尾

蘇秦說秦惠王曰秦四塞之國披山帶渭東有關河西有漢中南有巴蜀北有代馬此天府也○前漢高帝紀田肯賀上曰秦形勢之國也帶河阻山懸隔千里持戟百万秦得百二焉蘇林曰秦地險固二万人足當諸侯百万也

四皓有之輕漢祖四皓事見前注張儀無地與懷王史記張儀說楚懷王使絕齊請獻商於之地六百里楚遂絕齊使將軍隨張儀受地儀至秦佯墮車三月不朝齊秦交合儀乃出謂楚使曰臣有奉邑六里願獻大王楚王大怒帳連雲影羅陰合枕繞泉声客夢凉深處會容高尚者易蠱卦上九曰不事王侯高尚其志水苗三頃百林桑水苗稻挿也

殘春寄張祐

暖雲如粉草如茵獨步長堤不見人一嶺桃花紅錦黦半溪山水綠羅新高枝百舌猶欺鳥百舌鳥名帶葉梨花獨送春仲蔚欲知何處在苦吟林下拂詩塵

寄浙西李判官

燕臺上客意何如燕昭王築黃金臺以[illegible]四五年來漸々疎直道莫

點波綠皺指冷玉笙寒吹徹小梅春透依舊依舊人與綠楊俱瘦

又調

憶王孫

萋々芳草憶王孫柳外樓高空斷魂杜宇声々不忍聞欲芳昏雨打梨花深閉門

又調

拋君子業（直道而事人焉往而不三黜）遭時還與故人書（杜詩厚祿故人書斷絕恒飢稚子色淒涼）青雲滿眼應嬌我白髮渾頭只恨渠誰念賢式崔大讓可憐無事不歌魚（史記孟嘗君客崔鳥驩者彈長鋏歌曰長鋏歸來乎食無魚食有魚矣又歌曰長鋏歸來乎出無車）

訪張明府同趙二十二嘏聯句

陶潛官罷酒缾空門掩黃花一逕風（陶潛去官作歸去來辭三逕就荒松菊猶存）杜詩古調詩吟山色裏無弦琴在月明中（淵明常畜素琴一張但識琴中趣何勞絃上声）○謝詩遠簷高樹宜幽鳥出岫孤雲逐晚虹別後東籬數枝菊不知閑醉與誰同

洛陽

文征武戰就神功（書云舞干羽于兩階七旬有苗格又云一戎衣而天下大定）時侶開元天寶中（開元天寶玄宗時年號也）已見玄戈收相土（張平子西京賦建玄戈樹招搖注云玄戈北斗）

柳樹青
岸草平沙
吳王故苑
柳裹烟斜
雨後寒輕
風前香軟
春在梨花
○行人一
棹天涯酒
醒船曉陽
乱鴉門外
鞦韆牆頭
紛紛沉院
誰家
又調
金明池春
遊
瓊苑金池

第八星為姹王胡兵詩云相土烈ヒ海外有截注相土契之孫也應回翠帽過離宮張衡京賦云

戴翠帽倚金較注翠帽車蓋黃金以飾較侯門草滿宜寒兎詩兎罝肅ヒ寒兎ヒ罝施于中逵洛

浦沙深見塞鴻疑有女娥西望處上陽烟樹正秋風張衡西京戟交

戒坐而長歌声青王而秀姹

寄唐州李尚書

累代功勲照世光奚胡聞道死心降奚胡為奚契丹攻書筆禿三千

管晋王羲之退筆城立號退筆緑領節門排十六雙晋謝安都督王荊等十五州諸軍王其本官悉

如故○唐百官志節使辞日王双旌双節行則建節立只纛纛入境州縣起節樓以古用詩意以上書化謝安先揖

耿弇声籍ヒ前漢或説汲黯之曰天子欲令群臣下大將軍不可不拜黯曰天子以大將軍有揖客故不重

耶○後漢耿弇字伯招扶風人為光武大將軍封好傳侯今看黃霸事縱ヒ前漢黃霸字次翁雅王人

為穎川太守政称神明后拜丞相卒謚定作云時人欲識胸襟否彭蠡秋連萬頃江

蒞蠡湖在鄱王匡廬山下

青門紫陌
倡雪揚巷
滿路雲日
淡天低昼
求過三點
兩點細雨
好花枝半
出牆頭倡
悵望芳草
王孫何处
更水遠人
家橋當門
巷燕ㄟ鶯
ㄟ飛葬。
怎得東君
長為主把
綠鬢朱顏
一時留住

奉送中丞姊夫傳自大理緦出鎮江西

稿倡鄧林江拍天山海經曰夸父逐日快飲河水不足飲大澤水至道渴而死弃其杖化為鄧林越香巴錦萬千ㄟ閩越出香巴蜀出錦滕王閣上柘枝鼓滕王閣在隆興府郡城西盡高祖子滕王元嬰所建王勃作計詩云鈷枝鼓即舞此曲也。按此曲本出於拓枝氏后人誤傳因名拓枝徐孺亭前鐵軸舡高軒東交南小舟上有漢高士徐孺子宅有臺太守夏侯嵩立恩賢亭魏時朱之聘君亭八郡元侯非不貴八郡宋江西八州浪江饒虔吉信抗索萬人師長豈無權書牧誓千夫長万夫長子要君嚴重踈歡樂猶有河湟可下鞭

西江懷古

吐吞巴蜀控瀟湘怒倡連山靜鏡光連山未洿浪如山也魏帝縫囊真戲劇步騭表言此隆人說此多作囊欲以盛沙塞大江吴主曰此曹必不敢來若不把狐言當以斗十頭為君作主人后見吕岱說騭言此欲作囊以塞夫笑曰此江自開闢以來寧可塞耶符堅投筆更荒唐符堅欲伐晉左右率而越對曰国有長江之險朝無昏念之寡不可伐也堅曰以吾之衆投鞭於江足斷其流千秋約[illegible]

佳人唱金衣莫惜才子倒玉山休訴沉春来倍発傷心念故園情多新年愁苦縱宝馬嘶風紅塵拂面也則尋芳帰去

又調

海棠春 春晚

流鶯窗外啼声巧睡未足把人

歌明月萬里沙鷗美夕陽杜詩白鷗波浩蕩万里誰能馴范蠡清塵何寂寞注見前注好風唯屬往来商

早鴈

金河秋半虜弦開雲中郡有子河鎮界内有金河其泥色以金在將山宮南漢盛樂縣唐振武節度使。虜弦虜之弓矢也雲際驚飛四散哀仙掌月明孤影過華山有仙人掌也長門燈暗数声来長門漢宮名也須知胡騎紛紛在豈逐春風一一回莫厭瀟湘少人處水多菰米岸莓苔西京雜記五夜池邊皆是雕菰綠節之類菰之有米者名雕菰行首者名綠節杜詩菰米沉云黑蓮房墜粉紅

聞慶州趙縱使君與党項戰中箭身死

将軍獨乗鐵驄馬楡溪戰中金僕姑楡溪在慶王府西北六百里。左傳宋公以金僕姑射南宮長萬死綏却是古来有礼言武車綏旌注有虞氏之旌難也司馬貞法曰將軍死綏。良廷時弾曹景宗云將軍王竣十卸無卸驕將自驚今日無青史文章争點筆梁江

……曉寒宮蒙
沉炮象。
宮娥報道
別院笙歌
會早試問
海棠花昨
夜開多少

蘇東坡調 西江月 春夜

照野瀰瀰
淺浪橫空
曖曖微霄
障泥未解
玉驄驕我
欲醉眠芳
草。可惜

……路用朋並圖青史朱門歌舞笑捐軀誰知我亦輕生者不……

君王丈二殳說文曰殳杖也音殊詩曰伯也執殳為王前驅

街西隋三孔圖長安領街西五十坊又西市多王公貴戚之第

碧池新漲浴驕鴉且數阿房宮賦渭流漲膩棄脂水也與此意稍同分鎖長安富貴家

遊客偶同人閒酒名園相倚杏交花銀鞍騕褭斯宛馬文選綵孩業詩選車駕華轂汗馬吞驕銀鞍。淮南子曰天待飛兔騕褭而鶩之則世莫乘車矣注飛兔騕褭千里龍馬也○宛馬漢將軍取一師大宛之馬繡鞍驄騎走鈿車一曲將軍何處笛連雲

芳樹日初斜

自宣城赴官上京

瀟洒江湖十過秋酒杯無日不淹留謝公城外溪驚夢謝公嘯為宣城太守蘇小門前柳拂頭蘇小錢塘樂妓女子也。古樂府有錢塘蘇小歌云叡乘油壁車郎騎青驄馬何處結同心西陵松柏下千里雲山何處好幾人襟韻一生休塵冠挂却

一溪明月莫教踏碎瓊瑤解鞍欹枕綠楊橋杜宇數声春曉

晏同叔調　玉樓春

綠陽芳草長亭路年少抛人容易去樓頭殘夢五更鍾花底離愁三月雨○無情不似多情苦一寸還成

掛知閒事終擬嗟跎訪舊遊南史陶弘景去從兄書曰昔仕宦期四十左右作尚書郎投簪高力今三十六方泰朝請頭顱可知遂掛冠神武門上表辭祿

寄題甘露寺北軒 軒在潤州

曾上蓬萊宮裏行北軒欄檻最留情孤高堪美桓伊笛縹緲疑聞子晉笙二事並見前注天接海門秋水色烟籠隋苑暮鍾声他年會着荷衣去楚詞製芰荷以為衣不向山僧說姓名

冬至遇京使發寄舍弟

遠信初憑雙鯉去古詩飲馬長城窟行客從遠方來遺我双鯉魚呼童烹鯉魚中有尺素書他鄉正遇一陽生易復卦冬至一陽生樽前豈解愁家國輦下惟能憶弟兄輦下謂京師也旅館夜憂姜被薄後漢姜肱兄弟四人居貧作一被而共之兄弟皆以孝行暮江寒覺晏裘輕晏子一孤裘三十年竹門風光還惆悵疑是松囱雪打声

長安雜題　三首

千乃綫天涯地角有窮時只有相思无盡処

玉樓春調 漁家傲 春夜

平岸小橋千嶂抱揉藍一水縈路草茅門數間春窈窕塵不到時々自有春風掃。午枕覺来聞語鳥歌

雨晴九陌鋪江練謝玄暉詩澄江靜如練言九百如平鋪江練也嶽翠千峯盤海

濤南苑草芳眠錦雉夾城雲暖下霓旄夾城在長安脩德坊与果道坊相接。張

斷西京城云孤舊杜失虹海霓旄少年羈絡青文玉羈洛馬節也遊女爭簪紫

桃江碧柳深人盡醉一瓢顔巷日空高論語顔子在陋巷人不堪其憂

又

洪河清渭天地濬險固西京賦右界褒斜隴首之險帝以洪河清渭之川。莊子曰南溟者天池也言

河渭如海之深濬廣大太白終南地軸橫太白終南長安二山各青結也象曰地有三十六百軸

石相牽制祥雲輝映漢宮紫前漢都長安春光繡盡秦川明長安秦地也

妬佳人鈿朶色風回公子玉衔声六飛南幸芙蓉苑漢書表盎諫文

帝曰今陛下乘六飛馳下陵山有如馬驚車敗陛下縱自輕柰高廟太后何。杜牧芙蓉小苑入邊愁芙蓉苑在敦化坊

与立陵坊正相接十里飄香入夾城唐書地理志開元二十年築夾城入芙蓉園

又

眠倡聽朝
雞早勿憶
故人今抱
老貪夢好
汪ヒ忘了
助卿道
（晉）開元中
呂翁得神
仙術行邯
鄲道中息
邸舍隱囊
而坐我見
少生歎生
自嘆窮困
翁以枕授
生曰子枕
吾枕當榮
適所志生

晴雲如絮惹低空紫陌微ヒ弄袖風韓嫣金丸莎覆綠漢韓嫣彈以金為丸一日所失十餘長安為之語曰若飢寒逐金丸許公韉汗杏粘紅北史宇文述諂事煬帝子上及尚主對許國公云定以附會述為製鞍較於後角止動方二寸以歲內色輕薄者爭效之時謂許公辭世烟生窣窸深東第張衡西京賦望窈窱以徑延眺不知其所返許窣窸深遂也○司馬長卿前巴蜀檄云為通侯處列東第矣輪撼流蘇下北宮帝之下垂者名流蘇○董偃常省漢武帝遊戲北宮至未央宮之北自笑苦無婁護知大戶○後漢婁護字君卿遊于王氏五侯之門皆得其歡心焉可憐鉛槧竟何功王充論衡斷木為槧○楊雄賦集異國殊語常把三寸張翰齊素紬四尺以書其異語歸以鉛刻之於朝

閨情代

梧桐葉落鴈初歸淮南子梧桐一葉落而天下知秋迢遞無因寄遠衣月照石泉金點瑩鳳酣簫管玉声微空洞靈章曰真人吹九鳳之簫佳人力杵秋風外蕩子從征夢寐稀古樂府昔為娼家女今為蕩子婦蕩子行不歸空房難獨守遥望戍樓天欲曉滿城鼙鼓白雲飛鼙鼓見

[illegible]登進士第累迁至户部尚書後以事貶謫忽欠神而覓翁坐其傍主人炊黍尚未熟也

秦少游千秋歲調

柳邊沙外城郭輕寒退花影乱鶯啼声碎飄零疎酒盞離別寬

和昭符進士贈洞庭趙先生

爲愛君山景最靈（山在岳陽洞庭湖中）角冠秋禮一壇星（道人夜拜星斗）藥將鷄犬雲間試（後漢魏伯陽与弟子三人入山作神州人成与犬試之犬死伯陽服用即死弟子服亦死余二弟子遂不服出山伯陽即起將所服丹內弟子及犬口中皆仙夫見淮南字注）琴許魚龍月下聽（荀子伯牙鼓琴而遊魚出聽瓠巴彈琴而六馬仰秣）自要乘風隨羽客（列子乘風而行五日而后返）誰同種王驗仙經（衆仙傳羊雍伯有人与石子一斗使種之時也一著姓徐氏有女人求不許雍伯求之徐曰得白璧一双所為婚雍伯至所得白璧五双徐氏遂妻之）烟霞澹泊無人到除有漁翁過洞庭

依韻奉酬李迪

柳下官資類子居（論語柳下惠爲士師三黜○顏居見前注）閑情入骨若爲除詩成斬將奇難敵（前漢叔孫通曰故先言斬將搴旗之士）酒熟封侯快未如（漢揚雄解嘲或立談而封侯）只見絲綸終日降（礼記王言如絲其出如綸王言如綸其出如綍）不知功

袂帶人不負碧雲暮登空相对可惜昔西池會比央同飛羞携手处今誰在日邊清夢斷鏡裏朱顏改春去也落紅万點愁如海

王元澤　倦尋芳調

露晞向曉簾幙風輕小院閒登

業是誰書如今共飲醇滋味前漢曹參為丞相客有欲言事者參輒飲以醇酒消得

柳榆勢利踈後漢光武令王霸至前車言曰募入將入擊王郎子其時大敗卒手柳榆之霸慙而退

留別彰德軍從事范校書

無金寄與白頭親韓詩外傳曰田子為相三年歸以金百鎰奉母母曰不義之物不入於館為人臣不忠是為人子不孝田子慙自歸於王還舍就獄王赦田子以金賜田節槩循誇侶古人未出塵埃真落魄前漢酈食其家貧落魄無衣食業不趍權勢正因循桂攀明月曾覲國易觀國之光利用賓于王蓬轉西風却問津論語使子路問津焉匹馬東歸羨知己燕王臺上結交新見郭隗注下

途次內黃馬病寄僧舍呈諸交人

官閑馬病客深秋肯學張衡詠四愁張平子有四愁詩紅葉寺多詩景致白衣人盡酒交游陶潛九日無酒悵望久之見白衣人至乃江州刺史王弘送酒來即就菊而飲依遠諷刺因行得瀟泊供需不在求好與高陽結吟社山簡

鶯下乱紅
鋪綉荷危
渫登高榭
海棠着雨
胭脂透箅
韶華又因
循过了清
明時候○
倦遊燕風
光滿目好
景良辰誰
共携手恨
被榆錢買
斷雨眉長
閒憶浮高
伙人散后
落巷流水

所詩注請高陽他日暮倒載帰酩酊無所之況無名跡達珠
流珠旋晃流旋也

遣興

浮世忙忙蟻子群莫嗔頭上雪紛紛沉憂萬種與千種行樂
十分無一分越外險巇防俗事就中拘檢信人文易觀乎人文以化成天下也醉鄉日月終須見醉鄉日月已見前注去作先生號白雲

○王初

延平天慶觀

劍化江邊緑構新晋張華使雷煥為豐城令掘獄中得一劍送與華一自佩煥卒子華為州從事后經延平津劍忽於腰間躍出墮水使人沒取不見但見兩龍各長數丈歡臺不染王梯塵千章隱
篆標龍簡道士作醮拜章以朱書于簡節作龍形故云尒一曲空歌降鳳鈞史記趙簡子疾五日不知人及寤語大夫曰我夢之帝所遊于鈞天廣樂而九奏萬無其声動人嵐氣温衣雲

仍依稀逭
情懷對東
風冷成消
更
又調
眼兒媚
楊柳絲絲
弄輕柔烟
縷織成愁
海棠未雨
梨花先雪
一半春休
○如今往
事難重省
歸夢遶秦
樓相思只
在丁香枝
上豆蔻梢

天香飄戸月枝春盟金早晚開仙語李道之盟心如金石之堅學種三芝伴羽人楚詞河泊米三秀芝于山間注三秀芝草也沈休文詩奄留顏五藥須步仙三芝○王子年拾遺周昭王假寐夢白雲中二人衣服皆羽毛主求仙術受絶慾之數因名羽人

送葉秀才

快騎璁瓏刻玉鞿河梁返照光征衣前漢李陵送別蘇武詩攜手上河梁遊子暮河之曾冰春近蟠龍起東方朔神異經北方有曾冰萬里而厚及夫月令二月震雷驚蟄以喻秀九澤雲開獨鶴飛九澤即九皋也行想北山清夢斷此謂北山後文也重遊西洛故人稀漢庭狗監深知己有日前驅負弩歸漢司馬相如作子虛賦司郡楊得意為狗監侍上誦之上曰朕報不與此人同時得意曰臣郡人司馬相如所作也召見為御后以南夷為縣拜相如為郎中使持節往使至蜀太守以下郊迎縣令負弩前驅蜀人以為寵

送王秀才謁池州吳都官

池陽去七躍雕鞍十里長亭百草乾衣袂鄣風金縷細細

詩餘 青門引 調

乍暖還輕
冷風雨晚
來方定庭
軒寂寞近
清明殘花
中酒又是
去年病○
樓頭畫角
風吹醒入
夜重門靜
那堪更被
明月隔墻
送过秋千
影

詩餘生□調

昔金縷衣 鮫光橫雪玉龍寒晴交別岸銀虯斷曉柝啼鳥
客夢殘古樂府有烏夜啼曲南館星郎東東道主注見前揺鞭休問路行
難古樂府有冀路行難

青帝帝出乎震〻東方其色青為春

青帝邀春隔歲還月娥孀獨夜漫〻羿妻偷羿不死藥奔月獨居故云孀娥韓憑翠羽身猶在于宝搜神記曰宋大夫韓憑妻美宋康王奪之憑怨主因之因自投妻乃陰腐其衣王與登臺自投而死左右攬衣不勝手遺書于帶曰願以屍還韓氏而葬王怒埋之二冢相對經宿忽有梓木二冢○上根交枝連有鳥如鴛鴦各棲樹朝暮悲鳴而舞其音感人哀素女商絃調未殘王子年拾遺記黃女使素女鼓宓羲之瑟瑟悲不能已後破為二十五絃○又疑張衡思玄賦素女執絃而餘音兮太容吟曰念哉注素女黃帝時方術女也鼓五十絃瑟大容樂師也終古蘭岩棲偶鶴晉向女秀思舊賦經終古而常然楚詞曰長無絕與終古○王韶之神境記云榮陽郡南百里有蘭岩路險絕人跡松林中宿宇雲霞杳然常有雙鶴偶翔從來玉谷有離鸞春秋元命苞曰火離為鸞故曰離鸞幾時幽恨飄然斷共侍天

簾外雨潺潺春意闌珊羅衾不耐五更寒夢裏不知身是客一晌貪歡○獨自莫憑欄無限江山別時容易見時難流水落花春去也天上人間

歐陽永叔

詞浪淘

池一水乾莊子南溟者天池也つ神仙傳王遠字方平與麻姑會蔡京家姑言別來見東海三為桑田蓬萊水淺於往者方平笑曰聖人言海中行復揚塵也

銀河

閶闔疏雲漏絳津左傳八風疏立春調風春分鳴庶風立夏清明風夏至景風立秋涼風秋分閶闔風立冬不周風至廣莫風至絳津即銀河橋頭秋夜鵲飛頻淮南子云烏鵲填河以度織女也猶殘仙媛渝裙水集林曰昔有一人尋河源見婦人洗紗以問之曰此天河也乃與一石還問嚴君平曰此織女支機石也幾見星妃度襪塵曹子建洛神賦陵波微步羅襪生塵歷歷素榆飄玉葉古詩天上何所有歷歷種白榆言星如白榆也消消清月濕冰輪年來若有乘槎客見張騫注為弔波靈是楚臣楚臣三閭大夫屈原也

書秋

千里南雲度塞鴻秋容無跡淡平空人間玉嶺清宵月天上銀河白晝風番鼠登山兒易沂晉潘安仁秋興賦若在遠

樹消裊
鳳且共從
容垂楊紫
陌洛城東
總是當年
攜手処遊
遍芳叢○
聚散苦忽
〻此恨無
窮今年花
勝去年紅
可惜明年
花更好知
与誰同
又調
青玉案
一年春事
都來幾早

還珊瑚恐何窺江中余珮兮豐浦往來未若奇張騫欲繪霜
鯨碧海東 事見前注
自和書愁
隴首斜飛避弋鴻 班固西京賦右界襃斜隴首之險揚子鴻飛冥〻弋者何篡焉篡取也 頽雲
蕭索見層空漢宮夜結雙莖露 漢武帝作仙人掌加銅盤以承露也西都賦抗仙掌以承
擢雙立之金莖 閶闔涼生六幕風 閶闔見前註三礼翁曰上下四方曰幕帷幄也 湘女怨絃
愁不禁 湘妃堯之女故曰帝子傳言湘灵不勝為之愁曲也矣 鄂君香被夢難窮 鄂君見前
注 江邊兩槳連歌渡 古樂府莫愁在向處莫愁右成而鮮子打兩槳摧送莫愁來 鸕鷀背遊
魚蓮葉東 古樂府云江南可採蓮〻葉向田田魚戲葉東魚戲葉蓮而西也
○崔峒 峒傳陵人初辟路府功終于右補闕有詩集一卷今傳于世
題同官李明府書舍
訟堂寂〻對烟霞五柳門前聚晚鴉 昔陶潛自號為五柳先生傳 流鶯

字〻三之二〻綠暗紅嫣渾可事綠楊庭院暖風簾幙有个人憔悴○買花載酒長安中又爭作家山見桃李不狂東風吹客淚相思難表夢魂无據惟有歸來是

[illegible]咸調

中觀至道寒山影裏見人家觀風共美新為政右有彩寺之官來卸固之詩以觀民風○論語為政以德○計日還應更觸邪後漢胡廣傳御史冠獬豸數名正直當推不止可

惜陶潛無限興不逢離菊正開花

○朱灣字巨川號滄州子亦嘗為府從士有集今傳

宴楊駙馬山亭

垂楊拂岸草茸〻繡戶囱前花影重肉英華作蘸鱠下玉盤紅縷細李白詩雙鰓呀呷鰭鬣張撥刺銀盤欲飛去呼兒拂曉霜刃揮紅艶花落白雪飛酒開金甕綠醅濃中朝駙馬何平叔魏何晏字平叔尚魏武帝公主南國詞人陸士龍吳陸雲字士龍美文華官自称雲間陸士龍落日泛舟同醉處回潭百丈映千峰

○呂洞賓名巖京兆人咸通中及第兩調縣令直巢賊亂攜家歸終南得道莫測所主

贈人

羅浮道士誰同流[illegible]

淡□攻球
歸吞棟鷰
影無風花
影頻移動
半醉海棠
春睡重緑
鬟堆枕香
雲擁○翠
枝双盤金
漢鳳穩得
前春有箇
人〻共茫
裹鶯声時
一弄日斜
驚起相思
夢

又

夢斷池塘

管不得壺裏乾坤只自由壺公事見前注贊長數著殘棊江月曉一声

長嘯海山秋晋孫登字公和隱蘇門山阮籍嘗奇畧遠神導氣之術登皆不應籍因長嘯而退至半嶺聞有声若鸞鳳之音而響振岩谷乃登之嘯也矣飲餘回首話歸路遥指白雲天際頭

文選謝玄暉出新林浦云天際識歸舟雲中辯江樹

吴融字子華山陰人龍紀元年進士累官至翰林學士中書舍人後為翰林承旨卒有文集傳于世

閑望

三點五點映山雨一枝两枝臨水花蛺蝶狂飛掠芳草夗央熟睡翹暖沙暖沙作晴沙闌下新居非巳業江南舊隱是誰家東還西去都無計却羡瞑歸林上鴉詩意言禽鳥尚知所止安有人而不如鳥者乎

即事

抵鵲山前寄掩扉刘子昆山之下以五抵鵲蓋蠡之賓以魚詞文而大不愛者非生輕財所以故抵鵲山在鼻山之出王故名之便堪終老脫朝衣曉窺青鏡千峯入兩□便言行

乃
不禁
寒料峭未
較詩展悶
芳草○冬
日邊垂人
不到老去
情疏底事
傷春瘦相
對一樽歸
許早玉山
不減巫山
好

春意又
調

□對入來前山來鏡裏春倚長松獨鶴歸謝朓敬亭山詩獨鶴方朝唳飢鼯此夜啼雲□
來泉脉細雨中移得藥苗肥何須一筋鱸魚膾注見前始掛孤
帆問釣磯

書懷

儻若依樹結簷楹儻去声○儻他朗切楹盈溫方覆傍闘盈亥物蕭條景更清離羣
忽高何處雨松陰自轉此山晴見多鄰犬逆相認杜詩大迎曾衛客
來慣崗禽近不驚爭敢便誇饒勝事九衢塵裏逐勞生衢爾雅九達
謂之衢

金橋感事金橋洛王橋名也

太行和雪疊晴空二月郊原尚朔風飲馬早聞臨渭北射雕今
欲過山東射鵰已見前注百年徒有伊川歎左傳辛有適伊川見被髮而祭于野曰不及百
年此其戎乎其禮先亡矣五利寧無魏絳功左傳山戎無終子嘉父因魏絳時和諸戎晉侯欲伐之絳
曰和戎有五利焉戎狄荐居貴貨易土土可賈焉一也邊鄙
不聳民狎其野穡人成功二也戎狄事晉四鄰振動者……

□穫時影　香褪衣襟　舊家庭院　嫩苔侵東　風过尽春　雲銷綠窗　深怕对人　閑枕剩衾　○樓底輕　陰春信断　怯登臨断　腸魂夢雨　沉沉花飛　水遠便從　今莫追尋　又不禁暮　地上心　又綢

□三也以渾移戍師故不敢用兵不難四亦鑑於
后羿而用渾度遠至迎宴五也晋侯喜許和戎矣日暮長亭
政愁絶衰加一曲戍烟中
彭門用兵後經汴路懿宗咸通中究勒戍徐州為龐勛謀叛據彭門即徐州也
長亭一望一徘徊千里關河百戰来細柳舊營猶鎖月漢武帝北征周亞夫屯訓細柳營祁連新塚已封苔漢霍去病攻匈奴至祁連山捕首虜甚多及去病薨武帝蓮之発蜀国玄里自長安至茂陵為大塚衆而連山霜凋綠野愁無際文選顏延年詩春時綠野秀岩高白雲也燒接黃雲慘不開若比江南更牢落子山詞賦莫興哀梁庾信字子山有哀江南賦○陸机弟魏武帝云傷心百年之際興哀沉情之地○詩意懿宗寧佛太過酪好樂怠於事盜賊蜂起姦邪釋給內譯士殯休於外致中原板蕩甚可傷也

二

隋堤風物已凄涼堤下仍多舊戰場金鏃有苔人拾得蘆衣無主鳥啣將吳諸葛亮傳童謠云諸葛恪芦葦單衣[illegible]子何相求成子閣○此傷兵士戰死已久[illegible]

[illegible]愁眎之目
断江南江
北烟柯重
匕芳信儻
小楼山幾
尺〇細草
孤雲斜日
一向弄晴
天色薰外
落花飛不
得東風无
氣力
康伯可 調
憶秦娥
春寒寞長
安古道東
風思個措

生苔芦草萦骨而已矣 秋声晚促河声急野色遥連日色黄獨上寒城
更愁絶戍鼙驚起鴈行〻

高侍御話波博士池中白蓮 高侍御斵皮 博士冈木

白玉苍開緑錦池風流御史報人知看来應是雲中墮偷去
須從月下移巳被乱蟬催婉娩更禁凉雨動襹褷 襹褷之纓也 歸人褷人
楊雄長賦云襹褷垂纓。襹褷謂苍帯雨弱被也 晋家秋色堪圖畫只欠山翁倒接
離 注襄陽記峴山西有習郁大池山季倫每臨此必大醉而帰 人歌曰時〻能騎馬倒着白接䍦于接䍦時也。郭崇尔
雅注日白鷺翅上有長翰注東人取為接䍦也

新安道中翫流水

一渠春碧弄潺〻密竹繁苍掩映間看處使須終日住 現微之注
下之篝來寧得此身閑縈紆以接迷人洞 謂武陵桃源也 清冷應連有
雪山 連一作鄰。兄山卽有雪山也 上却征車更回首了然塵土不相關

滿地杏花零落○齊 鎖不禁黄 金杓天容 尚依春衫 尊春彩尊 不禁揾泪 為君弾却 [illegible]調 罷日千門 紫烟双闕 瓊林人恨 春回殿後 鳳微當时 去赊还来 五侯池館 屏開探芳

憶山泉

穿雲絡石細涓涓（絡一作落）杳杳疑聞弄管絃千仞灑来寒碎玉一泓清處碧涵天烟迷藥乱難尋見月好風清听不眠春雨正多歸未得只應流恨更潺湲（潺湲謝灵運石淺水潺湲日落山照耀）

紅樹

一声南鴈已先紅槭槭淒淒葉葉同（槭音索晋夏侯湛苦寒謡草槭槭以疏葉木蕭蕭以零殘）自是孤根非暖地莫驚他木耐秋風燒烟散去陰全薄明月臨来影半空長憶洞庭千萬樹照山横浦夕陽中

李商隱（字義山懷州人令狐楚愛其才奏為集賢院望后為檢校吏部員外郎帰榮陽卒初自號玉谿子有樊南集傳于世也）

錦瑟（瑟繪紋如錦故云錦瑟）

錦瑟無端五十絃一絃一柱思華年（古今樂志錦瑟之為器也其絃五十其柱如之）

郎走馬重無人語轆心車憶遠近輕雷○雕鞍霞艷醉眼雲飛楚腰將柳宮面粧梅金猊夜暖羅衣暗裛香娥洞府人歸笙歌灯火樓臺下逢華猗有仓上月清影徘徊

莊生曉夢迷蝴蝶（適也）望帝春心託杜鵑（怨也）滄海月明珠有淚（清也）藍田日暖玉生烟（和也）此情可待成追憶秪是當時已惘然（適怨清和此具声也一篇之中曲尽其意史称其瑰邁奇古信然矣）

杜工部蜀中離席（懿宗時柳仲郢即度劍南東州時商隱為判官檢校工部員外侍郎）

人生何處不離群（羊礼記子夏曰吾離群而索居亦已久矣）世路干戈惜暫分（詩公劉干戈戚揚）雪嶺未歸天外使（杜詩雪嶺界天白）松州猶駐殿前軍（杜詩玉壘雖傳檄松州已解圍）座中醉客延醒客江上晴雲雜雨雲美酒成都堪送老當壚仍是卓文君（前漢相如濞文君當壚沽酒相如著犢鼻褌親為滌器）

隋宮

紫泉宮殿鎖烟霞欲取蕪城作帝家（宛城揚州也古邗溝城漢已后荒蕪鮑照嘗賦之）玉璽不緣歸日角（唐書唐儉說秦王建六計曰公日角龍庭生協圖讖係天下望矣吾外寔豪傑也招戎狄济滄而南以憂秦王身武之業者）錦帆應是到天涯（隋煬帝造龍舟[illegible]）

蕭條庭院又斜風細雨重門須閉寵柳嬌花寒食近種種惱人天氣險韻詩成扶頭酒醒別是閑滋味征鴻過盡万千心事難寄○樓上幾日春寒簾垂四面玉闌干慵倚被冷香

帝遊佚之心至於天涯猶未已也于今腐草無螢火令李夏之月腐草為螢○隋書煬帝大業末天下盜起帝於景華宮徵求螢火數斛夜出遊山即放之火光谿谷○廣輿志揚州城八里有煬帝放螢苑并十宮終古垂楊有暮鴉煬帝自板渚引河築街道植以柳名隋堤一千三百里○隋室板蕩咸陽宮闕為墟千秋萬歲惟有垂楊棲鴉而已地下若逢陳後主豈宜重問後庭花大業拾遺云煬帝遊雒臺恍惚與陳後主遇戴皂紗情緯神稱麗女數十侍左右一人迥美帝目之魏主曰此張麗華也以綠紋螺酌紅粱醴共飲請麗華舞玉封後庭花一曲后主謂龍舟之遊樂乎始謂殿下致治堯舜之上今日復此遊逸曩時何見罪之深三十六封書使人至今使上帝叱之遂不見

二月二日

二月二日江上行東風日暖聞吹笙老鬢柳眼各無賴紫蝶黃蜂俱有情萬里憶歸元亮井晉陶潛字元亮嘗為彭澤令督郵至縣吏曰當束帶見之潛嘆曰吾不能為五斗米折腰事鄉里小兒也賦歸去來辭解印綬三年從事亞夫營漢周亞夫為將軍屯营於細柳新春莫悮遊人意悮或作惟更作風簷夜雨声

鎖夢覺
不許愁人
不起清鏡
晨流新桐
初引多少
遊春意日
高烟歛更
看今日晴
來

風入松　調　春晚

一宵風雨
送春歸綠
暗紅稀登
樓望日無
人到與誰
同憑么支

籌筆驛　在綿州綿谷縣北九十九里蜀諸葛武侯出師嘗駐軍籌畫於此

魚鳥猶疑畏簡書　詩豈不懷歸畏此簡書○此言其號令簡書嚴明千百年魚鳥猶畏之

風雲長為護儲胥　揚雄長楊賦木擁槍纍以為儲胥須也言有儲蓄以待所須也韋昭曰儲胥藩落之類也○此言武侯忠義風雲猶護其壁壘東坡云誦此一句使人凜然復見孔明風烈

徒令上將揮神筆　上將指武后言溺注在位孔明忠沒后黃皓奸邪使社稷為墟出師之功徒勞而已

終見降王走傳車　魏將軍鄧艾破蜀禪詣壁輿櫬降遂傳送洛陽

管樂有才真不忝　武侯傳孔明初自比管仲樂毅人不信也及相先主五月渡瀘七擒孟獲出斜谷斬夏侯淵也五丈原困司馬懿此管樂不忝矣

關張無命欲何如　蜀之飛將推關羽張飛吳呂蒙殺羽於江陵閬州卒殺飛於帳下先主崩武侯死蜀祚微矣○王充論衡人生昔愛天命今浔短命官門無命也

他年錦里經祠廟　梁父吟成恨有餘　錦里成都也武侯祠在焉○武侯作梁父吟曰朝出齊東門遙望蕩陰里里中有三墳累累正相似云云

九成宮　宮在鳳翔府麟遊縣西五里隋仁壽宮也王素為文帝起唐改作九成宮

十二層城閬苑西　漢郊祀志黃帝為五城十二樓以候神人

門外薔薇
開也技頭
稀子酸時
○王人應
是數歸期
李歆愁看
寒鴻不到
叔魚隱嘆
鑾前流水
雒西新根
欲題紅葉
東風滿院
老飛
唐律和韻
金人捧露
盤
記神京繁
華地舊游

爭○十州記載崑崙山
有瑤池閬苑玉樓十二
平時避暑拂虹蜺
色月令章句虹
蜺者陰陽交接之
氣雌曰虹雄曰蜺○班固西都賦虹
霓迴帶於棼楣此言九成宮高也
雲隨夏后雙龍尾
史記夏衰孔亂
里樓於帝賜之乘龍河漢也布雌雄○山海經夏后乘兩龍
雲盖三層○括地志禹誅防風氏夏德盛二龍降帝使范氏
御之以行經南方防風氏見后禹怒射之有
迅雷二龍升去神懼以刃自貫其心而死
風逐周王八馬
帝周穆王御八龍之駿起遊天下日施地郡名○王元長曲
水詩序夏后雙龍驅驊騮之上穆滿八駿如舞瑤池之
陰
吴嶽曉光連翠巘
周禮雍州山鎮嶽吴嶽
漢地理志吴嶽在梁縣西○
甘泉晚景上
丹梯
甘泉漢武宮名○謝朓敬亭山
詩要欲追奇趣即此陵丹梯
荔枝盧橘霑恩澤
豐樂永
元間
冬南都賦荔枝十里一置五里一候○盧橘枇杷也
○詩荔枝盧橘暑天方熟故貢於九成宮也
鳳鵲天書
溼紫泥
鄴中記石虎每詔書出著鳳
口中故曰○紫泥已見前注

碧城

碧城十二曲闌干犀辟塵埃玉辟寒
述異記長異錄云有辟塵犀
婦人為簪梳則塵不著
髮○南越志高川巨海有大犀出入有光其角開水辟寒○
唐杜陽編同昌公主乘七寶步輦四面夫五色玉香囊中

縱汙御溝
春水溶溶
平康巷陌
鏽轂金勒
躍青驄鮮
衣洛酒醉
紋莞柳綠
卷紅○到
如今餘霜
髩嗟前事
夢魂中但
寒烟滿目
飛蓬雕閣
玉砌空餘
三十六離
宮塞笳聲
起暮天鴈
寂寞東風

瑶寒香刻鏤水晶辟匕塵犀為龍鳳䶮者弦月○唐會昌間大餘国貢火玉三斗色赤光于步置之室中不復挾纊

苑有書多附鶴集仙録周穆王鷂鼉龜魚鼈為梁以乔丹水井玄国闕苑會西王毋歌白雲之謠云女

墻無樹不栖鸞杜詩㛮高望女墻釋名曰女墻言里小比之於城如女子於丈夫也此聮言碧城如仙人宮闕也

星沉海底當窗見雨過河源隔坐看若得曉珠明又定

一生長對水晶盤曉珠謂日也

馬嵬

海外徒聞更九州史記騶衍好為閎大之言中国名赤縣神州內有九州禹之叙九州是也中国外如赤縣神州者九乃所謂九州也他生未卜此生休空聞虎旅鳴宵柝晉曰虎賁三千人○張衡西京賦陳虎旅於飛廉正壘壁乎上蘭○易繫辭重門擊柝以待暴客柝軍中警夜之木也無復鷄人報曉籌周礼雞人掌呼旦○漢宮儀宮中不畜雞衛士候於朱雀門外專傳雞唱此日六軍同駐馬注天子六軍其將皆命卿也書甘誓大戰于甘乃召六卿當時七夕笑牽牛天寶十載明皇避暑驪山宮七夕牽牛織女相會之夜半侍上皆休貴妃獨侍上凭肩而立因仰天感牛女一年一會不如此終歲相守

張仲宗謂
石州慢初
春感舊
寒水依痕
春意漸回
沙際烟闊
溪梅晴照
生香冷蘂
數枝爭發
天涯舊恨
試看幾許
消魂長亭
門外山重
疊不盡眼
中青怕黃
昏時節○
情切盈樓
深閉想亂

誓願世々如夫歸

如何四紀為天子明皇即位四十四年起先天開元二十九年終天寶十五年

不及盧家有暮愁梁武帝河中之水歌云河中之水向東流洛陽女兒名莫愁莫愁十二能織綺十四采桑南陌頭十五嫁為盧郎婦十六生兒字阿侯云云

深宮

金殿香銷閉綺櫳玉壺傳點咽銅龍宮中更漏以銅龍吐水狂飆不惜蘿陰薄清露偏知桂葉濃詩蔦與女蘿施於松栢及欝木葛蔦夫人詠疑下蓋罗惟物而生陰條甚薄任風吹之桂葉至濃而清露潤之榮枯榮不均怨之又怨矣斑竹嶺邊無限淚舜南巡崩於蒼梧之野堯二女追之不及至洞庭之山淚染竹即成斑妃死為湘水神景陽宮裏及時鍾齊書武帝宮內深隱不聞端門鼓漏聲置鍾於景陽樓上以應五鼓乃鍾鼓宮人聞鍾聲早起粧飾豈知為雨為雲意只有高唐十二峯楚襄王與神女遇陽臺曰妾巫山之神也朝為行雲暮為行雨朝々暮々陽臺之下宋玉有高唐賦巫山十二峯在大江北與神女廟相對今屬巫山縣

留贈畏之

東風暗消
腸斷幸遠
枕前雲雨
欹前卷月
心期切處
更有多少
淒涼皆与
歸時說到
得再相逢
恰經年別
離
陸務觀調
不能吟春
遊摩訶
池
摩訶池上
追遊路紅
綠參差春

清時無事奏明光明光宮名○漢李陵與蘇武書曰策名清時曹植送應瑒詩清時難屢得佳會不可常
當不遣當關報早霜言當關司門之人也○東觀記故郁新府早霜嚴記公車門基遣西當開軼入拜馬中
○言天下無事宮門晏開也中禁詞臣尋引領杜詩詔許辭中禁○孟子曰則天下之民引領而望
之者左川歸客自迴腸司馬遷云腸一日而九迴郎君下筆驚鸚鵡事見前注
矣侍女吹笙弄鳳凰詩議見前蕭史弄玉注○李白詩鳳女吹玉簫吟弄天上春空寄太羅天
上章太羅大仙人所居○秦中雜記進士授榜後至春開前酒一人謝世名報羅使言報太羅天也幾仙同
月詠霓裳明皇游月宮見仙人歌霓裳羽衣之曲

對雪

寒氣先侵玉女扉庾信哀江南賦衛號玉女闕扉馬鳳凰樓柱清光旋透省郎闈
梁尚書吏部郎劉孝綽對雪詩云浮化乱粉壁積照朗彤闈梅花大庾嶺頭發唐南有大庾嶺上多
梅花今名為之春梅嶺柳絮章臺街裏飛張敞為京兆尹居赤馬街多柳樹又名為章臺街欲舞
定隨曹植馬晁書子建名直樂府作白馬篇有情應濕謝莊衣宋書大明中雪落花中降

晚韶光妍媚海棠如醉桃花欲暖桃柔初閉禁烟將近一蛾綠管肴金轂爭道香車飛蓋爭先占新亭館○惆悵年華暗換黯銅砌雨以雲散鏡奩掩月釵梁拆鳳秦箏斜雁身在天涯乱山

騤府右將軍謝惠下飛雪集衣白上以嘉瑞命群臣皆賦雪為詩

龍山萬里無多遠宋鮑昭雪詩朔風吹羽雪千里度龍山集君𢓜池裡雪飛舞兩三間

留待行人三月帰

又

旋撲珠簾過粉墻輕於柳絮重如霜已隨江令誇瓊樹陳尚書令總江與后室伊客孔範沉客卿等作玉樹後庭花曲云璧月夜夜滿瓊樹朝朝新也

又入盧家妬玉堂梁武帝河中之水歌盧家蘭室桂為梁中有鬱金蘇合之香詩見前注

侵夜可能爭桂魄雪月自爭輝

忍寒應欲試梅粧宋武帝女壽陽公主人日臥含章簷下梅花落額上成五出花時人效之作梅粧

関河凍合東西路

腸斷班騅送陸郎晋成都王穎以陸机為後將軍河北大都督討長沙王乂戰於鹿苑机軍大敗為澗所以諸遂遇害於軍中是日昏霧晝合平地雪尺餘識者以為机冤

牡丹

錦幃初卷衛夫人史記孔子見衛夫人南子南子自帷中再拜而環佩玉聲璆然

繡被猶堆越鄂君鄂君見前注

垂手乱翻雕玉佩明皇雜録云舞內有大垂手小垂手或若驚鴻或

孤思旋樓飛觥嘆春來只有陽不和恨向東風滿於

【□東公】調

【□□□】君

平

青梅如豆斷送春歸去小綠間長紅看幾處雲歌柳亞俛巷識酉對月共論心携素手採香遊踏遍西池

飛燕○刘孝綽詩云傳袖隨歌發頭娛後趾絃餘度行過接手回身作斂唱**招腰爭舞鬱金裙**爭掐□□奕華乍細腰頻換○史記衞灵公與夫人同車招搖於市過之詩言衞夫人嘗作招搖今作腰未詳也**石家蠟燭何曾剪**晉石季倫以蠟代薪王愷以糒與金**荀令香爐可待薰**襄王記曰劉季和性愛香主簿張坦曰人名公俗人不虛也季和曰荀令君至人家坐幕三日香氣不歇為我何如坦曰醜婦效顰見者必走**我是夢中傳彩筆**彩筆見江不注**欲書花葉寄朝雲**古樂府有朝雲曲詳見前注

促漏

促漏遲鍾動靜聞唐百官志監門校尉巡曰送平安及奏事遣官送八晝題府刻夜題更籌宮女渭而聞奏之**報章重疊杳難分**杳亦作字○詩維則七襄不成報章**孤鸞鏡匣收殘黛**昔罽賓王得一鸞不鳴夫人曰嘗聞鸞見其類而後鳴因懸鏡以鳴鸞覩形哀鳴而歇**睡鴨香炉換夕熏**唐李賀詩云深幃金鴨冷**歸去豈知還向月**淮南子羿請不死之藥於西王母未及報其識女娥竊得仙文入月中**夢來何處更為雲**為雨為雲見前注○詩意謂報不能女如月流日亙不能茹巫姬妾接剃王虬**南唐漸暖蒲堪結**李賀正月樂詞云宮門揚柳不堪折早晩菖蒲勝綰結**兩兩**

路○水邊 青戶魯記 消魂處小 棲香秋千 空悵望聘 婷韻度偈 荅樓前杏 矜一簾風 情脈脈酒 獻獻回首 錐陽春 宇□調 野江月 州 野棠花落 又匆匆過 了清明府 卻刻地東

鴛鴦護水紋文章流別論云詩六義興者有感之辭也○

此篇疑采官怨交恨不如禽鳥猶有匹也

瞿女祠

松篁薑臺殿蕙香幃龍護瑶窗鳳掩扉無質易迷三里霧后漢書張

謂字公超能作五里霧時關西裴優能作三里霧不寒長着五銖衣傳異志岑文本山亭避暑有叩

門云上清童子見其着衣極細曰此五銖之衣又曰天上衣六銖衣細者五銖也出門不見得一點鐵○北里志詩王凱

霄無眵五銖輕人間豈有崔羅什南陽雜祖長內山有夫人墓魏孝昭之出清河崔羅什被夜過此忽

是朱門紛壁之青衣出遇什曰女郎須見崔郎什恍然下馬入兩重門青衣通問曰女郎劉府君之妻侍中吳質之女郎

曰此者崔郎息駕庭崔嘉君今嘯故一叙王顏什乃辭去曰後此十年當更相逢什以玳瑁簪遺之女以玉指環以贈什

上馬行數十步回顧但見樹閒三大冢而已天上應無劉武威漢冠軍將軍武威戍守劉子南從

不尹公受洛子維火而氣之穢形辟疫鬼及五兵白刃賊盜凶害赤平閒與厲戰天下而兩未至子南馬救良輕隱也

不能傷出神仙感通篇○劉禹錫和失婢詩把鏡朝猶有添香夜不歸不遂張公不應隨劉武威

寄問釵頭

感歎安發多一枕銀屏寒怯曲岸時勝垂楊立馬此經曾經別樓空人去舊芳飛燕歸說○問道銷陌東頭行人曾見纖纖月舊恨春江流不盡新恨雲山千疊料得明朝尊前重見鏡裏

雙白燕白燕釵見前注每朝珠館幾時歸珠宮其闕之引神仙居處也

野菊

苦竹南園椒塢邊微香冉冉淚涓涓〔注〕風淑翠蘇涓涓靜雨湛紅渠冉冉香已悲節物同寒鴈忍委芳心與暮蟬細路獨來當此夕清樽相伴省他年紫雲新苑移花處不取霜娥近御筵詩意我當弟草澤遺賢無所進用者也

與同年李定言曲水閑話戲作

海燕參差溝水流同君身世屬離憂相攜花下非秦贅〔注〕秦俗家貧子壯則出贅對泣風前類楚囚楚囚已注碧草暗侵穿苑路珠簾不捲枕江樓莫驚五勝埋香骨地下傷春亦白頭

重有感

玉帳牙旗得上游上游即上流也安危須共主分憂竇融表已來關

牝雞牝也
鴈鶴問來
多少華髮
[黑]謁
[黑]吾
行即事
看意爭春
瀨便回何
如信步兩
三杯山綠
好処行遥
捲詩未成
時雨早催
○携竹杖
更芒鞋朱
飞粉〻野
高閑誰家
黍飯婦字

右[黑]守居公遣更始敗天下擾亂為屬國都尉次策東向遣長史刘鈞奉書獻鴉於光武陶侃軍宜次石頭[黑]亙叉温嶠邀侃同朝初明帝崩侃不在顧命之刘以為恨曰吾江邑外將不能越局嶠固請推為盟王會便亮於五顗幾衆誅峻豈有蛟龍曾失水曾一作長○[黑]神龍失水而陸居之為螻蟻之所制也更無鷹隼與高秋杜詩蛟龍得雲雨鷹鶚古秋天晝號夜哭兼幽顯[黑]與申包胥交員之亡也謂包胥曰我必覆楚及羅于在隨包胥如秦乞師於秦庭晝而哭日夜不絕声十日秦師乃出早晚星關雪涕收

出關宿盤豆館對叢蘆有感[黑]盤豆館在胡城縣西二十里昔漢武帝過此父老以牙盤獻豆因名焉

蘆葉蕭蕭夏景深郵亭暫欲洒塵襟昔年曾是江南客此日初為關外心此言在關外見蘆忽億家江南時也思子臺邊風自急[黑][黑]為江充巫蠱所陷奔于湖自縊死后上知太子冤族江充乃作思子宮歸來望思之臺玉娘湖上月應沉[黑]清聲不遂行人去一世荒城伴夜砧

女[illegible]紊　[illegible]上亲　[illegible]調　[illegible]春　晴　海棠枝上　官渴嬌鶯　双燕戲　時来並飛　入東風院　宇夢回芳　草緑遍舊　池塘梨花　雪桃花雨　畢竟春誰　主。東郊　拾翠襟袖　露飛絮宝

子衸郊墅

看山對酒君思我聽鼓離城我訪君臘雪已添墻下水齊鍾
不散檻前雲陰移竹柏濃還淡歌雜漁樵斷更聞亦擬村南
買烟舍子孫相約事耘耕

井絡

井絡天彭一掌中晉左思蜀都賦崑山之精上為井絡注岷山為東井星絡之維。杜詩繫用蛮井絡。城東彭州有山兩峯如闕根去四十步名天彭門因以名焉謾誇天設劍為峯指劍閣也陳圖
東聚烟江口武侯作八陣圖聚細石為之今在夔州推石名高丈餘為人散乱或夏水漂沒水退即依然如故邊折西懸雪嶺松成都有雪山彭州在其東松州在其西吐蕃時犯松維故云邊折堪嘆
故君成杜宇杜宇謂望帝也可能先主是真龍周瑜曰刘備非久為人用者恐蛟龍得雲雨終非池中物將来為報姦雄輩莫向金牛放舊蹤輿地記曰奈惠王伐蜀不知道
作五石牛言能糞金蜀王貪金乃令五丁開道秦使張儀司馬錯引兵滅之

馬趁周輪
乱紅中香
塵滿路十
千斗酒相
嗅買春閑
吳姬唱秦
纖舞拚取
青樓暮
陳同甫調
水龍吟 春
恨
鬧花深層
樓畫簾半
捲東風軟
春歸翠陌
平莎茸嫩
垂楊金淺
遲日催花

宋王

何事荆門百萬家獨教宋王擅才華楚辭已不饒唐勒風賦何曾讓景差（荆楚故事曰楚襄王與唐勒景差宋王遊雲陽之臺王令各賦大言唐勒景差各賦不如王意宋王曰方地為輿天為蓋彎弓拄扶桑長劍倚天外於是王喜賞以雲夢之田又宋王有九辯及風賦）落日渚宮供觀閣（渚宮即江陵也）開年雲夢送煙花（開年即新年也）可憐庾信尋荒徑猶得三朝托後車（庾信梁元帝承制除御史中丞聘西魏屬南討留長安江陵平授儀同三司周孝閔踐作遷開府后陳與周通好流寓之士各許還惟信及王褒惜之不遣常有鄉關之思作哀江南賦以致意云耳）

贈別前蔚州契苾使君

何年部落到陰陵（即陰山也）奕世勤王國史稱（吳步隲上疏勤太子登曰人君承奕世之基據自然之勢○左傳勤王之師）夜捲牙旗千帳雪朝飛羽騎一河冰蕃兒襁負來青塚（論語襁負其子至矣青塚昭君墳在豐州）秋女壺漿出白雲（孟子簞食壺漿以迎王師○白登屬雲中漢高祖為冒頓所圍處）日暮鸊鵜泉畔獵（辟除兼泉燕金微山南西）

淡雲閣雨輕寒輕暖恨芳菲世界遊人来賞都付与鶯和燕。寂寞憑高念遠向南楼一声歸鴈金釵閗草青絲勒馬風流處散羅綬分香翠綃封淚幾多幽怨正銷魂又是疎烟淡月子規

受降成刘砥馬嘗奈於此路人逕認到都鷹漢酷吏傳到都為中尉行法不避貴戚列侯宗室側目而視號之倉鷹

春日寄懷

世間榮落重逡巡管子曰材哀非四時之悲吹榮落非吾心憂喜我獨丘園坐四春易束帛錢已賁於丘園縱使有花兼有月可堪無酒更無人青袍佀草年年定庾信哀江南賦云青袍以草白馬如陳白髮如絲日日新欲逐風波千萬里未知何路到龍津三秦記何津一名龍門江海大魚門下數千不得上上即化龍○梁任昉知已賦云過龍津而一息望鳳推而載溯

和劉評事求樂閑居見寄

白社幽閑君暫居逸上傳董威隱居洛陽白社以殘紫炭帛為衣號百結衣青雲器業我全踈晋无或字仲容為始平太守顔延年五君詠月仲容青雲器已看諫草歸鸞掖宮門有左右掖尚憤衡門待鶴書詩衡門之下可以棲遲○孔稚珪北山移文曰鶴書赴隴名馳出谷蓮聳

考畋
李漢老調念奴嬌
素光練靜映秋山隱匕脩眉橫綠鳩鵲楪高天侶水碧瓦寒生銀粟万丈斜暉弄雲便霧飛过廬全屋更無塵氣滿庭凡砕梧竹○誰念鶴髮仙翁當年曾共

碧峯関路近谷関在其東也苍斷翠盖水堂虚自捋典籍忘名利声探平欹枕時驚落蠹魚

無題 五首

萬事風波一葉舟李陵別蘇武詩風波一失所各在天一涯憶歸初罷更夷猶楚詞君不行兮夷猶註猶豫也碧江地沒元相引黃鶴沙邊亦少留益得冤魂終報主蜀張飛字益德先主征吳飛領軍就之臨發為帳下建兒所殺阿童高義鎮橫秋晋童謡曰阿童復阿童銜刀浮渡江不畏岸上虎但畏水中龍羊祜曰此必水軍有功祜先知王濬小字阿童因表監益州上諸軍事密令造舟楫為順流之計後濬滅吳果然人生豈得長無謂懷古思鄉共白頭

又

昨夜星辰昨夜風畫樓西畔桂堂東身無綵鳳雙飛翼心有靈犀一點通抱朴子通天犀角有白理如綫置犀粟中雞見犀而驚駭南人呼為駭雞酒隔座送鬮春酒暖漢武故事鈎弋夫人少時手拳不開故因為藏鈎之戲後人効之分曹射覆蠟燈

賞若飛
隰对影三
人聊痛一
洗离愁千
斛斗轉参
横翻然帰
去万里騎
黄鵠滿天
霜曉叫雲
斷玉
翻香令調
素娥睡起
氷輪輾破
一天秋醉
高樓風露
下凜凜寒
生肌栗黄

漢武帝嘗使諸家射覆置守宫盂下皆不中東州自贊紅臣請揲易以譯之卦成是非守宫即賜陽上善之賜帛二十尺

嗟予聽鼓應官去走馬蘭臺類轉蓬曹子建詩轉蓬離本根風飄隨長風

又

本是空言去絶蹤月斜樓上五更鐘夢為遠別啼難喚書被催成墨赤[illegible]龍金翡翠麝香数度綉芙蓉劉郎已恨蓬山遠更隔蓬山一萬重刘郎蓬山謂武帝求神仙事也

又

颯颯東風細雨來唐楊師道詩開句臨召風颯雨声来芙蓉塘外有輕雷芙蓉塘見前注金蟾嚙鎖燒香入金蟾即鎖飾也玉虎牽絲汲井迴玉虎謂轆轤也賈氏窺簾韓掾少晉韓壽字德真美姿容賈充辟為司空掾每宴賓僚其女韓從青瑣中窺之因通焉時西域貢奇香着人經月不歇帝惟賜充其女盗以與壽充知之以女妻壽宓妃留枕魏王才魏王初三年陳思王朝京師還濟洛州古人言洛水之神曰宓妃感宋

啓孤吟賞
吟風勁雪
浪翻銀屋
壯遊回首
會稽何限
修竹。今
夜對月依
然樽前須
決瀉山頭
鳴瀑吸也
清光傾肺
腑洗我明
珠千斛只
恐嬋娟明
年依舊衰
鬢先成鵲
華杯相勸
爲子沮掛

微波而通辭

春心莫共花爭發一寸相思一寸灰

又

相見時難別亦難東風無力百花殘春蠶到死絲方盡蠟炬成灰淚始乾曉鏡但愁雲鬢改夜吟應覺月光寒蓬山此去無多路青鳥殷勤為探看漢武內傳七月七日上於承華殿忽有青鳥從西來集殿前上問東方朔曰此西王母欲來也有頃王母果至

回中牡丹為雨所敗

浪笑榴花不及春隋高祖受禪孔紹安末奔見之甚悦拜內史舍人時夏侯端亦嘗為御史先歸朝授秘書監因侍宴賦石榴云抵為來時晚花開不及春時人甚稱之先期零落更愁人玉盤迸淚傷心數迸舊作迸今從英華本錦瑟驚絃破夢頻萬里重陰非舊圃陰一作陰。張衡南都賦玄雲合而重陰谷風起而背哀一年生意屬流塵劉伶玄詩堂上流塵生庭中綠草蕤注流階也前溪舞罷君迴顧古今樂錄六晉車騎將軍沈玩前溪舟渡劉刪詩山邊歌落日

[illegible]調　醜奴兒令

馮夷剪碎澄溪練飛下同雲着地無痕柳絮梅々處々春。山脉此夜明如冬月滿村莫掩溪門恐有扁舟乘興人、

[illegible]中調　青玉案

碧空黯淡同雲遶斷

池上舜前溪唐于兢即南朝習樂之所也曰供覺今朝粉態新

富平少侯

七國三邊未到憂史記冠帶之国七而三國邊於戎火。此言邊勤有警富平何憂哉十三身襲富平侯漢成帝鳴嘉初始或行或乘小車或皆騎馬出入市裏陵至旁縣鬪鷄走馬自称富平侯富平侯者張安世三世孫臨尚主所生子收也娶許皇后女弟與上遊宴禁中無度寵幸甚盛故假称之也不收金彈抛林外西京雜記韓嫣以金為弾丸二百失数十每出兒童朝隨之以十所落長安語曰若飢寒逐弾丸却惜銀床在井頭銀床井欄也樂府淮南篇云淮南王自言尊百尺高樓與天連后園作井銀作床金瓶素綆汲寒漿綵樹轉燈珠錯落開元遺事錫園忠姊妹上元夜置百投灯樹輪轉無木杜詩云西城灯輪千影合繡檀回枕玉雕鏤枕有轆炉形故云回枕也當關莫報侵晨客嵇康書云川喜晚起當關門呼之不置註漢有當關之職曉至呼門新得佳人字莫愁莫愁見前注

楚宮

月姊曾聞下彩蟾月姊謂姮娥也詳見前注傾城消息隔重簾漢書李延年歌云

抄上月声
峭明透紗
匂天欲曉
珠簾綫捲
美人鸗报
一夜青山
老。使君
命客金樽
倒正千里
瓔瑆未絵
婦歡壓江
梅春信早
十分農事
满城和気
管取来年
好
又調

之有……
顧傾人城再顧傾人国
已聞瑚鑾知腰細王好細腰宮中……
死多餓 更辨絃声竟指鐵暮雨自歸山悄〻暮雨已注秋河不動夜
厭〻 王昌且在墻東住襄陽耆舊傳王昌字公伯為東平相散騎常侍早卒婦在城玉曹子又女
昌弟式為度遼將軍長史歸尚書令拓指女昌毋聰明有教
與二婦入門皆令変服下車不得倫移後指子嘉尚魏主欲
金鏤衣見武婦嘉止之曰其姬嚴固不
所善耳不須持往犯人家法其畏如此未必金堂得免嫌漢武
帝八歲長公主欲以女阿嬌妻帝〻曰我若得阿嬌當以金
屋貯之。詩意以桓嘉尚主故用金堂事言雖富之極終不
免王昌家
之嫌疑也

舜州獻從叔舍人

逢岳烔霞閬死鍾王官戕奏附金龍唐吳道玄書天地水三官皆乘龍鳳輿輦。東
斋記云進家有金龍王簡李士院撰文其二歳中斋茅君奕
熈暇於名山洞府金龍以銅製王簡以賂石製之
古仙曹貴茅君已見前注許椽全家道氣濃之十二真君傳許遜字敬
旌陽令慕道以晋室乱弃官帰師〻洞君吳猛傳三清法要
至太康二年八月一日于洪州西山挙家四十二口白日昇

[illegible]倚眠　[illegible]靜瀟々　兩滴南樓　延更移三　鼓漏傳一　水點々不　離楊柳外　聲々只在　芭蕉裏也　不管滴破　故鄉心愁　人耳○無　似有遊絲　細髮復散　真珠碎天　應分付與　別離滋味　破我一床

長宅上昇○雲笈經云真君孫王斧子嘗為臨淄令真誥亦許椽是也絳簡尚希黃紙按有[illegible]簡黑綠經唐制舍人掌誥命有黃紙白麻此詩以官品比仙品者也丹爐猶有紫泥封紫泥已見前註亦能相薦達否

不知它日華陽洞華陽制洞大名也許上經樓第幾重詩意舍人之職得近天顏

○温庭筠字飛卿舊名岐并州人也宰相彥博之孫任終國子助教有集傳于世

幾年辛苦與君同得喪悲歡盡是空猶喜故人先折桂杜詩礼闈曾權枝○陳元老及第桃花先透三層浪月桂曾攀第一枝自憐羇客上飄蓬三春月照千山路十日花開一夜風知有杏園無路入唐進士及第杏園初會謂之探花選年少者二人為探花後世謂之探花郎此也馬前惆悵滿枝紅

過中陪鄭度遊江亭

倚欄愁立独徘徊欲賦慚非宋王才滿坐山光搖劍戟遶城波色動樓臺鳥飛天外斜陽盡人過橋心倒影來添得五湖

愁蝶夢輸他雙枕死天蛙向此際別有好思量人千里

更知卿調綺羅香春雨

做冷欺花將烟困柳千里偷催春暮盡日迷愁裏欲飛還住驚粉蝶宿西園喜泥潤燕歸南浦

多少恨柳花飄蕩作寒〻梅

金塘道中

山連楚越復吳秦蓬梗何年是往身蓬梗前注黃葉黃花古破道秋風秋雨別家人冰霜想度商於凍商於即商州也桂玉愁居帝里貧桂玉詳見前注十口繫心抛不得每同回首即長顰

望月寄人

浮雲捲盡看朣朧朣朧月明貌直出滄溟上碧空盈手水光寒不濕流天素彩靜無風洒花蕩漾金樽裏李白詩惟願當歌對酒時月光長照金樽裏裏棹影飄〻王浪中川路正長難可越宋劉於玄詩何處川無梁山高路難越秦嘉妻寄書曰高山岩〻君是越斯亦難矣美人千里思何窮宋謝在月賦美人邁兮音塵闕隔千里共明月臨風嘆兮將焉歇川路長兮不可越

送秦鍊師歸岑公山在萬州

妨他佳約風流鈿車不到杜陵路○沈七江上望極還春潮急難尋官渡隱約遙風和泪謝娘嫵媚臨斷岸新綠生時是落紅帶愁流處記當日門掩梨花剪灯深夜語
羽皆然調

山翁歸臥翠微岑一葉西飛月峽深言乘月而去也月峽即明月峽也松逕定知芳草合玉書應念素塵侵太上八素經曰王書用青碧玄玉為之閒雲不繫西東影野鶴寧知去住心晉書稽紹如野鶴之在雞中○閒雲野鶴以比秦鍊師也蘭渚蒼七春欲暮書植詩朝發鸞臺夕宿蘭渚公孫乘月賦鶴鶉鶉群於蘭渚落花流水怨離琴江總詩曰去雲日定遠離琴手自彈之而已

○羅隱字昭諫錢塘人也累舉進士每仕不第后事錢鏐為給事文集今傳

牡丹

佀共東風別有因絳羅高捲不勝春若教解語應傾國傾國見前注任是無情亦動人芍藥與君為近侍芙蓉何處避芳塵拾遺記石虎起樓四十尺雜寶異香為屑風作則揚之名曰芳塵○陸机天暮賦云猶芳塵之襲七可憐韓令功成後辜負穠華過一身藝苑雌黃云唐和元中韓弘罷節制歸長安命鄿去第中牡丹雜花曰吾效兒女輩耶當時為牡丹包蓋之不暇故隱有辜負穠華之

春寄
遅日馱松
下雨欹東
郊嫩草疑
碧紫燕双
飛海棠相
靚粧點上
林春色黯
然望及困
人厭氣運
無力又听
得園花数
声鶯囀柳
條直○當
此暗想故
園繁華緻
然蹔人依

杏花

暖觸衣襟漢〻香問梅遮柳不勝芳数枝艷拂文君酒漢司馬相如古酒爐器於臨卭中文君當爐半里紅欹宋玉墻宋玉登徒子好色賦曰臣東家之子登墻闚臣三年矣盡日無人應悵望有時經兩更凄凉舊山〻下還如此回首東風一断腸謝灵運詩楚人心肯色蛾之断腸〻耶

登夏州城楼

塞城攏〻戍旗風独倚欄杆悵望中萬里山川唐土地千年魂魄漢英雄夏州漢朔塞也離心不忍聽邊馬漢蔡琰詩北風厲兮肅泠〻胡笳動兮邊馬鳴○王正良詩胡風動秋草邊馬有帰心往事應須問塞鴻好脫儒冠從校尉書從戊己校尉元帝初置如甲乙丙丁庚辛壬癸皆有正位唯戊己寄治亦無常君故各戊己一枝長戟六鈞弓三国志袁術將閻劉備呂布曰玄德布弟也請君觀布射中戟枝即解兵去不中留法戦布一發正中戟小枝皆曰將軍天威也皆罷去左傳顏高之弓六鈞

何門陌院
遊沉叙苍
亂落邪堪
如練點衣
白酒量頻
寬洪量窄
笄此情景
除非端酒
任歡恣歌
沉醉有誰
知浮

醉蓬萊調

斷亭皇華
下陇首雲
飛素秋新
家奉月中

曲江春感 慨以訕刺久困塲屋交人刻費贈詩云人皆言子丞我獨以為子約生既推誚青山可不帰隱見之遂起人帰歟之兴故作此詩

江頭日暖花正開江東行客心悠哉高陽酒徒半凋落 史記酈食其落魄無衣食初欲見沛公沛公以儒生不見酈生案劍曰吾高陽之酒徒非儒生也矣 終南山色空崔嵬聖代也知無棄物侯門未必用非才 丁令升晉記論興立失德托付非才四維不張苟且之政多矣 滿船明月一竿竹家住五湖歸去來 住一作在

春日題禪智寺 在揚州

樹遠連天水接空幾年行樂舊隋宮 煬帝都林江都以晉諲失國故云爾 花開花謝長如此人去人來自不同楚鳳調高何處酒 論語楚狂接輿歌而過孔子曰鳳兮鳳兮何德之衰往者不可諫來者猶可追 吳牛蹄健滿車風 貲海見前注隋煬帝臧東○皆揚州故實 思量只合騰匕醉蘼海平陳盡夢中

𢈔谷迴寺蔡氏昆中

天鏁葱
佳氣嫩菊
黄深拒霜
紅淺近宝
幃香沕玉
宇无塵金
莖有露碧
天如水○
正值昇平
万机多暇
夜色澄鮮
漏声迢遞
南極星中
有老人呈
瑞此際宸
遊鳳輦何
処変管絃
声脆太液

年两度錦城遊江山明麗錯雜如錦張故也前值東風後
值秋芳草有情皆礙馬好雲無處不遮樓山牽別恨知愁斷
水帶離声入夢流今日不堪回首望古烟高木隔綿州

寄竇尚書

徃年西謁謝玄暉謝玄暉比竇尚書也尊酒曾連醉始帰曲檻柳濃鶯
未老小園花暖蝶初飛噴香瑞獸金三尺舞雪佳人玉一圍
宋玉神女賦飄飖兮若流風之回雪杜詩急雪舞回風舞言舞態回翔也今日乱離尋不得滿簑

風雨釣魚磯

張蠙字象文清河人成宰中進士授校書郎有集二卷傳于世

前塘夜宴晋別郡守前疑作錢

四方騷乱一州安賈子新書曰士卒罷弊死於甲兵老弱騷動不能治産業云夜列樽罍
伴客歡箏簫調高山閣迥蝦蟆声促海濤乾江南以才[illegible]二直故曰蝦蟆[illegible]

波翻披香簾捲月明風細

周美成調
蝶戀花 曉行

月皎驚烏棲不定更漏將殘轆轤牽金井喚起兩眸清炯炯淚花落枕紅綿冷○執手霜風吹鬢影去意徘徊別語愁難聽樓

屏間珮響藏歌妓開元遺事寧王有妓芙蓉善歌舞客莫能見李白侍酒戲曰聞王有寵姬善謳吟群公宴從王何吝此王笑令於七寶帳后歌白起謝曰雖不許見而聞君声亦幸矣幕外刀光立侍官

沉醉不愁歸棹晚匕風吹上子陵灘後漢嚴光武字子陵釣於富春山上裏灘下

寓懷山甫落魄不羈拙於身謀薄愁當略故有此作

萬古交馳一片塵思量名利孰如身長疑好事皆虛事却恐閑人是貴人老逐少來終不放辱隨榮後定須勻勸君莫謾誇頭角夢裏輸贏總未真

新刊三訂便蒙唐詩鼓吹卷之三終

隊于棲斗
柄露寒人
遠雞相應

續選詩詞歌賦調卷之四

鬭草

立春

賀方回

巧剪合歡羅勝子釵頭春意翩翩艷歌淺笑拜嫣然顧郎宜此酒行樂駐華年。未至文園多病客幽襟悽斷堪憐舊遊夢掛

新刊三訂便蒙鼓吹唐詩卷之四

資善大夫中書左丞　郝天挺　編

長安春望

明時不敢卧烟霞又見秦城換物華殘雪未消雙鳳闕（天子之門）新春已發五陵家（漢長陵安陵陽陵茂陵平陵也）甘貧只擬長監酒（晉阮籍闕步兵廚有貯酒三百斛乃求為步兵校尉）忍病猶期強來華故國別來桑柘盡十年兵賤海西涯

李山甫（咸通中累舉進士不及第后亦嘗為府從事有詩賦等集並傳）

仰徹東風一向斜春陰漾漾野人家有時三點兩點雨到處一根五枝花萬井樓臺疑繡畫九原松柏自烟霞（禮記趙文子與叔向遊於九原謂叔向曰死者如何作也吾誰與歸其隨武子乎京當作原）年年今日誰相問獨卧長安泣歲華（梁蕭子云歲暮賦曰壁外又臨歲華……）

碧雲邊人　歸客馬後　民　前　毛澤民調　玉樓春　小园半夜　東風轉吹　破冰池雲　毋面曉披　閶闔見朝　陽知向碧　背添幾煖　周美成調　瑣寒窗　暗柳啼鶯　單衣佇立　小簾朱戶

公子家

曾是皇家幾世侯入雲高第照神州高第謂甲第也神州詳見前注捲簾門戶橫金鎖花擁絃歌咽畫樓錦袖妬機爭巧笑論語巧笑倩兮美目盼兮玉銜驕馬索閑遊麻衣酷獻平生業毛詩蜉蝣掘閱麻衣如雪醉倚春風不點頭

二

柳底花陰壓路塵瑞烟輕罩一園春死央占水能欺客欺一作嗔鸚鵡嬌鶬鮮罵人腰裊佀龍隨日換淮南子夫待腰裊而騖之則世莫乘車矣詳見前注后漢章帝特有司請封諸舅太后詔曰前过登龙見外家車如流水馬如遊龍吾不譴怒但絕其歲用耳輕盈如燕逐年新頎將金玉無屢費活得蒼生幾戶貧

上元懷古上元金陵縣名也

南朝天子愛風流南朝謂六朝也詳見前注盡守江山不到頭總為戰爭

桐花半畝
靜鎖一庭
愁雨酒空
揩更闌未
休故人剪
烛西窗語
倡楚江暝
宿風灯零
乱少年霧
冰○渾春
嬉遊処正
店戶无烟
禁城百五
旗亭喚酒
付与高陽
儔侶想東
园桃李自
春小唇秀

收拾得却因歌舞破除休南朝自刘裕至陳霸先皆篡弑得之如東昏侯陳後主皆以淫荒滅亡

堯將道德終無敵孟子無敵於天下者天吏也秦把金湯可自由韓子曰雜有金城湯池非粟不守○漢蒯通傳註云金取堅湯取熱皆喻險固不可近也

笑語繁華何處在雨臺烟草石城秋金陵有古石頭城

武元衡元衡字伯蒼河南人建中四年進士元和三年以門下侍郎平章事秉正早朝遇盜從暗中射殺之有臨淮詩傳于世

荊帥

金貂再入三公府漢宮儀侍中金蟬左貂金取堅不朽蟬居高食潔貂外勁悍而內溫○漢董巴與服志曰武弁大冠侍中太常侍加黃金璫附蟬為文貂尾為飾謂之惠文冠錦帳連封萬戶侯薰捲

青山巫峽曉雲凝碧渚宮秋巫峽渚宮詳見前注劉琨坐嘯風生塞晉劉琨字越石為并州刺史為胡騎所圍窘迫乘月登樓清嘯胡騎聞之皆肅然引去謝朓裁詩月滿樓南史謝朓字玄暉美文章清麗可愛為隋王功曹尤被賞遇不捨日夕白雲調高歌不得美人南國

壓今在否
到歸時定
有殘英待
客携樽俎
僧仲殊調
訴衷情
湧金門外
小瀛洲寒
食更風流
紅舡滿湖
歌吹外有
高樓○伯
日暖淡烟
浮恣嬉遊
三千粉黛
十二闌一
片雲頭
又、

羿娥愁宋玉對楚王曰客有善歌者始歌下里巴人國中和者數千人歌陽阿採菱和者數百人既而歌陽春白雪唱而和者數人蓋曲彌高和彌寡

送張諫議

詔書前日下丹霄頭戴儒冠脫皂貂王莽篡位更冀黑貂冠黃貂太后命其官屬戴黑貂笛怨柳營煙漠漠柳營詳見前注雲愁江館雨蕭蕭鴛鴻得路爭先翥莊子南方有鳥名鵷發於南海飛於北海非梧桐不止非竹實不食非醴泉不飲也松桂凌霜貴後凋論語歲寒然後知松栢之後凋歸去朝端如有問玉門關外老班超班超自以久懸絕幾年者思上上疏曰臣超人馬齒殲帝恐年衰奄忽僵仆孤兎棄捐臣不敢望到浦泉郡但願生入玉門關帝憐之放還

送崔巡使還本府

芳君車馬此逡巡我與劉公本是親梁劉孝標答材陵令劉沼書劉侯既重有斯難値余有天倫之戚竟未之致也兩地山川分節制十年京洛共風塵唐書元衡

閑春風何
事斷廷繁
紅便憐婦
去年落征
途笑行人
羈旅一曲
陽關斷風
乍起吹皺
一池春水
閑引夗央
芳徑裡手
挼紅杏蕊
○鬪鴨闌
干独倚碧
玉搔頭斜
墜終日望
君〻不至

梁文為西川節度詩意昔与了處使同仕京洛今各官於兩地也坐歎幾處胡天日羅綺長望

蜀國春報主獨來須盡敵左傳晋侯使太子申生伐東山大夫光桃木東曰今公曰盡敵而反敵可盡乎雖盡敵猶有內讒不如違之還期萬里寶刀新漢武陵蠻作推將軍馬混征之有功而還表奉金宝錯刀一月

○唐彥謙字茂業并州人也咸通末登進士為河中從事歷晋隰州刺史后為閬州刺史卒號鹿門先生有詩集傳于世

長陵

長陵高闕北安劉張陵高祖陵也○高祖崩詔呂后曰周勃重厚少文然安刘氏者必勃也后呂后欲立諸呂勃為太尉入北軍誅諸呂立文帝袝葬纍〻盡列侯后漢和帝華長陵曰高祖功長蕭曹為首有傳世不絕之義朕望長陵東閤見二臣之像每有感焉可遣中牢祀之臣豐上舊居無故里帝中豊民盡移於長安營安新豊故云先故里沛宮原廟對荒丘漢惠帝思高祖之樂沛以沛宮為高祖原廟頭注原再也先已有廟今再立曰原廟耳聞明主提三尺高祖曰吾以布衣提三尺取天下此非天

喜

又調

長相思

紅滿枝宿雨厭厭睡起遲閑庭花影移○憶歸期數歸期夢見雖多相見稀相逢知幾時

又調

桃源憶故人

碧紗影弄東風曉

也耶着愚民盜一抔布文帝欲族之張釋之曰假令愚民取長陵一抔土陛下何以加之法千載豎儒騎瘦馬酈食其說高祖說立六國張良入諫以為失策罵曰豎儒幾敗乃公事渭城斜日重回頭

蒲津河亭

宿雨清秋霽景澄黃亭高樹更晨興烟橫博望乘槎水漢張騫乘槎窮河源後封為博望侯日上文王避雨陵左傳蹇叔曰殽有二陵焉其南陵夏后皋之墓其北陵文王之所避風雨也孤棹夷猶期獨往夷猶注也曲欄愁絕每長凭思鄉

懷古多傷別此際哀吟幾不勝

○李遠遠字求古太和五年進士蜀人也累官歷忠建江三州刺史終御史中丞有集傳于世

贈寫御容李長史

宝焗消硯水清宝一作玉○文選謝希逸詩云庭樹鷲兮中雉鸐金釘擾兮王座寒龍髯不動彩毫輕初分隆準山河秀準音拙高祖龍顏隆準隆高也準鼻頭顴也年點重

夜海棠鬪了枝上数声啼鳥粧点知多少○妬雲恨雨腰肢裊翠黛不收重掃薄倖不来春老羞帶宜男草

春光好調

小游仙

春流水波明窗峭巷枝瘦極目烟中百尺樓尺人在

臣一月明太史公曰吾聞周書曰重瞳子○尸子舜两眸子宮女捲簾皆暗認侍臣

閒殿盡遥鶯六朝供奉無人敵始覓僧繇浪得名張僧繇吴人也天監中以張僧繇官右將軍吴興太守以張僧繇馳李於時

失鶴

秋風吹却九皐禽詩小雅鶴鳴于九皐声聞于天注聞音鄧皐岸中所以掘土為坎言九者以喻深遠也一片閑雲萬里心杜詩老鳴萬里心碧落有情空悵望作應一瑶臺無路可追尋崑崙有瑶臺閬苑來時白雪翎猶短去日丹砂頂漸深華表柱頭留語後更無消息到如今

聽話叢臺燕太子趙武灵王洋叢臺於邯鄲

有客新從趙地回自言曾上古叢臺漢邯鄲陽曰至趙之時武力勇士挍服叢臺之下一旦成市雲遮襄國天邊盡襄国趙地漢書項羽分趙地立張耳為常山王居信都改曰襄国樹遶漳河掌上来漳河过襄国城边絃管变成山鳥弄綺羅留作野花

閑金輿玉輦無行迹風雨誰知長綠苔 鄴中記石虎治漳河四十里一官官中宮女數十人一夫人主之石虎下輦上宿

○權德輿 字載之秦州人自少文章稱德宗召為太常博士憲宗中書舍人元和五年拜礼部尚書同平章事有集傳于世

田家即事

閑卧藜床對落暉 白氏六帖管事家貧所坐藜床穿為之不倦○杜詩衰病只藜床欵 翛然便覺世情非漠ㄣ稻花資旅食青ㄣ荷葉製儒衣 楚辭製芰荷以為衣兮紉秋蘭以為珮 山僧相訪期中飯漁父同遊或夜歸待學尚平婚嫁畢 後漢尚平字子平隱居不仕讀易至損益卦欵曰吾已知富不如貧貴不如賤但未知死何如生耳建武中男女嫁娶既畢勑断家事勿相關當如我死遂肆志遊名山五岳 渚烟溪月共忘機

和司門殷員外早秋省中書直夜寄荊南衛象端公

共嗟王粲滯荊州 三国志王粲字仲宣山陽人以西京亂擾乃之荊州見劉表ㄣ不礼作登樓賦以自

樓中否○四和裊金鳧双陸思纖手撥情來風浣此情二更濃如酒

又調

謁金門

光央浦春漲一江花雨隔岸數聲初過櫓晚風生碧樹○舟子相呼相語載取暮愁歸去帰去

沍村荒草
暗愁來汔
着処
下仙現調
[illegible]
獻和又報
乍瑞露齊
色皇州春
早翠憶競
觴玉帛爭
馳都道嶽
山結綵蓬
萊島何晚
色双龍銜
照綃樓土
上舡芝蓋
底仰瞻天
表○縹緲

喻才子為郎憶舊遊凉夜偏宜粉署直唐諸郎中員外郎尚書郎所居謂之畫省以粉盈之故名之曰粉署也清言遠待玉人酧晉裴楷為吏部郎風神高邁精神俊爽時謂之曰玉人風生北渚烟波濶楚辭帝子降兮北渚目眇眇兮愁予露下南宮星漢秋南宮謂礼部也早晚得為同舍旅前漢直不疑為郎有告歸誤持其同舍郎金去知君兩地結離憂楚辭思公子兮徒離憂

奉和太常卿閣老左藏庫中假山之什

春山仙掌百花開九棘腰金有上才周礼九棘孤卿大夫位馬融注曰樹棘以為位者取其赤心而外刺也忽向庭中摹峻極詩嵩高維岳峻極于天如從洞裏見昭回詩倬彼雲漢昭回于天注昭光也回昭也小松已負干霄壯片石皆疑縮地來神仙傳漢費長房遇壺公乃神術能縮地脉十里聚目前放之如舊都內今胡佀方外莊子子桑戶死孔子曰遊方之外者也丘遊方之內者也仍傳麗句寄雲臺華山有雲臺觀

送張閣老中丞持節弔回鶻

風傳帝樂慶三殿共賞群仙同到遥邏御香飄滿人間匕喜笑須臾一点生毬小漸隱匕鳴稍声香遊人月下帰来洞天未曉

又謂

解語花

風銷焰臘露浥烘炉花市光相射桂華流

旌旆翩匕擁漢官君行當得遠人懽（論語近者悦遠者来）分戢南臺知禮重綴書東觀見才難（后漢張衡字平子為侍中上疏諸得專事東觀收撿遺文畢力補綴文縣上司馬遷班固所叙與典籍不合者十餘事帝不听時人追恨）金章玉節鳴騶遠（如淳書匕往騶馬以給騶使東之。藏緒晋書曰騶六人）白草黄雲出塞寒欲散別離唯有酒暫煩賓從駐馬征鞍

送李處士弋陽山居（限姓名中用韻）

鬉来城市意何如却憶萬陽溪上居不憚薄田輸井稅（井田之稅）自將佳句著州閭波翻極浦檣竿出霜落秋郊樹影疎想到家山無俗侶逢迎只是坐籃輿（晋陶淵明傳江州刺史王弘半道邀淵明還州問其所乘答云素有足疾向来籃輿亦足有送乃令来門生二兒其為之舁至州里）

○于鵠（鵠高隱于漢陽大曆中應薦起歷諸府從事有集一卷傳于世）

送宮人入道

瓦纖雲散耿匕素娥欲下衣裳淡雅看楚人纖腰一把簫鼓喧入影参差滿路飄香射○因念帝城放夜望千門如晝嬉笑遊冶鈿車羅帕相逢処自有暗塵隨馬年光是也惟只見旧情衰

十載吹笙入漢宮看来水殿種芙蓉自傷白髮辭金屋漢帝為膠東五年數歲長公主抱問曰兒以得婦否答曰欲得指女阿嬌好否笑曰若得阿嬌當以金屋貯之喜戴黃冠向雲峯太白十有雲峯解語老猿開曉戶引雛飛鶴卜高松定知別後宮中伴遥聽緱山半夜鍾緱山見王子晉注前○齊武帝景陽樓有三更五更鍾也

○盧弼與李光遠同時有詩名

秋日寓居精舍書事

葉蒲苔背杵滿城此中多恨匕難平踈簾看織蠨蛸網詩伊威在室蠨蛸在戶注蠨蛸小蜘蛛也暗室愁聽蟋蟀声詩蟋蟀在堂歲聿其莫○促織也醉卧欲抛羈客思夢歸偏動故鄉情覺来獨步長廊下半夜西風吹月明

○獨孤及字至之河南人天宝末以有道舉高第代宗朝為左拾遺歷豪舒常三州刺史有集今傳

同皇甫斉年春望見示之作

謂清源移
飛盖帰来
従舜休歌
鎓

閨怨詞

万年歡

灯月交光
漸輕風布
暖先到南
国罗綺嬌
容十里絳
紗籠烛蓉
豔[illegible]即醉
目有多少
佳人如玉
春衫袂整
々齊々内
家新様粧

望遠思帰心易傷况将衰鬢偶年光時攀芳樹愁韶盡昼掩
書齋覺日長甘比流波辞舊浦忍看新草遍横塘謝灵運詩云池塘生春草
因君贈我江楓詠唐崔信明有楓落呉江冷之句鄭世翼曰須覧之其餘未終卷曰所虵不逮所聞投
卷於水中而去春思如今未易量

○胡宿

雪

屏翳驅雲結夜陰楚辞屏翳起雨○相如子虛賦注屏翳天神使○魏曹植誥咎文可怕要辞屏翳西也
素蒼飄墜悪氛沉左傳伯風謂趙孟曰楚氣甚悪權雖注云氛氣氣也色欺曹國麻
衣淺詩曹国風蜉蝣掘閲麻衣如雪寒入荊王翠被深左傳楚王次于乾溪雨雪王皮冠秦復陶
翠破豹舄執鞭以出注秦遺羽衣天上明河銀作水有明河篇海中仙樹玉為林
日髙獨擁鷫鸘裘卧誰乞長安取酒金司馬相如以鷫鸘裘貰酒与文君為懽又陳皇
后以黄金百斤為相如文君取酒因詣解悲愁之辞相如為作長門賦奏之

葉○歡情
未見更闌
讒句牽旧
恨索乱心
曲恨望嵋
期應是紫
姑頻卜暗
想双眉対
慶断絃待
鸞膠重續
休迷恋野
草閑花鳳
鸞人在金
谷
又調
安冠子三
帝城三五
灯光花市

卄一虚觀

五粒青松護羣苔李賀為五粒小分歌石門苓寂断纖埃水浮苍片知仙路陶潛桃源記晋太元中武陵人漁為業溪行忘路之遠近忽逢桃花夾作数百一中無推木芳華鮮美落英繽紛漁人異之尋路見黃髮垂髫問云皆避秦人也風迊鸞聲認嘯臺既情至蘇門半嶺聞鸞鳳之音乃孫登長嘯也詳見前注桐井曉寒千乳歛庾信三月三賦草銜長帶壽梧桐垂細乳茗園春嫩一旗開世說茶之始生而嫩者為一鎗也漸大而開者為一旗過此老矣馬烟未勒山亭字可是英靈許再來金陵池記云周顒字彥倫隱北山後應詔出為剡令欲過此山了德璋假山得作文以却之曰鍾山英草堂之灵馳烟馳務勒移山亭云匕矣

淮南發運趙荊州被叟歸闕

九重封詔紫泥馨子泥已見前注馬首前瞻北斗城三輔黃圖云長安故城一南為南斗形北為北斗形也曰北斗城人在函關先望氣列仙傳老子西遊函谷關令君喜先見東來有紫氣知其人當過世也果見老子授導德經而去帝於京兆最知名前漢趙廣漢中京兆并迁頴川

盈路天街遊處此特方信鳳問都民奢華豪富紗笼繞過処唱道轉身一壁水來且任見許多才子艷質携手並肩低語○東蕪西往誰家女実王梅争載綫步香風度此觀南韻見蛩燈影

太守後為京兆尹自將吏入霍禹家搜索屠酩斬関而去帝心善之戚里振愁一區東第趨晨近文選去位為通侯處列東第注甲第也在帝城之東故云數刻西廂接蚤朝周昌傳呂后側耳于東廂听頗性正寢之東西室皆曰廂言似東第之形也○易晉封辭廉侯用錫馬蕃庶晝日三接江黍進愛寵一晝三接也正是兩宮裁化日百金雙璧拜虞卿史記虞卿者遊説之徒也攝蹻擔簦説趙孝城王一見黄金百鎰白璧一雙仕秦為上卿故號虞卿

天街曉望

長樂緩聞一叩鐘長樂宮名詩見前注百官初謁未央宮未央宮名金波穩七沙堤月謝玄暉詩云金波麗鳷鵲玉繩低建章玉樹琤七上苑風大白贈魏山人詩東卣緑玉樹定長三五枝○上苑上林苑也香重撲闌橫結霧杜牧阿房宮賦烟斜霧橫焚椒蘭也氣寒龍虎遠浮空諸葛亮謂吳文帝曰鍾阜龍蟠虎踞真帝王所都處也嗟予索米無人問漢東方朔問上曰侏儒長二尺餘俸一囊粟錢二百四十朔長九尺餘亦俸一囊粟錢二百四十侏儒飽欲死臣朔飢欲死臣言可用幸異其禮不可用罷之無令但索長安米上大笑行避霜臺御史驄御史驄見前注

標神仙無
數引人覓
假醉不如
閑早歩玉
歸去這一
双晴眼怎
坐禁浔亏
胡觀
康伯可
調
漢宮春
雲海沉〻
峭寒收建
章雪殘鳷
鵲華灯照
夜万井禁
城行樂春
隨鬓影歩

淮南王

貪鑄金錢盜寫符 前漢淮南王安入朝田蚡迎之霸上與語曰今上無天子王高帝孫行不義宮車晏駕非王誰可立淮南王喜及置攻戰之具集金錢事覺削二縣王自傷曰孤竹仁義見削他孤甚耻之謀反益甚乃令官奴入宮中作皇帝璽及丞相御史大夫將軍中二千石等印后伍被告變上使宗正以符節治王未至安自殺 何曾

七國戒前車 漢王毋反遺太尉周亞夫將軍竇嬰被之折吳王濞于丹徒膠西王印楚王伐趙王遂濟南王辟光留川王賢膠東王逢渠皆自殺○賈誼治安曰前車覆後車戒也 長生不待炉中藥 淮南王學神仙謂鍾藥可長生藥未成而身已沒矣 鴻寶誰收篋重書 淮南王有枕中鴻寶苑秘書言神仙使鬼經為今之術 碧井牀空天影在 晋皆樂志淮南王自言尊玄樓高與天連后園鑿井銀作牀金瓶素埂没寒漿 小山人去桂叢疎 淮南王好古愛仙招置賓客自入公之走分造詩賦以頭相從或称大山小山如詩大雅小雅故小山隱士曰桂樹叢生兮山之幽 岂 雲中雞犬無消息麥秀漸匕徧故墟 並見前注

趙宗道歸輦

參差柳絮 梅亭丹禁 書鬱峯對 对聳三山 上通廖郭 ○春衫綉 罗香濤步 金蓮影下 三千緯 水輪桂 皓色含 楼閣 席樂 平天風吹 落留鳳輦 通宵宴賞 莫放漏声 開卻

沿牒相逢楚水湄 漢書長安令楊興說將軍使高曰臣窃但以無階朝廷故隨牒在遠方在謂隨選補之常牒不拔超羅也○晋王籍曰隨牒推移遂至于此 竹林文酒比嵆 晋阮籍與嵆康山濤向秀刘伶阮咸王戎為竹林之遊世號為竹林七賢 半氊未暖還傷別 謝特見江華時大雪弊絮单席皱學不倦時說特著儒并手割半氊與之充卧具一前漢班固傳云孔席不暖 一臂初交又解携 莊子田子方篇云吾發身與汝交一臂而失之可不哀之歟 江浦嘔啞風送擄河橋勃窣柳雪垺上金堤○注匍匐上下貌 作時相如賦云鬢嬌執窣 明年四月秦關到洗眼揚州看馬時 居章李儇奐弟后嵩淮南李紳相公云第全館上政官令陽沒子出長安馬頭漸向揚州郭為報特人洗眼看

憶薦福寺牡丹

十日春風隔翠岑秪應繁朵自成陰樽前可要人顏王 嵇康醉如玉山之將頹 樹底遙知地側金花界三千春測 七華嚴好有硯三千六千金色世界 同盤 銅盤上一夜沉 七以銅盤十二盤竭看苍如燭夜遊也 雕盤分菓何由得

又調

灯火烘春，樓臺浸月，良宵一刻千金。錦瑟承蓮，彩雲笑伏難尋。蓬萊壺影，動星球轉映兩行。宝冊瑤簪，恣嬉遊，玉漏声催未歇。芳心○望哥十里，淺張地記年，特行樂憔

慕作雄切以針慕物之慕言簪花也空作西州擁鼻吟謝安本能為洛下書生詠有鼻疾音濁名流愛其不能及或以手擁鼻以而效之也

次韻和朱況雨中之什

蒼野迷雲黯不歸莊子蒼蒼之野遠風吹雨入岩扉石林潤極琴絲

綠水閣寒多酒力微夕夢將成還滴滴春心欲斷正霏霏正一作更

憂卷惜月長如此爭得東陽病骨肥梁沈約久處端揆志望台司武帝終不用與勉書陳情曰病已數旬革帶常移引手握臂率計月小半分欲謝事求歸老之秩勉為請三同之義帝勿許

感舊

千里青雲未致身青雲已注馬蹄空踏幾年塵曾迷玉洞卷光老

欲過金城柳眼新晉桓文自江陵北伐行至金城見少時所種柳皆十圍既然曰木猶如此人何以堪

攀技折條絲泫然流涕粉壁已沉題鳳字見前注酒壚猶記姓黃人晉三代為

尚書著公服過黃公壚謂後軍客曰宗昔与嵇叔夜阮籍宗則腸干此垆自稱阮亡来便為時所羈紲今視此雖近邈若

悵而今客
襄肯懷伴
人聞笑聞
吟小窓未
静刻郎老
把相思細
寫瑶琴怕
歸來紅紫
歎風三逕
成隂
【吴子和】調
【答…】
銀蟾光影
喜稔歲閏
正元宵還
再樂事難
并佳時

山鳩中横笛偏多感一涕闌干白角巾劉向說苑雍門子周引琴而鼓之徐動宮河上徵運比角羽叙布成曲孟嘗君雪涕闌干而就之曰先生鼓琴令文立若破國亡邑之人也

寄昭潭王中立

高絃十弄武陵深武陵任常德府。晉崔豹古今注馬援門生爰寄生善音律援作武陵深之曲以和之曰武溪深滔滔一河深鳥飛不渡獸不能臨嗟哉武溪兮多毒淫六幕天空萬里心下四方上下六幕吴苑歌驪成久別漢王式傳歌驪駒注其辭曰驪駒在門僕夫具存驪駒在路僕夫整駕楚峯回鴈好歸音衡陽有回鴈峯一千美酒各期開文選美酒斗十千三百枯棋奕思沉吴韋弘嗣傳奕論枯棋三百孰與萬人之將莫上孤城頻送目浮雲西北是蒙林

春日遇田明府焦山人

陶公歸隱白雲溪謂陶弘景也買得春泉灌藥畦夜静林間風虎嘯王褒聖主得賢臣頌虎嘯而風冽龍興而致雲月明竹上露禽棲陳倉邑吏驚烽

歷從臣試
灯河邊蒼
市又移星
漢蓮炬重
芳人海尽
勾引偏嬉
遊宝馬香
車喧嗌
○晴快天
意教人月
更負償足
風流債眉
柳烟濃夭
施紅小景
粉迴然堪
愛奇陋笑
声不断襟
袖餘香仍

火太白出入訴鼓鼙 太白日下東倉路也 相見只言秦漢事武陵溪裏
草萋萋 武陵見前注
王庭 字仲初潁州人大曆十年進士歷渭南尉丞秘書丞侍御史太和中出為陝州司馬從軍塞上弓劍不離身數年後歸下居咸陽原上有集今傳
李處士故居
露濃烟重草萋萋 樹映闌干柳拂堤一院落花無客醉半窗
殘月有鶯啼芳進想像情難盡故榭荒涼路欲迷風景宛然
人自改却經門外馬頻嘶 外一作巷
上李慶千
紫烟樓閣碧沙亭上界詩仙獨自行崎險驛回還穿窦雲山
經用始鮮明耦綃紋縷裁來滑鏡水波濤濾得清 青平蓋論諸葛亮曰水至平而邪者取法鑑至明而醜者亡怒以其無私也○已上二聯言庾子文章政事之貴也 昏思頑因清

在侍歸也
便相期明
日恐青桃
茶
又調
音釋
梅霖初歇
正絳色海
榴争開佳
即角忝也
金香滿切
王時是廖
践選罗列
閒巧尽輸
年少玉腕
絲絲双結
蟻絲舫見
龙舟丙匕

露洗 王言也 自 幸客堦底禮先生

周家溪亭

少年因病離天仗乞得帰家自養身買斷竹溪無別主散分
泉水與新隣山頭虎下長饑犬池面魚行不怕人鄉使到門
常欸語 杜詩夜闌接欸語 還聞世上有功名

從軍後答交人 一作答山人

交山無藥住溪貧脫却山衣事漢臣夜半听雞梳白髮天明
騎馬走紅塵 一作走馬入紅塵 村童近去嫌腥食野鶴飛避俗人劳
動先生遠相訪別来弓箭不離身

華清宮感舊

聞道朝元天使急 驪山有朝元閣 千官夜發六龍迴 夹華作火照中原急使急千宦
夜發 六 龍迴 輦前月照羅衣淚馬上風吹蠟炬灰公主粧樓金鎖

使心齊發〔〕奇絕難蠢怒激起滄浪苍翻作湖間雪豆鼓轟雷紅旗掣電奪龍錦標芳徹望中水天日暮猶自珠簾高捲棹歸晚載荷香十里一鈎新月

又調

齊天樂

踈七幾點

浴貴妃湯殿玉蓮開天寶中安祿山自號賜獻白石魚龍鳧鴈蓮花命置于華清宮至今在焉有時雲外聞天樂疑是先皇沐浴來華清宮有溫泉明皇貴妃嘗浴於此

○譚用之

贈索處士

不將桂子種諸天長得尋君水石邊玄豹夜寒和霧隱列女傳陶荅子妻諫其夫曰妾聞南山有玄豹霧雨不下食不下食者何也其衣毛而成其文章驪龍春暖抱珠眠搜神記河上翁家貧持緯蕭而食其子沒川得千金之珠沒曰大珠在驪龍頷下予曹其睡也使其寤子為虀粉矣奚珠有哉山中宰相陶弘景南史陶弘景字通明丹陽秣陵人為諸王侍讀永平十年遜掛朝衣於神武門而去於金陵華陽山自號華陽真隱國家有大事無不諮論時人謂之山中宰相洞裏真人葛稚川外汕僧葛洪字稚川亡時年八十一視其貌如平生舉尸入棺之輕如空衣時人咸以為尸解一度相思一惆悵水寒烟澹落苍前

別洛下一二知己

黃梅雨自時又逢重午角黍包金香蒲泛玉風物依然荆楚衫裁艾虎更金釵裊朱符臂纏紅縷撲粉香綿喚風綾扇小窗午○沉湘人去已遠勸君休對景感時懷古漫轉鶯喉輕敲象板

金乜光輝照雪袍書詩註王克…邑昔禹收九州之金以鑄洛陽春夢憶

波濤塵埃滿眼人情異風雨前程馬足勞接塞峨眉通蜀險

洮自山在嘉定府過山仙掌倚秦高仙掌華山也別來無限尚來子晋杜夷字行齊盧江人世以儒學稱惠帝時三舉孝廉皆不就後移度江元帝時立儒林祭酒以夷為之夷辭疾未嘗朝會又除國子祭酒皇太子三至夷家執經問義國有大故必詣夷諮訪焉卒年六十六贈大鴻臚謚曰貞子臨終遺命其子晏曰吾少不出身須見羈綠幘葛之節未嘗加冠其角巾素衣斂之以時服纘袞之事務從簡儉不須奇取羣異也夷所著尚求子二十篇行于世○尚尋尚來謂隱上也韓愈時尚子頭不多應笑區區味六韜太公兵法有文韜武韜龍韜虎韜犬韜豹韜

約張處士遊梁

莫學區區老一經漢制傳經名置傳上故云窮一經而皓首夷門關史舊書生史記侯嬴年七十家貧為大梁夷門監者晉朝棫後無中散晉嵇康好老莊與魏宗室婚拜中散大夫至晋不仕鍾會特秉於常文帝遂刑于東市韓國圖來絕上卿史記秦滅韓張良年少未仕有家僮三百人弟死…

腴詞離騷章句荷香膺度漸引入騎七酕鄉深处卧所江頭盃射壹韻皷 劉方[illegible] 調 賀新郎 翠梧搖新竹王榴卷枝上葉底閒紅争緑誰在紗窗停針線閑理竹西旧曲又還是

死不葬悉以家財求客刺秦王為韓報讐以大父五世相韓故也龍變洞中千谷冷文下內有一定謀而外無丞仲與徇指移方舉而不以所貴平道者貴其龍變也劍橫天外八風清宋玉賦長劍倚天外○八風見閶闔風柱好携長策干時去漢賈誼上文帝乃言策故曰長策也免逐漁樵慶太平

送友人歸青社周公建太子於國中取五方之土為社遺東方上青今称齊於青社取此

雕鶚途程在碧天杜詩鵰鶚在秋天綵衣東去復何言老萊子孝奉二親行年七十作嬰兒自穿五色班斕之衣三千賓客舊知已史記孟嘗君賓客三千人十二山河新故國漢高帝紀言齊景東自鄉墨之饒南有泰山之固西有濁河之限北有勃海之利特戰百万縣千里之外○齊得十二焉吟看桂生溪月上醉聽鯤化海濤翻莊子北溟有魚其名曰鯤鯤之大不知其幾千里也化而為鳥其名曰鵬鵬之背不知其幾千里也好期聖代重相見莫學袁生老竹軒文選應據書云卒有袁先特下步王趾樵蘇不以清談而已

送丁道士歸南中

醉歌浴手弄合歡双綠乘笑偎人福浮低相況金凰韓交花蘂○龍舟喚水飛相逐記當年懷沙旧限至今遺俗兩過平蕪涯天闊盈艦淩烟波尽簇沸十里至哥声續好是蟾釣隨帰棹任

孤雲無定鶴辞巢陶淵明詠貧士詩萬族各有託孤雲獨無依自負焦桐不說勞漢蔡邕知音見吳人燒桐以爨者聞其声曰此良桐也因謂削為琴琴尾尚焦故曰焦尾也服藥幾年期碧落醮符何處況丹毫紆手平山曉函雲家青草湖平雲浪高從此人稀見蹤跡選應選地種仙桃西王母獻蟠桃於武帝食留其核欲種之母笑曰此桃三千年一花三千年一結子也

月夜懷寄友人

劔氣徒勞望斗牛見前注故人別後阻仙舟見李膺注殘春謾道深傾酒好月那堪獨上楼何日是非隨馬足由來得喪白頭人清風未許重携手文選趙景真與嵇茂齊書云携手之期邈無日矣幾度高吟寄水流

閑居寄陳山人

閑居何處得閑名坐掩衡茅損性靈淵明詩養真衡茅下庶以善自名○衡以衡木為門茅以茅蓋宇破夢曉鍾聞竹寺沁心秋雨浸沙庭甕渹雖負昔

歡呼舡畫
蹙蘋玉滴
未忍寘銀
娘

又調
恩湊樓前
路望平堤
十里湖光
盈舡無數
綠蓋盈乙
紅粉面藥
底荷卷解
語聞巧結
同心双縷
尚有經年
離別恨一
絲々總是
相思処相

甕綠晋畢吏部卓鄰家酒熟盜飲於甕邊海上終眠萬仞青文選郭璞遊仙詩云青溪萬仞餘中有一道上訌青溪山名珍重先生全太古杜詩卦內知太古時龍獨議然應看名利侶浮萍以名利喻浮萍之輕漂無定也

憶南中

碧江頭與白雲門別後秋霜點鬢根長記學禪青石寺最思其醉落蒼村林間竹有湘妃淚囱外禽多杜宇魂蜀帝名杜宇號望帝后得相曰鱉灵因避位焉家自亡去化為子規後蜀人聞子規鳴曰是我望帝也未掉扁舟重回首采薇收橘不堪論史記伯夷叔齊孤竹君之二子武王伐紂義不食周粟隱於首陽山採薇而食之

寄友

病多慵引架書看官職無才思已闌思一作興穴鳳瑞時來却易山海經丹天之山有馬飛如鶴五色而紋名曰九苞鳳見前註天下太平人龍別後見何難晋未維家令文少有遠操不與世交太守馬岌賤儀造焉織拒而不見岌嘆曰名已聞而身不可見德可仰而形不可覩吾今而後

是也又重
午○清江
日事傳荊
楚唯人情
千載如新
尚沉菰黍
且盡樽前
今日醉誰
肯醒吊
一樽幾杯
菖蒲綠酹
兩兩龍舟
爭競渡奈
珠簾暮捲
西山看未
足怎歸去
又詞

中龍也後凋也

琴樽風月閒生計金玉松筠舊歲寒早晚烟村碧江畔掛冠重對蓼花灘

別江長一二友生

國風千載務重華詩自關雎至臨風皆國風也○書重華協于帝須逐浮雲至肖君郎君卿吳客無地可歸堪種玉注見前有天教上且乘槎荊楚歲時記漢武帝使張騫窮河源乘槎經月而至一處見城郭室內有一女織又見丈夫牽牛飲河騫問何處答曰可問嚴君平白

綸巾卸蘇門月綸音關○蘇門見孫登注紅錦衣裁御苑花他日成都都

回首東山看取謝鯤家東山見謝安注○音鯤千該引爲長史鯤知敬不可補起復遊與畢卓桓尋等從僩明帝在東宮甚親重之問曰君方庾亮何如答曰端委廟堂鯤不如亮一丘一壑自謂過之安鯤之從子也

寄岐山林逢吉明府

岐山高與隴山連岐山在東隴山在西皆秦地也製錦無私服晏眠左傳襄公子皮欲使尹何爲邑子產曰子有美錦不使人學製焉大官大邑身之所庇不使學者製焉其爲美錦不爲多矣

山與哥看蛾沒同奉眼流遊士都上七樓不羨竹西哥吹古楊州○孤秦連昌歌瓊彝倒玉舟誰家水調唱歌頭声遠碧山飛去晚雲蜀

又調

二郎神

炎光射過暮雨芳塵

語中分百里（沌山也鸚鵡）鳳凰声裏過三年（河圖括地象云居之興也鸑鷟鳥鳴于岐山人謂岐山為鳳凰堆郡至于岐下）秦與舊俗雲烟媚周有遺風父老賢（以指父訓秦法而著指分治妃化而生棘也）莫役生靈種楊柳（录一作民）一枝坼灞橋邊

感懷呈所知

十年流落賦歸鴻誰傍昏衢駕燭龍（唐清涼禪師序心經云般若者海之慈航昏衢之百開之山海經鍾山之仲曰蜀龍視為晝照為夜歇為冬呼為夏身長千里人面蛇身赤色天下足西北故以龍銜火精照衣門也）竹屋乱烟思梓澤（圖經晉書石崇有別館在河陽之金谷一名梓澤）酒家疎雨夢臨邛（臨邛成者縣也卓文君注酒處）千年别恨調琴懶一片年光覽鏡慵早晚休歌白石爛（見甯戚注）故教歸去卧群峯（文選謝靈運詩逸登度峯首莫兒雲泊）

江上聞笛

詎為梅花怨未平黄鶴樓中吹玉笛江城五月落梅花

聲高喚百龍鷲杜詩晚来横吹好泓下一龍吟風當閶闔庭初静閶闔見前八風注

月在姑蘇秋正明曲盡緑楊邊野渡管吹青玉動江城江城右楽府有

結楊柳盈有青玉案曲臨流不欲殷勤聽芳草王孫舊有情芳草王孫已注

寄孟進士

依舊池邊草色芳故人何處憶山陽晉向秀與呂安灌園於山陽嵇康既誅秀乃作思舊賦有云濟黄河以泛舟兮經山陽之舊居書回科斗江帆暮科斗書古文也曲罷騶虞海樹蒼琴操曰古琴曲有歌詩五一曰鹿鳴二曰伐檀三曰騶虞四曰鵲巢五曰白駒别来南國知

誰在空對檐榆一斷腸張衡四愁詩云美人贈我金琅玕何以報之明月珠常待女貂婢説文直裾謂之襜褕○鮑照云行子心腸斷

記闥記室

織錦歌成下翠微隋盧思道嘗與知杜作詩已成而思道未就知孔曰盧詩何太春日思道答曰自追

冷風清庭户爽天如水玉鈎遂掛雁足星娥嗟人阻叙舊約飈論欲駕極目處微雲暗度耿耿銀河高瀉○閑雅須知此景古今無價運巧思穿針樓上女抬粉面雲鬟相亞鈿合

詮叙松語
宛養誰在
回廊影下
頂天上人
間占得歡
娛年七金
年

漁父

調

賀新郎

曩鷗橋初
執記迢迢
重湖風浪
去年時候
歲月不管
人易老方
事老ヒ宇
有且出對

詩編若疾慮他識 錄遲出登顧綠 豈勞西去問猪機 猎机見前注曰詩言 室才華文綺因知不淡

之蜀發 君平也 禾開水府珠先見 水玄雲海賦尔其水親之內拯深 之庭○太載禮玉在山而木有潤

川生珠而岸不枯 珠者陰中之陽也 不擾豐城劍自暉 豐城劍見前注 擬逐玉蟾攀桂

上 杜詩攀桂 弥天高 馬隨青帶踏蒼峭相逢卒是雲霄客應笑歌牛

一布衣 歌牛一布衣 用之自謙也

幽居寄李秘書

幾年帝里阻烟波敢向明時叩角歌 叩角見 飯牛注 脊盡好蒼春卧

穩酔殘紅日夜吟多印開夕照垂楊柳畫破寒潭老芰荷作

夜前溪有龍聞石橋風雨少人過

贈釣魚李處士

龍吟鸚鵡草芊芊 鸚見 鸚鵡 又泛然央水上天一棹冷涵楊柳雨

片帆香掛芰荷風綠蛩工警乍灘辛江占雲東岸蓊將川司況

西風遥首 巧拙豈關 今夕事奈 竊兒婈女 流傳𢘔柰 話柄柳州 柳○道人 識破灰心 久只好風 凉月佳時 竦狂如旧 休笑双星 經歲别人 到中年已 緩雲兩夢 可曾常有 雪竊調水 老重茗正

覲將歸函府數莖紅蓼一漁舟

河橋樓賦得群公夜讌

芙蓉簾幌扇秋紅蛮府郎官夜讌同晉郗隆爲桓温南蛮參軍三月三日賦詩不能首罰酒三升隆便云娵隅躍清波温問娵隅是何語答曰蛮人名魚也温曰何謂作蛮語答曰千里投軍始得蛮府參軍何得不蛮語也

滿座馬融吹笛月後漢馬融知音律忠泉上手能截琴等蘭琴笙頌唯笛見乃作長笛

一樓張翰過江風前注張翰見不

杯黎紫酒金罍重江南紅驄京州蜀蜀其色皆紫○縹以金縹杯如縹也

談轉瑠璫玉麈空謂談論知殊之貞活也○晉王衍每情談手執玉柄塵尾与手同色

深何良宵慰顛頹德星池館在江東德星見神号注

寄左先輩

狂歌白鹿上青天刘仙傳紫陽真人周義山入蒙山遇羡門子東自鹿上青笔之鄭義山乞長生要訣子曰子名在丹臺玉室何憂不仙○古樂府歌云仙人騎白鹿髮短耳何長李白五言云歌自騎白鹿行風七手西紫之笑波佛爲君持此凌蒼因拂紫蜺武云

匕巷朝匕二十六五皇何以蘭塘釣紫烟躁蕙圓盛闌塘薰

梧桐雨過
新涼透且
適刀一杯
酒

又調

鵲橋仙

釣簾借月
紫雲為帨
巫面王拔
交映涼生
河漢一天
秋問此会
今宵勍勝
○銅壺尚
滴燭龍已
駕淚浥西
風不盡明
朝烏鵲

卷祖龍坑外物史記始皇記李斯請史官非秦記皆燒之芦生亡秦始皇怒院司諸生相引犯禁者四百六十餘人皆坑之使者從關東來有人遺使者為我遺高池君因言用今年祖龍死注祖始也龍君象謂始皇也一吸盡楚耳中泉昔孫楚字子荊為扶風王參軍少時欲隱謂王濟曰當漱石枕流濟曰流非可枕石非可漱楚言曰所以枕流欲洗其耳漱石欲礪其齒耳翩翩盞合薰晴浦無西器也轆鹿魚車獨夜舟學取青蓮李居士一生杯酒在神仙李白號謫仙升司馬云青蓮居士謫仙開酒肆藏名三十春湖州司馬何須問金粟如來是后身

貽黃道人

誰如南浦散烟霞白鶴衣輕稱帽紅碧玉蜉蝣迎客酒南中以竹簡酒常七木敌故謂之蜉蝣黃金轂轆釣魚車吟歌雲鳥歸樵谷卧愛神仙入畫家他日鳳書何処覔武陵烟樹半桃花武陵見前注

寄許下前館記王侍御

昔年曾去得娛賓頭邊翻前其好奔荊州異物志頭國有

人間試說
向青樓彎
侍

華秋萼

調

念奴嬌

洞庭波冷
望冰輪初
轉滄海沉
光萬頃孤
光雲陣卷
長笛吹破
層陰洶湧
三江銀濤
無際遥帶
五湖深酒
闌歌罷全
今置愁能

傳竟中散曰乃成 酒極矣而醉人 豈泛羽觴蠻酒賦 楚辭羽觴兮 晉朱哲別逸詩云羽觴

酌飲孟康曰羽觴爵也作 生爵形有頭尾一羽也 鳳銜瑶句蜀牋新 蜀地之牋多製 為鳳桊齊之象

苍鱗遊騎紅隨轡草恋征車碧遶輪別後青青鄭南陌不知

風月屬何人

寄王侍御

鳥盡弓藏良可哀 史記范蠡為大夫種書曰飛鳥盡良弓藏 狡兎死走狗烹越頸長鳴鳥家不可同要 誰知歸釣子陵臺 樂子陵不去種 見書稱病不朝 子陵臺 見前註 鍊多不信黃金耗

吟苦須驚白髮催喘月吳牛知夜至 風俗通云吳牛苦 於日故望月而喘 嘶風

胡馬識秋來 漢班超久在絕域思歸上疏曰臣聞狐死首丘 代馬依風臣久處絕域豈無依風首丘之思

者亦註云韓詩外傳云代 馬依北風飛鳥揚故巢 燕歌別後依惆悵黍已成畦菊已

開 陶潛為彭澤令公田悉令種黍妻子固請乃以二百五十 畝種秔又居柴桑舍五畝后皆種菊

秋日圃内送人 隱計

嗟○回首
江湖平生
漂流客易
散佳会难
舞縹緲高
城風露爽
独倚危檻
重聽醉倒
清樽姮娥
應笑猶有
向來心膽
寒宮暇為
余聊借璧
林

列子居鄭圃四十年註左氏傳云鄭之有原圃猶秦
之有具圃也故云圃田圃田在今鄭州二十五里
僕射陂前是傳壘卩鄭川管城縣有僕射陂周四十八里後魏孝文皇帝以此地賜僕射李中後人因名
呼為僕射陂○孟子日速於置郵而傳命去程鵾鶵弄高秋蔵詩鵬鶚秋在秋天吟抛芍藥
栽詩圃詩鄭国風伊其相謔贈之以芍藥醉下乘更飲酒樓杜詩明年此會知誰健醉把茱
更子細看向日過飛駒皎皎詩云皎皎白駒在彼空谷生芻一束其人如玉臨風誰和鹿
呦呦詩云呦呦鹿鳴食野之苹人之好我示我周行明年二月仙山下莫遣桃花逐
水流見武陵詩

途次宿友人別墅

十里崤函一夢勞秦地有崤函二山也豈知雲館共蕭騷半簾蕉綠透偎
寒竹一榻紅侵墜晚桃蠻酒客稀知味長蜀琴風定覺絃高
蜀琴同馬相如之琴感君岩下開招隱丈選有招隱士篇細縷金盤繪錯刀杜詩
鸞刀縷切空紛綸註言切繪如絲縷繪也○文選美人

精選詞
歌賦五卷
賢
周美成調
瑞龍吟
春景
章臺路還是褪粉梅梢試花桃樹愔愔坊陌人家定巢燕子歸來舊處黯凝佇因念个人癡小乍窺門戶侵晨淺約宮黃障風

新刊三訂便蒙家唐詩鼓吹大全卷之五

資善大夫中書左丞　郝　天挺　注

鄭谷　字守愚，袁州宜春人。光啓三年進士，授京兆鄠縣尉，遷爲都官郎中，時又稱鄭都官，退歸仰山書堂，卒。有宜陽集三卷，又撰國風王詩一卷並傳爲

鷓鴣　谷以此詩得名，人號爲鄭鷓鴣

暖戲平蕪錦翼齊，品流應得近山雞。雨昏青草湖邊過，花落黃陵廟裏啼。青草湖、黃陵廟在長沙　遊子乍聞征袖濕，佳人纔唱翠眉低。曲有鷓鴣調　相呼相喚湘江浦，苦竹叢深春日西。

春日期巢湖舊事

暖拂紅香燕燕飛，詩燕燕于飛，差池其羽　五雲仙珮曉相携。五雲，五色雲也　花開鸚鵡韋郎曲，宋化有韋曲、杜曲　竹亞虬龍白帝溪。白帝溪即帝少魚復龍庭也頭竹　冨貴息馬場歸紫酒，注見前　是非千載逐芳泥。不知多少開元

聽袖盈
天語前度
劉郎重到
訪鄰尋里
同時歌舞
惟有舊家
秋娘聲價
如故吟牋
賦筆猶記
燕臺句知
誰伴名園
露飲東城
閒步事與
孤鴻去探
春盡是傷
離緒官柳
低金縷歸
騎晚纖纖

事[illegible]皇年號露泣春叢向日低

再遊韋曲山寺

鵲巖煙斷玉巢歌鵲巖在京兆山菴空春塘太白低菴盡卌青生色成盡也○太白
山在京兆之西故云馬跡蓉閑再柳寺人耕紅破落花蹊千年勝跡咸
原上咸陽原也錢代荒涼繡嶺西繡嶺即驪山也碧吐紅芳舊行處豈堪
回首草萋萋

寄徐拾遺

長笙一繫白龍吟說苑曰白龍下清冷之淵化為魚見困于漁者豫且○風騷悼詩無人重高節徒自
抱貞心誰能長生口獨和騷屑發哀吟太平正樂口爛蠶垂老
節當為吐龍吟
道哀大發白姓怨苦男怨于外女傷于內上不無之所作也傷周
土內逼情性外逼禮義傷不逢時後學而歌之思碧雲魂
易斷江淹擬沙門惠休詩曰北秋風至夢客心悠哉故人芳
日暮逼云洛佳人殊未來思因之困于時故云爾
草夢難尋天從補後星辰穩海自潮來島嶼深

泄唐飛卯　斫陽陂落　一籃鼠醬

秦少游 望海潮 詞

梅英疏淡　冰澌溶洩　東風暗換　年華金谷　俊游銅駝　巷陌新晴　細履平沙　長記誤隨　車正絮翻　蝶舞芳思　交加柳下　桃蹊亂分

合州地問海寅上云　水襄和島嶼青也　奴向明廷拾遺畫巢數玄豹老巢林

前注○詩言為遺明大之手大湖海之巢　深堂述必能起拔隱淪也在六藝中為此

秋宿湘江遇雨

江上陰雲鎖夢魂江邊深夜舞刻琨晉祖逖與劉琨俱為司州主簿情好綢繆共被卯寢中夜聞荒雞鳴蹴琨覺曰此非惡声也因起舞相謂曰若四海鼎沸豪傑並起吾與足下當相避于中原秋風

萬里芙蓉國暮雨千家薜茘村薜茘村或作辟鄉思不堪悲橘柚旅

遊誰肯重王孫前漢韓信不能治生從漂母寄食信曰吾必重報母怒曰大丈夫不能自食吾哀王孫而進食豈望報乎漁人相見不相問長笛一聲歸島門

貽南康陳處士

白玉堆邊瀟逕橫白玉堆在道州○瀟蔣詡字元卿開三逕空涵二十四灘聲道州瀟州有二十四灘水急亦能病舟老撫征戰軒轅國史記黃帝名軒轅時諸侯相侵暴百姓黃帝乃習用干戈與炎帝戰于阪泉與蚩尤戰于豚鹿皆稽以伐山通道未嘗寧居貧有景茨帝舜城史記堯之

……色至人
家○西園
夜歌鶯舞
有笙燈
月飛盞竹
花蘭苑未
空行人漸
老重来是
事堪嗟煙
浪酒須斜
但寄楊翁
日時見渡
鶴奈傷心
猶隨流水
到天涯

秦淮謁

[illegible]行

不剪雖有逆旅之宿不勤於此矣……丹鳳晝飛群木珍一龍
秋臥九江清袁陽記曰劉備說世事于司馬德操德操曰儒生俗士豈識時務者在乎俊傑此間自有伏龍
鳳雛備問為誰曰諸葛孔明龐士元也○詩意以陳處士喻此二人時人莫笑非經濟還待中
元致太平

別何處士陵俊老

三皇上人春夢醒晉陶潛夏月高臥北窗之下清風颯至自謂羲皇上人○三皇即羲皇是也東
侯老大麒麟生東陵侯邵平故秦東陵侯秦成為布衣種瓜長安城東瓜世豈謂之東陵瓜陵瓜五色云化
為鳳集左右上已而毀髮特有寶裝七人有道術攀陵而頭曰天上石麒麟也洞連龍穴全山冷總
透蕭蘿盡室清計批耻居巖壑老氣征熏與斗牛平韋鳧前註註言
人為向青編上直傍巢由馬一名右士傳巢父堯時隱人年老居山中人謂之巢父巢
讓天下于許由七告巢父巢父曰汝何不隱汝形藏汝迹非吾友也市乃洗耳于清冷水中牽犢飲曰吾肯吾父來什父牽牛
引之見許由洗耳乃牽牛還耻令其牛飲于下流也

霧失樓臺
月迷津渡
桃源望斷
無尋處可
堪孤館閉
春寒杜鵑
聲裏斜陽
暮驛寄
梅花魚傳
尺素砌成
此恨無重
數郴江幸
自遶郴山
為誰流下
瀟湘去

調

渭城春晚

秦樹朦朧春色微，香風煙暖樹依依。邊城夜靜月初上，芳草路長人未歸。折柳且堪吟晚檻，弄花何處醉殘暉。釣鄉千里斷消息，滿目碧雲空自飛。碧雲已注

山中春晚寄賈員外

不隨黃鶴起煙波，笑無聲返薜蘿。杜詩冊中得薜蘿衣 洞口經春長薜蘿 看盡好花春卧穩，醉殘紅日夜吟多。高蹤雅興松千尺，一作興句 晴養清竹數科。左傳招隱詩何必絲與竹山水有清音也 珍重仙曹舊知己，往來星騎一相過。郎官上應列宿故曰星郎貟外郎也

胎寧居寺新叉地

秋池雲下白蓮香，詩意白蓮社 池上吟僊寄竹房。閑頌國風文字古，詩有國風雅頌 靜消心火夢魂涼。三春逢島花無限，蓬島即三島也 八月

卷珍記
丙輕玄作
闌獨干外
壁粉弃猜
芳草侵階
映紅藥東
虽知欲討慈
吹落楷頭
嫩喜彝山
掩沉水豫
董中酒必
情伯盃勺
○尋思舊
京洛正年
少睞往歌
笑迷着障
泥湘壑催
掠掠實驰

銀河路更長及第此天上仙人也……此境空門不曾有……

故曰空門從頭好語與醫王語去声○華嚴經云釋迦佛號大醫王醫一切衆生苦惱故名大醫王

古劍

鑄時天匠待英豪紫焰寒星匣倍牢三尺何年拂塵土漢高帝曰朕以布衣提三尺取天下

四溟今月絕波濤雄應截下收蛇陣兵書曰善用兵者如常山之蛇擊首則尾應擊尾則首應擊中則首尾俱應

滯想溪頭伴豹韜韜法見前惜是真龍

懶拋擲夜來衝斗氣何高

江邊秋夕

七鍾紫酒鶯啼滿潙一作莫○神仙傳仙人謂漢武帝曰聞中嶽石上菖蒲一寸九節食之可以長

上汝來采之忽然不見帝謂侍臣曰朕非欲服食以此喻耽耳猶松島蘭舟潋灧居曲內擷香

閒客笛字中嵐氣岳僧書吟期汗漫騎金鬼雖亦開至豪毀之

上見○上深曰玄鼠敖少好遊天子可與為友矣若上

故然笑曰我方南遊用爵之野下且可兕默之鄉下兕也

道問載上材携手灯夜初過草共約又乎信飄泪○寂寞忿行樂任紛淡衣撐音断絃索瓔捘壁月春如非帳別後華表那回雙鴉相思前事除夢裡裏斷互忘知

[盡元]調

無天吾肱往來乎久矣吾與王漫遊於九垓之上○黃庭經旨曰兗之氣金之精其色白其象如懸磬其神如白虎

生約丹青琴王魚宋書王彝使年九等詩青即云明告以册青之信魏曾韓詠王仲宣曰吾與天子義四賓青此言丹青二色洎宣以明期約之信也○列仙傳琴高趙人以鼓琴為宋康王舍人浮游冀州二百餘年後辭入涿中取龍子與弟子期之曰皆齋潔候於水傍設祠果一赤鯉來出河中且有万人官之月餘復入水去

七邑花虬二声鶴漢武帝問侍帝七月七日掃宮殿設坐以侯仙宮二更后西王母至或駕龍鳳林鶴王母乘紫雲之輦駕七色斑麟幾時乘與上清虛玄宗遊月宮見門牓書云廣寒清虛之府

送僧中孚南歸

琵琶峽口月溪端方輿勝覽琵琶峽在巫山下大江南形如琵琶此即婦人皆曉音律○歸州巴東縣大江南下上有聚如明月名明月山溪曰明月溪王乳頭倌舊川粵李宗諤圖經云峽州舊宇郡弟連汝州此雲少積色如玉○文選頭陀寺碑李善注頭陀科擻也言科擻須惱愛障也一錫泠涵闗逕暗片帆香掛橘洲煙李紳橘江邊舊說橘州言詩云羽葆無風橘州浮昔封石錦樓霞掌求遊衣珠噴玉蟬冥道翩翩七去如交慶本來吟鳥在林泉

芳草碧色
萋萋遍南
陌飛絮亂
紅也似知
人春愁无
方憶乃翠
仁拾翠沿
非携當風
城寒食到
今來海角
逢春天涯
行客○然
旅釋還似
織紋謂試
又論滴漫
涵將危欄
於黄昏也

江館秋夕

耿〻銀河鴈半橫雲歌金碧轆轤輕枕上有離人家各轆轤枕滿窓涼練
江風白謝玄暉詩云登江淨如練一枕齊紈海月明班婕好詩新裂齊紈素皎潔如霜雪裁成
合歡扇團圓似明月楊柳敗梢飛葉響芰荷香栖折秋鳴誰人更唱陽
關曲王維詩勸君更尽一盃酒西出陽關无故人后人因為陽關三疊之曲牢落煙霞夢不成
牢落猶言寂寞也

秋夜同友人話舊

露下銀河鴈度頻囊中爐火幾時真妙火烟煉之術成鼎文為良否此喻光業王數
莖白髮生浮世一盞寒燈共故人雲外簟涼吟皓月島邊花
暖釣江春此取道御中之景物何當歸去重携手依舊紅霞作近隣

司空圖字表圣河中人也咸通中進士王凝為宣歙觀察使辟置幕府召拜殿中侍御史尋遷吏部郎中
昭宗召為兵部侍郎號三休亭七人又號知非
子而隱居士後文哀帝遇刺不食嘔血數升而卒

只是寥云凝碧拼則而今已拼了忘則忘生便忘得又還問鱗鴻試重尋消息

[illegible][illegible]一調

篆紗銷金鼎嶼沉上庭陰轉午畫堂人靜芳草王孫知何久惟有楊花落

死年七十二有吟槀今傳

長安夜遊

鳳城連夜九門通帝女皇妃出漢宮千乘宝車珠箔捲萬條銀燭碧紗籠歌声緩過青樓月（李白詩璧臺宜有芝閑鸚鵡為報青樓人）香氣潜來紫陌風長樂曉鐘歸騎後遺簪墜翠滿街中（晉書一作欲○唐楊国忠楊銛湯虢国妃子兄諸姊弟舍聯恒合爲隊作金玉者人抵千人変花若神仙帝每幸清宮五家隊合問若向花州谷遺鈿墜鳥瑟上珠翠服飾于路香聞數十里之天地）

病宮人

佳人卧病動経秋簾幙慘慘似掛鈎（木玄虛海賦陂翔翻之艦艛）四躰強扶藤欠膝雙鬟慵整玉搔頭（漢武帝寵李夫人上上常以玉簪搔頭後人效之因以為名）花顔有幸君王問藥餌無徵待詔愁惆悵近来消瘦盡淚珠時傍枕函流

一字落也

待滴王拋
騰上春醒
簾外殘紅
春已透鎮
无聊殢酒
猒上病云
鶯亂未收
整○江南
舊事休重
省㾗天涯
尋消問息
斷鴻難倩
月滿西樓
憑闌久依
舊歸期未
定又只恐
瓶沉金井
嘶騎不來

益州

海棠風外獨沾巾（蜀地產海棠故云）襟袖無端染蜀塵和暖又逢桃
菜日七（歲時記人日採菜七種作羹）歛容未是採花人（張華作採花人）不嫌蟻酒衝
愁陣（蟻酒見前注）却憶漁蓑覆病身何事晚來微雨錦江春似曲
江春（成都有錦江之水濯錦鮮明○曲江在長安）

石城

石城昔為莫愁鄉莫愁魂散石城荒（石城莫愁前注）江人依舊棹舴
艋江岸還是飛鴛鴦帆去帆來風浩渺花開花謝春悲涼煙濃草遠望
不盡千古漢陽閒夕陽

蜀中春暮

到處明知是暗投（暗投見前注）兩行清淚語前流雲漫新築遊秦
水花落空山入閬州不忿黃鸝驚曉夢唯應杜宇信春愁

錢塘帽杜
黎人立尺
梧桐蕭疏誰
伴我對畫
鏡
[illegible]
[illegible]
宝釵分桃
葉渡煙柳
暗南浦怕
上層樓十
日九風雨
斷腸點點上
飛紅都无
人管倩誰
喚流鶯聲
住○鬢邊

青娥綠無歸處可是得□愛浪遊
僕容
十年五年鼓路中千里萬里西復東匹馬愁衝曉村雪孤舟
悶阻春江風達士猶來知道在昔賢何必哭途窮晋阮籍率中任所之
途窮則哭而返○詳前達士上知出處窮通有道存焉何必哭途之窮也如閑身蕭蕭炊黍未會向
源鄉在醉翁名池涼鄉上
曰蕭朱結綬
結綬交璧攝府暑偶有自詠當書蕭育與朱博為友著聞當世時人為之語
驚離吳谷已逢春釋褐年來暫攝芸崇陽推解劍云或解褐而掴或去褐而傳註解
傳管仲也矣禍傳參也人自笑老為梅少府猶要行拔李白猶假立王少府詩云鈴山鸞鳳談諷上神
仙云梅生亦何為來作南昌尉又有別何起到少府贈秋浦
御少府文樹甫贈單陽我少府詩上如是唐曰縣尉多稱少
府○梅少府即丁其氣昇包送宣朱情鄉裡手時遠文郛擅

上歸期纔簪又重數羅帳燈昏哽咽夢中語是他春帶愁來春歸何處又不解帶將愁去

（陵務過）調（水龍吟）

擊詞池上追遊路紅綠參差春晚路光妍獨海棠如

泪酣徃事多因念吟苦鄰家必厭

杜詩云俊逸鮑參軍

聞推却簿書搔短髮落花飛絮正紛紛

峽中嘗茶

簇簇新英摘露光小江園裏火前嘗吳僧謾說鴉山好蜀客休誇鳥觜香鴉山鳥觜皆産茶名也吳蜀異宜土人各重之也入座半甌輕泛綠開緘數片淺含黃鹿門病客不歸去酒渴更加春味長鹿門山在襄陽

鴈

八月悲風九月霜蓼花紅淡葦條黃石頭城下波搖影石頭城見前註星子灣西雲間行閩太守○東有星子渚驚散漁家吹短笛失群征戍鎖殘陽故鄉聞尔亦惆悵何況扁舟非故鄉

漂泊

槿墜蓮塘映池鏗滑白光風緒淡無情鱸魚斫膾輸張翰橘樹

□桃花歇曉桃菜初開禁厘將近二城絲管有金鞍爭道香車飛蓋爭先古新亭館○惆悵年華搭換黯銅洲雨收雲散鏡奩捲月釵梁拆鳳秦箏斜鴈身在天涯乱山孤壘危樓飛覌歎春

呼奴羨李衡（衡見前注）十口飄零猶寄食兩川消息未休兵（蜀有東川西川故曰兩川）黃花催促重陽酒何處登高望二京（二京洛陽咸陽也）

渚宮亂後作

鄉人來話亂離情淚滿殘陽問楚荊（荊一作蒲）白社已應無故老（逸士衡筆賦愍於洛陽之白社）清江依舊遶孤城高秋軍旅齊山樹昔日漁家楚野營（唐百家詩是作是營）牢落故君灰燼後黃花猶喜上墻生

蜀中

渚遠江清碧簟紋小桃花遶薛濤墳（濤字洪度成都樂妓也有姿色工詩翰唐元稹贈之以詩寄之曰錦江滑膩蛾眉秀幻出文君與薛濤）朱橋直待金門路粉蝶高連玉壘雲（粉堞城上女牆也杜詩城歌連粉堞○玉壘山在成都成州汶川縣東四里也壁在○左思蜀都賦廓玉壘以為守）窗下斷琴鸝鳳足波中濯錦散鷗群（成都有濯錦江）子規夜夜啼巴樹不並吳鄉楚國聞（並消言…）

來只有想花知恨向東風滿

辛幼安 調 摸魚兒

更能消幾番風雨匆匆春又歸去惜春怕花開早何況落紅無數春且住見說道天涯芳草無歸路怨春不語算只有殷勤盡

崔塗 字禮山光啓中進士及第有集今傳

鸚鵡洲春眺

悵望春襟鬱未開重臨鸚鵡益堪哀曹瞞尚不能容物黃祖何因解愛才 後漢 彌衡字正平平原人也少有才辨而尚氣剛敖漫物曹操欲見之不肯往後孔融言後操使衡自謝衡乃手持三尺梲杖排地大罵吏白操操怒謂孔融曰衡豎子孤殺之猶雀鼠耳顧此人素有虛名遠近將謂孤不能容送与刘表視當如何於是遣人已送之後亦侮慢於表不能忍以江夏太守黃祖性急故送与之人有獻鸚鵡於祖子射者賓客會於洲上令衡為賦筆成文後在祖會上言不遜祖欲笞之衡方大罵祖恚遂令殺之○曹瞞曹公小子也幽島猨聞蕪雁去曉江晴覺蜀波來誰人正得風濤便一點輕帆萬里迴

過繡嶺宫 亦札山作

古殿春殘綠野陰上皇曾此駐泥金 五經通義曰 易姓而王太平名封太山禪梁父以黃金為以銀為色經無明文以義說之封禪注義曰持札三十人上發壐上石箴尚書會死向喉藏畢符札覆石箴

簷蛛網尽日惹飛絮○長門事準擬佳期又誤蛾眉曾有人妬千金縱買相如賦脉〻此情誰訢君莫舞君不見玉環飛燕皆塵土閑愁最苦休去倚危欄斜陽正在煙柳斷腸処

書令封上千石象亦望以銀泥泥以金泥四方名依[illegible]也○唐明皇開元十三年十月東封太山禮官賀知章為至誠[illegible]

三城帳屬升平夢唐開元十二年春社金城公主請屬五[illegible]於亦嶺以分唐竟許之天宝元年突厥公主率于餘帳降四載四乾可汗擊突厥白眉可汗殺之於是此過憂然十三載安禄山擊契丹破之勇其王今許意謂吐番突厥契丹川三年也時三城內屬天下無事按史之乱實兆於地而韓国公張仁愿於河內第三受降城拒各四百里置烽火一千八百所突厥不敢南面

一曲鈴聞帳望心文宗幸蜀雨中聞鈴声令梨園制雨霖鈴曲

[illegible]路暗迷香輦絶繚垣秋斷草煙深張平子西京賦繚垣綿聯四百余里植物所生動物斯止

前朝舊物東流在猶為年〻下翠岑

春夕旅次

水流花謝兩無情送盡春風過楚城胡蝶夢中家萬里莊子莊周夢為胡蝶翩〻然我而叩則蘧〻然不知周之為胡蝶欤胡蝶之為周欤

子規枝上月三更寰宇記蜀帝名杜宇後知去此為子規故蜀人問子規啼曰是我皇帝也

故園書動經年絕華髮春催滿鏡生自是不歸〻便得五湖煙景有誰爭

謌
[烏朝歡]聽得提壺孤美酒人須杏花深處有杏花泥藉鳥啼風十分春色今无九霹爍銷永尽青烟飛上庭前柳盡堂深不寒不暖正是好時候○團圓宝月纖纖手[?]借歌喉

送人之嶺南

[李郢]字楚望大中十年進士歷藩鎮從事拜侍御史有集一卷傳世

關山迢遞古交州交州趾之交趾武帝既有定百越以廣為南海郡○唐廣州領嶺南五府事歲晏憐君走馬遊謝氏海邊逢素女謝端福州侯官人少喪父母鄰人養之恭農自守端於海邊得一螺如三升壺畜甕中端每耕作還飯飲湯火如有人所為端疑之早出從籬外窺之見一少女從甕中出端入問之女倉卒欲入甕不得答曰我天漢中白水素女也天帝哀卿孤煢使我炊烹君得婦我付當端娶後天忽大風雨拏然而去越王潭上見青牛南越志綏安縣北連山有越王走渡伐木為舡其大千石以童男女三千人卒之既而俱墜於潭時人聞附舡有唱督之声更有青牛与舡俱見神灵如此嵩臺月照啼猿曙嵩當作嵩○南越志嵩要有來石帶六十丈高二百仞世人謂之嵩臺、石室煙含古桂秋嶺南多蓮桂實故云回望長安五千里刺桐花下莫淹留刺桐見前注○時渭汾其変易兮又可以淹留

江亭春霽

[illegible]
珠淚破小
槽紅香肌
縮尽纖羅
瘦投分須
白首黃金
散与親和
舊且銜盃
壯心未落
風月長相
守
周美成調
宝鳳吟
逸選執琴
无鳥孥藻
翻池黃蜂
遊閣朝來
風暴飛絮

江籬漠々行田々（楚詞扈江籬与辟芷兮籬生水中曰江籬非蘼蕪也）江上雲亭霽景
鮮蜀客帆檣背歸燕楚山花木怨啼鵑春風擁映千門柳曉
色淒凉萬井煙金磬夆々水南寺（文選陸機詩山碧何夆々上飛泉漱鳴玉）上方
僧室翠微連（上方翠微已見前注）

友人適越路過桐廬寄題江驛

桐廬縣前洲渚平（桐廬今建德府）桐廬江上曉潮生莫言獨有小川
秀過日仍聞里長清麥隴虛凉當水店鱸魚鮮美稱蓴羹觀
註王孫客棹殘春去（楚辭云王孫游兮下滿春亭生兮萋々）相送河橋羨此行
（李陵詩携手上河橋遊子暮何）

秦處士移家富春發樟亭懷寄

潮落空江洲渚生知君已上富春亭（建德府嚴州山有富春亭）當聞郭邑
山多秀更說官僚眼盡青（晉阮籍能為青白眼見俗士以白眼對之見嵇康作青眼）離別

乱拈簾幌生憎暮景倚牆岸杏嬰孚天和綸不輕薄蚕衣思惟傍抛應起无慘残照猶在庭角。况是別離氣味坐来便覓以緒悪痛飲澆愁酒奈愁濃如酒无柔素手問何時重握此時無意

幾宵魂耿耿（毛詩云耿々不寐如有隱憂）相思一座髮星星（星々白也）半仙翁

白石高歌調（神仙傳曰白石生者嘗煮白石為根就白石山石時人號白石）無復松齋半夜聽

暮春山行田家歌　馬

府湯燕蒲斜日明寺厨煮爾掉卓聲青蛇上竹一種色（沙門贊寧筍譜曰赤五脂兆竹也青紀枝苦竹也）黃蝶隔溪無限情何處漁樵將遠餉故園田土憶春耕千峯靄々水潺々廳馬此中愁獨行

江亭晚秋

碧天涼冷鴈来疎閑看江雲思有餘秋館池亭荷葉歇野人籬落巨花初無愁自得仙翁術多病能忘太史書（謂司馬太史公也）聞說故園香稻熟片帆歸去就鱸魚

晚秋過洞庭

長條詩鎖
綠新堆昏
噴嗽七半
篁花落弄
粉調朱人
道着
柳耆卿詞
鬪百花
照色韶光
明媚輕靄
低籠芳樹
池塘淺醮
煙光蘸慢
閑垂風絮
春閑默默
拋擲鬭草
工夫冷落

江帆高掛酒初醒暮景離情兩不勝千里晚霞雲夢北一洲
驛橋桐庭南溪風送雨過秋寺過平声湘石磬龍落岸龍一作泉暮
把酹魂弔湘魄屈原沒湘水死故曰湘魂漢賈誼謫長沙者有文弔之九疑愁絕鎖煙嵐
九疑山名舜葬於此

題華嚴寺木塔宇文札以京城之西近昆明池地勢下乃於來場坊莊嚴寺建木浮圖高三百三十尺周一百二十步今謂木塔

六街晴色動秋光雨霽憑高只自傷一曲晚煙浮渭水半橋
斜日照咸陽休將世路悲塵事莫指雲山認故鄉回首漢宮
樓閣暮數聲鍾鼓自微茫李白詩寒松蕭索如有聲陽臺微茫自有情

邊上

戍樓鼓角起征鴻獵獵旌旗背晚風千里暮煙愁不盡一川
秋草恨無窮山河迢遞城閉人物蕭條市井空只此旅魂招

㓂青心緒 終日高朱 尸○遠恨 綿〻徼景 遲〻难度 年少傳粉 依前醉眠 何処深院 无人黄昏 作折鞦韆 空鏁滿庭 花雨 （周美成調）浪淘沙慢 晝陰重霜 洞岸草霧 隱城堞南

不得□□□□篇更堪回首夕陽中

長安道中早行

客離孤館一燈殘牢落星河欲曙天鷄唱未沉函谷月函谷關也鷄鳴關 涓孟嘗君出秦事鴈聲新度灞陵煙灞陵文帝陵也浮生已悟莊周夢一云夢作蝴蝶○莊周夢為蝴蝶栩〻然不知也意蘧〻然不如周之為蝴蝶〻〻之為周也我然壯志仍輸祖逖使齊中与書祖逖與劉琨終夜而坐日若四海鼎沸吾与足下相避中原後琨与親舊書汝戈待旦長恐與生先入著鞭何事悠〻策羸馬此中辛苦過流年

洞庭阻風

空江浩蕩景蕭然盡日孤蒲泊釣船青草浪高三月渡青草湖之浪也綠楊花撲一溪煙情多莫舉傷春目愁極兼買酒錢猶有漁人數家住不成村落夕陽邊

春日旅泊桂州

酒臨平待殘東門悵飲乍闋正拂面番揚堪纜結掩紅淚玉手親折念漢浦离鴻去何許經時信音絶。情切望中地遠天闊向露冷風清无人処耿ヒ寒漏咽嗟万事难忘惟是輕別翠尊

暖風芳草竟芊綿多病多愁損少年弱柳未勝寒食雨（勝平声）好花爭奈夕陽天溪邊物色宜圖畫林畔鶯聲似管絃獨有離人開淚眼強憑还酒亦潸然（杜詩君行謝洪縣為我一潸然）

晚次湘源縣

煙郭遥聞向晚鷄水平舟静浪花迷（或本作浪声齐。杜詩正體曰波浪花出）高林帶雨楊梅熟曲岸籠雲謝豹啼（江介曰子見南宮則謝豹於枝自乎曰謝約匕匕）二女廟荒汀樹老（二女堯之女舜之妃即湘灵也）九疑山碧楚天低（舜没葬蒼梧其山有九峯娥皇女英哭望葬處九峯相似故曰九疑山也）湘南自古多離怨莫動哀吟易慘悽

惆悵吟

秋風毋葉動荒城慘淡雲遮日半明晝夢却因惆悵得晚愁多為別離生江淹彩筆空題浪（江淹夢人授之五色筆由是文藻日進後宿冶亭夢一丈

未遑悲斷
雲留取西
樓殘月縱
帶光綃紋
衾疊連環
鮮情香頻
歌怨歌求
鶯臺敲盡
缺恨春去
不与人期
弄夜色空
餘滿地梨
花雪

周美成調
憶舊遊
記愁橫淺
黛痕洗紅

夫自稱郭璞曰吾有筆在卿處多年可以見還淹探懷中得五色筆授之爾後為詩絕無好句人謂淹才盡莊叟

玄談未及情晉王衍字夷甫好雅咏女虛後喪幼子悲不自勝山簡弔之曰孩抱中物何至如此衍曰聖人忘情㝡下不及情情之所鍾正在我輩簡於是服其言千古愁魂銷不得一江寒浪若為平

春夕言懷

風透踈簾月滿庭倚闌無事倍傷情煙垂柳帶纖腰軟露滴花房怨臉明愁逐野雲消不盡情隨春浪去難平幽窓謾結相思夢欲化西園蝶未成化蝶見前注

贈韓道士

日暮秋風吹野花上清歸客意無涯道書有上清太清玉清以道上蓬山人也仙源寂寂煙霞閉見武陵註天路悠悠星漢斜牛斗見乘槎註還似世人生白髮定教仙骨變黃芽陰真君歌河車是水朱雀是火取水一年鑪中以火炎之涵沸歌聖石丸

[illegible]
[illegible]驚
離思聽寒
將夜泣亂
雨濃七鳳
叙半脫雲
鬢鬆影燭
花搖漸暗
竹敲涼睡
螢照曉雨
地魂銷○
迢迢問音
信道徑底
花陰時認
鳴鑣也擬
臨朱戶嘆
因郎憔悴
羞見郎招

酉其初成姹女吹謂王夜後成紫色謂紫河車白色曰白河車青色曰青河車赤色曰赤河車亦名黄芽○樂天詩黄芽与紫車謂此

東城南陌頻將見　應是壺中別有家　壺中見前注

韋莊　字端己京兆杜陵人乾寧元年進士授校書郎後徵起郎王建開爲蜀授吏部侍郎平章事有浣花集行于世

思歸

暖思無力自悠揚　暖思遊思也　牽引春風斷客腸　外地見花終寂寞　異鄉聞樂剰悲涼　鮑明遠詩一息不相知何况異鄉別　紅垂野岸櫻還熟　綠染回汀草又芳　舊里若爲歸去好　子期凋謝呂安亡　春秋伯牙鼓琴鍾子相善所志在高山子期曰善哉巍巍乎如高山志在流水子期曰善哉洋洋乎如流水子期死伯牙弾琴絶絃終身不復鼓琴夜為日無足与鼓琴者也○嵆康傳東平呂安服嵆康高致每一相思千里命駕康友而善之

逢東吳王作　王一作玉

十年身世各如萍　世一作事　白首相逢淚滿纓　纓冠纓也　老去不知花

簾幕更有
新煎楊柳
拂河橋但
薄眼京塵
東風竟日
吹露桃

歐陽永叔

瑞鶴仙

春情

臉霞紅印
枕睡覺來
冠兒還是
不整屏間
麝煤冷但
眉山壓翠
淚珠彈粉
堂深晝永

有能亂來惟覓酒多情負疑陋巷春偏少論語顏子在陋巷人不堪其憂回也不改其樂貴想豪家月最明獨對一樽開口笑開口笑見前注未衰應見太階平晉書太階上階上星為太子上星為女主中階上星為諸侯三公下星為卿大夫下階上一星為士下星為庶人所以和陰陽而理萬物也君臣和集如其常度其變則占其人○長賜賦王衡正而太階平

灞陵道中

春橋南望水溶溶一桁青山倒碧峯秦苑落花零露濕詩零露瀼瀼灞陵新酒撥醅濃青龍天矯盤雙闕丹鳳橋梯隔九重萬古行人離別地不堪吟罷夕陽鐘灞水[illegible]橋唐人謂消魂橋長[illegible]人送別於此

閿河道中

槐陌蟬聲柳市風驛樓高倚夕陽東往來千里路長在聚散一年人不同但見時光流似箭豈知天道曲如弓老子天道其猶張弓乎高者抑之下者舉之有餘者損之不如者補之天之道損有餘補不足○反其意用之蓋慾之之辭也平生歲

[illegible]炙飛風[illegible]露井悵无八与說根思近日帶圍寬尽○重省残灯朱幌淡月紗窓那時風景陽臺路遠雲雨夢便无准待帰來先楷花稍教看如把心期細問七因循过了青春怎生意穩

茉臣唐舜唐諝兖也 又擬滄浪李鈞翁滄浪見前

秋日早行

馬上蕭蕭襟袖涼路穿禾黍遶宫墻禾黍見前注 半山殘月露華冷一岸野風蓮蕚香煙外驛樓紅隱隱渚邊宫樹暗蒼蒼行人自是心如火兎走烏飛不覺長烏兎俞日月也

嘆落花

一夜霏微露溼煙曉來和淚喪嬋娟喪去声 不隨殘雪埋芳草又逐春風上舞筵又一作盡 西子去時遺笑靨謝娥行處落金鈿西子西施也謝娥謝道蘊也笑靨金鈿俞落花 飄紅墮白堪惆悵少別穠華又一年詩何彼穠矣華如桃李

貴公子

大道青樓御苑東曹子建美女篇云青樓臨大路高門結重關○列子曰虞氏梁之富人起高樓臨大

調
淡粧多態
更的的頻
回眄睞便
認得琴心
先許与綰
合歡及帶
記畫堂風
月逢迎輕
顰淺笑嬌
無奈向睡
鴨爐邊翔
死屏裏羞
把香羅偷
解○自過
了收灯后

路

王闌仙杏壓枝紅金鈴犬吠梧桐院朱帯馬嘶楊柳風詩干朱

帝斯皇室家王註曰帝者天子號朱諸侯黄朱流水帶花穿巷陌陽和斜樹入簾龍斜一作夕瑤池宴罷歸來醉瑤池玄圃仙人所居笑語君王在月宮開元中闕星与中大部述月宮中过二更門在玉光中見一大宮旁日廣寒清虚之府兵衛甚嚴瑶池月宮諭天子宮殿也

憶昔

昔年曾向五陵遊五陵見前註午夜清歌月滿樓銀燭樹前長似晝露桃花下不知秋西園公子名無忌李曹子建詩清夜遊西園史記信陵君公子無忌也南國匡人號莫愁莫愁見前注金日亂離俱是夢夕陽唯見水東流

春日

忽覺東風景漸遲野梅山杏暗芳菲落星樓上吹殘角金陵記吳嘉禾元年於林社死落星山起三重之樓日落星○吳都賦亭成旅於落星之樓偃月營中掛夕暉陸士

都不見路
青桃萊錢
回憑双燕
丁寧深意
往來翻恨
重簾旋約
何時再正
春濃酒暖
人閑晝永
无聊賴壓
匕睡起猶
有花梢日
在

張仲宗 滿江紅 ○ 調
春水連天
桃花浪殘
番風悪今

衡論孫權聞曹公來築營於濡須塢以拒之狀為偃月号偃月營濡須在芦江今屬無為軍也 旅夢乱隨蝴蝶散 蝴蝶見前注 離魂潛逐杜鵑飛 杜鵑見前注 紅塵望斷長安陌芳草王孫暮不歸 芳草王孫已見前注

雪夜泛舟遊南溪

大江西面小溪斜入竹穿松似若耶 若耶溪名 兩岸嚴風吹玉樹 謝惠連雪賦林挺瓊樹 一灘明月照銀沙因尋野渡逢漁舍更泊前灣上酒家去匕不知歸路遠棹声煙裏獨嘔啞 杜牧之阿房宮賦管絃嘔啞多於市人之言語

謁巫山廟

乱猿啼處望高堂路入煙霞草木香山色未能忘宋玉 宋玉有高唐賦 水聲猶似哭襄王 楚襄王与神女過巫山之陽 朝匕暮匕陽臺下為雨為雲楚國亡 神女謂襄王曰妾巫山之女也朝為行雲暮為行雨朝朝暮暮陽臺之下 惆悵廟前

作起遠山遮尽晚凤不作綠遍芳洲生杜若楚帆带雨煙中落認向來沙蕭共停燒傷飄泊○寒酒在衾偏滿腸欲斷愁难着倚蓬窓无除引盃孤酌寒食清明都过了可怜辜負年时約想

嫋柳春來空鬪畫眉長

南昌晚眺

南昌城郭枕江煙章水悠悠浪接天芳草綠遮仙尉宅（前漢）梅福日生為我酷身為我累形為我攣智為我毒於是弃南昌尉去妻子入洪崖山峯道无江人以為仙尉落霞紅襯賈人船（賈音古）霏霏閣上千山雨嘒嘒雲中萬樹蟬陸機詩嘒嘒寒蟬鳴○潘岳秋與賦蟬嘒嘒以寒吟惟得地多章句客庾家樓在斗牛边庾亮樓見前在○王勃滕王各序日物華天宝龍光射斗牛之墟

咸陽懷古

城邊人倚夕陽樓城上雲凝萬古愁山色不知秦苑廢水声空傍漢宮流李斯不向倉中悟見長笑李斯称甫鼠注徐福應無物外遊史記秦始皇紀齊人徐陸上書言悔者有三神山仙人居之請得齊戒与童男女求之於是遣徐福発童男女數千人入海求神山也莫惟楚吟偏断骨野煙蹤跡似東周平王東迁都洛陽故曰東

[illegible]日上
盈漏舟人
如削
晁无咎 滿江紅 調
東武南城
新堤固漣
漪初溢隱
匕遍長林
高阜卧紅
堆碧枝上
殘花吹盡
也与君試
向江邊[illegible]
問向前猶
有幾多春
三之一○

周○論語子曰如有用
我者吾其為東周乎
綏州今屬延安
雕陰無樹水南流綏州即秦上郡雕陰道也黄河在其東逆城南流雉堞連雲古帝
州鮑明遠蕪城賦板築雉堞之殷○橋山在南黄帝冢有焉故云帝州帶雨晚駝鳴遠戍望鄉
孤客倚高樓明妃去日花應笑明妃昭君別號也詳見前注蔡琰歸時鬢
已秋后漢蔡琰字文姬邕之女也博學有才辯適河東衛仲道夫死无子歸寧於家為胡騎所獲沒于南匈奴左賢
王在胡十二年生一子曹操与邕善痛其无嗣乃遣使賚金帛贖之歸再嫁董祀七為屯田都尉一曲單于
暮風起李益聽曉角詩邊霜昨夜墮關榆吹角當城片月孤無限塞鴻飛不度秋風吹入小單于○古詩云秋江
斜日娘花粮盧落人婦鳥自呼新月高明三百雉角声吹徹小單于則知小單于角調也扶蘇城上月如
鉤史記秦始皇長子扶蘇監兵上郡蒙恬為將人三十万衆築長城起臨洮至遼東延褒万餘里○郡東即代也有鉄
蘇城謂此耳

鄜州留別張叔郎

官裏事何時畢風雨外無多日相將泛曲水滿城爭出君不見蘭亭脩禊事當時座上皆豪逸到如今脩竹滿山陰空陳迹

[illegible]調

蕉葉風輕鶯語燕午醉醒來柳

江南相送君山下君山在岳陽塞北相逢朔幕中唐百家詩竟花集皆作朔漠中三楚故人皆是夢世家楚文王都郢昭王都鄀考烈王都壽春故曰三楚○孟康成漢書曰江陵為南楚吳為東楚彭城為西楚十年塵事只如風果言身世他時異且喜琴樽此日同惆悵却愁明日別馬嘶山店雨濛濛

汧陽縣閣

汧水悠悠去似絣補朝切○以繩直物曰絣遠山如畫翠眉橫僧尋野渡歸吳岳秦中山名鴈帶斜陽入渭城邊靜不收蕃帳馬地貧惟賣隴山鸚隴西山中出鸚鵡牧童何處吹羌笛一曲梅花出塞聲有梅花曲又有出塞入塞之声

漢州

北儂初到漢州城北儂自言北人也南人以儂為我郭邑樓臺觸目驚松桂影中旌旆色芰荷風裏管絃聲人心不似經離亂目運還

絮飛撩亂
心事一春
猶未見餘
落盡青苔
院○百尺
朱樓閑倚
徧薄雨濃
雲抵死遮
人面消息
未知歸早
晚斜陽只
送平波遠

[illegible]調

浣溪沙

樓上晴天
碧四垂樓
前芳草接

却太平千日醉眠金鷹驛漢州驛名也臨此無限臉波橫杜詩岐別

子擬手
嫁如雨

長安清明

早是傷春憂雨天憂雨字出高唐賦如杜牧之憂云字意可堪芳草更芊芊
內宮杓賜清明火唐會要清明取榆柳之火以賜近臣順陽氣亦於出歲時記上相閒分白
打錢唐王与專以同神位宰相漢以來蔟褒用座錢後世里俗相傳指以紙寓不至是与乃用之紫陌亂
嘶紅叱撥發落中記異曰大宛進汗血馬一名紅叱撥一白紫亦二又有下杳叱曰飛苑叱十名皇次紅紫叱下
為紅紫玉聲草綠楊高映畫鞦韆遊人記得昇平事暗喜風光似昔
年

和人暮春書事寄崔秀才

半掩朱門白日長晚風輕墮落梅粧見前注不知芳草情何限
只怪遊人思易傷纔過早春鶯出谷已驚新夏燕巢梁相逢

天涯歡君莫上最高樓○新筍着成堂下竹落花都上燕巢泥忍聽林表杜鵑啼

李易安調

如夢令

昨夜雨踈風驟濃睡不消殘酒試問捲簾人却道海棠依舊知否知否應

只頼如淹酒左傳有酒如淹有肉如陵一曲狂歌入醉鄉

〔吳商造〕

宿山驛

文戰何堪功未圖文戰謂科舉也又驅羸馬指天衢露華凝夜渚蓮盡月彩滿輪山驛孤岐路辛勤終日有列子楊朱之人亡一羊死率其黨又請子之豎追之陽曰嘻亡亡羊何追之一衆鄰曰多岐路返問獲羊乎立之矣曰奚亡之岐路之中又有岐焉吾不知所之所以反也鄉関音信隔年無好乘范蠡舟興高掛一帆歸五湖

塞上即事

身似流星迹似蓬玉關孤望杳溟濛玉關見班超注寒沙萬里平鋪月曉角一聲高繞風戰士歿邊魂尚哭單于獵處燒猶紅燒去声分明更想殘宵夢故國依然到甬東甬東在會稽句章縣東海洲中○六傳鉞臧七欽徒吳王浦東即縣也今為明州也

……綠肥紅瘦

憶王孫

夢斷漏悄愁濃酒惱寶枕生寒翠屏向曉門外誰掃殘紅夜來風○玉簫声斷人何處春又去忍把歸期負此情此恨此際擬託行雲問東君

胡曾　長沙人也咸通中進士不第嘗為漢南節度從事有家史詩一卷及安定集十卷傳于世

交河塞下曲

交河氷薄日遲遲詩春日遲遲漢將思家感別離塞北草生蘇武泣前漢蘇武使匈奴匈奴知武不可降使北海上無人處使牧羝羝乳乃得歸廩食不至乃掘野鼠草根而食節旄盡脫隴西雲起李陵悲前漢李陵以步兵五千人出居延累戰殺虜万餘人后因無救遂降匈奴在胡中与武書曰胡地玄冰邊土參裂但聞悲風條之声胡笳互動牧馬悲邊聲四起晨坐听之不覺下子卿獨何心能不悲乎曉侵雉堞烏先覺春入閑山鴈獨知何處疲兵心最苦夕陽樓上笛聲特

車遙遙

車遙遙古樂府名曲名也傳車遙遙考馬洋洋追思洄兮不可忘君安道兮西入秦願為影兮隨君身君在陰兮景不見君依光兮妾所願

自從車馬出門朝便入空房守寂寥玉枕夜寒魚信斷古馬長城窟行客從遠方来遺我双鯉魚呼童烹鯉魚中有尺素書上有力加食飯下有相意金鈿秋盡鴈書遥

凌波不过橫塘路但目送芳塵去錦瑟年華誰与度月樓花院綺窻朱户惟有春知處○碧雲冉冉衡皐暮綵筆空題斷腸句試問閑愁知幾許一川煙草滿城風絮梅子黄時雨

臉邊楚雨臨風落楚雨淚也頭上春雲向日消春雲鬢也芳草又衰還

不至碧天霜冷轉無憀一作夜追

獨不見 古樂府名也如嬋獨不見云別島望云臺天渊臨水殿芳草生朱積春花落如散出從淚公子還見趙飛燕奉帰長信宮淮如獨不見王訓亦有此作

玉關一自有氛埃此有一年少從軍竟未迴魏王粲詩從軍有苦樂借問所從誰門外塵凝張樂樹水邊香滅按歌臺窻殘夜月人何處簾捲春風燕復來万里寂寥音信斷寸心爭忍不成灰

漁者

不愧人間万户侯子孫相継老扁舟往来南越諳鮫室郭璞江賦渊客築室於底蛟人門館於懸流○郭子橫洞冥記曰文犀國人長七皮髮至踵乘象入海底取宝鮫人之舍久得弟流則反蛟人所泣皆成珠也生長東吳識蜃樓長土声○漢書曰海旁有蜃氣成氣騰上結為樓臺蜃蜄氣成宮闕只為釣竿能遣悶不因萱草解忘憂詩国風焉得諼草言衛之背註諼草合歡

[illegible]紅杏飄香柳含烟翠拖金綫水邊朱戶門掩黃昏雨○燭影搖紅一枕傷春緒歸不去鳳樓何處芳草迷歸路

[illegible]遍園林綠暗渾如翠幄下無一片是花萼

食之令人忘憂

羨君獨得逃名趣身外無機任白頭莊子曰子貢過漢見一丈人為圃鑿隧入井抱甕而出灌用力甚多而見功寡子貢曰有一日浸百畦丈人曰奈何鑿木為槔後重前輕挈手若抽數若泆湯其名桔槔丈人忿曰有機械者必有機事有機事者必有機心道之所不載也吾非不知羞而不為也

自嶺下泛盃到清遠入嶺下有船字○晉陸機櫂歌行在舟浮鷁鳥首羽旗垂藻旒前集曰一首天子之船也

乘船浮鷁下之水淮南子注舟鷁首浮吹以虞此遊於水也○漢張平子西京賦云浮鷁首翳云之注船頭畫鷁鳥象以厭求神故天子乘之

絕境方知在嶺南離辞雨餘山似黛一作辭蓊羅

蒹葭煙盡島如藍曰遊蕭帝新松寺蕭帝梁武帝也詳見前注夜宿

姮娥舊桂潭不為簇中青未報便來此地結茅庵

周瑜

共說生前國步難詩國步斯頻又天步艱難山川龍戰血漫漫易其血玄黃于潭其色

交鋒魏帝旌旗退建安十三年曹操伐吳與周瑜戰於赤壁初交鋒操軍不利瑜[illegible]

可恨狂風橫雨忒煞情薄倖青漳又無底把詔華丟却○楊花無奈是処穿簾柳暗豈知人意正瀟索春去也這般愁没處安着怎奈向黃昏院落

張子野詞

天仙子

水調數声

敗委質爲主社稷安 史記委質為臣○建安七曹操責孫權任孫權任周瑜定義瑜曰將軍承父兄余資大即之衆兵精粮多人不思亂有何逼迫而欲送質入便見制於人不如勿遣權遂不送質 庭際雨餘

春草長上声廟前風起晩花殘功勳碑碣今何在不得當時一字看

王表

清明日登城春望寄正使君

春城閑望愛晴天何處風光不眼前寒食花開千樹雪清明日出萬家煙興來促席唯同舍 陶淵明停雲詩安促席説彼平生 醉後狂歌盡少年閑說鶯啼却惆悵詩成不見謝臨川 謝靈運嘗爲臨川内史中

項斯 字子遷江東人也會昌二年第二名進士受聞州冊從縣尉卒于任所有集今傳

送宮人入道

願隨仙女董双成王母前頭作伴行 漢武帝內傳七月七日王母降于帝宮母命王

持酒聽午醉醒來愁未醒送春去幾時回臨晚鏡傷流景往事後期空記省○沙上並禽池上瞑雲破月來花弄影重重簾幙密遮燈風不定人初靜明日落紅應滿徑

子登彈八琅之璈董双成吹云和之笙石公子擊昆庭之金許飛瓊鼓震靈之簧是也

初戴玉冠多誤拜欲辭金殿別稱名將敲碧落新齋磬却進昭陽舊賜箏昭陽殿名旦暮焚香遶壇上步虛猶作按歌聲異苑曰魏陳思王遊山忽聞空中有誦經声清遠遒亮解音者則而寫之為神仙声道士效之作步虛声也

崔珏 字下光遠 工詩

岳陽樓晚望

乾坤千里水雲間釣艇如萍去復還樓上北風斜捲席湖中西日倒銜山懷沙有恨騷人往楚辭云懷沙礫而自沉兮不忍見之蔽壅鼓瑟無聲帝子閑帝子鼓瑟見前注何事黃昏尚凝睇數行煙樹接荊蠻詩蠢尔荊蠻○左大中吳太中包括干越夸即荊蠻

哭李商隱

虛負凌雲萬丈才○漢司馬相如大人賦飄飄有凌雲之氣○韓退之詩李杜文章在光焰万丈長一

翦□醉後
紅簇浣
教鸚鵡消
遙宵醒歌
桃熏沉炷
肩從載酒
西湖探梅
南浦又不
見雪兒歌
舞○根元
擬因甚不
展眉頭凝
愁過百五
雙燕見情
唯寄斷腸
句可怜淚
濕青綃怨
題紅葉落

生憐梧末嘗開烏啼花發人何在竹死洞枯鳳不來詩卷阿鳳凰鳴矣于彼高岡梧桐生矣于彼朝陽註鳳凰非梧桐不栖非竹實不食也良馬足因無主踠虞讀註踠蹄屈也○戰国策云驥服鹽車上大行白汗交流中阪而遷延負轅不能生而長鳴伯樂下攀而哭之為其識已也○班固東都賦云馬踠餘足士怒乍閼○詩意雖足一日千里而困於鹽車義山不遇而死如良馬之足不見知於主也舊交心為絕絃哀絕絃見前注九泉莫嘆三光隔九泉見前注三光日月星也又送文星入夜臺阮傳七哀詩冥文七長夜臺

鴛鴦

翠鬣紅毛舞夕暉水禽情似此禽稀暫分煙島猶回首只度寒塘亦共飛映霧盡迷珠殿瓦霧一作露○晉書殿鋪銅雀臺皆鴛鴦瓦逐梭齊上王人機古詩云客從遠方來遺我一端綺文彩雙鴛鴦裁成合歡被言綺織鴛鴦文也採蓮無限蘭橈女笑指中流羨爾歸

李後主

花亂一濂 風雨

陽臺

紅入桃腮 青回柳眼 韶華已破 三分人不 歸來空教 草怨王孫 平明戕點 雁花雨憂 平問欲梳 初聞問東 君因甚將 春老都閑 人○東粉 千里香臺

九月十日偶書

曉雨秋陰酒乍醒感時心緒杳難平黃花冷落不成艷紅葉颼飀競鼓聲背世逐能厭俗態偶緣猶未揔多情晉王衍曰上聖忘情下愚不及情情之所鍾正在我輩自從霜鬢斑斑白不學安仁却自驚晉潘岳秋興賦序晉十有四年余三十有二始見二毛賦云斑鬢髟以承弁素髮颯以垂頭鬢音颩

秋鶯

殘鶯何事不知秋橫過幽林尚獨遊老舌百般傾耳聽深黃一點入煙流棲遲背世同悲鳥詩北山或棲遲偃仰或王事鞅掌注言事煩勞也○論語畝乞畝謂孔子曰丘何如是栖乙者與偷不得時者也劉亮如笙碎在緱王子晉七月七日於緱氏山吹笙乘鶴而去莫更留連好歸去露華凄冷蓼花愁

病起題山舍壁

山舍初成病乍輕杖藜巾褐稱閑情爐開小火深迴暖溝引

泓旁排王
物穩須雕
輪赴取芳
時去尋源
上紅雲采
衣引馬黃
金鞭羊到
頭公是處
名莫閑愁
一半悲秋
一半傷春
江陵好 調
乇准流落
恩无翁既
桐途却努
努推乃手候

新流我曲聲響終彭滄安石貲神仙傳…玄孫發扶已七百六十七歲
以米…治身為事長四十九妻生四十五子後不知所之人
若兵論為訪仙經存神凝本專誠感所以百念不生列仙傳
清子齊人好與木实著天地之終三十終期宗遠問無生惠晋
八歲後得符千經中隱居山能致風雨
遠法師見廬峯清淨足以息心刺史桓伊乃為建東林寺居
之士蓮清勝之賓不期而至有陽宗西禁九百二十三人而
弟貴柴依遠遊止○襄州居士龐蘊参馬祖云不与万法為
侶者是什麽人祖云待汝一口吸尽江西水則向汝道居士
言下頓悟作偈云有男不婚有女誰能役々塵中累貪合愚
不嫁大家團欒坐共說死生話
龍精強名強去声而諸子曰道本無名強名曰道

送鄧王二十弟牧宣城

且維輕舸更遲遲詩執之維之維繫也別酒重須惜解携浩々侵愁光
蕩漾乱山疑恨色高低君馳繪揖情何極詩淇水悠々會舟楫松舟我懷
闌干日向西惡疾許切咫尺煙江幾多地不須懷抱重凄々

衣和淚折殘紅為問東風餘幾許春縱在与誰同已隋堤三月水落已背歸鴻去吴中回望彭城清泗与淮通寄我相思千點淚流不到楚江東

同前

千里陵陽同峽服東漢立宣城郡宋齊因之梁置南豫州隨改為宣州陵陽宣城別名也○史記召公奭与周公同姓武王封為燕成王時自陝以西召公主之自陝以東周公主之○書云五服甸侯綏要荒○文選任昉竟陵王行狀云作亂陝服鑿門昨上寄親賓淮南子曰古將之出鑿凶門設明衣剪指爪許慎註曰明衣喪衣也前手足指爪者必云死○問公作誰云周公建大社於国中其遺東青土南赤土西白土北黑土中央黃土將遣諸侯鑿其方一面土而命之氏建置封之為之服土○左傳胙之土而命之氏建置社稷之服曙煙已別黃金殿曉照重登白玉筵江上浮光宜雨後郡中遠岫列窓前謝惠運詩云窓中列遠岫天心待報期年政論語朞月而已可也三年有成留與工師播管絃工師樂官也

同前

禁裏秋光似水清林煙池影共離情暫離黃閣只三載却望紫垣都數程紫垣見前注萬峯青光天子差詩蒸民吉甫作頌穆如清風遺車

甘雨路人迎[illegible]隨車雨事形[illegible]上題詩[illegible]在宣州[illegible]從此還雁

有頌聲

嘉靖戊戌孟冬

廣勤書堂重刊

新刊三訂便蒙唐詩鼓吹大全卷之五

新刊三訂便蒙唐詩鼓吹大全七卷　天津圖書館藏明嘉靖十七年廣勤書堂刻本

國家出版基金項目

詹福瑞　陳紅彦　主編

唐詩絶句

唐詩鼓吹

歷代唐詩珍稀選本彙編

（唐宋金元卷）

45

鳳凰出版社

注唐詩鼓吹

國家圖書館藏明刻本

註唐詩鼓吹
明覆元刊
四本

註唐詩鼓吹序

鼓吹者何軍樂也選唐詩而以是名之者何譬之於樂其猶鼓吹乎遺山之意則深矣中書左丞郝公當遺山先生無恙時嘗學於其門其親得於指授者蓋不一於詩而已公以經濟之才坐廟堂以韋布之學研文字出其博洽之餘探隱發奥人為之傳句為之釋或意在言外或事出异書

公取而附見之使誦其詩者知其人識其六
事物者達其義覽其辭者見其指歸然後
唐人之精神情性始無所隱遁焉嗟夫唐
人之於詩美矣非遺山不能盡去取之工
遺山之意深矣非公不能發比興之蘊世
之學詩者於是而紬之繹之厭之飫之則
其為詩將見隱於宮商鏘如金石進而為
詩中之韶濩此政公惠後學之心而亦遺
山裒集是編之初意也耶公命為序不敢

辭謹序其大略。如此至大元年九月十二

日吳興趙孟頫序

註唐詩鼓吹卷第一

資善大夫中書左丞郝天挺註

柳子厚諱宗元河東人貞元九年進士授校書郎累遷監察御史裏行擢禮部員外郎後貶邵州刺史又徙柳州卒于官有集今行于世

登柳州城樓寄漳汀封連四州永貞元年子厚與韓泰韓曄劉禹錫陳諫凌準程异韋執誼皆坐貶所程异先召用元和十年子厚等五人例召至京師又皆出為刺史子厚柳州泰漳州曄汀州諫封州禹錫連州

城上高樓接大荒左思吳都賦云出乎大荒之中行乎東極之外爾雅云大荒海外亦廣無所不達海天愁思正茫茫柳州近海驚風亂颭芙蓉

嶺外五嶺之外大庾揭陽桂陽始安臨賀謂之五嶺初禹錫同子厚被貶已而各為司馬後因禹錫吟紫陌

水密雨斜侵薜荔墻薜離騷云貫薜荔之落蕊。注云薜荔香草緣木而生

嶺樹重遮千里目本作雲○馳去如千里馬馳韻音使江流曲似九回腸司馬遷云是以腸一日而九廻

共來百越文身地史記楚大敗越殺王無彊越以此散諸侯子爭立或為王故為百越猶自音書滯一方方一作鄉

衡陽與夢得分路贈別子厚浮舟適柳州夢得登陸赴連州

十年顦顇到秦京昭時一赴召長也誰料翻為嶺外行伏波故道風煙在後漢馬援拜伏波將軍南討交趾道出衡陽至今廟存焉○將子厚與禹錫同出衡陽存伏波神祠云一以功名累嵩思馮少游蒙蒙篁竹下有路出壺頭是也

翁仲遺墟草樹平魏明帝鑄銅人二名曰翁仲一水經注云鄜南千秋亭壇廟東枕道兩石翁仲南北相對此墓

塵拂面未乞司記
涉青道人證之
復經連州手摩
亦經柳州因至衡
陽而別

人也直以慵疎招物議休將文字占時名今
朝不用臨河別垂淚千行便濯纓漢李陵別蘇武詩曰
嘉會難再遇三載爲千秋臨河濯長纓念別悵悠悠
柳州寄丈人周韶州
越絕孤城千萬峰越絕書云何謂越絕越者國之姓氏也絕者絕也句踐砍強扶弱絕惡反之
於善也空齋不語坐高舂淮南子曰日至於悲谷是謂餔時回于女紀是謂大遷經
于泉隅是謂高舂頓于連山是謂下舂○注尚未冥上蒙先舂日連石山西北山名言將欲冥下象悉舂故曰下舂日連古印
文生綠綖句令硯匣留塵盡日對檐寒
因識翡翠佳江秋水露鷛鸘上氣容切下音肅

色作邑

泥。孫[illegible]音與云水虫貝有鱓音尋䱇鱷鱅黿鼉蛟螭

丈人本自忘機事莊子云漢陰丈人曰有機械者必有機事有機事者必有機心　為想年來顦顇容楚詞漁父篇云形容顦顇蓋問之之辭也顦顇容自謂也

得盧衡州書因以詩寄

臨蒸且莫歎炎方衡州有臨蒸縣　為報秋來雁幾行

林色邑東回山似戟林邑漢象林郡馬援鑄銅柱於此也　牂牁南下水月如湯楚譴莊蹻伐夜郎至且蘭椓船於岸步戰既滅夜郎以且蘭有椓船處故名為牂牁江出番禺城下牂牁音臧柯牂柯繫船杙也其義取此

蒹葭淅瀝含秋雨毛詩蒹葭蒼蒼白露為霜　橘柚玲瓏透夕陽

非是白蘋洲畔客南史柳惲為吳興太守為江南曲云汀洲采白蘋日落江南春　還

將遠意問瀟湘問盧衡州也

嶺南郊行

瘴江南去入雲烟望盡黃茅是海邊唐元和志廉州春謂青草瘴秋謂黃茆瘴中者多死山腹雨晴添象跡嶺外代答象州郡治西樓正面西山雨晴山腹忽起白雲狀如白象經時不滅潭心日暖長蛟涎蛟於江中吐涎人浮為涎所制不得去遂沒江中射工巧伺遊人影博物志江南有射工虫長二三寸有弩形氣射人不治則殺人即短蜮也颶母偏驚旅客船颶音具○嶺表志南海秋夏間有暈如虹者謂之颶母影必有颶風○南越志熙安多颶風颶者具四方之風也常以五六月發未至時雞犬為之不寧從此憂來非一事豈容華髮待流年

柳州峒氓

郡城南下接通津異服殊音不可親青箬裹鹽歸峒客綠荷包飯趁虛人青箱紀録云嶺南村市滿時少虛時多故以市謂之虛鵝毛禦臘縫山罽罽音寄邑曾溪峒不産絲纊民多以木綿蒴花鵝毛爲衣乜人家家養鵝三月至十月摯取軟毛積以禦寒也雞骨占年拜水神前漢郊祀志漢武帝元封二年初令越巫祀上帝百神而用雞卜注持雞卜如鼠卜也卜歲之豐凶云愁向公庭問重譯書傳周成王時越裳氏重譯而来朝曰久矣天之無烈風淫雨意中國有聖人乎欲投章甫作文身章甫士冠商之冠曰章甫其制與周之委貌夏之毋追俱以漆布爲之。莊子宋人資章甫適越　人斷髮文身無所用之

別舍弟宗一

零落殘魂倍黯然魏文帝與吳質書數年之間零落略盡言之傷心江淹別賦黯然銷魂惟別而已雙垂別淚越江邊一身去國六千里萬死投荒十二年後漢馬援傳朱勃上書曰切見伏波將軍援自西州欽慕聖義間關阻難觸冒萬死孤立群貴之間傍無一言之佐馳深淵入虎口豈顧計哉○投荒者謂投竄於荒服之外也桂嶺瘴來雲似墨洞庭春盡水如天季春巴蜀雪消洞庭漲溢欲知此地後相思夢長在荊門郢樹煙宗一將遊之處

○再授連州至衡陽酬贈別夢得南來柳文作夢得詩

去國十年同赴召謂與夢得六司馬同赴長安時湘江千里又分歧重臨事異黃丞相前漢黃霸爲潁川太守徵守京兆尹坐張敞治馳道之事與有詔歸

夢得至衡陽詩贈
子厚於酬此贈別

[illegible]州太守[illegible]夢得[illegible]則連州令昇出刺連道用為重臨亭異也

三黜名慚柳士師柳下惠為士師三黜[illegible]日直道而事人焉往而不三黜

歸目併隨回雁盡衡陽有回雁峰愁腸正遇斷猿時

桂江東過連山下桂江即灕水在柳州城外連山即連州也相望長吟有所思嵇康贈兄詩心之憂矣永嘯長吟

楊尚書寄郴筆知是小生本樣令更商榷使盡其功輒獻長句即楊於陵也

截玉銛錐作妙形銛思廉切利也○以竹作管故云截玉○樂天云嚳目穿如札毫鋒利似錐貯雲含霧到南溟書法苑云王逸少裁成之妙烟霏霧結斷而復連鳳翥龍蟠勢而復正○鄭虔言草書如風送雲收霞催月上○今言貯雲含霧者言筆未經用也柳州近海故云南溟

尚書舊用裁天詔漢制以尚書作詔文內史新將寫道經晉王羲之為會稽內史為山陰道士寫道德經籠白鵝而歸

竹有琅玕故曰玉兎亡雄望月則感而孕

曲藝豈能裨損益 禮記曲藝皆誓之注曲藝為小技能也誓謂習之也 微辭氏傳

欲播芳馨 文選登徒子好色賦曰宋玉爲人體貌閑麗口多微辭註微妙之辭也 桂陽卿月光

輝遍 郴州即古桂陽郡也。書洪範卜曰惟歲卿士惟月注士各有所掌如月之有別 毫末應傳顧兎

靈 楚詞曰夜光何德死而又育厥利維何顧兎在腹注謂顧兎望也今筆用兎毫故能[illegible]其靈也

○同劉二十八　呂衡州兼寄江陵李

元二侍御 呂溫渭之子也與宗元爲錫善以安李吉甫惡宗怒貶道州刺史徙衡州治有善狀

衡嶽新摧天柱峯 衡嶽五峯其一曰天柱此喻呂溫也 士林顦顇泣

相逢秘令文字傳青簡 古人書竹簡故曰青簡 不使功名

上景鍾 國語晉悼公曰昔克潞之役秦來圖敗晉功魏顆以退秦師于輔氏親止杜回[illegible] 三歎

空留懸磬室春秋傳曰室如懸磬野無青草九原猶記若堂封禮檀弓趙文子與叔譽觀於九原文子曰死者如可作也吾誰與歸注云晉大夫之墓也○又云吾見封之若堂者矣注築土為四方隴而高也

遥想荆州人物論幾回中夜惜元龍魏志陳登字元龍劉備在荆州論天下人物許汜曰陳元龍湖海之士豪氣不除備曰元龍文武膽志當求之於古人中耳陳登卒年三十九○温卒時年四十故以元龍比之云耳

劉禹錫字夢得中山人貞元九年進士時王叔文得幸禹錫與之交及叔文敗斥朗州司馬後徙和州刺史裴度薦為翰林學士遷太子賓客會昌間檢校禮部尚書有集行於世

西塞山懷古

王濬樓船下益州晉王濬為益州刺史大造舟艦伐吳漢武帝鑿昆明池以習水戰作樓船上建樓櫓故名為樓船楊僕為樓船將軍

金陵王氣黯然收楚威王以其地有王氣埋金鎮之故名金

□□□□時望氣者云五百年後金陵有天子之氣始皇東遊以厭之改其地曰秣陵塹北山以絕其王氣千尋鐵鎖沉江底晉書吳人以鐵鎖橫江以絕江西王濬作大栰火炬遇鎖燒之溶液斷絕舡無所得也一片降旛出石頭王濬軍次建鄴吳主孫浩出降人世幾回傷往事山形依舊枕寒流今逢四海為家日漢書天子以四海為家故所居曰行在所故壘蕭蕭蘆荻秋

漢壽城春望縣在四川保寧府今廣元縣

漢壽城邊野草春荒祠古墓對荊榛古荊州□下有子産□窮巷三故墳田中牧豎燒芻狗莊子天運篇夫芻狗之未陳也盛之以篋衍巾之文繡尸祝齋戒以將之及其已陳也行者踐其首□陌上行人看石麟西京雜記五柞宮西□□□□□□

驪山墓上物也　華表半空經霹靂（雙柱也。神仙丁令威化）

白鶴集于遼東城門華表柱上　碑文纔見滿埃塵　不知何日東

瀛變（類說麻姑壇記麻姑自言接待以來見東海变為桑田向間蓬萊水淺於往者）　此地還成要

路津（古詩先要路津）

荊門道懷古

南國山川舊帝畿（西有夷陵楚之故都也）　宋臺梁館尚依

稀（宋武帝曾為荊門都督梁元帝龍興於此）　馬嘶古樹行人歇　麥秀空

城野雉飛（野一作澤。箕子朝周過殷墟乃作麥秀之詩云麥秀漸漸兮禾黍油油。枚乘七發云麥秀漸漸兮雉朝飛）

（莊子澤雉十步一啄百步一飲）　風吹落葉填宮井　火入荒陵化

寳衣王者葬以珠襦玉匣故云寳衣徒使詞臣庾開府咸陽終日

苦思歸梁庾信因侯景叛亂奔江陵元帝承制除為御史中丞聘西魏屬文軍南討留長安累遷開府儀同三司後南北通好流寓之人各許還國惟信與王褒惜而不遣信常有鄉關之思乃作哀江南賦有云覊陵夜獵猶是舊時將軍咸陽布衣非獨思歸王子

早春對雲奉寄澧州元郎中

新賜魚書墨未乾漢楊綰傳舊制刺史被代若别遣使皆降魚書乃得去賢人豈屈遠人安朝驅旌旆行時令漢書刺史四時行部王尊為益州刺史行部至邛郲九折坂問吏曰此非王陽所畏道邪吏曰是尊叱其馭曰驅之王陽為孝子王尊為忠臣也。續漢書太守常以春月行縣勸民農桑振救乏絶

夜見星辰憶舊官漢書郎官上應列宿。晉書天文志昭昭可知者經星常宿一百一十八名積數七百八十三[illegible]

不被甲[illegible]陛之下常不過數人侍衛雪花當户戟枝寒[illegible]書[illegible]三品已上門皆列戟

呂布為刘備解圍射中戟門戟枝遂免寧知楚客思公子北望長吟

澧有蘭屈原離騷九歌湘君沅有芷兮澧有蘭思公子兮未敢言注澧水名公子比元部並

松滋渡望峽中渡在江陵府峽即巫峽此從朗州而作

渡頭輕雨灑寒梅雲際溶溶雪水来江源在蜀雪山之下出焉

夢渚草長迷楚望楚有七澤雲夢最良・史記江陵故郢西通巴蜀有雲夢之饒・傳曰江漢沮漳楚之望也

夷陵土黒有秦灰楚項襄王二十一年秦白起拔郢燒夷陵遂東至竟陵王亡去郢東徙陳秦以郢為南郡

巴人淚應猿聲落梁簡文帝古樂府云巴東三峽巫峽長猿鳴三聲淚沾裳

蜀客船從鳥道回南中八志云交阯郡治龍編縣自古出鳥道四百里以其險絶獸

是一不有

猶先蠶叢人所兼由棧上有飛鳥道矣蜀道難西當太白有鳥道是也十二碧峰何處所即巫山也

永安宮外是荒臺即古楚王國蜀先主改爲永安巫山縣西二百五十步有陽臺今云荒臺者譏楚王淫放也○杜詩懷古云江山故宅空文藻雲雨荒臺豈夢思

送張源中丞充新羅冊立使

相門才子稱華簪魏曹植傳相門有相夫者文德昭也文稱聰則可以匡國朝致雍熙稷契夔龍是也○史記高陽氏有才子八人世得其利謂之八愷高辛氏有才子八人世謂之八才此十六族者世濟其美不損其名舜舉而用之●陶潛詩此事直須樂聊用忘華持節東行捧德音蘇武持節牧羝於海上前漢書德音下明詔身帶

霜威辭鳳闕口傳天語到雞林後漢劉陶謠來穆日手握王爵口含天

[illegible]雞林卿煙開鰲背千尋碧日落鯨波萬頃

金想見扶桑受恩後山海經云暘谷有大椹九日居下一日居上各扶桑也○十洲記扶桑在碧海中樹長數千丈三千餘圍兩樹同根更相依倚故曰扶桑一時西拜盡傾心

洛中送楊處厚入關便遊蜀

洛陽秋日政淒淒詩秋日淒淒百卉具腓君去西秦更向西舊學三冬今轉富書說命王來汝說台小子舊學于甘盤既乃遯於荒野○前漢東方朔字曼倩上書曰臣年十三學書三冬文史足用曾傷六翮養初齊世說云林公好鶴剡東之人遺之雙鶴翅長欲飛林公甚惜之乃斷其翮鶴軒翥者羽而不能起乃顧翼反視之有懊惱意林公曰既有凌霄之姿何當為人作耳目近玩養令六翮成遂冲天而去○漢班固擬連珠曰臣聞鸞鳳養翮以凌雲帝王乘英雄以濟民王城曉日窺丹鳳路由京兆故云玉城有丹鳳門蜀路晴來見碧雞南詔有金馬碧雞

□□之山漢宣帝遣王褒入蜀祀馬□太沖蜀都賦曰金馬騁光而絕景碧雞倏忽而耀儀早識卧龍應有分成都有武侯廟不妨從此躡丹梯杜詩丹梯庶可陵

送周使君罷渝州歸郢中別墅

君思郢上吟歸去晉陶潛賦歸去來辭故自渝南擲郡章渝古巴子國。漢朱買臣爲會稽太守衣故衣懷其印綬歸郡邸郡吏與同食見其印綬怪之前引其綬視其印乃會稽太守章也野戍岸邊留畫舸綠蘿陰下到山莊池荷雨後衣香起。離騷製芰荷以爲衣兮集芙蓉以爲裳杜詩寄嚴武云不妨遊子芰荷衣庭草春深綬帶長毛詩義疏曰鷊五色作綬文章故曰綬帶秪恐鳴騶催上道北山移文鳴騶入谷鶴書赴隴後漢鄭弘傳曰遷尚書右僕射

印

宗[illegible]紛之論衛[illegible]林[illegible]

在朝堂至司馬門驂唱不入宮白毋鄉也 不容待得晚菘嘗

齊周顒隱中山王儉請曰卿山中何所食曰赤米白鹽綠葵紫蓼文惠問何者最佳春初早韭秋末晚菘

送浙西李相公赴鎮

建節東行是舊遊歡聲喜氣滿吳州郡人重得黃金相前漢黃霸為潁州太守徵京兆尹坐乏軍興詔復歸潁川太守童子爭迎郭細侯後漢郭伋字細侯為并州牧行部到西河美稷童兒百餘各騎竹馬道次迎拜詔下初辭温室樹温室長樂宮中殿○前漢孔光嘗休日兄弟妻子燕語終不及朝省政事或問光温室省中樹皆何木光嘿不應更答以他語夢中先到景陽樓齊書武帝宮內不聞端門鼓漏置鐘於景陽樓上以應五鼓自憐不識平津閣公孫弘為丞相平津侯開東閣以待四方賢者遥

望旌旗汶水頭

○送蘄州李郎中赴任

楚關蘄水路非賒東望雲山日夕佳陶淵明詩山氣日夕佳薤葉照人呈夏簟淮南蘄州出笛材薤葉簟。杜詩恩分夏簟冰松花滿椀試新茶樓中飲興因明月晉庾亮月夜登南樓佐吏欲避亮曰諸君且住老子於此興復不淺。李白陪宋中丞武昌夜飲云清景南樓夜風流在武昌庾公愛秋月乘興坐胡床龍笛吟寒水天河落曉霜我心還不淺懷古醉餘觴江上詩情為晚霞謝玄暉餘霞散成綺澄江淨如練李白歌殘霞飛丹映江水北地交親長引領早將玄髮到京華晉陸機詩云乘顏波紅藻

贈日本僧智藏

浮桮萬里過滄溟高僧傳：桮渡者，不知其名姓，渡河，因以為名焉。劉宋文帝元嘉二年，行至山湖而死。徧禮名山適性靈。深夜降龍潭水黑，後趙佛圖澄能降龍致風雨。新秋放鶴野田青。放鶴事見前注。○晉永嘉郡記：青田有雙白鶴，年年生子，長大便去，惟餘父母一雙在耳。身無彼我那懷土，論語：小人懷土。心會真如不讀經。馬祖曰：真如有变易，豈不聞善知識能迴三毒為三聚淨戒，迴六賊為六神通，回煩惱作菩提，回無明作大智？若真如無变易，是外道也。為問中華學道者，幾人雄猛得寧馨？晉書：王衍字夷甫，神清明秀，總角嘗造山濤，濤曰：何物老嫗生寧馨兒。○寧馨，晉宋人語，猶言如是也。

吳龐 京兆

俊骨英才氣褎然余救切。前漢武帝建元元年[illegible]良直言詔曰今子大夫褎然爲

朕甚嘉之於是董仲舒上策 注褎然盛服貌 策名飛步冠群賢 左傳策名委[illegible]李陵與蘇武書

日策名清時 貳乃辟也 逢時已自致高位得疾還因倚以

年天上別歸京兆府 王隱晉書曰鎮南劉弘以王矩爲廣州矩至長沙見一人着單衣持奏在

岸上者奏云京兆往靈之短問[illegible]京兆云[illegible]京兆人何時來荅曰朝發矩怪問荅云僕天上京兆去此數萬何止數

千人間空冡茂陵阡 漢書原陟自以先人墳墓儉約孝也乃大治冢舍初武帝時京

曹氏[illegible]乃貞[illegible]時陵墓之[illegible]原氏阡 今朝繐帳哭

君[illegible]前日見鋪歌舞筵

一夜[illegible]風雕王芝[illegible]三枉石[illegible]生於[illegible]
[illegible]上林悲晉書謝安高臥東山諸人每相與言曰安石不起將如
蒼生絕望[illegible]蒼生何[illegible]空懷濟世安人畧東晉成帝廷尉
[illegible]氣曰大丈夫監蔭不問
[illegible]字相對泣耶不見男婚
女嫁時魏書[illegible]冨貴[illegible]不與我壽恐四十七八間一歎曰吾自知有分耳然天與我才明
不見女嫁男娶婦也[illegible]謂[illegible]曰大將軍待邑意厚魚與當
陵天子曰相如病甚可往還草一函歸太史漢書司馬相如病甚茂
未死時有一卷書曰有使悉取其書使者至相如已死妻曰長卿
雖發所遺文章奏記者者求書奏之乃遺札封禪事。詩言溫
付於太史氏傳不朽也旅墳三尺近要離
妻孟光隱於吳依富人後漢梁鴻字伯鸞與
皋伯通廡下爲人賃舂其妻具食舉
按奇冒伯通異之舍之於家病困告主人曰我死慎勿令持我喪

翠一作紫

及卒伯通葬于要離冢傍咸曰要離烈士伯鸞清高可相近也朔方徙歲行將晚毛詩曰歲

彼朔方○後漢蔡邕以光和灾異對忤宦者楊球曾即奏下洛陽獄劾以宦以大臣不敬棄市中常侍呂強愍邕無罪請之詔減死與家屬髡鉗徙朔方不得赦令除為錫時以論居以已文章比伯喈也欲為君刊第二

碑蔡邕為郭林宗碑謂盧植曰吾為碑銘多矣皆有慙德惟郭有道碑無愧色耳。漢張平子有前後碑。又後漢魏鄭義卒其子道昭為光州刺史為父麾崖石刻二碑焉

東嶽張鍊師

東嶽真人張鍊師高情雅淡世間稀堪

為烈女書青簡秦漢書用竹簡故云青簡久事元君住翠

微京兆南山中有翠微金縷機中抛錦字晉竇滔妻蘇

子玉清壇上着霓衣雲衢不用吹簫伴舐

擬乘鸞鶴獨自飛列仙傳蕭史秦穆公時人善吹簫公主弄玉好之以妻焉遂教弄玉作鳳鳴似鳳聲鳳凰來止其上為作鳳臺夫婦止其上數年皆隨鳳飛去

送李庚先輩赴選

一家何啻十朱輪前漢楊惲丞相敞子家隆盛乘朱輪者十人○詔令二千石長吏車朱兩輪

諸父雙飛秉大鈞北史崔陵弟仲文為銀青光禄大夫同日受拜時云西鳳連飛○賈誼鵩鳥賦云大鈞播物坱圠無垠詩小雅節南山云秉國之鈞

曾脫素衣參幕客 却為精舍讀書人後漢包咸傳曰咸往東海立精舍講授

離筵洛水侵杯色 征路函關向晚塵

今日山公舊賓主晉山公能作

公一作翁

之事 知君不負帝城春

丁渾 字仲晦潤州丹陽人也太和六年登進士第爲太平縣令後拜監察御史歷睦郢二州刺史有詩二卷行于世

凌歊臺 在太平州當塗縣北黄山上宋高祖所築

凌歊樂未迴三千歌舞宿層臺 宋武帝南遊登此臺且建離宮焉 湘潭雲盡暮山出巴蜀雪消春水行殿有基荒薺合寢園無主野棠開年應作萬年計 文苑作便應 巖畔古碑空綠苔 凌歊臺詩云曠望登古臺臺高目欲覽碑上文苔侵豈堪讀

途經驪山 在長安臨潼縣有華淸宮朝元殿溫泉宮秦漢

聞說先皇醉碧桃日華浮動鬱金[illegible]乳上雲
氣松青延年。本草鬱金染衣最鮮㸃不奈日炙染成亦有鬱金香氣風隨玉輦笙歌迥
雲捲珠簾劒珮高鳳爲北歸山寂寂謂肅宗去靈武
龍旗西幸水滔滔謂玄宗幸蜀貴妃歿後巡遊少
瓦落宮墻見野蒿

[illegible]。咸陽城西門晚眺

一上高樓萬里愁蒹葭楊柳似汀洲溪雲
初起日沈閣山雨欲來風滿樓鳥下綠蕪
秦苑夕蟬鳴黃葉漢宮秋行人莫問前朝

聿渭水寒聲晝夜流

送蕭處士歸緱山別業 山在東岳即緱氏縣

醉斜烏帽髮如絲曾看仙人一局棋 述異記晉樵者王質伐木入信都郡石室見二童子棋與質一物如棗核食之而覬童子謂之斧柯已爛矣質歸鄉閭無復時人也賓館有

魚爲客久 史記馮驩在孟嘗門下彈鋏歌曰歸來乎食無魚鄉書無雁到

家遲 此用蘇武事。杜工部酬高部州云雖無南過雁看取北來魚緱山住近吹笙

廟 列仙傳周靈王太子晉好吹笙作鳳鳴游伊洛間道士浮丘公接以上嵩山湘水行逢鼓瑟

祠 離騷遠遊使湘陵鼓瑟兮令海若舞。杜工部酬蜀州云鼓瑟至今悲帝子注就之女娥舜故曰帝子今夜

月明何處宿九疑雲盡碧參差 九疑蒼梧山名……

芙江天相歡愁

○金陵懷古

玉樹歌殘王氣終［陳后主游燕與狎客江總陳暄孔範及諸妃嬪女學士共賦詩采其豔麗者被以新聲有玉樹后庭花臨春樂等曲○三玄聲見前注］景陽兵合戍樓空［景陽宮中樓名］

松楸遠近千官冢　禾黍高低六代宮［黍離閔宗周也周大夫行役過故宗廟盡為禾黍傷周室之顛覆故作是詩○金陵六朝記云吴東晋宋齊梁陳謂之六代］

石燕拂雲晴亦雨［湘中記零陵有石燕得風雨則飛翔風雨止則還為石］江豚

吹浪夜還風［緣江居民以江豚出沒為風候］英雄一去豪華盡［人物志草之精秀者為英獸之特群者為雄故張良為英韓信為雄○梁庾信詩金陵之成豪華］唯有

青山似洛中（建康山川與洛陽相似李白詩云山似洛陽多）

京口閒居寄兩都親友

吴門煙月昔同游（姑蘇八門吴王所立因爲吴門）楓葉蘆花並客舟（並蒲浪切）聚散有期雲北去浮沉無計水東流一罇酒盡青山暮千里書迴碧樹秋（文選曹植詩涼風盪芳氣碧樹先秋落）何處相思不相見鳳城宮闕楚江樓

郊園秋日寄洛中故人

楚水西来天際流感時傷別思悠悠一罇

酒盡青山暮千里書迴碧樹秋注見前日落遠
波驚宿鴈風吹輕浪起䠊鷗嵩陽親友誰
相念潘岳閑居欲白頭晉潘岳字安仁有閑居賦

○卧病此卧病京師而思歸也

寒窓燈盡月斜暉珮馬朝天獨掩扉珮馬猶紳束之馬杜詩汝陽三斗始朝天清露已凋秦甸柳白雲應長越
山薇病中送客難為別夢裏還家不當歸
唯有寄書書未得卧聞燕鴈向南飛

登洛陽故城

禾黍離離半野蒿（國風黍離已見前注）昔人城此豈知
勞水聲東去市朝變（詩高岸為谷深谷為陵）山勢北來
宮殿高鴉噪暮雲歸古堞雁迷寒雨下空
壕可憐緱嶺登仙子猶自吹笙醉碧桃（已見）

送蕭處士歸緱山別業注

傷虞將軍

自昔從軍未有名近將孤劍到江城巴童
戍久能蕃語胡馬調多解漢行對月夜竊
黃石路（漢黃石公有三略）望雲秋計黑山程（黑山北[illegible]）可

憐身死家猶遠汴水東流無哭聲

○竹林寺與德玄别

騷人吟罷起鄉愁楚屈原作離騷故云騷人暗覺年光似水流花滿楚城傷遠别蟬鳴蕭寺喜同遊梁武帝姓蕭好佛創寺飛白大書一蕭字。命蕭子約見之破産買歸建一小室玩之號為蕭齋前山日落松杉晚溪夜風清槐簟秋明日分襟又何處江南江北路悠悠晉趙景真與嵇康書悠悠三千路難涉矣

○嘗與故宋補闕秋夕游練湖南亭今復登賞愴然有感

西風渺渺月連天，同醉蘭舟未十年。任昉述異記曰：木蘭川在潯陽江中，多木蘭樹。昔吳王闔閭植木蘭於此，用構宮殿。魯般因刻為舟。詩家所云，正出於此。鵩鳥賦成人已歿，前漢賈誼謫居長沙，有鵩鳥入舍，誼忌之，乃為賦以自廣云。嘉魚詩在世空傳。詩小雅南有嘉魚，樂與賢也。榮枯盡寄浮雲外，哀樂猶驚逝水前。杜詩：會合苦不及，哀樂本相纏。○論語：逝者如斯夫。○杜詩云：黄衫少年來宜數，不見堂前東逝波。日暮長堤更回首，一聲隣笛舊山川。晉書向秀隣人有吹笛者，發声廖亮，追昔嵇生舊游之好，感音而嘆，作思舊賦云。

登尉陀樓

劉項持兵鹿未窮，前漢蒯通曰：秦失其鹿，天下共逐之。自乘黃屋

島夷中書禹貢島夷卉服南來作尉任囂力北向稱

臣陸賈功尉佗姓趙真定人秦時為龍川令南海尉任囂病且死招佗曰今豪傑叛秦相立南海地方千里此亦州之主也即授佗書行南海尉事囂死自立為南粵王高后時僭號南武帝乘黄屋左纛稱制文帝遣太中大夫陸賈賜佗復南粵王號遂稱臣去其黄屋左纛簫鼓尚陳今世廟旌旗猶鎮昔時

宫越人未必知虞舜一奏薰絃萬古風舜彈五絃之琴以歌南風其曰南風之薰兮可以解吾民之慍兮南風之時兮可以阜吾民之財兮詩意南越人惟知祀尉佗寧却虞舜之德澤及於萬世也

題崔處士山莊

坐窮今古掩書帝王考經史也二頃湖田一半荒荊

田真田慶田廣感所同居樹亦仍繁茂

樹有花兄弟樂（續齊諧記京兆人田真兄弟三人共分財各居堂前有荊花一夕枯真見之驚曰本同株當分析便憔悴況人兄弟手兄弟相感而更同居）橘林熊實子孫忙（李衡為丹陽太守於武陵龍陽洲上作宅種橘千頭臨死敕兒曰吾有千頭木奴不責女衣食歲一疋亦足用矣）龍歸晚洞雲猶濕（易雲從龍風從虎）麝過春山草自香向夜欲歸心萬里故園松月更蒼蒼

○陵歊臺送帛秀才

雲起高臺日未沉數村殘照半山陰野蠶成繭桑柘盡溪鳥引雛蒲稗深（謝靈運湖中詩蒲稗相因依）帆勢依依投極浦鐘聲杳杳隔前林故鄉

迢遞故人去一夜月明千里心宋謝莊月賦云美人邁兮音塵絕隔千里兮共明月

送南院盧判官罷職歸華陰山居

曾事劉琨鴈塞空晉惠帝光熙元年十月大傅越表劉琨為并州刺史并州有鴈門近胡故曰鴈塞十年書劍任飄蓬曹子建云轉蓬離本根飄颻隨長風東堂舊屈移山志後秦姚興聽政之暇引姜龕等于東堂講論道藝○唐李元紘為雍州司戶參軍時太平公主勢振天下有司望風順旨與民爭碾磑元紘判還之民長史竇懷貞趍改之元紘大署判後曰南山可移判不可搖遂改時令南國新留煑海功左傳成十六年南國蹙射其元王中厥目前漢鼂錯傳曰吳王即山鑄錢煑海為鹽還掛一帆青草上范蠡○青草湖名更開三逕碧蓮

中（北將謂華嶽也，謂之蓮華峯）關西親友如相問，已許滄浪作釣翁。（孟子：滄浪之水清兮，可以濯我纓。）

題四皓廟（四皓謂東園公、綺里季、夏黃公、角里先生）

桂香松煖廟門閑，獨瀉椒漿奠一杯。（離騷云：奠桂酒兮椒漿。）秦法未興鴻已去，（商鞅更秦法。揚子法言：鴻飛冥冥，弋人何篡焉。）漢儲將廢鳳還來。（高祖將易太子，呂后用留侯計，召四皓至。高祖顧謂戚夫人曰：羽翼成矣。太子位遂定。太子即惠帝也。）紫芝翳翳多青草，（四皓歌曰：漠漠高山，深谷逶迤。曄曄紫芝，可以療飢。唐虞世遠，吾將安歸。駟馬高蓋，其憂甚大。富貴之畏人，不如貧賤而肆志。）白石蒼蒼半綠苔。（詩揚之水：白石鑿鑿。）山下驛塵南竄路，不知冠蓋幾

荼衣……

人迴 注[illegible]京兆人送客之漢行路出商山之中故云西都賦[illegible]蓋故云

○淮陰阻風寄呈楚州韋中丞 楚州今淮安路也

垂釣荊江欲白頭江魚堪釣却西遊劉伶

臺下稻花晚 淮安志劉伶臺在淮安路山陽縣東北七里臨淮河南有杜康橋 韓信廟

前楓葉秋 淮安志韓王故在淮陰縣東北與漂母相傳西接八里韓信生於此 淮月未明

先倚檻海雲初起更維舟 海雲起必有大風詩紀汎汎楊舟紼纚維之風惡

故檥舟而待也 河橋有酒無人醉獨上高城望庾樓

梁蕭子暉遊春云上林春草色河橋望日暉注庾樓在江州治後庾亮領江州刺史故名。望庾樓而望韋中丞也

祇命南海公王盧陵逢兄軍倅奉使往

海別幾劫寄

盧橘花香拂釣磯上林賦盧橘夏熟即枇杷也。唐庾子西李氏山園記云枇杷盧橘一也

佳人猶舞越羅衣李賀云越羅衫袂迎春風　三州水淺魚

來少一州丹徒丹陽金壇　五嶺山高鴈到稀五嶺大庾始安臨賀桂陽揭陽

詩意謂魚鴈稀處無音書可達也　客路晚依紅樹宿鄉關晴望

白雲歸唐狄梁公登太山反顧見白雲孤飛曰吾親舍其下瞻悵久之許渾居京口故云　交親

不念征南吏時渾祗命南海故云　一夜風帆去似飛

。送王總下第歸丹陽

秦嶠心斷楚江湄長安有秦嶠　繫馬秋風酒一巵

汴水月明東下疾自秦淮路由汴河練塘花發北來

遲青蕪之沒安貧處論語不患貧而患不安黄葉應催

獻賦詩漢司馬相如蜀人嘗爲子虛賦楊得意侍武帝誦之帝善曰朕獨不得與此人同時得意曰臣邑人馬相如

所爲帝驚召問相如曰然此特諸侯之事不足觀請爲天子遊獵之賦賦之。時楊子雲亦以羽獵長楊等賦

憑寄家書問迴鄴舊居還有故人知居舟陽故邑

寄書待二月赴舉問迴鄴也

懷舊居

與書一篋老無功故國荊扉在夢中文選沈休詩樫

雜衍跡且復故容荊藤蔓覆梨張谷暗音洛陽北邙張公夏[illegible]樹。潘

岳賦云築六大谷之梨草荒侵荊庾園空花蓋蓬○南史庾詵字彦寶新野人愛林泉十畝之宅山池居半也

朱門迹忝登龍客後漢李膺字元礼名高以所交接故士被其容接者名爲登龍門

白屋心期失馬翁劉向說苑周公旦白屋所下者七十人天下之士皆至○淮南子塞上人其馬亡入胡人弔之父曰此何詎不爲福居數月其馬將胡駿馬而歸人賀之父曰何詎不爲禍家富馬良其子好騎墮而折髀人皆弔之父曰此何詎不爲福居一年胡夷大出丁壯皆控弦而戰塞上之人死者十八九此子獨以跛故父子得相保

楚水吳山何處是北窗殘月照屛風

與韓鄭二秀才同舟東下洛中親朋送至景雲亭下

三十六峯同一別河南嵩山三十六峯綠波無路草芊

芊牛羊曉食鋪平地鵜鶘晴飛磨遠天洛
客盡迴臨水寺楚人皆處下江船東西未
有相逢日更逐繁華共醉眠

一　秋日供扇　唐百官志尚輦局大朝會大祭祀皆扇一百五十六既事而藏之常朝則去扇左右留者止二扇耳

宵衣應待絕更籌　前漢文帝未明求衣○唐書太宗曰朕不敢荒怠宵衣旰食　環珮
珊珊月下樓　一杜詩侍閣雜佩聲珊珊　井轉轆轤千樹曉門
閶闔閶闔萬山秋　天子門曰閶闔○唐玄宗每遊幸從閶闔門出　龍旗盡引趨
金殿雉扇縿　分拜玉旒　雉崔豹古今注曰殷高宗以雉雊之瑞服章多用翟故有雉

尾扇。礼記天子玉藻十有二旒虛戴鐵冠無事日御史法冠一名柱後一獬廌以鐵為柱言其審圖不曉也滄江歸去老漁舟

灞上逢元九處士東歸

瘦馬頻嘶灞水寒灞南高處望長安王粲詩南登霸陵岸回首望長安何人更結王生韈前漢王生処士善黄老孝時張釋之為廷尉公卿會廷中王生曰吾韈解顧謂釋之為我結韈釋之跪而結之人或讓王生生曰廷尉名臣故益重之耳此客空彈貢禹冠前漢王陽與貢禹為交世稱王陽在位貢禹彈冠言其趣舍同也江上蟂蟞沙渺渺鴻中蝸殼雪漫漫舊交已盡新知少卻學漁郎把釣竿詩意言丈夫不遇于時只伴漁

經故丁補闕山居

死酬知己道終全波㶇孤冰且自堅詩音補闕忠貞之節不隨俗俯仰終身無變者也鵩上承塵纔幾日西京雜記賈為長沙王傅三日鵩集其承塵而鳴鶴歸華表已十年續搜神記遼東城門華表柱有一白鶴集其上言曰有鳥有鳥丁令威去家千歲今來歸城郭如故人民非何不學仙冢纍纍遂冲天而去風吹藥蔓迷樵徑水暗蘆花失釣船四尺孤墳何處是闔閭城外草連天吳王名闔閭

題衛將軍廟并序

將軍名逖陽夏人少習詩書學劍二十七游并汾間神光皇帝始建義旗逖以勇義進署付列泊檜實建德

從侍挾鎗劍前驅其後翼太宗顧而奇之天下既定錄其功除
將軍宿衛以母老病乞歸待殘年辭官衰詔許之
既而以孝敬睦閨門以然諾居鄉里及卒邑人懷其賢廟
于荆溪之湄以平生弓甲懸東西廡下歲時祠祭頗禍福其土焉文
士王教撰碑辭實謹備而國史闕書
其人因題其詩於廟壁

武牢關下護龍旗周穆王養虎於此故名虎牢避唐高祖父諱改武牢挾槊彎
弧馬上飛前漢李廣號飛將漢業未興王霸在漢光武為大司
馬王霸為功曹令史王郎反光武渡滹沱河候吏還曰無船不可渡光
武令霸視之霸詭曰冰堅可渡光武喜曰候吏果妄語也渡未畢數
騎而冰解光武謂霸曰吾衆得免卿之力也因
謂其屬曰王霸以權濟事殆天瑞也秦兵纔散魯
連歸史記魯連齊人也好高節不肯仕遊於趙時秦圍趙魏使
辛垣衍相趙欲趙帝秦魯連見衍言帝秦之害遂却垣
衍秦聞之却軍五十里趙平原君以千金為魯連壽魯連笑曰所

直一作自

墳穿太澤埋金劍廟梳長流挂鐵衣古樂府曰朔風傳金柝寒光照鐵衣欲奠忠魂何處問葦花風葉雨霏霏

○村舍

直剪青蓑織雨衣村南煙火是柴扉糟妻早報蒸梨熟漢光武妹湖陽公主新寡帝謂宋弘曰貴易交富易妻人情乎弘曰臣聞貧賤之交不可忘糟糠之妻不下堂帝謂主曰事不諧矣家語曾子之妻以蒸梨不熟因出之童子遙迎種豆歸漢楊惲書曰種一頃豆落而為萁魚下碧潭當鏡躍鳥還青嶂拂屏飛花時未免人來往欲買嚴光舊

釣磯 漢嚴光字子陵少與光武同遊學及光武即位乃隱而不見帝思其賢令以物色訪之後齊國上言有一男子披羊裘釣澤中帝乃備安車玄纁聘之

李宣自殿院銜命歸闕拜外郎

白筆南征變二毛 魏明帝宴群臣問毗簪白筆者何官毗曰此謂御史簪筆奏不法也○離騷濟沅汙以南征○左傳宋襄公曰君子不二毛二毛者髮半白也 越山愁瘴海驚濤繞

歸龍尾含雞舌 龍尾宮中道雞舌丁香也○漢侍中刁存年耆口臭上出雞舌香使含之香頗辛螫不敢嚥疑賜毒藥與家人訣衆求視其藥及口香衆笑之存鄙儒則弊於此矣 更立螭頭運兔

毫 唐書大和九年十二月左右省起居郎貴筆硯及紙於螭頭下記言記事 閶闔欲開宮

扇盡閶闔見冕旒初坐御香高金吾舊侶君

先貴杜詩云醉歸應犯夜可怕李金吾嘗憶王祥與佩

刀晉書徐州刺史呂虔檄王祥為別駕有佩刀王者相之以為三公之器虔謂祥曰有公輔之量故以相與祥位至大保祥臨薨以刀授弟覽曰汝後必興後覽果興於江左矣

八月十五夜宿鶴林寺翫月

待月東林月正圓晉武帝為惠遠法師建道場於江州廬山有東林西林廣

庭無樹草無烟中秋雲淨出滄海半夜露

寒當碧天輪影漸移金殿外鏡光猶掛畫

樓前莫辭達曙殷勤望一墮西巖又隔年

秋晚雲陽驛西亭蓮池

心憶蓮塘秉燭遊古詩晝短苦夜長何不秉燭遊葉殘花敗尚
維舟烟開翠扇清風曉水泛紅衣白露秋
翠扇比荷紅衣比蓮神女暫來雲易散襄陽耆舊傳楚襄王遊於高唐怠而晝寢
夢一婦人曰我帝之女名瑤姬未行而亡封於巫山之臺乃乱去曰妾在巫山之陽高丘之祖朝爲行暮爲行雨旦視之如其言乃立廟名朝雲
仙娥終去月難留羿得不死之藥於西王母姮娥得之以奔月是爲蟾蜍此聯旗鷹雲月假用極妙
空懷遠道無持贈古樂府遠道不可思因昔夢見之。陶弘景詩山中何所有嶺上多白雲只可自
怡悅不堪持贈君醉倚西欄盡日愁
○晚自朝臺津至韋隱居郊園朝臺潮亦名越王臺

朝臺步夕陽廣州記曰[illegible]直峭百丈螺道登進頂上三畝朔望升拜號爲朝臺

村迴遶山松葉滑柴門臨水稻花香雲連

海氣琴書潤風帶潮聲枕簟凉西一作去至蟠溪

猶萬里尚書大傳曰呂望釣於磻溪得魚腹中有玉璜可能垂白待文王

史記呂尚東海上人也本姓姜從其封曰呂尚嘗窮困年老矣以魚釣奸周西

伯將出獵卜之曰所獲非龍非彲非虎非羆所獲霸王之輔於是周西

伯獵果遇太公於渭陽與語大悅曰自吾先君太公曰當有聖人

適周周以興子真是耶吾太公望子久矣故號曰太公望與載與

俱歸立爲師

諸韋隱居[illegible]

唐詩鼓吹卷之一終

註唐詩鼓吹卷第二

資善大夫中書左丞郝　天挺　註

薛逢字陶臣蒲州人會昌元年進士調萬年尉崔鉉入相引直弘文館歷侍御史有薦逢知制誥者適劉瑑當國忌之乃出巴州刺史稍遷秘書監卒有文集行于世

開元後樂玄宗因武惠妃薨悼惜久之後宮數千無可意者或奏楊玄琰女姿色冠代宜蒙召見時妃衣道士服號曰太真既進見玄宗大悅寵遇如惠妃有姊三人皆豐碩修整封為韓國秦國虢國

莫奏開元舊樂章樂中歌曲斷人腸郃王玉笛三更嚥百斛明珠去明皇雜錄寧王玉笛吹故張祜詩云梨花風靜無人見何處子弟竊寧王玉笛吹○五王謂郃寧申岐薛也閑把寧王玉笛吹○五王謂郃寧申岐薛也號國金車十里香

虢國夫人承主恩平明上馬入宮門却嫌脂粉涴

其……爲犬戎所殺詩意犬戎謂祿山也復從征畢老汾陽儀

功封爲汾陽王

中原駿馬搜尋（一作迹）盡沙苑年來草又芳

沙苑在同州馮翊縣南唐以來牧馬之地

夫二兄於鋒鏑爲將軍三夫人二將軍爲玄宗祿山爲陷太守天寶十四年叛陷滁陽十六年陷焉 此詩因聞開元末世王系感皇恩國所作也

長安夜雨

滯雨通宵又徹明百憂如草雨中生文選張景陽詩云歲暮懷百憂將從季主卜。心關桂玉天難曉蘇秦謂楚王曰楚國之食貴于玉薪貴于桂又云食玉炊桂

毛詩我生之後逢此百憂

運落風波夢亦驚壓樹早鴉飛不散到窗寒鼓濕無聲當年志氣俱消盡白髮新添四五莖

○長安春日 此因劉瑑王鐸初狀三人忘之矣意故詞意兩無懟而作也

窮途日日困泥沙 晉書阮籍常率意獨駕不由徑路車跡所窮輒慟哭而返 上苑年年好物華 荊棘不當車馬道 管絃長奏綺羅家 前漢張禹傳云後堂列絲竹管絃 王孫草上悠揚蝶 楚辭王孫遊兮不歸春草生兮萋萋 少女風前爛熳花 庾信傷心賦云風無少女草不宜男 懶出任從遊子笑 入門還是舊生涯 莊子吾生也有涯

宮詞 此托宮人悵望而作也

十二樓中盡曉粧 望仙樓上望君王 漢公孫卿言仙人好樓居黃帝爲十二樓以候神人武帝於是起飛廉觀仙樓○唐德 鎖銜金

鬬連環冷水滴銅龍晝灑長衣學言者[illegible] 爲器三重門皆逕天差
立於方輿跗蹢之上爲金龍口吐水轉注入跡蜠經綿之中張衡漏水渾天儀制
以銅爲器再疊差置實以清水名開孔以玉虯吐漏水入兩壺右爲夜漏左爲
晝漏雲髻罷梳還對鏡二句爭妍取憐皆宮之甚也羅衣欲換更添香
窺正殿簾開處袍袴宮人掃御床二句御幸之多溽寵尤難也

漢武宮詞此言武帝惑於神仙長生而死葬茂陵也

漢武清齋夜築壇自斟明水醮仙官壇之名肇見於書而
詳記於禮書止曰爲三壇同墠礼則曰去廟爲祧去祧爲壇去壇爲墠去墠爲鬼
則壇築土而不屋不言其成名也至漢武栽李夫人爲臺三成好事者謂帝
惑方士習仙其上○礼記明水注司烜以陰鑑所取殿前玉女移香一作書
於月之水也○韓吏部詩上界仙人是官府
案雲際金人捧露盤漢武帝嘗制承露盤金莖銅柱上有仙人掌承露和玉屑飲之緯

節幾時還入夢杜詩云上帝高居絳節朝碧桃何處更驂鸞君甚内傳曰老子西遊省太眞王母共食碧桃紫梨○武帝外傳元封元年王母降帝宮乘紫雲之輦駕九色斑麟從官執綵旄之節母外殿東向坐以玉盤盛桃七顆其色青○白羽經曰太眞丈人登白鸞之車遊於九原○詩意謂武帝信方士學仙形於夢寐感之甚矣茂陵煙雨埋弓劍石馬無聲蔓草寒武帝陵曰茂陵太白詩曰鼎湖流水清且閑軒轅去時有弓劍茂陵前有石馬在焉又草野有蔓草注君之澤不下流民窮於兵革也以武帝窮兵黷武故云

送靈州田尚書

陰風獵獵滿旗竿白草颼颼劍戟攢九姓羌渾隨漢節唐書九羌姓甲吐谷渾別自爲一部落別羌大小部落八皆不相統一細封氏費聽氏往利氏頗超氏野辭氏旁當氏米禽氏拔跋氏○唐書張説爲太平軍大使朔方大使王晙誅河曲降虜阿不

[illegible]

六州蕃落從戎鞍（右側夾注殘缺：安慶之九……雖遷安……唐書……州○唐書柳公綽爲河東節度使）有沙陀部武勇爲九姓六州胡所畏公召其酋朱邪執宜及妻母令夫人飲食問遺沙陀感恩悉力保障霜中入塞琱弓

硬月下翻營玉帳寒今日路傍誰不指穰

苴門戶慣登壇史記田穰苴爲司馬有司馬兵法其法有春蒐秋畢捷治兵九禁之法○前漢高祖築壇拜韓信爲

大將

獵騎　此訛騎獵之求不見守边者之苦也

兵印長封入衛稀碧空雲盡早霜微灞川

桑落鵰初下渭曲禾收兔正肥灞川渭曲皆屬京兆陌上

管絃清似語草頭弓馬疾如飛豈知萬里

黄雲戍血迸，金瘡卧鐵衣。（衣中見血也。）

○常壽傳書齋

玄晏先生已白頭，（晉皇甫謐字士安，修身篤學，舉孝廉不就。景元初，相國辟，復不行。鄉人勸令應命，謐爲釋勸論以通志焉。自號玄晏先生。）不隨鵷鷺狎群鷗。（唐高宗以參軍王嘉顧爲殿中侍御史，或疑非宜，高宗曰：御史能牽據下拔武藝，能鷙羽鵷鷺，豈雍州判佐比耶。○列子：海上人好鷗鳥，每旦至海上從鷗鳥遊。其父曰：吾聞鷗鳥皆從汝遊，汝取來，吾玩之。明日之海上，鷗鳥舞而不下。）元卿謝免開三逕，（嵇康高士傳：蔣詡字元卿，杜陵人，爲兗州刺史。王莽爲宰衡，謝事到闕上稱病，不進，歸杜陵，荆棘塞門，舍中三逕，終身不出。時人諺曰：楚國二龔，不如杜陵蔣翁。）平仲朝歸卧一裘。（朝音潮。○齊晏嬰字平仲，爲齊大夫。禮記檀弓：有若曰：晏子一狐裘三十年。）醉後獨知殷甲子，（陶潛以曾祖侃晉世宰相，恥復屈身後代。自宋武王業漸隆，不復肯仕。所著文章皆書年月，義熙以前則書晉氏年號，永初以來惟書甲子而已。）病來猶作晉春秋晉桓……有盛名桓彝見而目之曰季野有皮裏陽秋言其外无臧否而內……

有所褱毀也壓纓未濯今如此濯纓見前注野水無情處

處流薛逢自傷也

其三金城宮也唐元宗亦築此城以皇淫求於宮鋒言不惜國政而務於已

憶昔明皇初御天易時乘六龍以御天玉輿頻此駐神僊

龍盤藻井噴紅豔西京賦云方為之如井幹也藻井於藻井注當宇中交木風俗通曰殿堂象

東井形刻荷菱又水物所以厭火也王延壽魯靈光殿賦曰圓淵方井反植荷蕖綠房紫菂窋咤垂珠獸坐金牀吐碧

煙晉禮儀六朝會即饗官皆以金鑪九尺麒麟大爐雲外笙歌岐薛醉睿宗皇子龍二年

二月丙子朔岐王隆範為左衛率右羽林大將軍薛王隆業為右衛率月中臺榭后妃眠自從

戎馬生河洛（安失之亂也）深鎖蓬萊一百年（蓬萊宮名）

驚秋（皆因劉琢王鐸等陷之故托驚秋而作也）

露竹風蟬昨夜秋百年心事付東流明霜

分義成虛語（魏曹子建白馬詩云五侯竟見書辭群公丞為言分義明於霜信行直於弦）阜俗文

章憎暗投（唐杜工部策問云夫設官者將以阜俗康時成人守位者也○鄒陽傳曰隨侯之珠夜光之璧以暗投人必按劍相眄明哲分義言潔曰阜俗文章言是文可厚風俗○初逢與盜賊劉璟又金吾曰易之公受祀忩舍日琢當回有薦洛者琢擢言先朝以兩省官給事舍人先活州縣乃得除六制誥遂出為巴州刺史而揚收王鐸同時罷著萬及昨轉政奮有詩識箏議訕及擇為相遂又以此詩言鐸鐸怒故不見遂卒於簿曰）

長笑李斯稱溷鼠（李斯上蔡人為郡守吏見吏舍廁中鼠食不晉近人犬數驚恐之人倉中鼠居大廡之下不見人犬之憂乃嘆曰人之有不肖……）每多莊叟論犧牛（莊周……）

之數年衣以文綉以入太廟當是之時欲爲孤豚豈可得乎

水盈歸夢蘆花中一釣舟 先賢傳句踐滅吳謂范蠡曰君將與子分國而有之蠡曰君行令臣行意乃乘扁舟浮五湖終不返。○逢志不遂故有此語耶。

潼關河亭

重岡如抱嶽如蹲 蹲音存踞也。嶽即華嶽也 氣壓秦川勢自尊 原后主詩

天地併功開帝宅山河相湊束龍門 日月光天德山河壯帝居○絳州有龍門大河經焉流湍峻急魚無能上者化爲龍

檣聲嘔軋中流渡柳色微茫遠岸村 李白惜餘春賦云試登高而望遠極雲海之微茫

滿眼波濤終古事年來惆悵與誰論 叶

○送衢州崔員外 衢州即信安縣

笑分銅虎別京師 漢書郡國將賓銅虎符竹使符發兵至郡符合乃發右留京師左與之○文選范尚書讓使表云分虎出守○公羊傳京師者何衆大也 嶺下山川想到時 紅樹暗藏殷浩宅 晉殷浩字深源以中軍將軍假節都督揚豫徐兗青五州軍事北征許洛為符秦所敗桓溫上書罪浩廢為庶人死于東陽信安縣 綠蘿深覆偃王祠 史記徐偃王伯翳之後名誕君國子民出於仁義死民思之鑿石為室以祠偃王後因廟為名 信安縣南七十里有偃王廟韓愈撰碑文 風蕉向燈抽書帶 三齊要記鄭玄注詩處山今有草于路道有細草葉形似韭長尺余俗稱鄭玄書帶 露竹迎風舞釣絲 竹有垂絲 休指巖西數歸日 知君已負白雲期 陶弘景詩山中何所有嶺上白雲

六街塵起鼓鼕鼕雍洛靈異小錄唐馬周上言令金吾每街隅懸鼓夜擊之止其行李以備竊盜時人遂呼為鼕鼕鼓也道士裴脩識字須須滴滴杯金吾若相問報道詩曰遂莫鼕鼕鼓子已頹馬疋車輪在處處通百役並驅衣食內四民長走路岐中春秋四均則王道興而百姓寧所謂四民者士農工商也年光與物隨流水世事如花落曉風名利到身無了日不知今古旋成空

潼關驛亭

河上關門日日開古今名利旋堪哀終軍

壯節埋黃土前漢終軍入關上吏與軍繻軍問此何為吏曰為復傳還當以此合符軍曰大丈夫西遊終不復傳還棄繻而去時年十八選爲謁者上書願受長纓必羈南越王而致之闕下遂至越越王聽許請舉國内屬越相呂嘉不欲攻殺其王及終軍漢使者軍死時年二十餘世謂終童楊震豐碑翳綠苔楊震字伯起弘農華陰人安帝時爲太尉上書切至帝不能平閻河間趙騰上書指陳得失帝怒遂收考詔獄結以罔上不道震復救之遂收震太尉印綬遣歸本郡行至城西飲鴆死詔以禮葬於華陰潼亭今有碑存寸祿應知露有分一官常懼處非才晋書東海王越薨衆推王衍爲元帥衍不敢當曰吾少無宦情隨牒推移遂至於此今日之事安可以非才者処云猶驚往歲同袍者毛詩豈曰无衣與子同袍尚逐江東計吏來前漢朱買臣隨計吏爲卒將重車至長安

五峯隱者

煙霞壁立水溶溶路轉崖回且墓中

鷄鵝畏人沉澗月山羊投石掛巖松

高齋既許陪雲宿杜甫在蜀作草堂在夔起高齋處焉

晚稻何妨爲客春今日見君嘉遯

處易遯卦九五嘉遯貞吉象曰嘉遯貞吉以正志也悔將名利役蹤傭

上吏部崔相公

龍門曽共戰驚瀾交州記龍門水深魚上者爲龍不能者点額雷電浮雲出

清淵詩意謂憑籍云雷出清淵而化龍喻登第紫府有名同羽化指崔吏部○三元品戒經曰

勤感累世念貞期炅王見其用思著名玉札於是細書紫宮

東華之闕故曰紫府○楚辭仰羽人於丹丘留不死之舊鄉

○白孔六帖云銀宫金闕紫府

清都道士羽化謂之飛昇碧霄無伴幾泥蟠

8

逢自謂也　班孟堅荅賓戲云故夫泥蟠而天飛者應之神也時暗而名章者君子之真也○張協稙行路難龍蟠泥中未有雲不能生彼升天翼公車

未結王生襪漢六官儀公車司馬令周官也秋官石忠子諸上書詣闕下者　王生襪見前注客路虛

彈貢禹冠貢禹冠見前注今日鍾鎔任真宰莊子大宗師篇黃帝之志

其知皆在鑪錘之間注云聞道忘其所務如世間器物假於爐冶打鍛以成其用也　莊子齊物論若有真宰而特不得其朕注真宰造物也暫迴

風水不應難詩意望催公薦之耳

悼古　西堂左右旅扁也八公旦暮去來新於同盡隣人生百年爲期去了何了何不遊乎詩行行

細推今古事堪愁貴賤同歸土一丘漢武

玉堂人豈在漢武故事云玉堂去地十二丈階基皆用玉故東京賦曰金華玉堂白虎麒麟若暉後漢書曰獻帝初平三年

複修武帝石家金谷水空流晉書石崇有金谷園光陰自旦

還將暮草不從春又到秋閑事與時俱不

了且將身暫醉鄉遊 王績有醉鄉記

九華觀廢月池

曾發簫聲水檻前 曹子建與吳質書云若夫觴酌凌波於前簫笳發音於後足下鷹揚其體鳳觀虎視

夜蟾寒沼兩嬋娟微波有恨終歸海明月無情卻上天白鳥帶將林外雪綠荷枯盡渚中蓮榮華不肯人間住須讀莊生第一篇 莊子第一篇逍遥遊

八月一日

駕幸延喜樓看冠帶降戎

長安志唐皇城東面二門北曰延喜門。唐書宣宗大中三年八月上御延喜門見河隴老幼千餘人賜以冠帶皆歡呼舞躍叫萬歲

城頭旭日照欄杆楚要云日初出曰旭日。又詩邕邕鳴鴈旭日始旦城下降戎

緑仗攢九陌塵埃千騎合萬方臣妾一聲

歡論語萬方有罪罪在朕躬樓臺乍仰中天異左太冲魏都賦榭中天之華闕崇高及天也衣

照初迴左衽難論語微管仲吾其被髮左衽矣清水莫教波浪濁

從今赤嶺屬長安○唐書清水縣屬秦州通吐蕃道赤嶺屬吐蕃○唐書玄宗開元二十一年金城公主請立碑於赤嶺分唐與吐蕃之境

送劉郎中牧杭州

一州横制浙江灣臺榭參差積翠間樓下

潮迴滄海浪杭州城東有海門故云桃前雲起剡溪山剡溪即子

猷訪戴安道之地吳江水色連隄闊越俗春聲隔岸

還浙江分吳越之境聖代牧人無遠近好將能事濟清

閑易係辭曰觸類而長之天下之能事畢矣

貧女吟 此傷不遇之詞以貧女自況也南鄰司富而美者指珠璣之家北里司窮大待者堂子孫之業也

殘粧滿面淚闌干幾許幽情欲話難雲髻

懶梳愁拆鳳翠衣羞照恐驚鸞南鄰送女

初鳴珮北里迎妻已夢蘭左傳鄭文公賤妾燕姞夢天使與己蘭曰是為而子既

而文公與之蘭而御之曰幸妾有子敢徵蘭乎惟有深閨顦顇質年年長凭繡床看

夜宴觀妓

燈火熒煌醉客豪捲簾羅綺艷僊桃纖腰怕束金蟬斷言腰如蟬之細也鬢髮宜簪白燕高毛詩鬒髮如雲〇洞冥記漢武帝得白燕玉釵以賜趙婕妤昭帝宮人謀碎之明日視匣中見釵化白燕冲天而去愁傍翠蛾深八字杜牧詩越女紅裙濕燕姬翠黛愁笑迴丹臉利雙刀絳詩妙妓路旋舞星眸射劍戟無因得薦陽臺夢陽臺見前注願拂餘香到縕袍論語衣敝縕袍與衣狐貉者立

韓偓字致堯京兆人龍紀元年擢進第後王溥薦為翰林學士

其家南依王審知而至于號玉山樵人有集傳于世

中秋禁直

星斗疎明禁漏殘紫泥封後獨憑欄後漢白玉六璽皆以
武都紫泥封青白囊裹兩端無縫尺一版中約署皇帝露和玉屑金盤冷見武帝宮詞注月
射珠光貝闕寒離騷九歌魚鱗屋兮龍堂紫貝闕兮珠宮天襯樓臺歸苑
外風吹歌管下雲端長卿只為長門賦未
識君臣際會難漢武帝陳皇后以黃金百斤為相如文君取酒因乞解愁悲之辭相如為長門賦諷上

寄湖南從事此因朱全忠之陷史從濮州司馬而作也

醒

索寞襟懷酒半醒無人一為解餘酲岸頭

柳色春將盡船背雨聲天欲明去國正悲同旅鴈隔江可忍更啼鶯蓮花幕下風流客（晋王儉以庾杲之爲長史與書曰府杲之泛綠水依芙蓉何其麗也時人以儉府爲蓮花池）試與溫存譴逐情

○避地寒食

避地淹留已自悲况逢寒食欲沾衣濃春孤館人愁坐斜日空園花亂飛路辱漸憂知已薄（仲尼知已須尒不知已）時危又與賞心違一名所繫無窮事爭敢當年更息機（杜詩國首風塵今兩戕）

途中經野塘 山僧唐末世高僧行也

世亂他鄉見落梅野塘晴暖獨徘徊船衝水鳥飛還坐袖拂楊花去又來季重舊遊多喪逝 三国志呉質字季重魏文帝與質書曰昔年疾疫親故離其災徐陳應劉一時俱逝痛可言邪昔日遊處謂百年可長伴數年之間零落殆盡言之傷心頃撰其遺文都爲一集觀其姓名已爲追錄追思昔遊猶在心目而此諸子化爲糞壤可復道哉 子山新賦極悲哀 庾信字子山常有鄉關之思故作哀江南賦以致其意哀存亡云不亢暑之思惟以悲哀爲主 眼看朝市爲陵谷 詩曰高岸爲谷深谷爲陵 始信昆明有劫灰 漢武帝初鑿昆明池底得黑灰帝問東方朔朔曰可問西域胡人今法蘭云問之蘭曰世界終尽劫火洞燒此劫燒之後竺灰也

惜花

鮫白離情高處切賦顋紅愁態静中深眼隨
片片公流去恨滿枝枝被雨侵總得苔邊
猶慰意便教泥污更傷心臨軒一盞悲春
酒明月池塘是綠陰

半醉

水向東流更不迴紅顏白髮遞相催壯心
暗逐高歌盡往事空成半醉來雲護雁霜
籠淡月雨憐鶯曉落殘梅西樓悵望芳菲
節處處斜陽草似苔

○春盡

惜春連日醉昏昏，醒後衣裳見酒痕。細水浮花歸別澗，斷雲含雨入孤村。人閒易得芳時恨，地迥難招自古魂。楚宋玉傷屈原，爲作招魂篇。慚愧流鶯相厚意，清晨猶爲到西園。

三月

辛夷才謝小桃發，辛夷，花名，二月開，初出如筆，北人呼爲木筆。蹋青過後寒食前。四時最好是三月，一去不迴惟少年。吳國地遙江接海，漢陵魂斷草連天。新愁舊恨知無奈，須就畢家甕底眠。晉畢卓爲吏部郎，比舍郎釀熟，卓夜至甕間盜飲，爲掌酒者所縛，早視之，乃畢吏部也。

午睡夢江外兄弟

長夏居閑門不開，梁武帝宴景云：夏爲長嬴，即溽台也。言夏氣大而育物，故云長夏。遶門青草絕塵埃。詩：堇荼如飴。空庭日午獨眠覺，旅夢天涯相見迴。鬢向此時應有雪，心從到處即成灰。到處一作別後。莊子云：心若死灰。如何水陸三千里，幾月書郵始一來。晉殷羨爲豫章太守，都下士人因以致書百餘函，行次石頭，皆投之水中，祝曰：沉者自沉，浮者自浮，殷洪喬不能爲致書郵。

颿一作楓

秋郊閑望有感

楓葉微紅近有霜　碧雲秋色滿吳鄉　魚衝駭浪雪鱗健　鴉閃殘陽金背光　心爲感恩長慘戚　鬢因經亂早蒼浪古詩鬓髮蒼浪牙齒踈注云白也　可憐廣武山前事　楚漢寧教作戰場晉阮籍嘗登廣武觀楚漢戰處嘆曰時無英雄遂使竪子成名耳

安貧天復中車駕幸鳳翔偓以扈從功反正初昭宗面許偓爲相偓奏云運契中興宜復用重德鎮風俗因薦右僕射趙崇梁祖在京馳入請見其言崇長短昭宗曰趙崇是韓偓薦時偓在側梁祖叱之奏曰臣不敢與大臣爭偓尋出閩中依王審知故有此作山谷云其詞凄切而不迫可謂不忘其君也

捋一作捋

手風慵展八行書後漢竇章字伯尚好學與馬融崔瑗同好共相推薦融與竇書曰孟陵奴來賜書見手迹歡喜無量八寸函也書辭一紙八行行七字眼暗休尋九局圖棊圖有九局○唐王積薪夢青龍吐棊經九部授已其藝頓精後隨明皇西幸宿山中孫姥之家夜聞姑與婦棊各寢姑謂婦曰是子可教因而示殺奪救應之法曰此已無敵人間矣叢談記訖止三十六忽聞姑云子北矣吾勝七枰遲明王具禮請問出局盡平生之好姑謂

總裏日光飛野馬莊子逍遙篇曰野馬也塵埃也注野馬云說日暈中之游細者也撥頭筠管長蒲盧爾雅蒲盧蒸贏也注俗呼蠮螉音甕翁詩疏似蜂而細腰○毛詩疏義曰螟蛉似步屈其色青音青蟲取之置筆筒中或書卷間筆筒中皆化成蒲盧之聲也謂身拙爲畫蛇足史記陳軫見楚使昭子曰人有遺一壺酒者舍人相謂曰酒少不足飲請畫地爲蛇先成者獨飲一人蛇先成奉酒欲飲吾且更能畫蛇足後成人奪酒飲之曰蛇本無足者足非蛇也

報國危曾捋虎鬚莊子盜跖篇孔子說盜跖盜跖不從曰丘所謂元病而自灸者也疾走料虎頭編虎鬚[illegible]舉世可能無默識晉志○論語默而識之未知

詩僕言齊竽 知竽濫於三百人中食祿宣王死文王即位一一聽之先

生迹去

殘春旅舍

旅舍殘春宿雨晴恍然心地憶咸京秦爲咸陽漢爲京兆樹頭蜂抱花鬚落池面魚吹柳絮行禪伏詩魔歸靜域酒衝愁陣出奇兵兩梁免被塵埃汚漢制秩千石冠兩梁拂拭朝簪待眼明

贈僧

盡說歸山避世塵幾人終肯別囂紛添

澗水盛將月衲掛松枝卷得雲三接舊承前席遇易晉卦彖曰康侯用錫馬蕃庶晝日三接也。漢文帝徵賈誼至上方受釐坐宣室因問鬼神之事誼具道其所以然之故至夜半文帝前席聽之釐音禧一靈今用戒香熏釋氏有定香戒香相逢莫訝金鑾事韓渥有金鑾密記觸撥傷心不忍聞

詠水禽在湖南醴陵縣時作

兩兩珍禽渺渺溪翠衿紅掌淨無泥杜詩翠衿渾短盡向陽眠處莎成毯踏水飛時浪作梯依倚雕梁輕社燕抑揚金距笑晨雞左傳季郈之鷄鬬季平子介其鷄郈氏為勸君細認魚禽意莫遣紅羅誤隱

樓……之綱也

贈易卜崔江處士

白首窮經通秘義窮經而皓首青山養老度危時孟子人必辟紂曰吾聞西伯善養老者門傳組綬身能退謂簪纓之胄也家學漁樵迹亦奇亦一作更四海盡聞龜策妙禮記月令立冬命太史釁龜吉兆審卦吉凶史記司馬遷有龜策傳者傳九霄堪嘆鶴書遲蕭子良古今篆隸文體曰書有鶴頭書詔板所用○北山移文鶴書赴隴壺中日月將焉用借與閑人試一窺後漢費長房爲汝市掾市有老翁賣藥懸一壺於肆頭市罷輒入壺中人莫之見惟長房於樓上覩之異焉因往拜翁乃與俱入壺中見玉堂嚴麗旨酒甘肴共飲畢而出曰我神仙之人以過見責今事畢當去耳

過臨淮故里　李光弼平安史之乱有大功封臨淮王

交游昔歲已凋零，第宅今來亦變更。舊廟荒涼時享絕時享絕謂歲時祭享死有也，諸孫饑凍一官成。杜詩諸孫貧無事宅舍如荒村五湖竟負他年志五湖見前注，百戰空垂異代名。榮盛幾何流落久，遺人懷抱薄淨生。

傷亂

岸上花根總倒垂，水中花影幾千枝。一枝

一般蓑上槀野水野艳青露時放國幾年

猜[illegible]日身迷旗文章[illegible]身[illegible]
窮講在誰言兩不知

鵲

偏承雨露潤毛衣黑白分明衆所知高處營巢親鳳閣閣一作闕。帝子記云黄帝時白鳳巢於何閣靜時閑語上龍墀閣本作化爲金印新祥瑞搜神記張顥爲梁相有山鵲非翔化爲圓石顥椎破之得一金印其文曰忠孝侯印飛向銀河舊路岐淮南子七夕烏鵲塡河而渡織女莫怪天涯棲不穩託身須是萬年枝謝玄暉直中書省詩云紫殿肅陰陰蕭庭赫弘敞風動萬年枝日華承露掌。文選何平叔景福殿賦云綴以萬年綷以紫榛注晉武帝華林園中有万年樹十四株

注唐詩鼓吹　國家圖書館藏明刻本

亞旅觀之木青樹紛雜也纏連也

禁中作

鑾臺直北金鑾外銀臺宮門也唐書天寶初賀知章見李白嘆曰謫仙人也言於玄宗召見金鑾殿奏頌詔供奉翰林暑雨初晴皓月中惟對松篁聽刻漏宮中更籌也○漢宣帝置刻漏壺十二郎更無塵土翳虛空綠香熨齒金盤果杜詩退朝內金盤果在衛禁室清冷侵肌水殿風宮中有水殿天子避暑之處也坐久忽聞鈴索動玉堂西畔響丁東丁東音也續翰林故事唐李德裕云翰林院有懸鈴以備警急文字則引鈴以待呼也唐李肇翰林志王堂署名也韓偓者

直諸班翰寫詩待詔部黃門故于火玉堂之署又唐劉禁中署者

動中院恐判官出爰就役院使殿學士

王維字摩詰太原人開元十九年狀元及第擢左拾遺給事中祿山陷京師爲所得維吞祥瘖祿山愛其才還至洛陽拱舊職拘於普施寺賊宴凝碧池遣梨園諸公令樂維痛悼賦詩曰萬戶傷心生野煙百官何日再朝天秋槐花落空宮裏凝碧池頭奏管絃詩聞行在所平賊後授偽官者皆定罪獨維得免仕至尚書右丞卒有集傳於世

和賈舍人早朝大明宮之作

絳幘鷄人報曉籌漢官儀宮中不畜鷄汝南出長鳴鷄衛士候於朱雀門外著絳幘專傳鷄唱○漢魏故事寅平傳前以直更曉籌謂宮中五更初之籌也尚衣方進翠雲裘唐制宮中有尚衣尚藥尚食日奉天子者○宋玉風賦曰主人之女翳承日之華被翠雲之裘九重閶闔開宮口

殿九天殿起於一立於三成於五盛於七處於九故天去地九萬里漢書遊閶闔觀五基堂萬國衣冠拜冕旒左傳晉會諸侯於塗山執玉帛者萬國○冕旒蔡邕獨斷曰漢明帝采尚書皋陶及周官礼記以定冕制天子冕七寸長一尺二寸係其珠於其端十二流三公及諸侯九卿七

日色才臨僊掌動僊掌見前注○唐都長安東望華嶽即日出之所也故云

香煙欲傍袞龍浮天子服袞龍詩曰袞職有闕惟中山甫補之○書曰予欲觀古人之象日月星辰山龍華蟲作會日字黼黻絺繡以五采施于五色作服注天子之服也○杜詩云五聖聯龍袞

朝罷須裁五色詔北史鄭中記曰白虎詔以五色紙著鳳口中御出

珮聲歸向鳳池頭鳳池荀勗為中書監除尚書令勗曰奪我鳳凰池諸君何賀耶

酬郭給事

洞門高閣靄餘暉桃李陰陰柳絮飛禁裏

[illegible]鐘官舍晚省中啼鳥吏人稀前漢書[illegible]元帝后父王禁之諱故名省中晨搖玉佩趨金殿夕捧天書拜瑣闈漢制給事黃門之職日暮入對青瑣門拜名曰夕郎青瑣門在南宮顏師古曰刻為連瑣文而青塗也○唐書郭承嘏為給事中文宗開成元年出為刺史詔下給事中盧載封還詔書奏曰嘏自居此官繼有封駁能奉其職宜在瑣闥故字之才易為推擇彊欲從君無那老那音奈將因臥病解朝衣

○秋雨輞川莊上

積雨空林煙火遲蒸藜炊黍餉東菑孟子有童子以黍肉餉漠漠水田飛白鷺陰陰夏木轉黃鸝山中習靜觀朝槿松下清齋折露葵文選王褒賢臣頌蕭蕭[illegible]露葵

野老與人爭席罷 列子黃帝篇楊朱南之沛至梁而遇老子曰而睢睢而盱盱而誰與居太白若辱盛德若不足楊朱蹙然變容其往也舍者迎將家公執席妻執巾櫛舍者避席煬者避竈其返也舍者與之爭席言同鄉之人與之爭席而坐以其道去矜誇和光混俗故也 海鷗何處更相疑 海鷗見孟子前注

送楊少府貶郴州

明到衡山與洞庭，若為秋月聽猿聲。愁看北渚三湘客，楚辭帝子降兮北渚目眇眇兮愁予寰宇記湘潭湘鄉湘陰謂之三湘也 憲說南風五兩輕。兩音量淮南子曰若綄之候風也許慎曰綄候風扇也楚人謂之五兩○郭璞江賦曰覘氣祲於清旭覘五兩之動靜注以雞羽爲之重八兩繫於檣竿之顛綄音緩覘也 青草瘴時過夏口，廣州記曰春謂之青草瘴秋謂之黃茅瘴鄂州[illegible] 白頭浪裏出湓城。

……之近州也長沙不久留才子賈誼何須弔屈

平賈誼謫爲長沙王太傅意不自得及渡湘水爲賦弔屈原云恭承嘉惠兮竢罪長沙又聞屈原兮自沈汨羅造託湘流兮敬弔先生遭世罔極兮乃殞厥身○平屈原字也

勅借岐王九成宮避暑應教在鳳翔府麟遊縣西五里

即隋仁壽宮也

帝子遠辭丹鳳闕帝子即岐王丹鳳宮門名天書遙借翠微宮爾雅釋山云未及上謂之翠微○鄴中記山氣青縹色曰翠微○明皇已翠微宮已復爲王家勝地爲創造曾自出六帖○長安城南山中亦有翠微宮太宗嘗避暑於此隔窗雲霧生衣上卷幔山泉入鏡中周庾信東宮行雨山銘翠幔朝開新妝旦起簾入床亞帘山來鏡裏林下水聲喧笑

語巖前樹色隱房櫳班婕妤賦云房櫳虛兮風泠泠師古曰房櫳疏檻也僊家未必能勝此何事吹簫向碧空吹簫見前注

和太常韋主簿五郎溫泉寓目

漢主離宮接露臺長安志臨潼縣驪山東南三十里有秦始皇露臺祠在焉不齋戒往者悲風雨迷道去露臺祠不遠故曰接露臺也秦川一半夕陽開驪山上有夕陽樓在焉青山盡是朱旗遶碧澗翻從玉殿來新豐樹裏行人度前漢高祖移豐縣于驪山下故號曰新豐小苑城邊獵騎回前漢蕭望之以不附霍光署小苑東門候王仲翁曰不肯碌碌反抱關為望之曰各從其志小苑在長安東聞道甘泉能獻賦懸知獨有子雲才前漢揚雄字子雲成帝祠[illegible]

諷

酌酒與裴迪

酌酒與君君自寬人情翻覆似波瀾晉陸士衡君子行曰天道夷且簡人道險而難休咎相乘躡翻覆若波瀾白首相知猶按劍前漢鄒陽梁王書曰有白頭如新傾蓋如故何則知與不知也又曰明月之珠夜光之璧以暗投人於道路無不按劍相眄者何則無由而至前也朱門先達笑彈冠注見前草色全經細雨濕杜詩曉看經濕處花重錦官城花枝欲動春風寒世事浮雲何足問杜詩流水生涯盡浮雲世事空不如高臥且加湌晉書謝安傳征西將軍桓溫請為司馬朝臣咸送中丞高崧曰卿屢違朝旨高臥東山諸人每相與言安石不肯將如君生何○古飲馬長城窟詩云長跪讀素書書中竟何如上有加湌食下有長相憶

春日與裴迪過新昌里訪呂逸人不遇

桃源面面少風塵面面本書作一向面面記一作絕○陶潛桃
花源記晋太元中武陵人捕魚爲業溪
行忽逢桃花夾岸遂異之[illegible]盡水源得一山有小口入豁然男女衣著悉
如外人見人驚問遂還設酒食自云先世避秦亂來此問今是何世住
數日
辭去柳市南頭訪隱淪漢書萬章字子夏長安盛街閭
客有豪俠章在城西柳市號曰柳
市萬子夏萬音○文選謝靈
選詩既往隱淪者亦棲肥遯賓到門不敢題凡鳥晋嵇
康與
呂安善每一相思千里命駕安後來值康不在嵇喜出戶延
之不入門上題鳳字而去喜不覺猶以爲欣鳳字凡鳥也看竹
何須問主人晋王徽之字子猷時吳中士大夫家有好竹欲觀
便出輿造竹下諷嘯良久主人洒掃請坐徽之
不顧城外青山如屋裏東家流水入西鄰閉

户若書多蔵月前漢……漢王符著書名潛夫論稽叔皆

作老龍鱗

高適字達夫一字仲武滄州人舉有道授封丘尉後擢諫議大夫出為蜀彭二州刺史廷西川節度使還為左散騎常侍卒有詩文二十卷傳于世

送李少府貶峽中王少府貶長沙

嗟君此去意何如駐馬銜杯問謫居巫峽

啼猿數行淚峽中也衡陽歸鴈幾封書長沙也青楓

江上秋天遠長沙有青楓江白帝城邊古木踈白帝城在夾中耶公孫述所築古夔子国後先主改為永安

聖代即今多雨露暫時分

手莫躊躇杜詩登兖州城樓云從來多意古臨眺獨躊躇

岑參南陽人文本之後天寶中進士左補闕起居郎累官侍御史退居杜陵中中卒有文集行于世

和賈舍人早朝大明宮

鷄鳴紫陌曙光寒鶯轉皇州春色闌金闕

曉鍾開萬戶玉階仙仗擁千官杜甫仙仗離丹極花迎

劒佩星初落柳拂旌旗露未乾獨有鳳凰

池上客鳳凰池前注陽春一曲和皆難文選宋玉對楚王問云客有歌於郢中者其始曰下里巴人國中屬而和之者數千人其爲陽春白雪屬而和之者數千人

張說字道濟洛陽人垂拱中舉博學科中第三等進士

紹右丞相封蕭國公
有文集並傳於世

奉和春日幸望春宮

別館芳菲上苑東飛花淡蕩御筵紅（蕩一作落）城臨渭水天河靜闕對南山雨露通遶殿流鶯凡幾樹（沈約上巳詩開花已匝樹流鶯復滿枝）當蹊亂蝶許多叢春園既醉心和樂（詩既醉以酒既飽以德）共識皇恩造化同

幽州新歲作

去歲荊南梅似雪今年薊北雪如梅共知

人事何嘗定，且喜年華去復來。邊鎮戍歌

連日動，京城燎火徹明開。（詩：庭燎之光。）遙遙西向

長安日，（晉明帝數歲，元帝抱置膝前，屬長安使來，因問：汝謂日與長安孰遠近？對曰：長安近，不聞人從日邊來。元帝異之。明日宴群臣，又問之，對曰：日近。元帝失色曰：何乃異聞昔之言？對曰：舉頭見日，不見長安。於是益奇之。）願上南山

壽一杯。（詩小雅天保：如月之恒，如日之升，如南山之壽，不騫不崩。）

耿湋（河東人，寶應二年進士，為大理司法，終于左拾遺，有詩二卷傳於世。）

路傍老人

老人獨坐倚官樹，欲語潸然便淚垂。陌上

歸心無產業，城邊戰骨有親知。餘生尚在

艱難日長頭多逢輕薄兒晉詩[illegible]漫漫長路迫○漢書曰李[illegible]宜勸劉嘉且觀成敗光武聞之告鄧禹曰孝孫素謹當是長安輕薄兒誤之耳嘉字孝孫也○後漢馬援書戒兄子嚴敦曰效龍伯高不得猶爲謹勑之士效杜季良不得陷爲天下輕薄子綠水青山雖似舊如今

貧病復何爲史記原憲曰若憲貧也非病也○晉顔延年贈陶明詩必爾含貧病吾無讓置

送交人歸南海

遠別悠悠白髮新江潭何處是通津潮聲偏攪初寒夢海味惟甘久住人漠漠煙光前浦晚青青草色定山春定山在錢塘南四十七里定山出浙江數百尺潮至此輔抑聲過復雷吼[illegible]疑悠○沈約早發定山詩夙齡愛遠壑晚莅見奇山汀洲更有南迴

鴈亂起聯翩北向秦

註唐詩皷吹卷第一

註唐詩鼓吹卷第三

資善大夫中書左丞郝　天挺　註

陸龜蒙字魯望舉進士不第遂放浪山水間號江湖散人又號天隨子甫里先生後以高士徵不就今有笠澤叢書三卷并詩文十六卷行于世

○憶白菊

我憐貞白重寒芳前後叢生夾小堂月朶
併開無絕艷風莖時動有奇香何慚謝雪
中情詠中情一作清才○世說謝安雪日集兒女講論文義公曰白雪紛紛何所似兄子胡兒曰撒鹽空中差可擬兄女道韞曰未若柳絮因風起不羨劉梅貴色粧宋武帝女壽陽公主人日卧于含章殿簷下梅

花落于額上成五出之花拂之不去後有梅花粧武帝即刻誌也更入憶幽窗凝一夢夜來

村落有微霜

別墅懷歸

水國初冬和暖天南榮方好背陽眠榮簷也

題詩朝憶復暮憶見月上弦還下弦遙為

晚花吟白菊近炊香稻識紅蓮紅蓮稻飯何人壽

我黃金百春秋後語曰鄭之共有蘇人侯蘇秦往說之蘇入侯送以黃金百鎰其家丞諫曰君使之有客无故獲百而送百金其說可得聞耶蘇人侯曰客天下之辯士也談之間赤奪我地而復歸之吾地雖小豈直百金也哉負取蘇君

負郭田史記蘇秦嘆曰使我有洛陽負郭田二頃吾豈能佩六国相印乎

○寄淮南鄭賓書記

記室千年翰墨孤言鄭賓辭翰千年中一人而已惟君才學似應徐三國志汝南應瑒字德璉北海徐幹字伯長五丁驅得神功盡蜀王本記惠王欲伐蜀乃刻五石牛置金其後蜀人見之以為牛能便金乃使五丁力士拖牛成道置之成都秦王知蜀王好色獻美女五人蜀王遣五丁迎女還梓潼見大蛇入山穴中五丁引其尾不能出五丁共引之山崩五女上山化為石○李白大獵賦云五丁摧峰一夫拔木下整高頹深平嶮谷二酉搜來秘檢蹤圖經云穆天子藏異書於大酉山小酉山之中方輿記云秦人隱學於小酉山之中穴中有所藏書千餘卷梁湘東王尤好聚書故其賦曰訪酉陽之逸典○唐段成式著書有異乎世俗故取逸典之意名曰酉陽雜俎○孝經鈎命决曰丘綴秘文詩意言鄭書記之文章如五王之神功搜索遺編盡二酉之秘奧煬帝帆檣歸澤國隋煬帝開通濟渠引穀水洛水達河引河通于淮王叢

奏入班書班固前漢淮南王安傳所作內篇上愛祕之又獻頌德長安頌都門又工使為離騷傳清詞

醉草無因見文選曹植詩衆賓悉精妙清詞酒蘭藻但釣寒江半

尺鱸晉張翰見秋風起思吳中菰米蓴羹鱸魚膾遂命駕歸

○小雪後書事

時候頻過小雪天曆家以十月中氣為小雪江南寒色未多

偏楓汀尚憶逢人別麥壠惟應欠雉眠更

擬結茅臨水次偶因行藥到村前鮑明遠有行藥至城西橋

詩言服藥後行以宣導之隣翁意緒相安慰多說明年是

稔年多一作曾

鵁鶄詩 并序

客有過震澤得水所謂鵁鶄既予黑禁青蹬蠋衣丹蜀色幾及項鬚甚高而意甚卑戢田畝人捉子哀其野逸性又非能招累者而因録籠擾逼迫窓戶使啄仲飲為活大不快真天地之窮鳥也為之賦詩宜好事者和

詞臧曾誇鸑鶄流鸑鶄徒角反鷂半鶴反○李白大獵賦云墜鵁鶄於青雲落鴻雁於紫虛○周氏雜字曰鸑鶄鳥似梟果為名誤別滄洲謝玄暉阮籍懷禄情復協滄洲趣雛蒙静寘疎籠晚不似閑棲折葦秋自昔稻粱高鳥畏至今珪組野人讐左思珪組賢君盻青紫明主恩詩意謂野人畏經組如羅網防微避繳無窮事好為裁書謝白鷗杜詩白鷗波浩蕩

二遺詩并序

二遺詩者何石枕林琴薦也石者何松之所化也化於□着越之東陽也東陽多名山就中金華為最被松□萬□仁秀乃氣旁礴數百里不啻如神仙登臨草木芬馥求其原之地亦蟬聯其間中饒古松往往化而為石□根大柯交□異於盡在好事者攻而寘之人間以為耳目之異太山羊振又得枕薦趙郡李中秀得琴薦皆松石也咸以遺予以二遺之奇斯

賦詩以謝

誰從豪末見參天老子云合抱之木生於豪末○云萬物莫不以知天地之為鑄未之為丘山也又到蒼蒼化石年萬古清風吹作籟莊子齊物篇子綦謂子游曰而未聞天籟夫大塊噫氣其名為風明萬竅怒號而獨不聞之翏翏乎翏翏音溜一條寒溜滴成川川一作穿○前漢枚乘云泰山之流穿石單極之綆斷幹滴一作水非石之鑽非木之鋸漸靡使然閑

追金帶徒勞恨異聞錄呂公經邯鄲邸中有盧生自嘆貧困不遂之言訖思睡主人方炊黄粱翁探囊中枕以授生曰枕此則榮遇如意生枕之夢自枕竅中入至其家未幾登第歷臺閣出入將相五十餘年子孫皆列顯仕金紫滿門貴盛無比年踰八十老病而卒欠伸而寤顧呂公在傍主人黄粱猶未熟生起謝曰先生以此窒吾欲也敢不受教再拜而去靜格茅

絲更可憐格葛鶴反。禮記清廣之瑟朱絃而疏越一唱而三歎有遺音者也辛與野人

俱散誕不煩良匠更雕鐫

奉和龔美送弘惠上人皮日休字襲美弘惠上人新羅人也日本國請日休靈鷲山周禪師碑事異東歸詩送之

一函迢遞過東瀛祇為先生處乞銘先生謂日休也

已得雄詞封淨檢歸懷孤影在禪庭春過

異國人應冥夜誦滄洲怪亦聽爽狄動鬼神

遥想勒成新塔下盡望空碧禮文星望平聲○空碧天也文星謂日休

閑書

病學高僧置一牀披書纔眼即焚香閑階雨過苔花潤小簞風來薤葉涼白樂天寄李許州詩云笛愁春盡梅花裡簟冷秋生薤葉中注云鄆州出笛材薤葉南國羽書催部曲羽書檄也○漢高紀吾以檄召天下兵應劭曰以雞毛插檄文心理龍日插羽以示迅也東山毛褐傲羲皇毛褐賤者之服孟子云皆衣褐捆屨○曹子建云毛褐不掩形藜藿常不充○晉陶潛夏日高臥北窗之下清風颯至自謂羲皇上外事人道

無時鄭人一作閒試問中林亦不好詩周南肅肅兔罝施于中林鄭玄註兔罝之人能恭敬則是賢者衆多也○晉王康琚反招隱詩昔在太平時亦有巢居子今居盛明世能無中林士毛萇詩傳曰中林林中也

白菊一叢早一二知己

還是延年一種材陶詩酒能消百慮菊為制頹齡即將瓊蘂冒霜開不知紅豔臨歌扇欲伴黃英入酒盃楚辭朝飲木蘭之墜露兮夕餐秋菊之落英陶令接䍦堪岸著陶淵明愛菊言對此可著接䍦也接䍦色白故云梁王高屋好歌來漢書曰梁孝王廣睢陽城七十里大治宮室連屬於平臺三四十里○晉謝惠連雪賦云梁王不悅遊於兔園乃置旨酒命賓友召鄒生延枚叟盖言白菊花之白也月中若有閒田地為勸嫦娥作意栽

丁夜圓吭絕不鳴宋鮑照舞鶴賦引員吭之纖婉頓脩趾之洪姱八公壇

道得千齡漢淮南王有八客有八公之徒採藥於嵩山于石室中得王子晉所傳采方術並伯翎鶴經曰鶴陽鳥也而遊于陰因金氣依火精以自養金數九火數七故七年小變十六年大變百六十年變止千六百年形定○晉鮑明遠舞鶴賦云守馴養於千齡結長悲於萬里方添上客雲眠思杜詩雲衣裳忽伴中仙劍解形解音蟹○東鄉序葛洪云陰君受鮑靚尸解之法後死埋于石子岡有人發其棺見大刀家人者有人馬之吉象不敢取此劍解也但擁

翛毛窠古堞謂遼鶴也永留寒影在空舞君才

幸自清如水更向芝田爲刻銘梁簡文帝詩来自芝田遠飛渡

武溪深○鎮江府江中有焦山後漢高士焦先隱于此山因名焉有陶隱居瘞鶴銘

○奉送浙東德師侍御罷府西歸

王謝遺蹤玉籍仙王謝謂江東王導謝安二家也後至列紀日若斗中有玄玉籙籍皆為上仙也三年閑上鄂君船説苑鄂君泛舟越人擁楫而歌曰今夕何夕搴舟中流今日何日與子同舟鄂君乃以繡被覆之詩懷白閣僧吟苦唐賈島為浮屠名无本嘗嘆曰知予素心者終南白閣隱者耳高吞有舊隱欲歸未得行坐飲食苦吟不輟○終南唐紫閣白閣二峯之遊邁長生雖俸買青田鶴價偏東嘉記青田有雙白鶴年年來養子而去行次野楓臨遠水醉中衰菊臥涼烟芙蓉散盡西歸去惟有山陰九萬牋晉庾冰口王右軍為會稽謝公宅乞牋紙庫中唯有九萬枚遂并與之桓宣武云逸少不節

奉和諸家林亭

一陣西風起浪花遶闌干下散瑶華高窻
曲檻仙侯府折蒿蕭苹白鳥家孤島待寒
凝片月遠山終日送餘霞若知方外仙
此不要秋槖上海槎王子年拾遺記堯時有巨槎浮于四海光若星明十二年一周天名貫月查又名掛星查羽仙栖其上

○寒食同襲美訪寂上人

月樓風殿靜沉沉拂霜華訪道林晉高僧支遁字道林此意指寂上人也鳥在寒枝棲影動人依古堞坐禪
深明時尚阻青雲半於猶道白石吟見寧戚飯

牛歌注自是海邊鷗伴侶海鷗見前注不勞金偈更降

心佛西方人號金仙嘗作伴偈示法

江南道中懷茅山廣文南陽博士奉和日休次韻

一片輕帆背夕陽望三峯拜七真堂三茅三許二陽二郭是謂七真三峯謂大茅山中茅山小茅山有茅盈茅固茅衷即三君也天寒夜漱雲牙淨雪壞晴梳石髮香雲牙雲根皆石也○爾雅釋草篇潭石衣註水苔也一名石髮江東食之○異物志云石髮生海中石上長尺餘大小如韭自拂煙霞安筆格音閣獨開封檢試砂牀莫言洞府能招隱招隱士者淮南王小山之所作也會輾飈

論見玉皇集仙錄曰王母者龜山金母也居崑

壺中行坐可携天注見前何向林間息萬緣組

綬任垂三品石連康有陳輸三品石珮環從落四公泉謂毛詩陽

郭四仙人也以組綬出泉石語意佳丹臺已運陰陽火丹臺運火来其銘泉也碧簡

須雕次第仙景林真人曰勤感累世念真期靈皇鑑其用思太極注名玉柱於是紬書紫虛之宮朱書吏筆之閣刻

石上清丹文乜籍云也想得雷平春色動虛云芝經云許穆子王斧隱雷平山號雷平真人五

芝烟甲又芊綿芝有五色故云五芝山海經云赤芝一名丹芝黄芝一名金芝白芝一名玉芝黑芝一名玄芝紫芝

一名木芝○天台山賦曰五芝含秀而敷榮

二

良常應不動移文良常山在潤州句容縣第三十二洞天周迴三十里名良常放命之天雲笈經云李真人治之。秦始皇登句曲北垂山嘆曰巡狩之樂莫過於山海自今以往良爲常也乃改句曲北垂爲良常山。南史宋周顒字彥倫隱北山後應詔出爲海鹽令欲過此山孔德璋假作山神意以却之名北山移文

金醴從酸亦自醲蓬萊公洛廣文以金醴四升侍主濤主簿恨其味酸

桂父舊歌飛絳雪神仙傳桂父常食桂葉人知其神尊事之一旦與絹曲別飄然入雲而去。酉陽雜云仙藥有青津碧荻龍胎醴九鼎魚玄霜絳雪

桐孫新韻倚玄雲風俗通曰梧桐生於嶧山之陽嵒石之上採東南孫枝爲琴聲極着麗。文帝使慎夫人鼓瑟上自倚瑟而歌。漢武帝內傳曰西王母降命侍女安法嬰歌玄雲之曲曰天象雖云寥我把天地戶被雲炁遷處與倏忽適下土古樂府有玄雲曲

春臨柳谷

鶯先覺樹蘸燕香鶴共聞蘸一作醮蘸香香名

珠重雙又雙

玉條脫盡憑三島寄羊君晉穆宗昇平三年仙女萼[illegible]夜降于羊權家一月

韓[illegible]詩一首火浣布巾一枚金玉條脱各一條脱似指環而大慎勿泄我下降之言〻彼此獲罪。三島蓬萊方丈瀛洲也

行次野梅奉和日休韻

飛棹參差拂早梅強欺寒色尚低回晉傳咸感别賦云入閑燕而无依步空宅以低回風憐薄媚留香與月會深情借艷開梁殿得非蕭帝瑞金陵覽古云晉孝武太元三年僕射謝安作新宫太極殿欠一梁有梅木流至石頭城下因取用之畫梅花于梁上以表瑞焉因名梁殿齊宮應是玉兒媒齊東昏侯妃潘氏小字玉兒東昏遊乱暴虐失道國為梁所取玉兒亦為武帝所誅殿為武帝所居竟應梁殿之瑞不知謝客離腸醒臨水應添萬恨來謝靈運山字玉兒大傳[illegible]安之從孫文章江

右第一韻封康樂公初承武帝長安四奉使慰勞於彭城及宋命受
降爵為侯文帝即位與兵叛逸為詩曰韓亡子房奮秦帝魯連
恥本自江海人忠義感君子○承選任
財詩云不忘一晨意千齡萬恨生

楊州看辛夷花正二月開花見秋再花一名侯桃人家園庭多種木高樓丈葉似柿而長初出如小筆故北人呼為木筆其子如相思子

柳蹊梅墮少春蕤天遣花神別致功高處
乃朵稀難避日動時枝弱易為風堪將亂蕊
添雲肆若得千枝便雪宮孟子見齊王於雪宮不待詳
芳應有意等閑桃李即爭紅

○奉和龔義見訪不遇

斋愁煙岸老塵囂（意怒形神老於塵囂中也）
扶病呼兒斸翠茗（文選江文通詩青茗日夜黃芳蕤成宿楚）秖道府中
持簡牘不知林下訪漁樵花盤以撥晴初
艷藥擁蹤籬凍未燒倚杖徧吟春照午一
池冰叚幾多消

閭閻城北有賣花翁討春之士往往
造焉因招日休

故城北有賣花翁水曲舟輕去盡通十畝
芳非爲舊業一家煙雨是元功（史記太史公曰惟祖元功輔臣股肱）

後漢高密侯鄧禹元功之首鬪添藥品年年別笑指生涯樹

樹紅若要見春歸處所不遇過攜手問東風

奉和日休病中孔雀

懶移金翠傍簷楹斜倚芳叢舊態生唯耐

瘴烟籠飲啄可堪春雨滯飛鳴紀圖錄南人捕生者候甚雨往擒

之尾沾雨重不能高翔又至愛其尾恐人所傷不復騫翥翔也鴛鴦水畔迴頭羨荳蔻

圖前舉目驚孔雀所出多荳蔻故孔雀見其圖則驚寤爭得鷓鴣來徃

著不妨還校有心情有孔雀處亦有鷓鴣

○次韻日休見寄

并尋花思桯飛騰叢帶春寒去未能煙逕
水涵多好鳥竹將蒲橋但高僧須知日富
為禪撥陶淵明榮木詩云處役弗余安此日富秋有家貧免盜憎家語盜憎主人
民怨其上除卻數函圖籍外更將何事結良朋

春和病後春思

氣和靈府漸氤氳莊子德充符篇仲尼曰日夜相代乎前而知不能規乎其始者也故不足以滑和
不可入於靈府使之和豫通而不失於兌注滑音骨亂也靈府心之神也酒有賢人藥有君三國志魏
略魏太祖禁酒竊飲之故酒以清者為聖濁者為賢人○素問云藥有君臣佐使七字篇章看月得
百勞言語傍花聞爾雅鵙伯勞一名博勞一名伯趙月令仲夏之月鵙始鳴閑尋古

寺鎖晴日最憶深溪桃夜雲早晚共搖孤艇去紫屏風外碧波文宋玉招魂紫莖屏風文緑波 紫莖屏風水葵也生於池其莖紫色風起水動波 緣葉石生文也

次韻館娃宮楊雄方言娃美也吳楚衡淮之間曰娃故 宮有館娃之宮在平江府硯石山山蓋以西施得名今為 靈品寺

鏤楫梢落濯春雨蒼翠無言空斷崖草碧未能忘帝女李白詩烟草如碧絲秦桑低綠枝山 海經宣山行桑其枝四衢名曰帝女燕輕猶自識宮釵洞冥記曰元鼎元年起招靈閣有神女留一玉釵與 帝帝以賜趙婕妤至昭帝元鳳中宮人得此釵共謀欲碎之明旦視之惟見白燕直升天去 故宮人作玉釵因名玉燕言其吉祥江山只有愁容在

劍佩應和婗氣埋賴有伍員騷思少吳王

纔免似荊懷史記伍員字子胥諫吳王不聽賜屬鏤之劍以死今言伍員才不如屈原故不能作騷以諷

襲美以紫石硯見贈以詩迎之

霞骨堅來玉自愁琢成物象古釵頭硯形澄製也沙脆弱聞應伏澄沙硯名也青鐵沉埋見亦羞拾遺記晉張華著博物志成武帝賜青鐵硯是于闐國所獻者最稱風亭批碧簡碧簡竹簡也好將雪竇漬寒流雪一作雲君能把贈閑吟客徧寫江南物象酬

看壓新醅寄懷襲美

曉壓糟牀漸有聲，旋如荒澗野泉清。身前古態醲應出，世上愁痕滴合平。飲啄斷年同鶴儉（淮南子八公相鶴經云鶴一百六十年雌雄相視而孕又千六百年則飲而不食矣胎化也），風波終日看人爭。尊中若使常能綠，兩綬通侯總強名（漢書金日磾二子賞建俱為侍中及賞嗣侯綬昭帝謂霍光曰金氏兄弟兩人不可使俱兩綬耶光言侍中封侯佩兩綬。漢通侯爵）。

奉和題達上人藥圃

藥味多從遠客齎，旋添花圃旋成畦。三椏舊種根應[illegible]（本草[illegible]公高麗作人參[illegible]），九節初移葉

向傍者最…[illegible] 山莢便稱幽澗

石 孫氏瑞應圖…[illegible] 皇帝…十五日 曰莢莢圓而五色一名曆莢本五葉日生一葉從朔至望一葉至晦而落月小則一葉…落○白虎通

莢者樹 水芳 名也 溟帶本池沼 水之遺也 從今直到清明

目文青香苗絲番齊 番崔也

以竹夾膝寄贈襲美

截得篔簹 篔簹 冷似龍 吳九府洋州有篔簹谷篔簹竹也 翠光橫在

暑天中 堪臨薤簟閒憑月 好向松窗臥跂

風 持贈 敢齊青玉案 張平子四愁詩美人贈我錦繡段何以報之青玉案 醉吟

偏稱紫 荷筒 南史劉杳着紫荷囊…[illegible]

…[illegible]之意而刻…明…以…荷之…至

後歐陽脩亦以紅藥翻階對紫荷持橐何耶姑待博識者添君雅具教多著爲

著西齋譜一通

奉和夏景無事因懷章来二上人

簷外青楊有二梅有青梅三桃表有楊梅○潘安仁閑居賦云櫻胡之别二榛耀丹白之色此其遺意也折来堪下凍醪杯凍醪入冬盃冬寒風月釀其醅成氷澌待春氣動成酒甚香美高

杉自欲生龍腦小弁誰能寄鹿胎小弁冠也鹿胎餙之宋何胤字子季着艷衣鹿皮巾麗事肯教饒沈謝南史梁沈約字休文吴興武康人也性貪好學博通群書聦明過人充善同時出謝玄暉善爲詩亦謙而交之然不能過也微談何必藏

宗雷晋朝宗炳少文南陽涅陽人也書琴書圖畫精于言佛造[illegible]

也少文廬山師沙門釋惠遠篤志好學克明存亡進退不仕還聞擬結東林社爭奈淵明醉不來高僧惠遠師結白蓮社以書招陶明淵陶曰弟子性嗜酒許我飲即往遠許之遂造焉陶攢眉而去

奉和寄楊舍人

明時非罪謫何偏鵩鳥巢南更數千酒滿椰杯消毒霧海南嶺表多蠱食飲以椰子為杯有毒則裂風隨蕉葉下瀧船瀧閭江切湍也。韶州樂昌縣有瀧水名樂昌俗謂水湍浚為瀧韓愈瀧吏詩云下樂口云人多藥户行狂蠱吏有珠官出俸錢十道志廉州合浦郡秦象郡後漢改為珠官郡欲以直誠天自信不勞詩句詠貪泉晉吳帝紀曰吳隱之字處默性廉操□□玄欲救嶺南之弊以隱之為刺史州界有水名貪泉父老云飲此水者廉士皆含隱之即所酌而飲之因賦詩以言志清操愈厲

○奉和夏景沖澹偶然作

蟬雀參差在扇紗竹襟輕利籜冠斜昭潭志立山縣俚婦長於緩績能以竹為衫充暑服也。漢高祖為亭長乃以竹皮為冠師古曰竹皮筍皮謂筍上所解之籜耳今人亦有筍皮中古之遺制也爐中有酒文園會前漢司馬相如初與婦文君奔成都家徒四壁立遂之臨邛賣酒令文君當爐相如著犢鼻褌滌器後敕上林賦拜文園令琴上無絃靖節家晉陶潛浸謐靖節先生畜素絃琴一張人問其故答曰但識琴中趣何勞絃上琴芝畹烟霞全覆穗[illegible]經余既滋蘭之九畹兮又樹蕙之百畝橘州風浪半浮花寰宇記橘州在長沙縣西南四里江中大

洲獨存

閑思兩地忘名者不信人間髮解華

懷裼台文楊台鼎二秀才

秋早相逢待得春崇蘭清露小山雲楚辭招魂光風轉蕙忌汎崇蘭些○淮南王安招崇賓客内有大山小山寒花獨自愁中見曙鳥多從醒後聞釣具每隨輕舸去詩題閑上小樓分重思醉墨縱橫甚書破羊欣白練裙裼欣字敬元父不疑為烏程令欣年十二王獻之時為吳興太守甚知愛之欣嘗夏月着新絹裙晝寢獻之入烏程縣書裙數幅而去欣書本工得此弥善

和張處士詩并序

張祜字承吉元和中作宮体小詩辭曲艷發當時輕薄之流能其才合譟得譽及老大稍窺建安風格誦樂府錄知作者本意短章大篇往往間出諷怨譎時與六義相左右善題目佳境言不可刊置別處此為才子之最也由是賢俊之士及高位重名者多與之游謂有鵷鷺之野孔雀之鮮竹栢之貞琴磬之韻或薦于天子書奏不下受辟諸侯府性狷介不容物輒自劾去以曲阿地古淡有南朝之遺風遂種樹築室而家焉性嗜水石常悉力致之後知南海間罷職載羅浮石筍還不畜善田利產為身後計死未二十年而故姬遺孕凍餒不暇前所謂鵷鷺孔雀竹柏琴磬之家雖朱輪尚乘遺編尚吟未嘗一雀其孤而恤其窮也噫人之假玩好不恨於道義耶惧其怨刺誠明耶天果不愛沒而猶讒耶吾不知之矣今顏弘至行江南道中訪其廬作詩弔而引之屬予應和予汨沒者不足衰承吉之道要龍衣美同作乎承吉之孤倚而薄諸有力者

勝華遺子共悲辛遺孕也荒逕今為舊宅隣

一代交遊非不貴五湖風月合教貧魂應

絕地為才鬼名與遺編在史臣聞道平生

偏愛石至今猶泣洞庭人洞庭出湖石取之甚難民多被其害吳融詩云洞庭山下湖波碧波中萬古生湖石鐵索千尋取得來奇形怪狀誰能識○洞庭山在平江府太湖中丹陽曲阿屬焉張祜嘗築一石放此

寄吳融子華

一夜秋聲入井桐文選云寒井落梧桐又李白云梧桐落金井一葉飛銀床數枝

危綠怕西風霏霏晚砌煙華上淅淅疎簾

雨氣通君隱輪蹄名未了我依琴鶴病相

攻到頭江畔從漁事織作中江頭流萬古蕪

漁具也

中秋待月　以

轉缺霜輪上轉遲轉上去声下上声好風偏似送佳期

簾斜樹隔情無限燭暗香殘坐不辭最愛

笙調閑北里左太中詠史云南鄰擊鍾磬北里吹笙竽漸看星淡失

南箕春秋元命苞曰箕四星為後宮之列為南宮其度太此月明星稀之意何人為校清

涼力欲減初圓及午時

包佶字幼正天寶六年進士累遷秘書監為刑部侍郎擢諫議大夫御史中丞[illegible]有集傳于世

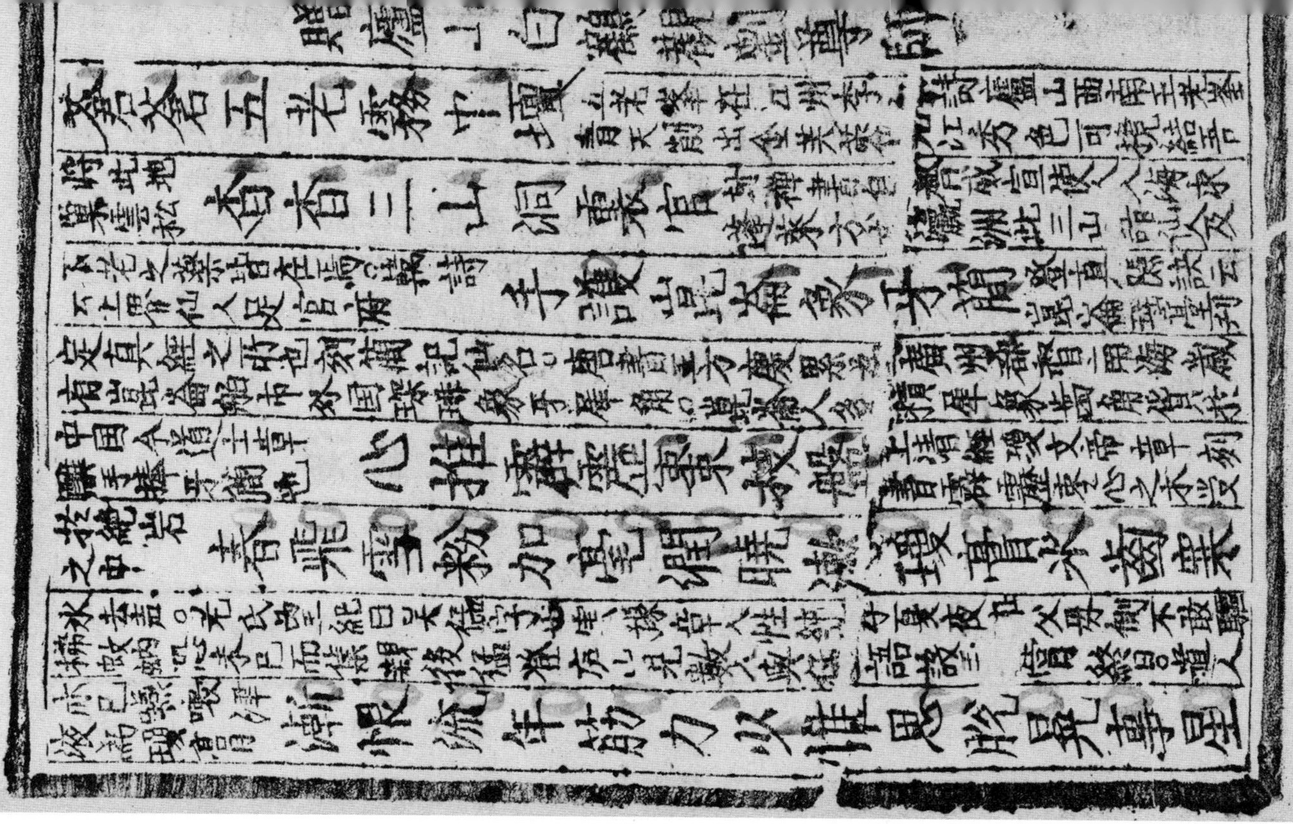

注唐詩鼓吹　國家圖書館藏明刻本

冠

鮑防　防字子慎襄陽人天寶登進士第官至太原尹河節度使境內大治有詔圖形別■遷江西觀察使與辛奉天封東海公授工部尚書卒有文集今傳

送薛補闕入朝

平原門下十餘人，獨受恩多未殺身。史記平原君趙勝合從於楚約與文武備者三十人偕得十九人余无可者毛遂自薦於平原君願以備員至楚平原君與楚王言利害日中不決遂乃按劍而上合從請十九人曰公等碌碌所謂因人而成事者也此防自謂

每嘆陸家兄弟少，梁陳瑗幼聰慧從祖讓嘆曰此兒必敬門基所謂一不為少也○唐陸象先兄弟四人僧一行少時皆與相善嘗謂人曰陸氏兄弟皆有上行今代少有古之世同隸死以加也

更憐楊氏子孫貧。後漢楊震為涿郡太守不受

[illegible]出秘為清白吏不亦辱乎[illegible]門豈斷施行馬居禮學舍註梐枑再重注

梐枑謂行馬鄭玄謂行馬再重者以周衛有外內列。漢官儀光祿勳門施行馬以旌別之魯酒那堪醉

近臣淮南子楚宣王朝諸侯魯恭公後至而酒薄宣王怒及發兵與齊攻魯又日與趙俱献酒於楚王主酒吏以魯薄酒易趙厚酒楚王以趙酒薄遂圍邯鄲賴有軍中遺令在猶將談笑對

風塵杜詩謗笑覔封侯

皇甫冉字茂政天寶中進士終拾遺左補闕有詩集三卷傳于世

三月三日義興李明府後亭泛舟

江南煙景復如何聞道新亭更可過金陵覽古云新亭在江寧縣十里俯近江渚晉初過江僕射周顗與郡公遊宴坐中嘆云風景不殊舉目有山河之異因而流涕王導曰諸公當戮力

中原以壯王室何至作楚囚以對泣耶衆皆謝然處處藝蘭春浦綠楚辭藝蘭兮九畹萋

萋藉草遠山多晉孫綽天台山賦「云藉萋萋之纖草蔭落落之長松」壺觴須就

陶彭澤晉陶潛爲彭澤令解印而去賦歸去来辞云引壺觴以自酌風俗猶傳晉

永和晉王羲之蘭亭記曰永和九年歲在癸丑暮春之初會於會稽山陰之蘭亭修禊事也更使輕橈

徐轉去微風落日水增波文選招隱山嶄嵒兮水增波也

○送李録事赴饒州

北人南去雪紛紛鴈叫沙汀不可聞積水

長天隨遠客荒城極浦足寒雲山從建業

千里建業金江到潯陽九派分潯陽即江州書禹貢九江孔安國云江

于此分爲九道一烏江二蚌江三烏白江四嘉靡江五畎江六源江七廪江八提江九箘江郭璞江賦源二分於崌崍九派乎潯陽借問

督郵繞弱冠禮記曰二十曰弱冠三十曰壯有室四十曰強而仕督郵比李録事也府中年少

不如君賈誼年少通百家書文帝召爲博士是時年二十餘最爲少每議下諸老先生不能言賈生盡爲之對

館陶李丞舊居

盛名天下挹餘芳杜詩盛名冨事業无取媿高賢棄置終身不

拜郎前漢顏駟文帝時爲郎至武帝輦過郎署見駟尨眉皓髮上問曰叟何時爲郎何其老也曰臣文帝時爲郎文帝好文而臣好武景帝好美而臣貌醜陛下好少而臣已老是以三世不遇上擢拜會稽都尉詞藻世傳平子

賦後漢張衡字平子南陽西鄂人也平子擬班固兩都作二京賦永和初爲河間相徵拜侍中園林人比鄭

公鄉後漢孔融深敬鄭玄屣履造門告高密縣爲玄特立一鄉昔齊置士鄉越有君子軍皆異賢之意也鄭君好學實

懷明德令鄭玄鄉里曰鄭公鄉北門號爲通德門門。山川隱，葉浮秋水離外寒皐帶夕陽白日青松成古木秋鴈來着爲心傷

送孔巢父赴河南軍唐書廣德中李季卿宣撫江淮薦巢父爲左衛兵薄參謀落有此行

江城相送阻煙波，況復新秋一鴈過。聞道全師征北虜，更言諸將會南河。孟子舜避堯之子於南河之南。唐書幽州有堯史之亂南有永王璘之役唐日以淮爲南河黃河爲北河邊心杳杳鄉人絶，塞草青青戰馬多。共許陳琳工奏記，三國志陳琳

陵人避亂冀州袁紹使典文章紹死歸太祖太祖召為典記室軍國太祖先苦頭風陳琳依檄草成呈太祖是日疾發臥讀琳檄太祖翕然而起曰此愈我疾病比巢父也知君多官未蹉跎杜詩聞君已朱紱且得慰蹉跎

同温舟夜登萬歲樓

高樓獨上思依依極浦遙山合翠微鄭谷記曰山氣青縹色曰翠微江客不堪頻北望塞鴻何事復南飛遼陽古渡寒煙積瓜步空洲遠樹稀瓜步揚州古渡其步如瓜謂之瓜洲渡真州亦有瓜步山鮑昭又云因迥為高據絕作雄凌清瞰遠擅奇含秀聞道王師猶轉戰誰能談笑解重圍史記趙被秦圍急魏使辛桓衍於趙欲使趙帝秦魯連見衍陳帝秦之害衍遂詘秦兵聞之卻五十里○文選左太沖詠史詩吾慕魯仲連談笑卻秦軍

秋日東郊

閒看秋水心無事（莊子有秋水篇）坐對寒松手自栽

廬嶽高僧留偈別（廬岳即江州廬山也僧頌曰偈）茅山道士寄

書來（茅山在鎮江卽古潤州也）燕知社日辭巢去（燕春社來秋社去）菊

為重陽冒雨開淺薄將何稱獻納（漢張衡傳朝夕論思日

月獻納○杜詩獻納司存雨露邊）臨岐終日獨遲迴

○宿淮陰南樓酬常伯熊　浦

淮陰日落上高樓喬木荒城古渡頭蒲外

野風吹入戶牖中海月早知秋滄波一望

通千里盡角三聲起百憂[illegible]杜工部詩有百憂集

獨立霄分遠来客煩君歩屧忽相求

郎士元字君冑中山人也天寶中進士後選京畿縣官歷左拾遺出郢州刺史有詩集傳于世

寄蕭司直

聞君感歎二毛初二毛見前注舊友相依萬里餘

烽戍有時驚暫定甲兵無處可安居

客来吳地星霜久杜詩星霜玄鳥變家在平陵音信踈昨

夜東風還入夢登山臨水復何如潘安仁秋興賦憭慄兮若在遠行登山臨水送將歸

○蓋少府新除江南尉問風俗

聞君作尉向江潭吳越風煙到自諳客路尋常隨竹影人家大抵傍山嵐緣溪花木偏宜遠避地衣冠盡向南晉書懷帝永嘉五年五月時海內大亂獨江東差安中国上民避乱者多南渡江鎮東司馬王導寸說琅琊王睿收其賢俊與之共事睿從之唯有夜猿嘯溪樹忠鄉望國意難堪

酬王季友題半日村別業

村映寒原日已斜煙生密竹早歸鴉長溪南路當群岫半景東鄰照數家晚景為半景門通

小徑連芳草鳥飲春泉照沼谷含三

林上月還思潘令縣中花 晉潘安仁為河陽令嘗作閑居賦云○潘岳為河陽令植桃李花人號曰河陽一縣花○庾信枯樹賦云建章三月火黃河千里槎若非金谷滿園樹定是河陽一縣花

羊士諤 士諤貞元初進士累至宣歙巡官元和初拜監察御史坐誣論宰執出資州刺史有集傳于世

酬西川獨孤侍御見寄

百雉層城上將壇 左傳都城過百雉國之害也注方丈曰堵三堵曰雉一雉之墻長三丈高一丈

列營西照雪峰寒 雪峯成都西北山也

文章立鼎須銘鼎 礼記曰夫鼎有銘銘者論譔其先祖之德美功烈勳勞而酌之祭器自成其銘焉故衛孔悝之鼎銘曰叔舅予女銘若纂乃考服悝拜稽首曰對揚以辟之勒大命施于烝彝鼎

談笑論功恥據鞍 後漢馬援據鞍顧盼以示

引用○杜詩傷時即攙檄草檄青油注甘雄汁徙筆專油將幕也詩意比陳琳耳曳禮示

黃閣從草危冠前漢鄒陽諫吳王書曰今臣盡智畢議易精極慮則無國不可干飾固陋之心則何王之門不可曳長裾乎

雙金未比三千字淮南子古詩曰客從東南來遺我雙南金負弩

應慚知者難前漢司馬相如為中郎將使卬莋馳四乘之傳至蜀太守以下郊迎縣令負弩先驅蜀人以為寵

竇常字文行叔向之子京兆人正曆中王儲榜登第累官水部員外郎後遷國子祭酒卒有集行于世

寒食途次松滋渡先寄劉員外常兄弟五人牟四科第鞏畢卒四人擢進士獨常客隱毗陵因言員外郎羣之薦起入仕皆詩人也常歷武陵夔江撫四州刺史將之武陵故有此作

[illegible]

數程淹驛騎楚曾三戶少人煙[illegible]戶亡秦必楚看

春又過清明節算老重經癸巳年辛苦得詿

山當郡舍隋開皇中刺史樊子蓋以善卷常居住山更名爲善德山今按輿興勝覽松滋在江陵府西北四十里有桂山

疑從韻作杜在朝長詠卜居篇卜居者屈原所作也屈原哀憫當世之人習安邪佞違背正直一故陽爲不知二者之是非可否而將假蓍龜以決之故爲此辭

竇牟字貽周貞元二年進士累至都官郎中終國子司業

○秋夕閑居對雨贈別盧七侍御牟晚從昭義盧從史從史寖驕牟度不可諫即移疾歸東都故有是作

燕燕辭巢蟬蛻枝詩云燕燕于飛頡之頏之○楚辭淮南王安曰蟬蛻于濁穢之中以浮游塵埃之外

窮居積雨壞藩籬夜長簷溜寒無寐日晏厨煙濕未炊悟主一言那可學前漢車千秋為高寢郎衛太子為江充譖敗父之千秋亦急變訟太子冤武帝大感悟謂曰父子之間人所難言也公獨明其不然此高廟神靈使公教我立拜千秋為大鴻臚數月為丞相封富民侯千秋以一言寤意旬月取宰相封侯世未嘗有也。唐房琯贊曰琯以忠義自信片言悟主二而取宰相從軍五百竟何為後漢永元二年班超定西域以超為都護居龜茲後置戊己校尉領兵五百人故人駿馬朝天去洛下秋聲要未知

楊巨源字景山蒲州人貞元中舉進士[illegible]初為張弘靖從事遷太常博士太和中為河中少尹有詩一卷傳於世

○送人過薊州

憶昔征南府內遊，君家東閣宴淹留。前註……
縱橫聯句長侵夜，次第看花直到秋。論舊
舉杯先下淚，傷離臨水更登樓。王粲有登樓賦。相
思前路幾回首，回首一作千里。滿眼青山過衛州。

寄中書同年舍人

晴明紫閣最高峯，長安志：終南有三峯，紫閣峯。杜詩云：紫閣峯陰入渼陂。僊掖
開簾范彥龍。杜詩云：億昔高情客，相招共一過。○西文錄：范雲字彥龍，居選曹，任寄隆重，書牘盈案，賓客滿門，雲應答如流，無所壅滯，官曹文書，發擿如神。五色天書詞煥爛，五色一天書言五色詔。
九華春殿語從容。洛陽宮簿有明光殿、含章、乾九華之殿。絲綸……

爐煙細清佩仍含玉漏重二十年前同日
喜碧霄何處得相逢有雲[illegible]霄壤之與也
酬于駙馬
綺陌塵香曙色分碧山如畫又逢君蛟藏
秋月一片水驪鎖晴空千尺雲此一聯言駙馬居處第宅知此之麗
出入騎從如此之盛在六義中比也戚里舊知何駙馬前漢萬石君徙其家長安中戚里以其子美
人故也注於上有姻戚者居之故名曰戚里○三國志何晏字平叔尚魏太祖女金鄉公主詩家今得鮑參軍
晉鮑照字明遠爲臨海王子頊前軍參軍杜詩億李白云清新庾開府俊逸鮑參軍陽和本是煙
霄曲陽和見須句花間次第聞

又

芳時碧落心應斷今日清詞事不同瑤草

秋殘僊圃在杜詩相期拾瑤草綵雲天遠鳳樓空此王子晉

晴花曾送金羈影金羈馬飾也凉葉還生玉篳風

長得聞詩歡自足會看春露濕蘭叢文選阮籍爲詠懷詩云清露被蘭皋凝霜霑野草詳此意謂公主先逝而有子也六義為興也

觀征人廻

兩河戰罷萬方清漢順帝永建六年亡護羌校尉韓皓轉湟中屯田置兩河間以逼群羌原

上軍囬識舊營立馬望雲秋塞靜射鵰臨

水晚天晴李廣傳乃劍射鵰兒也戍閑部伍分岐路地

遠家鄉寄旆旌詩曰悠悠旆旌聖代止戈資廟略左傳止戈

爲武●漢充國傳誠非素定廟勝之冊師古注回謂謀於廟堂之上而勝敵也●晉張華傳羊祜疾篤帝遣華詣祜問以伐吳之策因及肯人

衆●爲度支尚書量計運漕決定廟筭諸侯不復更長征

將歸東都寄令狐舍人

綠楊紅杏滿城春一騎悠悠萬井塵周禮小司徒凡經上

地而井牧其田司馬法曰卜終爲同同方百里萬井三萬家革車百乘士千人徒二千人岐路未関今日事

風光欲醉長年人長去声閑過綺陌尋高寺強

到朱門謁近臣多病晚來還有興各揚

寄江州白司馬 唐書白居易字樂天王涯言居易不宜治郡貶江州司馬

江州司馬平安否 惠遠東林住得無 高僧傳晉惠遠見廬山清靜足以息心始住龍泉精舍刺史桓伊乃爲遠於山東更立房殿即東林也

溢浦曾聞似衣帶 郡國志昔人於此洗銅盆隨水取之化龍而去因名溢水。號州刺史崔仲方獻平江南策賊雖於蘄口溢城置船不能立矣文帝謂高熲曰我爲民父母豈可限一衣帶水不極救乎

廬峯見說勝香爐 江州廬山有香爐峯

題詩歲晏離鴻斷 望闕天遥病鶴孤

莫謾拘牽雨花社 梁武帝有雲光法師講經于金陵感天雨花天廚獻食因築雨花臺。樂天晚節惑浮圖道尤甚自稱香山居士

青雲依舊是前途 楊雄解嘲云當塗者升青雲失路者委溝渠。顏延年五君詠曰仙客青雲器注言高遠也

薛司空自青州歸朝薛平薛仁貴三世孫富朝拜淄青齊登萊五州下

盧軍節度使入朝拜檢校司空

天眷君陳久在東書君陳周公既沒命君陳分治東郊氏周注成王重周公所營故命君陳分居洛東郊成周之邑里言可歸朝人看大司空黃河岸畔長無事滄浪東邊獨有功青州滄海也已變畏途成雅俗莊子夫畏塗者十殺一人則父子兄弟相戒必盛卒徒而後敢出。盧懷慎傳帝曰以卿坐鎮雅俗耳仍過舊里揖清風一門累葉凌煙閣唐太宗貞觀十七年圖贊功臣于凌煙閣次第儀形漢上公梁范雲讓吏部封侯表爰在中興儀形多士。齊職儀云周以太師太傅太保為三公以六司馬大司徒大司空大冢宰大宗伯為六卿

送章孝標

曾過靈隱江邊寺（杭州有靈隱寺）獨宿東樓看海門（日出海中海水盡赤）

潮色銀河鋪碧落日光金柱出紅盆（望日光如金竜塗出紅盆耳此取摸寫妙處）

不妨公事資高臥（見謝安注）無限

詩情與細論（杜詩何時一樽酒重與細論文）若訪郡人徐孺子（後漢徐稚字孺子豫章人也陳蕃為豫章太守不接賓客惟雅特設一榻去而懸之）應須騎馬到沙村（沙村即孺子之居也）

述舊紀勲寄太原李光顔 二首

玉塞含悽見雁行（張掖郡北有玉門關故云玉塞○杜詩[illegible]故江樓含悽光輝蕩頗與兄述進[illegible]）

顯故曰
顧行

北垣新詔拜龍驤　沈括筆談學士院北扉者為其在玉堂之南便於應詔書

濬為龍帝軍苻堅姚萇亦嘗為之

第兄聞世真飛將　唐書太原李光顏少隨兄光進

馬燧救臨洛戰洹水有功光進遷御史大夫光顏亦至大夫故軍中號大小大夫後光顏拜司徒河東節度使■漢李廣號飛將軍

虎歸時似故鄉　光顏後為河東節度故曰故鄉

鼓角因風吹朔氣旌旗映水發秋光河源收地心猶壯笑向西天萬里霜

又

倚天長劍截雲孤　屈原少司命云竦長劍兮擁幼艾注司命持長劍以誅絕惡擁護少長各得其命也

宋玉詩曰[illegible]

報國從横見丈夫　戰國時有縱橫術[illegible]

五載登壇真宰相前注六重分閫正司徒光顏自元和至寶德初歷洛代陳三州刺史忠武邠寧節度皆兼其焉後拜司徒河東節度故云六重重平聲○分閫○前漢馮唐傳曰王者遣將也跪而推轂曰閫以內寡人制之閫以外將軍制之曾聞轉戰轉上聲平堅壘共說題詩壓腐儒前漢高祖罵酈食其曰腐儒幾敗乃公事料敵知幾在方寸不勞心力講陰符梁任昉彈曹景宗云料敵制變萬里無差○前漢霍去病上欲□以孫吳兵法對曰顧方畧何如耳不至學古兵法陰符太公六韜中篇曰

酬盧員外按唐書盧簡求河中人盧綸第四子也簡求初佐牛僧孺鎮襄陽及僧孺死又[illegible]郎員外郎

謝傅旌旗控上游晉謝安字安石爲太保都督揚州諸軍事薨贈太傅○史記項羽曰古者

帝者地方千里必居上游詩意以比僧孺比謝傳盧郎樽俎借前籌漢張良曰臣請借前箸

以箕帚之詩意指盧佐牛功也舜城風日臨清郭舜城河中人舜清爾茅屋魏國

山川在白樓河中府城有白樓雲寺當時接高步水亭

今日又同遊澗迤灣府筵歌在獨有羊曇

最湖流羊曇云泰山人為謝安所愛重安薨後輟樂彌年行不由西州路嘗因石頭大醉扶路不覺至西州門左右白曰此西州

門曇悲感不已以馬策叩扉誦曹子建詩生存華屋處零落歸山丘因哭而去詩以羊曇比盧員外也

贈張將軍

關西諸將揖容光漢書李廣曰關西出將關東出相觀其習兵壯勇實過餘州獨立

營門朔有霜知殺角曲連歸海上魯連見前令

王翦在頻陽李信用幾何人而足信曰不過二十萬人問翦翦曰非六十萬不可始皇曰將軍老矣何怯耶翦謝病歸頻陽後信敗始皇起王翦用六十萬人遂滅荊乃頻陽今京兆謂此美原縣也天晴

紅幟當山滿前漢韓信破趙使人持赤幟入趙壁皆拔趙白幟立漢赤幟日暮清笳

入塞長杜詩客淚墮清笳年以功高人最羨漢家壇

樹月蒼蒼言漢將之登壇已爲幸深迹不若將軍年以勳高也而位微揚此之意耳

古意贈王常侍

繡戶紗窗北里深杜詩北里富熏天香風搖動鳳凰簪

董巴輿服志曰太皇太后簪以瑇瑁爲擿上爲鳳凰飾以翡翠毛羽擿首爲擿組紃長在佳人手

禮記內則織紝組紃刀尺空摧寒女心文選郭泰機詩寒女雖巧妙不得秉杼機衣工秉刀尺棄

我忽昔遺欲學齊謳遂雲管漢書禮樂志曰齊謳員六人○說文謳齊歌還思

楚練拂霜砧楚辭楚國之練時羅與臺然也杜詩越羅與楚臚李白詩細練照楚國東家以

文當機織應念無衣暨備林詩豳七月無衣無褐何以卒歲

注唐詩鼓吹卷第三

註唐詩鼓吹卷第四

資善大夫中書左丞郝天挺註

曹唐 字堯賓桂州人為道士大和中舉進士中第累為諸府從事因暴病卒於家有集二卷無傳

莫春戲贈吴端公

年少英雄好丈夫 漢書或説陳平於漢王曰平雖貧美丈夫如冠玉耳 大家望拜執金吾 閑眠曉日聽鶗鴂 楊雄傳注鶗鴂一名買䳁一名杜鵑一名子規○服虔異物志注鶗鴂一名鶗伯勞 笑倚春風仗轆轤 古詩腰中轆轤劍可直千萬餘○宋武帝孝建二年削弱王侯劍不得為轆轤形 深院吹笙聞漢婢 靜街調馬任奚奴 唐書奚東胡種漢曹操斬其帥冒頓即其祖也元[illegible]奚與突厥同俗逐水草畜牧其馬善登

故奚人能馭故也牡丹花外薕鈎下，獨凭紅肌捋虎鬚。吴録：朱桓奉觴於孫權曰：願一捋陛下鬚。權馮几而前，桓進捋鬚曰：臣今日真可謂捋虎鬚也。

和周侍御買劍

將軍溢價買吴鈎，吴越春秋：闔閭命國中作金鈎，令曰：能為善鈎者賞百金。有人貪王賞，殺二子以血釁金，遂成二鈎，獻於吴王。吴鈎始此。要與中原靜寇讎。試挂掛牕前驚雹轉，晷拋床下怕泉流。言劍之光瑩如玉也。青天露撥雲霓泣，黑地潛擎鬼魅愁。唐李賀春坊正字劍歌云：提出西方白帝驚，故教鬼母秋郊泣。見說夜深星斗畔，晉張華傳：斗牛之間嘗有紫氣，問雷煥曰：此寶劍之祥也。等閑期尅月支頭。後漢永元一年，月氏遣其副王謝將兵七萬攻班超。

伏兵擊其將盡殺之持其首示謝大驚請罪月支由是大震

○長安春舍叔部陵舊宴懷來門蕭使

君二首

木魚金鑰鎖重城風俗通曰鑰施懸魚翔伏淵源欲令鎖閉如此也夜上紅

褸纈酒情吳華作任酒情竹箭水繁更漏促漢魏故事箭漏

也桐花風軟管絃清晉安海物異名記刺桐花丹其枝幹有刺花附幹而生其葉如

桐其花側敷如掌形似金鳳百分散打銀船溢百分散打謂打揭鼓也○古詩頭如青山

峯伏似白雨點盡此意也銀船酒杯也十拍寬催玉筯輕吳華作寬過也上言常

斬稀賓客散碧雲猶戀艷歌聲

薛譚學謳於秦青未窮青技薛譚歸青餞於郊乃持節悲歌聲振林木響遏行雲譚謝求反不敢言歸樂府有艷歌行

又

三年身逐楚諸侯中前漢賈誼過秦論項羽後起隴畝之一年遂將五諸侯兵滅秦分裂天下而威行海內

賓榻容居最上頭賓榻見徐穉註

飽聽笙歌陪夜飲

熟尋雲水縱閒游杜詩雲水氣參錯

朱雲門鎖閉煙霞暮

鈴閣清泠水木秋鈴閣見前注

月滿前山圓不動圓一作風字

更邀詩客上高樓

○病馬呈鄭校書一首

綠駬何年別渥洼莊子驊騮騏驥纖離騄駬古之良馬也漢武帝元鼎四年馬生渥洼水中

病來顔色半泥沙四蹄不鑿金砧裂杜詩腕促蹄高如踣鐵又驄馬行頓縮鑿蹄。漢天馬曲足銀砧砧字破層冰雙眼慵開玉筯斜玉筯淚也墮月兎毫輕觳觫孟子曰吾不忍其觳觫失雲龍骨瘦查牙平原好放無人放嘶向秋風苜蓿花前漢西域傳大宛人嗜蒲萄酒馬嗜苜蓿後漢使取其種于離宮别館。杜詩漢馬驄肥秋苜蓿

○二

壠上沙葱葉正齊沙葱草名馬宜之騰黃猶自跼羸蹄周書王會騰黃神馬也一名乘黃一名飛黃似狐有五肉角一日千里。漢書何乃爲從如轅下蹄尾蟠夜雨紅絲脆頭捽秋風白練低顔子望吴閶遠横白練[illegible]

力憊未思金絡腦傳玄良馬賦曰金羈不普以明珂鏤鞍來韜纖共合華影寒

空望錦障泥障平声。晋書王武子有馬癖且知其性音乘一馬惜連乾障泥前有水不肯渡王云此是惜障泥使人解去便徑渡水揩前莫怪雙垂淚不遇孫陽不

肯嘶孫陽即伯樂也

○三

不剪焦毛鬣半翻何人別是古龍孫別入声龍孫馬名青海之傍馬多龍種風吹病骨無驕氣土蝕驄花見臥

痕驄花青白色也未噴斷雲歸漢苑前漢武帝天馬歌日躡浮雲晻上馳曾

追輕練過吳門家語顏回望吳門馬見一疋練孔子曰馬也然則馬之光景一疋長耳故號馬為疋一

朝千里心猶在（古樂府老驥伏櫪志在千里烈士暮年壯心不巳）爭肯潛

忘秣飼恩

奉送嚴大夫再領容府　二首

海風卷樹凍嵐消憂國寧辭嶺外遥自顧

勤劳甘百戰不將功業負三朝（三朝為憲宗穆宗敬宗也）

劒澄黑水曾芟虎（芟所銜切謂殺虎也）箭劈黄雲慣射

鵰（後謂秦王幹善弓馬嘗從太宗出日登有双鵰幹以二箭貫之陣中號為射鵰都尉）伐北天

南盡成事肯將心許霍嫖姚（前漢霍去病為嫖姚校尉註嫖姚勁疾貌也）

文

日照雙旌射火山（嶺表録桂州西有火山下有澤無底山頂夜見火三尺迎野

珖之甚者廣八十餘丈或言水中有寶珠也銳如火山
上産蕩枝四月子用以其地熱故曰火山
笑迎

賓從卻南還。風雲暗許談諧訓，列感會潜

生氣槩間。范曄二十八將論曰咸能感會風雲奮其智
九弥為佐命志能之士也

鄣竹水翻臺樹濕，刺桐花落管絃閒。刺桐見前。無

因得鞍貞珠履，親從新侯定八蠻。鞍音頹。○史記春申君
客三千人其上客皆躡珠履。○書旅
獒八蠻通道於九夷八蠻

贈南嶽馮處士二首

白石溪邊自結廬，陶潜詩云結廬在人境
而無車馬喧

風泉滿院稱嵩居。文選王簡栖頭陀寺
碑云崖谷共清風
泉相渙。○禮記曰如有嵩。○
居而不遮

鳥啼深樹

斸靈藥花落閑窻看道書烟嵐晚過鹿裘
濕晋郭文字文奉恒着鹿皮裘葛巾不飲酒食肉水月夜明山舍虛支頤
冷笑緣名出終日王門強曳裾曳裾見前注

又

寂寥深木閑烟霞洞裏相知有幾家笑看
潭魚吹水沫醉嗔溪鹿喫蕉花穿廚歷歷
梟聲細繞屋悠悠樹影斜陶詩繞屋樹扶疎夜靜着
灰封斧竈自添文武養丹砂文武脩煉之火候也

昌勳紉

古物神光電見羞去能挈出恐泉流越絕書曰王取純鉤以燭觀其光如水之溢於塘觀其文煥如水之將釋暗臨黑水蛟螭泣漢王褒頌云清水淬其鋒越砥斂其鍔水斷蛟龍陸剸犀象潛倚空山鬼魅愁生怕雷

霆號澗底長聞風雨在床頭垂情不用將

康氣康字疑誤。康廣韻書七陽切惱亂司空犯斗牛晉張華為司空見斗之間常有紫氣與雷煥觀之曰此寶劍之祥也問煥曰在何郡曰在豐城即補煥為豐城令到縣掘獄基得二劍雌曰龍泉雄曰太阿

○題子姪書院雙松

自種雙松費幾錢頓令院落似秋天能藏

此地新晴雨卻惹空山舊晚烟枝壓曉曉一本作細風

過枕上影龍殘月到窗前莫教取次成閑

愁使汝悠悠十八年三国志吴丁固為尚書夢松生其腹上謂人曰松字乃十八公也後十八歲吾知其為公乎卒如夢焉

羽林貫中叅

四十年前百戰身前漢李廣結髮與匈奴大小七十餘戰曾驅虎

隊掃邊塵風悲鼓角榆關暮勝州東有隋林宮及榆林關秦蒙恬破胡闢地千里壘石為城植榆為塞日煖旌旗龍草春鐵馬慣牽

邊上客鐵馬介馬也金魚多解乞佳人乞去声。杜詩銀甲彈箏用金

醲據來胸中別有安邊計誰求鬚鬢白似銀

○送唐祭酒赴輪臺

灞水橋邊酒一杯，送君千里赴輪臺。輪臺三西域地名

前漢西域傳曰渠犁皆有田卒數百人

霜黏海眼旗聲凍，風射犀

文甲縫開。犀革所以為甲也。左傳曰犀兕尚多，弃甲則那。

斷磧簇烟山

似米，後漢馬援說光武破隗囂之狀，聚米為山谷，指畫形勢，道徑往來，昭然可曉。帝曰虜在吾目中矣。

野營軒地鼓如雷。三国志周瑜敗曹公於赤壁，雷鼓而進，北軍大壞。李白詩雷鼓嘈嘈

宣武昌雲旗獵獵過潯陽

分明會得將軍意，不斬樓蘭不

擬迴。前漢傳介子時龜茲樓蘭皆嘗殺漢使者，介子謂霍光曰龜茲樓蘭數反復而不誅，無以懲。於是白遣介子賚

金幣至樓蘭，其王貪漢物來見，後者壯士二人從後刺之，斬首歸。[illegible]

南遊

盡興南遊卒未𢌞，水工舟子不須催。詩匏有苦葉招招舟子人涉卬否

政思碧樹關心句，文選江淹詩君樹先秋落難放紅螺蘸甲杯。嶺表異錄云紅螺類鸚鵡螯薄而紅堪為酒盃白樂天詩一醆扶頭酒泓澄瀉玉壺十分蘸甲酌瀲灔滿銀盂

漲海潮生陰火滅，至千年拾遺記曰西海之西有浮玉山下有穴穴中有水其色如火波濤灌湧火不滅名陰火。木玄虛海賦陽水不治陰火潛然蒼梧風煖瘴雲開。蒼梧秦時屬桂林郡舜帝南遊沒於此野

蘆花寂寂月如練，何處笛聲江上來。

○哭曾邊許兵馬使

北風裂地黯邊霜戰敗桑乾日色黃名屬雲
中郡故國暗迴殘士卒新墳空葬舊衣裳礼有
招魂葬散牽細馬嘶青草散上声。太白詩二八佳人細馬馱任去佳
人弔白楊古詩白楊何蕭蕭風吹愁殺人除却陰符與兵法黃帝
有陰符經更無一物在儀床儀床供靈之几筵也

長安客舍懷蕭使君邵陵舊宴

粉堞丹軒畫障西杜詩雉堞粉如雲水雲紅樹窣璇
題楊雄甘泉賦蓋天子穆然珍臺閒館璇題玉英飽明遠詩綉甍結飛霞璇題納行月鷫鵠欲
絶歌聲定鵷鴻初響舞袖齊晉書王道補謝尚爲緣有勝會謂尚

曰聞君能作鴝鵒舞一座傾想尚使著衣幘俯仰而舞令坐客擊節旁若無人坐對玉山難甸線

晋嵇康醉倒如玉山之將頹細聽金石怕低迷樂書有八音金石絲竹匏土革木此指

樂者也。嵇康養生論曰夜分而坐則低迷思寢東風夜月三年飲不省歸

時不醉泥李白襄陽歌傍人借問笑何事笑殺山公醉似泥。釋宫蟲說云南海有蟲無骨名曰泥水中則活失水則醉如一塊泥然

宋邕謹按以下遊仙詩一十一首出曹唐集中宅集亦然今先生題作宋邕必有拠矣

劉晨阮肇遊天台天台山名屬台州真誥曰台州山上應台星故曰天台

樹入天台石路新雲和草靜迥無塵烟霞

不省生前事水木空疑夢後身往往雞鳴

岩下月時時犬吠洞中春淮南王安昇仙去餘藥在器中雞犬舐之皆得飛升故雞鳴雲中犬吠天上不知此地歸何處須就桃源問主人桃源見前注

劉阮洞中遇仙人

天和樹色靄蒼蒼霞重嵐深路渺茫雲竇滿山無鳥雀水聲沿澗有笙簧碧沙洞裏乾坤別紅樹枝邊日月長願得花間有人出免令仙犬吠劉郎漢永平間有劉晨阮肇入台州天台縣西北二十里山中採藥失道食盡見桃實食之覺身輕行數里至山許有二女笑迎作食胡麻飯山羊肉脯甚美後欲求去會集衆樂共

送劉阮指示元路既出無復相識至家子孫已七世矣

仙子送劉阮出洞

殷勤相送出天台仙境那能却再來雲液
既歸須強飲酒名雲液玉書無事莫頻開花當
洞口應長在水到人間定不迴惆悵溪頭
從此別碧山明月照蒼苔淮南子曰窮谷之汙生以蒼苔

仙子洞中有懷劉阮

不將清瑟理霓裳霓裳曲名唐樂法善引明皇入月宮聞樂声調脗合乃合二
[illegible]

寂人間無路月茫茫左傳虞人箴曰茫茫禹迹畫為九州

草連溪碧流水桃花消洞香曉露風燈易

零落此生無處問劉郎問一作訪

劉阮再到不復見諸仙子

再到天台訪玉真青苔白石已成塵笙歌

寂寞閒深洞雲鶴蕭條絕舊鄰草樹總非

前度色烟霞不似往年春桃花流水依然

在不見當時勸酒人

玉女在蘭香下嫁於張碩

天上人間兩渺茫，不知誰識杜蘭香。墉城記錄有漁父於湘江洞庭之岸聞兒啼声，視之三歲女子，漁父挈之十餘歲，天資奇偉，真天人也。忽有青童自空而來，攜女而去，臨升謂其父曰：我仙女杜蘭香也，有過謫於人間。其後洞庭包山降張碩家，蓋碩修道者也，授之以舉形飛化之道，久之碩仙去，蹤以以學道，不食後不知所之。來經玉樹三山遠，三山見前註。去隔銀河一水長。銀河即天河也。怨入清塵愁錦瑟，錦瑟謂木紋似錦也。酒傾玄露醉瑤觴。遺情更說何珍重，遺一作多。擘破雲鬟金鳳凰。白樂天長恨歌：釵留一股合一扇，釵擘黃金合分鈿。

張碩重寄杜蘭香

[illegible]

不降三清駕太真科曰三清之間各有正位聖登玉清真登上清仙登太清一僊鸞空
成萬古愁皓月隔花追歎別飛烟籠樹省
淹留人間何事堪惆悵海色西風十二樓
漢書公孫卿言黄帝時為十二樓以候神人又崑崙山有五城十二樓皆仙人居之

〇織女懷牽牛續齊諧記云桂陽城武丁有仙道謂其弟曰七月七日織女當渡河諸仙悉還宫弟問曰織女何事渡河荅曰織女暫詣牽牛世人至今云織女嫁牽牛也

北斗佳人雙淚流李元獨異志云秦併六国後太白星竊織女侍兒梁玉清衛承莊逃入衛城小仙洞四十六日不出帝怒命五嶽搜捕太白歸位承莊逃焉玉清有子名子休玉清謫於北斗下書吞其子休配與河伯行雨每至小仙洞耻其母淫奔之所輒回故此地常少雨眼穿腸斷為牽牛封題錦

字凝新恩晉竇滔妻蘇氏文寄滔故曰錦字錦字作迴抛擲金梭織

舊愁桂樹三天烟漠漠真人傳太真我所服炁和自然龍胎之醴適所受三天真

人不可以教始學者銀河一帶水悠悠欲將心向僊郎

說借問榆花早晚秋古樂府詩曰上天何所有歷歷種白榆謂星也

蕭史攜弄玉上昇

豈是丹臺歸路遥南岳真人傳曰九宮真人出入皆從黃闕丹臺中間為道紫鸞烟

斷不同飄玉清隱書上之真則飛龍翼輦中真則紫鳳持節下真則太極騶驎一聲

洛水傳幽咽萬片宮花共寂寥紅粉美人

愁未散青華公子笑相邀大有經曰玉華清宮有[illegible]

維山碧樹青樓月黃鶴爲歡青樓人腸斷春風為玉簫

○皇初平將入金華山神仙傳皇初平年十五家便牧羊有道士見其良謹將至金華石室中十餘年不復念家其兄初起行索之歷年不得後見市中有道士問之道士曰金華山中有牧羊兒皇初平兄乃隨道士得與相見因問羊今何在曰在山東初起往視之但見白石滿地初平曰羊在此兄自不見初平乃叱白石皆起成羊數萬頭金華山在婺州山有金華洞第三十六金華洞元之天

莫道真游烟景賒瀟湘有路入金華溪頭

鶴樹春常在洞口人間日自斜一水暗迴

閑繞澗五雲長往不還家白羊成隊難收

拾喫盡溪頭巨勝花 爾雅云巨勝一名胡麻○陶隱居云莖方者巨勝圓者胡麻可作飯道人多食之形類麻故名胡麻○參同契巨勝可延年還丹入口

漢武帝思李夫人

惆悵朱顏不復歸　晚秋黃葉滿天飛

迎風細荇傳香粉　隔水殘霞見畫衣

白玉帳寒鴛夢絕 漢武故事曰帝起玉堂基階尽用白玉　紫陽宮遠雁書稀 靈書經曰紫微上宮有紫陽之觀

夜深池上蘭橈歌 楚詞云蓀橈兮蘭旌注橈小楫也　斷續歌聲徹太微 太微星也

李益 字君虞隴西人大曆[illegible]進士及第憲宗聞其才名

胡兒飲馬泉　飲馬窟之北自秦築長城卒取水於此

綠楊如水草如烟如水作似水　舊是胡兒飲馬泉

幾處吹笳明月夜　何時倚劍白雲天宋玉賦長劍倚天外

從來凍合關山路　今日分流漢使前

莫遣行人照容鬢　恐驚憔悴入新年

○鸛鵲樓

鸛鵲樓西百尺檣墻　汀洲雲樹共茫鸛鵲樓在河中府

漢家簫鼓空流水漢武帝秋風辭上幸河東而作辭曰橫中流兮揚素波簫鼓鳴兮發棹歌

魏國山河半夕陽史記吳起傳魏武侯曰美哉山河之固此則魏國之寶

也吳起口在德不在險　今河中府即古魏地　事去十一年徧恨促愁來一

日即爲長風烟併起思鄉望遠目非春亦

自傷　宋玉招魂曰目極千里兮傷春心魂兮歸來哀江南

賈島　字閬仙范陽人連敗文場遂爲浮屠後舉進士及第有文集并詩格一卷傳于世

酬張籍王建

踈林荒宅古坡前久住還應太守憐漸老

更思深處隱多閑數得上方眠　杜詩上方重閣晚　上方僧詩鼎深處

鼠抛貧屋收田日鴈度寒江擬雪天身事

罷連應是个　唐裴度傳見我之[illegible]

張籍字文昌為水部員外郎同在長安與島為詩友芸閣指王建魚豢典畧曰芸草辟紙蠧故藏書閣曰芸閣

章碣 碣錢唐人孝標之子也進士不第竟流落不知所終有詩集行于世

春別

欎下離觴指亂山趂程不待鳳笙殘花邊馬嚼金銜去樓上人垂玉筯看魏文帝甄后面白淚双垂如玉筯柳陌雖然風裊裊葱河猶自雪漫漫葱河謂葱嶺之河也殷勤莫厭貂裘重戰國策蘇秦說李兊兊送以黑貂裘黃金百鎰恐犯三邊五月寒三邊西方北方西北方此三処皆固陰冱寒也

送謝進士歸閩

百越風烟接巨鼇呂氏春秋時君賢篇揚漢之南百越之際高誘註曰越有百種。列子渤海之東有五山岱輿員嶠方壺瀛洲蓬萊皆仙人所居五山之根無連着隨潮上下帝恐流於西極命巢強使巨鼇十五舉首戴之始不動
還鄉心壯不知勞雷霆入地建溪險建溪屬建寧府源出武夷至城外合東溪是也
星斗逼人梨嶺高泉山記曰梨嶺在泉山郡東十五里因梨以得名
郄擁木綿吟麗句閩嶺志南方多木綿士競植之采其花為布
便攀龍眼醉香醪龍眼如荔支樹但枝葉稍小殼青黃色形如彈丸核如木梡子不堅肉白而帶漿甘似蜜作穗如蒲萄狀荔支之熟後方出故名曰荔支奴
名場聲利喧喧在莫向林泉改鬢毛

李頻字德新睦州人大中八年進士調秘書郎擢都官[illegible]

湖口送友人

中流欲暮見湘烟葦岸無窮接楚天去雁遠衝雲夢雪離人獨上洞庭舡洞庭見前風波盡日依山轉星漢通宵向水連零落梅花過殘臘故園歸去及新年

杜荀鶴 字彥之早有詩名累舉不第大中末登科後任主客員外郎天祐初卒自號九華山人有詩行于世

雪

風攪長空寒骨生光於曉色報窗明江湖不見飛禽影巖谷惟聞折竹聲巢穴幾多

相似處英華作潸堅本深無復滿路歧蕪得一般平擁袍

公子莫言泠中有樵夫跣足行百斛明珠白貴公子被貂裘雪

中飲醉聽檻向風曰爽哉此風左琵目泣下公子驚問曰吾父昔日必爽亡楚襄王登臺有風颯然至口快哉此風寡人与衆共耶宋

王曰此獨大王風也庶人安得而共之惜乎今宋玉不在傍也

崔顥汴州人開元十一年以進士第累至尚書司勳員外郎右詩下卷傳于世

黃鶴樓

昔人已乘黃鶴去此地空餘黃鶴樓唐圖經費文禕

登仙嘗駕黃鶴返憩于此黃鶴一去不復返漢蘇卿詩黃鶴今遠別千里顧徘徊

白雲千載空悠悠晴川歷歷漢陽樹漢陽在

與武昌相對　芳草萋萋鸚鵡洲在江中[illegible]寔賓有獻鸚鵡者令衡賦之

後殺衡於其上故焉　日暮鄉關何處是烟波江上使人

愁

李頎東川人開元中舉又李隣榜進士調新鄉縣尉有集今傳于世

題璿公山池

遠公遁跡廬山岑南史周續之入廬山事釋惠遠彭城劉遺民遁跡廬山陶淵明不應徵命謂之潯陽三隱

開山幽居祇樹林開山謂作開士○祇洹林樹名梵云祇陀此戰勝即太子名須達長者施園祇陀太子施樹為佛說法處故後人曰祇園見金剛經注

片石孤峯窺色相菩薩本經佛者大神力身三十一相前智無旁却觀無極金色

清池白月點禪心

清池明月以喻禪心指揮如意天花落晉王敦嘗歌以鐵如意擊王唾壺盡缺又高僧常持如意麈尾以資談興。維摩經時維摩詰室有天女見諸天人所說法便見其身即以天花散諸菩薩大弟子上花至諸菩薩皆落至弟子便着不墮坐臥閒房春草深此外俗塵俱不染唯餘玄度得相尋高陽許詢字玄度居會稽與高僧支遁從遊談老莊

題盧公舊居

物在人亡無見期劉向新序曰哀公問於孔子曰寡人生於深宮未嘗知哀孔子曰然人君入廟門仰見榱棟俯見几筵其器在其人亡君以此思哀將安不在矣閒庭繫馬不勝悲窗前綠竹生間地門外青山似舊時悵望秋天鳴墜葉巑岏枯柳宿寒鴉憶君淚

落東流水歲歲開花知為誰

趙嘏 字承祐山陽人會昌二年進士第仕為渭南尉有渭南集行於世

長安月夜與友人話故山

宅邊秋水浸苔磯日日持竿去不歸楊柳

風多潮未落蒹葭霜在鴈初飛重嘶匹馬

吟紅葉卻聽疎鐘憶翠微今夜秦城滿樓

月 秦都長安故曰秦城 故人相見一霑衣

曲江春望懷江南故人

杜若洲邊人未歸 杜若香草名文選汀洲生杜若 水寒烟暖

想柴扉杜詩老恐失柴扉故園何處風吹柳新鴈南
來雪滿衣目極思貽原草遍宋玉招魂目極千里兮傷春心魂兮歸來哀江南浪高書到海門稀山時愁望情多少
萬里春流遶釣磯

寄歸一名寄盧中丞

三年踏盡化衣塵陸士衡詩云京洛多風塵素衣化為緇只見長安
不見春馬過雪街天欲曉鄉迷雲樹渡空
頻桃花塢接啼猿寺野竹亭通畫鷁津訪
云舡首謂之閒亦謂之鷁首郭璞注江東貴人舡前早晚組

酬身事了水邊歸去一閑人

○長安晚秋

雲物淒涼拂曙流漢家宮闕動高秋殘星幾點鴈橫塞長笛一聲人倚樓杜紫微覽此聯賞誦不已因稱為趙倚樓紫艷半開籬菊靜紅衣落盡渚蓮愁鱸魚正美不歸去鱸魚事見前注空戴南冠學楚囚左傳晉侯于於軍付見鍾以楚囚而南冠着問其族曰伶人也與之琴操南音公曰君子也

○憶山陽 二首

山陽戰國屬楚秦屬九江漢屬臨淮晉謝玄自彭城退也淮陰又分廣陵置山陽郡宋為重鎮今為山陽縣

家在枚皐舊宅邊（前漢枚皐乘之子也淮陰人也舊宅在縣南二百步）竹軒晴與趁坡連（坡一作壋也）芰荷香遶垂鞭袖楊柳風橫弄笛船城礙十洲烟島路（淮安志山陽城東北濱海百餘里故云。東方朔十洲記曰水中有祖洲瀛洲玄洲炎洲長洲元洲流洲生洲鳳麟洲聚窟洲並是人迹稀絕之處）寺臨千頃夕陽川可憐時節堪歸去花落猿啼又一年

又

拂柳磯邊起暮愁可憐春色獨懷羞露襟正嘆人間事回首更慚江上鷗（江鷗見鷗鷺前注）聲中寒食酒（楚詞恐鵜鴂之先鳴兮使百[illegible]）芙蓉花外

夕陽樓此聯思山陽春秋之景憑高滿眼送清渭涇渭二水在長安渭涇濁

故曰涇水一石其泥數斗去傍故山山下流

○東望

楚江橫在草堂前楊柳洲邊載酒船兩見

梨花歸不得每逢寒食一潸然斜陽映閣

山當寺微綠含風樹瀾川同郡故人攀桂

盡把詩吟向泬寥天泬音血。楚辭泬寥兮天高而氣清寂寥兮收潦而水清

寒食　新豐別故人

一百五日家未歸新豐雞犬獨依依漢書地理志九

上皇思東歸豐沛高祖令巧匠於長安改築城寺街里以象豐邑尽從豐中人實之雞犬識其家故曰新豐滿樓

春色傍人醉傍音去半夜雨聲前計非繚繞滿

塍舍景曉塍音繩蒼涼樹石向川微東風吹淚

對花落顦顇故交相見稀

崔塗字礼山光啓中鄭貽矩榜中進士及第有集今傳

○鸚鵡洲春眺

悵望春襟鬱未開重臨鸚鵡益堪哀曹瞞

尚不能容物黃祖何因解愛才後漢禰衡字正平平原人也少有才辯而尚氣剛傲慢物曹操欲見之不肯往後孔融言於曹曰使衡自[illegible]

子[illegible]之[illegible]有盧名達近於詩[illegible]不能[illegible]

与劉表視當如何於是遣人騎送之後以侮慢表不能忍以江夏

太守黃祖性急故送与之有獻鸚鵡於祖子射者時會賓客於

洲上令衡為賦覽筆而就後在祖會上言不遜祖欲箠之衡方大

罵祖怒遂令殺之
曹瞞操之小字也

幽島暖聞燕鴈去曉江晴覺

蜀波來誰人正得風濤便一點輕帆萬里

迴

○過綉嶺宮

古殿春殘綠野陰上皇曾此駐泥金五經通義曰易

姓而王太平必封泰山禪梁甫以金為泥以銀為繩經又以義說之

封禪儀注曰特礼三十人上登壇上石檢尚書曰令北向跪藏畢

持礼覆石檢尚書令封上千石檢亦白以金繩泥以金泥四方各

旅其色。唐明皇開元十三年十月東封泰山礼官學士賀知

章為玉縣文　三城悵屬休平虜　唐開元二十一年，吐蕃金城公主請以屬立碑於赤嶺以分境，帝許之。天寶元年，突厥公主率其餘帳來降。四載，罷乞可汗擊突厥白眉可汗殺之，於是北邊晏然。十二載，安祿山擊奚、契丹，破之，虜其王。今詩意謂吐蕃、突厥、奚、契丹也。時三城內屬，天下無事，安史之亂實兆於此。○韓國公張仁愿於河北築三受降城，難各四百里，置烽火一千八百所，突厥不敢南向。

一曲鈴關悵望心　玄宗幸蜀，雨中聞鈴聲，遂令梨園製雨林鈴曲。　苑路暗迷香輦絕，繚垣秋斷草煙深　張平子西京賦云：繚垣綿聯四百餘里，植物斯生，動物斯止。　前朝舊物東流在，猶為年年下翠華。

○、春夕旅次

水流花謝兩無情，送盡東風過楚城。胡蝶

夢中家萬里莊子莊周夢爲胡蝶栩栩然胡蝶也……俄然覺則蘧蘧然不知周之夢爲蝴蝶與蝴蝶之夢爲周與

子規枝上月三更寰宇記蜀帝名杜宇後亡化爲子規故蜀人聞子規鳴曰是我望帝也

故園書動經年絕華髮春惟滿鏡生

自是不歸歸便得五湖烟景有誰爭五湖見前注

李郢字楚望太中十年進士歷藩鎮從事拜御史有集一卷傳于世

送人之嶺南

關山迢遞古交州交州楚之南地武帝既定百越以廣爲南海郡唐之廣州領南五府事歲晏憐君走馬遊謝氏海邊逢素女謝端福州侯官人少喪父母鄰人養之恭謹自守端於海邊得螺如三升壺貯甕中端每耕作還飯飲湯火如有人所爲疑之早出從籬外窺之見一少女從甕中出端入問之女倉皇欲入甕不得答曰我天漢中白素女

女也天帝哀卿孤慎使炊烹君得婦我自當去踹娶後天忽風雨翕然而去越王潭上見青牛（南越志潭在安縣北連昔越建德伐木爲舡其大千石以童男女三千人牽之既而俱墜於潭時聞舡有唱督之声更有青牛与舡俱見神異如此）高臺月照啼猿曙（嵩當作嵩南越志嵩要有蛺石廣六丈高三百仞土人謂之嵩臺）石室烟含古桂秋（嶺南多生桂樹故云）迴望長安五千里刺桐花下莫淹留（刺桐見前注。○騷經時繽紛其变易兮又何以淹留）

江亭春霽

江蘺漠漠荇田田（楚辭扈江蘺与辟芷兮江蘺草生江中曰江蘺靡蕪也）江上雲亭霽景鮮蜀客帆檣背歸燕楚山花木怨啼鵑春風掩映千門柳曉色凄凉萬井

烟含蒼冷冷水南寺文選陸機詩山溜何冷冷飛泉漱鳴玉上方僧
室翠微連上方翠微見前注

交人適越路過桐廬寄題江驛

桐廬縣前洲渚平桐廬今建德府桐廬江上曉潮
生莫言獨有山川秀過日仍聞官長清麥
攏虛涼當水店鱸魚鮮美稱尊羨湖見前注王
孫客棹殘春去楚辭云王孫遊兮不歸春草生兮萋萋不相送河橋羨
此行李陵詩云攜手上河梁遊子暮何之

秦處士移家富春發棹亭懷寄

潮落空江洲渚生知君已上富春亭建德府嚴陵山有富春亭曾聞郭邑山多秀更說官僚眼盡青晉阮籍能為青白眼見礼俗士以白眼對之見嵇康乃作青眼離別幾宵魂耿耿詩耿耿不寐如有隱憂相思一座髮星星星星髮半白也僊翁白石高歌調神仙傳曰白石生者嘗煮白石為粮就白石山居故時人號曰白石先生無復松齋半夜聽

暮春山行田家歇馬

雨濕菰蒲斜日明茅廚屋煮繭掉車聲青蛇上竹一種色沙門贊寧筍譜曰赤玉脂[illegible]黃蝶隔溪

無限情何處漁樵洲遠餉故園田土憶春

耕千峰靄靄水潏潏潏音決離騷九章云汨潏潏其後前兮伴張弛之信期

羸馬此中愁獨行

○江亭晚秋

碧天涼冷鴈來疎閑看江雲思有餘秋館

池亭荷葉歇野人籬落豆花初無愁自得

僊翁術多病能忘太史書謂司馬太史公聞說故園

香稻熟片帆歸去就鱸魚

○送劉谷

村橋西路雪初晴雲暖沙乾馬足輕寒澗
渡頭芳草色新梅嶺上鷓鴣聲郵亭已送
征車發山館誰將候火迎落日千峰轉迢
遞轉声上知君回首望高城

贈羽林將軍 百家詩作江上逢王將軍

虬鬚顦顇羽林郎 應邵漢官儀曰羽林言其為國羽翼如林之盛也 曾入
甘泉侍武皇 漢武起甘泉宮故曰甘泉侍武皇 鵰 鵰沒夜雲知御
苑馬隨仗識天香 仙一作春仗謂儀仗也 五湖歸去
孤舟月六國平來兩鬢霜 上比范蠡下比王翦見前注 惟有

桓伊江上笛，臥吹三弄送殘陽。桓伊善音樂，畜蔡邕柯亭笛，嘗自吹之。王徽之泊舟清溪側，素不相識。徽之便令人謂曰：試為我奏。伊時貴顯，素聞徽之名，便下車，踞胡床，而作三弄。畢，便去，客主不交一言。笛譜有梅花三弄。

上裴晉國公

四朝憂國鬢成絲，四朝謂憲穆敬文也。本傳云：嘗以為天下輕重四朝，以全德始終，及殁，天下莫不思其風烈。龍馬精神海鶴姿。天上玉書傳詔夜，陣前金甲受降時。唐憲宗以寄與付晉公討淮蔡，晉公命李愬雪夜入蔡，擒吳元濟，降其衆。曾從庾亮三秋月，晉庾亮鎮武昌，諸佐吏乘月登南樓，俄而亮至，將起避之。亮曰：諸君且坐，老子興復不淺。遂據胡床與佐吏談詠。下盡羊曇一局暴晉書苻堅率衆百萬次淝水京師震恐加謝安征討大都督兄子玄問計安曰已別有旨又令張玄重請安命駕出墅親朋畢集而安方與玄圍棋賭別墅安常劣於玄是日玄懼便有敵手而不勝安顧謂甥羊曇曰以別墅乞汝惆悵舊堂扃綠

野晉公於洛陽午橋南起綠野堂夕陽無限鳥飛遲

故洛陽城

胡兵一動朔方塵胡兵謂安史之乱也不使鑾輿此重

巡鑾輿帝乘也清洛但流嗚咽水上陽深鎖寂寥

春深作雨上陽宮花雲收少室初晴雨嵩山有少室太室二岑柳拂

中橋晚渡津中橋宮中橋也欲問外平無故老鳳樓

回首落花頻

韋蟾

送盧藩尚書之靈武

賀蘭山下果園成涇陽圖經曰賀蘭山在縣西九十三里山上多有白草遥看白如駮北人呼駮馬爲蘭鮮卑日多因山谷爲族氏塞北江南舊有名水木萬家朱户暗弓刀千騎鐵衣明心源落落堪爲将膽氣堂堂合用兵詩曰擊鼓其鏜踊躍用兵郤使六番諸子弟唐書六番謂明威昆地番禾武安甖水姑臧也皆賓府以領之馬前不信是書生

薛能字大拙汾州人會昌中登第累至都官邢部員外郎爲京兆尹廷徐州節度使移鎮武昌爲賊所殺有集十卷并繫

城集一卷

侍于世馬

○秋夜旅舍寓懷

庭鎖荒蕪獨夜吟西風吹動故山心山一作闗三秋木落半年客滿地月明何處砧漁唱亂沿汀鷺合鴈聲寒咽隴雲深平生只有松壇對露浥霜欺不受侵

獻僕射相公　趙

清如氷玉重如山百辟嚴趨禮絶攀言其尊重礼與

百官親[illegible]

朝廷有道青春好門館無私白日閑。致却

垂衣更何事 書武成惇信明義崇德報功垂拱而天下治 註垂衣拱手而天下自治矣○劉向新序云齊桓公曰王者劳於得賢舜擧衆賢在位垂衣裳恭己無為而天下治 幾多詩句詠關

關 詩周南關雎 鳩在河之洲

漢南春望

獨尋春色上高臺三月皇州駕未迴 唐僖宗廣明元年十二月黃巢陷長安僖宗幸蜀時能為京兆尹 幾處松筠燒後死誰家

桃李亂中開 晉書史臣曰衛瓘撫武帝之林張華距趙倫之命進諫則伯玉居多臨危則茂先為之美松筠無改則死勝於生也○蓋桃李止一時之榮松筠有後凋之節故以松筠比忠烈桃李喻小人時中原俱[illegible]擾天子蒙塵斯誠厄

憂讒忠臣故忠烈之上見危受命小人則貪生苟活与時沉浮者多矣此其微意也與

姦邪用法元非法，唱和求才不是才。詩鄭國風蘀兮刺忽也君弱臣強不倡而和也天子之職求賢而已用非其才法必大壞既封邪用法則則所求和者非其才也

自古浮雲蔽白日，洗天風雨幾時來。漢陸賈新語曰邪臣之蔽賢猶浮雲之蔽白日也。李白詩云自古浮雲能蔽日長安不見使人愁

清夜泛舟

都人層立似山丘，坐嘯將軍擁棹游。後漢成晉為南陽太守委功曹岑晊郡中論曰南陽太守岑公孝弘農成瑨但坐嘯

遶郭烟波浮泗水，山海經曰泗水出魯東北

[illegible]間所水所風之声均節成音後翻入中国伊州涼州皆龜茲境也。

明皇雜録帝自蜀回夜登政樓倚欄南望烟月滿目因歌庭前琪樹已堪攀塞北征人尚未還問里中亦有歌此者謂力士曰得非梨園舊人乎遂明訪之果然其夜復乘月登樓惟力士及貴妃侍者紅梅在傍命歌涼州則貴妃所制帝親御玉笛曲罷無不掩泣因廣其曲傳之人間也

城中覩望皆丹艧書曰惟其塗丹艧。郭璞山海經云丹熏之山多丹艧說文云善丹也

旗裏驚飛盡白鷗

儒將不須誇郤縠左傳晉文公謀元帥趙衰曰郤縠可臣亟聞其言矣說禮樂而敦詩書詩書義之府也禮樂德之則也德義利之本也君其試之使將郤縠將中軍

未聞詩句解風流

秦韜玉

字中明京兆人少有詞藻諂事大奄田令孜未期年官鹽鐵保大軍節度判官中和間放榜進士第田令孜引擢工部侍郎有投知録傳于世

對花

長與韶光暗有期春色爲韶光取和暢之義可憐蜂蝶却
先知誰家促席臨低樹陶淵明停雲詩云安得促席說彼平生何
處横釵帶小枝麗日多情疑曲照易離卦云日月麗乎天
和風得路合偏吹爾雅春晴日出而風曰光風亦曰和風[redacted]向人雖
道渾無語幾勸王孫到醉時王孫見前注

貧女

蓬門未識綺羅香擬托良媒秖自傷誰愛
風流高格調共憐時世儉梳粧唐文宗下詔禁高

敢將十指誇纖巧不把雙眉鬥畫長好[illegible]畫長眉今人效作蛾眉每恨年年壓金線為他人作嫁衣裳此韜玉傷不遇自况之意也

長安書懷

西風吹雨滴寒更鄉思撩人撥不平長有歸心懸馬首左傳惟予馬首是瞻可堪無寐枕蛩聲雲收楚岫和空碧秋染湘江到底清早晚身閒着蓑去觸香深處釣舟橫鷺鷗

每聞別鴈竟悲鳴卻羨金籠寄此生早昦
翠衿爭愛惜可堪紅嘴強分明禰衡鸚鵡賦云紺趾丹嘴紅衣翠
衿口杜詩翠衿渾短尺紅觜強多知雲漫隴樹魂應斷歌接秦樓
夢不成唐李太白作樂府有秦樓月幸自正平人不識鸚他
鵡賦被時輕後漢禰衡字正平有鸚鵡賦云顧六翮之殘毀雖奮迅其焉如云云

註唐詩鼓吹卷第四終

註唐詩鼓吹卷第五

資善大夫中書左丞郝天挺　註

劉滄（字藴灵，魯国人，太中八年進士，調[redacted]原尉，有詩一卷傳于世）

○長洲懷古

野燒空原盡荻灰（燒去声。燎原之火曰燒）吳王此地有樓臺（西漢地志：吳地，漢高祖封荊王賈，又吳王濞於此）千年事往人何在半夜月明潮自來白鳥影從江樹沒清猿聲入楚雲哀停車日晚薦蘋藻（左傳：蘋蘩荇藻之菜，可薦于鬼神）風

[illegible]

經煬帝行宮今揚州淮安故基猶存

此地曾經翠輦過浮雲流水竟如何杜詩流水生涯盡浮雲世事空

香銷南國美人盡怨入東風芳草多殘柳宮前空露葉夕陽江上浩烟波行人遥起廣陵思廣陵即江都也古渡月明聞棹歌

與僧話舊

巾爲同時下翠微爲雀豹古今■以木置優下乾不畏泥也舊遊因話事多違南朝古寺幾僧在西嶺空林惟鳥歸沙徑晚烟凝竹塢石池春色染苔衣此

來相見又相别即是關河朔鴈飛

咸陽懷古

經過此地無窮事一望悽然感興發渭水咸陽原漢長陵

故都秦二世秦二世而亡咸原秋草漢諸陵平陵莊馬天空絶塞聞邊鴈葉盡孤村見夜燈

風景蒼蒼多少恨寒山半出白雲層

劉咸

遊東湖黄處士園林

偶向東湖更向東數聲雞犬翠微中長沙鄧

盡興抛論亦有詩之俱竟春雨東僂東 數聲雜犬翠微中未知孰是 遥知楊柳是門處

似隔芙蓉無路通。樵客出來山帶雨，漁舟過去水生風。物情多與閑相稱，所恨求安計不同。此處不同 安於自適

曹松 字夢徵舒州人也光化四年登第時七十 余矣授校書郎而卒有集三卷傳世

南海旅次

憶歸休上越王臺，臺在廣州北悟性 寺越王事見前註 歸思臨高不易裁。為客正當無雁處，當作逢衡州有回雁峯 在衡陽之南至其處不過 故園誰道有書來。以無雁 故無書 城頭早角吹霜盡，

郭鄭殘潮蕩月迴（蕩一作帶）心秋百花開未得

年年爭向被春催

陪湖南李中丞瑋宴隱溪

竹林啼鳥不知休羅列飛橋水亂流鶴散

柳絲迴玉勒約開蓮葉上蘭舟酒邊舊侶

真何遜（宋何遜字仲言八歲能賦詩沈約嘗謂遜曰吾每讀卿詩一日三復猶不能已其為名流所稱如此）雲裏

新聲是莫愁（石城有女子名莫愁善歌謡古樂府有莫愁曲）若值主人嫌

晝短應陪秉燭夜深遊（古詩晝短苦夜長何不秉燭遊）

崔魯（廣明間舉進士有無機集行于世）

春日長安即事

一百五日又欲來梨花梅花參差開行人自笑不歸去瘦馬獨吟真可哀杏酪漸香鄰舍粥（鄴中記寒食三日為醴酪又煮粳米及麥為酪擣杏仁煮作粥）榆烟將變舊爐灰（譙周古史考燧人氏鑽木取火春取榆柳夏取杏棗季夏取桑柘秋取柞楢冬取槐檀）畫樓春暖清歌夜肯信愁腸日九迴（九回腸見前註）

過蠻溪渡

綠楊如髮雨如烟立馬危橋獨嘆船山口斷雲迷舊路渡頭芳草憶前年身隨遠道

徒悲梗戰國策蘇代謂孟嘗君曰有土偶人与梗相与語土偶人曰今子東国之桃梗也刻削子以為人降水不流子々而去則漂漂者將如之何耳也謂羈旅泛梗飄蓬者始於此詩賣明時不直錢前漢灌夫於武安侯田蚡席行酒至蚡蚡不肯飲夫怒嘻笑曰將軍貴人次至臨汝侯灌賢賢方与程不識耳語又不避席夫無所發怒乃罵賢曰平生毀程不識不直一錢今日長者為壽乃效兒女曹咕囁耳語耶歸去楚臺還有許釣船春雨日高眠

春晚岳陽城言懷　二首

烟花零落過清明異國光陰老客情雲夢夕陽愁裏色書禹貢雲土夢作乂杜預左傳註雲夢跨江南也洞庭春浪坐來聲郡国志云岳州左洞庭右彭蠡洞庭在巴陵縣西横七八百里天邊一與舊山別

江上幾看芳草生猶凭欄干意難寫作倚暮

笳鳴咽調孤城詩意謂久客巴陵思鄉之意發于悲

又

翠烟如鈿柳如環晴倚南樓獨看山江國

草花三月望帝城塵夢一年閒虛舟尚嘆

縈難解莊子方舟而濟河有虛舟來觸雖有褊心之人終不怒也忽有一人在其上則惡聲隨之向不怒而今怒向也虛而今實也

飛鳥空慚倦未還晉陶潛歸去來辭曰雲無心以出岫鳥倦飛而知還

何似不羈詹父伴畔睡烟歌月老潺湲列子詹何

楚人也以獨繭絲為綸芒針為鉤剖粒為餌百仞之泉引盈車之

魚左太沖吳都賦鈎餌縱橫網罟接緒術兼詹公巧傾任父

張祜 字承吉，南陽人。太和時卒于丹陽。今有詩集一卷傳于世。

擾擾都城曉四開，不關名利也塵埃。千門甲第身遥入，王公宅第以甲乙次第之，故云甲第。萬里銘旌死後來。銘旌，送葬者書生前爵位名號也。洛水暮烟横莽蒼，烟一作天。蒼，上声。○莊子：過莽蒼者，三餐而反，腹猶果然。謂一望之地也。邙山秋日露崔嵬。邙山在洛陽北。須知此事堪爲鏡，書曰：人無於水鑑，當於民鑑。莫遣黃金謾作堆。後漢董卓郿有金數十萬斤。

詩 顏萱

○過張祜處士丹陽故居并引

宣与故張處士祜世□通舊尚憶孫稚之歲与伯氏常子
處士撫抱之仁自疊髮爲神童則孔融於禪器光陰但謝
二紀于茲適經其故宅已易地主訪遺愈之所止則距故居之石
二餘步剝棘之下蓽門啓焉処士有四男一女男曰椿兒桂
兒椅兒杞兒閔之三已□故唯杞爲遺孕与其女尚存欲惜
杞与言則又求食女壻矣蘇州吳縣女壻即其王女之壻也
但有霜鬢爲黃冠者杖履迎門乃昔時受嫡崔氏与之
話旧歷然可德嗟乎嵩帔縷裙蕪非昔有琴書圖籍
尽屬他人又云横塘之西有故田數百畝力既貧六書女十年
不耕唯歲賦萬錢求免無所嗚呼昔爲穆生置醴鄭
公立御者復何人哉因吟五十六
字以聞好事者

憶昔爲兒逐我兄曾抛竹馬拜先生竹馬小兒戲以
嬉戲書齋已換當年主詩壁空題故友名梁往
助四子東里西華南容北叟俱學隆其家户流離不自振西華冬月
着葛帔練裙道逢劉孝標泫然矜之曰我爲卿作論乃著廣絕交論

譏其舊交豈是爭權留怨敵可憐當路盡公卿

柴扉草屋無人問猶向荒田責地征

皮日休字襲美一字逸少襄陽人咸通中及第才爲著作郎乾符亂出關爲賊巢殺之有文藪十卷詩一卷渭璧集十卷傳世

過雲居寺玄福上人舊居

重到雲居獨悄然隔窗窺影尚疑禪不逢

野老來聽法猶見鄰僧爲引泉龕上已生

新石耳壁間猶帶舊茶烟石上生芊苔如耳繹文石上如禾耳茶烟煮茶烟也

南宗弟子時時到南宗曹溪禪也泣把山花奠几筵

又選注……上蕭……火傳啓

西塞山泊漁家

白綸巾下髮如絲綸音關 靜倚楓根坐釣磯 中婦桑村挑葉去 小兒沙市買蓑歸 雨來蓴菜流船滑 春後鱸魚墜釣肥蓴鄭見前 西塞山前終日客金陵西有西塞山近石頭城 隔波相羨盡依依漢李子陵答蘇武書曰云望風懷想能不依依

○襄州春遊

信馬騰騰觸處行 春風相引與詩情 等閑遇事成歌詠 取次衝隨隱姓名 暎竹語人

多錯誤透花窺鳥窟分明岑牟單絞何曾著莫道猖狂似禰衡 魏太祖欲辱禰衡召為鼓吏因大會賓客閱試音節皆令脫去故衣著岑牟單絞之服註曰以綃帛為之岑牟一鼓角士之冒也。鄭玄礼記註曰絞蒼黄之色

送從弟歸復州

羨爾優游正少年竟陵烟月似吳天 孫宗鑑東皐雜録曰兩驛至復州皆平地南至大江並無丘陵之險渡江之石首始有山謂之竟陵者陵至此而竟南之石首者石自此而首也竟陵即復州縣名 車螯近岸無妨取 本草車螯蛤屬也。南史宋廬陵王義真居武帝憂會長史劉湛入因緩酒炙車螯 舴艋隨風不費牽 廣雅云舴艋小舟也 宋元嘉有司奏云去會稽從事常詣辭列先風間餘姚令何珍之遣作平牀一乘舴艋[illegible] 裊裊路

傍千嗅稽家家門外一渠蓮慇懃莫笑襄
陽住為愛南塘縮項鯿齊張敬兒為刺史作六櫓船置鯿獻齊高帝曰奉槎頭縮項鯿
一千八百頭。唐孟浩然襄陽詩云試垂竹竿釣果得槎頭鯿。又
漢水鯿魚極美襄人以槎斷水因為槎頭鯿

寄題羅浮軒轅先生所居

亂峰四百三十二元和志羅浮山之峰四百三十二欲問徵君
何處尋天子徵召者曰徵君紅翠數聲瑤室響紅翠山鳥名也。文選
注羅浮山有璇房瑤室七十二所真檀一炷石樓深真檀香名也山
都遺負沽來酒述異記廬陵大山之間有山都似人裸身見人便走自有男女可長四五尺常在幽
昧之中似魑魅鬼物樵客容賫化後金洛中紀異唐初進士麗武降玉俱課業嵩山正

採樵見一山椒有道人曳輕羅紗中一爐玉拜之道士曰汝肯隨我去乎玉辭之見爐中黃金爛然須臾乘虛而去玉歸詰其事從

此謁師知不遠求官先有葛洪心晋葛洪為散騎常侍辭不受聞交趾出丹砂求為句漏令帝以洪資高不許洪曰非欲為榮以有丹耳帝從之

送圓載上人歸日本國

講殿談餘着賜衣椰帆却返舊禪扉椰帆以椰木為帆檣

貝多紙上經文動貝多出摩伽陁国長六七尺冬不凋梵語貝多波力獵漢言樹葉西域寫經用此出酉陽雜俎

如意瓶中佛爪飛圓覺經云譬清淨摩尼珠映於五色注梵言摩尼漢言如意也○宋史西河離石人刘薩訶於丹陽城礼阿育王塔見放光明集衆掘得鐵函函中又有銀函盛舍利及佛爪髮詔遣沙門釋雲迎之

親母影邊持戒宿波神宮裏受齋歸嶺表

者深以為懼也詩言圖載上人修持戒律精嚴能使龍宮命食遇颶風亦無傷也陵神宮謂龍宮也

家山到日將何日白象新秋十二圍

酉陽雜俎乾陁國頭河岸有繫白象樹花葉似棗季冬方熟相傳此樹滅佛法亦滅

○屐步訪魯望不遇

雪晴墟里竹欹斜蠟屐徐吟到陸家晉阮孚性好屐或有詣阮正自蠟屐因嘆曰未知一生能着幾緉屐荒徑掃稀堆柘子破扉開澁染苔花壁閑定欲圖双檜廚静空如飯一麻瑞應經曰釋迦佛生迦維羅衛國為太子後出家既歷深山到幽僻處菩薩拾草布地正其坐月食一麻一麥端作六年擬受太玄今不遇可憐遺恨似侯芭楊雄

傳侯也鉅能人常從淮居遇叟宜且人玄法言

開元寺門樓即事

客良有蕭條倚神乘為樓其室如畫四簡霜施工劍池

數宿遙庭上雨鶴湍皇唐紀金臺於函嶽池中金臺

一尊松鶴國鶴靜詩南歲欲傳開曰霧圖上樂鶴詢

多往鶴聲中如今龍生奔虛為教作何不得之

公此鶴同文公支遺也

蕭孔雀

閑花飛鸞鳴氛葳蕤通寒舊鳳羚飛羅照哉

紫蕭如欲舞因賦紅樓似依昇因思桂蠹傷肌骨漢南粵王傳桂蠹一器應劭注桂樹中蠹蟲也蘇林曰漢書常以獻陵廟載以赤轂小車師古註云此蠹食桂故味辛而漬之以蜜食之甚甘美為憶松鵝換性靈換一作損盡日春風吹不起鈿毫金縷一星星

○聞魯望遊顏家園林病中有寄

一夜韶姿著水光謝家春草滿池塘晉謝灵運詩园柳變鳴禽池塘生春草細挑泉眼尋新脈輕把花枝換宿香換一作嗅蝶欲試飛猶護粉鶯初學囀尚羞簧分明不得同君賞盡日傾心羨索郎

見式幽桑落河出美酒世人稱訛為索郎故有索郎杯

病後春思

連錢錦暗麝氛氳，荊思才多詠鄂君。見鄂君船注

孔雀鈿開窺沼見，石榴紅重墮階聞。牢愁有度應如月，楊子雲常悕屈原文過相如至不容作離騷自投江而死悲其文讀之未嘗不流涕也以為君子不得時則龍蛇遇不遇命也何必沉身哉乃作書往往摭離騷文而反之自嶓山投之江中以弔之名曰反離騷又旁離騷作重一篇名曰廣騷又旁惜誦以下至懷沙一卷名曰畔牢愁注畔離也牢聊也與君相離愁而無聊也○樂府明明如月何時可掇

春夢無心秖似雲。歸去來辭雲無心而出岫

應笑病來慙滿願，花

淺好作新陽文作或作

館娃宮在硯石山上以西施得名

艷骨已成蘭麝土，宮墻依舊壓層崖。弩臺雨壞逢金鏃 吳越春秋吳越王以三千強弩射潮頭與海神戰自是水不近城弩臺臨高射弩之處 香逕泥消露玉釵 館娃宮傍有採香逕步屧廊今靈巖寺是也玉釵見前註 硯沼只留溪鳥浴 硯沼謂硯山之水也 屧廊空信野花埋 響屧廊下空使西子步屧宮上也 姑蘇麋鹿真閑事 史記吳破越越進西施請退軍王許之王得西施荒淫無度日遊姑蘇子胥諫曰臣恐姑蘇不久為麋鹿之遊王不聽 須為當時一愴懷 陸龜蒙有

次韻

以紫石硯寄魯望兼酬見贈

樣如金蹙小能輕微潤將融紫玉英石墨一研爲鳳尾顧微廣州記曰懷化縣掘甲得石墨甚多精好可寫書○陸雲與兄機書曰一日上三臺得曹公藏石墨數十萬斤云燒此消復可用不知兄頗見之否今得二螺○齊蕭峰五歲高帝使學鳳尾諾一學即工帝大悦以玉麒麟賜之曰玉麒麟賞鳳尾諾矣寒泉半勺是龍睛龍睛硯池也騷人白芷傷心暗楚辭綠蘋齊葉兮白芷生湛湛江水兮上有楓目極千里兮傷春心狎客紅箋奪眼明陳□總後主之狎客也兩地有期皆好用兩地指騷人狎客也不須空把洗溪聲

聞開元寺開笋園寄莫上人

園鎖閇陳御聲駭麋群鷁林鮮籜水犀文森森

竟泛材椎雨攫攫爭穿石上雲抉音䵷出赤

如鷄管合鷄管謂鷄之翎筒也各生還似犬牙分漢書言犬牙相制

折煙束露如相遺何亂明朝不茹葷宋何胤字子季會入鍾山定林寺聽內典後汝南周顒與胤書令食菜故胤末年遂絕血味○莊子人間世篇回之家貧[illegible]不茹葷

○奉和魯望新夏東郊閑泛有懷

水物輕明澹似秋多情才子倚蘭舟蘭舟見前註

碧莎裳下攜詩草黃篾樓中挂酒篘隋煬帝幸江都五品以上給樓船九品以上給黃篾船上編竹如篷以護風雨蓮葉蘸波初轉棹魚兒簇

餌未諳鉤共君莫問當年事一點沙禽勝

五侯（漢婁護字君卿游五侯之門每旦五侯饋以餉之君卿乃合五侯所餉為鯖與胚同音征盖煎和之名故云五侯鯖）

奉和龜蒙四月十五日道室書事

望朝齋戒是尋常（朝即朔也）盡啓金根第幾章（金根經名也）

竹葉飲為甘露色（宜城九醞名竹葉酒○述異記庾亮迎吳猛登廬山過石梁見一翁坐桂樹下以玉杯承甘露与猛）蓮花鮓作肉芝香（仙傳拾遺云進士蕭靜之掘地得物類人手肥嫩色微紅烹食之後遇異人曰爾嘗食仙藥因告之曰此肉芝食之者壽）

松膏背雨凝雲礎（雨一作日）丹粉經年染石床

剩欲與君終此志

頑僊唯恐鬢成霜

次韻肯壁新驊

一簣松花綠有聲何家□玉米□□□之香美延年以貰酒葡也放將渠

挹撇寒清渠昭明太子將進酒云洛陽輕薄二長安遊俠兒宜城溢渠[redacted]中山浮三危秦吳

只恐葡萄來近江文通別賦況秦吳兮絶國劉項真應釀得平

詩言句同祖與項羽爭天下因此醞釀亦可得和平也酒德有神多客頌晉劉伶作酒德頌醉

鄉無貨沒人爭王績字無功作醉鄉記五湖煙水郎山月

合向樽前問姓名五湖在大江之南郎山在大山之北馬牛不相及惟醉鄉中可合而為一也

次韻魯望以竹夾膝見寄

圓於玉筯滑於龍來自衡陽彩翠中拂潤

恐飛清夏雨叩虛疑貯碧湘風大勝書客

裁成筒頻賽溪翁截作筒從此角巾因爾戴晉羊祜與弟琇書曰既定邊事當角巾東路歸故里為容棺之墟俗人招訪若為通

○夏景無事因懷章來二上人

澹景微陰正送梅風土記江南三月雨謂迎梅五月雨謂送梅幽人逃暑癭南杯謂以木癭為酒杯也水花移得和魚子水花蓮也山蕨收時帶竹胎一作米嘯館大都偏得月醉鄉終竟不聞雷刘伶酒德頌靜聽不聞雷霆之声更無一事惟留客卻被高僧怕不來用遠法師蓮社招淵明事

○寄夔州楊舍人

德星文彩聳天涯後漢陳仲弓詣子姪造荀季和父子于時德星聚太史奏五百里內有賢人聚楊舍人在瓊州故云齊天涯酒樹堪消謫宦嗟南史曰南海有頓遜國在海埼上有酒樹似家石取其花汁停瓮中數日而成酒行遇竹王因設奠後漢夜郎者初有女子浣於遯水有三節大竹流入足間聞其中有声剖竹視之得一男歸養之及長有才武自立為夜郎侯以竹為姓武帝賜以王印綬後遂之封三子為侯死配食其父今夜郎有竹王三郎神是也○華陽國志云竹王祠今在施州歌羅寨西北五十里東山上土人亦名夜郎侯祠也居逢木客又遷家木客即山魈也有詩云酒盡君莫沽壺傾我當發城市多嚣塵還山弄明月清齋静漉桄榔麪後漢夜郎句町縣有桄榔木可以為麪百姓資之注桄榔木外皮有毛似棕櫚而散生其木剛利木中有屑如麪可食左太冲蜀都賦布有橦花麪有桄榔遠信閒封荳蔻花清切會須歸有日文選劉公幹賜徐幹詩曰誰謂相去遠隔此西掖垣

拘限清切禁中情無由宣莫貪句漏是丹砂句漏山在容州普寧縣巖穴多勾曲穿漏故名

○丹砂見前註

夏景中澹偶然作

一室無喧事事幽還如貞白在高樓齊陶弘景字通明丹陽秣陵人嘗起三層樓弘景處其上弟子居其中賓客至其下惟一家僮至其所梁大同二年卒詔贈大中大夫謚曰貞白先生詩指此

天台書得千迴看湖月芳來百度遊無限

世機吟處息幾多身計釣前休他年謁帝

言何事曹子建詩云謁帝承明廬逝將歸舊疆請贈劉伶作醉侯以劉伯倫

將歛啟請爲醉侯

魯望慨承吉之孤爲誌兮遂令奮烈

欲用余道振其孤而和之噫承吉之

困身後乎魯望視余困與承吉身前

孰苦我未有已困而能振人者抑爲

辭用塞良友

先生清骨葬烟霞業破孤存誰爲嗟幾篋

詩書分貴位一林石筍散豪家張處士愛石嶺南載羅浮石實

於曲阿之宅兒過舊宅啼楓影姬遶荒田泣稗花孟子五穀者種之美者也苟爲不熟不如荑稗

惟我與君堪便戒莫將文

營作生涯莊子養生篇吾生也有涯

庚寅歲新羅弘惠上人與本國同書

請日休爲靈鷲山周禪師碑將還以

詩送之

三十麻衣弄渚禽列子海上之人有好鷗鳥者每旦從鷗游至者百數即弄渚禽之意也

豈知名字徹雞林雞林新羅地名勒銘雖即多遺草漢班固爲竇憲勒銘燕山

越海還能抵萬金鯨鬣曉掀峰正燒續鼇睛夜沒島還深二千餘字終天別東

望三辰韓奚西禁後漢東夷傳韓有三種一曰

張賁

奉和魯望白菊

雪彩冰姿號女華唐本草菊花一名女節一名女華寄身多是

地仙家王子[illegible]王母方云菊十二月上寅日採名曰長生長生者根莖是也服年八十歲老人可變為童兒即地仙矣

有時南國和霜立幾處東籬伴月斜謝客

瓊枝空貯恨晉謝惠連雪賦云庭列瑤階林挺瓊樹袁郎金鈿不

成誇自知終古清香在更出梅粧弄晚霞

梅粧見前註

羅鄴餘杭人與宗人隱虬齊名故號三羅咸通中舉十上不第有詩集行于世

洛水

一道潺湲濺暖蓑年年惆悵是春過莫言行路聽如此路一作客流入深宮恨更多橋畔月來清見底柳邊風起綠生漪纔然滿眼添歸思未把漁竿奈爾何

下第書呈交人

清世誰能便陸沈莊子則陽篇孔子之楚舍於蟻丘之漿其隣有夫婦臣妾登極者仲尼曰是陸沈者也註陸沈隱者沈不在水而在陸極屋極也相逢休作憶山吟唐靈徹詩曰相逢盡道休官去林下何[illegible]

心去國漢妃還似王漢王嬙字[illegible]多不得常見乃使畫工圖其形宮人多賂畫工昭君自恃其貌不與及匈奴入朝選宮人配之昭君以圖當行、、辭光彩射人竦動左右亡家石氏豈

無金石崇之富不貲爲趙王倫所誅王嬙之貌季倫之富可以保其寵享其安然竟不免去国亡家者何也時有命也詩意寓才雖高而不第者亦有分也且安懷抱莫惆悵瑶瑟調高樽

酒深樽一作滌○當以遠大自期

東歸

日日悝憂行後逢東歸可是有家歸都緣

桂玉無門住桂玉見前註不弃山川去路非秦樹

夢愁春鳥弄吳江釣憶錦鱗肥見前張翰註桃夭

杏豔清明近惆悵當年意盡違

僕射陂晚望 僕射陂在鄭州東三里後魏孝文帝賜僕射李冲後世因呼為僕射陂

離人到此倍堪傷陂水蘆花似故鄉身事未知何日了馬蹄惟覺到秋忙 秦中歲時記進士下第當年七月後復獻新文求拔解語曰槐花黃舉子忙 田園牢落東歸晚道路辛勤北去長却羨無愁是沙鳥雙雙相趂下斜陽

錢起 字仲文吳興人天寶十年及第授秘書郎大曆中為翰林學士有詩集傳世

贈閣下閣舍人

二月黃鶯飛上林春城紫禁曉陰陰文選謝逸宣

貴[redacted]詩汝華丁紫禁李注宮象紫微故名紫禁長樂鐘聲花外盡李白詩云聽鍾

出長樂傳鼓到新昌龍池草色雨中深陽和不散窮途

恨窮途見阮籍注霄漢常懸捧日心獻賦十年猶未

遇前漢司馬相如獻上林子虛等賦羞將白髮到華簪陶淵明詩此事真須樂聊用忘華簪

盧綸字允言河中人舉進士不第大曆初元載薦之累遷檢校戶部郎中監察御史稱疾去卒有集傳于世

長安春望

東風吹雨過青山却望千門草色閑家在

夢中何日到春來江上幾人還川源繚繞

浮雲外宫闕參差落照間誰念爲儒逢世
難獨將衰鬢客秦關

夜投豐德寺謁液上人

半夜風中有磬聲偶逢樵者問山名上方
月曉聞僧語下路林疏見客行野鶴巢邊
松最老毒龍潛處水偏清願得遠公知姓
字焚香洗鉢過浮生

送崔琦赴宣州幕

五馬臨流待幕賓二千石有五馬車杜詩人生五馬貴 [illegible]

[illegible]開宴笑曰郗生可謂入幕之賓矣君談笑出風塵身

閑就養能辭遠養去声○能一作寧世難移家莫厭貧

天際暁山三峽路巫山有上中下三峽津頭臘市九江人

九江見前註何處還知寂惆悵瀟湘青草鴈聲寒有青草湖

○至德中途中書事郤寄李澗

亂離無處不傷情況復看碑對古城路遶

寒山人獨去月臨秋水鴈空驚顏衰重喜

歸鄉國身賤多慚問姓名今日主人還共

醉應憐世故一儒生

○晚次鄂州

雲開遠見漢陽城（開一作間）猶是孤帆一日程（程或一作[illegible]）

估客晝眠知浪靜舟人夜語覺潮生（潮江進也舟人[illegible]夜竟覺潮生則鐶其纜索）

三湘愁鬢逢秋色（郭璞山海經洞庭陵江[illegible]水沅水皆會巴陵故號曰三湘）

萬里歸心對月明舊業已隨征戰盡更堪

江上鼓鼙聲

司空曙字文明廣平人韋皋招致幕府授洛陽主簿終水部郎中有集傳于世

題靈雲寺（或作[illegible]）

青山古寺遶煙波石磴盤空鳥道過鳥道見前註

百丈金身開翠壁後漢明帝永平二年夢金人巍巍丈大飛至殿前帝問群臣通事舍人傅毅對曰臣聞西域有得道者得無是乎帝遣王遵等往西域求佛法以白馬馱經入洛陽此中土有三室之始也出大藏一覽

萬龕燈焰隔煙蘿雲生客到侵衣濕花落

僧禪覆地多不與方袍同結足一本作結社○僧袈裟以方帛為之故曰方袍○洛陽伽藍記曰僧肇法師制曰論合為一卷曾示廬山遠大師大師歎仰不已又望遺民歎曰不意方袍復為平叔方袍之語出遺民也

下歸塵世竟如何

送曲山人歸衡州

白石先生眉髮光劉向列仙傳白石先生者中黃道人弟子多烹白石為粮因白石山居

亦食脯飲酒日行三四百里彭祖問白石先生曰何不服藥仙去先生曰天上至尊相奉至難更苦人間耳已分甜雪

飲紅漿甜雪英華作紅雪○武帝外傳七月七日西王母降教武帝曰欲長生者先取諸身堅守二泥丸三宮備衛在絳宫黄庭天真之所服非下仙可服其次有九丹金液紫虹華英太清紅雲之漿絳雪三黄及靈飛之符凡十二事以授帝衣

巾半染煙霞氣語笑薰和藥草香茅洞玉

聲流瞻水茅洞茅山之洞見前註衡山碧色映朝陽衡山南岳也

十年城郭如相問華表巍巍有夜霜見丁令威註

寄胡居士

日暖風微南陌頭青田紅樹起春愁伯勞

相逐行人別岐路空歸野水流偏憶尋僧

同看雲謝斯載輦酒共登樓為言惆悵嵩陽
寺明月高松應獨遊

陳羽　江東人貞元八年陸贄下第二人登科歷東宫衛佐有詩集傳世

○送友人及第東歸

五陵春色泛花枝張平子西京賦曰南望杜陵北眺五陵心觧花前
遠別離一作辭落第恥為関右客成名空羨里
中見漢書沛公畧地陳留沛公之麾下騎士適鄉食其里中子沛公時々問邑中賢豪騎士語食其食其曰吾聞沛公嫚罵人有大畧真吾所願從若見幸言臣里中有酈生年六十餘高帝見之因使說齊都門雨歇
愁分處山店燈殘夢到時家住洞庭多釣

伴因来相賀語相思漢蘇武詩生當復来歸死當長相思

長安卧病秋夜言懷

九重門鎖禁城秋月過南宫漸映樓紫陌

夜深槐露滴天有紫微垣人主之宫象之宫曰紫宫又曰禁殿曰紫宸京都之衢曰紫陌碧空

雲盡火星流詩七月流火傳火猶西流左風清刻漏傳三殿唐書將軍宇志奏三殿上所置渾天儀銅鼎上津流出謂翰佐殿又東西兩廂也翰林在其後○杜詩云詔從三殿出甲

第歌鍾樂五侯文選陸機詩云甲第擬與蘭又云甲第崇高閣注第一宅也前漢王氏五侯同日而封

楚客病來鄉思苦寂寥燈下不勝愁

戴叔倫字幼公潤州人貞元中進士後官撫州刺[illegible]

宋中舍遊漳泉

酬耿少府見寄

方丈蕭蕭落葉中高僧傳舍利弗有維摩舊宅唐顯慶中王玄策因奶印度過淨名宅以笏量基止有十笏故號爲方丈云暮天深巷起悲風流年不盡人

自老外事無端心已空家近小山當海畔淮南王小山等作招隱上一篇身留環衛隱墻東後漢北海王君公遭亂獨不去儈牛自隱時人爲之語曰避世墻東王君公○爲少府聽進宮闈故云環衛唐書金吾衛亦名環衛遥聞相訪頻逢

雪一醉寒宵誰與同

李嘉祐字從一趙州人天寶七年進士爲秘書正字累官至合袁二州刺史有集傳于世

孤城郭外送王孫前漢韓信傳哀王孫而進食豈望報也越水吳洲

共爾論野寺山邊斜有逕漁家竹裏半開
門青楓獨映搖前浦杜詩云輟棹青楓浦白鷺閑飛過遠
村若到西陵征戰處三国志吳陸抗上表曰西陵建平國之西門即夷陵也不看
秋草自傷魂文選江文通別賦黯然銷魂者惟別有而已矣

自蘇臺至望亭驛人家盡空春物增
思悵然有作

南浦蒹葭覆白蘋東吳黎庶逐黃巾後漢末年黃巾
賊起
野棠自發空流水江燕初歸不見人宋文帝元
嘉二十八年魏人破南兖徐豫青冀殺掠不可勝計丁壯即也
斬截嬰兒貫於槊上盤舞以為戲所過郡縣赤地無餘春[illegible]

臨[illegible]於林末遠樹依依如送客平田瀏瀏獨傷神

那堪回首長洲苑烽火年年報虜塵

題靈臺縣東山主人

處處征胡人漸稀山村寥落暮煙微門臨

莽蒼經年閉莽蒼荒無色身逐嫖姚幾月歸嫖姚校尉霍去病也詳見前註

貧妻白髮輸殘稅餘寇黃河未解圍

天子如今能用武只令應歲晚息兵機

早秋京口旅泊京口南徐即[redacted]州也

移家避寇逐行舟厭見南徐江水流吳地

征徭非舊日秣陵彫弊不宜秋秣陵金陵也千家閉戶無砧杵七夕何人望斗牛斗牛見前註只有同時驄馬客漢桓典為御史執法無所回避常乘驄馬京師憚之語曰行行且止避驄馬御史偏題尺牘問窮愁尺牘以木為之書於上○史記虞卿贊曰虞卿非窮愁亦不能著書

○贈別嚴士元

春風倚棹闔廬城魏王粲七懷德詩倚棹泛涇渭日暮山河清○越絕書吳王闔閭築城周四十七里陸門八象八風水門八象八卦○吳都賦重城[illegible]通門二八仁平江府水國春寒陰復晴細雨濕衣看不見閑花落地聽無聲日斜江上孤帆影草綠湖南萬里情東道儻逢

相識間左傳燭之武曰若舍鄭以東道主行李之往來供其乏用青袍今日誤書
生

註唐詩鼓吹卷第五

註唐詩鼓吹卷第六

資善大夫中書左丞郝天挺註

杜牧 字牧之京兆人也太和二年進士舉賢良方正為江西團練巡官累遷左補闕監察御史遷中書舍人卒有樊川集行于世

李給事 即李宗閔也

一章緘拜皂囊中 漢文帝集上書皂囊為帷帳後漢靈帝以妖異數見特詔問蔡邕二表以皂囊封上注凡章表言密事皆用皂囊 歷歷朝廷有古風元禮去歸緱氏學 後漢李膺字元禮潁川人性簡亢無所交接為司隸校尉及遭黨事下黃門北寺獄遇赦膺乃退居緱氏縣教授生徒 [illegible] 江充來見犬臺宮 前漢 [illegible]

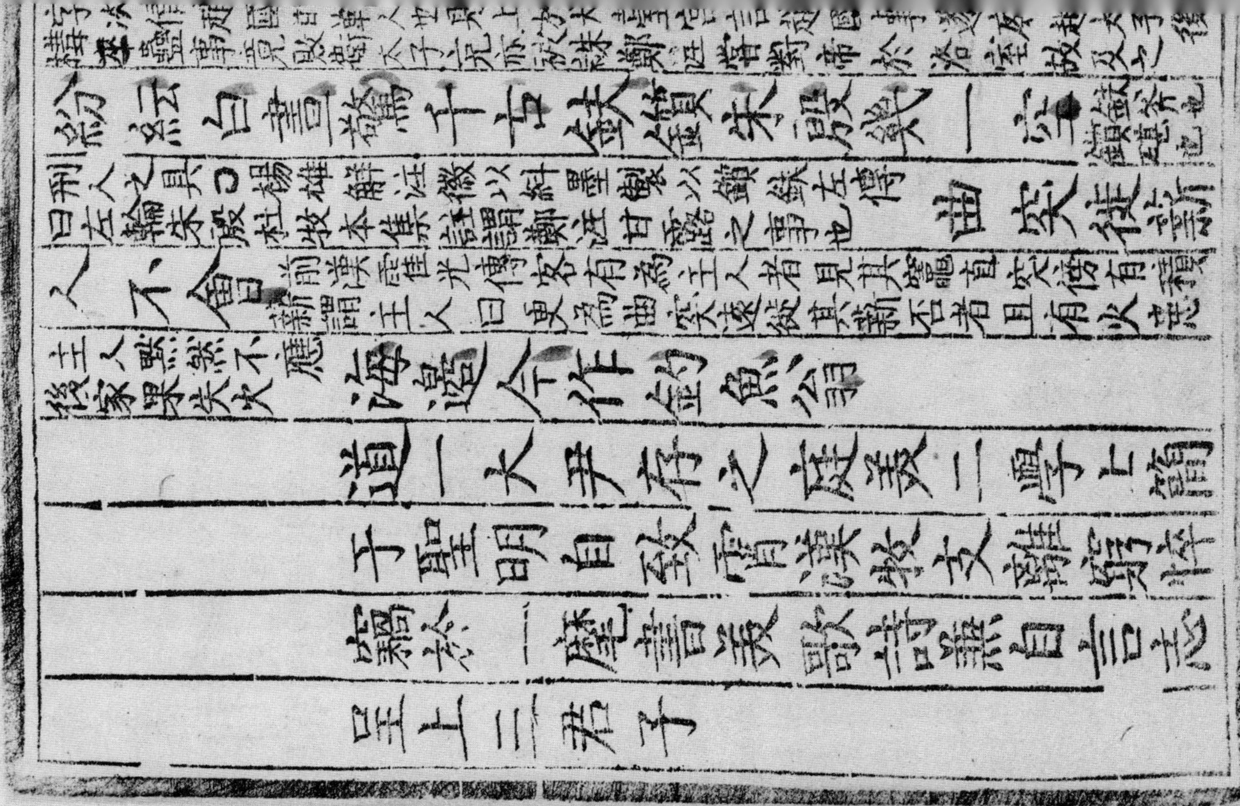

注唐詩鼓吹　國家圖書館藏明刻本

九金神鼎重丘山前漢郊祀志武帝興神鼎三若二統天地萬物所係象也黃帝作寶鼎三三者天地人禹收牧之金鑄九鼎象九州五玉諸侯雜佩環書堯典修五禮五玉注五等諸侯所執玉也公執桓圭侯執信圭伯執躬圭子執穀璧男執蒲璧星座通霄狼鬣暗後漢郎官上應列宿星通霄言君子在位得時行道也○六象列星圖曰天弧九星在狼星東南為天弓也主備盜賊常屬天向狼星魏明帝景初元年八月壬戌寅夜有大流星長數犬白色有芒鬣詩言狼鬣時喻言小人不得肆也戍樓吹角虎牙閒後漢來歙叱蓋延曰虎牙何敢然漢將軍之號也斗間紫氣龍埋獄見前注天上洪鑪帝鑄顏揚子或曰人可鑄與曰孔子鑄顏回美注顏子不學亦常入耳遇孔子教之乃庶幾聖人是學猶鑄也羌念西河舊交友魚符應許出函關隋書高祖頒木魚符於總管刺史雌一雄一又木魚符頒於京官五品以上

故洛陽城有感

一片宮墻當道危行人為汝去遲遲 孟子遲遲吾行也

罼圭苑裏秋風起 後漢靈帝光和三年作罼圭靈昆苑周一千五百步西苑周三千三百步皆罼羅之達並在洛陽宣平門外

平樂館前斜日時 張衡東京賦曰其西則有平樂都城視遠之館

黨錮豈能留漢鼎 後漢張成弟子牢脩上言誣告李膺等養太學游士交結諸郡生徒誹訕朝廷疑亂風俗靈帝大怒逮捕黨人如竇武劉淑陳蕃荀昱杜密之徒皆在黨中其死徒者六七百人○汾陰得寶鼎武帝嘉之群臣皆賀得周鼎吾丘壽王獨曰非周鼎上問之對曰臣聞周德上昭天下漏泉上天報應鼎爲周出故曰周鼎今其繼周昭德顯行天神有德而寶鼎自出此天之所以爲漢乃漢寶非周寶也上曰善

清談空解識胡兒 晉書載記石勒敗洛陽倚嘯上東門王衍見而異之曰向胡雛吾觀其聲恐爲天下之患馳遣收之會勒已去王衍能清談

千燒

萬戰坤靈死易曰坤地道也○揚雄司命箴曰普地靈得天作制○文選靈光殿賦云據坤
之寶勢慘慘終年鳥雀悲
潤州即鎮江府也
向吳亭東千里秋向吳亭在潤州今為鎮江府在府治之西南放歌
作昔年遊鮑明遠有放歌行青苔寺裏無鳥迹綠水
橋邊多酒樓大抵南朝皆曠達晉南渡後輔之謝鯤
羊曼桓彝輩閑室酣飲號為八達可憐東晉最風流晉五明元帝都
放曰東晉風流指王謝也月明更想桓伊在桓伊見前注一笛聞
吹出塞愁晉史劉疇嘗避亂塢壁賈胡數百欲害之疇[illegible]

曾

府有出塞入塞曲

○又

謝朓詩中佳麗地謝玄暉鼓吹曲江南佳麗地金陵帝王州逶迤帶綠水迢遞起朱樓夫差傳裏水犀軍國語曰吳敗越於會稽勾踐說國人曰寡人不量力與大國報仇寡人之罪也親為夫差洗馬而歸乃[illegible]其衆而誓之曰寡人聞古之賢君不患其衆之不足也而患其志行之不少恥今夫差衣水犀之甲者[illegible]三千人不患其志行之少恥而患其衆之不足也○南越志寧定縣巨海有水犀似牛其出入有光水為之開城資鐵瓮橫強弩唐乾符中周寶為潤帥築羅城二十余里仍號鐵瓮城又云吳孫權所築○吳越王昔以弓弩射潮頭與海神戰自是水不近城柳暗朱樓多夢雲用陽臺雲雨事畫角愛飄江北去釣歌長向月中聞揚州塵土試回

首不惜千金借與君

題宣州開元寺水閣閣下苑溪夾溪居人

六朝文物草連空（金陵六朝紀撰謂吳東晉宋齊梁陳）天澹雲閑今古同鳥去鳥來山色裏人歌人哭水聲中

深秋簾幕千家雨落日樓臺一笛風惆悵無因見范蠡參差煙樹五湖東（范蠡五湖見前注）

宣州送裴坦判官往舒州時牧欲歸京

日暖泥融雪半消（杜詩云泥融飛燕子）行人芳草馬聲嬌九華山路雲遮寺（九華山在池州）青弋江村柳拂

稽城縣西五十里君意如流息的的我心懸旆

正搖搖戰國策楚王曰寡人之心搖搖如懸風中之旌○謝玄暉詩旅思倦搖搖 同來不得

同歸去故國逢春一寂寥

○登池州九華峰寄張祜九華舊名九子山龍林李白以其峯如蓮華遂改作九華

百感中來不自由角聲孤起夕陽樓碧山

終日思無盡芳草何年恨即休睫在眼前

猶不見道非身外更何求孟子道在迩而求諸遠事在易而求諸難 何

人得似張公子指張祜處士 千首詩輕萬戶侯

○九日齊山登高

江涵秋景鴈初飛與客携壺上翠微注見前塵世難逢開口笑莊子人生上壽百歲中壽八十下壽六十病瘦死喪憂患其中開口而笑者一月之中不過四五日而已菊花須插滿頭歸但將酩酊酬佳節不用登臨歎落暉古往今來只如此牛山何必淚沾衣列子齊景公遊于牛山北臨其國城而流涕曰美哉國乎鬱鬱芊芊若何謪去此國而死乎使國而無死者寡人將去斯而何之史孔梁丘據從之泣晏子獨笑於傍曰吾君方將被蓑笠而立乎畎畝之中惟事之恤何暇念死乎景公慚焉

○齊安郡晚秋

桥岸屋東枕渾與侯君家似里人居來徐沐

一真作野人居雲容水態還堪賞嘯志歌懷亦自如雨

暗殘燈碁散後酒醒孤枕鴈來初可憐赤

壁爭雄渡赤壁屬黄州三國志曹操與周瑜遇赤壁初戰操軍不利引江北後有烏林之敗唯有

蓑翁坐釣魚

得替後移居雲溪館在湖州牧嘗為刺史

萬家相慶喜秋成處處樓臺歌板聲千歲

鶴歸猶有恨千歲鶴已見華表注一年人住豈無情夜深

溪館留僧語風定蘇潭看月生唐蘇懷為烏程尉墮此潭

聞有人語云扶出後果拜柏故名蘇公潭育記存焉在州治之東景物登臨開始見願

為閑客此閑行

柳

日落水流西復東春光不盡柳何窮巫娥廟裏低含雨宋玉門前斜帶風莫將榆莢共爭翠深感杏花相映紅灞上漢南千萬樹幾人遊宦別離中杜詩漢南因老盡灞上遠愁人

送劉秀才歸江陵

綵服鮮華覲省者高士傳老萊子年七十衣斑斕之衣

……王在渚宮今之城楚船宮地也梁元帝名以渚宮…… 鱸魚新[illegible]

别江東劉郎浦夜侵船月 郡國志劉備娶孫夫人始於楚地因名○荆州記劉郎浦在荆州石首縣也

宋玉庭春弄袖風 江陵有宋玉宅

落落精神終有立飄飄才思杳無窮 司馬相如上大人賦武帝大悅飄飄然有凌雲之氣

誰人世上爲金口 揚子曰如將復駕焉其説者則莫若諸儒而金口而木舌

借取明時一薦雄 杜詩揚雄更有河東賦惟待吹噓送上天○甘泉賦孝成帝時客有薦雄文似相如者上方郊祀甘泉泰時汾陰后土以求繼[illegible]召雄待詔承明之庭云云

題青雲館 屬商於

虬蟠千仞劇羊腸 文選魏文帝詩羊腸坂詰曲車輪爲之摧

天府由来

百二强史記蘇秦說秦惠王曰秦四塞之國被山帶渭東有關河西有漢中南有巴蜀北有代山此天府也○前漢高帝紀田肯賀上曰秦形勢之國也帶河阻山懸隔千里持戟百萬秦得百二焉蘇林曰秦地險固二萬人足當諸侯百萬也

四皓有芝輕漢祖四皓見前注張儀無地與懷王史記張儀說楚懷王使絕齊請獻商於之地六百里楚遂絕齊使將軍隨張儀受地至秦儀佯墮車不朝三月齊秦之交合儀乃出謂楚傳者曰臣有奉六里願獻大王楚王大怒巴帳連雲影蘿陰合枕繞泉聲客夢涼深處會容高尚者易蠱卦上九曰不事王侯高尚其事水苗三頃百株桑水苗稻種也

殘春寄張祜

僾雲如粉草如茵獨步長堤不見人一嶺

桃花紅錯點半溪山水綠羅新高枝已言
猶欺烏百舌鳥名帶葉梨花獨送春仲蔚白欲知何
處在苦吟林下拂詩塵晉皇甫士安高士傳曰張仲蔚平陵人與同郡魏景卿俱修道德隱身不仕明天文得物喜詩賦所居蓬蒿沒人有名榮時人莫識惟劉龔知之

寄浙西李判官

燕臺上客意何如燕昭王築黄金臺以禮郭隗四五年來漸
漸疎直道莫抛君子業語直道而事人焉往而不三黜遭逢還
與故人書杜詩厚禄故人書斷絶恒飢稚子色淒涼青雲消眼應驕
我白髮渾頭少恨渠誰念賢我崔大讓

可憐無事不歌魚史記孟嘗君客有馮驩者彈長鋏歌曰長鋏歸來乎食無魚有魚矣又歌曰長鋏歸來乎出無車

○訪張明府同趙二十二譔聯句

陶潛官罷酒瓶空門掩黃花一逕風陶潛去官作歸去來辭云三逕就荒松菊猶存古調詩吟山色裏無弦琴在月明中趙○淵明常畜無弦琴一張曰但識琴中趣何勞弦上聲遠鶯高樹宜幽鳥出岫孤雲逐晚虹趙○歸去來辭雲無心以出岫別後東籬數枝菊不知閑醉與誰同趙

洛陽

文征武戰京祁工□格又云壹戎衣而天下大定日□

開元天寶中開元天寶玄宗時年號也已見玄戈收相土張平子西京賦建玄弋樹招搖註云玄弋北斗第六星主爲旄頭主胡兵○唐憲宗元和七年田承嗣納土○詩云相土烈烈海外有截註相土契之孫○詩言憲宗時諸侯納土也應回翠帽過離宮張衡西京賦云翡翠帽倚金較註翠帽車蓋黃金以飾較伏門草滿罝寒兔詩兔罝肅肅兔罝施于中逵洛浦沙

深見塞鴻疑有女娥西望處上陽煙樹正秋風張衡西京賦女娥坐而長歌聲清暢而蜲蛇○魏武帝臨崩遺命吾婕妤妓人皆令著銅雀臺上月朝十五作伎歌舞時登臺望西陵墓田上陽宮名

寄唐州李尚書李愬憲宗朝爲唐鄧節度使檢校尚書左僕射

累代功勛照世光奚胡聞道死心降（奚胡謂奚契丹）攻書筆禿三千管（晉王羲之逃筆成丘號退筆塚）領節門排十六雙（晉謝安都督揚荊等十五州諸軍事其本官悉如故。唐百官志節度使辭日賜雙旌雙節行則建節立六纛入境州縣築節樓迎以鼓角詩意以李尚書比謝安）先揖耿弇聲籍籍（前漢或說汲黯曰天子欲令群臣下大將軍不可以不拜黯曰夫以大將軍有揖客反不重耶。後漢耿弇字伯昭扶風人為光武大將軍封好畤侯）今看黃霸事摐摐（前漢黃霸字次公淮陽人為潁川太守政稱神明後拜丞相卒謚定）時人欲識胸襟否彭蠡秋連萬頃江（彭蠡胡在鄱陽匡廬山下）

奉送中丞姊夫儔自大理卿出鎮江西

楷作登李江拄天大澤未至道渴而死棄其杖化為鄧林

越香巴錦萬千千閩越産香巴蜀出錦滕王閣上柘枝讌

滕王閣在隆興府郡城西唐高祖子滕王元嬰所建王勃作記○樂苑曰羽調有柘枝曲商調有屈柘枝此曲因舞得名用二女童鮮衣帽帽施金鈴抃轉有聲其來也於二蓮花中藏之花折而後見舞中之雅妙者也詩云柘枝蔌者即舞此曲並已按此曲今出於拓跋氏後人誤傳因名柘枝

徐孺亭前鐵軸船圖經隆興東湖南小洲上有漢高士徐孺子宅號孺子亭太守夏侯嵩立思賢亭魏時謂之聘君亭

八郡元侯非不貴八郡謂江西八州洪江饒虔吉信撫袁

萬人師長豈無權書牧誓千夫長萬夫長

要君嚴重歡樂猶有河湟可下鞭時河湟未下故用祖逖著鞭事詳見前注

西江懷古

上吞巴蜀控瀟湘，怒似連山靜鏡光。連山謂波浪如山也

魏帝縫囊真戲劇，步騭表言北降人說北多作囊欲以盛沙塞大江吴王曰此曹必不敢來若不如孤言當以牛千頭為君作主人後見呂岱說騭言北欲作囊以塞江輒失笑曰此江自開闢以來寧可塞乎

符堅投箠更荒唐。晉載記符堅欲伐晉左右率石越對曰國有長江之險朝無昏惑之釁未可伐也堅曰以吾之衆旅投鞭於江足斷其流

千秋釣舸歌明月，萬里沙鷗弄夕陽。杜詩白鷗波浩蕩萬里誰能馴

范蠡清塵何寂寞，范蠡事見前注

好風唯屬往來商。

早鴈

金河秋半虜弦開，雲中郡有紫河鎮界有金河[illegible]

[illegible]弢謂虜之弓矢也○慶雲際驚飛四散哀僊掌月明

孤影過華山有仙人掌長門燈暗數聲來長門漢宮名須知

胡騎紛紛在豈逐春風一一回莫厭瀟湘

少人處水多菰米岸莓苔西京雜記太液池邊皆是雕菰綠節之類

菰之有米者名雕菰有首者名綠節杜詩波漂菰米沉雲黑露冷蓮房墜粉紅

聞慶州趙縱使君與党項戰中箭身死

將軍獨乘鐵驄馬榆溪戰中金僕姑榆溪在慶陽府西北六百里○左傳宋公以金僕姑射南宮長萬死綏却是古來有禮記武車綏旌注有虞氏之旂旗也司馬兵法曰將軍死綏梁任昉彈曹景宗云將軍死綏綴寸步無卻驕將自驚今

日無青史文章爭點筆。梁江淹上建平王書俱啓丹冊並圖青史朱門

歌舞笑捐軀誰知我亦輕生者不得君王

丈二殳說文殳杖也音殊禮殳以積竹八觚長丈二建於兵車旅賁以先驅也詩曰伯也執殳為王前驅

街西隋三禮圖長安領街西五十四坊及西市多王公貴戚之第

碧池新漲浴嬌鴉杜牧阿房宮賦云渭流漲膩棄脂水也與此意同分鎖

長安富貴家遊客偶同人鬬酒名園相倚

杏交花銀鞍騕褭嘶宛馬文選徐敬業詩鮮車騖轂汗馬躍銀鞍淮南子曰夫待騕褭飛兔而駕之則世莫乘車矣注騕褭飛兔日行千里○宛馬漢貳師將軍取大宛之馬繡韉驄

瓏走鈿車杜蘭香別傳蘭香詣張碩婢通言阿母遣君碩視之可十八九鈿車青牛飲食服玩

備一曲將軍何處笛連雲芳樹日初斜

自宣城赴官上京

蕭洒江湖十過秋酒杯無日不淹留謝公城外溪驚夢（謝玄暉爲宣城守）蘇小門前柳拂頭（蘇小小錢塘樂妓女子也○古樂府有錢塘蘇小小歌云妾乘油壁車郎騎青驄馬何處結同心西陵松栢下）千里雲山何處好幾人襟韻一生休塵冠却掛知閑事終擬蹉跎訪舊遊（南史陶弘景與從兄書曰昔仕宦期四十左右作尚書郎投簪高邁今三十六方奉朝請頭顱可知矣遂掛冠神武門上表辭祿）

寄題甘露寺北軒（注潤州）

曾上蓬萊宫裏行　北軒欄檻最留情　孤高
堪弄桓伊笛　縹緲疑聞子晉笙　桓伊笛子晉笙並見前注　天
接海門秋水色　烟籠隋苑暮鍾聲　他年會
着荷衣去　楚辭製芰荷以爲衣　不向山僧説姓名

冬至遇京使發寄舍弟

遠信初憑雙鯉去　古詩飲馬長城窟行客從遠方來遺我雙鯉魚呼童烹鯉魚中有尺
素書　它鄉正遇一陽生　易復卦冬至一陽生　樽前豈解愁
家國　輦下惟能憶弟兄　輦下謂帝輦之下也　旅館夜憂
姜被薄　後漢姜肱兄弟四人居貧作二布被而共之兄弟皆以孝行著　暮江寒覺晏

[illegible]裟三十年竹門風過還惆悵疑是松窓雪打聲

長安雜題

雨晴九陌鋪江練謝玄暉詩澄江淨如練言九陌如平鋪江練也嵐嫩千峰疊海濤南苑草芳眠錦雉夾城雲暖下霓旄杜詩花萼夾城通御氣夾城在長安修德坊與昇道坊相接張平子西京賦云孤旌枉矢虹旃霓旄少年羈絡青文玉羈絡馬飾也遊女花簪紫蒂[illegible]江碧柳深人盡醉一瓢顏巷日空高論語在陋巷

二

洪河清渭天池濬班孟堅西京賦右界褒斜隴首之險帶以洪河清渭之川○莊子曰南溟者天池

也濬深也太白終南地軸橫太白終南長安二山名春秋括地象曰地有三千六百軸互相牽制

祥雲輝映漢宮紫前漢都長安春光繡晝秦川明

長安秦地也草妬佳人鈿朶色風迴公子玉銜聲

六飛南幸芙蓉苑漢書袁盎諫文帝曰今陛下騁六飛馳下峻山有如馬驚車敗陛下縱自

輕奈高廟太后何杜詩芙蓉小苑入邊愁芙蓉苑在敦化坊與立政坊正相接十里飄香入夾

城唐書地理志開元二十年築夾城入芙蓉苑

三

晴雲如絮惹低空紫陌[illegible]敧弄袖風韓嫣

金丸落覆綠漢韓嫣好彈以金為丸一日所失餘長安為之語曰若飢寒逐金丸許公韉

汗杏粘紅北史宇文述諂事隋煬帝以其子士及尚南陽公主封許國公雲定興附會述為述製馬韉於後角上缺方三寸以露白色輕薄者爭效之謂為許公韉勢

煙生⿱穴乎窱深東第文選張平子西京賦云望⿱穴乎窱以徑廷眇不知其所返注⿱穴乎窱徑廷言其中皆迷不識道也○司馬長卿喻巴蜀檄云位為通侯處列東第○⿱穴乎音呼窱音眺

輪撼流蘇下北宮帶之下垂者名流蘇○漢書董偃常從武帝遊戲北宮師古曰未央宮之北

自笑若無妻護知知去聲○後漢婁護字君卿遊于王氏五侯之門皆得其歡心焉可

憐鉛槧竟何功王充論衡斷木為槧○揚雄采集異國殊語常把三寸弱翰齎素紬四尺以書其異語歸以鉛摘刻之於槧故云鉛槧○西京雜記揚子雲好事常懷槧提鉛是也

閨情代作

梧桐葉落鴈初歸淮南子梧桐一葉落而天下知秋迢遞無因寄遠衣月照石泉金點冷鳳酣簫管玉聲微空洞靈章曰真人吹九鳳之簫佳人力杵秋風外蕩子從征夢寐稀古樂府昔為娼家女今為蕩子婦蕩子行不歸空床難獨守遙望戍樓天欲曉滿城鼕鼓白雲飛鼕鼓見前注

江樓晚望

湖山翠欲結蒙籠汗漫誰遊夕照中淮南子盧敖遊玄闕見一君士儼然笑曰吾與汗漫遊于九垓之上初語燕雛知社日燕以社日來社日而去習飛鷹隼識秋風月令季夏鷹乃學習波搖珠窗千尋

薮山鑿金陵萬仞空楚威王以金陵有王氣埋金以鎮之故曰金陵一下欲

登樓更懷古斜陽江上正飛鴻

高駢字千里幽州人崇文之孫初為亭府司馬遷侍御史西川節度使仕至平章事封渤海郡王時巢賊大亂駢擁重兵以觀望任呂用之等誅詩一卷傳于世

寄鄠杜李遂良處士

小隱堪忘世上情晉王康琚返招隱云小隱隱林藪大隱隱朝市伯夷竄首陽老聃伏柱史

可能休夢入重城池邊寫字師前輩後漢張芝臨池學書池水盡黑家中衣帛必先書而後練之

座右題銘律後生後漢崔子玉座右銘無道人之短無說己之長施人慎勿念受施慎勿忘云云

吟社客歸秦渡晚醉鄉漁去

渼陂上目渼陂澧水出杜工部有渼渼陂昌陂行皆長安西南地名春来不得山中信

盡日無人傍水行

和王昭符進士贈洞庭趙先生

為愛君山景最靈山在岳州洞庭湖中角冠秋禮一壇星道士夜禮星斗藥將雞犬雲間試後漢魏伯陽與弟子三人入山作神丹丹成與犬試之犬即死伯陽服丹即死弟子服之亦死餘二弟子遂不服出山伯陽即起將所服丹內弟子及犬口中皆仙去又見淮南子注琴許魚龍月下聽荀子伯牙鼓琴而游魚出聽瓠巴鼓琴而六馬仰秣句要乘風隨羽客列子御風而行五日而後返誰同種玉驗仙經神仙傳羊雍伯有人與石子一斗使種之後種其石時有徐氏北平著姓有女人求不許雍伯試求之徐曰得白璧一雙當聽之爲婚雍伯乃至種處得白璧五雙

……妻之 煙霞澹泊無人到除有漁翁過洞庭

○依韻奉酬李迪

柳下官資顏子居論語柳下惠爲士師三黜○顏居見前注閑情入骨若爲除詩成斬將奇難敵前漢叔孫通曰故先言斬將搴旗之士酒熟封侯快未如漢揚雄解嘲或立談而封侯只見綵綸終日降禮記王言如絲其出如綸王言如綸其出如綍不知功業是誰書而今共飲醇滋味前漢曹參爲丞相客有欲言事者參輒飲以醇酒消得揶揄勢利東後漢光武令王霸至蓟市中募人將以擊王郎市人皆大笑舉手揶揄之霸慙而返○晋陽秋曰羅友在桓温府温不用時有得郡者温送而友後至温問之友曰出門於中路遇一鬼揶揄曰見汝送人作郡不見人送汝作郡温大笑

留別彰德軍從事范校書

無金寄與白頭親韓詩外傳曰田子爲相三年歸以金百鎰奉母母曰不義之物不入於館爲人
臣不忠爲人子不孝田子慙自歸於王還金就獄王赦田子以金賜母鄭槃猶誇似古人未
出塵埃真落魄前漢酈食其家貧落魄無衣食業不趨權勢正
因循桂攀明月曾觀國易觀國之光利用賓于王蓬轉西風
卻問津論語使子路問津焉匹馬東歸羨知己燕王臺
上結交新見郭隗注下

途次內黃馬病寄僧舍呈諸友人

官閑馬病客深秋肯學張衡詠四愁張平子有四愁詩

紅葉黏多詩景致白衣人盡酒交游陶潛九日無酒悵然久之見白衣人至乃江州刺史王弘送酒也即就菊而飲依違諷刺因行得澹泊供需不在求好與高陽結吟社山簡每至習家池未嘗不大醉人歌之曰山公何所詣往詣高陽池日暮倒載歸酩酊無所之況無名跡達珠旒珠旒帝冕旒也

遣興

浮世忙忙蟻子群莫嗔頭上雪紛紛沉憂萬種與千種行樂十分無一分越外險巇防俗事就中拘檢信人文易觀乎人文以化成天下醉鄉日月終須覓醉鄉日月已見前注去作先生號白雲

王初

延平天慶觀

劍化江邊綠構新晉書張華使雷煥爲豐城令掘獄中得二劍一送華一自佩煥卒子蘂爲州從事持劍行經延平津劍忽於腰間躍出墮水使人沒取不見但見兩龍各長數丈層臺不染玉樓塵千章隱篆標龍簡道士作醮拜章以朱書於簡飾以龍形故曰龍簡一曲空歌降鳳鈞史記趙簡子疾五日不知人及寤語大夫曰我之帝所遊于鈞天廣樂而九奏萬舞其聲動人嵐氣濕衣雲葉晚天香飄戶月枝春盟金早晚聞仙語學道之盟必歃金石之堅學種三芝伴羽人楚辭九歌河伯采三秀兮于山間注三秀芝草也○沈休文詩淹留訪五芝[illegible]步行三芝○王子年拾遺周昭王夢白雲中一人衣服皆羽毛王

求上仙之術……
楚辭曰仰羽人於丹丘兮留不死之舊鄉

送葉秀才

快騎璁瓏刻玉羈
河梁返照上征衣前漢李陵送別蘇武詩携手上河梁遊子暮何之
層冰春近蟠龍起東方朔神異經北方有層冰萬里而厚百丈月令二月雷雷發聲蟄以龍喻葉秀才也
九澤雲開獨鶴飛九澤即九臯也
行想比山清夢斷盍與北山後入正同
重遊西洛故人稀
漢庭狗監深知己
有日前驅負弩歸前漢司馬相如作子虛賦同郡楊得意為狗監得上誦之上善之曰朕恨不與此人同時得意曰臣郡人司馬相如所作也召見為郎後以南夷為縣乃拜相如為郎中將建節往使至蜀太守以下郊迎縣令負弩矢先驅蜀人以為寵

送王秀才謁池州吳都官

池陽去去躍雕鞍，十里長亭百草乾。衣袂鄣風金縷細，古詩：勸君莫惜金縷衣。劍光橫雪玉龍寒。晴郊別岸鄉魂斷，曉樹啼烏客夢殘。古樂府有烏啼夜曲。南館星郎東道主，見前注。搖鞭休問路行難。古樂府有行路難。

青帝

帝出乎震，震東方，其色青，爲春。

青帝邀春隔歲還，月娥孀獨夜漫漫。羿妻偷羿不死之藥，奔月獨居，故云孀娥。韓憑舞羽身猶在，干寶搜神記曰：宋大夫韓憑，其妻美，宋康王奪之，憑

怨王囚之憑遂自殺妻乃陰腐其衣王與之登臺自投臺下左右攬
衣不勝手遺書于帶曰願以屍還韓氏而葬王怒令埋之二塚相對
經宿忽有梓木生二塚之上根交枝連有鳥如鴛鴦雌
雄各棲其樹朝暮悲鳴而舞其音感人哀切韓憑亦名明

素女商

絃調未殘

王子年拾遺記黃帝使素女鼓庖犧氏之瑟滿席悲
不能已后破為二十五絃○文選張平子思玄賦素
女撫絃而餘音兮太容吟曰念哉注素女黃帝時
方術之女也鼓五十絃瑟太容黃帝之樂師也

終古蘭巖

棲偶鶴

晉向秀思舊賦經緯古而常然楚辭曰長無絕兮終
古○王韶之神境記云滎陽郡南百餘里有蘭巖其
路危阻遠絕人跡登其上有石路松林杳然是雲霞中館宇常有雙
鶴素羽皦然多偶影翔集傳云昔有夫婦隱於此年數百歲化成此鶴

從來玉谷有離鸞

○春秋元命苞曰火離為鸞鳥故曰離鸞
西京雜記張安世十五為侍中善鼓
瑟為雙鳳
離鸞曲

幾時幽恨飄然斷

共待天池一水

乾

莊子曰南溟者天池也○神仙傳王遠字方平與麻姑相會于蔡
經家麻姑自言接待以來見東海三為桑田向間蓬萊水乃淺于

往者豈非為陸陵乎方平笑曰聖人言海中行復揚塵也○東晳發蒙記海一名天池一名大壑詩意以為悵未能釋時不可待此篇述其懷憤辭也

銀河

閶闔疎雲漏絳津左傳八風注立春條風春分明庶風立夏清明風夏至景風立秋涼風秋分閶闔風立冬不周風冬至廣莫風絳津即銀河也橋頭秋夜鵲飛頻淮南子云烏鵲塡河以渡織女也猶殘僊媛湔裙水集林曰昔有一人尋河源見婦人浣紗因問之曰此天河也乃與一石而還問嚴君平云此織女支機石也幾見星妃度襪塵曹子建洛神賦淩波微步羅襪生塵歷歷素榆飄玉葉古詩天上何所有歷歷種白榆此言星散布如白榆也涓涓清月濕冰輪年來若有乘槎客見張騫為弔波靈是楚

臣楚臣三閭大夫屈原也

書秋

千里南雲度塞鴻秋容無迹淡平空人間

玉嶺青霄月天上銀河白晝風潘賦登山

魂易斷晋潘安仁秋興賦若在遠行登山臨水送將歸楚歌遺珮怨何窮楚辭沅君捐余玦兮江中遺余珮兮澧浦往来未若奇張翰欲膾霜鱸碧

海東事見前注

自和書秋

隴首斜飛避弋鴻班固西都賦曰右界褒斜隴首之險楊子曰鴻飛冥冥弋者何慕焉慕取也顇

雲薪帘見層空漢宮夜結雙莖露 漢武帝故事帝作銅承露盤上有仙人掌以承露也○西都賦抗仙掌以承露擢雙立之金莖 閶闔涼生六幕風 閶闔見前注三禮圖曰上下四方曰幄幄帷幙也

湘女怨絃愁不禁 湘妃堯之女舜帝子傳言湘靈鼓瑟為怨曲也 鄂君香被夢難窮 鄂君見前注

汀邊兩槳連歌渡 古樂府莫愁在何處莫愁石城西艇子打兩槳催送莫愁來 鷺散遊魚蓮葉東 古樂府云江南可採蓮蓮葉何田田魚戲蓮葉東魚戲蓮葉西

崔峒 博陵人初辟潞府功曹終于右補闕有集一卷傳于世

題同官李明府書舍

訟堂寂寂對煙霞五柳門前聚晚鴉 晉陶淵明自況

[illegible]王[illegible]先生傳流水聲中視公事寒山影裏見人家

觀風共美新為政古有采詩之官采邦國之詩以觀民風○論語為政以德計日

還應更觸邪後漢胡廣傳御史冠獬豸獸名正直嘗觸不正可惜陶潛無

限興不逢籬菊正開花

朱灣字巨川號滄洲子亦嘗為府從事有集行于世

宴楊駙馬山亭

垂楊拂岸草茸茸繡戶窗前花影重窗英華作簾

鱠下玉盤紅縷細李白酬雙魚見贈云雙腮呀呷鬐鬣張紅撥剌銀盤欲飛去呼兒拂机霜刃揮紅葩並落白雪飛酒開金甕綠醅濃中朝駙馬何平叔

三國志魏何晏字平叔尚魏武帝公主　南國詞人陸士龍　吳陸雲字士龍義文選晉書[illegible]

雲間陸士龍　落日泛舟同醉處回潭百丈映千峯

呂洞賓　名巖京兆人咸通中及第兩調縣令値巢賊亂攜家歸終南學道莫測所止

贈人

羅浮道士誰同流　葛洪字稚川隱于羅浮山　草衣木食輕王侯

世間甲子管不得壺裏乾坤只自由　事見壺公

費長房注　數着殘棊江月曉一聲長嘯海山秋　晉日孫登字公和隱蘇門山阮籍與商畧棲神導氣之術登皆不應籍因長嘯而退至半嶺聞有聲若鸞鳳之音响乎巖谷乃登

之嘯也　歎餘回首話歸路遥指白雲天際頭　文選

際識歸舟雲中辨江樹

姚鵠

遇真觀尋趙尊師不遇（遇真一作王真）

羽客朝元晝掩扉林中一逕雪中微松陰繞院鶴相對山色滿樓人未歸盡日獨思風馭返（風馭見列子注）寥天幾望野雲飛樓高目斷無消息自醉自吟愁落暉（暉一作輝）

吴融（字子華山陰人龍紀元年進士累官至翰林學士中書舍人後為翰林承旨卒有文集行于世）

閑望

三點五點映山雨一枝兩枝臨水花蛺蝶
狂飛掠芳草鴛鴦熟睡翹晚晴煖沙煖一作晴關下新
居非已業江南舊隱是誰家東還西去都
無計卻羡暝歸林上鴉詩意言禽尚知所止安有人而不如鳥乎

即事

抵鵲山前寄掩扉劉子崑山之下以玉抵鵲彭蠡之濱以魚飼犬而人不愛者非性輕財所豐故也抵鵲山在荊山山出玉故名之便堪終老脫朝衣曉窺青鏡
千峯入周庾信東宮行雨山銘樹入床前山來鏡裏暮倚長松獨鶴歸謝宣
城敬亭山詩獨鶴方[illegible]雲裏引來泉脈細雨中移

得蘋[illegible]風何須一箭鱸魚膾注[illegible]文挂孤帆

問釣磯

書懷

傍巖依樹結簷楹傍去聲○杜詩滂沱朱檻濕萬慮傍簷楹夏物蕭疎景更清灘響忽高何處雨松陰自轉此山晴見多隣犬遥相認杜詩犬迎曾宿客來慣幽禽近不驚爭敢便誇饒勝事九衢塵裏免勞生爾雅九達謂之逵

金橋感事金橋洛陽橋名

太行和雪疊晴空二月郊原尚朔風飲馬早聞臨渭北射鵰今欲過山東射鵰見前注百年徒有伊川歎左傳辛有適伊川見被髮而祭于野曰不及百年此其戎乎其禮先亡矣五利寧無魏絳功左傳山戎無終子嘉父因魏絳請和諸戎晉侯欲伐之絳曰和戎有五利焉戎狄荐居貴貨易土土可賈焉一也邊鄙不聳民狎其野穡人成功一也戎狄事晉四鄰震動諸侯懷威三也以德綏戎師徒不勤甲兵不頓四也鑒於后羿而用德度遠至邇安五也君其圖之晉侯悅使魏絳盟諸戎日暮長亭正愁絕哀笳一曲戍煙中

廢宅

風飄碧瓦雨摧垣却有鄰人爲鎖門幾

好花虛白晝潭庭芳草易黃昏故魚池泥

蛙爭聚棲燕梁空雀自喧隋薛道衡詩梁空落燕泥不獨

凄涼眼前事咸陽一火變寒原秦阿房宮東西五百步南北五千步下可建五丈之旗及項羽居咸陽燒其宮室火三月不滅故杜牧之賦云楚人一炬可憐焦土

彭門用兵後經汴路懿宗咸通中龐勛反徐州爲康承訓破彭門即徐州也

長亭一望一徘徊千里關河百戰來細柳舊營猶鎖月漢文帝北征周亞夫屯細柳營祁連新塚已封苔前漢霍去病攻匈奴至祁連山捕首虜甚多及去病薨武帝悼之發屬國玄甲自長安至茂陵爲大塚像祁連山霜凋綠野愁無際文選顏延年詩春晚綠野秀岩高白雲起燒接黃雲慘

不開若比江南更牢落子山詞賦莫興哀梁庾信字子山有哀江南賦○陸機吊魏武帝云傷心百年之際興哀無情之地○詳意懿宗奉佛太過酷好音樂怠於政事盜賊蜂起奸邪竊柄於內將上解躲於外致中原板蕩此可傷也

○二

隋堤風物已淒涼堤下仍多舊戰場金鏃有苔人拾得蘆衣無主鳥銜將吳志諸葛恪傳童謠曰諸葛恪蘆葦單衣篾鉤落何相求成子閣○文選江文通賦云蔓草縈骨拱木斂魂○此復以兵士戰死已久箭鏃生苔蘆草縈骨而已秋聲暗促河聲急野色遙連日色黃獨上寒城更悠絕鼙驚起雁行行

高侍御話六人慎士池中白蓮日休也

白玉花開綠錦池風流御史報人知看來

應是雲中墮偷共須從月下移已被亂蟬

催婉娩更禁涼雨動襹褷襹褷婦人之纓也褷揚雄長揚賦云戴褷垂纓○襹

褷謂花帶雨離披也習家秋色堪圖畫只欠山翁倒接

注襄陽記峴山西有習郁大池山季倫每臨池必大醉而歸人歌曰時時能騎馬倒著白接䍦注接䍦幘也○郭璞爾雅注曰

白鷺鳥翅上有長翰江東人取爲接䍦也

新安道中翫流水

一渠春碧弄潺潺密竹繁花掩映間看處

便須終日住見王微之注下算来寧得此身閑縈紆

似接迷人洞謂武陵桃源也清泠應連有雪山成都有雪山

上却征車更迴首了然塵土不相關

憶山泉

穿雲絡石細潺湲終一作落杳杳疑聞弄管絃千

仞洒来寒碎玉一泓深處碧涵天煙迷葉

亂尋難見月好風清聽不眠春雨正多歸

未得只應流恨更潺湲謝靈運詩石淺水潺湲日落山照耀

紅

一聲南鴈已先紅槭槭淒淒葉葉同侯湛
苦寒謠草摵摵以疏葉木蕭蕭以零殘。○摵音索殞落貌 自是孤根非暖地莫驚他木耐秋風燒煙散去陰全薄明月臨來影半空長憶洞庭千萬樹照山橫浦夕陽中

註唐詩皷吹卷第六

註唐詩鼓吹卷之第七

資善大夫中書左丞郝天挺註

李商隱

字義山懷州人令狐楚愛其才奏為集賢校理後為檢校吏部員外郎歸滎陽卒初自號玉溪子有樊南集傳于世

錦瑟

錦瑟繪紋如錦故曰錦瑟

錦瑟無端五十絃一絃一柱思華年古今樂志云錦瑟之為器也其絃五十其柱如之
莊生曉夢迷蝴蝶適也望帝春心託杜鵑怨也
滄海月明珠有淚清也藍田日暖玉生煙和也
此情可待成追憶只是當時

憮然（盡其意史稱其瓌邁奇古信然）

杜工部蜀中離席（宣宗時柳仲郢節度劍南東川辟商隱為判官檢校工部員外郎時作）

人生何處不離群（禮記子夏曰吾離群而索居亦已久矣）世路干戈惜暫分（詩公劉干戈戚揚）雪嶺未歸天外使（杜詩雪嶺界天白）松州猶駐殿前軍（杜詩玉壘雖傳檄松州已解圍）座中醉客延醒客江上晴雲雜雨雲美酒成都堪送老當壚仍是卓文君（前漢相如傳卓文君當壚沽酒相如着犢鼻褌親為滌器）

○隋宮

紫泉宮殿鎖煙霞，欲取蕪城作帝家。蕪城即揚州古邦溝城也。漢吳王濞所都，後荒蕪，鮑昭為賦即此。

玉璽不緣歸日角，唐書：唐儉說秦王建大計曰：公日角龍庭，姓協圖讖，係天下望矣。若外嚮豪傑，北招戎狄，之濟海而南，以據秦雍，湯武之業也。

錦帆應是到天涯。隋煬帝造龍舟，施錦帆於舟上，以幸江都。○詩意若非唐太宗據秦稱帝，煬帝逸遊之心，至於天涯猶未已也。

于今腐草無螢火，禮記月令：季夏之月，腐草為螢。○隋書：煬帝大業末，天下盜起，帝於景華宮徵求螢火數斛，夜出遊山，卯放之，火光遍於岩谷。○廣陵志：揚州舊城七八里有煬帝放螢苑，并十宮。

終古垂楊有暮鴉。隋煬帝自汳渚引河築街道，植以柳，名隋堤。○隋室板蕩，咸陽宮闕為墟，千秋萬歲，惟有垂楊棲鴉而已。

地下若逢陳後主，豈宜重問後庭花。大業拾遺云：煬帝遊鷄臺，恍惚與陳後主遇。後主戴皂紗幞幘，綽袖長裾，舞女數十侍左右，一人迥美，煬帝屢目之。後主云：此張麗華也。以綠文螺約紅罩，勸帝飲，因請

[illegible]下致治堯舜之上今日復此逸遊曩日何見罪之深二千大封書使人至今怏怏帝叱之遂不見

二月二日

二月二日江上行東風日暖聞吹笙花鬚柳眼各無賴紫蝶黃蜂俱有情萬里憶歸元亮井晉陶淵明字元亮嘗為彭澤令督郵至縣吏白應束帶見之淵明嘆曰吾不能為五斗米折腰事鄉里小兒遂解印綬賦歸去來辭以自見三年從事亞夫營漢書將軍周亞夫嘗北征營於細柳新春莫悞遊人意悞一作怪更作風簷夜雨聲

籌筆驛

在綿州綿谷縣北九十九里蜀漢諸葛武侯出師嘗駐軍籌畫於此

魚鳥猶疑畏簡書詩豈不懷歸畏此簡書○簡書蓋軍中法令約束言號令嚴明雖千百年之後魚鳥猶畏之也風雲長爲護儲胥揚雄長楊賦木擁槍纍以爲儲胥注胥須也言有儲畜以待所須也韋昭曰儲胥藩落之類也○此言武侯忠義風雲猶護其壁壘東坡云誦此二句使人凛然復見孔明風烈徒令上將揮神筆上將指武侯言弱主在位孔明才沒信黄皓逐邪使社稷爲墟出師之功徒勞而已終見降王走傳車魏將軍鄧艾破蜀劉禪銜壁輿櫬降遂傳送洛陽管樂有才真不忝武侯傳孔明初自比管仲樂毅人不信也及相先主五月渡瀘七擒孟獲出斜谷斬夏侯淵屯五丈原困司馬懿比管樂不忝矣關張無命欲何如蜀之飛將惟關羽張飛吴呂蒙殺羽於江陵閬州卒殺飛於帳下先主崩武侯死蜀祚休矣○王充論衡人生皆受天命今得短命宜曰無命也他年錦里經祠廟蜀志錦里成都地名武侯祠在焉梁父吟成恨有餘梁父吟武侯所

里中有三瀆…繫正相似云云

九成宮宮在鳳翔府麟遊縣西五里隋仁壽宮也楊素爲文帝起唐改作九成宮

十二層城閬苑西前漢郊祀志黄帝爲五城十二樓以候神人○淮南子崑崙山有層城九重生本系其條五尋○十洲記曰崑崙山有瑶池閬苑玉樓十二

平時避暑拂虹蜺蔡邕月令章句虹蜺者陰陽交接之氣雄曰虹雌曰蜺○班孟堅西都賦虹蜺迴帶於棼楣○言九成宮之高也

雲隨夏后雙龍尾史記夏孔甲擾龍帝賜之乘龍河漢各二有雌雄○山海經曰夏后啓乘兩龍雲蓋三層○括地志禹誅防風氏夏后德盛二龍降帝使范氏御之以行經南方防風氏神見禹怒射之有迅雷二龍升去神懼以刃自貫其心而死

風逐周王八馬蹄周穆王巡行天下馭八龍之駿一名絕地二名翻羽三名奔霄四名超影五名逾輝六名超光七名騰霧八名挾翼○王元長曲水詩序夏后兩龍載驪瓣其臺之上穆滿八駿如舞瑶水之陰

吳嶽曉光連翠巘周禮雍州

山鎮曰吳嶽○漢書地理志吳嶽在汧縣西 甘泉晚景上丹梯 ■泉漢武宮名○謝玄暉敬亭山詩要欲邀奇趣即此陵丹梯 荔枝盧橘沾恩澤 漢永元間嶺南獻荔枝十里一置五里一堠○盧橘枇杷也○詩疏荔枝盧橘皆暑天方熟故貢於九成宮也 鸞鵲天書濕紫泥 鄴中記石虎每詔書出着鳳口中銜出紫泥見前注

碧城

碧城十二曲闌干犀辟塵埃玉辟寒 嶺表異録云有辟塵犀婦人爲簪梳則塵不着髮○南越志高州巨海有大犀出入有光其角能開水辟塵○唐杜陽編同昌公主乘七寶步輦四面綴五色玉香囊中貯辟寒香刻鏤水晶辟塵犀爲龍鳳觀者眩目○唐武宗會昌九年夫餘國貢火玉三斗色赤光照十步置之室中不[illegible] 閬苑有書多附鶴 集仙録周穆王駕黿鼉魚鱉爲梁以[illegible]玄圃閬苑之野

……白雲之謠云女墻無極不極續注曰女墻言卑小比之於……城曰女子之於丈夫也此聯言碧城如仙人宮闕也星沉海底當窗見雨過河源隔座看若是曉珠明又定一生長對水晶盤曉珠謂日也

馬嵬

海外徒聞更九州史記鄒衍好為閎大之言言中國名赤縣神州內有九州禹之叙九州是也中國外如赤縣神州者九乃所謂九州也他生未卜此生休空聞虎旅鳴宵柝晉曰虎賁二百人○張平子西京賦陳虎旅於飛廉正壘壁乚蘭○易繫辭曰重門擊柝以待暴客○說文柝夜行所擊也無復雞人報曉籌周禮雞人掌夜呼旦以叫百官○漢官儀宮中不畜雞衛士

候於朱雀門外導傳雞唱此日六軍同駐馬舊書誓大戰于甘乃召六卿注天子六軍其將皆命卿也當時七夕笑牽牛唐明皇天寶十載避暑驪山宮秋七月七日牽牛織女相見之夕秦人風俗號爲乞巧宮液閒尤尚之夜半侍衛皆休貴妃獨侍上凭肩而立因仰天感牛女一年一會不如已終歲相守誓願世世爲夫婦

如何四紀爲天子明皇即位四十四年起先天開元二十九年終天寶十五年不及盧家有莫愁梁武帝河中之水歌云河中之水向東流洛陽女兒名莫愁莫愁十三能織綺十四採桑南陌頭十五嫁作盧家婦十六生兒似阿侯

深宮

金殿香銷閉綺籠玉壺傳點咽銅龍宮中更漏以銅龍吐水狂飆不惜蘿陰薄清露偏知桂葉濃詩

與女蘿施于松柏○唐有櫻桃萬木之言何如能遠下也善蘿附物而生陰條甚薄狂風吹之桂葉至濃而清露潤之榮枯不均怨之辭

斑竹嶺邊無限淚 舜南巡不返葬于蒼梧之野堯二女追之不及至洞庭之山淚染竹即斑妃死為湘水神

景陽宮裏及時鐘 齊書武帝宮內深隱不聞端門鼓漏聲置鍾於景陽樓上以應五鼓及三鼓宮人聞鍾聲早起粧飾

豈知為雨為雲意只有高唐十二峯 楚襄王與神女遇陽臺曰妾巫山之神也朝為行雲暮為行雨朝朝暮暮陽臺之下宋玉有高唐賦巫山十二峯在大江北與神女廟正相對今屬巫山縣

留贈畏之

清時無事奏明光 明光宮名○漢李陵與蘇武書曰策名清時○曹植送應瑒詩曰清時難屢得佳會不可常

不遣當關報早霜 當關司門之人也○東觀記汝郁載病徵詣公車門其室遣兩當關扶入

拜郎中○言天下無事宮門晏開也

中禁詞臣尋引領杜詩詔許辭中禁○孟子則天下之民皆引領而望之矣左川歸客自迴腸司馬遷云腸一日而九迴郎君下筆驚鸚鵡禰衡作鸚鵡賦見前注侍女吹笙弄鳳凰秦穆公女弄玉好吹笙後遂蕭史乘鳳而去見前注○李白詩鳳女吹玉簫吟弄天上春空寄大羅天上事大羅天仙人所居○桑中雜記進上秋相後至春閑並前須一人謝世名部羅使言報大羅天也衆仙同日詠上詠霓裳明皇遊月宮見仙人歌霓裳羽衣之曲

對雪

寒氣先侵玉女扉庾信哀江南賦云倚弓于玉女窗扉繫馬鳳凰樓柱清光旋透省郎闈梁水部郎中劉孝綽對雪詩云浮光亂粉壁積照朗彤闈梅花大庾嶺

頭以發梅花今名之為梅嶺[illegible]柳絮章臺街裏飛漢張敞為京兆

尹居走馬街多柳樹又名為章臺街

欲舞定隨曹植馬魏曹子建名植擬樂府作白馬篇

有情應溺謝莊衣宋書大明中雪花降殿庭右將軍謝莊下殿雪集衣白上以為嘉瑞命羣臣皆賦雪花詩

龍山萬里無多遠宋鮑昭雪詩云朔風吹朔雪千里度龍山集君璧池裏飛舞[redacted]搖前

留待行人二月歸

其二

旋撲珠簾過粉墻　輕於柳絮重於霜　已隨江令誇瓊樹陳書令江總與後主狎客孔範等作玉樹後庭花曲云璧月夜夜滿瓊樹朝朝新

又入盧家妬玉堂梁武帝河中之水歌云盧家蘭室桂為梁中有鬱金蘇合香詳見前注

侵夜可能爭桂魄　忍寒應欲試梅粧

帝女壽陽公主人日……落額上成五出之花……

關河凍合

東西路腸斷斑騅送陸郎

長沙王義戰于虞……是日昏霧晝合……

江南賦云雪暗如沙冰横……趙路之陸……見……家之……

牡丹

錦幃初卷衛夫人

被猶堆越鄂君

垂手亂翻雕玉珮

……錄云舞有大垂手小垂手……詩云轉袖隨歌發頓疊……

拾腰爭舞鬱金裙[illegible]

詞言衛夫人當作招腰今作腰未詳何意 石家蠟燭何曾剪[illegible]

裏釜 荀令香爐可待薰[illegible]

和日荀令君至人家坐處三日香氣乎爲我何如但日麗婦被彈見者皆走也 我是夢中傳綵

筆綵筆見江淹注下 欲書花葉寄朝雲古樂府有朝雲當詳見前注

促漏

促漏遥鐘動靜聞唐百官志監門校尉日暮遣一人及奏事遣官送入晝題時刻夜題更

舊宮女得而奏聞之 報章重疊杳難分杳亦作字○詩雖則七襄不成報章 舞鸞

竟見鏡匣收殘黛昔罽賓王得一鸞不鳴夫人曰嘗聞鸞見其類而後鳴因懸鏡以映鸞覩形哀舞中宵

[illegible]鸚鴨香爐換夕薰　唐李賀詩云深幃金鴨冷[illegible]之藥於西王母未服得仙奔入月中

歸去豈知還向月[illegible]詩意謂恨不能如巫娥夢

夢來何處更爲雲[illegible]不能[illegible]

[illegible]南塘漸暖蒲堪結[illegible]五月樂辭云官街柳帶[illegible]菖蒲勝綰結

兩兩鴛鴦護水紋[illegible]爲綠蒲上翡翠錦屏

[illegible]文章別論曰詩六義

聖女祠[illegible]

松篁臺殿蕙香幃　龍護瑶窗鳳掩扉　無質

易迷三里霧　後漢書張楷字公超能作五里霧[illegible]　不寒長

着五銖衣博異志岑文本山亭避暑有叩門云上清童子見其着衣極細曰此五銖之衣也又曰天上衣六銖尤細者五銖也出門不見行一古錢○此里志詩玉肌無疹五銖輕人間豈作崔羅什酉陽雜俎長白山有夫人墓魏孝昭之世清河崔羅什被徵夜經于此忽有朱門粉壁一青衣出還什曰女郎須見崔郎什恍然下馬入兩重門青衣通問曰女郎劉府君之妻侍中吳質之女女郎曰比見崔郎息驚起捆嘉君吟嘯願一叙玉顏什乃辭去女曰從此十年當更相逢什以玳瑁簪遺之女以指上玉環以贈什上馬行數十步回顧乃一大塚也天上應無劉武威漢冠軍將軍武威太守劉子南從道士尹公授務成子螢火丸佩之隱形辟役罷及五兵白刃盜賊凶害永平間與虜力戰軍覆矢下如雨未至子南馬數尺輒墮地終不能傷出神仙感應篇○劉禹錫和失婢詩把鏡朝猶在添香夜不歸不逐張公子應隨劉武威寄問釵頭雙白燕白燕釵見前注每朝珠館幾時歸珠宮貝闕皆神仙居處也

野菊

苦竹南園椒屋邊微香冉冉淚涓涓杜詩風含翠篠娟娟淨雨浥紅蕖冉冉香已悲節物同寒鴈忍委芳心與暮蟬細路獨來當此夕清樽相伴省他年紫雲新苑移花處不取霜栽近御筵詩意譏當時草澤遺賢無所進用也

與同年李定言曲水閑話戲作

海燕參差溝水流同君身世屬離憂相攜花下非秦贅史記秦俗家貧子壯則出贅對泣風前類楚囚

莫已注翠草晴侵穿苑路珠簾不捲枕江樓吳

鸞五勝埋香骨地下傷春亦白頭

重有感

玉帳牙旗得上游上游即上流也安危須共主分憂

竇融表已來關右漢竇融字周公遣更始敗天下擾亂融為屬國都尉決策東向遣長史劉鈞奉書獻馬於光武陶侃軍宜次石頭晉蘇峻反溫嶠遂係后朝初明常崩侃不在顧命之列以為恨曰吾江邑外將不能越局嶠固請推為盟主會庾亮於石頭戍遂誅峻豈有蛟龍曾失水水曾作長○注子神龍失水而陸居為螻蟻之所制更無鷹隼與高秋杜詩蛟龍得雲雨鷹隼在秋天晝號夜哭兼幽顯伍員與申包胥友員之亡也謂包胥曰我必復楚及昭王

在隨包胥如秦乞師依於庭墻而哭日夜不絕聲七日秦師乃出

早晚星關雪涕收

出關宿盤豆館對叢蘆有感 甘棠志盤豆館在湖城縣西二十里昔漢武帝過此父老以牙豆盤獻因名焉

蘆葉梢梢夏景深郵亭暫欲灑塵襟昔年曾是江南客此日初為關外心 此言在關外見蘆忽憶客江南時也 思子臺邊風自急 前漢戾太子為江充巫蠱所陷奔於湖自經死後帝知太子寃族江充乃作思子宮歸來望思之臺 玉娘湖上月應沉清聲不遂行人去一世荒城半夜砧

○子初郊墅

看山對酒君思我聽鼓離城我訪君臘雪
已添墻下水齋鍾不散檻前雲陰移竹栢
濃還淡歌雜漁樵斷更聞亦擬村南買烟
舍子孫相約事耕耘

井絡

井絡天彭一掌中 晉左思蜀都賦岷山之精上爲井絡爲岷山爲東井星絡之維○杜詩繫舟蠻
漫誇天設劍爲峯 指劍
井絡○成都彭州有山兩峯如闕相去四十步名天彭門因以名州
閬也 陳圖東聚烟江口 武侯作八陣圖聚細[illegible]爲之今在夔州堆石各高丈餘爲人散亂或
夏水漂沒水退即依然如故 邊柝西懸雪嶺松 成都有雪山彭州在其之松州在其西吐

蒼時把松栴歎云邊祈堪歎故君成杜宇杜宇謂望帝也可能先主

是真龍周瑜曰劉備非久為人用者恐[redacted]龍得雲雨終非池中物將來為報姦雄

輩莫向金牛放舊蹤輿地記曰秦惠王代蜀不知道作五石牛言能糞金蜀王貪金乃令五丁開道秦使張儀司馬錯引兵滅之

宋玉

何事荊門百萬家獨教宋玉擅才華楚辭

已不饒唐勒風賦何曾讓景差荊楚故事曰楚交[redacted]與唐勒景差宋玉遊雲陽之臺王令各賦大言唐勒景差各賦不如王息宋玉曰方地為輿天為蓋壺云拄扶桑長劍倚天外於是王喜賞以雲夢之田又宋玉有九辯及風賦落日渚宮供觀閣渚宮即江陵也開年

雲夢送煙花[illegible]新年也可憐庾信尋荒徑猶得

三朝托後車庾信梁元帝承制除御史中丞聘西魏屬大將軍南討留長安江陵平遷儀同三司周孝閔踐祚遷開府後陳與周通好流寓之士各許還惟信及王褒恪之不遣常有鄉關之思作哀江南賦以致意云

贈別前蔚州契苾使君

何年部落到陰陵即陰山也奕世勤王國史稱吳志權上疏勸太子登曰人君承奕世之基據自然之勢○左傳勤王之師夜捲牙旗千帳雪朝飛羽騎一河冰蕃兒襁負來青塚論語襁負其子而至矣青塚昭君墓在豐州狄女壺漿出白登孟子簞食壺漿以迎王師○白登臺在雲中漢高祖爲冒頓所圍處日暮鸊鵜泉畔獵鸊鵜泉在金微山南西受降城劉屈丐嘗[illegible]於此路人還

認到都鷹漢酷吏傳郅都爲中尉行法不避貴戚列侯宗室側目而視號曰蒼鷹

春日寄懷

世間榮落重逡巡管子曰枯茂非四時之悲欣榮樂非吾心之憂喜我獨丘園坐四春易賁于丘園束帛戔戔注輔嗣云天位無應隱處丘園縱使有花兼有月可堪無酒又無人青袍似草年年定庾信哀江南賦云青袍似草白馬如練白髮如絲日日新欲逐風波千萬里未知何路到龍津三秦記河津一名龍門龜魚之屬集門下數千不得上上即爲龍○梁任昉知己賦云過龍津而一息望鳳條而載翱

和劉評事永樂羽居見寄

白社幽閑君暫居[illegible]青雲[illegible]

器業我全疎晉阮咸字仲容爲始平太守顏延年五君詠曰仲容青雲器已看諫草歸鸞掖宮門有左右掖尚憤衙門待鶴書詩衙門之下可以棲遲○孔稚珪北山移文鶴書赴隴鳴騶入谷蓮聳碧峯關路近西嶽名蓮花峯函谷關在其東地荷翻翠蓋水堂虛自探典籍忘名利探平聲欹枕時驚落蠹魚

無題

萬里風波一葉舟李陵與蘇武詩風波一失所各在天一隅憶歸初罷更夷猶楚辭曰君不行兮夷猶王逸曰夷猶猶豫也碧江地沒元相引

黄鶴沙邊亦少留翼 益德寃魂終報主 三國志張飛字益德

先主征吳飛領軍就之臨發為帳下健兒所殺 阿童高義鎮横秋 晉書童謡曰阿童復阿童銜刀浮渡

江不畏岸上虎但畏水中龍 羊祜曰此必水軍有功 祜先知王濬小字阿童因表監益州諸軍事密令脩舟楫為順流之計 濬終滅吴矣 人

生涯得長無謂 懷古思鄉共白頭

二

昨夜星辰昨夜風 畫樓西畔桂堂東 身無綵鳳雙飛翼 心有靈犀一點通 抱朴子通天犀角有白理如線置犀

米中群雞往啄米見犀輒驚駭故南人呼為駭雞犀 隔座送鬮春酒煖 漢武故事鈎弋夫人少時

手拳不開故因為藏鈎[illegible] 分曹射覆蠟燈紅 漢武帝嘗使諸[illegible]

……之封藏是非守宮即蜥蜴上著之……一十四　嗟子聽鼓應官

去走馬蘭臺類轉蓬曹子建詩轉蓬離本根飄飄隨長風

三

來是空言去絕蹤月斜樓上五更鐘夢為

遠別啼難喚書被催成墨未濃蠟燭半籠

金翡翠麝香數度繡芙蓉劉郎已恨蓬山

遠更隔蓬山一萬重劉郎蓬山用漢武帝求神仙事

四

颯颯東南細雨來唐楊師道詩開襟臨風沼颯颯雨聲來芙蓉塘外

有輕雷芙蓉塘見前注金蟾齧鎖燒香入金蟾即鎖飾也玉虎
牽絲汲井迴玉虎謂轆轤也賈氏窺簾韓掾少晉韓壽字德真
美姿容賈充辟為司空掾每宴賓僚其女輒從青瑣中窺之因
通焉時西域有貢奇香一着人則經月不歇帝甚貴之惟賜充其女
盜之遺壽充知之因以女妻壽宓妃留枕魏王才魏黃初三年陳思王朝京師還濟洛川古
人有言斯水之神名曰宓妃感宋玉對楚王神女之事遂作賦曰余
情悅其淑美兮心振蕩而不怡無良媒以接懽兮託微波而通辭
春心莫共花爭發一寸相思一寸灰

五

相見時難別亦難東風無力百花殘春蠶
到死絲方盡蠟炬成灰淚始乾曉鏡但愁

雲鬢改夜吟應覺月光寒蓬山此去無多路青鳥殷勤為探看漢武帝内傳七月七日上於承華殿忽有青鳥從西來集殿前上問東方朔朔曰此西王母欲來也有頃王母果至

回中牡丹為雨所敗

浪笑榴花不及春隋高祖受禪孔紹安來奔見之甚悦拜内史舍人時夏侯端亦嘗為御史先歸朝授秘書監因侍宴賦石榴云秪為來時晚花開不及春時人甚稱之先期零落更愁人玉盤迸淚傷心數迸舊作迸今從英華本錦瑟驚絃破夢頻萬里重陰非舊圃陰一作陰○張衡南都賦玄雲合而重陰谷風起而增哀一年生意屬流塵劉休玄擬古云堂上流塵生庭中綠草滋注流階也前溪舞

罷君迴顧古今樂錄云晉車騎將軍沈玩作前溪曲故劉詩云山邊歌落日池上舞前溪唐于競曰則南朝習樂之所併覺今朝粉態新

富平少侯

七國三邊未到憂史記冠帶之國七而三國邊於戎狄此言若邊陲有警富平少侯何憂哉十三身襲富平侯漢成帝鴻嘉初始為微行或乘小車或皆騎馬出入市里遠至旁縣鬬雞走馬自稱富平侯富平侯者張安世三世孫臨尚公主所生子故也嬖許皇后女弟與上遊宴禁中無度寵幸甚盛故假稱之也不收金彈抛林外西京雜記韓嫣以金為彈丸一日失數十每出兒童輒隨之以諾所落長安語曰若飢寒逐彈丸惜銀床在井頭鉏床井欄也樂府淮南篇云淮南王自言尊百尺高樓與天連後園作井銀作床金瓶素綆汲寒漿綵樹轉燈珠錯落開元遺事楊國忠姊妹上元夜置百支燈樹轉輪無休

[illegible]

郭侵日晨客 嵇康書云晝臥甚晚起當閽呼之不置注漢有當閽之職晚至呼門 新得佳人

字莫愁 莫愁已注

楚宮

月姊曾聞下彩蟾 月姊謂嫦娥也詳見前注 傾城消息隔重

簾 漢書李延年歌云北方有佳人絕代而獨立一顧傾人城再顧傾人國 已聞珮響知腰

細 漢書馬廖傳楚王好細腰宮中多餓死 更辨絃聲覺指纖 暮雨自

歸山悄悄 暮雨已注 秋河不動夜厭厭 王昌且在

牆東住 襄陽耆舊傳王昌字公伯為東平相散騎常侍早卒婦任城王曹子文女昌弟式渡遼將軍長史婦尚書

令桓楷女呂母聰明有教與二婦入門皆令變服下車不得踰侈
後楷子嘉尚魏主欲金縷衣見式婦嘉止之曰其嫗嚴固不聽善
耳不須持往犯人家法其畏如此
未必金堂得免嫌漢武帝八歲長公主欲以女阿嬌妻
帝帝曰我若得阿嬌當以金屋貯之○詩意以桓嘉尚主故用金堂事言雖富之極終不免王昌家之嫌疑也

鄭州獻從叔舍人

蓬島烟霞閬苑鍾三官箋奏附金龍唐吳道玄畫天
地水三官皆乘龍鳳輿輦○東齋記云道家有金龍玉簡學士院撰文具歲中齋醮投於名山洞府金龍以銅製玉簡以階石
劖之
茅君奕世仙曹貴茅君已見前注許掾全家道氣
濃十二真君傳許遜字敬之汝南人舉孝廉拜蜀旌陽令慕道以晉室亂棄官歸師大洞君吳猛傳三清法要至太康二年八
月一日于洪州西山舉家四十二口白日昔拔宅上昇○絳節尚象
[illegible]

黄紙授有黄麻白麻出詔以官品比仙品者也[illegible]尸煙猶用

紫泥封紫泥已見前注不知他日華陽洞華陽洞洞天名也許

上經樓第幾重詩意言人之職得近天顔亦能相薦達否

温庭筠字飛卿舊名岐并州人也宰相彦博之孫任終國子助教有集傳于世

春日將欲東遊寄苗紳

幾年辛苦與君同得喪悲歡盡是空猶喜

故人先折桂杜詩禮闈曾擢桂○陳元老及第詩桃花先透三層浪月桂曾攀第一枝自憐羈

客尚飄蓬三春月照千山路十日花開一

夜風知有杏園無路入唐進士及第杏園初會謂之探花選年少者二人爲探花使

世謂之探花郎此也馬前惆悵滿枝紅

河中陪節度遊河亭

倚欄愁立獨徘徊欲賦慙非宋玉才滿座
山光搖劍戟遶城波色動樓臺鳥飛天外
斜陽盡人過橋心倒影來添得五湖多少
恨柳花飄蕩似寒梅

過陳琳墓琳廣陵人名在建安七子中

曾於青史見遺文三國志有陳琳傳今日飄零過古墳
詞客有靈應識我霸才無主始憐君三國志

[illegible]
曹公公曰卿為紹作書但可罪孤而已何乃上及祖父邪琳謝罪曰矢在弦上不得不發曹公愛其才不責石麟埋沒藏秋草石麟已注銅雀荒涼對暮雲魏武帝有銅雀臺莫怪臨風倍惆悵欲將書劍學從軍魏太祖辟琳為軍謀祭酒○王粲從軍詩云從軍有苦樂但問所從誰

傷李羽士

柳不成絲草帶烟海槎東去鶴歸天王子年拾遺記堯時有巨槎浮于西海上光若星月十二年一周天名貫月槎又名挂星槎羽仙栖其上愁腸斷處春何限病眼開時月正圓花若有情應悵望水因無事莫潺湲須知此恨消難得孤負南

華第二篇莊子號南華眞人第二篇即齊物篇

初秋

月出西南露氣秋綺寮河漢在斜樓綺寮一作倚霄

○左太沖魏都賦雷雨窈冥而未半皎日籠光於綺寮注曰交結綺紋爲寮也楊家[illegible]作鴛鴦幔

張氏金爲翡翠鉤白氏六帖唐楊國忠[illegible]靖第宅服用甲於[illegible]張弘[illegible]時香燭有

光妨宿燕曉屏無職待牽牛[illegible]作高樓可容數十人唐七夕宮中以錦綵

㬪花果酒炙以祀牛女二星嬪妃穿針乞巧動清商之樂宴樂達旦時人皆效之○詩意以楊家張氏奢侈蓋當時風俗取法於宮中盖

譏之也萬家砧杵三篙水一夕橫塘是舊遊

[illegible]揚卿

楊柳千條拂面絲綠煙金穗不勝吹香隨
靜婉歌塵起梁書羊侃字祖興雅愛文史姬妾列侍窮極奢靡舞人張靜婉腰圍一尺六寸能為掌上舞
影伴嬌嬈舞袖垂宋子侯有董嬌嬈詩○杜詩惱郗使君云佳人屡出董嬌嬈羌
管一聲何處笛笛中有折楊柳曲○虞義詠霍將軍北伐云胡笳關下思羌笛隴頭鳴流
鶯百囀最高枝賈至詩千條弱柳垂青瑣百囀流鶯遶建章千門九陌
花如雪飛過宮墻兩不知

春日偶成

西園一曲艷陽歌擾擾車塵負薜蘿楚辭若有人兮
山之阿被薜荔兮帶女蘿○謝靈運溪行詩想見山阿人薜蘿若在眼自欲放懷猶未得

杜詩放慢殊不愜良覿眇無因不知一經世竟如何夜聞猛雨判
花盡寒戀重衾覺夢多剡渚别来應更好
春風還爲起微波

途中偶作

石路荒涼接野蒿西風吹馬利如刀暮程
投驛蕙蘭静廢寺入門禾黍高雞犬夕陽
喧縣市鳧鷖秋水暴城壕鳧鷖詩在涇故山有夢
不歸去官樹陌塵何太勞

春日野步

日西塘水金堤斜百草芊芊暗吐芽野一作青野
岸明媚山芍藥水田叫噪官蝦蟆晉惠帝在華林園聞蝦蟆聲問左右曰此為官乎為私乎侍中賈胤對曰在官地為官在私地為私也鏡中有浪動菱蔓
陌上無風吹柳花何事輕橈向溪客綠萍
方好不歸家

和道溪君別業

積潤初消碧草新鳳陽晴日帶雕輪絲飄
翁鄉平橋晚雪點寒梅小院春屏上樓臺
陳後主陳書至德二年後主於光照殿起臨春結綺望仙三閣檻欄以沉檀為之飾以金玉每微風起香聞數里之外

鏡中金翠李夫人漢武帝夫人[redacted]花房露透紅珠落

蛺蝶雙雙護粉塵

劉長卿字文房河間人開元中進士為監察御史終隨州刺史有集傳于世

○登餘干古城

孤城上與白雲齊萬古蕭條楚水西官舍

已空秋草綠女墻猶在夜烏啼古樂府有烏啼夜曲平

江渺渺來人遠落日亭亭向客低沙鳥不

知陵谷變詩高岸為谷深谷為陵朝來暮去弋陽溪弋溪在弋陽二十

里有大石面如鏡

弋字近貌中故云

李德裕……授御史中丞武宗立爲門下侍郎同中書門下平章事……拜太尉後卒懿宗時詔追封衛國公贈尚書左僕射

○嶺南道中

嶺水爭分路轉迷桄榔椰葉暗蠻溪（桄榔見前注）愁衝毒霧逢蛇草（嶺南蛇過草有毒人遇之即病）畏落沙蟲避燕泥五月畬田收火米（易无妄注田一歲曰菑三歲曰畬土人以五月收米爲火米）三更津吏報潮雞（注津吏守津之吏也五月收米三更雞鳴言嶺南氣候異於中國也）不堪腸斷思鄉處紅槿花中越鳥啼（嶺南異物志云嶺南紅槿自正月至十二月常開秋冬差小耳）

李紳　字公垂[illegible]舍人武宗即位[illegible]子助教累遷中書[illegible]與李德裕元稹同時稱三俊

江南暮春寄家

洛陽城見梅迎雪魚口橋逢雪送梅（魚橋在蘇州子城西琴高於此乘鯉魚上昇）劍外寺前芳草合（平江府即古姑蘇有劍池在虎丘寺秦始皇嘗試劍於此）鏡湖亭上野花開（鏡湖在紹興府即古越州也與蘇州隔江）江鴻斷續翻雲去海燕參差拂水迴（詩燕燕于飛差池其羽）料得心知寒食近潛聽喜鵲望歸來（漢陸賈曰乾鵲噪而行人至蜘蛛[illegible]）

紀唐夫

贈温庭筠開成中庭筠才名籍甚然不拘細行以文爲貨識者鄙之執政有奏庭筠攪擾場屋黜方城令中書舍人裴坦當制有遷于畔長沙之比時文士爭爲詩送別惟紀唐夫此詩擅揚當時盛傳也

何事明時泣玉頻卞和得玉獻楚懐王王使樂正子卞之言石以爲欺刖其左足至平王復獻之又以爲欺刖其右足至昭王和復欲獻之恐復見害乃抱玉而哭泣盡繼之以血王使剖之得美玉封爲侯和辭謝而去長安不見杏園春杏園已注鳳凰詔下雖沾命石虎鄴中記每詔書下著鳳雛口中銜出鸚鵡才高却累身鸚鵡賦見前注且盡綠醽消積恨休辭黃綬拂行塵漢董巴輿服志二千石青綬千石六百石墨綬丞尉三百石長相二百石皆黃綬方城若比長沙路猶隔千山與萬津左傳僖公二年

齊伐楚楚屈完對曰楚國方城以爲城漢水以爲池雖衆無所用之○長沙謫賈誼也已見前注

陳上美 開成元年高鍇放榜第一人登科有詩集傳於世

咸陽懷古

山連河水碧氤氳瑞氣東移擁聖君前漢都咸陽後漢都洛陽故曰東移秦苑有花空笑日漢陵無主自侵雲秦都咸陽西漢諸陵在焉古槐堤上鶯千轉遠渚沙中鷺一群賴有淵明同把菊陶詩采菊東籬下悠然見南山煙郊四望夕陽曛

來鵠 豫章人大中咸通間舉進士不中落第有詩集傳于世

○宛陵送李明府罷任歸江州

菊花村晚鴈來天共把離觴向水邊官滿便尋垂釣侶家貧已用賣琴錢浪生湓浦千層雪湓浦見前注雲起爐峯一炷煙廬山有香爐峯李太白詩云日照香爐生紫煙儻見吾鄉舊知己爲言顦顇過年年

○清明日與友人遊玉塘莊

幾宿春山逐陸郎晉陸機春遊樂府曰游客芳春林春芳傷客心和風飛清響鮮雲垂薄陰清明時節好風光歸穿綠荇船頭滑醉踏

閑花展齒香晉謝玄破苻堅驛書至謝安對棊看書竟便放床上了無喜色圍棊如故既罷還內心喜甚過户限不覺屐齒之折風急山頭雲飄過野雨餘田水落方塘文選劉公幹贈中郎將詩細柳夾道生方塘涵清源不堪吟罷東迴首滿耳蛙聲正夕陽

鄭準嘗為荊南從事

清明日江南

吳山楚驛四年中一見清明一改容旅恨共風連夜起韶光隨酒着人濃延興門外攀花別延興門在建康采石江頭帶雨逢江源記南朝梁石於此至[illegible]

[illegible]道岩之石區名世濱爲米已渡無計歸心何日是路邊戈中正

重重

章八元 睦州桐廬人大曆六年進士貞元中調句容主簿有詩集傳于世

登慈恩寺浮圖

十層突兀在虛空四十門開面面風卻訝

鳥飛平地上自驚人語半天中回梯暗踏

如穿洞絕頂初攀似出籠落日鳳城佳氣

合梁元帝納涼詩高春欄檻滿城春樹雨濛濛

李群玉 字文山灃州人也大中八年詣闕上表裴休入相薦之授弘文館校書郎有詩集行于世

將欲南行陪崔八宴海榴亭

朝宴華堂暮未休，幾人偏得謝公留。謝公，謝安也。風傳鼓角霜侵戟，雲捲笙歌月上樓。賓館盡懸徐孺榻，陳蕃爲豫章太守，不接賓客，惟徐孺子來，特設一榻，去則懸之。客帆空戀李膺舟。後漢郭林宗與李膺同舟而濟，衆賓望之以爲神仙焉。謾誇書劍無歸處，水遠山長步步愁。

秣陵懷古

野花黄葉舊吴宫，六代豪華燭散風。六代謂吴、東晋、宋、齊、梁、[illegible]。龍虎勢衰佳氣歇，諸葛亮謂吴大帝曰：鍾阜龍蟠，石頭虎踞，真帝王之都也。

佳氣已注鳳凰名在故臺空鳳凰臺在保寧寺後李太白有詩市朝

遷變秋蕪綠墳塚高低落照紅霸業鼎圖

人去盡秣陵六朝建都之地獨來惆悵水雲中

金塘道中

山連楚越復吳秦蓬梗何年是住身蓬梗已注黃

葉黃花古城道秋風秋雨別家人冰霜想

度商於凍商於即商州也桂玉愁居帝里貧桂玉詳見前注半

口縶心拋不得每回回首即長嚬

望月寄人

浮雲卷盡看曈曨（曈曨月明貌）直出滄溟上碧空

盈手水光寒不濕流天素彩靜無風酒花

蕩漾金樽裏（李白詩：唯願當歌對酒時，月光長照金樽裏）棹影飄颻玉（河廣川無梁山　秦嘉妻徐氏答）

浪中川路正長難可越（宋劉林　高路難）

（嘉書曰高山巖巖而　君是越斯亦難矣）美人千里思何窮（宋謝莊月賦美　人邁兮音塵闕）

（隔千里兮共明月臨風歎兮　將焉歇川路長兮不可越）

送秦鍊師歸岑公山（在萬州）

仙翁歸卧翠微岑一葉西飛月峽深（言春月　而去也）

（峽即月　明峽也）松逕定知芳草合玉書應念素塵

侵書用青岩…爲之隱雲不繫東西影野鶴寧知

去住心晉書嵇紹如野鶴昂藏在鷄群閑雲野鶴以比秦鍊師也蘭渚蒼蒼春欲

暮曹植應詔詩朝發鸞臺夕宿蘭渚注公孫乘月賦鵾鷄舞於蘭渚落花流水怨離琴

隋江總詩云岳陽日徒送離琴手自握

註唐詩鼓吹卷第七

註唐詩鼓吹卷第八

資善大夫中書左丞郝　天挺　註

羅隱　字昭諫錢塘人也累舉進士不第後事錢鏐為給事有文集行世

○牡丹

似共東風別有因絳羅高捲不勝春若教解語應傾國傾國見前注任是無情亦動人芍藥與君為近侍芙蓉何處避芳塵拾遺記石虎起樓四十尺雜寶異香為屑風作則揚之名曰芳塵○陸機天暮賦曰播芳塵之馥馥可憐韓令成功後辜負穠華過一身藝苑雌黃云唐元和中韓弘罷宣武節制歸長安命[illegible]去

[illegible]有華貞穠華之語豈效兒女華官至中書令故云韓令○詩何彼穠矣華如桃李

○杏花

暖觸衣襟漠漠香間梅遮柳不勝芳數枝艷拂文君酒漢司馬相如沽酒滌器於臨平文君當壚也半里紅欹宋玉墻宋玉登徒子好色賦曰臣東家子登墻闚臣三年矣盡日無人應怨望有時經雨更淒涼舊山山下還如此回首東風一斷腸謝靈運詩云楚人心昔絕越客腸今斷

○登夏州城樓

寒城獵獵戍旗風獨倚闌干悵望中萬里山川唐土地千年魂魄漢英雄夏州漢邊塞也離心不忍聽邊馬漢蔡琰詩曰北風厲兮肅泠泠胡笳動兮邊馬鳴又王正良詩朔風動秋草邊馬有歸心往事應須問塞鴻好將儒冠從校尉漢書戊己校尉元帝初置如甲乙丙丁庚辛壬癸皆有正位惟戊己寄治亦無常居故名戊己校尉一枝長戟六鈞弓三國志袁術遣[illegible]零攻劉備謂零曰玄德布第也請君觀布射戟小枝中者各解兵不中可留決戰布一發正中戟小枝零等皆言將軍天威也皆罷去○左傳顏高之弓六鈞

曲江春感隱以諷刺久困場屋交人刘贄題詩云人皆言子屈我獨以為非明主既離謂[illegible]山河不歸隱[illegible]

江頭日暖花正開江東行客心悠哉高陽酒徒半彫落史記酈食其落魄無以爲衣食初欲見沛公沛公以儒生不之見酈生瞋目按劍曰吾高陽酒徒非儒生也終南山色空崔嵬聖代也知無棄物侯門未必用非才于令升晉紀總論樹立失權托付非才四維不張苟且之政多也滿船明月一竿竹家住五湖歸去來住一作在

春日題禪智寺在楊州

樹遠連天水接空幾年行樂舊隋宮煬帝都於江都以奢淫失國故云舊隋宮花開花謝長如此人去人來自不同楚鳳調高何處酒論語楚狂接輿歌而過孔子曰鳳兮鳳兮何德之衰

往者不可諫來者猶可追吳牛蹄健瀟車風風俗通曰吳牛苦於日故望月而喘瀟車風言疾也

思量只合騰騰醉煮海平陳一夢中煮海見前注隋

煬帝滅渠寺揚州故實

綿谷迴寄蔡氏昆仲

一年兩度錦城遊成都記錦里城爲錦城以江山明媚錯雜如錦故也前值東風後值秋芳草有情皆礙馬好雲無處不遮樓山牽別恨和愁斷水帶離聲入夢流今日不堪回首望古煙高樹隔綿州牽一作卷

寄竇尚書

往年西謁謝玄暉謝玄暉止實尚書也樽酒留連醉始
歸。曲檻柳濃鶯未老。小園花暖蝶初飛。噴
香瑞獸金三尺。舞雪佳人玉一圍。宋玉神女賦飄飄兮
若流風之回雪○杜詩急雪舞回風言舞態回翔也今日亂離尋不得。滿簑風
雨釣魚磯。

張蠙字象文清河人乾寧中進士授校書郎有集一卷傳于世

○前塘夜宴留別郡守前疑作錢

四郊騷動一州安。賈子新書曰云王卒罷弊死於甲兵老弱騷動不得治產業云夜
列樽罍伴客歡。箪篥調高山閣迥。蝦蟆聲

促海濤寒。江南八木析夜啟一蝦蛛更警屏間珮響藏歌妓。開元遺事寧王有寵姬美姿容善歌舞客莫能見李白侍酒戲曰聞王有寵姬善歌今群公云妾倦王何吝此王笑令於七寶花障後歌白起謝曰雖不許見面聞其聲亦幸矣幕外刀光立從宦。沉醉不愁歸棹晚。曉風吹上子陵灘。後漢嚴光字子陵釣於富春山七里灘

長安春望

明時不敢卧煙霞。又見秦城換物華。殘雪未消雙鳳闕。天子之闕門也新春先發五陵家。漢長陵安陵陽陵茂陵平陵也甘貧只擬長盬酒。晉阮籍聞步兵廚中人能釀酒有貯酒三百斛乃求爲步兵多病猶期強採花。古樂府于闐採花云亦

故國別來桑柘盡十年兵踐海西濆

李山甫 咸通中累舉進士不第後亦嘗為府從事有詩賦等集並傳

寒食

柳寲東風一向斜。春陰澹澹野人家。有時三點兩點雨。到處十枝五枝花。萬井樓臺疑繡畫。九原松栢似煙霞。禮記檀弓趙文子與叔向遊於九京叔向曰死者如可作也吾誰與歸其隨武子乎京當作原年年今日誰相問。獨臥長安泣歲華。梁肖子雲歲暮賦曰孋女鹿山歲華云暮

寓懷 山甫落魄不羈拙於身謀薄怨當路故有此作

萬古交馳一片塵思量名利孰如身長歳
好事皆虛事卻恐閑人是貴人老逐少來
終不放爭隨榮後定須勻勸君莫謾誇頭
角夢裏輸贏總未真

公子家

曾是皇家幾世儒入雲高第照神州（高第郎甲第也）
栁遮門户横金鎖花擁絃歌咽畫樓錦袖
妬姬爭巧笑（論語巧笑倩兮美目盼兮）玉啣驕馬索閑遊
麻衣酷獻平生業（詩蜉蝣掘閲麻衣如雪）醉倚東風不

點頭。

○二

柳底花陰壓路塵。瑞煙輕罩一園春。鶯窩

占木能欺客。欺一作嘖 鸚鵡嫌籠解罵人。腰裹

似龍隨日換。崔駰子曰夫待腰裹而駕之則世莫乘車矣詳見前注後漢章帝時有司請封

諸舅太后詔曰前過濯龍見外家車如流水馬如遊龍吾不譴怒但絕其歲用耳 輕盈如燕逐

年新。漢趙后以体輕如燕故名飛燕 不知盡買長安笑。或作買笑 酒得蒼

生幾戶貧。

○上元懷古 上元金陵縣名也

南朝天子愛風流〔南朝謂六朝也詳見前注〕盡守江山不到頭總為戰爭收拾得却因歌舞破除休〔南朝自刘裕至陳覇先皆篡弒得之如東昏侯陳後主皆以淫荒失國〕堯將道德終無敵〔孟子無敵於天下者天吏也〕秦把金湯可自由〔韓子曰雖有金城湯池非粟不守○漢蒯通傳注金取堅湯取熱皆喻國不可[redacted]也〕試問繁華何處在雨苔烟草石城秋〔金陵有石頭城〕

武元衡〔字伯蒼河南人建中四年進士元和二年以門下侍郎平章事秉政早朝遇盜從暗中射殺之有臨淮集傳世〕

○荆帥

金貂再入三公府不朽蟬居高食潔貌外勁悍而內溫○漢董巴輿服志曰武弁大冠侍中中常侍加黃金璫附蟬為文貂尾為飾謂之惠文冠錦帳連封萬户侯簾捲青山巫峽曉雲疑碧岫渚宮秋巫峽渚宮詳見前注劉琨坐嘯風生苑晉劉琨字越石為胡騎所圍窘迫乘月登樓清嘯胡騎聞之皆悽然引去謝朓裁詩月滿樓南史謝朓字玄暉美文章清麗可愛為隋王功曹尤被賞擢不幸而夭白雪眺（調）高歌不得美人南國翠蛾愁宋玉對楚王曰楚有善歌者始歌下里巴人國中和者數萬人次歌陽阿揉菱國中唱而和之者數百人既而歌春白雪國中唱而和之者數人蓋其曲彌高而和彌寡也

○送張諫議

詔書前日下丹霄頭戴儒冠脫皁貂漢書曰王莽篡位更漢黑貂用黃貂太后命其官屬戴黑貂笛怨柳營烟漠漠柳營細柳營也雲愁江館雨瀟瀟鵷鴻得路爭先翥莊子南方有鳥名鵷鶵發於南海而飛於北海非梧桐不止非竹實不食非醴泉不飲松柏凌霜貫後凋論語歲寒然後知松柏之後凋歸去朝端如有問玉關門外老班超班超自以久在絶域年老思歸上疏曰臣超犬馬齒殲常恐年衰奄忽僵仆孤魂棄捐臣不敢望到酒泉郡但願生入玉門關帝矜之故還

送崔巡使還本府

鄂君卓馬此逡巡我與劉公本是親梁劉孝標答𨻳

陵今刻沿……書刻……既重有斯難而也山川入而判千

年京洛共風塵詩意昔與崔迥使同仕京洛今各

居於兩地也笙歌幾處胡天月羅綺長留蜀國春

報主獨來須盡敵左傳晉侯使太子申生伐東山大夫先丹木諫太子曰今公曰盡敵而反敵可盡乎雖盡敵猶有內讒不如違之還期萬里寶刀新漢武陵蠻夷作難遣將軍爲組南征紀有功而還表奉金室錯刀一具

唐彥謙 字茂業并州人也咸通末舉進士爲何中從事曆晉絳二州刺史後爲閬州刺史李騭題門先生有詩集傳世

長陵

長陵高闕此安劉 長陵高祖陵也高祖遺詔曰周勃重厚少文然安劉氏者必勃

丈後呂后欲立諸呂勅爲太尉入北軍誅諸呂立文帝附門蔣纍纍盡列侯後漢和帝幸長陵詔高祖功臣蕭曹爲首有傳世不絶之義朕望長陵東門見二臣之壟每有感焉可遣使以中牢祀之豐上舊居無故里沛中豐民盡移於長安新豐故云無故里沛中原廟對荒丘漢惠帝思高祖之樂沛以沛宫爲高祖原廟顔注原再也先已有廟今再立曰原廟耳聞明主提三尺高祖曰吾以布衣提三尺劍取天下此非命乎眼看愚民盜一抔前漢有盜高廟玉環得之下廷尉當棄市文帝欲族之張釋之曰假令愚民取長陵一抔土陛下何以加其法乎千載豎儒騎瘦馬酈食其說高祖復立六國張良入諫以爲失帝罵曰豎儒幾敗乃公事

渭城斜日重回頭

蕭律河亭

宿雨清秋霽景澄。廣亭高樹更晨興。烟横

博望乘槎水。漢張騫乘大槎窮河源後封為博望侯 日上文王避雨

陵。左傳蹇叔曰殽有二陵焉其南陵夏后皋之墓其北陵文王之所避風雨也 孤棹夷猶期獨

往。夷猶已注 曲欄愁絶每長凭。思鄉懷古多傷別

此際哀吟幾不勝。

李遠 遠字求古太和五年進士蜀人也累官歷忠建江二州刺史終御史丞有集傳于世

○贈寫御容李長史

寶座烟消硯水清。寶一作玉 文選謝希逸詩云崖樹驚烏兮中帷響金釘號兮玉座寒 龍

髯不動彩毫輕。初分隆準山河秀。準音拙 高祖龍顏隆

準隆高也準頰顴也乍點重瞳日月明大史公曰吾聞周書舜目重瞳子户子舜兩眸子宮女捲簾皆暗認侍臣開殿盡遥驚六朝供奉無人敵始覺僧繇浪得名張僧繇吳人也天監中歷官右將軍吳興太守以哥青馳譽於時

○失鶴

秋風吹却九皐禽詩小雅鶴鳴於九皐声聞於天注聞音問皐澤中所溢出所為坎言九者以喻深遠也一片閑雲萬里心杜詩老鶴萬里心碧落有情空悵望空一作應瑤臺無路可追尋崑崙山有瑤臺閬苑来時白雪領猶短来時一作初来去日丹砂頂漸深去日

欲去華表柱頭留語後更無消息到如今。

○聽話叢臺藝文志趙武靈王建叢臺於邯鄲

有客新從趙地回自言曾上古叢臺。前漢陽日全趙之時武力勇士袨服叢臺之下一旦成市

雲遮襄國天邊盡襄國趙地漢書項羽分趙地立張耳為常山王居信都改曰襄国

樹遶漳河掌上來漳河過襄国城邊

絃管變成山鳥哢綺羅留作野花開金輿

玉輦無行迹風雨唯知長綠苔鄴中記石虎沿漳河四十里一宮宮中宮女數十人一侯、主之石虎輦上宿

權德輿字載之秦州人常博士進中書以文章称德宗召為太舍人元和五年拜禮部尚

書同中書門下平
章事有集傳于世

○田家即事

閑臥藜牀對落暉田氏六帖晉宰家貧所坐藜床欲穿為學不休○杜詩衰病只藜床翛然便覺世情非漠漠稻花資旅食青青荷葉製儒衣楚辭製芰荷以為衣兮紉秋蘭以為佩山僧相訪期中飲（飯）漁父同遊或夜歸待學向平婚嫁畢後漢向平字子平隱居不仕讀易至損益卦嘆曰吾已知富不如貧貴不如賤但未知死何如生耳建中男女婚嫁既畢勑斷家事勿相關當如我死也於是遂肆志遊五岳名山渚烟溪月共忘機

和司門殷員外早秋省中書直夜

寄荆南衛家端公

共嗟王粲滞荆州三国志王粲字仲宣山陽人以西京擾乱乃之荆州依刘表表不甚重作登樓賦以自見才子為郎憶舊游京夜偏宜粉署直唐諸郎中員外郎尚書郎所居謂之畫省以粉畫之故名之日粉署也清言遠待玉人酬晋裴楷為吏部郎風神高邁容儀俊爽時人謂之玉人風生北渚烟波闊楚辞帝子降兮渚目渺渺兮愁予露下南宮星漢秋南宮謂禮部也早晚得為同舍旅前漢直不疑為郎有告歸誤持其同舍郎金去知君兩地結離憂屈原九歌日公子兮徒離憂

奉和太常韋卿閣老左藏庫中假山之什

春山儃掌百花開九棘周禮九棘孤卿大夫位馬鄭玄註曰樹棘以爲位者取其赤心而外刺象赤心三刺也腰金有上才忽向庭中摹峻極詩崧高維嶽峻極于天如從洞裏見昭回詩倬彼雲漢昭回于天注昭光也回轉也小松已負干霄壯片石皆疑縮地來神仙傳費長房遇壺公得神術能縮地脉千里聚目前放之如舊都內今朝似方外莊子子桑户死孔子曰遊方之外者也丘遊方之內者也仍傳麗句寄雲臺華山有雲臺觀

送張閣老中丞持節冊弔回鶻

旌旆翩翩擁漢官君行當得遂入懽論語近者說遠者來分職南臺知禮事綴書東觀見才難後漢張衡字平

……遺文學方補綴之依上
司爲廷班因州叙與與籍不合者十餘事上不聽晴人追恨

金章玉節鳴騶遠如淳注使乗之。書注鳴騶給騶白草

黃雲出塞寒欲散別離唯有酒難傾賓從

駐征驂

○送李處士弋陽山居限姓名中同韻

塹之東城市意何如却憶菖陽溪上居不惮

薄田輸井税井田税之税自將佳句著州閭波翻極

浦㵎橋竿出霜落秋郊樹影疎想到家山無

俗侶逢迎只是坐藍輿昔陶淵明傳江州刺史王弘半道要淵明还州閭兵

所進答云素有足疾向來蓋與亦是自返乃令一門生二兒共與之至州矣

于鵠 高隱於漢陽大曆中應[illegible]辟起曆諸府後辟有集一卷[illegible]于世

送宮人入道

十載吹笙入漢宮看修水殿種芙蓉自傷白髮辭金屋漢武帝爲膠東王年數歲長公主抱問曰兒欲得婦否荅曰欲得指女阿嬌好否笑曰若得阿嬌當作金屋貯之喜戴黃冠向雪峰白山雪峰解語老猿開曉戶引雛飛鶴下高松定知別後宮中伴遙聽緱山半夜鐘緱山鬼丑景陽樓晉注下齊武一更五更鐘

盧弼 與李光遠

秋日寓居[illegible]會書事

葉滿苔階杵滿城此中多恨恨難平踈簷看織蠨蛸網詩蛜威在室蠨蛸在戶[illegible]蠨蛸小蜘蛛也空室愁聽蟋蟀聲詩蟋蟀在堂歲聿其莫卬促織也醉卧欲拋羇客思夢歸偏動故鄉情覺來獨步長廊下半夜西風吹月明

獨孤及字至之河南人天寶末以有道舉高第代宗朝為左拾遺歷濠[illegible]常三州刺史有集傳世

同皇甫齊年春望見示之作

望遠思歸心易傷況將衰鬢偶年光時攀

芳樹愁花盡晝陟救書齋覺日長比北流波

辭舊浦忽看新苦于邁橫塘謝靈運詩池塘生春草因君

贈我江楓詠翟信明有楓落吳江冷之行鄭世翼以顧見其余覽之終日所以不逮所聞投諸水中而去

春思如今未易量

胡宿

雪

屛翳驅雲結夜陰楚曰屛翳起雨○相如子虛賦注屛翳天神使○魏曹植詰洛文河伯典澤

屛翳司風素花飄墜惡氛沉襄公二十七年風謂趙孟曰楚氛甚惡懼難氛氣象也

色欺曹國麻衣淺詩曹風蜉蝣麻衣如雪寒入荊王翠

被深左傳楚王次於乾谿雨雪王皮冠秦復陶翠被豹舄執鞭以出注秦遺羽衣天上明河銀

作水有明河篇海中仙樹玉為林日高獨擁鷫鸘裘

卧誰乞長安取酒金司馬相如以鷫鸘裘貰酒與文君為懽又陳皇后以黄金百斤為相如文君取酒請解悲愁之辭相如為賦以奏之

冲虛觀

五粒青松護翠苔李賀為五粒小松歌石門岑寂斷纖

埃水淨花片知仙路陶潛桃源記晋太元中武陵人漁為業溪行忘路之遠近忽逢桃花夾岸數百步中無雜木芳華鮮美落英繽紛漁人異之尋路見黄髮垂髫問云皆避秦人也風遞鸞

聲認嘯臺阮籍至蘇門半嶺聞鸞鳳之音乃孫登長嘯也詳見前注桐井曉

寒千乳歛庾信三月三賦單衛長帶摩梧桐葉細乳茗園春嫩一旗開世説茶之始生而嫩者為一鎗漸大而[illegible]者為一旗過此老矣
馳烟未勒山亭字可是英靈許再来金陵地記云周顒字彦倫隱北山後應詔出海鹽令欲過此山孔德璋假山神作文以却之曰鍾山之英草堂之靈馳烟驛霧勒移山亭

淮南發運趙　邢州被詔歸闕

天臺封詔紫泥馨紫泥已見前注馬首前瞻北斗城三輔黃圖長安故城城南為南斗形城北為北斗形故號北斗城
人在函關先望氣列仙傳老子西遊關令尹喜先見其東有紫氣知真人當过候物色而求果見老子帝於京兆最知名前漢趙廣漢守京兆尹遷潁川太守復為京兆尹自將吏人霍禹家搜索署酤斬閞而去帝心善之召禹讓廣漢由是浸犯

貴戚一區東第趨晨近文選云位為通侯處列東第注甲第也帝城之東故曰東第

數刻西廂接晝榮周昌傳呂后[illegible]耳於東廂聽顏注正寢之東西室皆曰廂言似箱篋之

形易晉卦康侯用錫馬蕃庶晝日三接注柔進受寵則一晝三接也正是兩宮裁化

日百金雙璧拜虞卿史記虞卿者游說之士也躡蹻擔簦說趙孝成王一見賜金百鎰

白璧一双再見為上卿故號虞卿

天街曉望

長樂才聞一叩鍾長樂宮名百官初謁未央宮未央漢宮

金波穆穆沙堤月鄭玄暉詩云金麗鳷鵲玉繩低建章注漢書歌曰日月穆穆一金

波○李肇國史補云唐制凡拜相府縣載沙自宮城至其第名為沙堤玉樹琤琤上苑

風太白贈槐山人詩君来幾何時秋臺應有期東窓緑王樹定長三五枝○上苑上林苑也香重揫蘭

橫結霧杜牧阿房宮賦烟斜霧橫焚椒蘭也氣寒龍虎遠浮空諸葛亮謂

吳大帝曰鍾阜龍蟠石城虎踞真帝王所都也嗟予寥寞無人問前漢東方朔傳朔對

上曰侏儒長三尺餘俸一囊粟錢二百四十朔長九尺餘亦俸一囊粟錢二百四十侏儒飽欲死臣朔飢欲死臣言可用幸異其

禮不可用罷之無令但索長安米上大笑行避霜臺御史驄御史驄馬見前注

淮南王

貪鑄金錢盜寫符前漢淮南王安入朝田蚡迎之霸上與語曰今上無太子王高帝孫行仁

義宮車晏駕非王誰可立者淮南王大喜及罝攻戰具集金錢專覺削二縣王自傷曰孤行仁義見削地寡人甚耻之為反謀

益甚乃令宮女入宮中作皇帝璽及丞相御史大夫將軍中二千石等印及伍被告變上吏宗正以符節治王未至長安自殺

何曾七國戒前車前漢七國反遣太尉周亞夫將軍竇嬰破之斬吳王濞殺冊後膠西王卬楚王戊趙王遂濟南王辟光淄川王賢膠東王雄渠皆自殺○前漢賈誼治安曰前車覆後車戒也長生不待

爐中藥淮南王學神仙詔煉藥可長生藥未成而王身已戮矣鴻寶誰收篋

裏書淮南王有枕中鴻寶苑秘書言神仙使鬼神為金之術碧井林空天影在

晉書樂志淮南王自言尊百尺樓高與天連後園鑿井銀作牀金瓶素綆汲寒漿小山人去桂

叢淮南王好古愛仙招置賓客有八公之徒分造詩賦以類相從或稱大山小山如詩大雅小雅故小山招隱士曰桂樹叢生兮山之幽雲中雞犬無消息麥秀漸漸徧故墟並見前注

○趙宗道歸輦下

沿牒相逢楚水湄漢書長安令楊興說將軍史高曰昭衡且以無階朝廷故隨牒在遠方註謂

隨遷補之常憐不役超擢也○晉王衍曰隨牒推移遂至於此

竹林文酒此攀稽晉阮籍與嵇康山濤向秀劉伶阮咸王戎爲竹林之遊世號爲竹林七賢

半氈未暖還傷別謝朓見江革時大雪革弊絮單席耽學不倦乃脫所著襦并手割半氈與之爲卧具而去○前漢班固傳云孔席不暖

一臂初交又解攜莊子外篇田子方謂顏淵吾終身與汝交一臂而失之可不哀之歟

江浦嘔啞風送擁河橋勃窣柳垂堤司馬相如傳媻姍勃窣上金堤註匍匐上下貌

明年四月秦關到洗眼揚州看馬蹄唐章孝標及第後詩淮南李紳相公云一第金勝十政官金湯渡了出長安馬頭漸向揚州郭爲報時人洗眼看

憶薦福寺牡丹繫

十日春風開翠幕參差應緣系自成簪尊前

可要人顏玉嵇康醉如玉山之將頹柯底遥知地側金花

界三千春湫湫華嚴經有現三千大千金色世界銅槃十二夜沉

流花以銅盤十二承燭看花如余獨夜遊也雕盤分篆何由得篆作緣切以銜篆勒之篆篆言篆

花也空作西州擁鼻吟謝安本能為洛下書生詠有鼻疾故其音濁名流愛其詠而不能

及或以手掩鼻以效之

○次韻和朱況雨中之什

蒼野迷雲鼎不歸莊子莽蒼之野遠風吹雨入巖扉

石牀潤極琴絲緩水閣寒多酒力微夕夢

將成還滴滴春心欲斷正霏霏正一作更夏花

惜月長如此爭得東陽病骨肥梁沈約久處端揆志望台司武帝終不用與徐勉書陳情曰病已數旬革帶常移引手握臂率計月小半分欲謝事求歸老之秩勉為請三司之儀帝勿許

感舊

千里青雲未致身青雲已註馬蹄空踏幾年塵

曾逐玉洞花光老欲過金城柳眼新晉桓溫自江陵北伐行至金城見少時所種柳皆十圍慨然曰木猶如此人何以堪攀枝執條泫然流涕

粉壁已沉題鳳字見前註酒壚猶記姓黃人晉王戎為尚書令公服過黃公壚爲後車客曰吾昔與嵇叔夜阮嗣宗酣暢於此壚自嵇阮亡來便爲時所羈絏今視此雖近邈若山河

塢中橫笛偏多感一涕闌干白角巾劉向說苑雍門子周引琴而鼓之徐動宮徵微揮羽角切而成曲孟嘗君涕浪汗增

□而□之□先生□□琴合
文立若□国立邑之人也渾

寄昭渾王中立

高絃一弄武陵深武陵在常德府晉崔豹古今注云馬援門生爰生善音律援作武陵深之曲以和之其曲汨汨武陵一何深鳥飛不度獸不能臨嗟哉武溪今名五溪六幕天空萬里心六幕上下四方吳苑歌驪成久別前漢王式傳歌驪駒注其辭曰驪駒在門僕夫具存驪駒在路僕夫整駕楚之峰回鴈好歸音衡州有回鴈峰十千美酒花期陽文選美酒斗十千三百枯棊奕思沉吳韋弘嗣博奕論枯棊三百孰與萬人之將○邯鄲淳藝經云棊局縱橫各十七道合二百八十九道白黑子各一百五十枚方成棊莫上孤城頻送目浮雲西北是家林

城南

昨夜輕陰結夕霏城南十里有香泥初聞山鳥驚新哢遥見林花識舊蹊蕩槳遠從芳草渡古樂府云艇子打兩槳催送莫愁來墊巾還傍綠楊堤後漢郭林宗太原人嘗過陳遇雨巾一角墊時人效之故折一角名林宗巾羅敷正苦蠶事惆悵南來五馬歸史記秦氏女邯鄲人名羅敷嫁邑人千乘王仁後為趙王家令敷出採桑王見悅之敷乃彈箏作陌上桑以自明云使君從南來五馬立踟蹰羅敷幾十五頗有餘使君謝羅敷寧可共載不羅敷前致辭使君一何愚使君自有婦羅敷自有夫

○早夏

并幹捘多思不禁轆於井中使不能去客其苦之[illegible]

蠹珠箔晝沉沉琲一作朱左太冲蜀都賦幽堂晝寢聽驚燕語頻移

挑菊起蛛絲半在琴雨徑亂花埋宿艷月

軒脩竹轉涼陰一春酒費知多少探盡囊

中換賦金陳皇后以黃金百斤為相如取酒相如作長門賦以獻

古別

長道何年祖軷休軷蒲撥切○左傳祖而舍軷飲酒於其側曰餞重始於道路也○黃帝子名祖不寸而好遠遊死於道路以故今出行者祭於郊次而後行曰祖風帆不斷岳陽樓杜詩歌側風帆淌

佳人挾瑟[illegible]河曉古三婦艷詩小婦何所為挾瑟上堂丈人且安坐調絃歌未央○鄴中

記自襄国至鄴二百里中四十里置一宮以夫人主之宮女四十悉通音樂石虎下輦小宿**壯士悲歌易水秋**荊軻之秦燕太子送之歌曰風蕭蕭兮易水寒壯士西去兮不復還**九帳青油徒自貴**宋書刘禹為右將軍求益州不得與顏峻書曰朱脩之三世叛矣一日居荊州青油幕下作謝宣明面目○梁宣武王為郢州坐青油幕下以見庾信**百壺芳醑豈消憂**詩韓侯餞之清酒百壺**至今長樂坡前水不啻秦人怨隴頭**秦州記曰隴西郡一百六千里隴山秦人西役昇此山莫不回首歌曰隴頭流水鳥声鳴咽遥望秦川肝腸斷絕○長樂坡在長安

侯家

洞戶春遲漏箭長文選刘孝標辨命論長不足可怠之於箭漏○遲一作深**短轅初送洛陽傍**晉王道妻曹氏性妬導[illegible]之乃密營一別館以處衆妾曹氏知將往馬導恐妾被辱遽令命駕以[illegible]

𨽻不聞何物唯有短轅犢車長柄麈尾導大怒絲雲拂出

青岑醴張平子思玄賦云歙青岑之玉醴兮餐沆瀣以為糧注青岑山名沉水薰衣白

璧堂揚雄傳歷金門而上玉堂○古詩云黃金為君門白玉為君堂前檻蘭苕依玉樹

史記趙武靈王夢處女鼓琴而歌曰美人熒熒兮顏若苕之華謝靈運詩翡翠在蘭苕○揚雄甘泉賦云翠玉樹之青蔥

後園梧葉護銀床古詩井梧花落盡一半在銀床○銀床井欄也宴殘紅

燭長庚爛詩東有啓明西有長庚又曰明星有爛還促朝珂謁未央

未央宮名

函谷關

天開函谷壯關中萬古驚塵向此空望氣

竟能知老子老子已注○封棠志陜州靈寶縣南有尹喜望氣臺棄繻何不識終童前漢終軍入關關吏予軍繻曰為復傳還當以合符軍曰丈夫西遊當不復傳還棄繻而去後為謁者符節出關關吏識之曰此棄繻生也謾將白馬先生論桓譚新論云公孫龍常論白馬非馬人不能屈後乘白馬無符傳欲出關關吏不聽曰此虛言難奪實也未抵鳴雞下客功史記秦王聞齊孟嘗君賢請以為相或譖之秦王將殺之以狐白裘獻幸姬乃得遣後王悔使人追之孟嘗君已至關關法雞鳴出客時尚早客中有作雞鳴者雞皆鳴遂得免去符命已歸如掌地光武紀讚華奉赤伏符曰刘秀發兵捕不道四夷雲集龍鬬野四七之際火為主光武建武四年[illegible]戎開秦豈破恨欲降其妻兄圖畫公孫述等所得郡縣以示戎曰維陽地如掌耳按田以觀其変戎曰以秦王之強猶為征南所虜吾降決矣一丸曾誤鬼王東後漢隗囂遣子詣闕其將王元不願內事說

三輔之地詔以一丸爲太王東封函谷關

○殘花

兩壓殘紅一夜凋曉來簾外正飄飄數枝

翠葉空相對萬片香魂不可招宋玉有招魂篇長樂

夢迴春寂寂武陵人去水迢迢圖經云常德府武陵縣有桃源山皆秦人避乱之地陶潛爲之記愁將玉笛傳遺恨笛有落梅曲苦被芳

風透綺寮梁簡文帝秋夜詩云轉露沾懸井浮燡入綺寮○寮小窻也詳見前注云

塞上將軍三箭定天山壯士長歌入漢關

漢家神箭定天山唐薛仁貴傳九姓衆三萬餘驍騎數十來挑戰仁貴發三矢殺三

入於是虜降軍中歌曰將軍三箭定天山壯士長歌入漢關烽火相望萬里間望平声烽燧同
契利請盟金帛酒契一作頡○唐貞觀元年頡利突厥可汗請和詔許之乙酉突厥西
斬白馬與頡利盟二便橋之金帛將軍歸臥玉門關班超事見前注
老上妖氛斷老上單于名也靈騷回中探騎閑漢文帝十四年
匈奴入蕭關殺北地都尉卬回中宮候騎至雍◎回中蕭關五餌已行王道勝漢賈誼上書請
試爲國施五餌三表以係單于賜之盛服以壞其身賜之盛食以壞其口賜之音聲以壞其耳賜之高堂邃宇以壞其腹於是降者上召
幸之以褒其心此五餌也絕無刁斗至闐顏刁斗銅器軍中晝炊夜擊漢武帝元狩四
年衛青將軍出漢北圍單于斬首一萬九千級追至闐顏山乃还
長鄉

洞靈觀納凉

秋波不動簟紋縣拉月皆　皆透綺龍霜重
井梧飜瘦碧雨回　階藥墮嬌紅　彩鴛靜占
銀塘水（唐毛文錫詩云鴛鴦對浴銀塘暖水面蒲梢短）乳　燕宗飛玉宇風
秋酒易消殘夢斷　却疑身　在廣寒宫（廣寒宫見前注）

津亭

津亭欲閟戒宗舟（閟苦冗切○子瞻使閟者註門開也。梁元帝有烏棲曲云汝宗作子若櫂舟楫）
五兩風來不必留（五兩舟上候風羽也詳見前注）　西北雲浮連
魏闕東南日出背秦樓（[illegible]河之[illegible]西秦也）曾城眺眺

人傷別芳草萋萋客倦遊王孫遊兮不歸○漢司
馬相如傳長卿故倦遊雖貧其人才足依也平樂舊歡收未得平樂[illegible]名更憑
飛夢到瀛洲海中三山有蓬萊方丈瀛洲

林學士知明州

綠綈膺檢出神州漢書趙飛燕傳十月中宮乳掖庭牛官令舍有婢六人中黃門田客
持詔記綠綈方底封御史中丞印師古注綈厚繒也方底者盛書囊也膺當也檢即㭘封題也又拜東吳
軍上游上游上流也腰下漢符分半虎漢武帝初為郡守為銅虎符竹
使符應劭云銅虎符第一至第五國家發兵遣使者至郡合符乃受竹使符以竹箭五枚長五寸鐫刻篆書第一至第五師古曰
與郡守為符者分其半右留京師左與之手中庖刃欠全牛莊子庖丁為文惠君解牛

曰臣之刃十九年所解千牛而刃刃若新彼節有間而刃無厚以無厚入有間梗梗乎其刃刃必有餘也代遲

進酒吴歈曲莊定餅曰吴歈齊謳翁習客商○漢梁元帝纂要曰齊歌曰謳吴歌曰歈碧沼

觀魚越鄂舟鄂君舟見前注政是金華隱舊業漢翟義傳於金華

殿進講群僊相望在瀛洲瀛洲指玉堂同僚也

○芙蓉湖泛舟

小湖香艷戰芙蓉碧藁田田擁釣蓬編竹覆舟也

嵐氣欲飛山隔岸秋波不動水搖空秋波不動一作

秋光不定翻翻雪鳥爭投浦潑剌霜鱗對擲風

社詩沙頭窺鷺鷥拳跳鵝攻是滄浪濯纓日濯纓見前注一

[illegible]多讒業溪[illegible]歌云采江之魚兮朝船有鹽采江之蔬

兮莫萑有蒲左圖且書右琴與壺壽與天与貴與賤與

次韻徐爽見寄

五兩青絲帝溼深楊子孝志篇曰由其德舜禹之受天下不為泰不由其德五兩之綸半通之印亦泰矣注青絲印綬也平時何敢嘆英沉侏儒自是長

三尺見索米注澼絖都來直數金莊子宋人有為不龜手之藥者世世以洴澼絖為事■聞之請買其方百金聚族而謀曰我世世為洴澼絖不過數金而一朝鬻技百金請與之澼音辟絖音曠絮也寂寞

死灰人喪偶莊子形固可使如槁木而心固可使如死灰乎莊子妻死惠子弔之則箕踞鼓盆惠子曰不亦甚乎莊子曰不然察其始而本無生非徒無生而本無形非徒無形而本無氣也婆娑生意樹

交陰桓玄敗後殷仲文爲大司馬咨議意甚不平庭前有老槐甚扶踈殷視良久嘆曰槐樹婆娑無復生意

年來想見漫枝色江文通詩頗見一類多不異瓊樹枝夕夢遙遙到

竹林莊子莊周夢爲胡蝶栩栩然不知周也俄然覺則蘧蘧然周也○宿言徐爽如瓊枝下樹思見其顏色[redacted]於夢寐之間矣

蘇廣文

自商山宿陶令隱居

聞道花源堪避秦注見前尋幽數日不逢人一作尋幽

幽卉一作煙霞洞裏無雞犬風雨林中有鬼神黄

公山下三芝秀黄公芝遂實山綺也○抱朴子云參成芝禾三芝得而服之白日昇天○稿

康詩云惶之靈陶令門前五柳春混前碎卧白雲

隱入夢不知何物是吾身

夜居華山因寄幕府

山村寥落野人稀竹裏衡門掩翠微詩衡門之下可以棲遲溪路夜隨明月入亭皋春伴白雲飛文選亭皋春葉下隴有秋雲飛梳慵懶慢仍耽酒晉嵇康絕交書云情復懶慢筋駑肉緩頭面常一月十五日不洗不大悶癢不能沐也又自言簡與禮相背懶與慢相成者養生論夫氣靜神虛者心不存於矜尚體亮心達者情不繫於所欲范蠡逋迯又拂衣謝靈運詩高揖七州州拂衣至朝裏汀畔數鷗閑不起只應知我已忘機狎鷗忘機已見前注

○春日還田[illegible]府焦山人

陶公歸隱白雲溪謂陶弘景也買得春泉灌藥畦
夜靜林間風虎嘯王襃聖主賢臣頌虎嘯而風烈龍興而致雲月明竹
上露禽棲陳倉邑吏驚烽火太白山人訝
鼓鼙太白山下陳倉路也相見只言秦漢事武陵溪裏
草萋萋武陵見前注

王建字仲初潁川人大曆十年進士報渭南尉歷秘書丞侍御史太和中出為陝州司馬從軍塞上弓劍不離身數年後歸卜居咸陽原上有集今傳

○李處士故居

露濃烟重草萋萋樹映闌干柳拂堤一院

落花無客醉半窗殘月有鶯啼芳筵想像
情難盡故榭荒涼路欲迷一風景宛然人自
致政却經門外馬頻嘶外一作巷

上李庶子

紫煙樓閣碧沙亭上界詩仙獨自行奇崎險
驅回還寂寞雲山經用始鮮明藕絲紋縷
裁來滑鏡水波濤濾得清習牙齒論諸葛亮曰水至平而邪者取法
鑑至明而醜者亡怒以其無私也○已上一聯言庶子文章政事之清麗也昏思願因清露浣
王建自言也幸容堦底禮先生

周家溪亭

少年因病離天仗乞得歸家自養身買斷
竹溪無別主散分泉水與新隣山頭虎下
長驚犬池面魚行不怕人鄉使到門常款
語杜詩夜闌接款語還聞世上有功名

從軍後答友人

愛山無藥住溪貧脫却山衣事漢臣夜半
聽雞梳白髮天明騎馬走紅塵一作主之馬入紅塵村
童近去嫌腥食野鶴高飛避俗人勞勤先

生遠相訪別來弓箭不離身

華清宮感舊

聞道朝元天使急驪山有朝元閣千官夜發六龍迴英華作火換中原邊使急千官夜發六龍迴輦前月照羅衣淚馬上風吹蠟炬灰公主粧樓金鎖澁貴妃湯殿玉蓮閑天宝中安祿山自范陽獻白石魚龍息蓮花命置于華清宮至今在有時門外聞天樂疑是先皇沐浴來華清宮有温泉明皇貴妃常浴於此

註唐詩鼓吹卷第八

註唐詩鼓吹卷第九

資善大夫中書左丞郝天挺註

譚用之

贈索處士

不將桂子種諸天長得尋君水石邊玄豹

夜寒和霧隱列女傳陶答子妻諫其夫曰妾聞南山有玄豹霧雨不下食者何也欲以澤其衣毛而成其文章驪龍春煖抱珠眠搜神記河上翁家貧特萋蕭而食其子沒川得千金之珠父曰夫珠在驪龍頷下子遭其睡也使其寤子當為齏粉尚奚珠之有哉山中宰相陶

弘景南史陶弘景字通明丹陽秣陵人為諸王侍讀永平十[illegible]

□□□□□□□□□□諮論特八謂之山中宰相洞裏真人葛稚川列仙傳葛洪字稚川亡時年八十一視其貌如平生李晟入棺輕如空衣時人咸以爲尸解一度相思一惆悵水寒煙淡落花前

別洛下一二知己

金鼎光輝照雪袍書注武王克商遷九鼎於洛邑昔禹徵九牧之金以鑄鼎洛陽春夢憶波濤塵埃滿眼人情異風雨前程馬足勞接塞峨嵋通蜀險峨嵋在嘉定府過山僊掌倚秦高仙掌華山也別來無恨幽求子晋杜夷字行濟盧江人世以儒學稱惠帝時二舉孝廉並不就後移渡江元帝特立儒林祭酒以夷爲之夷辭疾未嘗朝會又除国子祭酒皇太子二

至夷家執經問義國有大故就夷諮訪焉卒年六十六贈
臚謚曰貞子臨終遺命子晏曰吾少不出身墳雖見羈録冠屬
之舘未嘗加體其用巾素衣歛以時服殯葬之事務從簡儉
必須苟取矯異也夷所著幽求子二十篇行于世○幽尋幽求

謂隱士也韓愈
詩幽子顔不多
厭笑區區味六韜 太公兵法有六韜

約張處士游梁

莫學區區老一經 漢制專經各置博士故云窮一經而皓首 夷門關

吏舊書生 史記侯嬴年七十家貧為大梁夷門監者 晉朝戚後無中散

晉嵇康好莊老與魏宗室婚拜中散大夫至晉不仕鍾會譖康於大帝遂刑于東市 韓國亡來絶上

卿 史記張良傳秦滅韓良年少父往韓良家僮三百人弟死不葬悉以家財求客刺秦王為韓報仇以大父五世相韓故也

龍變洞中千谷冷 文子微明篇天內有一定之操不能……

者黄帝…龍變也劍橫天外八風清（…八風見閶闔風註）好携長

策干時去（前漢賈誼上文帝萬言策故曰長策）免逐漁樵慶太平

送友人歸青社（周公建大社於国中取五方之土爲社東方青土今稱齊地爲青社取此）

鵰鶚途程在碧天（杜詩鵰鶚在秋天）綵衣東去復何言（老萊子孝奉二親行年七十作嬰兒戲身着五色斑斕衣）三千賓客舊知己（史記孟嘗君賓客三千人）

十二山河新故國（漢高帝紀大齊東有琅邪即墨之饒南有泰山之固西有濁河之限北有渤海之利持戟百萬縣隔千里之外齊得十二焉）吟看桂生溪月上醉聽鯤化海濤翻（莊子北溟有魚其名曰鯤鯤之大不知其幾千里也化而爲鳥其名曰鵬鵬之背不知其幾千里也○看月空聞鯤化盖以齊地近海故也）好期聖代重相見莫學袁生老

竹軒文選應璩書云幸有袁生時步玉趾樵蘇不爨清談而已

送丁道士歸南中

孤雲無定鶴辭巢陶淵明詠貧士詩萬族各有託孤雲獨無依自負焦桐不説勞漢蔡邕知音見吳人燒桐以爨者聞其聲曰良桐也因請削為琴果尚焦故號曰焦尾服藥幾年期碧落驗符何處咒丹毫以朱書符故曰丹毫子陵山曉紅雲密子陵見前注青草湖平雪浪高從此人稀見蹤跡還應選地種僊桃西王母齎蟠桃於武帝食桃留其核欲種之母笑曰此桃三千年一開花三千年一結子也

月夜懷寄友人

劍氣徒勞望斗牛 注…故人別後…

破春謾道深傾酒好月那堪獨上樓何處

是非隨馬足由來得喪白人頭清風來許

重攜手 文選趙景真與嵇茂齊書攜手之期邈無日矣 幾度高吟寄水流

閒居寄陳山人

閒居何處得閒名坐掩衡茅損性靈 衡門衡木為門

茅茡古宇也陶淵明詩養真衡茅下庶以善自名 破夢曉鐘聞竹寺濾心

秋雨浸莎亭庭邊難負千鍾祿 晉畢吏部卓隣家酒熟卓

盜飲於甕下 海上終眠萬仞青 文選郭景純遊仙詩青溪千餘仞中有一道士汪青

深山名珍重先生全太古利詩甚內如大占時布獨蕭然應看名利似浮萍以名利斷冰萍之無定也

憶南中

碧江頭與白雲門別後秋霜點鬢根長記學禪青石寺敢思共醉落花村林間竹有湘妃淚牕外禽多杜宇魂蜀帝名杜宇號望帝后得杜日鼈靈因禪位焉遂自亡去化爲子規故蜀人聞子規鳴曰是我望帝也未棹扁舟重回首采薇枚橘不堪論史記伯夷叔齊孤竹君之二子武王伐紂義不食周粟隱于首陽山采薇而食之

寄友人

病多慵引架書看官職無才思已闌作興亢

鳳瑞時來卻易都山海經丹穴之山有鳥狀如鶴五色而文名曰鳳皇鳳見則天下之太平人龍

別後見何難晉宋纖字令文少有遠操不與世交太守馬岌高上之士也威儀造焉纖拒而不見岌

嘆曰名可聞而身不可見德可仰而形不可得吾今而後知先生人中龍也琴樽風月閑生計

金玉松筠舊歲寒論語曰歲寒然後知松柏之後凋也早晚煙村

碧江畔桂罾重對蓼花灘

別江上一二交生

國風千載務重華詩有關雎至騶虞風皆國風也[illegible]書重華協于帝須逐浮

雲背若耶若耶溪名無地可歸甚種玉是前注有天

教上且乘槎荆楚歲時記漢武帝令張騫使大夏窮河源乘槎一經月而至一處見城郭如州府室內有一女織又見一丈夫牽牛飲河騫問曰此是何處答曰可問嚴君平白綸巾卸襪門月綸音關○襪門見孫登註紅錦衣裁御苑花他日成都却回首東山看取謝鯤家東山見謝安註○晉謝鯤王敦引爲長史鯤不可以道匡朝乃優游與羣卓拒彝等從酒常侯明帝在東宮見之甚親重之問曰君方庾亮何如答曰端委廟堂組不如亮一丘一壑自謂過之安鯤之從子也

寄岐山林逢吉明府

岐山高與隴山連岐山在東隴山在西皆秦地也製錦無私服晏職左傳襄公子皮欲使尹何爲邑子產曰子有美錦不使人學製焉大官大邑身之所庇不使學者製焉其爲美錦不爲鸚鵡語中分百里隴山出鸚鵡鳳凰聲裏過三年

河圖括地象云周之興也鸑鷟鳴于岐山謂岐山爲鳳凰雏太王去邠迁于岐山秦無舊俗雲烟

媚周有遺風父老賢潘岳西征賦子嬴鋤以借父訓秦法而著色耕讓畔以閑田沾姬化而生棘

莫役生靈種楊柳一作民一枝枝折灞橋邊

○感懷呈所知

十年流落賦歸鴻誰傍昏衢駕燭龍唐清涼禪師序般若心經云般若者苦海中之慈航昏衢之巨燭○山海經鍾山之神名曰燭龍視爲晝瞑爲夜吁爲冬呼爲夏身長千里人面蛇身赤色又名燭龍天不足西北無陰陽消息故有龍啣火精以照天門也竹屋亂烟思梓澤晉書石崇有別館在河陽之金谷一名梓澤酒家蹤雨夢臨卭臨卭在城縣名即千卓文君沽酒處也

年別恨調琴懶一片年光覽鏡慵早晚休

歌白石爛見甯戚註放𤼵歸去卧群峰文選謝靈運詩遂登群峯首邈
若果雲烟

江上聞笛

誰爲梅花怨未平李白註羌笛梅花引吳溪隴水淒又云黃鶴樓中吹玉笛江城五月落梅花
一聲高呼（嗚）百龍驚杜詩曉來橫吹好泓下一龍吟風當閶闔庭
初靜閶闔凡八風註月在姑蘇秋正明曲盡綠楊涵
野渡管吹青玉動江城古樂府有結楊柳曲有青玉案曲臨流
不欲殷勤聽芳草王孫舊有情芳草王孫已註

寄孟進士

依舊池邊草色美故人何處憶山陽晋向秀共呂安
灌園於山陽嵇康既誅秀乃作思舊賦有云濟黃河以泛舟兮經山陽之舊居書回科斗江帆
暮科斗書古文也曲罷騶虞海樹蒼琴操曰古琴曲有歌詩五一日鹿鳴二日伐檀二
日騶虞四日鵲巢五日白駒吟望曉烟思桂渚桂渚在江南醉依殘
月夢餘杭寰宇記下[illegible]航登陸[illegible]別來南國知誰在
空對襜褕一斷腸怨詩云美人贈我貂襜褕何明月珠蔡邕獨斷日侍中中
常侍如貂蟬說文曰直[illegible]襜褕○鮑昭詩云行子心腸斷

寄閭記室

織錦歌成下翠微隋盧思道嘗共夜作詩已而思道來就禮曰盧何大眷思道答曰白詩編

[illegible]嫉嫌他織錦逢出啓顏錄豈勞西去問搘機搘機見前註詩言記室才華文綺國

知其必達不必去蜀問於君平也未開水府珠先見木玄虛海賦尔其水府之內極深之庭○

大戴禮玉在山而有潤川生珠而崖不枯珠者陰中之陽也不掘豐城劍自輝豐城

劍見前註鰲逐玉蟾攀桂上杜詩詞攀桂仰天高馬隨青帝踏花歸相逢半是雲霄客應笑歌牛一布衣歌牛一布衣用之自謂也

幽居寄李秘書

幾年帝里阻烟波敢向明時叩角歌叩角歌見飯牛

註看盡好花春卧穩殘紅日夜吟多印

開夕照壺榭斜畫破寒潭老芰荷昨夜前

溪有龍鬪石橋風雨少人過畫胡麥切

貽釣魚李處士

罷吟鸂鶒草芊芊見鸂鶒州註又泛鷺鶿水上天

一棹吟涵楊柳雨片帆掛香桂芰荷烟綠搖

紅注濃萍離岸紅點雲踈橋滿川何處邀將

歸畫府數莖紅蓼一漁船

河橋樓賦得群公夜讌

芙蓉簾幕扇秋紅鑾府星郎夜讌同晋郗隆為桓温

南蠻參軍三月三日作詩不能者罰酒三升隆便作一句娵隅躍清池温問娵隅是何語答云蠻名魚也温曰何謂作蠻語答曰千里投草始得蠻府參軍可得不蠻語淵座馬融吹笛月後漢馬融追蕃王子淵枚乘等蕭琴笙頌惟笛故作長笛頌[redacted]無一樓張翰過江風張翰見前註

縈洄金螺重江南紅醾涂州蒲萄其色皆紫○螺以金作盃如螺狀也談轉瑚璿玉麈空謂談論如珠之圓活也晉書王衍每清談捉老手執玉麈尾與手同色深荷良宵慰顒顔德星池館在山東見前陳仲弓註

寄左先輩

狂歌白鹿上青天列仙傳紫陽真人周義山入蒙山遇羨門子乘白鹿佩青毛之節義山乞長生要訣羨門子曰子名在丹臺玉室何憂不仙○古樂府歌云仙人騎白鹿髮短耳何長○李白玉壺吟歌身騎白鹿行飄飄手翳紫

卷々上朝二千六五皇何似蘭塘鈎綮燦雲琚纖賦

云其蕙因踐蘭也萬卷祖龍坑外物史記秦始皇李斯請史官非秦記皆燒之天下有

藏詩書百家語者悉詣守尉雜燒之盧生亡去始皇瞀被問諸生諸生轉相告引犯禁者四百六十余皆坑之使者從關東來有人

遮使者曰爲我遺滈池君因言曰今年祖龍死注祖始也龍人君象謂始皇也一泓孫楚耳中泉

晉孫楚字子荆爲扶風王駿參軍少時欲隱爲王濟曰激石枕流濟曰流非可枕石非可漱楚曰所以枕流欲洗其耳漱石欲礪其齒

翻翻鸞榼薰晴浦榼酒器也轂轆魚車響夜船亭

取青蓮李居士一生杯酒在神僊李白謂湖州司馬云

青蓮居士謫仙人酒肆藏名三十春湖州司馬何須問金粟如來是後身

貽費道人

誰如南浦傲煙霞白葛衣輕稱帽紗碧玉

蜉蝣迎客酒東中以竹筎筩酒常帶米穀故謂之蜉蝣黄金轂轆釣

魚車吟歌雲鳥歸樵谷臥愛神僊入畫家

他日鳳音何處覓武陵煙樹半桃花武陵見前注

寄許下前館記王侍御

昔年南去得娛賓頻遊柾蒲共好春南州異物志頻

遜國有酒劉以安石榴取花汁停甖中數日乃成酒極美而醉人蟻泛羽觴蠻酒膩

楚辭瑤漿蜜勺实羽觴兮○王晉亭引逸詩羽觴隨波孟康曰羽觴爵也作生爵形有頭尾羽毛鳳銜瑤

句蜀牋新蜀地之牋多繫花鳥之象花憐游騎紅隨轡草

戀危石邀韓別後青青鄭南陌不知風

月屬蜀何人

寄王侍御

鳥盡弓藏良可哀史記范蠡遺大夫種書曰蜚鳥盡良弓藏狡兔死走狗烹越頸長頸鳥喙不可同憂樂子何不去種見書稱病不朝諳知歸釣子陵臺子陵臺見前注

煉多不信黃金耗吟苦須驚白髮催喘月

吳牛知夜至風俗通曰吳牛苦於日故望月而喘嘶風胡馬識秋來漢班超傳久在絕域年老思土上疏曰臣聞太公封齊五世葬周死首丘代馬依風流臣遠處絕域能無依風首丘之思哉注韓詩傳曰代馬依北風飛鳥栖故巢燕歌別後休惆悵秦已成蹊薊

已聞陶淵明為彭澤令公田悉令種秫妻子固請種秔乃以二頃五十畝種秫五十畝種秔又居柴桑舍前後皆種菊

秋日圃田送人隨計列子居鄭圃四十年註左氏傳鄭之有原圃猶秦之有具囿也故云圃田圃田在今鄭州東二十五里也

僕射陂前是傳郵鄭州管城縣有僕射陂周四十八里後魏孝文皇帝以此地賜僕射李沖後人因俗呼為僕射陂。孟子速於置郵而傳命去程鵰鶚弄高秋杜詩鵰鶚在秋天

將拋芍藥裁詩圃詩鄭国風伊其相謔贈之以芍藥醉下茱萸飲酒樓杜詩明年此會知誰健醉把茱萸仔細看向日迴飛駒皎皎詩皎皎白駒在彼空谷生芻一束其人如玉臨風誰和鹿呦呦詩呦呦鹿鳴食野之苹人之好我示我

惆明年二月遷山下莫遣桃花逐水流見武

途次宿友人別墅

千里崤函一夢勞秦地有崤山函山豈知雲館共蕭騷

半簾綠透隈寒竹一榻紅侵墜晚桃蠻酒

客稀知味長上声蜀琴風定覺弦高蜀琴司馬相如之琴

感君巖下閑招隱文選有招隱士詩細縷金盤鱠錯刀杜詩霜鵰刀縷切紛綸註言切鱠如絲縷之細也文選美人贈我金錯刀注王莽鑄大錢又造錯刀魚形類錯刀故云

春日期巢湖舊事

暖掠紅香燕燕飛詩燕燕于飛五雲偎佩曉相携

五雲五色雲也花開鸚鵡韋郎曲韋郎曲出鸚鵡花在京兆竹亞虬龍

白帝溪（白帝溪即白帝城古魚復地産龍頭竹）富貴鷄塲歸紫陌（見前ゝ注）

是非（濁）千載逐芳泥不知名了以開元事（開元明皇年號）

露泣春蕪向日低

○再遊韋曲山寺

鵲巖煙斷玉巢欹（鵲巖在南山）疊畫春塘太白低

（疊畫丹青生色圖畫也太白山在韋曲之西）馬踏翠開垂柳寺人耕紅

破落花蹊千年勝槩咸原上（咸陽原也）幾代荒凉

繡嶺西（繡嶺、即驪山也）碧吐紅芳舊行處（豈）堪回首

草萋萋

寄徐拾遺

長竿一繫白龍吟說苑曰白龍下謂淪之淵化爲魚見困於漁者豫且○劉孝綽詩無人重高尚徒自抱貞心誰能製長笛當爲吐龍吟誰知騶虞發素琴太平正樂曰騶虞操者邠國女之所作也傷國道衰微百姓怨曠男怨於外女傷於野內內外無主內迫情性外迫禮義傷不逢時援琴而歌之

客碧雲魂易斷江文通擬沙門惠休詩西北秋風至楚客心悠哉日暮碧雲合佳人殊未來周之國於晴故有此作故人芳草夢難尋謝靈運夢中得詩曰池塘生春草○野客用之自道故人比拾遺也

天從補後星辰穩列子湯問女媧氏鍊五色石以補天海自潮來島嶼深杜詩台州地濶海冥冥雲水長和島嶼青好向明庭拾遺事莫教玄豹老泉林玄豹見已注詩意云拾遺補天之手湖海之深豈當益

必能起拔幽隱也在六義中比也

秋宿湘江遇雨

江上陰雲鎖夢魂江邊深夜舞劉琨晋祖逖與劉琨俱為司州主簿情好綢繆共被而寝中夜聞荒鷄鳴蹴琨起曰此非惡声也因起舞相謂曰若四海鼎沸豪傑並起吾與足下當相避於中原

秋風萬里芙蓉國暮雨千家薜荔村

鄉思不堪悲橘柚旅遊誰肯重王孫○漢韓信傳信不能治生從漂母寄食信曰吾必重報母母怒曰大丈夫不能自食吾哀王孫而進食豈望報乎

漁人相見不相問長笛一聲出島門

贈南康東豪士

白羊堆邊將運擣 蔣詡字元卿開三逕 望路二十

四灘聲 道州有二十四灘水急亦能病舟 若無征戰軒轅國 史記

黄帝公孫氏名軒轅時諸侯相侵伐暴虐百姓黄帝乃習用
干戈以非不庭與炎帝戰於阪泉與蚩尤戰于涿鹿乃擒殺

蚩尤被山通道未嘗寧居○列爲黄帝即位憂天下不治退而
閒居逾月不親政事晝寢而夢遊華胥國既寤又二十有九年

天下大治幾
若華胥国 貧有茅茨帝舜城 史記李斯傳曰堯有天
下也堂高三尺采椽不

[redacted]茅茨不剪雖有逆旅之宿不[redacted]於此矣○詩謂
軒轅之樂於洞庭之野舜崩于蒼梧皆湖湘間事 丹鳳書飛

辟木冷一龍秋臥九江清 襄陽記曰劉備訪世事於
司馬德操德操曰儒生俗

士豈識時務識時務者在乎俊傑此間自有伏龍鳳雛備
問爲誰曰諸葛孔明龐士元也詩意以陳處士喻此二人 時

人莫笑非經濟還待中原致太平

別何處士陵俊老

三皇上人春夢醒晉陶潛夏日高臥北窗之下清風颯至自謂羲皇上人○三皇即羲皇也

東侯老大麒麟生邵平故秦東陵侯〻秦滅為布衣種瓜長安城東瓜美世〻謂之東陵瓜〻徐陵母夢五色雲化為鳳集去肩上已而誕陵時有寶志上人有道術摩陵頂曰天上石麒麟也洞連龍穴

金山冷牕透爇波盡室清許誑恥居巖巘

老氣狂漸與斗牛平見惱亂司空杞斗牛誰人為向清

編上直傍巢由寫一名逸士傳巢父堯時隱人年老巢居樹上人號為巢父堯之

讓許由〻由告巢父〻曰汝何不隱汝形藏汝光汝非吾友也由不自得乃於清泠水中洗耳拭目曰吾負吾友矣樊仲父牽牛引之見許由

洗耳乃敺牛還恥令

其牛欲［illegible］下流［illegible］

○渭城春晚

秦樹朦朧春色微香風煙暖樹依依邉城夜静月初上芳草路長人未歸折柳且堪吟晩檻弄花何處醉殘陽鈎鄉千里断消息満目碧雲空自飛碧雲見前註

山中春暖寄賈員外

不随黄鶴起煙波應笑無成逐薜蘿杜峽中詩舟中得病移衾枕洞口經春長薜蘿春盡婦花春卧穩醉殘紅日夜吟多髙漆雅與松千尺與一作韻聽春夜清音竹數

文選左太沖詩非必絲與竹山水有清音珍重仙曹舊知已往來呈
騎一相邀郎官上應列宿故曰星郎星騎謂員外馬也

貽淨居寺新及第

秋池雲下白蓮香詩意比白蓮社池上吟仙寄竹房
閑誦國風文字古詩有國風雅頌靜消心火夢魂凉
三春蓬島花無限蓬島即三島也八月銀河路更長
八月銀河見前注詩意此及第比天上仙人也此境空門不曾有佛教寂滅故云空門
從頭好語與醫王詩云声○華嚴經云釋迦佛爲醫一切衆生苦惱故名大醫王

古劍

鍔耿天函待英豪紫貂寒星匣倍牢三尺

何年拂塵土漢高紀曰朕以布衣提三尺劍取天下四溟今日絶波濤

摧應坊下收蛇陣孫子曰善用兵者如常山之蛇擊首則尾應擊尾則首應擊其中則首尾應

滯想溪頭伴豹韜大公兵法有文韜武韜龍韜虎韜豹韜犬韜惜是真龍

懶拋鄉夜來衝斗氣何高

江邊秋夕

千鍾紫酒薦菖蒲薦一作煮○神仙傳漢武日聞中嶽石上有菖蒲一寸九節食之可以長生故來采之忽然不見帝謂侍臣曰彼非欲服食以此喻朕耳松島蘭舟瀲灩居齒

內摘香江窗竹曲字中嵐氣盃僧書唸朗汗

漫驂金虎淮南子盧敖游玄闕至蒙穀之上見深目玄準敖曰敖少好游夫子可與敖友者士嗷然笑曰我方南游罔罠之野北息乎沉默之鄉下地土上無天吾能往來子處矣吾與汗漫期於九垓之上○黃庭要言曰兌之氣金之精其色白其象如懸磬其神如白虎■坐約丹青踏玉鳧漢書曰王莽使羣不道[illegible]討青徐云明告以朔青之信○魏曹子建上作宮詠二吾與夫子義貫丹青此言丹青之色相宜以明期約不渝也列仙傳琴高趙人以鼓琴爲宋康王舍人浮游冀州二百餘年後辭入碭水中取龍子與弟子期之日皆絜齋候於水旁設祠屋果乘赤鯉來出祠中且有萬人觀之月餘復入水去矣七色花虬一聲鶴漢武帝内傳武帝七月七日掃宮掖設坐以候仙宮二更後西王母至或駕龍虎或乘麟鶴王母乘紫雲之輦駕七色班麟幾時乘興上清虛玄宗遊月宮見門榜書廣清虛之府

送僧中孚南歸

琵琶峽口月溪端方輿勝覽琵琶峽在巫山下六江府形如琵琶此鄉婦人皆曉音律○歸州巴東縣大江南上有竅如明月山名明月山溪名明月溪玉乳頭陀憶舊川唐口李寸京譜圖經云戚州保寧縣南連乳州北望雪山積雪如山如玉○文選頭陀寺碑李善注頭陀抖擻也言抖擻煩惱也一錫冷

涵蘭運露片帆香掛橘洲煙李衡種橘江々號橘洲洲詩云韶潭

無藏樹淵詩苔封石錦樓霞室水迸衣珠噴玉蟬

莫道翻翻去如夢本來吟鳥在林泉

江館秋夕

耿耿銀河雁半橫夢歆金碧轆轤輕枕上有轆轤環故有轆轤袂

潇窗謝練江風白詩玄暉詩澄江靜如練一枕齊紈

海月明班婕妤詩新裂齊紈素皎潔如霜雪裁爲合懽扇團圓似明月楊柳敗梢

飛葉響芰荷香柄折秋鳴誰人更唱陽關

曲王維詩勸君更盡一杯酒西出陽關無故人牢落煙霞夢不成牢落猶言落莫

、秋夜同友人話舊

露下銀河鴈度頻囊中爐火幾時真爐中燒煉之術

成則爲良金此喻功業無成數莖白髮生浮世一盞寒燈共

故人雲外簞涼吟嶠月島邊花煖釣江春

此聯道鄉中之景物何當歸去重攜手依舊紅霞作近鄰

司空圖字表聖河中人也咸通十年進士王凝爲宣歙觀察使[illegible]置幕府召[illegible]殿中侍御史尋遷禮部郎中召

[illegible]居士後聞哀帝遇弑不食嘔血數升而死年七十有二

鳴集傳

山中

全家為我戀孤岑，踏得蒼苔一逕深。逃難人多分隙地，放生鹿大出寒林。名應不朽輕儇骨，左傳：穆叔如晉，范宣子逆，問曰：古有言曰死而不朽，何謂也？穆叔未對。宣子曰：昔匄之祖，自虞以上為陶唐氏，在夏為御龍氏，在商為豕韋氏，在周為唐杜氏，晉主夏盟為范氏，其是之謂乎？穆叔曰：以豹所聞，此之謂世祿，非不朽也。魯有先大夫曰臧文仲，既沒，其言立，是之謂乎？豹聞之，太上有立德，其次有立功，其次有立言，雖久不廢，此之謂不朽。若夫保姓受氏，以守宗祊，世不絕祀，無國無之，祿之大者，不可謂不朽。○神仙傳：王方平過蔡經家，告云：汝有仙骨。理到亡機近

佛心傳燈錄本靜禪師曰若欲求佛即心是佛若欲求道無心是道昨夜山前驟風雨晚晴獨步數溪侌數上声

丁未歲歸王官谷

家山牢落戰塵西匹馬偷歸路已迷冢上卷旗人簇立花邊移寨鳥驚啼本來薄俗輕文字郡卻致中原動鼓鼙將取一壺閑日月壺公事見前注長歌深入武陵溪

書懷

病來猶強引雛行引雛謂引稚子也杜詩徐卿二[illegible]力

上東原欲試耕幾處馬嘶春麥長上声一川
人喜雪峰晴閑知有味心難肯道貴謀安
迹易平陶令若能兼不飲無弦琴亦是沽
名無絃琴見前註 棲

○退接

宦遊蕭索為無能為去声 移住中條最上層中條河中山名也
得劒乍如添健僕亡書久似失良朋
燕昭不是空憐馬戰国策郭隗謂燕昭王曰古之人君遣使齎千金市千里馬於他国未至馬死買其首五百金以歸天下皆知王之好也於是朞年而千里馬至者三馬王欲致士先從隗始况賢於隗者 支遁

何妨亦愛鷹（晋沙門支遁字道林常畜馬養鷹或問之曰養此何為遁曰無它愛其神駿耳）
自致此身繩檢外肯教世路日兢兢

五十

閑身事少只題詩五十今來覺陡衰（陡音斗）清
秩偶叨非養望（圖為兵部侍郎。晋陶侃曰何有亂頭養望自謂弘達邪）丹方頻試
更堪疑髭鬚強染三分折管絃遥聽一半
悲漉酒有巾無黍釀（晋陶潜郡将来候值其酒熟潜取頭上葛巾漉酒還復戴之又為彭澤令在縣公田悉令種秫曰令吾醉酒足矣）負他黄菊滿東籬

陳疾

自憐旅舍亦酣歌世路無幾奈爾何霄漢逼來心不動杜工部贈鮮于京兆詩雲霄今已逼合衮更誰親。孟子公孫丑問曰夫子加齊之卿相得行道焉雖由此霸王不異矣如此則動心否乎孟子曰我四十不動心 鬢毛白盡興猶多殘陽暫照鄉關近遠鳥因投嶽廟過閑得此身歸未得磬聲深夏隔煙蘿

新歲對寫真

得見明時下壽身。莊子下壽六千歲也 須甘歲酒更移巡。生情暗結千重恨。寒勢常欺一半春。文武輕銷丹竈火。文武火見前注 市朝偏貴黑頭人。自

傷衰颯慵開鏡擬與兒童別寫真

○華下

簪冠新戴步池塘齊高帝謂僧明紹弟慶符云卿兄高尚亦堯之外臣朕夢想幽人固已勤矣乃賜竹根如意筍籜冠隱者亦為榮逸韻偏宜夏景長扶起綠荷承早露驚迴白鳥入殘陽久無書去干新貴時有僧來自故鄉不用名山訪真訣道經有登真隱訣退休便是養生方

○重陽山居

詩人自古恨難窮暮節登臨且喜同四望

交親兵亂後一川風物笛聲中菊殘深處

迴幽蝶陂動晴光下早鴻明日更期來此

醉不堪寂寞對衰翁

○爭名

爭名豈在更搜奇不朽才銷一句詩不朽見前註

窮辱未甘英氣阻中踈還有正人知荷香

浥露侵衣潤松影和風傍枕移只此共棲

塵外境無妨亦戀好文時好去声○好文見須溫註

○光啓四年春戊申

亂後燒殘數架書峰前猶自戀吾廬陶淵明詩吾亦愛吾廬忘機漸喜逢人少覽鏡空憐待鶴踈隙地池塘春浪滿謝灵運詩云乱流趨正統孤嶼媚中川小欄花韻午晴初酌歌自適逃名久不必門多長者車漢陳平傳家貧以弊席為門然門多長者車轍

漸上

華下支離已隔河華下即華山之下也○莊子入間世篇支離其形者猶足以養其身又來此地避干戈山田漸廣猿頻到村舍新添燕亦多丹桂石楠宜並長上秦雲楚

雨暗[illegible]和兒童栗不熟迷歸徑[illegible]作粟[illegible]歸得仍隨

牧竪歌

其二

西北鄉關近帝京煙塵一片政傷情愁看

地色連空色靜聽歌聲似哭聲紅蓼遮村

人不見青山遶檻路難平從他煙棹更南

去休向津頭問去程（問津見論語）

丁巳重陽

重陽未到已登臨探得黄花且獨斟客含

喜逢連日雨家山似響隔河碪亂來已失

耕桑計病後休論濟活心已且病焉安能活人自賀逢時

能自棄歸鞭唯拍馬轉吟

不知名氏

長信宮長信宮漢宮名三輔黃圖曰從洛門至周廟門乃長信宮在其中

細草侵堦亂碧鮮宮門深鎖綠楊天珠簾

欲捲擡秋水羅幌微開動冷煙風引漏聲

來枕上月移花影到牕前獨挑殘燭魂堪

斷卻恨青娥誤少年

○經漢武泉 長安志敦化坊曲江西有泉俗謂之漢武帝泉時旱或造祈禱有應焉

芙蓉池苑起清秋漢武泉聲落御溝十里江山映蓬鬢二年楊柳別漁舟竹間駐馬題花雨英華作竹間駐馬題詩去物外何人識醉遊盡把歸心付紅葉晚來隨水向東流

袁不約

長安夜遊

鳳城連夜九門通帝女皇妃出漢宮千乘寶車珠箔捲萬條銀燭碧紗籠歌聲緩過

青樓月。李白云瑤臺有黃鵠爲報青樓人香氣潜來紫陌風。鑾曉鍾歸騎後，遺簪落翠滿街中。簪一作釵○唐楊妃外傳兄銛錡閤中諸娣第舍聯瓦沿錦綉琢金玉者大抵千人更化若神仙帝每幸華清宮五家隊合■若萬花川谷遺鈿墮舄瑟珠翠狼籍于道香聞于數十里

病宮人

佳人臥病動經秋，簾幙襤褸不掛鉤。不玄虛海賦被羽翮之襂纚四體彊扶藤夾膝，夾膝見前註雙鬟慵插玉搔頭。漢武帝寵李夫人夫人常以玉簪搔頭後人效之因以爲名花顏有幸君王問，藥餌無徵待詔愁。惆悵近來消瘦盡，淚珠

時傍桃函流

注唐詩鼓吹卷第九

註唐詩鼓吹卷第十

資善大夫中書左丞郝天挺註

鄭谷　字守愚袁州宜春人光啓三年進士授京兆鄠縣尉後為都官郎中時人稱鄭都官退歸仰山書堂卒有宜陽集三卷及撰国風正訣一卷並傳焉

○鷓鴣

暖戲平蕪錦翼齊，品流應得近山鷄。雨昏青草湖邊過，花落黄陵廟裏啼。青草湖黄陵廟俱在潭州 遊子乍聞征袖濕，佳人才唱翠眉低。曲有鷓鴣詞 相呼相喚湘江浦，苦竹藂深春日西。

益州

海棠風外獨霑巾（蜀地産海棠故云）襟袖無端濺蜀塵和暖又逢桃菜日（歳時記人日七種菜作羹）寂寥未是採花人（芙華作採花人）不嫌蠻酒衝愁陣（蠻酒見前註）却憶漁簑覆病身何事晚来微雨過錦江春似舊

江春

石城（即金城石頭城）

石城昔為莫愁鄉莫愁魂散石城荒（石城莫愁見前註）江人依舊棹艅艎江岸還是飛鴛鴦（帆去）

帆来風浩渺花開花謝春悲凉煙濃草遠望不盡千古漢陽開夕陽

蜀中春暮

到處明知是暗投（暗投見前註）雨行清淚語前流雲漫新寨遮秦水花落空山入閬州不忿黄鸝驚曉夢惟應杜宇信春愁梅青麥綠無歸處可是漂漂愛浪遊

倦客

十年五年岐路中千里萬里西復東匹馬

愁種晚村雪孤舟閑阻春江風送士推來

知道在昔賢何必哭途窮 晉阮籍乘車往所之逕窮則哭而返○詩意慶

士知出處窮通有道存焉何必哭途之窮也 閑享盧笥炊菰米會向源

鄉作醉翁 源鄉地名

結綬郊麾攝府署偶有自詠 漢書蕭育與朱博為

友著聞當世時人為之語曰蕭朱結綬

鸞離寒谷已七逢春釋褐年來暫種芸 前漢揚雄解嘲

或解縛而相或釋褐而傳注解縛管仲也釋褐傅說也 自笑老為梅少府 類要云梅子自贈瑕丘子吏

府詩云皎皎鸞鳳姿飄飄神仙氣梅生亦何為來作南昌尉又有劉

河西劉少府贈秋浦柳少府又贈華陽柳少府性但是但曰縣尉

多鄉少府也○歸少府即漢豫章南昌縣尉梅福也可憐貧擁鮑參軍宋書鮑照字明遠文辭贍逸初為中書舍人秩臨海王子頊為荆州[redacted]為前軍參軍○杜詩俊逸鮑參軍酒酣任事多興念○吟苦鄰居必厭聞推卻簿書搔短鬢落花飛絮政紛紛

○峽中嘗茶

簇簇新英摘露光小江園裏火前嘗一作水吳僧謾說鵶山好蜀客休誇鳥觜香鵶山鳥觜皆產茶處也吳蜀異名士人各重之也入座半甌輕泛綠開緘數片淺含黃鹿門病客不歸去酒渴更知春味長鹿門

襄陽

○雁

八月悲風九月霜蓼花紅淡葦條黃石頭城下波搖影（石頭城見前註）星子灣西雲間行（闕一云言戶南康軍有星子渚）驚散漁家吹短笛失群征戍鎖殘陽故鄉聞爾亦惆悵何況扁舟非故鄉

○漂泊

槿墜蓮疎池館清日光風緒淡無情鱸魚斫鱠輸張翰橘樹呼奴羨李衡（俱見前註）十口飄

零猶寄食兩川消息未休兵蜀有東川西川故曰兩川黃花催促重陽酒何處登高望二京二京洛陽咸陽也

渚宮亂後作

鄉人來話亂離情淚滿殘陽問楚荊滿一作滴白社已應無故老逆上濟時董威隱於洛陽白社青江依舊遶孤城高秋軍旅齊山樹昔日漁家楚野營百家詩楚作是牢落故居灰燼後黃花野蔓上牆生

蜀中

渚遠江清碧簟紋小桃花繞薛濤墳薛濤字

者之[illegible]色立詩[illegible]○元微之寄濤詩云錦江滑膩峨眉秀幻出文君與薛濤朱橋直指金

門路粉堞高連玉壘雲粉堞城上女墻也○杜詩城欹東粉壘○玉壘山在成都茂州汶川縣東四里出璧玉○左思蜀都賦據玉壘以爲宇窗下斷琴蹺鳳足波中

濯錦散鷗群成都有濯錦江此水濯錦鮮明子規夜夜啼巴

樹不並吳鄉楚國聞並猶言同也

張泌

晚秋過洞庭

征帆高挂酒初酣暮景離情兩不堪千里

晚霞雲夢北一洲霜橘洞庭南溪風送雨

過秋寺過平声澗石驚龍落夜潭龍一作泉莫把羈魂
弔湘魂屈原投湘水死故曰湘魂漢賈誼楊雄皆有文弔之九疑愁絶鎖煙嵐九疑山名
舜葬於此

○題華嚴寺木塔宇文愷以京城之西近昆明池地勢微下乃於永陽坊莊嚴寺建木浮圖三百三十尺周一百二十步今謂木塔

六街晴色動秋光雨霽憑高只自傷一曲
晚煙浮渭水半橋斜日照咸陽休將世路
悲塵事莫指雲山認故鄉回首漢宮樓閣
暮數聲鐘鼓自微茫李白詩寒松蕭索如有聲楊基微茫自有情

戍　○邊上

成樓吹角起征鴻獵獵寒旌背晚風千里暮烟愁不盡一川秋草恨無窮山河慘淡關城閉人物蕭條市井空只此旅魂招未得宋玉有招魂篇更堪回首夕陽中

○長安道中早行

客離孤館一燈殘牢落星河欲曙天鷄唱未沉函谷月函谷亦號鷄鳴關用孟嘗君出秦事鴈聲新度灞陵煙灞陵文帝陵也浮生已悟莊周夢夢一作蝶○莊周夢為胡蝶栩栩然不知周也俄然覺遽遽然

不然周之爲胡蝶胡蝶之爲周也壯志仍輸祖逖鞭晉中興書祖逖與刘琨中夜而座曰若四海鼎沸吾與足下相避中原後琨與親舊書曰吾枕戈待旦長恐祖生先人着鞭耳何事悠悠策羸馬此中辛苦過流年

○。洞庭阻風

空江浩蕩景蕭然盡日菰蒲泊釣舡青草浪高三月渡青草湖之浪也綠楊花撲一溪烟情多莫擧傷春目愁極兼無買酒錢猶有漁人数家住不成村落夕陽邉

○。春日旅泊桂州

暖風芳草竟芊綿多病多愁損少年弱柳

未勝寒食雨（勝平声）好花爭奈夕陽天溪邊物

色宜圖畫林畔鶯聲似管絃獨有離人開

淚眼強憑杯酒亦潸然（杜詩君行射洪縣為我一潸然）

○晚次湘源縣

烟郭遥聞向晚雞水平舟靜浪花迷（或本作浪声齊○杜詩正憐日破浪花出）高林帶雨楊梅熟曲岸籠雲謝豹啼（江介曰子規帝苦則倒懸於樹自呼曰謝豹謝豹）二女廟荒汀樹老（二女堯之女舜之妃即湘灵也）九疑山碧楚天低（舜殁葬蒼梧其山有九峯娥皇女英遥哭望葬

康九訣皆曰湘南自古多離怨莫動哀吟易慘悽

○惆悵吟

秋風丹葉動荒城慘澹雲遮日半明書處

却因惆悵得睍愁多為別離生江淹彩筆

空題恨 江淹夢人授五色筆由是文藻日進後宿冶亭夢一丈夫自稱郭璞曰吾有筆在卿處多年可以見還淹探懷中得五色筆授之尒後為詩絕無美句人謂淹才盡

莫進良玄談春及情 晉王衍字夷甫好雅詠玄虛後喪幼子悲不自勝山簡[illegible]聖人忘情最下不及情情之所[illegible]是服其言[illegible]

古怨魂銷不得一[illegible]

○春夕言懷

風透疎簾月滿[illegible]帳[illegible]畫
柳帶纖腰軟露滴啼妝怨臉明愁逐野雲
銷不盡情隨春浪去難平幽窗謾結相思
夢欲化西園蝶未成（蝶見莊子註）

贈韓道士　清歸客意

日暮秋風吹野花上清歸客意無涯（上清太[illegible]）
（清玉清仙仙人也）桃源寂寂煙霞閉天路悠悠星漢
斜（見乘槎註）還似世人生白髮定知（教）僊骨變黃
芽（陰真君歌河車是水朱雀是火取水一年[illegible]中火炎之百佛致聖石丸而其初成姹女故謂玉液還丹成紫色謂紫河車白色曰）

[illegible]河車青色曰青河車赤色曰赤河車赤者黃芽樂天詩黃帝與紫車謂此　東城南陌頻相見

應是壺中別有家　壺中見前註

韋莊　字端己，京兆杜陵人。乾寧元年進士，授校書郎，後徵起居郎。及王建開僞蜀，授吏部侍郎平章事。有浣花集傳于世。

○思歸

暖絲無力自悠揚　暖絲，遊絲也。　牽引春風斷客腸

外地見花終寂寞　異鄉聞樂剩淒涼　鮑明遠詩：一息不相知，何況異鄉別。

紅垂野岸櫻還熟　綠染回汀草又芳

舊里若為歸去好　子期凋謝呂安亡　呂氏春秋：伯牙鼓琴，鍾子期善聽。志在高山，子期曰：善哉，巍巍乎如太山。志在流水，子[illegible]

……世無之其鼓琴者也○嵇康傳東平呂安服嵇康高致每一相思輒千里命駕康友而善之

○逢東吳王（王一作主）

十年身世各如萍（世一作事）白首相逢淚滿纓（纓冠帶也）

老去不知花有態亂來惟覺酒多情貧嫌

陋巷春偏在（論語顏子在陋巷人不堪其憂回也不改其樂）貴想豪家月

最明獨對一樽開口笑（開口笑見前註）未衰應見泰

階平（晉書大階上階上星為天子下星為女主中階上星為諸侯三公下星為卿大夫下階上星為士下星為庶人所以和陰陽而理萬物也君臣和集如其常度有變則占其人○長楊賦王衡正而太階平）

霸陵道中

春橋南望水溶溶一桁青山倒碧峰秦苑
落花零露濕詩零露瀼瀼霸陵新酒撥醅濃青龍
天矯盤雙闕丹鳳䙰褷隔九重萬里行人
離別地不堪吟罷夕陽鍾灞水有橋唐人謂銷魂橋長安人送別於此

關河道中

槐陌蟬聲柳市風驛樓高倚夕陽東往來
千里路長在聚散十年人不同但見時光
流似箭豈知天道曲如弓老子天之道其猶張弓乎高者抑之下者舉之
有餘者損之不足者補之天之道損有[illegible]平生志業匡[illegible]

[illegible]文擬滄浪學釣翁 滄浪見前註

○秋日早行

馬上蕭蕭襟袖凉路穿禾黍遶宮墻 禾黍見前註

半山殘月露華冷一岸野風蓮蕚香煙外

驛樓紅隱隱渚邊宮樹暗蒼蒼行人自是

心如火兎走烏飛不覺長 烏兎日月

○嘆落花

一夜霏微露濕煙曉來和淚喪嬋娟 喪去声 不

隨殘雪埋芳草又逐春風上舞筵 筵一作遂 西子

去時遺笑靨謝娥行處落金鈿（西子西施也謝娥謝道蘊也笑靨金鈿）

（鈿翁落花）飄紅墮白堪惆悵少別穠華又一年（詩何彼穠矣）

（吳葉如桃李）

○貴公子

大道青樓御苑東（曹子建美女篇云青樓臨大路高門結重關○列子曰虞氏梁之富人也高樓臨）

（大路）玉闌仙杏壓枝紅金鈴犬吠梧桐月

朱鬣馬嘶楊柳風（詩朱芾斯皇室家君王是室也皆將服朱芾之盛衣冠）

[illegible]紀云諸侯黃朱○白虎通曰芾者[illegible]下為之上廣一尺下廣三尺朱芾[illegible]

[illegible]花穿巷陌斜陽和樹入簾櫳[illegible]

□宴□□歸來醉（□瑤臺仙人所居）笑語君王在月宮（□宗皇帝與天師遊月宮中過一大門在玉光中見一大宮旁白□□□之府□□□□□□□天子之宮也）

憶昔

昔年曾向五陵遊（五陵前註）子夜清歌月滿樓銀燭樹前長似晝露桃花下不知秋西園公子名無忌（魏曹子建詩清夜遊西園史記信陵君公子無忌也）南國佳人號莫愁（莫愁前註）今日亂離俱是夢夕陽惟見水東流

韋莊

忽覺東風景漸遲，野梅山杏暗芳菲。落星

樓上吹殘角，金陵記：吳嘉禾元年，於桂林苑落星山起三重樓，名曰落星。○吳都賦：亨戎旅于落星之樓。

偃月營中挂夕暉。陸士衡謝孫權：聞曹公來，築營於濡須塢以作之，狀如偃月，號偃月營。濡須在

盧江，今屬無為軍也。旅夢亂隨蝴蝶散，蝴蝶見前註。離魂潛逐

杜鵑飛。杜鵑見前註。紅塵望斷長安陌，芳草王孫

暮不歸。芳草王孫已見前註。

雪夜泛舟遊南溪

大江西面小溪斜，入竹穿松似若耶。若耶，溪名。兩

岸嚴風吹玉樹，謝惠連雪賦 一灘明月照銀沙。

因尋野渡逢漁舍，更泊前灣上酒家。去去

不知歸路遠，棹聲煙裏獨嘔啞。杜牧之阿房宮賦管絃嘔啞多於市人之言語

謁巫山廟

亂猿啼處望高唐，路入烟霞草木香。山色

未能忘宋玉，宋玉有高唐賦水聲猶似哭襄王。楚襄王与神女過於巫山之陽

朝朝暮暮陽臺下，為雨為雲楚國亡。神女謂襄王曰妾巫山神女也朝為行雲暮為行雨朝〻暮〻陽臺之下惆悵廟前多少柳，春

来空鬬畫眉長。

南昌晚眺

南昌城郭枕江煙章水悠悠浪接天芳草綠遮仙尉宅前漢梅福曰生為我酷身為桎梏形為我辱智為我毒於是棄南昌尉去妻子入洪岸山學道九江人以為神仙去落霞紅襯賈人船賈音古霏霏閣上千山雨嘒嘒雲中萬樹蟬杜士衡詩嘒嘒寒蟬鳴。晉潘岳秋興賦蟬嘒嘒以寒吟徑得地多章句客庾家樓在斗牛邊庾亮樓是也。王勃滕王閣序曰物華天寶龍光射斗牛之墟

咸陽懷古

城邊人倚夕陽樓城上雲凝萬古愁山色

不知秦苑廢水聲空傍漢宮流李斯不向倉中悟見長笑李斯稱倒鼠註徐福應無物外遊史記秦始皇紀言人徐氏上書言海中有三神山仙人居之請得齋戒與童男女求之於是遣徐福發童男女數千人入海求仙人也莫怪楚吟偏斷骨野煙都跡似東周平王東遷都洛陽故曰東周○論語子曰如有用我者吾其為東周乎

綏州今屬延安

雕陰無樹水南流綏州南秦上郡雕陰地也黃河在其東並城南流雉堞連雲古帝州鮑明遠蕪城賦板築雉堞之殷○橋山在南昔帝家存焉故云古帝州帶雨晚駝鳴遠戍望鄉孤客倚高樓明妃去日花應

笑明妃昭君別晚也詳見前註　蔡琰歸時鬢已秋後漢蔡琰字文姬邕之女也博学有才辯適河東衛仲道夫亡無子歸寧於家為胡騎所獲沒入于南匈奴左賢王在胡十二年生二子曹操與邕善痛其無嗣乃遣使以金帛贖之而重嫁於董祀祀為屯田都尉　一曲單于暮烽起唐李益聽曉角詩邊霜昨夜墮關榆吹角當城片月孤無限塞鴻飛不度秋風吹入小單于○古詩云秋江斜日浪花龕墟落人歸鳥自呼新日高城三百雉角声吹徹小單于則知小單于角調也　扶蘇城上月如鈎史記秦始皇長子扶蘇監兵上郡蒙恬為將將三十萬衆築長城起臨洮至遼東延[illegible]萬餘里○近東即代地有扶蘇城謂此也

鄭州留別張外郎

江南相送君山下君山在岳陽　塞北相逢相幕中唐百家詩院花集皆作朔漠中　三楚故人皆是夢世家楚文王都郢昭王都鄀考烈王都

壽春故曰三楚○孟康漢書曰江陵南楚吴為東楚彭城為西楚十年塵事只如風莫

言身世他時異且喜琴樽數日同惆悵郤

愁明日別馬嘶山店雨濛濛

汧陽縣閣

汧水悠悠去似絣補耕切○人以繩直物曰絣遠山如畫翠眉

横僧尋野渡歸吴岳山名在秦中鴈帶斜陽入渭城

邊靜不收蕃帳馬地貧惟賣隴山鸚隴西山中出鸚鵡

牧童何處吹羌笛一曲梅花出塞聲笛有梅花曲又有出塞入塞之声

漢州

北傖初到漢州城（北傖自言北人也南人以傖爲我）郭邑樓臺觸目驚松樹影中旌旆色芰荷風裏管絃聲人心不似經離亂時運還應却太平千日醉眠金鴈驛（漢州驛名也）臨岐無限臉波橫（杜詩臨岐别數子握手淚再滴）

長安清明

早是傷春夢雨天（夢雨字出高唐賦如杜牧之夢雲字意）可堪芳草更芊芊内官初賜清明火（唐會要唐朝清明取榆柳之火以賜近臣順陽氣）

出歲時記上相閑分白杵錢唐王璵專以祠事來葬喪瘞錢後世俚俗稍以紙寓錢至是璵乃用之

紫陌亂嘶紅叱撥洛中紀異曰大苑進汗血馬一曰紅叱撥二曰紫叱撥又有丁香叱撥桃花叱撥明皇改紅紫叱撥為紅紫玉輦

綠楊高映畫秋千遊人

記得升平事暗喜風光似昔年

和人暮春書事寄崔秀才

半掩朱扉白日長晚風輕墮落梅粧註見前不

知芳草情何限只怪遊人思易傷才見早

春鶯出谷已驚新夏燕巢梁相逢只賴如

澠酒左傳有酒如澠有肉如陵一曲狂歌入醉鄉唐王績好飲酒嘗作醉鄉記

吳商皓

宿山寺

文戰何堪功未圖（文戰喻科舉也）又驅羸馬指天衢
露華凝夜渚蓮盡月彩澹輪山驛孤岐路
辛勤終日有（列子楊朱□鄰人亡羊□率其黨又請楊子豎追之楊子曰嘻□亡羊何追之者衆鄰人曰多岐既返問獲羊乎曰亡之矣曰奚亡之岐路之中又有岐焉吾不知所之所以返也）鄉關音信隔年無好
乘范蠡扁舟興（范一作同）高挂一帆歸五湖

塞上即事

身似流星迹似蓬玉關孤望杳溟濛（玉關[illegible]）

寒沙萬里平鋪月曉角一聲高繞風戰士
没邊魂尚哭單于獵處燒猶紅分明更想
殘宵夢故國依然到角東角東在會稽句章縣東海洲中○左傳句踐滅吳欲徙吳王角東即鄞縣今為明州也

胡曾曰長沙人也咸通中進士不第嘗為漢南節度從事有詠史詩一卷及安定集十卷傳于世

交河塞下曲

交河冰薄日遲遲詩春日遲遲漢將思家感別離
塞北草生蘇武泣前漢蘇武使匈奴知武不可降使北海上無人處牧羝羝乳乃得歸廩食不至乃掘野鼠草根而食節旄盡脫隴西雲起李陵悲前漢李陵字少李廣將兵五

千人出居延累殺虜萬餘人後因無救遂降匈奴與蘇武書云胡地玄冰邊土慘烈但聞悲風蕭條之聲胡笳互動牧馬悲鳴邊聲四起晨坐聽之不覺淚下子卿獨何心能不悲乎曉侵雉堞烏先覺春入關山雁獨知何處寢兵心竊昔夕陽樓上笛聲時

車遙遙古樂府名傳玄車遙遙篇云車遙遙兮馬洋洋追思君兮不可忘君安遊兮西入秦願為影兮隨君身君在陰兮影不見君依光兮妾所願

自從車馬出門朝便入空房守寂寥玉枕夜寒魚信斷飲馬長城窟云客從遠方來遺我雙鯉魚呼兒烹鯉魚中有尺素書金鈿秋盡雁書遙臉邊楚雨臨風落楚雨淚也頭上秦雲

向日鎖秦雲（一作色）芳草又衰還不至碧天霜冷轉

無聊（一作夜迢迢）

獨不見（古樂府名柳惲獨不見云別島望雲臺天淵臨水殿芳草生未積春花落如霰出從張公子不見趙飛燕奉歸長信宮誰知獨不見王訓亦有此作也）

玉關一自有氛埃（有一作絕）年少從軍竟未迴（魏王粲詩從軍有苦樂借問所從誰）門外塵凝張樂榭水邊香滅按歌臺窓殘夜月人何處簾捲春風燕復來萬里寂寥音信斷寸心爭忍不成灰

漁者

下媿人間萬戶侯子孫相繼老扁舟往來

南越諳蛟室 郭璞江賦淵客築室於岩石底蛟人構館於懸流○郭子橫洞冥記曰支犀國人長七尺被髮至踵乘象入海底取寶宿蛟人之舍夕得淚流則反蛟人所泣淚皆成珠也 生長東吳識蜃樓 長上声漢書曰海傍有蜃氣結為樓臺廣隊之氣成宮闕 自為釣竿能遣悶不因萱草解忘憂 詩伯兮焉得諼草言樹之背註諼草合懽食之令人忘憂也 羨君獨得逃名趣身外無機仕白頭 莊子天運三頁過漢陰見一丈人為[redacted]鑿隧入井抱甕而出灌用力甚多而見功寡子貢曰有械於此一日浸百畦丈人曰吾何鑿木為械後重前輕挈水若抽數若泆湯其名桔槔丈人忿然曰有機械者必有機事有機事者必有機心道之所不載也吾非不知羞而不為也

自嶺下泛鷗到清遠峽 鷗下有船字○晉陸機禪歌行龍舟學[illegible]

鷁首羽旌[illegible]總[illegible]韻集曰鷁首天子之船也

乘船浮鷁下韶水 淮南子曰龍舟鷁首浮吹以虞此游於水○漢張平子西京賦云浮鷁首翳雲芝注船頭象鷁鳥厭水神故天子乘之 絶境方知在嶺南 蘿薜兩餘山似黛 蘿薜一作薜蘿 蒹葭煙盡島如藍 旦遊蕭帝新松寺 蕭帝梁武帝也詳見前註 夜宿嫦娥舊桂潭 不爲殹中書未歇便來此地結茅庵

周瑜廟

共說生前國步難 詩國步艱難又天步艱難 山川龍戰血漫漫 易坤卦龍戰於野其血玄黃 交鋒魏帝旌旗退 建安十三年曹操伐吴與周瑜遇赤壁

戰船　孫權往　賴多人不濟　不筆不利瑜　軍大敗　委質吳王社稷安　史記委質爲臣　建安七年曹操責權任子權引周瑜定議瑜曰將軍承父兄餘資六郡之衆兵精亂有何逼迫而欲送質質入便見制於人不如勿遣權遂不送質

庭際何餘春草長上聲　廟前風起晚花殘

功勳碑碣今何在　不得當時一字看

王表

清明日登城春望寄王使君

古城閑望愛晴天　何處風光不眼前　寒食花開千樹雪　清明日出萬家煙　興來促席唯同舍　陶淵明詩得志忘形醉後狂歌盡少年　聞

說鶯啼却惆悵詩成不見謝臨川 晉謝靈運嘗為臨川内史

項斯 斯字子遷江東人也會昌二年第二進士任潤州丹徒縣尉卒于任所有集傳世

送宮人入道

願隨仙女董雙成王母前頭作伴行 漢武帝内傳七月七日王母降於漢宮之天殿母令王子登彈八琅之璈董雙成吹雲和之笙石公子擊昆庭之金許飛瓊鼓震靈之簧 初戴玉冠多誤拜欲辭金殿別稱名將敲碧落新齋磬却進昭陽舊賜箏 昭陽殿名 旦暮焚香遶壇上步虛猶作按歌聲 異苑曰陳思王遊山忽聞空裏有誦經声清遠遒亮解音者則而寫之為神仙声道上效之作步虛声也。唐陳羽步虛詞云漢武清齋讀仙書内官扶上畫雲車壇上月明宮殿閉仰看星斗禮空壇

崔珏 與趙光遠一時人也

岳陽樓晚望

乾坤千里水雲間釣艇如萍去復還樓上北風斜捲席湖中西日倒銜山懷沙有恨騷人往楚辭懷沙孫而自沉兮不忍見之蔽雍悉鼓瑟無師帝子閑帝子鼓瑟見前註何事黃昏尚凝睇數行煙樹接荊蠻詩蠢爾荊蠻○左太沖吳都賦曰包括干越跨躡蠻荊

哭李商隱

虛負凌雲萬丈才漢司馬相如大人賦飄飄有凌雲之氣○韓文公詩李杜文章在光焰萬丈長

一生襟抱未嘗開鳥啼花發人何在竹死

桐枯鳳不來詩卷阿鳳凰鳴矣于彼高岡梧桐生矣于彼朝陽注鳳凰之性非梧桐不栖非竹食不食

良馬足因無主踠廣韻注踠蹄屈也○戰国策騏驥伏鹽車上太行白汗交流中坂遷延負轅

不能上而長鳴之楚下車攀而哭之為其識巳也○班孟堅東都賦云馬踠餘足士怒未[illegible]○晉傅咸感別賦云蘭芷惡含芳有時而馨擢

驥蹶足有時而征○詩意驥足一日千里而困於鹽車義山不遇而死如良馬之足不見知於主也舊交心為絕

絃哀絕絃見前註九泉莫嘆三光隔九泉見前註三光為日月星又

送文星入夜臺阮瑀七哀詩冥〻九泉室漫〻長夜臺○駱賓王詩千秋掩夜臺

鴛鴦

翠鬣紅毛舞夕暉水禽情似此禽稀暫分

煙島猶回首只席度寒塘亦共飛耿耿霧盡迷
珠殿瓦（霧一作露。○晉書鄴都銅雀臺皆鴛鴦瓦）逐梭齊上玉人機（古詩曰客從遠方來贈我一端綺文綵雙鴛鴦裁為合歡被言綺織作鴛鴦文也）采蓮無限蘭橈女笑
指中流羨爾歸

李後主

九月十日偶書

晚雨秋陰酒乍醒感時心緒杳難平黃花
冷落不成艷紅葉颼颼競鼓聲背世返能
厭俗態[illegible]偶緣猶未忘多情（晉王衍曰聖人忘情[illegible]）

[illegible]正[illegible]我華自從雙鬢斑斑白不學安仁却自驚晉潘岳秋興賦序晋十有四年余三十有二始見二毛賦云斑鬢髟以承弁首素髮[illegible]以垂領因音殿

秋鶯

殘鶯何事不知秋橫過幽林尚獨游老舌

百般傾耳聽深黃一點入烟流栖遲背世

同悲魯詩北山或栖遲偃仰或王事鞅掌註言事煩勞也○論語微生畝謂孔子曰丘何為是栖栖者與謂不得時也

劉亮如篁碎在緱王子七月七日於緱氏山吹笙乘鶴而仙去莫更留連

好歸去露華凄冷蓼花愁

○、病起題山舍壁

山舍初成病作輕杖藜巾褐稱閑情爐開小火深迴暖溝引新流幾曲聲暫約彭涓安朽質神仙傳彭祖姓籛名鏗顓頊玄孫殷末已七百六十七歲以養生治身為事了娶四十九妻生五十四子後不知所之人著其論為彭祖經○三玄真人經注消子按蘇林三玄真人之道曰能守三一名列玉札當念心抖精凝神專誠感所以百念不生精氣不散守能守一亦守子子能見二亦見子ゝ一須身而在守須一而生守一之誠戒子不專●列仙傳涓子齊人好餌朮著天地人經三十八篇後釣於澤得符于鯉魚中隱於宕山能致風雨終期宗遠問無生晉惠遠法師是廬山峯清淨是以息心刺史桓彝乃為遠起東林寺居之總塵廣勝之賓不期而至南陽宗炳等凡百二十三人並棄貴宗依遠遊止●襄州居士龐蘊參馬祖云不與萬法為侶是什麼人祖云待汝一口吸盡西江水則向汝道居士言下頓悟作偈云有男不婚有女不嫁大家團欒坐共說無生話誰能役役塵中累會合魚龍構強名強去聲老子曰強為之名曰道

○送鄧王二十弟牧宣城

且維輕舸更遲遲詩繫之維之維繫也別酒重傾惜解携

浩浪侵愁光蕩漾亂山凝恨色高低君馳

檜楫情何極詩漢水悠悠檜楫松舟我憑欄干日向西漢濮庚[illegible]

咫尺煙江幾多地不須懷抱重淒淒

湯悅

送鄧王二十弟牧宣城

千里陵陽同陝服東漢立宣城郡宋齊因之梁置南豫州隋改為宣州陵陽宣城郡名也○史記召公奭與周公同姓武王封為燕成王時自陝以西召公主之自陝以東周公主之●書云五服甸侯綏要荒●五臣注文選任彥升竟陵王行狀云作亂

陝服鑿門胙土寄親賢淮南子曰古將之出鑿凶門誤明衣鄭補氏許慎註曰明衣道終衣也剪手足指爪者示必死○周書作雒曰周公建大社於國中其遺東青土南赤土西白土北驪土中央黃土將建諸侯鑿其方一面土苴以白茅以土封之爲之裂土○左傳分之土而命之氏建置社稷之服曙煙已別黃金殿晚照重登白玉墀江上浮光宜雨後郡中遠岫列窗前謝惠連詩窗中列翠岫天心待報期年政用齊魯報政事論語期月猶有留與工師播管絃工師樂官也

徐鉉

送鄧王二十弟牧宣城

禁裏秋光似水清林煙池影共淒清

黄閣只三載朝去望紫垣 部数辞 前能□ 湘塵

清風天子送 詩烝民吉甫作頌穆如清風 隨車甘雨路人迎

唐顔真卿隨車雨 彤霞閣上題詩在 彤霞閣在今宣州 從此還

應有頌聲

註唐詩鼓吹卷第十 終